谢冕编年文集

第五卷 1986—1988

北京大学出版社

1988 年在北大畅春园寓所

1986年在兰州

1988年与夫人陈素琰在拉萨

1988年与艾青，袁可嘉，卞之琳，张志民，周迪芳，晏明，陆耀德，罗门等先生合影

1988年在民族大学宿舍看望冰心先生

1987年在维也纳与张洁(右二),北岛(右一)

《中国现代诗人论》,重庆出版社1986年版

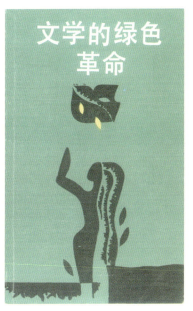

《谢冕文学评论选》,湖南文艺出版社 1986 年版　　《文学的绿色革命》,贵州人民出版社 1988 年版

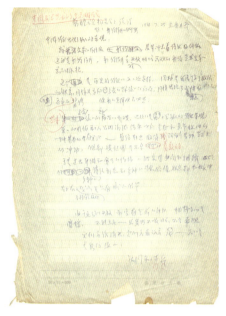

1986年在乌鲁木齐会议的手稿笔记

1987年在维也纳的思考笔记手稿

目 录

1986

《中国现代诗人论》后记……………………………… 3
《中国当代青年诗选》编选后记………………………… 5
追求的历程
　——现阶段诗歌的简要回溯…………………………… 7
序《散文诗的世界》…………………………………… 20
希望的星光
　——评诗集《雷雨中的星光》………………………… 23
从封闭走向开放……………………………………… 27
寓繁复于有机的联想之中……………………………… 32
诗人的命运
　——蔡其矫作品讨论会的发言………………………… 34
黄土地　一棵树站在路边
　——梅绍静的诗………………………………………… 44
我读泰昌的散文………………………………………… 56
我的遥远的天空………………………………………… 61
肖汉初的诗
　——序诗集《覆船山》………………………………… 66
戴铝盔的祁连山
　——《玉门石油诗选》序……………………………… 71

并非遥远的期待
　　——读黄子平的文论集《沉思的老树的精灵》……… 78
争取与实现 …………………………………………… 87
永远的呐喊
　　——论天安门诗歌 ……………………………… 89
彼此照耀的崇高 ……………………………………… 95
中国文学的使命 ……………………………………… 98
美丽的遁逸
　　——论中国后新诗潮 …………………………… 101

1987

木兰溪从这里流过 …………………………………… 121
不可逆转的超越 ……………………………………… 122
传统的变革与超越
　　——诗歌运动十年(1976—1986)……………… 126
花的使命是创造春天
　　——为《华侨大学文坛》报创刊而作 ………… 143
人·爱情·诗
　　——《古今中外爱情诗选》序 ………………… 146
巨变的解释
　　——诗歌运动十年(1976—1986)……………… 154
在诗歌的十字架上
　　——论舒婷 ……………………………………… 176
我祈愿的黄昏
　　——冰心《霞》读后 …………………………… 186
移位中的寻求
　　——评"百家军旅诗"兼论军旅诗的现状 …… 190

我们期待的秩序
　　——阅《巴山文艺〈启明星〉诗卷》有感……… 205
置身于文化冲撞的困惑……… 207
巨变不产生眩惑
　　——《诗人丛书》第五辑读后……… 212
激流中的思考
　　——读刘湛秋诗……… 225
跨越时空的魅力
　　——读李商隐《夜雨寄北》之后……… 230
空间的跨越
　　——诗歌运动十年(1976—1986)……… 235
秩序的理解……… 252
重读《小兴安岭短笛》……… 259
文学进步与批评期待
　　——序《面对时代的选择》……… 262
现代主义:中国与西方……… 268

1988

选择体现价值……… 281
新诗潮运动崛起之后……… 286
艰难的寻觅……… 288
南方寻找语言
　　——评杨克诗集《图腾的困惑》……… 293
文学的进步与批评的困扰……… 297
民族化有时变成了民族保护主义……… 302
谢冕致洛夫……… 303
"诗歌博物馆"及艺术生态……… 306

过程的美丽
　　——读刘再复散文诗《寻找的悲歌》·················311
《朦胧诗论争集》序·······································315
作为运动的新诗艺术群落(1949—1986)···············318
我们在自己的呼唤中适应·································341
告别与追寻
　　——中国新诗运动十年(1976—1986)··············343
漫话作家的责任感···352
关于文学"轰动效应"的反思
　　——北京大学当代文学研究生课堂讨论实录·······370
流向远方的水···379
《哑夜独语》序···390
自由空间：高原和盆地
　　——奉答《星星》主编白航···························393
《中国新诗佳句精选》序··································399
《咔嚓，一秒钟诗选》序··································401
永远的校园···403
历史的投射···408
从平常发现独特
　　——于海东诗读后·······································411
舒婷···414

文学的绿色革命

文学思潮的历史投射
　　——自序··417
一、历史倾斜与文学异化·································422
二、巨大的标准化工程·································431

三、文化性格的悲剧性 ·················· 438
四、失常时代及其解体 ················· 453
五、人性——从废墟醒来的灵魂 ············ 462
六、疏离化：秩序的反抗 ················ 472
七、从现代更新到多向寻求 ··············· 490
八、潘多拉魔盒的开启 ················· 502
九、结构的错动 ····················· 519
十、没有主潮的文学时代 ················ 527
十一、不作宣告的革命 ················· 548
附录一 文坛就是竞技场
　　　——诗歌评论家谢冕一席谈 ··········· 563
附录二 "统一的太阳已经破碎"
　　　——谢冕教授谈中国新诗的现状与走向 ······ 566

1986

《中国现代诗人论》后记*

现在出的这本书,是我多年来对于诗歌的微观研究总的努力的一个部分。我力图把文章写得尽量地让人愉悦。我以为艺术应当是美的,艺术批评也应当是美的。我的目标是史与论的结合、批评与艺术的结合。这样累积起来,也有了现在这样的一本了。但这只是我为了达到一个更远的目标所做的准备的一个部分。我的目标是一部诗的史。我的兴趣在于从社会思潮的角度宏观地考察进入二十世纪以来的诗歌思潮。

中国现代诗歌,从"五四"到现阶段,有成就的诗人多如繁星。我有心无遗漏地论述他们,但事实上难以做到。我现在做的并不是一种有预定计划的实施,大体上只是一种随意性的选择,有时则取决于刊物的命题约稿。因此,入书或未入书的诗人,都不能被认为是一种有意的选择,特别是由于种种原因而未能入书的。例如胡适的题目是我有兴趣的,但由于没有机会而未写,并不是我以为他对于中国现代诗歌发展是无关紧要的。又如《九叶集》的诗人们,除穆旦我没有机会见到以外,其余各位都是我可亲的师友,我对他们的创作有自己的评价,但也没有机会发表见解。本书只是我零星工作的积聚,它并不体现我的选择原则。我的遗憾是极多的,我的歉疚也是极多的。

王光明是福建师范大学的青年教师。他在北大进修一年,由于需要,我们挽留他又住了一年。我和他有很深的交往,他的

---

* 此序初收《中国现代诗人论》,后收《流向远方的水》。据《中国现代诗人论》编入。

勤奋、才智和朴实，都给我留下了深刻的印象。很早我便希望他能为我"未来的"著作写一篇批评性的序。他说有点"惶恐"，但还是答应了。一个暑假，他阅读了我的全部作品，做了认真的准备，写出了一篇很长的评论，这就是后来发表在《当代文艺思潮》上的那篇文章。他没有完全按照我的要求办，肯定得多而批评不足。这次成书，我要他履行当初的"计划"，他临时却把这篇文章略作改动、作为《代序》。我只好尊重他的意见。我需要说明的是，这篇序文确是我早先约请的，而不是权宜之计的任意取"代"。

这本书的封面，是徐赞兴同志设计的，我应当感谢他。关于封面，尚有一个情况要说明：我原先曾约请北京画院的青年诗人牛波设计。这个设计我非常满意——那里，一只燃烧着的太阳（或者是月亮）破裂为不规则的三原色，在灰蓝的天宇中泛出奇光，还有金色和银色组成的文字。牛波在这幅神奇的画面中，寄托了他的美好的情思，仅仅因为成本核算的原因（用色过多）而没有被采用。他为此付出了辛勤的劳动，我深深地感谢他。

本书各篇文字，除论郭沫若那篇曾收入《湖岸诗评》外，其余各篇都是首次结集的。

谢冕
一九八六年元旦于蔚秀园。

《中国当代青年诗选》编选后记

开采富矿是一件令人兴奋不已,却仍然相当艰巨的事情。当你开采的不是单一品种的矿产时,尤为如此。你集中着、拣选着那些你认为有价值的东西,却总是担心着漏掉了最好的。有时候你回到地面上,才发现原来在井底那样炫惑你的光泽突然在你手心消失了。然而转动一下,它又从另一个角度反射出了阳光。

我们在编选这本诗集时,一直体验到的,就是这样一种说不清道不明的心情。

近年来青年诗作的质和量都是中国新诗史上空前的。这对于编选者来说,困难还不在于工作量的浩大,而在于选择标准的不好把握。唯一能要求于我们自己的,是尽量做到有一种阔大的胸怀,一种历史的眼光。也就是说,尽量做到从总体上,从运动和发展中,从新诗创作的多种多样的联系和中介中,来把握浩如烟海的这些作品。然而是否达到了这一要求,也还有待于历史的检验。我们深知:挂一漏万和买椟还珠,都是难于避免的。这在很大程度上是由于主观条件的限制:我们的艺术感受力,我们对新诗发展史的理解,我们对时代精神的把握,我们对一代诗人的"近距离观察",等等。

我们体会到,凡是历史上能够流传下来、站得住脚的选本,一般都具有如下两个基本特点:首先,它比较重视艺术的内部规

---

* 此文初收《中国当代青年诗选》,花城出版社1986年2月出版。据此编入。

律,也就是说,诗必须是诗,而不是别的什么;其次,由于"愈是诗的,就愈是创造的"(歌德语),它比较重视作品的独创性,对每一个诗人,都要看他是否比旁人和前人提供了一些新的东西。在这方面,我们的前辈朱自清先生在编选《中国新文学大系·诗歌集》时所采取的原则,依然是我们足以效法的楷模。更由于我们编选的是一个历史新时期里青年诗作者的作品,对象的某种特殊性也决定了方法、标准上的某种特殊性。对新诗创作上一切有益的探求,我们都抱热情的同时又是审慎的支持态度。可能我们并不同意诗作者们对生活对艺术的种种观点,但是,正如一切冒冒失失的欢呼是不可取的一样,把我们不习惯、不理解的事物一概视作异端,也未免失褊狭。

在大量地阅读全国各报刊的诗歌专栏的过程中,我们欣喜地看到为青年诗作开辟了众多的(尽管还远远不够)园地,如《诗刊》的"青春诗会",《人民文学》的"新笋集",《上海文学》的"百家诗会",《星星》的"新星","我的探索",《海韵》的"新人·新作·点评",《青春》《萌芽》的"诗歌之卷",《飞天》的"大学生诗苑",《绿洲》的"绿风"诗卷等等。这些专栏的编辑同志付出了极大的热情和全部辛劳,已经赢得和必将继续赢得诗作者们和读者们的尊敬和谢意。诗歌永远是青春的化名,而"雏凤清于老凤声"则是一代代身处历史发展链条上的人们由衷的愿望。或许,正是由于这种愿望以及愿望驱使下的扎扎实实的劳动,新诗的生命才能这样经磨历劫而不衰不竭。

追求的历程*
——现阶段诗歌的简要回溯

一 蜕变期的烦恼

新诗的每一次重大的变革,都是对于传统的继承,也是对于传统的扬弃。离开了继承,变革就没有基础;离开了扬弃,也就不存在发展。传统不是凝固的,而是在不断变革中流动,更新。中华人民共和国成立之后形成的当代诗歌,也是这样一次对于五四传统的变革性的继承。这个传统的最主要的特点是:它把五四革命诗歌作为人生的积极追求,更加具体地发展为为革命的现实斗争服务。从那时起,诗歌的观念发生了明显的变化,它不再是对生活可有可无的,而是直接对生活有用的,"工具"、"武器"、"号角",这些加给诗歌的比喻,对我们都已不再陌生。这当然是新诗在新时代所发生的革命性变化,无论时间怎样推移,人们的记忆怎样地淡漠,但这一历史性的转变是不会被抹煞的。后来的人们将会像我们今天记住五四的新诗开拓者一样,记住为新中国诗歌的创立和发展做出重大贡献的人们。只要对历史做了恰当的分析的人,都将坚持这样的认识。

但历史的确走了一段弯路,一段前进中又有后退,发展中又有停滞的弯路。富有戏剧性意味的是,我们走过的这段弯路是从我们诗歌的重大进步中产生的。这就是:诗歌对时代负起了

---

* 此文初刊 1986 年 3 月 10 日《文艺争鸣》1986 年 2 期,初收《谢冕文学评论选》。据《文艺争鸣》编入。

能动的责任时,对于现实的变革的关切和敏感,就成为它的崭新生命力的集中呈现。但当这种责任成为一种被动的图解和说明,甚至成为琐屑事件的依附,它就不再意味着前进。这也是十分显然的。诗歌不能脱离人民,不能脱离人们的理想、愿望和要求,就是说,诗歌难以摆脱政治的制约。但诗歌的职能同样不能等于政治运动和斗争的说明书,特别是当政治产生偏离和误差的时候,太密切的依附,往往使诗歌丧失荣誉。

"中国又有了诗歌"这个命题无疑是对于"中国没有了诗歌"的否定,后者是历史性的灾难造成的。从"无声的中国"(这里指的是动乱十年的特定环境),到有声的中国,这个历史性的转折开始于天安门前的呐喊。这个惊天动地的呐喊声唤来了诗歌的新生。获得新生的诗歌往何处去?是沿着它逐渐衰竭以至消失的路,往回追寻失去的繁华,还是把"长长的身影留在背后",迈过泥泞的道路,追求更多层次的新生?近年来关于新诗,没完没了的论争(这个争论仍未结束),其焦点盖在于此。

已经取得的成就(这是重大的)和曾经有过的挫折(这是远非微不足道的)折磨着我们。我们因为创造了具有划时代意义的新中国诗歌,而往往在对它进行分析时举不起解剖刀;我们也不能如同五四前辈把中国旧诗作为革命对象那样,把如今成为障碍物的自身生长的痈疽无情地割除。因为它产生于我们自己的劳动,它联系着我们多少年来的天真的追求。这就使我们陷入苦闷和争吵。当我们决心要扬弃什么的时候,便有更多的力量出来指责这种扬弃是背离传统的——因为我们的传统实在是太深厚了。太深厚的传统,有时会成为我们背上的一座山,我们要背着它前进。

要是用一个比喻来说明我们如今的处境,那就是,中国新诗经过六十多年的发展,已是一只成熟的蚕。它要蜕尽那层约束它的身体新生质的发皱的皮,而这种蚕蜕却是十分痛苦的。我们面临的正是这种充满希望而又充满痛苦的蜕变期。它之所以痛苦,即是因为这层皮是我们已死和将死的生命的一部分;之所以充满希望,即是因为我们在这痛苦的背后是一个更新生命的追求。我们将在这痛苦的蜕变中扬弃旧我,孕育新我,从合理的继承中获得发展。

当前的新诗讨论中,成为最初的和历久不衰的话题的,是新诗究竟充满了危机,还是充满了生机?有危机感的人,把新诗的蜕变看成是一场灾难。他们觉得新诗的变革是"数典忘祖"的背叛。但是,新诗在新时代觉醒的激素却来自我们对于挫折和创伤的深刻反省。我们面临着又一次如同五四那样的大变革的时代,一种弃旧从新的愿望,使我们进入了继五四之后的第二个新诗发展的青春期。

复苏带来了一个充满憧憬和幻想的时代。科学战胜愚昧、理智克服疯狂的"不满"(以否定表达肯定的"不满")意识,使我们这个诗歌的新时代,充满了追求的欲望。这种追求是冲动的、却又是朦胧的;是充满渴望的、却又是充满烦恼的——这种烦恼是青春期的烦恼。隐约的苦闷、朦胧的追求,蓬勃的生机,激发着自身的健全发育。但憧憬而不明晰,幻想而不闪烁不定,追求而又对前途难以捉摸,这些,更强化了蚕蜕期的痛苦。特别是当渴望而又感受到责难时,这种痛苦尤为强烈。

二 召唤真实复归

仅就历史的偏颇而言,当代诗歌在取得成就的同时,我们自身所倡导的两大主义都曾陷入困境:我们的现实主义由尾随图解政治而相当数量地流于粉饰;我们的浪漫主义因狂热地鼓吹地上未曾出现的天堂而也是相当数量地沦于虚妄。对没有止息的人为斗争发出的缺少真诚的"颂歌",使诗歌丧失了人民的信任,人们把动乱年代的诗歌主要倾向概括为假、大、空。复苏之后，新诗的最初追求，便是真实性的召唤。

艾青复出的宣言是"诗人必须说真话"。公刘归来的第一声呼唤，便是"诗的诚实"。面对着一片由虚假筑构的诗的废墟，诗人们致力于以"真实"来重建诗歌的繁荣。诗人们第一次表现了对于甜得发腻的诗歌的厌恶。他们几乎是以偏激的态度弃绝诗歌再给带着苦味的生活拌上蜜糖。对于生活的创伤，他们希望自己的诗句成为撒在伤口上的盐。他们把自己的诗句称为"带韵的盐"，而不再是精神迷幻药。

许多诗人都像憎恨丑恶那样憎恨谎言和粉饰。政治在走向清明。在清明的政治气氛中，诗人们的声音显得真诚而无畏。这已经形成了一个时期的风气。不同艺术风格的诗人在这一点上都显得一致。例如并非怒气冲冲而且显得委婉的诗人如赵恺，他的名篇《我爱》讲的是爱一切，甚至是"爱的仇敌"。但那里依然有着令人颤栗的"可怕"的声音："可是，我不敢抚摸提琴；我觉得那根切断的喉管的鲜血，还在弦上滴……"心地平和的诗人，也难以在这样血淋淋的喉管面前保持平静。

诗与人民的疾苦息息相关。人民在这里听到了真诚的愿望和焦虑的呼声。正是透过这些带着血泪的呐喊，诗重新赢得了信任，诗又成为与人民忧乐有关的存在。我们的理论总在强调诗要对现实生活承担责任，但平面的模式使诗实际上无法承此重任。如今的诗拉开了帷幔，显示了生活的全部真像，而没有或很少遮掩。昔日怯懦的驼鸟终于把头从沙堆中抬起，不再畏惧地审视着有阳光和绿叶、也带着血污和伤痕的生活真实。

这时期诗歌的争取，其实质可以说是对于粉饰生活思潮的反拨。一个时期里，诗人们似乎都变得"缺德"了。这表现了对于廉价颂歌的厌弃，同时，也意味着填补长时期的无视生活阴影面的空白。这种努力未曾落空，短时间的努力，使诗迅速恢复了它的声誉。有一首艺术上并不突出的大家都很熟悉的诗，仅仅因为它真实地干预了生活、喊出了人民的心声,竟引起长久的激动。这种情况过去并不多见。

诗的现实主义堤坝,曾被蝼蚁蛀蚀。那时诗人们做的是修补堤岸的工作。堤岸的修复,宣告了现实主义精神的复归。它的巨大功绩在于修正了过去诗的不健全。对于充满青春憧憬的诗歌来说,它的目标远不止如此。因为我们只是在原有的诗歌观念上进行修复和弥补,我们只是延续着原有的诗歌反映现实生活,为现实的斗争服务的轨道滑行。不同的只是,这种滑行不是背离人民的愿望,而是肩负人民理想的歌唱。

但诗歌的职能不可能只是这些。尽管诗歌的人民性是非常重要的概念,甚至可以说是根本性的概念。我们经过历史反思的诗歌,它有丰富多彩的追求。

三 归来与追寻

诗中涌现的归来主题,是历史动乱结束之后致力于主题扩展取得的重大成果。艾青把他复出之后的第一本诗集题名为《归来的歌》。一个时期内出现了相当多以归来命题的诗篇,流沙河和石天河都有《归来》,其他尚有许多虽不名归来却是实写归来的诗篇。所谓归来,指经历了动乱之后劫后余生的感情经历,是一个时代性主题。它的共同背景是禁锢、封闭、疯狂性的动乱及其结束。因此,它所表达的情感是非常复杂的,悲怀、激愤、庆幸、奋起,又有因失落而产生的怅惘。

艾青复出后最早一批诗,都保留着这种"归来"的投影。他的《鱼化石》中那尾原先活泼的鱼:"不幸遇到火山爆发,也可能是地震,便失去了自由,被埋进了灰尘。"他的《互相被发现》(题常林钻石):"不知有多少亿年/被深深地埋在地里/存在等于不存在/连希望都被窒息"。这些,都是一些被掩埋的故事。都是失去呼吸和失去希望的经历,都是归来之后对于悲剧的回想。

变成化石而又复活的鱼,被掩埋而又重新被发现的钻石,这些,都显示归来的主题的内蕴。在艾青这些诗作中,最能概括出归来的怅惘情绪的,是《失去的岁月》。不仅艾青,几代人都惊叹失去的岁月的不可"归来"。

失去的不仅是岁月,还有家和亲人,幸福和健康。很多的梦幻般的失落,固然哀切,而重获温热的劫余的聚晤,也令人沉哀和落寞。流沙河的《故园六咏》有某种无已补偿的沉郁的宣泄。他的《妻颂》颂扬了世界上一切与丈夫共过患难的妻子,而不论他们的妍媸雅俗、伤病残死。

诗中归来主题是伤痕文学的特殊表现形态。它的兴起恰好说明诗的特性在于谈论自己。在小说中,伤痕往往是叙述别人的故事。而在诗中谈论自己的故事,则是带着伤痕的归来。整个的归来主题,流动着一种感伤的情调,不仅中老年的作品,青年一代也不乏此种怅然若失的意绪。

青年当然没有很多往事可供追怀。他们只是追寻那失落的童年的甜蜜和天真。这就是"归来"在这一部分特定年龄作者的特殊体现,一种对于曾经失落的追寻。诞生并成长在新中国的青年,他们曾有一个良好的教育。这个教育告诉他们,生活是美好的,他们将在家庭和社会的抚爱下幸福成长。然而,这一切全在动乱中化为泡影。生活给予他们的,只是"红色大街"上的奔跑,涂满了脏话的墙,是歧视,蹂躏和心灵的戕害。他们在苦难中度过童年,留给他们一块布满冰川擦痕的"近代化石"。

最初传出这一信息的,是梁小斌的《中国,我的钥匙丢了》。年轻的孩子只能在童年的梦幻中寻觅那个开启家门和抽屉的钥匙,但"这美好的一切都无法办到"。流动其中的,也有一种怅惘,也是这一年龄人们的"往事只堪哀"。

舒婷的《在潮湿的小站上》,把这种情绪通过画面做了总体的概括。深秋、南方、夜、微风细雨的小站——"一位少女喜孜孜向我奔来,又怅然退去,花束倾倒在臂弯"。留下的只是空空的月台和车站夜晚特有的"橙色光晕"。她的这种画面很能概括动荡年代后青年一代的迷惘心境。这也是文学思潮的构成部分,如同我们无法否认伤痕文学出现的必然,我们无法否认这些由几代人的归来和追寻所创造的感伤的美。

如今,良好的气氛为归来与追寻争得了生存权,而且形成为不容忽视的主题倾向,这是进步。当然,这不意味着是唯一的主题,不是所有的诗都如此写心灵的感伤。事实也不会永远地感伤下去。但既然我们曾经有过那样一个异常的时代,这个时代就理所当然地给诗人提供了历时久远的灵感的源泉。

这个诗歌追求并没有成为过去。像《魔方,积木及其他》(李其纲)这样的诗,正是这种追求的继续。不同的是,它的追寻主题是通过无言的隐痛来表达的。当然,他更展示了比他幸福的一代人。也许,留给我们的就不单是悲凉的余绪了。时代给诗中的我安排了一盒温顺的积木。他照着大人给的图纸,搭美丽的房子。后来积木被焚,生活真正留给他们的,是黄昏一般沉重的泥浆中的一间茅屋——这里留下了绵长的一根愁丝。这首诗的力量在于主题有了向着更为积极方向的伸延。

诗的这个变革,带着某种并非有意的逆动。当诗萌起归来与追寻的主题,出现了人们预想不到的效果,即过去诗中受到鄙夷和歧视,后来在生活中又受到损害的小人物,随着"归来"主题而归来。一种更加真实,对我们也更加亲切的人,在诗中获得合法的地位。这种自然而然的发展中,也自然而然地隐含了批判和扬弃的性质:它是对曾经在一个时期成为完全占领的神的主题的反拨。

人的太阳在上升,那就是:一种普通的经历过劫难而又不失生活信念的、有着痛苦和悲伤而又不失憧憬和希求、会思想(特别是会独立思想)、有着七情六欲、也有着污痕也不免琐屑的人——如今成为一个太阳家族,悬挂在诗的天宇。

四 "自我"要求承认

诗应当多种多样。诗人的追求也应当多种多样。追求诗歌更加紧密地锲入现实生活,使之成为干预生活的强音,这种合力应当加以肯定。即使遇到挫折,也不要从激进的呐喊退向往事的梦幻中。但这不能是唯一的追求,特别不能成为排他的追求。社会生活可以直接成为诗人的材料,也可以经过诗人心灵的溶解之后成为材料。追求生活溶解于心灵的秘密,不能被认为谬误。

自我内心不容忽视,它是可与外在世界相比的同样广阔深邃的另一个世界。有人认为,诗人的自我是一个袖珍的社会,走向内心的倾向,不单发生在青年诗人那里,只要稍为留心国内一些活跃的诗人的创作便不难发现,这是一个相当广泛的趋向,充分个性化的真实的心弦的颤动,是诗歌魅力的主要来源。这样,充分地揭示诗人自我矛盾而复杂的内心世界,就成为一种引起关注的追求,特别是艺术空气温煦通畅的时代。

周良沛的《珍珠》,展现了一个充满苦痛和等待的内心海:"已经不知道什么是光明,牢黑得不知道自己可有眼睛……像沙在珠蚌里磨磨磨,像珠在蚌沙里滚滚滚,在等得难煞中,还等。在信得难以相信中,还信。"他在这里表现的是心灵的秘密,而且是对生活的合理溶解。他的《珍珠》使人想起舒婷的《珠贝——大海的眼泪》。几代人都在美好的时代里唱着心灵的歌,而不想隐匿自我。这些诗当然不是完美的,极其"完美"的诗往往并不完美。

在歌唱时代和个人的悲欢中,诗人袒露了自己的内心。雷抒雁的《小草在歌唱》的基本价值,不在于他表现了一个悲剧英雄的主题,而是他把这一社会生活的内容溶化、并与自我的内心拥抱,幻化而为悔恨交加的心灵的自语。

一个张志新,使中国发生了一场心灵的地震。在这场地震中,不少诗人都喊了心灵的声音。动人的声音来自那些不想隐藏自我的诗人。周良沛的《沉思》:"我还没倒下,就如同死去,你确实倒下,但你永远活着。"这诗句使我们想起臧克家的《有的人》。两相对照,可以看出自我加入与心灵剖析这新的追求的特质。

在诗的国土上,"我"是合法的公民。无"我"之诗,是诗的异化,为了争取合法的承认,不同年龄的诗人都希求在诗中自我表现。不回避卑微以及困顿,把自己真实的心灵袒露,在现阶段诗中一时成为风气。仅仅是"真实"这一点便足以自豪。从心灵的历史中,我们可窥见一般的社会心理状况。一个真实的充满矛盾的内心世界,不仅意味着一个袖珍社会,而且简直是一个时代伸入内心的"胃镜"。舒婷的《童话诗人》说:

> 心也许很小很小
> 世界却很大很大

透过一个小小的心,可以看到大大的世界。我们正是从舒婷式的充满矛盾的深情而温柔的呼唤中,看到一个大的时代给一颗小的心灵的浓重的投影。从这一朵可怜的野花里看到一个让人深沉思考的天国。要是说她写的是小我,我们从中得到的却远远超越了对于弱女子命运的同情。这样,把一代人的内心呼求当成了脱离时代的,甚至是造成时代的"不祥之音"的指责,就不仅是简单,而且是近于粗暴了。从一代人发自肺腑的真诚祈求,我们不难看到一个大时代留与心灵的伤痕。这呼求属于时代和人民,但却出自"小我"的内心。

这是诗歌在新时代的新追求。有了这种追求,诗歌的发展将更为健全。"自我"要求承认,要求地位,这是历史教训的反拨。因为我们曾在许多堂皇的名义下,把这个世界加以禁锢,乃至加以取消。因此,这种诗的"个人化"的努力,实质上是继归来和追寻主题(即关切小人物命运的主题)之后的非神化争取的深入,是对于消弥个性的诗歌的逆动。尽管因此而获得了种种责难,但为了前进而付出代价是值得的。当然,这不是说,我们认为所有的诗都应如此。只是认为,诗这样写应当允许而不应当禁止,这样写是正常而并非异常。

五 更为超脱的争取

现阶段的诗歌运动,其表象是矛盾的:这就是充满生机的沉寂。构成这一现象的核心仍然是青年诗。发表的机会少了,只有几个幸运儿出了诗集。但辛勤的耕耘仍在进行,颓唐或"另谋出路"的并不多,沉寂并不意味着丧失了生机,确切地说,默默耕耘的同时,他们陷入了思考。

记得数年前在北京举行的一个画展的前言曾经说过:"我们不再是孩子了,我们要用新的更加成熟的语言和世界对话","今天,我们的新大陆就在我们自身。一个新的角度,一种新的选择,就是一次对世界的掘进。"这是一代人最早的艺术宣言。这是充满了变革和开创性劳动的欲求。这就是我们所感到的那种青春期的冲动。但经过了时间的磨砺,他们中的许多人已认识自己当时的幼稚。

他们的思考已经有了全方位的转移。这就是,他们正在把目光从过去转向未来。那种冲动的热情已经减弱,一切都显得更为深邃了。他们意识到自己正走向成熟:"我们已冲破痛苦的充满危机的过程,我们正在对自己的过去进行清算"。就是说,他们并不以寻到"自我"为终极目的。在寻到自我之后,他们寻找自我所属的时代,以及属于时代的使命感。他们承认感伤是美的,但不认为感伤是唯一的。他们中的很多人,正从感伤的沉缅中拔足,他们为未能写出与时代相适应的诗歌而遗憾。这是不觉间失去童年又不觉间告别青年的早熟的一代。那种躁动不安的心情,已被理智和清醒所代替。

江河在几年前就宣告要写史诗,他为自己选择的主题是历史和人民。作这种宣告和选择的,当然不只一个江河。他们的笔下,流动着中华民族的"集体意识"。对于民族性格和命运的思考,已成为他们所关注的题目。曾经为长城骄傲而又把它视为"锁链"和"死去的儿子"的诗人,如今陷入了富有历史感的关于民族命运的《沉思》,这正是他们所渴求的史诗的主题。

仿佛出现了奇迹,这里并没有前番刻意追求的"小我",它有着恢宏壮阔的主题。相当一部分诗人正在从具体走向抽象,从切近现实而转向超脱和象征。以骆耕野为例,他的《不满》很具体地展现处于交替时代的前进的呼声。到了《车过秦岭》,不仅手法上有了更新——更趋向于现代诗,在内容上也力求对时代作了浓缩的表现。

不少诗人开始对苦难的抒写感到腻烦。他们的目光已从涂满了污秽文字的墙上移去。丢了的钥匙已经找到(即使不再找到也勇于抛弃),对于民族的昨天、今天和明天的思考,成了最为重大的命题。在圆明园,诗人把那里的废墟与自我融而为一:"这伤痕累累的石柱/是我苦难的纪念碑么/我感到,历史年创口/正从我心上裂开"(骆耕野:《吊圆明园》)。

前几年那种有意无意地表现出与传统相背谬的诗人,正理智地面对着自己民族的历史文化,并为此自豪。诗人们充实自己,他们读哲学和心理学,读美术史,也在读《离骚》、《庄子》乃至《易经》。杨炼的创作表明,他正在把西方现代艺术与中国传统文化加以溶解。他写《大雁塔》、《半坡》、《敦煌》,最突出的是《朝圣·致之危山》一类例子:

>   你是圣地,伟大的岩石
>   像一个千年的囚徒
>   由雕塑鹰群的狂风雕塑着茫茫沉思
>   春天与狂沙汇入同一片空旷
>   那棕黄的和谐里浸透你静的意志

骚动的灵魂终于在莫高窟永恒的静谧里俯首合十。他们终于能够从浮嚣的冲撞中喊出:"神圣永远是安宁的"。

在当代诗创作中,因为过于直接的社会功利的要求,往往因满足于眼前的政治性配合而使诗歌丧失比较长久的美学价值。不少诗歌因政治的迁延而不能久远流传。诗的生命很短,一种新的价值观念在历史的反思中形成并产生影响。这就形成新的追求。

这种新的追求体现为力图超脱于对现实的过于直接的配合和干预。他们从根本上承认诗发生于生活和历史,但他们对此持超然的态度。从这点看,他们正在摆脱短暂而寻求永恒,他们力求摆脱那种亦步亦趋的说明。他们产生了新的否定意识,以创造更为完整的诗美为自己的使命——当然,他们中的一些人因此流露出对于某种"配合"的鄙薄,这也说明着他们的偏激——但无疑,他们在追求更为长久和宏远的目标。

用诗进行说教在许多人那里已成为过去。这是经历了历史性挫折之后近于一致的觉醒。人们对诗要传达时代强音的愿望,大致上是赞同的。但人们不希望它完全成为历史的重复。诗的确存在着不同的职能,有一种诗与生活的关系直接些,例如前面述及的真实性的追求,那种对于生活积淀和社会痼弊的呐喊,无疑也是一种诗美所产生的根源。但有些人的目光转向了另一个方位,这种转换也是合理的,这传达出诗人另一层次追求的新信息。

六 简要的结语:多侧面的追求与多层次的组合

我们做了一次外在的描述,目的在于画出一个现阶段新诗运动的简单轨迹。我们感觉到我们目前正站在一座新的立体交叉桥上。我们已获得了一个高度,诗歌的视野较从前开阔了:我们可以看到道路曾经是怎样弯曲的,也看到它的来路和走向,我们已经告别了堵塞而获得了畅达。呈现在我们面前的,不再是棋盘式的平面构成,也不再是简单旋转的转盘式结构,而是立体的和交叉的复杂的现代结构。

我们如今从事的是新的多侧面的追求,一种从内容到形式,从思想到艺术都寻求变革的全面追求。从前面的叙述可以看到,这种追求是多层次的,但并不意味着后者优于前者。也不意味着以甲代乙的递变。与其说是递变,不如说是集聚与累积。这是一种由多样追求构成的多层次的组合。我们面前展现的道路(这里指的是艺术)不再是单一的,而是展现了一种多元的辐射的状态。

多层次的总体追求展现了新诗的生机。我们的诗将沿着辐射的队形走向丰富。

序《散文诗的世界》[*]

这本书凝聚了王光明多年的心血。这是一本杜绝了空言的学术论著,它总是那么实在,实在得如同这位青年的为人。这里的每一个篇章都呈现着辛劳的工作换来的厚重感。王光明在社交场合不仅行为"古板",而且拙于言辞,但他有内在的聪慧,为文坚实、犀利而不乏风采和灵性。细心地读他的文章的读者会自然地萌生起对它的作者的信赖。他显然并不完全满意自己所做的工作,本书的个别篇章诚然也流露了特定时期的稚嫩,但我坚信大部分读者都将从中感到他扎实而不事喧哗的理论批评风格。

王光明的文章我虽读得不全,基于对他的为人与治学态度的了解,我自信对他的工作会有一个恰当的估计。这次他将这些文章汇集成书,不想却勾起了我的一番超乎文学批评范围的感慨。人生世上,有许多事可做,无所事事的人是悲哀的。各人都按照自己的意愿和可能,做力所能及的事。这些事只需做得认真,有益于世道人心,就无所愧疚。但人们往往有一种错觉,以为趋尚热闹易于引起轰动者,便是做大事业有大奉献。这错觉在学术界亦不鲜见,于是形成了一种学风,即向着热闹的地方跑,时时都想着开风气之先。他们经常变换自己的选题,而这种变换并不以自己是否真有兴趣和真有准备为依据。他们侥幸成

---

* 此文为《散文诗的世界》序,王光明著,长江文艺出版社 1987 年 7 月出版,初刊 1986 年 7 月 21 日《文论报》。据《散文诗的世界》编入。

功,他们也往往如愿,但他们似乎都缺少了某种东西。

散文诗在文艺园地里是冷清的角落。散文诗的研究批评更是寂寞的事业。王光明以他的沉着坚韧,能够不图热闹而心甘情愿地拣一个完全不被人重视的地方潜深进去,锲而不舍地开掘。人不堪其苦,他却不改其乐。

如同王光明自述的,他原想"选择一块试耕的园地",不想一旦把目光投向散文诗这小小的一隅,他却不探个究竟不肯歇手。他用一颗大的心占领了一个"小"的世界。对散文诗的真质,他作了既是历史的、又是充满现代精神的判断;对散文诗的源起,他作了超越了前人的寻根究底的探讨;对中国古代散文诗和现代散文诗的历史沿革与衍进,他作了系统的剖析与总结。散文诗的特殊艺术方式和创作规律,在他的关注下有新的发现;他为一部规模不算小的中国《六十年散文诗选》的出版,作出了积极的贡献,更多的散文诗创作丛书和散文诗诗人的创作实践,都成了他访胜探幽的一片又一片神奇而新鲜的天地。

从历史到现状,从理论到创作,从宏观到微观,王光明选择了研究者人迹罕至的领域,对自己进行了不留情的、甚至显得有点冷酷的智慧与耐力的"测试"。我之所以认为他的工作成果超出学术的范围,在于它的确给人以生活哲理的启迪——每个勇者的脚下,都有一片哥伦布的大陆,到达彼岸的道路,是以由执着的信念驱使的一个接一个深深的脚印串接的。

人们羡慕那些成为社会舆论中心的话题,羡慕那些参与激动人心对话的时代弄潮儿。他们的名字在重要的场合出现,他们的论点能被反复地引用,他们的工作成果在时代的涌流中直接呈现,他们无疑以超凡的努力而获得常人往往难以企及的骄傲。我相信这本《散文诗的世界》的作者并非不具备那种才力,他也不是由于什么原因而不屑于此。但他涉足于散文诗这片并非圣地却多少有点像"弃地"的理论批评领域,却是由于一种坚定的选择。他似乎决心要把自己放在情感和精力都受到严格考验的环境中,他当然取得了有效的成绩。把双脚坚定地踩在一片土地上,甘于寂寞地认真地耕耘,这就足够了。

王光明曾就本书题名征求于我。他对我的一篇议论散文诗的文章所用文题颇感兴趣。论及对于这个足以让无数局外人感到陌生、寂寞得足以让无数同行怯步的世界的认识和占领,王光明无疑有比我更长足的理由占有这个题目。这便是如今出现的《散文诗的世界》这一书名的由来。为了体现上述我认为的王光明较我更有条件使用这一文题的认识,我在把那篇同题文章收入我的文集时改去了原来的名字。

当然,占领散文诗的世界并不是王光明总的追求。无疑有着更为宏阔和更为长远的目标在他的前面。但如此执着笃诚地占有一隅角落进行深刻的开掘,从不被人们注意的"小"世界里造出一系列的"大"文章来,这是对于王光明的潜深的实力的有效的说明。他下了一个决心,便给冷僻带来了热闹。他轻轻地、但又是认真地推了一下,散文诗批评这个球体便轻轻地、但又是认真地转起来。

一九八六年早春于北京大学

希望的星光[*]
——评诗集《雷雨中的星光》

人们越来越多地议论我国新时期文学在世界文学中的地位——一个向着世界开放的社会,不能不把自己对于世界文学的加入作为一种价值的标准加以考察——一种明显的判断认为,在目前和未来,最先拥有机会赢得世界关注的目光和肯定性评价的文学品类将是诗。二十世纪文学的世界性现象是世界文学的出现。二十世纪八十年代的世界性现象则是文学的单一选择格局的最后打破和多种选择秩序的确定。我国新诗的创立和五四新诗运动的兴起都是对于世界性诗歌发展的召唤的响应。我们为此经历了半个多世纪的艰难争取。由于中国文化,特别是诗歌传统的排它性与同化力异常强大,也由于三十年代以来文化运动中的左倾艺术教条的影响十分深刻,加上近三十余年无休止的政治运动,使艺术向着世界的同向发展产生了歧异,我们的文学艺术愈来愈趋于与世隔绝的状态。

这个局面为一次同样具有启蒙意义的思想解放运动的兴起所打破。一种重新获得自由呼吸的解放感,促使文学和诗歌新生。跃动始自一九七八年下半年。即以诗歌的发展而言,从那时到现在,我们为新的争取所作的跨越,其速度确非过去任何时期所可比拟。探索者不断进行着艺术的自我更新。执着的实践者在新诗潮的激宕面前进行着艰难的跋涉,一切都在承受着令

---

[*] 此文初刊 1986 年 4 月 5 日《文艺理论家》1986 年第 2 期。据此编入。

人激动的生命力的冲击。这种时代的恩惠,赋予诗人的严重使命,则是更为紧迫的对于艺术变革的追逐。这情景给诗人们的创作带来了未曾改变原有状态时的烦恼,也带来了改变原有状态而进入新境界的欣悦,从而使总体上不断更新的艺术推进了诗艺的日益精进。

一旦我们把这位开始当过工人,后来又进了很有名望的大学中文系并担任该校学生文学社团负责人的青年诗人的创作放在这种大的背景下考察,我们便会发现熊光炯创作实践经历的一切,正是一部分青年诗人创作历程的缩影。他一开始就遵从了重大的、有意义的题材乃是诗歌价值的基准的观念。他寻找并表现中国革命的纪念性题目。《伟大的第一枪》从选材到表现都保留了他所受的当代诗教的第一个鲜明的痕迹。他一直把庄严的现实使命感作为诗学追求的核心。《枪口,对准了中国的良心》一组诗以思想的警策震撼读者,但艺术表现及语言都受到了明显的拘束。诗歌艺术的发展以迅疾的变革超越和否定先前的成就,许多人在取得成就的同时便陷入了如何突破的困惑中,成就推动他们作新的抉择。

熊光炯以深受当代有成就的诗人艺术实践的影响而开始他的创作。他以积极向上的乐观精神来抒发自己的坚定追求。那以"柔弱而坚定"的手进行攀援的是"向一个完整的太阳,吹奏起生命的喇叭"的《牵牛花》;那把"最后一滴水分交给了太阳"而"没有悔疚和遗憾"的是《松柴》;那耕耘着"僵化的土块"并"咀嚼不幸和贫困"的是《蚯蚓》。这些作品的艺术表达方式是传统的,大抵总是从具体的物象中引出一个意义的升华,而以二者的比附的熨贴为艺术的佳境。熊光炯此类作品一般都取得了和谐的效果。其缺陷则是这种单向的引申所开掘的新意不足。这类作品在熊光炯作品中占有重要的地位。它不单注意了作品的社会性功能,而且充分重视作品的审美价值的提炼。《黎明诗纪》写得洒脱舒展,重视了诗的本质的呈现,是熊光炯诗中最为贴近人的心灵的诗章之一。它蕴含了熊光炯在已有成绩之上超越自己的意愿并显示了可能。

前已述及,当前诗歌艺术的发展有令人目眩的速度。旧有艺术经验的积累在新的突进面前感到了匮缺,这是任何锐意求进的诗人在新时代难以规避的现实。这种现实也许给熊光炯带来一些冲击。但他决心突破自己的已有的创作现实,他的诗克服了停留于对生活进行类比的层次,而趋向于透视复杂的人生。

他的诗的色调变得复杂了,其中包容了现实生活的诸多情感而避免了单一性。他在特有的轻松、宁静之中,透出了他对生活的滞涩的批判色彩。《夏天》组诗鲜明地传达了这一意向。他明显地摆脱了那种在对象面前的拘谨,而开始了较为自如的表现:雷雨中高洁的梧桐,它负载了斑驳的岁月的记忆;涌进中国街巷的自由的星光,那袒露了心房的夜晚,较白天更富人情味。在夏日游泳场的无拘束的气氛中,他表示了对那些"迷宫式的文字"和"魔方式的关系"的鄙夷。更为重要的是在这与自然和谐相处的氛围中,他获得了一个重大的醒悟:"我在这里找到了自己。"

一批不是以题材的重大与否作为取舍标准的诗篇,在那些人们都曾涉及的场景之中,熊光炯有了不乏新鲜意象的创造。你看,他在庐山到处可见的第四纪冰川地貌中看到——"历史,又一次可怕的滑坠,埋进山谷变成了新生代的化石"(《庐山地貌》);他在圆明园极平常的《荷塘》中开掘了一个埋藏的诗情——

    在坚固的冰层下面
    封存了记忆和一场劫火的灰烬
    伸出地表的痉挛的荷茎
    是它们僵而不死的神经

熊光炯的创作在逐渐走向舒展,他能够不拘形迹地写出心灵对于周围世界的真实的感受。正如《街心花园》的诗句所表明的:"幽静和清新在沉淀/然后从水管里喷洒出来/美在辐射/棕榈辐射翠绿/菊花辐射橙黄/灯柱辐射乳白。"他的诗情在幽静和清新中沉淀,然后辐射。他的步履是坚实的。他对于诗艺难度的每次克服,都使自己向前跨越了一步。前面当然还有待他占领的艺术高地,但他辛勤的劳作,无疑留下了新时期诗歌行进的鲜明轨迹。

从封闭走向开放*

想到新诗潮兴起的事实,总是难忘一位鲜为人知的青年人写的一首短诗。这就是孙文涛写的《年青的队列》:

> 他们是山。凝固着一个动荡的纪元
> 在二十世纪下半叶东方大陆造山运动中
> 以排山倒海的颠倒和崛起——解释巨变

这是一首以简洁的语言,富有历史感的,同时又是气势宏阔地描写这一场新诗的"造山运动"的诗篇。中国当代诗歌曾经受到"左"倾思潮的干扰和戕害,以至于曾在一个极其变态的政治暴风中频于毁灭。经历过长期的劫难,新诗从废墟中站起,它抖落满身尘泥,开始了新的探索和追求。这种探索和追求,难免会产生一切事物在新生期所难以避免的缺陷。但它的变革性意义,恐怕不是今日的人们所能全部理解的。

中国新诗的兴起是对于中国旧诗的反叛。因为旧诗经过几千年的发展,已经呈现不能适应新生活的衰竭和严重的模式化。它要求把丰富的思想和情感以脱离现实生活的语言装进僵硬的、几乎没有变化的形式中去。这对于日趋发展的现实,是一种不能容忍的约束。当新诗向着强大的古典诗歌挑战的时候,力量太过悬殊,于是借助外力——这就是外国诗歌的武器。五四新诗的产生和繁荣,与当日有一个与之沟通的广大世界关系至

---

* 此文初收《谢冕文学评论选》。据此编入。

深。当日一批最有成就的诗人,无不受到外国诗歌的滋养,郭沫若与惠特曼,冰心与泰戈尔,闻一多、徐志摩与英国诗,戴望舒、艾青与法国诗,戴望舒之与洛尔迦,艾青之与维尔哈伦、阿波里奈、乃至聂鲁达等等。

后来,这个世界变得越来越窄狭。我国诗歌与世界诗歌交往的范围,随着我国与世界交往的规模的缩小(这与新生的共和国受包围的警觉有关),也变得越来越窄狭。我们崇奉着"纯净"的文化和诗歌的观念。我们畏惧"病毒"的感染,我们想把、事实上也已把自己放进了完全隔离的"净化"环境中。为此,我们强调民族形式到了近于偏执的程度。我们的某些理论甚至无视新诗发展的历史事实,力图把新诗拉回旧诗的营垒。后来,就出现了与世界诗歌的极端隔绝。新诗完全处于自我封闭的民族自足状态。

五十年代开始,我们便以狭隘的价值观看待世界文化。为了维护某种自以为是的原则,起初是对另一世界的文化怀有神经性的紧张心理。我们排斥属于这些范畴的文化,只是对我们认可的诗歌开放。进入六十年代,我们又为了维护某种新的原则,而对此前认可的价值产生新的怀疑,从而对它实行否定性的批判。我们继续收网。这时候只剩下一部分古典的和浪漫的诗歌在喘息。到了文革十年,横扫一切文化和诗歌,几乎是所有的诗和诗人都被打倒和清除。我们诗歌开始完全的隔绝和封闭。这种不正常的状态延续了相当长的时期。

当动乱时代结束,几代人,首先是青年一代喊出了要求变革的声音。他们的主张是多方面的,其中之一就是把目光投向世界。他们认为诗应当从封闭走向开放,要求大胆地向前跨出,环视周围被长期禁锢的世界。他们宣告:"我们将从这里开始,走向世界。"他们之所以获得这样的信念,基于痛感中国在世界上失去自己声音的事实。他们把振兴诗歌的目标放在对于封闭的冲破，和面向世界的历史性追求上。"作为一个有数千年文明历史和诗歌传统的国家的诗人，还有比在世界听不到用自己的语言写成的诗歌更为耻辱吗？"基于强烈的反思，他们向诗坛发出了沉重的质疑。

一代人考虑到了中国强大的传统观念在这些独立思考面前可能有的反应。中国的历史太悠久，民族文化的沉积层很厚，任何稍为超越规范的言行，都会招来风暴般的回击。因此，他们要求变革的发言是审慎的。他们首先肯定"纵的眼光"的合理性。但认为不限于此，首先，当前特别重要的是，以"横的眼光"来环视周围的地平线。在过去，囿于时代的局限，这种环视不被允许。新生活带来了跃动的气氛，一代人由此受到了鼓舞。他们渴望从他们开始，要为新诗获得世界的承认做出切实的努力。他们对新诗只能在中国古典诗歌和民歌的基础上发展的概念产生怀疑。他们认为："新诗过去是并将继续是在中国和世界全部诗歌互相沟通的基础上的发展"（杨炼《诗的变革与变革的诗》）。他们这一时期争取的目标是反对封闭和实行艺术技艺的沟通与开放。

青年人有时措辞激烈，但事实上并没有简单地否定传统。他们最初的关注的确在于各民族诗歌横的交流。他们不同意把民族形式的承继看得重于一切。他们否定凝固的传统观念。他们把传统看作是一个发展的动的观念，是不断扩展和融汇的长河。他们确认几代人对于传统的不断"加入"和对于原有秩序的不断"调整"。这些观念显然是前进的，当然，也是挑战性的。

以上所述，大体是新诗潮初起时青年的思考。当他们发表上述见解和进行艺术实践时，中国迄今为止仍然相当强大的维护诗的原有秩序的人们（其中不乏曾经是新诗的探索者），向他们显示了力量。历时数年的"朦胧诗"——"崛起论"的批判，便是这些显示的表现之一。也许是由于迎面而来的压力，也许是由于他们自身的成熟,新诗潮经过了一番对于封闭性的艺术惰性进行了冲击之后(这方面,包括理论思考,也包括艺术实践),接着便是迅速的自我调整。从表面上看,当初那种向着世界现代艺术探求的热情已经减弱。实际是,冲决桎梏之后由热情而转向了深沉。先前热情洋溢地喊着"我是沸泉"的一代人,已把热量蕴蓄于地心,从而具有火山湖般冷静和澄澈的心境。

他们大体上都经历了一番对于束缚他们的"传统"的绳索的挣脱,向着对于他们是陌生的世界的"扫瞄"。而后,回过头来(当然是由于历史反思的触媒)审视本民族辉煌的文化和艺术,以批判的目光做了新的皈依。这时,他们在过去片面理解的地方发现了深邃和崇高。他们化浮躁为肃穆,以理性代替激情,融抒情于思考。过去未曾重视的命题,如今一个一个地令他们意趣酣然:从圆明园到古长城,从大雁塔到莫高窟,从楚编钟到秦兵马俑,从《天问》到夸父追日、精卫填海,它们都成了非常吸引人的诗的题目和内容。

这种心境和创作实际,海峡两岸的中国人是相同的,可以说是民族的心理因袭的一种呈现。台湾的痖弦在《诗人手札》中曾经说过:"我们雄厚的文化遗产值得向全世界自豪,但不可否认的,我们也在这庞大的累积中发现某些阻止前进的因素,我们的关键是:在历史的纵方向线上,首先要摆脱本位积习禁锢,并从旧有的'城府'中大胆地走出来,承认事实并接受它的挑战;而在国际的横断面上,我们希望有更多现代文学艺术的朝圣人,走向西方而回归东方!"这恰好证明了有着相同的民族文化传统的人们,他们对于传统的思考(不排斥个别的和少数的人)是同向的,对于传统的继承和带有批判性的反思也是同向的。

一知半解的人会把这一切视为浪子回头。其实这只是他们想法的天真。事实是,没有对于凝固的观念的反叛,就没有新时代艺术开放的意识;没有把目光向外作诗的现代信息的寻求,也不会有对于东方文化的寻根意向。对于如同中国这样有深厚的历史遗产的民族,不经过一次或是数次的认真的向着世界现代艺术的了解和把握,就不可能有正确的"回归东方"。当前被谈论得很多的当代抒情史诗的创造,并不是一种迷途者的"悔悟"的表现,而是一种现代意识支配下的本民族文化的深掘。这不是一些人希望看到的"后退",也不是漫无目的转圈子,而是获得宏阔目光后的前进。一位诗人最近谈到他对中国从远古至今的漫长文化结晶持有的态度,"将中国神话蕴含之气贯通至今,使青铜的威武静慑、砖瓦的古朴、墓雕的浑重、瓷的青雅等荡穿其中,催动诗歌开放"。(江河《太阳和他的反光·小序》)他追求的并不是某些人们竭力倡导的、以一种或几种固定格式为模式的"民族化",而是现代的审美风尚与传统文化心理的溶解。这当然属于崭新的创造。走向世界之后的回归东方,与原先的无视乃至否定世界而固守东方,其实质迥然不同:前者前进,后者凝滞乃至倒退。这已是诗歌发展的事实,五四时期的经验如此说明着,现在阶段的实践亦如此说明着。

寓繁复于有机的联想之中[*]

在这一首短诗里,小路不是一个单纯的意象,它有丰富的蕴含,录下了离别的脚步的故乡的小路,这是小路的实指;至于那母亲拄着夕阳的余辉向我遥望的"眼中流出爱的小路",其实是目光,这是路的幻变。

故乡的小路和妈妈的目光,被母亲乡情所重叠。因为它们都是绵延和遥远的,都充满了柔情。在这里,一个过去诗中常见的故乡小路那种单向写实的寓意,有了新的突破。小路的含意有了新开拓:脚下踩的是离家的小路,日夜思念的母亲的目光射出的小路,心中牵萦的却是两地思念的爱的小路。

到了这样两行诗,整首诗的意蕴就揭示出来了:"小路,是我连接着母体的纽带;目光,是您搂着游子的臂膀。"红带是柔软的,臂膀是多情的,在形态上与小路相近,在感觉上也与目光相通。诸多意象都围绕着一种相近的客体展开。它的繁复固然让人目炫,但它们间的内在联系又让人感到统一、和谐而无紊乱之感。

诗不能单调,但诗又不能芜杂。诗的单调是与贫乏相关连的。这首诗要只是写对于通向故乡小路的挂念,就不够丰富。人们会在许多构思雷同的作品中产生厌弃心理。现在的小路,虚虚实实,又具体又抽象。错误的意象交差,造出了寓繁复于有

---

[*] 此文初刊1986年5月1日《文学青年》1986年第1期,为王军《小路·目光》一诗点评。据此编入。

机的联想之中,这就把它与许多一般化的作品区别开来。它的价值就在于能够区别。最后说即使在母亲的思念与祝福之中踏上春天的路——

> 心,永远走不完——
> 目光一样的小路,
> 小路一样的目光;

这几句是破题式的综合:心的历程,故乡的小路,妈妈的目光,真诚的祝福……它们原是一体。也许再加上纽带,臂膀,射线,也都浑然的一体。王军的诗的语言是精心锤炼的,但过多地以形容词充当主语而略去必要的名词,如"跨上盛开着春天的平坦"其实其间还有开着春天(的花)的平坦(的道路)加以充填。偶尔一用似无不可,但屡屡如此,便为语法的规律所排斥。

诗人的命运[*]
——蔡其矫作品讨论会的发言

一

"我的历史任务是过渡,我的地位是在传统和创新的中途。"他讲这些话时我在座,他用的是近乎平淡的语气。但在我,却不啻是一声雷鸣。唯有洞察历史和恰当估计个人在历史的位置的智者,才能作这样的表述。一个人在历史的长河中应该做些什么,能够做些什么,唯有非常清醒的对历史的审视和对自我的认识的人能够作出判断和抉择。应该说,蔡其矫的抉择有着并不惊人的谦逊,但在我们这里,即使如此,也需要在抵御习惯性的压力方面作超常的心理和思想的准备。最好是不要进行选择,那么就什么都不会发生。不幸的是人们往往身不由己,明知有火,却偏要扑向火焰。蔡其矫就是如此。

这位曾经在晋察冀敌后工作并写诗的人,他的艺术生涯充满了风波。缺少足够的毅力和韧性的人,很难如他这般坚守。人们往往对他误解,以为喊过"少女万岁"的诗人,他的南国多汁液的柔情,必定会影响他的性格。事实并非如此,他一旦做了选择,就以强者的姿态坚持着,如一座雕像——

不向传统帖然就范
也不转身退出

---

[*] 此文初刊1986年8月《福建文学》1986年第8期。据此编入。

在两者之间自立境界
——《秋浦歌》

真正的艺术家并不总在热潮之中,甚至不在热潮之中。历史要是曾经演出悲剧,其中永恒的一出戏便是:智者的寂寞。勇于探索和坚持的先锋艺术家很难摆脱孤独感。因为他要走在全社会的欣赏习惯之前,而且总要以不和谐的态度对待整个文学艺术的已经固定的传统。我们当然不能说曲高必定和寡,但走在前面的艺术,在特定时期中遭到的"冷遇"几乎是一种必然。

蔡其矫声称自己是在"传统和创新的中途",他的传统观显然与他的变革艺术的信念相联系而成为对于传统变革的动力。"不向传统帖然就范",使他艺术活力得以永存;"不转身退出",则说明他的成熟。但构成蔡其矫艺术思想的核心的,还是对于传统的活泛的和通达的态度。尽管他声称自己不会"转身退出",但由于他同时声称不能"帖然就范",构成了一种戏剧性的场面,即:自称为不会背离传统之人,却被传统宣布了背离。中国几乎无时无刻不在演出这种悲喜剧。

对于强大的传统而言,它要求的是毫无保留的覆盖。一种绝对自信的力量,要求一切在它面前的被规范,而不必探究它是否合理。事实是,我们的传统观往往是扭曲的。相当长的时期,我们在诗中实行违背艺术规律的行政性统一,我们把这当然也与"发扬传统"联系起来。在一个不短的时间内,诗歌的规范化在特定观念的影响下得到有力的实现。在整个潮流的推涌中,蔡其矫是为数很少的坚持者——他坚持以不同于众的方式传达自己独立的声音。

他在众口一腔的统一歌唱中,坚持不和谐的艺术追求,这充分体现一个艺术家的创造和勇气。那时我们在文化和诗歌观念上的偏执是相当惊人的。我们提倡诗的"土调",认为土调符合民族传统;我们不遗余力地反对"洋腔",认为洋腔违背文艺方向。于是,蔡其矫的自由体诗在关于古典诗歌和民歌基础上发展新诗的倡导中的处境便相当艰难。以至于在某一个时期,舆论压迫他向他所不熟悉也并不喜欢的艺术方式就范,他在《襄阳歌》(《人民日报》1958.1.14)《会议地》(《人民日报》1958.3.20)等作品中所流露出来的尴尬,足以说明一切。

我们完全可以把这种并非出于自愿的艺术变异置于艺术研究之外,我们注重的是诗人一以贯之的追求。如今,我们把蔡其矫自《回声集》、《涛声集》开始的独特的不拘一格的诗篇,与当时大量的以统一的格式构成的诗歌对比,我们从后者看到了贫乏和匮缺。而蔡其矫却以自有的声音!体现了一个真挚诗人的品质。下面这些诗句是在大跃进新民歌的高潮中出现的——

> 你碎裂人心的呼号,
> 来自万丈断崖下,
> 来自飞箭般的船上。
> 你悲歌的回声在震荡,
> 从悬崖到悬崖,
> 从漩涡漩涡。
> ……
> 　　——《川江号子》

尽管这首诗的结束处还难以摆脱那个时代的局限,造成了审美的缺陷,但是在那个失去理智的年代而能保持如此理智地面对现实,当人们不同程度地处于热狂,诗人却保持了难得的冷静。他居然听到了"碎裂人心的呼号"和悲歌的震荡。仅仅是具有谛听此种声音的耳朵,在当时便是一种"特异功能"。要是再往前溯一年,他写《川江号子》的姐妹篇《雾中汉水》,那沉重的橹声,那寒冷中的喘息,干脆甩掉了那种千篇一律的"光明尾巴",而以痛苦结束全篇——

> 艰难上升的早晨的红日,
> 不忍心看这痛苦的跋涉,
> 用雾巾遮住颜脸,
> 向江上洒上斑斑红泪。

这首诗对民族的苦难和生活的沉重的表现更为凝重,也更具历史感。

更为重要的是,一九五七年已经预示了一个狂热时代的即将到来。在这个时候唱"低调"是危险的,但诗人还是作了无畏的选择。责备这位诗人对现实的逃避的人,往往逃避了这样的现实,即许多诗人都在自觉不自觉地逃避的时候,恰恰是《雾中汉水》的作者勇敢地贴近了现实。他们不敢正视这一点。恰恰是诗人自己有清醒的自觉:"说实在的话,为了现实主义,我肯牺牲艺术。"(《生活的歌·自序》)这话体现了某种强调,蔡其矫不同于众的地方,恰恰是他对生活和情感的艺术化。以独特的艺术去改造和再造世界,是他长久服膺的信念。

二

当然,在蔡其矫的诗歌实践中,对于现实的切近以及政治的体现并不是唯一更不是全部,他是美的崇拜者,不论自然美还是人体美,都是他真诚叩谒的神明。"沉浸在美与艺术的快感中忘掉世上的痛苦,即使这欢乐是昙花一现,但从美的奇迹中升起的染满哀愁的震慑力量却是历久不衰"。这话虽然是新近说的,伴随着诗人信念的是一贯的实践。蔡其矫用的是真正审美的态度,如《夜泊》:"港湾内布满了渔船小小的灯光,在水底却变成了光明的杉树;可是夜在海上散下薄薄的雾,却连最明亮的月光也穿不透。"

在当时的氛围中,能够摒除非艺术的态度,注视事物自身的潜在的美,并予以再现,这实在是了不起的实践。《南曲(又一

章)》的最震慑人之处不是他把音乐具象化了,而是那种不随俗,不迁就,勇敢地用最精美的手段再现美丽的光彩:

> 南方少女的柔情,
> 在轻歌慢声中吐露。
> 我看到她,
> 独坐在黄昏的楼上,
> 散开一头刚洗过的黑发,
> 让温柔的海风把它吹干,
> 微微的垂下她湿的眼帘,
> 发出一声低低的叹息。

五十年代是革命情绪高涨的年代,人们在政治激情的表达上,大抵都有着充沛的热情和精深的艺术手段,但对于自然美的审视却统统表现为若非麻木便极为粗疏。而蔡其矫没有理会那种观念的模式,他坚守着他自己确定的"自立境界"。当然他为此付出了代价。但是不是别人而恰恰是他,留下了一首又一首足以为共和国诗坛骄傲的美诗。事情隔了至少三十年,直到前不久他写《神农架问答》,还激愤地借自然美的被毁灭而生发出对艺术美的被践踏的感慨,特别震撼人心的是那一声悠长的叹息:"想不到欣赏美也是殊死的战斗"。这一诗句,是蔡其矫用毕生的痛苦换来的真知。

文学是一个艰难的事业,对于痴心于艺术的作家,得忍受得了时间的折磨。历史上那些立志于战胜当时的风尚以及欣赏惰性的执着的艺术家,无不具有惊人的献身精神。许多炫耀一时的花朵都成为过眼烟云,时间这张公正的筛子,把真正的艺术品留给后人而作了最无情的淘汰。

这位诗人也许是幸运的,他没有把永恒的怅惘留待身后,他亲自感知了那种不被理解的隔绝的结束。他经受了寂寞,甚至是长期的孤独,但时间却作了补偿。许多昔日热闹的话题被冷淡了,唯独他,经历了大弯曲而醒来的艺术良知,一下子辨认出这块久经掩埋的"常林钻石"——

> 仿佛是作为一次大变革的纪念
> 你于无人知的地下储存
> 忍受长期黑暗的埋没
> 耐心地等待你所期求的
> ……
> 经历时间和风雨无数次冲洗
> 你逐渐显露,逐渐呈现光泽色彩
> ……
> ——《常林钻石》

它终于在一个春天里走向理解了它的人们。

再谈论那些陈旧的历史话题已经没有意义,目光向着前面的几代中国人对那种历史的可怖的颠倒感到厌恶。尽管在迄今为止的全国性诗歌评奖没有他的名字,但把诗作为纯粹的艺术进行评价,蔡其矫无疑获得了广泛的理解与同情。历史的无情恰恰表现在这里,它仿佛潮汐,一次又一次地淘洗着那些珠贝,非诗的杂质成了泥沙,留下的是那些纯美的诗情。在这种无情的冲刷中,蔡其矫的大多数诗篇在诗的海滩上呈现出来并且闪光。尽管这种美丽的闪光中,带有某种悲凉——

> 这是痛苦的结晶、海的泪,
> 却为人世所珍惜!
> 我仿佛觉得它犹带着海的咸味,
> 那是闪闪的泪光啊,
> 带着日月星辰和云的悲泣!
> ——《珍珠》

三

只有亲身在那种严酷的环境中生活过的人,才能体味到这份悲凉的美丽。蔡其矫的创作始于四十年代,但他的创作盛期却在共和国成立之后,他拥有一个与所有诗人共有的政治性生存空间,长期造成的特殊文化环境与渴望自由表达的诗心形成了不和谐状态。尽管上面引用的《珍珠》一诗更多的是对于人生遭际的慨叹,但未尝不是艺术生长的痛苦经历的凝聚。

　　荒凉笼罩大地
　　生机在磨难中萎缩
　　用全部力量反抗愚昧
　　心因忧患滴血

这些动人心弦的句子出现在最近写的《花市》这首诗中。它进一步表明诗人对于摧折美的暴虐的灾难性反思。在这样一个空间中生活本就艰难,而在这样一个空间中自由地创作就更其艰难。但伴随着诗人日渐坚韧的自主意识而来的,是他对自己艺术信念的坚持。蔡其矫很早就找到了自己的情感支柱,那就是海,他自认为"大海的子民"。他从大海的涛声中找到了自己的心音。所谓的"回声",其实也来自大海。后来兴起"作家下放",他主动去了长江,他说,"反正江和海都是水,我要向水讨生活"(《生活的歌·自序》)。这个生长在海滨,早年又曾经飘洋过海的诗人,他在泯灭个性的创作环境中,终于以自有的声音显示独立的艺术性格。

当周围以强大的组织力量实行对于诗歌个性的改造时,蔡其矫却开拓了自己独立的疆土。这状况要在彼时彼地也许是一种自然,但在此时此地却成为一种异常。唯有能够在约束之中寻求自由的心灵,方能如此超脱。蔡其矫的这种努力,获得了重视,特别是获得海外诗评界的重视。"海都给他写完了"(陶然),便体现了对他这一努力的高度评价。其实,从五十年代初期的海洋诗到《大海》的出现,他的诗走着一条既自立又无法摆脱对于政治依附的状态。《大海》则是把他所钟情的大自然与社会政治因素作了调谐。因而蔡其矫的诗人自有空间并不是完整的。但这并不意味着他的努力没有价值,相反,从江海的发现开始,他逐渐明晰并维护了自己独特的艺术空间。在当代诗歌的发展中,当潮流鼓涌着人们离开自己所熟悉的而去熟悉自己所不熟悉的,并付与这一行动以超常的神圣感时,蔡其矫没有和他人一起去建立"生活基地",他把已经拥有的广阔的海洋和他的家乡福建的特有风物情趣加以结合,在个性化的路上走得比谁都远。

蔡其矫是在获得了"每首诗都要有一个空间"的自觉之后,下了决心"要写故乡的近代历史以及它的人文地理甚至它的风景,它的花木,它的习俗和艺术"(《福建集·前言》)。从《回声续集》中的"故乡"、"山水"两辑开始,到完整的一本《福建集》的出现,这证明他不懈的努力,更证明这种努力的效果。

蔡其矫的艺术实践说明,他对于特殊艺术空间的争取,与一般的乡土文学的主张有异。他并不注重所谓民间性的适应,而是要求用诗的形式传达那一地域特有的魅力和情趣。他重视"神韵"的把握,而不是表面什么民间形式或方言土语的展览和炫耀。所以不论怎样写自己家乡的风貌,他的诗的基本风格都是"洋化"的。他的空间理论不是形式的,而是注意实质。他写福建,他更用福建特有的气质写其他地域,他能够虚幻般地使他笔下出现的山水都具有了闽山闽水的气质和韵致。更为值得注意的是他诗中特殊的地域色彩,包容的是不受地域局限的无限的精神空间。地方风景的猎奇或写生与他的诗无关。他的作品包容了广阔的世界意识。他要使他笔下的山水草木一枝一叶都诉说着人类美好的情感。

到了近期的作品,在他那些关于大自然美好风物的抒唱中,更渗透着永恒的人生经验的结晶:

> 一千四百岁银杏雷殛后
> 犹返青在空旷的顶巅
> 温情在大地上是无限量的
> 生命有力量医治创伤
>
> 我们都是大自然的情人
> 不在意一切过眼烟云
> 虽然幸福迟迟不来
> 有悲哀也难确定
> ——《十里浪荡路》

借一棵古老银杏的再生,寄寓了他对生活的理想和信念。但他在写这种生命的信心时,却传达了成熟人生的忧患。"只有在年岁逐渐增长之后,我才觉察美的难能可贵"。因此蔡其矫近作多写黄昏的美丽:"以宝石般火焰燃烧,以激越的和弦近接晚霞"(《秋浦歌》)。他赋予那一切平凡的景物以深刻的哲理内蕴,成熟的人生更加坚定自己的信念,他把毕生的心力奉献给美的发现和创造,尽管怀有使命感的诗人,他的诗也留下了美的破缺和遗憾,甚于为了捍卫和呼吁美而表现丑,如在动乱年代他写"下巴叠成三层"的屠夫,这在他是并不甘心承受苦痛的。蔡其矫认识到,任何诗人都是通过痛苦宣扬欢乐,经过眼泪与挣扎,将光明和欢乐带到世上;他把这一使命放在自己双肩。

四

这是一位长久不被理解的诗人。中国的文学和艺术易于被"理解"的太多,以至于不易理解和不被理解便成为一种必然。

这至少在这里是一种"正常"的秩序。从这个意义上说,这正是价值的一种体现——不被理解的价值。有抱负的艺术家,都把打破这种"正常"秩序当作自己的使命。独特的艺术性格和艺术追求使这些走在前面的艺术家为世所不容。蔡其矫的诗长期被说成是"唯美主义"甚至被当作一面灰色的旗,这既证明了诗人的厄运,又证明诗人的幸运——他无视并超越了艺术的偏见与积习,而作着长途的无畏跋涉。有一段漫长的路,他似乎变成了一只"独步之狼"!但一颗诗心不泯,近作《横江词》写——

> 人如果自卑,
> 头上黑暗就无比猖狂
> 历史不给怯懦者以同情
> 诗就是一种私下反抗

他正是用诗做着一种最持久最艰苦的"私下反抗"。他目睹愚顽无休止地损害希望、破坏求索精神,"把什么都割成枯燥的小片,让信条包裹所有真情",他终于以自身的经验证实了一个新的价值观念:"文学不应受某些外在力量所驱使,作品的说教性愈浓,便愈不是好文学"。他终于能够在已经获得相当的理解、并有可能获得偏见的承认的时刻,说了如下一段可以理解为充满悲凉,但却更应理解为洞察人生忧患之后的激情的话:"不被窒息而死就是最大的幸运了!生命即使是伟大而勇敢,也难以到达成功……历史上一再证明,壮志不能完全发挥,价值也未被完全认识,失败的例子太多太多!即使成功了,也都有寂寞之感"。这是一种信心和成熟的语言。

1986年5月—6月
福州—北京

黄土地 一棵树站在路边[*]
——梅绍静的诗

一

> 我是一棵路边的树，
> 现在，我忘记了远离森林的不幸。
> ——《我是一棵路边的树》

自打那一阵狂风把她吹到这一片贫瘠的黄土高原，她无可选择地做了路边的一棵树。她感到被遗弃的孤单，她发觉自己还是一棵小苗便远离了森林。据说树是有家族的，树当然也有离群的不幸感。如今她终于"忘记了远离森林的"痛苦，但却经历了久远的时间。

这当然是一种异常的遭遇，有趣的是"异常"却降临给所有的人而成为"普遍"。许多人却在"异常"中寻觅生存的勇气。对于这位在大城市里上过学的女子来说，那道路似乎格外地艰难。她很快便发觉这厚厚的黄土地蕴积着厚厚的爱，这个爱终于在某一个时候点燃了她的诗情。许多人都有过在异常的际遇中苦苦挣扎的故事，如今已不是新鲜的话题。但要是换一个角度来叙述一位诗人如何出现、成长，我们便发现这几乎还是一个全新的题目。

---

[*] 此文初刊 1986 年 6 月 10 日《文学家》1986 年第 3 期。据此编入。

她从哪里走来？她走来的地方，也都是我们曾经出发的地方。她向哪里走去？也许她将和她的同伴在岔路分手；也许有些人走到了她的前面；也许她又把另一些人留在了身后；也许她将走向更远的地方——那地方对她的同伴和我们都将是陌生的。梅绍静从写长诗《兰珍子》到写组诗《追光》，她走的这段路不算短。她无疑是在巨大的矛盾冲撞中走过这个路的：最初的创作冲动、这冲动受到当时流行性理论的禁锢、以及在新诗潮影响下的试图超越自己，其间的艰难和曲折可以提供一个普遍的启迪。

一九七三年写的，一九七五年初出版的《兰珍子》凝聚着这位青年初萌的诗情，但诞生的时代便注定了它只能是畸形儿。好在作者很早对此就有较清晰冷静的认识：她的写作几乎无法逃脱当时发展到极端的理论禁锢，她为自己的作品"脸谱化"和"简单化"而气恼。大约十年前，她在一封信中坦率承认："修改和出版的结果几乎是失败的。现在，只有那些我曾经在生活中为之喜怒哀乐过而写下的章节和诗句，还时常打动着我的心"。要是我们拨开那些年"阶级斗争"造成的假象，我们不难发现这部长诗中的动人的陕北"乡音"以及在"样板"的浓云中渗透出的激情。但这的确已经成为遥远的记载。

从《兰珍子》走到《唢呐声声》，这位青年诗人的步履艰难而又顽强。她当然已经扬弃了《兰珍子》中的可厌的时代投影，她甚至也扬弃了用诗来编故事的意图。《唢呐声声》这本袖珍诗集是一个新的开始——她开始用诗来表现作为一棵树对于黄土地的挚爱深情。那"腾腾踏踏地响来，震动着沟沟壑壑"的《陕北腰鼓》，她从中听到了"来自贫穷的凄惶之中"的"热烈的迸发的欢乐"。不仅陕北腰鼓，还有陕北唢呐，那"不歇气儿的金黄的声音"是那样地令她动心，她呼唤着自己心中的唢呐，"永远被欢喜的人群高举"。

她终于也如那些不嫌贫瘠和艰难而顽强挺立的高原白杨那样,把根须伸向那些不断流失的沙土之中。她是那样地热爱这片土地以及土地上的一切。《雪地上的风筝》写的是梦境,那些乡下的可亲可爱的女子们走进了她的梦,她泪眼模糊地寻找她的那些"粉红色的莲花灯"。这是"故人入我梦,明我长相忆"。陕北和延安梦绕魂牵地成为她的久远的思恋。

她不会再去叹息自己的"不幸",此刻占领她的心灵的是发自至诚的皈依感。她唱着一曲又一曲依恋高原的歌:《我的心儿在高原》、《高高的山塬》、《收留我吧,高原》。陕北高原的风情已化入她的诗中,这棵树已经坚定地站在这片土地上。她吮吸着这片大地的营养和水分,尽管它是贫瘠的,但却赐给她一种女性少有的刚健。这种刚健不是词藻的呈现,而形成为一种风骨。梅绍静的诗并不柔婉,尽管当她讲到陕北的妈妈和女子,心中充满了温情。但温情依然是属于北方,属于高原的,如同那腰鼓、那唢呐。人们想到的是那片土地的浑重、艰涩、粗犷,而不会想起江南丝竹的柔情。这对于一位女性诗人,无异于是一种艰难的行旅。

二

> 只要世上还有这个声音
> 我的心就不会平静……
> ——《唢呐声声》

使她不平静的唢呐声要是仅只意味作为一面"镜子",启示她寻求那"既扎实又透亮"的"金黄的声音",这在诗歌内涵的开掘上并没有大的突进。梅绍静不少诗篇都力图通过"远离森林的不幸"的感觉,来说明适应和认同的困难。但她的确不经心地触及了一个深远的命题,即由于差别很大的文化背景所造成的心灵和心理的距离感。《唢呐声声》也有一个不经心的披示。它讲"我不再好奇地盯着吹奏人,那微闭的双眼,一凸一凹的腮帮","我不再讪笑满眼的红红绿绿,也不再发傻似的瞧着驴驮上的新嫁娘",这正说明曾经有过"好奇"和"讪笑"。这是一个遥远的距离。

这种文化心理的距离正是中国社会的实际。这说明诗人有一个冷静的体察——她无意中作出了超越,即不再不加分析地对农村(包括农村的落后)持近于宗教的原始性崇拜的态度,而是流露出某种陌生感。可惜的是,诗人并不十分认识这种发现的价值。她很快把这种距离加以"弥合",即在这种声音"振颤"中作了无需说明的"皈依":我也应拥有这样"心中的唢呐",也应拥有"永远被欢喜的人群高举"的"命运"。

事实上,当时她也没有力量和勇气去触及这样一个严肃的命运,她只能对此作出众所周知的"认同"。她那时要求的是高原对她的"收留",以及为曾经离开过它而恳求原谅,《收留我吧,高原》。她当时的愿望是尽快地消弭这种由"距离"带来的"陌生"。一旦她消失了这种"外乡人"的心理距离,成为其中平凡的组成部分,便是一种新的境界。但是两种文化的距离是不会在那么短的时间消失的。那时给一个个从大城市来到此地的学生娃的任务是尽快地变成和黄土地没有区别的,直至消失了自己的人。但事实却与此隔着遥远的距离。那时的"改造",只是一方的"施加"与另一方的"接受",而不存在一种"互为"的状态,这当然是一种片面性。

要是对《唢呐声声》所朦胧地触及的对于两种文化的冲突加以深刻表现,诗歌便会因而进入新的境界。她囿于当时条件,对此并不自觉。但她有的作品却自然地呈现出这种创造的欢喜。《她的脚步悄悄》由于拉开了"距离",不是从"同"出发,而是从"异"出发去看她所陌生的社会和人生,她便发现了一个陕北妇女的深刻的命运悲剧,聪慧而不能受到正常的教育,不能自立的过早的婚姻,没有爱情的婚姻的暴露、最后是因难产而悲惨地死去……绵长的对于世代如此的弱女子、苦女子的思念中渗透出来的人情味和社会悲歌,已经接触到社会生活的更深层。梅绍静没有用现成的创作公式,也没有用强烈的辞章来渲染和夸张她的思考。她只是不露声色地写下这样的一连串问号:

> 啊,为什么结婚?
> 为什么生孩子?
> 谁知道?
> 谁知道?

这是"拉开距离"以后从一种文化审视另一种文化产生的新鲜感。不再是一种感伤情调的同情,而是置身其中的严峻思考。这在她的创作中体现着一个新的开始。它无疑获得了一种意想不到的效果,这个效果在后来创作的《三女》中得到了完好的表现:不仅是陕北女子的命运主题得到了深化,而且更为动人的是那种无所不在的惆怅中自然流露的人生忧患。三女曾经是天真活泼的女子,如今:

> 你的三女子都这么大了。
> 我再也不能叫你三女了,
> 啊,三女!
>
> 你那又黑又粗的辫子呢?
> 幽幽地,
> 永远像在对人讲话的眼神呢?

这次她不是无意间"触及",而是有意识地揭示那种深刻的文化背景的距离。一方面她对过去少女间的纯真友谊与信赖作了不加装饰的、但却质朴真挚的追忆,一方面她的确不想掩饰她们之间迄今不能弥合的差异：

> 我们一起哭过，
> 也一起笑过，
> 今天就问我些别的吧。
> 千万别问：
> "都三十三了，
> 为啥还不生哩？"

新的价值判断正在形成，这是一种承认彼此互不相同的文化背景下产生的互尊。三女有三女的道路和命运，与三女不同的我也有着不同于三女的追求和选择。"千万别问"是说：即使回答了也未必被理解，何况这种"回答"又存在着极大的困难！现在她终于把这种遥远的间隙坦露在我们面前。尽管这诗较比过去涉及人物的诗篇显得简约了，但却超乎寻常的扎实和丰富，它的深沉是由它的正视事物的矛盾和差异造成的。

《银纽丝》、《陕北女子》也都是这一路的创作，体式更显清纯，也不事铺张，章句也简括到拒绝华靡的地步，但却真的动人心弦。《银纽丝》是一种眉胡调，一个凄凉的曲牌。梅绍静以这样一个乐曲，画出一幅带着浓厚高原黄土气息的风俗画。依然不掩饰她对那特殊的同时又是深厚的乡村文化的揭示。这是一个陕北女子的心灵的跳动，她在送她心爱的人：

> 这会儿我才晓得自己的心又要站不稳了，
> 已在冰河上摔过好几回。
>
> 他几次回头想过来的样子，
> 可还是打定主意离我远远儿的。
>
> 他总算还是走在我前头啊

>可过了河就是山西是山西，

我们终于看到了真实的中国。梅绍静诗中所传达的忧患感，竟是如此不加雕饰，让我们的心振颤！

三

>我像千万个陕北女子，
>走进信天游悠长的曲调。
>哦，我知道那唱着我的歌词儿，
>也要在长长的，长长的山梁上悠悠跳荡。
>
>——《信天游》

开始的时候，本文说到梅绍静不算短暂的创作道路充满了艰难曲折。就是说，尽管她不失为一个有才华的青年诗人，但在那种特殊的社会氛围中，她不可能按照自由心灵的驱使进行自由的创作。《兰珍子》创作、修改和出版说明了这种艰辛。但更为深潜状态的规范和约束，使她的不少有可能获得成功的诗篇终于沦为平庸之作。《小饭罐》便是其中的一首，它的身上也带有此种"伤害"的刻痕。

《小饭罐》有一个惊人的开篇：

>小饭罐不是《兄妹开荒》的道具，
>用过它的还有我们的祖先。

它赋予小饭罐这一意象以独特的历史感，无疑已把这首诗的构思放在了深厚的黄土层上。一些诗人乐于从历史博物馆的玻璃后面发现古朴的陶罐，他们写出了动人的历史性作品。但陶罐在他们那里并不是实有的，它往往被饰以历史的光环。但梅绍静的小饭罐却平凡得在陕北的每一个垴边都可找到，但却是一个了不起的"发现"。遗憾的是习惯性的联想立即毁弃了它。尽管她写"小饭罐是一首延续了几千年的诗篇"。但她显然没有重视这个发现背后的浓郁诗情。当我们读到"是因为我没有想到自己,也是这伟大民族的一员"时,禁不住要为不知被重复了多少次的"检讨"深深地惋惜!

《陕北腰鼓》也是,她听到了那洋溢着原始活力的鼓声,但却被过于切近的社会功利目的"拖了后腿":"多希望这金黄的土地使我们的鼓面,敲出最扎实、最宽广的欢乐";《黄河》也是,一方面有非常动人的物我彼此观照的情思,她写黄河也是写自己:"涛声从老远的地方传来,我听见自己的胸膛里也有'轰轰'声响";但同时,她不能全然摆脱传统的抒情习惯,黄河上的船只依然"拖着一个民族艰难行进的印迹",黄河也依然被直接地说明是"苦斗者的象征"。

在近期的创作中,她的抒情主人公的位置尽管仍然是我,但已有了悄悄的改变。不再是要求"收留"或是站在受教育的地位的歌颂和崇拜,也不仅仅是前面论及的从一种文化严峻地审视另一种文化的"拉开距离看"。而是要把自己形神一致溶化其中并进行理性的思考(需要指出:在梅绍静的审视与思考中,她那浓重的对于这一特殊时代的肯定性礼赞,益发衬托出她的批判精神的微弱,这造成了她的诗作当代性的弱化)。前面引用的《信天游》的诗句,说明了这种追求。我已经不再是孤孤单单的外乡女子,也不再是被陕北妈妈人情的抚爱而重获幸福感的"那个梅"。我已经是这个黄土地不可分离的一个细胞,我"走进"了信天游、剪纸、社火和金唢呐。那些传说和民歌中的女子,那不爱银钱"给放羊的五哥哥做了衣裳"的女子是我;那开了小店"和赶牲灵的哥哥好来好往"的也是我。当然,也不全是往日"祖祖辈辈在人们口中传唱"的我,而是萌起了不满传统的生活状态的现代的我。

特别令人注意的是《山风才为玉米叶子歌唱》。她写出了从一个状态到另一个状态的艰难行旅。这首诗中依然有着冷静与炽烈交织的对于生活的审视——那些完全不起眼的玉米叶子如何在默默地牺牲和奉献:

> 愿意此刻就从自己的胳膊上,
> 长出一片又一片碧绿的玉米叶子来。
>
> 我就是扎在这里的一条根,
> 从今后永远不再说自己是在为你们歌唱。

　　这些诗句道出一个异常复杂的心态,即一方面不愿自己是在"外面"歌唱玉米叶子,而宁愿自己就是被歌唱的主体。这在抒情位置上是一个大的变动。在《兰珍子》中,诗人是故事的编造者和说故事的人;在《唢呐声声》中,抒情主体大体上是明确意识到面对的是一些崇高的劳动者,必须以改变自身状态适应他们的我,这才发展到现在,如今是"我就是扎在这里的一条根"(《山风才为玉米叶子歌唱》);"我的心在化成瓜叶"(《系线线的芜荽》);我"根本不再是常来这窑里的学生女子"(《双扇扇的木门打开了》),就是说,我就是这里的庄稼、土地、主人。这其间洋溢着强烈的自信的肯定意识。另一方面,这些诗仍然流露了传统的自我否定的色彩,这就是:只有山风才配为玉米叶子歌唱;因为只有她才能那样固执地、无邪地、赤诚地唱,而且只有山风才"永远不会离开黄山土梁"。这些现象,说明梅绍静的创作转变期的复杂性。

四

> 那一天
> 没有舞者的追光将悼念美

> 那是一类娇小而强健的灵魂
> ——《追光》

这红舞鞋着魔似的飞旋,它象征永远旋转着的生命之舞,直到那一天终于来到。当那一天来到,"没有舞者的追光将悼念美",那毕竟是一个美丽的休止符,它毕竟记载了一颗心曾经怎样地跳动。组诗《追光》是梅绍静在京学习期间的新作。也许是她受到了这座城市新的艺术之光的照耀,也许是她感到了需要对原有的艺术方式作出新的调整。但可以肯定的是:她向我们提供了新的艺术变革的信息。很难预料她从《兰珍子》到《追光》走过了多么遥远的路程,实际上她是从中国现代诗歌的高度统一的模式的形式,走到了这个模式的被破坏。她的这个历程实际上不是十年,而是比十年多出数倍,乃至比她的年龄还要长的一个长长的过程。艺术的存在有自己的合理性,《追光》仍然体现了合理性。但我们目前仍然不准备对它的价值作出判断,特别是作出比较的判断。

我们要加以证实的是这种合理性。梅绍静的诗歌创作起始于注重人物事件的叙述,以及陕北乡情的抒发。"延安农村生活是她创作的主要源泉"和"同老根据地的群众建立了深厚感情而迸出的诗情"(周良沛:《唢呐声声·集后》)这些特点构成了她的叙事抒情的具体性。这一奠定她的基本艺术个性的特点,由于近期作品、特别是《追光》的出现而产生质变。她无疑还将写她所擅长的诗,但目前这种状况证实了她的追求和前进。原先相当实在的抒情形象被浓厚的象征色彩构成的抽象性所代替。读惯她的原有风格的作品,再来读读现在这样的诗句,它给我们带来了一种新鲜的刺激。这里有热烈的不拘形态的生命的冲动——

> 每一个细胞都不会再有

> 雕塑般的造型
> 欲望香气般馥郁
> 馥郁在东　在西　在南　在北
> 方位在馥郁里又有什么意义
> 每一个新的欲望
> 都叫自己惊奇
> 　　——《红舞鞋》

我们承认具体描写是一种方式,我们还要承认目前这种让人猜测和琢磨也是一种方式。它的对于读者的再创造期待具有深刻的诱惑力。这种诱惑力如同磁石吸引着人们向它靠近,经过一种并不轻松的接受过程,获得将是一种超乎寻常的轻松。这就是这种艺术方式的魅力。《音阶》通过关于音乐的感受,象征地写它背后闪动的生命的怪影:

> 每一步都落在一组音阶上
> 一串儿连续的音竟如此丰盈
> 永远也不会叫我厌倦
> 响起便预示着什么将要来临
>
> 这通往山巅的小径
> 音阶一样幽深
> 小径拐成"希"音
> "希"音　将把什么昭示
> 一个不稳定音符
> 一个永不能收束任何乐曲的音符

她显得活脱多了,手中有了更多的"招数"。这《音阶》是通过音的感觉折射人生,还有光和刹那间的感觉,都被她用作创造的手段。这是光:那明明灭灭的荒原月色"在一瞬间闪现　旋舞/又在一瞬间消隐"(《青春》)也是这首诗,非常精彩地写感觉:"一瞬"会变成"悠久"——

> 岩石迸裂了　似花朵
> 骤然开放
> 这是多么悠久的瞬间

在这样的诗句面前,那种尾随实际事物的描绘显得苍白了,因为它的抽象性能够囊括更多的实在。

诗人终于把自己当作了对象。新近的作品表现了她的大胆。不论是长诗《飞旋》还是《追光》,她"舍弃"了许多她长期重视的传统意象。第一次在她的诗中出现了模糊性的背景:高高的山塬、塣畔的青草、土窑洞和信天游都已消隐,呈现在我们面前的是这样一串音符,这样一些神异的追光,以及永不停歇的红舞鞋。但这并非舍弃,这是一种升腾。我们坚信梅绍静是把那一切实在而具体的东西揉进了那光、那影、那音!路边的那一棵树,依然站在厚厚的黄土地上。

我读泰昌的散文[*]

散文的散,很大成分指它表达人情世相时不受拘束的心境和文笔的自由。散文如写得拘谨,甚而堕入刻板的模式,它就名存而实亡。我常读诗,而读诗又不胜其"累",这样读多半是"被迫"的,一种目的感逼迫着你进行"痛苦"的欣赏。这在我,几乎成了"职业病",每当此际,我便想到散文。我记忆中的散文,是我逃避那种让人承受不了的欣赏重压的"憩园"。

但不幸,有相当一个时间,散文这个"憩园"已不存在。那里充满了着意于做华美文章的氛围。特别是有一个时期,因为出了二、三位散文大家,他们的作品造成了某种散文范式。虽然不再搞什么起承转合了,那些范式却也烦人。幸而这一局面已成过去。但感到文学给予温馨与抚慰,让人全身心松弛下来而充满审美意趣的作品依然不多。散文的"不自由",依然是个应当引起广泛关切的题目。

我对散文说不上特殊的选择,写得自然而有实在内容即可。从徐志摩《巴黎的鳞爪》那样"浓得化不开"的华艳,到周作人《喝茶》那样如菜根之清苦的恬淡,我都喜欢。古人名篇中,从《永州八记》到晚明小品,均诵读不辍。我把袁宏道的尺牍当作最优美的散文名篇来读。至于张岱的《西湖七月半》一类文字,他通过那些洒脱而毫不经心的笔墨传达出来的人生经验的洞察与豁

---

[*] 此文为《有星和无星的夜》序,吴泰昌著,上海文艺出版社1987年10月出版;初刊1986年10月9日《解放日报》。据《解放日报》编入。

达,一样令人陶醉。许多大手笔都把散文写得随意、自由,娓娓道来全不似是在命笔作文。我在这一片自由的天地里,感到了心灵的自由。但不知怎的,散文到了现在,却做得越来越拘谨,仿佛是散文家们给自己做了无形的笼子。我感到失望。

要是散文仍然让人"紧张",让人觉得作家在作美文,或让人感受他竭力要训诫(那怕是用很"艺术"的方式)一些什么,我们就会自然地远离它。泰昌的散文完全没有上述那种让人紧张和感到造作的气氛。读他的文章宛如他就坐在对面,听他海阔天空地"乱弹",意趣无穷。泰昌以平易的文风,亲切的语调,自然的艺术气氛,当然还有他广博的人生见闻和文史学识,造成他的散文的特殊魅力,吸引我们进入他的作品。他能把本是严肃的论文的题材写得洒脱随便,使之充满了情趣;他也能把那些易于牵动情肠的内容写得非常"克制",却同样传达着浓郁的情怀。在散文领域,他不试图做惊人的突破,但实际上却作了某种超越。

泰昌的散文路子很广,它给读者提供多种选择的可能:举凡抒情言志、文坛故实、名人轶事、山水游记,都在他的艺术视野之中。这说明他为文的博达,又说明他为人的机敏。他没有那种死心眼,认定一个"路子",无情地禁锢了自己——有的人毕生只写一种散文。

泰昌自述,他写散文是由于"新时期文学浪潮撞击的结果"。开始,他发挥自己学业的专长,写了相当数量有关近现代文学史实的随笔、札记一类文字,并没有意识到自己在写散文。后来人们提醒他这也是散文的一个路子,他受到启发,便放心大胆地一路写去。越写越活,也越顺手。他的散文现今呈现出自成一家的规模来了。做学问、搞创作,都是费心劳神之事,自是轻率不得。但原也不必那么绷紧神经。像泰昌这样,轻松愉快地如同寻求什么乐趣一般的创作状态,是令人羡慕的。

记得泰昌写过一篇叫做《咸鸭蛋和松花蛋》的文字,这篇文字某些细节的斑驳繁冗可能是个缺陷,但全文那种轻微的哀愁的调子和充满人情的韵味,却始终让人心动。文中叙述的某些燕园生活的情节,因为是我和泰昌共同经历的,除了倍感亲切,我还惊佩他对于生活经历的把握与表现的能力。他能把当时相当琐屑的细节,化为令人萦回情肠的忆念。

但泰昌最引人兴味的还是叙写他与文化界知名人士平生交往的那些文字。在那里他发挥了他所有、别人所无的优越之处。由于工作的性质和他生活社交的特殊环境,他对当代文化界一批最负盛名的人士都有直接的接触。也许因我长期生活在高等学府的原因,对此类作品特别感到兴趣。我从泰昌的散文中得到的关于我的那些师辈人格和情感的教益,远比课堂上得到的更多,也更生动。《海棠花开》那样清雅自然的作品,堪称当代散文的佳品。

泰昌写这样的文章,不论是记述茅盾、巴金、冰心、叶圣陶,还是别的什么人,都没有炫耀他的第一手见闻的意思,文章的素朴无华如同他写的对象。泰昌散文最让人高兴的是他没有那种刻意做文章的匠气。他不事雕琢。像《海棠花开》一类文字,那份无须借助于言辞表达的浓极、浮极化为的清俊,那份深深领略人生况味之后的通脱,他真的写出了禅宗悟性那样的出神入化!这类散文所达到的老练令人羡慕。这固然是由于那些文字中蕴藏了丰富的学识(这些学识不仅来自典籍史料,而且来自他直接的发掘和把握),而且更为重要的是,泰昌在表达这些时渗进了他无言的深情。泰昌的贡献是他以散文的方式写出了以北京为中心的这个中国文化圈。他置身其中,所以他能以充满情感的语言展现这个圈中特有的氛围。

散文在我国历史极悠久,古今名家如林,佳作多不可数。在这样的环境中创作而又能为人们所知,实属非易。泰昌原本无意写散文,偶一为之,数年间便如异峰突起,实有赖于他充分的艺术个性的实现。建国以来的散文,六十年代出现过一个小高潮,出现过若干名家。但名家的作品一下子便成了规范,流风所及,千人一面,走向了极端。泰昌虽后出,但不同于流俗,他找到自有的位置,因而他能有效地自我实现。

他写景抒情极少直接宣泄。他为文重史实资料,人们从中所得到许多宝贵的启示,但又出以平易,用文学的语言夹叙夹议,务实而饶有趣味。泰昌一部分散文甚至是一种考证,但他故弄玄虚,他没忘了这是引人入胜的文学。他的文字从不自作多情而情意却郁郁森森。《听朱光潜先生闲谈》一文,写朱先生崇高如圣哲,但却一样有凡人的习性与秉怀。如写朱先生赠书,两次都立了郁风和黄苗子是一对,读之令人解颐。

这种文字,在泰昌的散文集中比比皆是。他懂得节制用墨,他没有滥用形容词的习惯。特别是写那些文化大师时,往往显得格外拘谨。那分寸感是局外人难以把握的。《巴金这个人》中有一段文字:

> 中国作家协会主办过两届全国优秀中篇小说评奖,巴老是这两届中篇评奖委员会主任。第一次获奖的作品,他基本都读了。我曾在一个下午,听了他关于这些作品意见的谈话。谈话进行了两个小时,谈兴正浓时传来了茅盾辞世的不幸消息。他默默地站起来,接过电话,走向花园了。这次谈话就这样意外地中断了。他站在花园的草地上,默默地望着远处。那么静。我却仿佛听得他内心深处的惊涛与雷鸣。

这是无言的悲痛。泰昌不加形容地写巴金接电话后的三个动作:走向花园、站在草地上、默望远处。除此之外,别无一语。这时,作者用完全素朴的三个字的短语:"那么静",写静默立着的巴金内心的激盈。此时此际,多用一个字都会觉得过分。

　　泰昌是一个忙人,他总是行色匆匆。但不管多忙,每隔一个时间,总不忘来坐坐。他一来,这里的气氛便大活泼。言谈如他为文,随便、自然、风趣一阵谈过,他又匆匆走了。泰昌事多,但精力过人,他写了那么多文字,用的多是休息时间。在北大中文系五五级同学中,他属于"小"字辈,这些年不觉鬓角已花白。他总是那么风风火火地活着,像是有散发不尽的热。一个人成功有许多因素。泰昌取得的成就也有诸多条件的促成。但我以为至关重要的是勤奋。泰昌这些漂亮文字,都是他和瞌睡、疲劳作斗争之后取得的。

　　泰昌的又一本散文集要出版,要我写几句,我谨从命,便写了以上一些话。

一九八六年八月二十日,北京大学蔚秀园。

我的遥远的天空[*]

这片悠远无垠的空间,以无所不在的丰富滋润并铸造了我属于这片黄土地的心灵。无论何时思及它,我只有赞叹它伟大母性般的恩泽。最初接触的是唐诗,那些晶莹意象的闪耀,造出了一片我当时无法深解的奇妙的天空。在半知半解中,文学和我的童年产生了第一次美好的叠印。稍大了,还是唐诗,但已不是那些精致的律绝,而是长篇歌行。我把自己关在老家的木楼之上,着魔一般大声念诵浔阳江头的秋声,那里飘浮着轻罗般的淡淡的悲愁以及深深的对于平常人的苦难的同情。还有,也是似懂非懂的长生殿畔的恋情,生生死死的爱情打动了我的童稚之心。白居易那两首长长的叙事诗,我当年几乎能一字不拉地背诵下来。

我不像许多人那样大量读古典小说,言情小说或武侠小说偶尔涉猎,但毕竟没有完整地读过一、二部。进了中学,我和古典文学的奇遇是在语文课堂上。我的语文老师是毕业于南京中央大学的余仲藩先生。他用福州方言(它保留了众多的古音)吟诵论语"侍坐"。我第一次惊异于不具格律的文体却拥有如此动人的音乐效果。随后是那些清雅的山水游记,我读柳宗元的散文较早,也是教科书启发了我的兴趣。至于晚明小品的清隽,以及我所迷恋的清代黄仲则的诗,都是我自己"发现"并进行了选择的。

---

[*] 此文初刊《古典文学知识》1986 年第 8 期。据此编入。

我感激不尽我的大学的老师们,是他们引导我熟悉了上自古神话、先秦诸子、楚骚以至于近代诗文的极其丰富的名篇佳作。事实上,即使是专攻中国文学的大学生也很难全部接触这座辉煌无比的殿堂。但有计划、有系统地在一个时期集中精读一批著名的代表作是异常必要的,我有幸在师辈严格的督促下完成了这个基本要求的训练。游国恩先生以他精湛的考据训诂的学识,杨晦先生以极丰富的史料占有、传授古典文学理论的精髓,林庚先生以他独到的创造性的艺术感觉,吴组缃先生以他极细腻深入的人物性格和情节结构的分析,都给我以终生受益的深刻印象。不仅是他们的讲授艺术的富有各自的魅力,而且以他们各具特色的治学方式与思维方式全面地启示了我。是在北京大学五年的期间,我实现了对于中国古典文学由蒙昧的兴趣到有明确追求的把握以及进行综合思考的超越。

　　自此而后,中国古典文学这片遥远的天空便笼罩着我,它成为启迪我的灵智的磁场。它使我无论思考什么样的文学或艺术的命题,都会自然地追寻到哺育了我的艺术生命的母亲之河。以至于不论在何时何地,也不论在什么问题上,我始终觉得坚实和有把握,因为我能够接近乃至触及这个"河源"。中国古典文学成了一个宏阔的文化背景,它溶入了我的心灵。它似乎给我提供了一个无穷无尽的信心感和安全感。我觉得在它面前,我不仅是一个皈依者,而且是被塑者。如同以往数千年,它不断塑造着民族的灵魂,它塑造着我。

　　这片土地的深厚和坚实,给了一代又一代人充实和满足。我也如此感到。有时我诧异于它深层沉积的富有,有时终于惊叹它贻我以束缚和限制。一般人不会想到摆脱,但它却是以无形的坚韧紧紧地勒住了你。

　　这的确形成极其深远的传统。这传统的不可摆脱性是令人吃惊的。它使一切触及和研究它的人感受它的自足性,并培育和强化感受到这一特性的人的自足性。到了这时,伟大的传统也就成了伟大的因袭。这就是鲁迅为什么在应《京报副刊》"青年必读书"的征答时,会回答说"从来没有留心过,所以现在说不出",甚至说"我以为要少——或者竟不——看中国书,多看外国书"的原因。

特别是当在现代生活的感召下萌动着现代情智之时,这种因袭便生发极其强大的反作用力。本世纪初叶至二十年代间的转折期,一个民族的新生启迪着它摆脱因袭的重负而走向世界。这时,文学传统的幽灵便成为强大的力量站在了对面。五四运动的前驱者们为了在其中杀开一条血路而付出极重大的代价。他们取得了巨大的成就。但显然未曾完全成功。一方面是他们当时对于传统所持态度不乏片面的理解,他们想通过一时的否定而使传统中断乃至消失。另一方面,他们当中不少人,转了一个圆圈之后,很快便实现了对于传统的认同和皈依。

以旧体诗词为例,它的生命力的顽强是当时的激进者所始料不及的。因为它在久远的发展过程中,以臻于至境的完熟的艺术而成为历史的事实,它与世代人的欣赏心理和审美意趣产生了血肉联系。它在民族心理文化中,乃是一种超稳定的因素。它甚至会在革命情绪异常高涨的年代,为一批在争取民族自由解放抗争的,革命情绪同样高涨的先驱所倡导,而终于在特定时期受到特殊的重视,这也是众所周知的历史现实。

我们确认古典文学是伟大历史传统的一部分,但没有变革和发展的传统,不会成为一道生命水。当历史把我们的民族推到告别昨天的封闭而面向二十一世纪的世界,几代人都会在沉痛的事实面前沉思历史的曲折。在这样的转折点上,我们耳边便会对当年哲人那种理性的"拿来"的呼吁感到亲切和激动:"中国一向是所谓'闭关主义',自己不去,别人也不许来";"没有拿来的,人不能自成为新人,没有拿来的,文艺不能成为新文艺"。

他的思考的触角,事实上伸向了社会弊端的根源的探索。

一位青年诗人曾经写下如下有名的诗句,他写的是长城,我以为说的是伟大的历史文化传统——

> 我把长城庄严地放上北方的山峦
> 像晃动几千年沉重的锁链
> 像高举起刚刚死去的孩子
> 他的躯体还在我手中抽搐
> 我的身后有我的母亲
> 民族的骄傲,苦难和抗议
> 在历史无情的眼睛里
> 掠过一道不安
> 深深地刻在我的额角
> 一条光荣的伤痕

不安的骄傲;是永生的母亲,又是刚刚死去的儿子;庄严地予以置放的,却是一道沉重的锁链;说是伤痕,却是光荣的。这些诗句,传达了在新时代的曙光中,对于传统的批判意识的又一度萌醒。

我们不能固守已有的一切而拒绝外来影响,我们躁动的灵魂期待着一次强烈的中西文化交汇的撞击。伟大的传统有待于新世纪的更新。事实上,它从漫长的远古流来,一路跳荡着行进,一路溶汇着一切人,一切民族的智慧和创造。我们希望的传统观念是动态的,它宽容地吸收一切不断扩展着更新自己的生命。

我们都生活在传统中,它宽容地吸收一切,它的柔和的手指无所不在地触摸着我,但我并不恬然自安,我也许将被它淹没而窒息,于是我探首,我渴望拥抱新的气流……传统塑造了我们,我们也塑造传统;传统发展了我们,我们也发展传统。在全部历史时空中,每一个人都是渺小的,个人也许很难在历史的砝码上显示出明显的价值,但每一个时代的人们显然都在为此作出伟大的贡献。传统是不可违逆的。尽管每个时代的有志之士总想改变它,冷静的人感到个人的微弱,但他们都要挣脱窒息,而当传统成为一种不可违逆的巨大而永恒的存在,它就无时无地地想窒息民族的理智和生机。但是,我能走出我的遥远的天空吗?这就是我自传统来而又渴望"离"传统"去"的背谬。

肖汉初的诗*
——序诗集《覆船山》

时代有自己的风景,这些风景靠作家诗人用艺术手段固定并保留下来。小说家也许着重于宏阔的生活氛围的传达,诗人的职责则在于表现时代与心灵的节拍。有的诗人凭借内心的直觉,有的诗人则依靠客观景物对于心灵的折射,但不论采取何种方式,好的诗作往往能够传达时代心律的震动。

我读肖汉初的诗很有些感慨,我觉得要是时代不发生那些大的懵动(这种想法当然是十分幼稚的),他的诗歌创作也许会有引人注目的进步。可惜的是,那个变态的时代竟封闭了一切人的歌喉。

肖汉初写诗甚早,我读到的有写于一九五五年的《致三门峡》,那里当然留下了那时代难以摆脱的政治化的痕迹,但一开始就显示出他对于诗的敏感,他捕捉特殊的景物并且能以凝括的语言加以表述:

> 千里黄河中仅有的巨石,
> 把咆哮的浊流分成三分。
> 几千年来人们不敢碰你,
> 惊叹你险恶的神鬼之门。

那时他还写了一些短小的抒情诗,这些诗不免有些单薄,但

---

* 此文初刊 1987 年 7 月《湖南文学》1987 年 7 月号。据此编入。

和五十年代中期那种尚未消失的昂奋很谐调,清新,明快,充满着青春气息。这些诗不造作,艺术感觉很健全。他写《荞花》——

> 那一片闪着露水珠的荞花,
> 好像蓬蓬松松的一地雪呀!
> 在那顶着红珠的高粱面前,
> 荞花恰如那娇嫩的女孩呀!

他写《月亮》——

> 今年八月十五的月亮,
> 不像从前的那么孤单,
> 有颗微微透红的小星,
> 紧挨在下边跟她作伴。

这份毫不矫作的单纯和诚挚,在当时便是十分难得的。肖汉初没有染上那些时代病,没有给这些充满质朴之气的小荞花加上什么生硬的比附。他没有去戕害那透明皎洁的月亮,只是送给它一颗"微微透红的小星"为它作伴,这份温暖和真情是五十年代中期的人情世态的折射。这些并不惊人的诗句表明,肖汉初对于诗质的把握有一种天然的亲近感。肖汉初赶在时代的地震来到之前发表了一批诗作,他以共和国青年一代的真挚和执着寻找生活未曾失去的美丽:"千百个泉眼汇成了一个美丽的泉湖",他到处寻找《泉眼乡》这样的自然景色,他试图以此装扮瑰丽的人生。

但生活没有给他更多的机会,动乱有形无形地扼杀了诗情。这当然是肖汉初(何只肖汉初!)的不幸,但也许更是他的大幸。他把这颗诗心封闭了起来,以至于今日展开,这颗诗心纯洁催泪。在我们时代,一个人能历经浩劫而不被污染更不被窒息,便是巨大的幸福。恶梦结束,肖汉初重新歌唱,依然是那颗心那副嗓子。他一如往昔,满世界找他所倾心的美好风物。时代也没有辜负了他,果然是春光花朵扑面而来,他依然专注于写他所擅长的山水风景。久经离乱,人已中年。但他诗心依然年轻,十七孔桥远眺,他一眼便认出这是一把梳子;"一把玉梳置于翡翠的镜台面,梳柔了知春亭的细柳……"船经葛洲坝船闸,他立刻有了重大发现:这是长江第四峡!这当然受惠于时代的赐予。生逢盛世,满眼花明,他四处行走,四处捕获优美和欢欣。他在武陵山看到一种龙虾花,仿佛进入了奇幻的梦境,他用很清新的文字表达着同样清新的心灵:

是一曲神韵,
飘逸在芳林;
是一首新诗,
滋润着心灵。

肖汉初有较深的古典文学的修养,从五十年代开始,他便注意把传统的古典诗风与新诗的基本特点加以熔铸。他的这种具有传统风格的诗篇通过特殊的艺术格局能够有效地传达出生活特有的氛围,《澧津道上》那种类似宋词的格调充溢着新生活的欣喜情怀:

几番风雨过后
一朝雪霜铺锦
托出个冬阳花花明
望沣阳平野
冬日嫩麦
恰似二月草青青

肖汉初当然也有变化,那便是诗风老练了,艺术也更臻成熟。他沿着原先的艺术轨道前进,用的是传统的、倾向于理想式的歌唱。他的诗在新时期走向开放的现代诗风的热潮中,却奇迹般地具有了特殊的感染力。七十年代中叶那一批诗有他的挚情,但受当日诗风的影响偏于夸饰,八十年代以后的创作得到了调整。忠实于生活的肖汉初,在新的时代里并没有忘了把时代的印痕刻在他所能触及的客观景物上。他在湖北当阳县境望《覆船山》

> 像是水晶宫里的一座奇伟雕塑,
> 覆船的造型令我神驰意牵——

他在这奇异的造型上看到了历史,他借此抒发时代动荡触发他的感叹:"刚而自矜,固而自封,嬉而自娱,/像缠雾像触礁像陷涡,覆船自是难免。"他借自然景物表达理性思考的历史深刻性,他把这种历史深刻性作了艺术性的表述。肖汉初的诗虽然保留了中年人那种毫不怀疑的单纯的理想化,但忠实的诗心,无法拒绝特定的时代氛围的占领,在古琴台,他一面表达中国知识分子素有的那份情节,感慨"真正的知音竟属于樵子渔民",同时,他又不能抗拒生活特有的悲凉氛围的袭击,伯牙鼓琴令他写出了这样的诗句:

> 泪满秋月湖,
> 感伤比长江水深。

这就是说尽管他依然不拒绝理想化的对于生活的态度,但他还是不由自主地把特定时代的素质包容入诗,他用传统文墨的华美与即目所见的神奇做了古典式的融汇,他创造的是用古典的方式写出的新诗,目下流行的不对称在他古典式的框架里不存在。他在新诗中充分发扬传统的对称美,他把这当成了抒情结构中的重要原则。《青岩山放歌》是近期山水诗中的代表作品,在那里,客观世界的神奇华美化作了体现着主观性情的艺术作品中的神奇华美。他用古典歌行的传统方式歌唱,又以对称和谐的原则进行章句的结构,三章的回环结构,分别以"天造地设"、"天荒地远"、"天经地义"对情感进行了组织,这种原则在其他诗章时有显现。如《衡山松》也是三段:我是青松,生长在山谷,生长在山口,生长在峰顶;我是伟岸的柱,我是招展的旗,我是高标的塔。借助这种结构,他试用尽其所有地写出他的感受。《索溪留客》是一首内容很有特点的诗,他亦用此法,以两章对称结构完整地体现他的艺术构思。涉水过索溪,诗人被水冲走一只鞋,他谑称为山水留客,于是这只鞋化为了村女要走的一只篮,村童留下的一只船。写诗要有活泼的灵性,在这里,肖汉初给了我们一个诗人才华的惊人的闪光。

  肖汉初写诗,并不是专业的诗人;他也写理论文字,也并不是专业的批评家。他把最主要的精力贡献在编辑工作中,他默默地为他的作者和读者作着无私的奉献,任何一位与他有过接触的作者,都会为他的这种奉献精神所感动。如今他向我们展现了才华的另一面,他用了很少的一部分精力写出的这些诗章,依然给我们以新鲜的启发,作为一位业余的诗人,他的确也展现了另一方面的令人感奋的气质与才华。

一九八六年九月十七日凌晨于北京

戴铝盔的祁连山[*]
——《玉门石油诗选》序

一、巨大的"同题诗"

玉门创造了中国诗歌的一个奇迹。它如一块磁石,吸引着几代诗人的心灵和目光,以至于三十多年来关于玉门的诗音如时间之流不曾间断。李季被公认为是以不竭的热情奉献给玉门和石油的诗人。他继《王贵与李香香》之后开创的新诗风与玉门有着非常直接的关系。玉门的诗情是李季发现的。李季凭借玉门诗情的抒写,开拓了他形成于陕北三边的诗歌艺术。他把原先那些保留了生硬仿效痕迹的诗风,向着中国新诗传统进行了有力的推进。在新时代他写出了新的诗。《我们的油矿》传达的是新生活的欢欣:

> 在那喧闹着的祖国土地上,
> 有一条喧闹着的山岗,
> 山岗上有一座年青的城市,
> 那就是我们亲爱的玉门油矿。

李季从《玉门诗抄》开始的艺术更新,为他赢得了新的诗歌生命。李季终其一生,一往情深地歌唱玉门的石油事业。他以质朴、清新、明晰的艺术风格为自己、也为玉门留下了最美好的诗歌碑石。如今展示的整整一本玉门石油诗选,如果要追溯它

---

[*] 此文初收《玉门石油诗选》,四川文艺出版社1987年5月出版。据此编入。

的源头,李季当之无愧。不囿于已获得的艺术声誉,适应新时代的变化而毅然实行艺术的变革,这位"石油诗人"同样是一个楷模。

玉门是一个范围广泛且历时久远的巨大的"同题诗"。许多诗人的才华在这一巨大诗题下受到了检验。不同时期、不同艺术风尚的诗人,在这里找到了共同语言。但这本诗集引人之处不在它的"同",而是同中之"异"。

各式各样的诗人,唱着同样的题目。在同一诗题《玉门》中,李季看到了实实在在的石油城的年青和喧闹;白航看到了一幅"冷艳动人"的"现代油画";木斧以非常宏阔的思辨论证"石油的位置":一个位置的发现成了一个信号,中国于是在燃烧中起飞。但诗人把诗情推向了思辨:

> 起点绝不是终点,
> 石油的位置绝不会是老君庙!

> 老君庙只不过是祁连山的一滴,
> 祁连山也不过是一只庞大的鲸鱼,
> 鲸鱼搁浅在酒泉的东部还是西部,
> 酒泉装的是酒还是石油至今是个谜。

在这里李季没有成为模式。每个诗人都用自己喜欢的方式写自己所看到的。同一个玉门在不同诗人的笔下变成了无数不同的玉门。这一事实正是我们所憧憬的诗歌秩序。

二、玉门提供的神秘和丰富

玉门诗的繁荣固然与前辈诗人的开拓有关,但玉门之所以会成为诗的一个奇迹,又与玉门自身具有的魅力有关。

玉门以新兴的工业城市屹立于可以无限引发人们思古情怀

的玉门关侧。本身就提供了一种神秘的结合。在这里,一边是装点玉门夜色的现代灯火,一边是祁连山旷古不化的四时积雪。年青与古老,创造与传统,人类现代文明与大自然的奇崛邈远,构成了一幅异常绚丽异常丰富的画卷。

这里汇聚着最动人的自然的和人文的、原始的和现代的景观。骆驼刺的苦涩和生活的希望,现代工业的伟岸和原始的戈壁荒原,这已足够构成了丰富。何况还有那春风不变的玉门关,何况还有那绵绵千古的玉关情!

玉门诗不是单纯意义上的工业诗。玉门诗是一种复杂的化合物。玉门诗较之一般的工业诗,它之所以吸引了那么多诗人的专注,其奥妙有待于人们的开启和阐释。

我们通常谈论诗的题材,往往只考虑这种题材的"重大"所具有的价值和意义。以为大题材必定出大诗大文,其实未必。诗人的鼻、眼、心对于诗材的选择与鉴别,有他自以为是的标准。它不决定于题材的大小,也不决定于社会的和政治的意义。工业诗在玉门的发展繁荣,在于诸多因素的综合:自然的、社会的、政治的、历史的、也有艺术的、哲理的和兴味的。

玉门的自然位置以及本身的丰富引起诗人广泛深远的兴趣并非偶然。玉门诗歌的繁盛对于整个工业诗的发展,将提供和已提供富有价值的启示。仅仅考虑玉门本身及油矿开发史所提供的材料,也未必就能为高水准的诗篇的问世作出保证。

诗人的选材和超越性的综合,对作品的质量有决定性的影响。时间在流动,从过去到未来,同一个空间下演出的艰难和成功,这在邵燕祥的《玉门四重奏》中有机敏而准确的把握。诗人融汇那一切,在他所拥有的传统意境中脱颖而出新鲜的诗意,由此造成了奇异的辉耀:

> 山上的雪是沉默的
> 地上的沙不甘沉默吗

>　　让一切传说都沉默吧
>　　只留下玉门关，留下一个传说
>
>　　只是遥望那一片孤城
>　　孤城上倾斜着一片长天
>　　……
>　　如火的残阳，如雪的夕照
>　　那金黄的斜辉里金黄的玉门关

他以深沉的历史感提供了一幅苍茫而辉煌的玉门暮色图，它的意义已远远超出了工业诗那些凝固的概念。

三、美非灵惑而有待开掘

美的发现依赖灵感和才气，它更需要艰苦的劳作。事实并不是到了玉门就会写玉门诗。人云亦云不是发现。发现应当是独到的和创造性的。许多歌唱玉门的诗篇，因为没有自己的发现而失之平淡。

一种诗的动人之处是它能够敏锐地把握对象，它使在一般人心目中的平凡之物一下子变成了崇高，例如玉门，一位诗人说：这是一个无雨的世界，它却用乳汁的细流哺育，这是一个祁寒的极地，它却用漂浮的原油展示光热。这玉门便显得与众有异。《敦煌的傍晚》（王尔碑）在表现诗人对自然的特殊感受力方面，有惊人的效果。这提醒我们，工业诗并不一定要比着烟囱或马达画一种模式的图景。在这里，洒脱的联想以及充分发挥自我的意识和感觉，同样是重要的。

有的诗人在这里听到的是痛苦的呻吟。赵强的《石油诗不是诗》既否定石油诗是简单的押韵、又否定它是分行的故事，认为石油城乃是一个"无头无尾的分娩"。这种新奇之感夺人心魄。在玉门，诗人们个个都显得聪慧而富有想象力："骑骆驼的普罗米修士"(李小雨);"戴铝盔的祁连山"(林染),各人都在自己发现的基础上,建筑着奇异的诗的殿堂。玉门和油矿就是这样向我们展示它的丰富和华彩。

工业诗因特定的环境氛围而在这里变得独特起来。关于玉门油矿的优秀之作,终于摆脱外在的描摹和比附而趋于深沉和独特,诗人主体意识的强化,使诗更加主观化。唐祈从戈壁滩上发亮的黑卵石看到死去的大海凝固的泪滴,并发为庄严的奇想。"有一天,我会变成石油河,捧着黑色的火焰从大地走过"。傅天琳在这里能够絮絮地与鸭儿峡低语,自称"我是你不实用的写诗的大姐",她把疏勒河和石油工人的妻子进行了奇特的联想:

> 愈是随你而去
> 愈是要说话说得更淡
> 走路走得更轻
> 在鲜明的反差中与你和谐
> 当呼吸下沉到你的沙底
> 会有沙枣花开在我的床上
> 我就这样一步一步滋润你
> 一个冬天孵一窝卵石
> 一个夏天生一片绿洲

这份温柔,这份西北特有的豪放的情意,这份无私的奉献和体贴,诗人把女性作为妻子和母亲的体验借一条特殊河流寄托了对那些可敬可爱的妻子们的爱情的歌颂。

四、向着现实的锲入

玉门既然提供了特殊的条件供人遐想,玉门既然有复杂的景观唤人热情,这样的环境足以令人艳羡。但这样的环境确也易于产生某种懈怠。因条件的过于优越而使诗人失去艺术探索的耐性,这并非不可能。因为在这里,信手拈来的素材都可能诞生闪光的诗情。

但在这里,相当一部分诗人依然坚持艰苦的开掘,相当的作品都显示了向着现实生活的可贵的切入,从而避免了可能产生的浮泛。"骆驼刺给骆驼以浓缩的水,骆驼给戈壁滩以不翻的舟船"(杜运燮)。这里有着与奇想联系在一起的实在。一切都如大自然呈现的那般切实而不务空言。

许多动人的诗篇都采自玉门地层下的那些油矿。他们了解玉门的历史,油田从早期的开发到如今的"那一场持续了五十年的战役"。那第一柄地质锤寂寞的敲打声如今依然响在记忆中。

基于对生活有切实的考察和理解,诗人们发现了油田开发后期的悲壮的诗情,这就把玉门诗的现实精神推向深入和广阔。刘湛秋在抽干的油井上看见一块封闭的墓碑,献火者的火如一面飘扬的旗。李小雨则在《悼一口死去的油井》中寄托了人生的某种悲壮的哲思:

> 你已成为一个名字
>
> 你断断续续带着体温的原油
> 今天早晨
> 已流淌着最后的辉煌
> 之后你将死去
> 被沙砾还原成戈壁

在以往那种为"重大题材"所驱赶的一体化追求中,诗人的灵感来源曾显得很窄狭。如今能量得到自由的释放。悲的美是一个新的开掘。对于永远的单纯的乐观情绪,它无疑体现了博大的补充。唐祈的"有一天,我会变成石油河",其实也是由现实的伸延而向着人生的思考。

诗由于对生活的执著而变得深沉和深刻:"地下多变的油田在哪里？寻找,是永恒的主题……永不丧失对'非常规'的兴趣,绕开已知向未知数进攻";"假如理智被愚顽攻占,该是多么悲惨的陷落,幸而记忆比坚石强固",这些诗句或缘情而生、或因事而发,都体现了由现实的摹写而向着更为广阔的领域的拓展。

即使是现实主义,不论作为一种方法或一种精神,它的质已有了发展。一条直线消失了,如今呈现的是一种散发和辐射的状态。王尔碑的《建筑者》体现了诗由明显的功利性向着超脱和通达的转化。不再以再现和诠释为目标,而是以非常洒脱的姿态讲某种感受,一种感到祁连山离得很近的感受。林染的《白杨河,一个井场》,不仅体现了同样的趋势,而且艺术上更具不羁的意味——

  饰着刺蓬花和野蜂的荒滩
  收拢
  又一次辐射
  一线远山,含着圆舞曲的节拍
  浮沉在八月清凉的阳光里
  白色的晕眩晶莹闪烁

从李季走到现在,玉门诗向我们传达多么动人的诗的巨变的信息！从旧体言志诗到具有浓厚的现代倾向的工业诗,玉门诗给中国诗坛提供了多么丰富的经验！我们的努力是一个总结,但对于玉门石油诗来说,这总结绝不意味着是一个句号。这是一个删节号,更是一个问号。这问号提醒我们,我们将以什么样的姿态迎接玉门诗歌的未来？

     一九八六年九月北京—兰州—敦煌旅次

并非遥远的期待[*]
——读黄子平的文论集《沉思的老树的精灵》

我们有幸生活在一个重大的文学时代。经历了长期的曲折之后，文学正在进入更新生命的蜕变期。当代文学纷繁变化的事实，令我们目眩。我们承受着它的"胎动"所带来的惊喜。纷至沓来的无视传统艺术规范（这种规范化的事业我们已有效地进行了数十年之久）的艺术创新，在我们面前展开了新、奇、怪的特殊文学景观。我们的喜悦之情是我们的前人所不曾有的，我们为此充满了幸福感。这种幸福不是所有的中国人都能获得的。与此类似的场面也许要追寻到本世纪最初那一二十年的新旧两种文化的特殊激烈论争并最后导致变革的伟大时代。但我们也理所当然地承担了一份苦难，我们经历着无休止的因文学的蜕变而带来的不同观念，不同思维方式的冲撞与折磨，我们不得不以充分的耐心承受着历史的重负所给予的无尽的磨难。

但与本世纪末叶展开的这场文学创作上划时代的变革性冲激相比，我们的理论批评显然要沉寂得多。理论未曾如同我们的"五四"前辈那样以勇猛的姿态为文学新潮呐喊着开辟前进的道路。我们感到了某种匮乏。现实的理论批评界缺少那种立志于勇猛冲杀那怕是有些偏激所带来的旋风式的呼啸。因此我们充满了期待。我们期待与文学创作的水准大体相称的文学批评，期待一种摆脱了对于非艺术因素的依附从而恢复了艺术良

---

[*] 此文初刊 1986 年 10 月 8 日《书林》1986 年第 10 期。据此编入。

知的批评。这种批评不以一人一事的精致诠释为它的极致,而以建立于深厚的历史意识的显示文学大的走向的预测和判断,来体现它的优势。这个工作需要整整几代人的争取。因为趋于凝固的思维模式给文学批评所造成的惰性力量是相当强顽的,它受到某种氛围的鼓励,因此,它的根本性变革将是一种长久的期待。

但"新的转机和闪闪星斗,正在缀满没有遮拦的天空"(北岛),文学的整个的跃动的环境不能不带给文学批评以新的冲动。一些没有受到太深批评惰性影响的批评力量,正在以无拘束的态度闯入了这个近于沉寂的园地。黄子平这样判定他的文学批评的观念:"批评在某种程度上是一种自我表现,是自我的一种存在方式","文学批评尤其需要创造性,创造性靠一种无拘束的自由心态"(《我与批评》)。这本身便是一种巨大的反拨,一种挣脱了禁锢之后的宣告。批评曾经只是某种附庸,批评的缺乏主体意识曾经是普遍的现实。不仅黄子平,他的许多同时代人,都对批评的某些业已僵化的模式观念表现了轻蔑。他们对自己的使命怀有充分的神圣感,他们无视那些要理论批评屈从于自己的非艺术的偏见与积习,而各自实践着自己的使命。单从这一点看,便可发觉理论自身孕育着何等惊人的内在活力。

黄子平不只一次地谈到张承志"老桥"这一名称给他的启发。他不仅把中年一代的评论家的任务归结为桥的使命,而且把自己的命运归结为一块"桥板"。王光明在介绍黄子平的理论追求时对此有过评论。他肯定黄子平的文学批评活动把当代文学的具体材料放置于整个文学发展史的宏大背景中考察,即他认为的"坚守理论观照与历史观照的有机配合"(《他说自己是一块"桥板"》,《文艺报》453期)。但王光明又感慨他"那种浓重的老桥意识,是不是产生得太早了一些呢"?这正是黄子平批评意识中的富有魅力之处。像他这样冷静地把自己和别人清醒地放置于历史的大趋势中以考察各自的价值,并对自己的恰当位置作出判断的人并不多。这种价值判断,不是短浅的和近视的,它建立于一种深邃的思考,即对于文学发展的相当宏阔的希望之上,黄子平深知要达到那样一种境界,需要有人前赴后继地作出牺牲。桥和桥板、乃至他在一次座谈会上谈到的"先锋的倒下",都透露出了某种悲凉感,但他无疑清楚地意识到,不付出代价而换取文学的进步,这完全是不可能的。那么,黄子平文学观念中的这种悲凉,不正是他对中国文学的渊源及其历史经验认识的深刻所在么?过早到来的"老桥意识",说明中国文学更迭的快速,说明一代人的早熟,这正是我们所期待的。

令人欣然的是王光明的慨叹乃是一种过虑。在包括王光明本人在内的一代人的早熟中——他们过早地、甚至与他们的阅历、年龄不甚相称的忧患感,并不说明他们的落寞与颓唐。事情完全相反。他们是在进取途中,了解了中国历史的浓重惰性从而激发出更为韧性的坚持与更为清醒的争取,他们期望甚高,于是他们并不以他们眼前的成就作为终极。他们觉得在中国文学走向世界的大迈进中,他们不过是一个过渡。他们期待的是更为壮丽的文学发展的事实呈现。这就说明,不仅仅是骤跑速度的惊人,而且标示出的跨越的高度也是惊人的。我们所期待的与我们所达到的,超出了我们预定的范围。在考虑了我们眼前出现的这一新的文学梯队的现实之后,我们充满了信赖感与信心感。

不论是作为一座桥,或是谨慎地称之为"一块桥板",其所指绝非是磨得发光的圆润和"全面"的平和。剖析黄子平的文学评论观念,他所有思考,论证和判断都充满了甚于深刻的历史反思萌发的批判精神。黄子平有时追求幽默,但他的不擅长的诙谐感却透出批判的尖刻,他的批判性倾注过了思考的过滤;它的深刻性几乎是以"不容讨论"的方式出现的。他的文风与其说是诙谐,毋宁说是严峻(尽管他追求轻松,但历史的沉重负荷却使他轻松不起来),打动人的正是这种严峻的沉重。我们从这种沉重中认识到他的早熟的文学性格。他从吴亮的两篇著作中,概括出一个令人震惊的命题:"深刻的片面"。在这篇"评论的评论"中,黄子平以不加掩饰的景仰,征引了新文学运动的前辈陈独秀、钱玄同、鲁迅、胡适等面对旧文学的坚强堡垒所发出的愤世嫉俗的呼喊。他认识到,处于"五四"那样的大时代,"一切面面俱到的'持平之论'只能有利于保守僵化的一面,只有那片面的、不成熟的观点,却代表了生机勃勃推动历史的深刻力量。"他的这种惊世骇俗的宣告是基于文学实际的启示,他深深觉察到了传统文化因素的顽强,刻意以立论的"片面"打破那万古不移的平衡和稳定。

他在作真诚的期待:期待中国现今评论家卸下他的"思想重负",打破一种定型的观念,即"他所代表的总是一个万无一失的思想体系""他所下的每一个判断都总是关于真理的声誉"。在另一篇文章中,他更以十分果断的语气阐发了上述的观点:"对于整个理论进程来讲,不成熟是绝对的,成熟是相对的。历史已经证明,就中国的文学理论及批评现状而言,可怕的不是不成熟,和片面性,而是那个过分成熟的、驾临万物之上的唯一正确的成熟。"("通往不成熟的道路")他的这些言论,表现了他并不令人担心的一代青年勇猛的文学思考。黄子平没有要求别人走向他那怀有极大警惕的"成熟"——即那种在中国传统文学性格中被铸造得圆润精滑、玲珑剔透的"成熟",令人可怕的八面圆通的"成熟"。他自己也以他的有锋芒的、甚至带着天真的炽热的冲撞进入文坛。黄子平的这种早熟的关于"不成熟"的呼吁,正表现了他对中国文化"深渊"的熟悉和理解。所谓的疑惧和警惕均产生于这个理解之中。要是说他是一块桥板,则这块桥板的木质是与腐朽无缘的。在通往文学彼岸的途中,这一代人所展现的无负自己世纪的精神是鲜明的。

黄子平以他的大学毕业论文《从云到火》开始了他独特的文学批评活动。也许这篇论文充分的概括力能给人以深刻的印象。但最为动人的还是他对于公刘诗中那一团火的发现和向往。从那时起,这位青年评论家便以包裹着一团烈火的冷峻的批评风格出现在人们面前:"这是火。不是那呼呼作响的跳动的火,不是那种耀眼的闪亮的火,而是一种不动声色地散发热力的火,甚至是一种以冷峻的外表包裹着的火"(《从云到火》)。黄子平把握这位诗人从云到火的创作历程的准确性,在于他一开始就把艺术的思考和关于人民命运的思考联系在一起,在他的艺术评论中跃动着对于时代和人民命运的关切。他能够把这种严重的关切包容在并不激烈的语言形式中。他追求的是实质,而不是表面的效果。犹如他论述的"如云的火和如火的云",他能够精到地以冷峻的外表包裹着火。黄子平的批评艺术个性一下子就得到显示。他能够以与他的年龄并不相称的成熟体现出他以激情装裹的充满进取精神的"不成熟"。

文学批评在现阶段的前进,体现在批评家多少意识到改变那种固定的单向的价值判断为多面的综合的价值判断的必要性。文学批评的层次感开始以异常丰富和繁复的姿态出现。黄子平说过:"真正的艺术品大概总是多层次、多结构的"(《同是天涯沦落人》),由此可以推及:有价值的对于艺术品的评论,也应当如此。在对于文学批评的繁荣的争取中,黄子平的批评活动不仅是严谨的(在同辈人中,他似乎比谁在下笔时都更为矜持。他的思路活跃、宏阔与他的吝于笔墨谨慎为文似乎构成了一种背反)而且也是丰富的。他总是在他涉及的范围内寻找尖新的命题,出其意外而又引人注目的开掘着批评的新范畴。如他很早就关注于诗歌的时空意识的研究;在短篇小说的研究中,他从"结构——功能"的角度做了新的开拓;近年来他更致力于文学语言学的研讨;他的力作《同是天涯沦落人》更是以对于一个叙事模式的抽样分析的方法为审美批评开了一个新生面。黄子平对于各个作家作品的微观研究,作家如对林斤澜的创作的综合考察;作品如对《绿化树》、《你别无选择》等所发表的见解,都以体现了作者独到见解的睿智与深刻给人以印象。

黄子平的批评是杜绝了陈词滥调的(这在他是一个起点,但就是这一点,也表现了对于现有文学批评的极大超越),他力求以自己的语言,讲与作品实际紧密相连的自己对于艺术的领悟,这是黄子平此类批评的最坚实的基础。请读读他关于刘索拉那篇名作的那篇评论。他随意地侃侃而谈,从人的自我选择;从历史规律不可超越的不存在无限可能性的无可选择,从贝多芬到巴哈的存在,谈到人总是在地球规定重力条件下跳舞,而人却总是对这样客观的不可移易的历史条件予以主观的解释:人们总是如此这般无休止地追问正常与失常,动机与效果,折磨着别人也折磨着自己。这才归到他要阐发的"正题"上来:"刘索拉戏谑挪揄而又不动声色,凝炼集中而又淋漓尽致","人物几乎没有历史和过去,他们并不'带着档案袋上场'。这里永远是现在时,永远像银幕上的映象用一束光把'当前'呈示在你面前。"读到这样言辞,你会感到他对作品艺术特征的把握的准确,但这还只是在平和之中闪现他那高度概括的精到。及至读到:"我们的理论至今无法对这种形象化的抽象作出令人满意的解释。而正是这种形象化的抽象,使小说通向嘲讽、通向诗和哲学。对话灵活地用来转换时空并勾勒出人物,每一个人都是主人公因而并没有一个专门的主人公。人物都有一个被夸张了的特征,因而你只记住了这个特征,而不再晓得'性格立体感'为何物"。这才展示出这位青年批评家的对于传统理论"绵里藏针"的挑战意味。

对于固有的文学观念的怀疑,化入了这些行云流水般的叙述的"潜台词"之中。要是说这里有着某种刻意标明的"片面",

那也是并非不深刻的。我们当然可以从这些与我们习见不同的叙述方式和并不随俗的理论提倡中得到一些新异的感受和启发。但显示了他的文学批评的强大力度的还是他基于历史和现实的事实而阐发的、带有鲜明针对性的判断:"如果你愿意,也可以把它看作人类主体创造性的永恒赞美。我却宁可把它看作特定时空下,我们民族走向现代化民主化进程中一代人'情绪历史'的一个浓缩。"这是他对《你别无选择》所作的最后归纳。在别人那里可能是要绕了许多弯儿才庶几可以达到的目的,黄子平寥寥数言便射中了箭靶。

我们寄希望于青年批评家的显然比他们目前已达到的为多——尽管他们在这个领域已做出了令人羡慕的成绩。我们这种寄望基于我们已有的文学(特别是文学理论批评)曾经衰落的事实,更受到了一个开放的社会要求开放的文学的现实的鼓舞。以我们这样有着令人羡慕的悠久而丰富文化传统的民族,以我们的全体人民所经历的巨大的历史的和现实的磨难,以我们如今正在争取的充满艰险的大事业,我们理应有一个引起世界重视的文化和文学的繁荣,我们理应有经得起时间考验、与我们的历史和现实相称的文学家和批评家。

一代人没有辜负时代寄予他们的厚望,他们为此作出了认真的努力。黄子平入学不久发表了《当代文学中的宏观研究》,他宏观地考察了当代文学研究中具有实质意义的问题,提出了一个新鲜中肯的命题:它的"特长"也就是它的"特短"。这就是,当代文学的研究由于是当代人对于当代文学的研究,时间的筛子对它来说表现为极大的吝啬。"他的近距离观察常常局限了他的视野或局限了他的判断所应有的'超时间性'。他往往为激情的迸发牺牲了研究工作的'客观性和科学性',不可避免地带有同时代人共通的局限和偏见。"(《当代文学中的宏观研究》)这些论证依然体现了我们前面论及的他对于社会和文学问题的敏锐判断力,体现了他求实的科学学风,更重要的是,就是他尝试着以远距离的、"超时间性"的长镜头考察文学实际的开端。

这种考察的特点在于,他试图把他所掌握、涉及的"材料"都纳入他对中国的、乃至世界的文学的历史整体性思考中去。当他这样做的时候,当然断然地拒绝了以往习见的那种人为的支离破碎的"切割",那种貌似注重实际实则近于瞎子摸象式的推理和分析。因为获得了纵深的历史感,他的批评风格呈现了青年人难得的那种老练精到的特点。从局部说,他很苛刻,甚至显得挑剔;从整体说,他又宽容和大度。当他把一个个具体的文学现象放置于宏阔的历史背景中考察,那种构于一时一地的浅层次的好、坏的判断消失了,而表现了一种对于存在的合理性的理解。他提倡的宏观研究,以双向的立体思维打破了单向的平面思维模式,由于他把文学现象看作了多层次多结构的整体,要求在丰富的"历史储存"中接受并阐述全部新的文学信息,呈现在评论家面前便是一片超脱了以往那种拘于时事和气候而作出的某种判断的局限性。

黄子平发表于《文学评论》的《论中国当代短篇小说的艺术发展》是他对自己艺术批评主张的一个有力的实践。它不仅是美学的批评,而且还是历史的批评。那篇文章中一如往常,在对历史事实作出判断时,具体而又不流于琐屑;既尖锐又"平和",表现出历史纵深感和理论穿透力。他的"超脱"具体材料而对一个时期的历史现象作出精约概括的能力,显示了他成熟的老练。黄子平所从事的是对于困扰我们甚久的目光窄狭的、甚而是非艺术的干扰的弃置。他呼吁一种对生动的由平面到立体、由平行到交错的艺术的历史过程的研究。他特别强调的这种研究必须是以"贴近艺术"的方式进行的。

他们的文学活动刚刚起步,他们有待于经受更艰难的考验,他们现今的实践也还存在着有待克服的弱点和不足。尽管如此，一代人确已实行了对于原有文学批评的超越。但我们的期待显然不会在他们现有的水平线上停步。我们的期待是宏伟的，是不以一时的热烈反响为终极的。尤其当我们想到一百多年前勃兰兑斯所进行的文学批评巨大工程以及同样是一百多年前别林斯基和他的同代人的所进行的划时代的工作，我们的不可满足的心理便愈益其甚了。

我们的期待有如别林斯基那样在历史地和现实地把握俄国文学时所拥有的那种胸怀的博大、视野的开阔，无处不跳动着对于现实问题的充分关切，而又无处不渗透着对于俄罗斯和世界文学浓厚的历史意识。我们期待的是他那天风海涛般的评论的非凡气度和充满智慧与激情的语言，以及他自一个具体作家、一部具体作品出发而推及整个一个时期俄国文学的针砭，乃至对于当代文学巨人的不留情面的批判。他对于文学发展的整体性把握和精明预见，都正是我们所期待的。

一代人正在进行着空前的争取和超越。黄子平和他的友人们最近关于"二十世纪中国文学"的概念的构想及其阐明（当然还有刘再复、鲁枢元以及为数已相当可观的理论新生代的卓有成效的工作），他们在理论研究中所显示出来的才华和智慧都证明：我们所期待的并非遥远的现实。

争取与实现[*]

中国新文学后三、四十年的发展中,形成了一个从性质、价值到表现形态都相当稳定、全面,同时又非僵硬的规范。新时期文学十年的基本任务就是,以不合常规惊世骇俗的新、奇、怪实行对于以假、大、空为主要特征的规范的抗举。这次很有声势的反规范文学运动的意义仅仅次于五四时期以白话文代替文言文、以新文学代替旧文学的文学革命。两次文学革命面对各自的对立物:五四文学反的是数千年形成的规范,而新时期文学反的是数十年形成的规范。后一种规范质的"硬度"并不亚于前者,因为它是为高度统一的社会政治行政力量所规定、制约、培植的。新时期文学所表现的反传统反权威倾向实质上是对规范的文学秩序的不满和怀疑,也可以说,它代表文学变革的力量对现存文学规范的批判精神,而批判性是新时期文学蜕变的内核。这是否定偶像因而失去偶像的时代,这是怀疑权威因而也无视权威的时代。我们在这十年中所做的工作不是对五十年代文学传统的认同和复归,而是修复由于历史原因而产生的断裂,重新加入世界现代文学的行列。我们把它概括为一场文学对自身的变异发起的悄悄的革命。

这场革命中某些现象特别触目。譬如,文学的职能已离开只表达肯定意识的轨道。诗歌中最先出现的反讽暗示着冷漠外表下潜藏的那种不满自身生存状态的荒唐感受;"号筒式"的不

---

[*] 此文初刊 1986 年 10 月 21 日《文论报》。据此编入。

着边际的浪漫主义已基本消失；现实主义迅速产生了深刻的变化，丧失了唯我独尊的稳固地位。文学从宣传的手段变成审美的和文化的形态。

这带来了整个文坛的不平衡、错位、脱轨等陌生的局面。这恰恰是我们所争取的局面,我们认为这种局面还不成熟、全面。然而,已经可以看到以下几个总的特点:

迅速更迭的动态文学结构。北岛已成了传统。朦胧诗已成为历史。从七八年起,诗种所呈现的裂变和聚合是快节奏的。别的文学样式亦如此。

无序状态。靠行政力量制造一个文学高潮的现象不复存在。如今用一种统一秩序去概括第三或第五代诗人是非常困难的。因为,没有秩序。

多元体系的确定。文学的多元与社会层次、经济形态的多元是一致的。对主潮、最佳创作方法的追求已成为某种怀旧病。太阳裂成碎片,每个碎片都变成自主的星体,构成新时期文学的天空。让我们习惯并互相宽容吧。

永远的呐喊[*]
——论天安门诗歌

天安门前诗的呐喊,是永世长存的革命呐喊。这本浸透了人民悼念周总理的泪水,滚动着对"四人帮"愤恨的雷霆的诗集,如今已成了中国文艺史的光辉一页。《天安门诗抄》给予我们的启示是永恒的。

一九七六年一月八日,周恩来总理逝世,饱经忧患的祖国,正经历着有史以来的最大风浪。王、张、江、姚"四人帮"钻进了我们党的肝脏,他们用"最革命"的伪装干着最卑鄙无耻的篡党窃国活动。人民用形象的语言概括当时的形势和心情:"清明时节人纷纷,纪念碑前欲断魂,借问怒从何处起?红墙那边出妖精。"妖精就是江青一伙的别称,这伙丑类居然出现在"红墙那边"了,人民不能不忧,也不能不怒!这就是那个清明节令人"断魂"的缘由。

人民为祖国的安危思索着,忧虑着,从而立下斗争的誓愿:

> 红心已结胜利果
> 碧血再开革命花
> 倘若魔怪喷毒火
> 自有擒妖打鬼人

对于伟大战士的悼念,除了战斗,再无其他。人民警惕着那些随

---

[*] 此文初收《中国现代诗人论》。据此编入。

时都想"喷毒火"的"魔怪",八亿人随时准备着奋然"擒妖打鬼"!凡是在那个严寒的早春时节到过天安门的人都不会忘记,当时,在阴云笼罩的天宇下,在人民纷纷飘洒的雨泪中,书写着上述诗句的四块巨大诗牌,犹如四支熊熊燃烧的火炬,它使充满哀伤的人们热血滚沸。诗能够这样敏捷地传达人民的意愿,能够这样迅疾地喊出人民的心声,能够这样及时地给悲哀的人民以信心、以力量、以斗志、以希望,这正是无数革命诗人梦寐以求的境界,《天安门诗抄》美好地实现了。它之所以赢得了人民的信任和热爱,因为它是发自内心的忧国忧民之作。它紧紧地扣着时代的脉搏、人民的思考,它和人民的悲哀、愤怒、仇恨融成了一体。人民的热爱和怀念,人民的抗议和憎恨,化为了震撼天地的革命呐喊。诗歌与党和祖国的存亡共命运。诗歌萌生于伟大的群众运动中,并且成为这一运动的前驱,这应当认为是《天安门诗抄》的骄傲。

"春雷在忍受了一个冬天以后,即将发出惊天动地的怒吼。"一首散文诗这么向人民预示着斗争的"春雷"。这部诗集中,每一首诗,都是闪电,都是雷霆。人民在隆隆的雷声中悲壮地站立起来,"四人帮"却被那霹雳和闪电惊呆了。你听听人民是怎样向着"四人帮"唱起决战之歌的:"四月燕山寒,北风逼春晚。今夜挥长剑,直刺反贼胆。""碑前悼总理,革命志不移。已磨斩妖刀,捍卫我红旗。"这战歌,人民闻之气壮,敌人闻之胆寒。这降魔剑,斩妖刀,寒光闪闪,显示着人民的神威。其中最杰出的,当然是那首有着不平凡经历的——

> 欲悲闻鬼叫,
> 我哭豺狼笑。
> 洒泪祭雄杰,
> 扬眉剑出鞘。

那些豺狼和鬼怪,他们对人民的悲哀幸灾乐祸。人民洒泪祭奠,忍无可忍,只得拔剑而起!"扬眉剑出鞘",极悲壮,极豪雄,它刻画了人民伟大的英姿。人民就是这样,挥舞诗与真理的长剑,向着"四人帮"作殊死的搏斗。回顾《天安门诗抄》与法西斯专制压迫苦斗的历程,可以这样总结,人民用诗的雷霆、诗的呐喊,使"四人帮"束手无策,从而走向末路,用法西斯的棍棒与镣铐来对付赤手空拳而只有花圈和诗的人民群众!这就注定了他们十月六日的彻底覆灭。

天安门前的诗,字字俱是血泪写成,句句来自人民真诚的内心。爱,是真挚的,深沉的;恨,也是刻骨铭心的。诗要真情,虚假的诗,不会感动人。一九七六年的中国早春,要是出现了奇迹的话,那便是:悲哀和愤怒把千千万万的普通人变成了诗人!事情的重要性,不仅于此。恐怕更为重要的是:这些不留姓名的诗人的创作,是出于义愤,出于维护真理,伸张正义,而别无其他目的。写诗即有灾祸降临,以至于身陷囹圄,这在历史的黑暗时代有过。谁能想到,在社会主义的伟大中国,竟会再现这种黑暗,以至于造成了空前规模的镇压!千千万万的普通工人、农民、士兵、学生、干部,因为写诗而遭到追查以至搜捕。《天安门诗抄》的作者们进行创作,都是冒着危难的勇敢献身的行为。作者们心中有爱、有恨、有仇、有烈火。他们要喷吐,要爆炸,他们不计及个人安危!这真是:"一寸丹心照日月,中华自有男儿烈!"让我们听一曲壮烈的进军歌:"好儿女,皆揩泪,总理灵前排成队。驱妖邪,莫慈悲,要以刀枪对!"这含悲饮泣的悲壮的队列,这灵前誓师的杀妖斩鬼的队列,这队列中寒光闪闪的诗的刀枪,真是气壮千古的奇观。

当人们举起斩妖的长剑,充分估计到了斗争的艰难,也充分预见到了必胜的未来。他们信奉这样的哲学:"造镣铐的人终将被镣铐所套,造绞索的人终将被绞索所绞。"他们坚信,刽子手无可逃遁的一天终要到来。在冰冷的冬季,他们望见了滚滚的"春江"。他们写道:"民心所向难阻挡,不尽春江滚滚来。花落自有花开日,悲愤蓄芳待来年。"花落预告着花开,但却是"悲愤蓄芳"以待来春。花开花落看来年。他们经受了暂时的挫折和失败,他们的目光向着未来:"怀念总理恨妖贼,且看明年一月八。"这诗句向敌人发出了警告:为了胜利,人民不会放弃斗争。

今天我们诵读天安门诗歌,回顾那白色恐怖的年月,不能不为诗作者们的勇猛无畏而感动。"三人只是一小撮,八亿人民才成众","北大不大中国大,清华不清八亿清",对"四人帮"的鄙视,是建立在对人民力量的自信之上的。人民在斗争中,显示了充分的聪明才智,显示了高度的斗争艺术。有一首《儿歌》:"蚍蜉撼大树,边摇边狂叫:'我的力量大,知道不知道?'大树说:'我知道,一张报,两个校,几个小丑嗷嗷叫。'"用群众生动的口语,对敌人进行痛快淋漓的揭露。它指出:反动派是渺小而孤立的,不过是:一报、两校、几个小丑;而人民,却是参天的大树。还有一首《向总理请示》:"黄浦江上有座桥,江桥朽腐已动摇。江桥摇,眼看要垮掉;请指示,是拆还是烧?"这诗和"三人十只眼"一样,以幽默的笔法向人们发出打倒江、张、姚的号召。它只差一点就直接点出了那一小撮野心家的姓名。为了适应斗争的形势,也为了便于流传,它采用了谐音和隐语。但人民对待反动派的态度是绝不妥协的。他们认为,"江桥摇"了,就要垮了,只有拆、烧二法,舍此无它!这首向总理请示的诗,在极哀愤之际发此俊语,足可令人破涕为笑的。

这是真正群众性的诗歌运动。诗歌吸引了这么广泛的作者、读者、传抄者、收藏者、出版者,其规模和声势是旷古未有的。"四人帮"可以夺取人民的自由,但却不能窒息人民的呐喊;"四人帮"拥有叮当作响的镣铐,但人民却拥有真理!真理胜于强权,真理使法西斯的棍棒为之颤抖!只要读一读某些诗歌作者的署名,就让人感受到人民这种无敌的力量。有一首写着"花儿虽少自家栽,清明时节含泪采"的《花下诗》,署名是"一家老小";一首题为《打狼》的诗,署名是"打狼人";一篇悼周总理赋,署名是"钟馗帐前一小卒";一首诗末堂堂正正地写着:"要问真名与实姓,汽修四厂一工人。"最使人感动的是有一首以周总理的伟大来揭露林彪、"四人帮"一伙的"八个对照"的诗,署名之前复加注脚,为:"人民教我识几字,我写此字报人民。"这位诗人,他把人民教给他的"几个字"当作怒讨国贼的诗的炮弹,代表人民伸张了正义。这行为是可歌可泣、可钦可敬的。天安门前有多少花圈,就有多少挺身而出的"护花神";纪念碑上有多少诗歌,就有多少自觉而勇敢的诗歌保卫者。人民在这场伟大斗争中不仅显示了无与伦比的聪明才智以及果敢勇武,而且表现了超凡的革命首创精神。的确,"没有千百万觉悟群众的革命行动,没有群众汹涌澎湃的英勇气概,没有马克思在谈到巴黎工人在公社时期的表现时所说的那种'翻天覆地'的决心和本领,是不可能消灭专制制度的。"(列宁:《社会民主党在俄国革命中的土地纲领》)

《天安门诗抄》的伟大意义,在于它以匕首、投枪、火炬、战旗的性能在一场划时代的群众运动中起了动员、组织、鼓舞群众的政治作用。这方面的意义将在历史的发展中愈益鲜明地得到展示。然而,只讲它是思想珍品是不够的,它还是艺术珍品。它不同于平日里诗人们的吟咏,不论思想,还是艺术,它都不是一般的诗作可以比拟的。它是不平凡的时代的不平凡的精神产品,当日,它的作者们创作和传贴这些诗作,完全是为了斗争的需要。他们处于极其昂奋的斗争激情之中。他们来不及雕磨,因此他们的创作只是充满棱刺的"粗糙"的斗争工具,只是与野兽格斗时用以进攻的"尖锥物"。拿一般的艺术品去衡量它是不公平的。但这里要谈及的是,尽管它是一种驰突,一种冲杀,一种咆哮,但绝不缺少艺术上相当精致的作品。相当数量的旧体诗词,素养很深,很好地继承和发扬了民族文化的优秀传统,具有浓厚的中国作风和中国气派。不少新诗,根本杜绝了"帮八股"的陈词滥调和矫作,而以发自内心的挚情动人。本文不想多论艺术,仅举手边二例略为述及。有一首《十六字令》写道:"碑,傲立苍天真神威。清明日,落在鲜花堆。"千古雄碑,泰山不移,到了清明,却"落"了下来,而且"落"在鲜花丛中,真是妙不可言! 又如:"擎天华表依然在,半下旌旗哭样红"二句,前句平,后句不平。半旗悠悠,旗的下垂给人以俯首哀戚之态,因为有此联想,故旗的红色,却成了人的泪眼:"哭样红"。单纯从艺术上讲,这样的诗句也是不平常的。《天安门诗抄》风格多样,有的哀婉,有的悲壮,有的豪放,有的诙谐,有的机巧。它的形式更其丰富,古今大部诗体无不赅备:从四言到骚体,从古风到律绝,从四六骈文到抒情小赋,从词曲到小令;从"楼梯体"到散文诗,从儿歌到寓言诗……在诗歌形式上,《天安门诗抄》的作者最少成见,也最少保守思想。只要内容需要什么形式,它就选用什么形式,从而形成了诗体的百花齐放。

　　《天安门诗抄》得到了它相应的荣誉。丙辰清明这一壮烈的斗争已经载入史册,但天安门前的呐喊,还响在我们耳际。它鼓舞着我国的英雄儿女为建设祖国的现代化而献身。斗争历经曲折,终于走向了今天的胜利。让我们说:包括工人阶级在内的人民群众在天安门前的呐喊是不朽的。

彼此照耀的崇高*

我们显然对这场突如其来的文学变革缺乏必要的心理和情绪的准备,我们原先期待的只是对于当代文学传统的修复,我们希望重见我们熟悉的那些东西。我们没有想到文学一旦穿上了魔鞋,却身不由己地不断旋转。头晕目眩之中,高度规范的统一文学模式宣告解体,纷扬而至的是千奇百怪的文学现象。

当前的中国文学如同当前的中国社会,它所展现的丰富性是前所未有的。曾经死亡而获得新生似乎还是昨天的事,但已被迅疾发展的事实无情地宣布为历史。如今我们重新展读当年那些引起一次次轰动的、堪称之为新时期文学的里程碑的作品,普遍地感到艺术的幼稚。当然不是我们的作家缺乏才能,而是重建文学的起点低于水平面——我们几乎是从文学的废堆之上开始这一番轰轰烈烈的建设的。

以诗歌为例,作为文学变革的先声的"朦胧诗"论战、关于它的懂与不懂的争论还没有成为过去,随着新生代诗人的出现,它正成为接受挑战的对象。"反传统"的北岛和舒婷已经成为传统。第二次浪潮要超越的并不是前辈的有成就的诗人们,而恰恰是他们。当然,现在宣布北岛和舒婷已被超越未免为时尚早,但数百种诗歌刊物以及近百种自以为是的、自立旗帜的诗歌流派和亚流派已经摆好了阵势,这却是当前中国诗坛千真万确的事实。诗歌是文学的先行者,其他文学艺术品种正在步它的后

---

* 此文初刊1987年1月10日《新观察》1987年第1期,又刊1988年10月《作家通讯》总第81期,题为《文学一旦穿上了魔鞋》。据《新观察》编入。

尘:小说、戏剧、文学理论批评、电影、美术,以及其他艺术品类都面临着接受新的挑战的局面。

十年的历史证明了一个事实:只要包括决策部门在内的社会舆论采取明智的和通达的方针,文学自身就有一种推动力,它可以创造奇迹。文学的属性就是创作自由。它并不期待他人的给予,不受干预本身就意味着无限的可能性。当前进的道路不再四处埋雷,文学这列火车便会野马般向前狂奔。目前文学发展的实际,已远远地超出我们的想象力,甚至超出传统的心理、情感所能承受的限度。如今活着的几代人,都在接受这场悄悄进行的新的艺术革命所给予的强震撼。这种强震撼造成的冲击波同样展现了它的瑰丽和丰富。

不少人为此不安,并产生焦躁情绪。他们似乎更愿意看到文学原来的样子,或者寻求以某种理想的原则重新进行规范的可能性。但时已过、境已迁。我们需要理智地面对现实,这个现实就是:我们长期营造的统一的文学已不复存在;原有的由统一的秩序组织起来的文学格局已产生大的错动;文学的主潮导向——不论是现实主义主潮还是人道主义主潮,都面临着更多的质疑,甚至包括对主潮提法自身的质疑。

人们都能理解许多前辈和同行面临这种局面可能产生的痛苦。但是要是不承认一个由单一层次构成的作家集团已经分离;要是不承认由一个统一的艺术原则或艺术主张构成的文学格局已经破碎;要是不承认文学的嬗递已经改变了我们愿意见到的模样,那么,我们就会长久地痛苦下去。

在过去,我们的文学是以政策的规定和通过各种运动的组织为推进力,它造成文学发展的高度一致的局面。当文学恢复了自由,当作家的创造欲得到尽情的发散,这种局面便宣告成为过去。动态的发展代替了静止,无序的"混乱"代借了有序,多元的体系代替了单一,要是我们从这个视点进行观察,我们就会为目前这种文学的"失控"而兴奋。

文学艺术的形势从来没有这么好过,各式各样的自以为是的主张和实践都显得理直气壮,每个文学家和诗人都挺直了腰杆而不再萎萎缩缩。剩下来的问题就是:作家的良知和自由的竞争。今后的文学生态靠竞争来维持。竞争能够淘汰次品。竞争能够推进自我调节和自我更新。作家不断地感到新生力量的挑战并不是一件坏事,中国缺少的是忧患意识和危机感。要是经常想到将被取代的威胁,那么,作家就不会心安理得地保持自己的常规、而投身到艺术的争奇斗艳的搏斗之中。

文学发展的规律总是新旧交替。一切新的都要成为旧的。作家要想永葆青春,只能在不断地自省之中不断变革。要是文学的每一个细胞都能如此自觉地更新生命,中国的文学就会始终充满活力。

新对于旧通常是奇异的刺激。一时的简单模仿、或者炫耀新奇的"时装表演"并不值得忧虑。要是没有"时装表演",就不会产生时装新潮流,也不会产生服饰的多彩多姿。当然,我们期待的是成熟。但成熟有它的过程。文学的多元格局保障了多种创作方法和多种艺术流派的并存,这里不存在取代和吞并,甚至也不存在代表主流的领袖艺术形态。

你们要活下去,而且要活得很好;我们也要活下去,而且也要活得很好。文坛是拥挤的,但我们不希望出现你死我活或我死你活的"拼搏"。我们要大家活得都很好。但这里不是君子国,这里是竞技场。我们的秩序只有两个字:竞争。中国的文坛应当浩阔如天宇,大的星辰,小的星辰,恒星和流星,有的发出强光,有的发出微光,但却彼此照耀。它们快乐地运行,不期望碰撞,更不期望在碰撞中粉碎对方。在这样的天体运行之中,一种宽容的、博大的精神将显得异常的崇高。我们显然期待这种克服了卑琐的崇高。

1986年11月11日于北京

中国文学的使命[*]

　　大转折的中国社会,意识形态的变革并不明显。在总的不明显中,文学所发生的变化却相当引人注目。我们以十年不到的时间,完全地改变了文学固有的秩序;对文学曾经有过的后来受到扭曲的优良传统进行了全面的修复,并使文学合理地加入了世界现代文学的总格局。中国文学正进行着变革传统的全面探索,特别正在进行着与世界现代艺术潮流的认同的努力。中国文学迅速的现代化是迄今为止最值得重视的成就。

　　但文学的变革却始终在不平静的风浪中进行。十年中,有频繁发动的对于文学的开放与进步的干扰。文学恢复它的现实使命感,特别是文学发扬现实主义精神对生活的落后面进行干预的时候,有严重的对于这种干预的干预。整个社会对外开放的形式,鼓励中国为打破传统文学的封锁而向着西方文化寻求新的参照系,由此引起关于现代派将要淹没民族文化传统的危言并为此举行了新的讨伐。十年中,诸如此类,层出不穷,不可全述。约而言之,曰:改革甚为艰难。

　　尽管如此,中国文学还是一路探索着向前发展,并取得自有新文学以来的划时代的成就。中国文化以迅疾的速度完成了社会的文学和人的文学的跨越,并进入了更为繁富更为自由的全面探索。其中最为引人瞩目的是向着民族心理文化结构切入的文学寻根活动,取得了摆脱了文学依附状态之后的审美与文化

---

[*] 此文初刊1987年3月《华大学生》第5期。据此编入。

相结合的新成就。

中国当前进行的这一场艺术变革,其实质乃是一次反对僵硬的文学规范的新革命。新时期开始前的三、四十年间,我们事实上经营并形成了从文学的性质、价值观到表现形态的全面而稳定的规范化系统。新时期的文学变革的基本任务,是以不合常规的艺术形态打破了以"假、大、空"为标志的旧规范。这一次声势浩大的反规范运动,其意义仅次于五四时期以白话文代替文言文、以新文学代替旧文学的新文学革命。

两次文学革命都面对各自的对立物。五四文学革命面对的规范是数千年的旧文化传统。我们这一次面对的规范时间短得多,但它的"质"的"硬度"却未可低估——它的高度系统化受到统一的社会政治意识通过日益强大的行政力量的规定和制约。它体现为更加完善的状态。

新时期文学的新内容、新形式,以及说明和体现这些新内容、新形式的新观念和新方法所遇到的没完没了的困厄,其基本原因是代表旧规范的文学艺术教条主义的自觉反抗,以及这样的文学氛围所产生的欣赏惰性的自觉拒绝。但文学自身都存在着反抗的强力——对于作者而言,是个性化对于统一化;对于接受者而言,是接受艺术新浪潮的冲激以弃绝陈旧的艺术范式——这是信心和希望之所在。

新时期文学特别是诗歌所表现出来的反传统和反权威的倾向,其实质是对于规范化的文学秩序的怀疑。这是一个否定偶像因而也失去偶像的文学时代。这是怀疑权威因而也无视权威的文学时代。要是把这十年所产生的变革仅仅理解为是对于四十年代或五十年代文学传统的复归和认同,便有极大的认识误差。我们的目标显然要宽阔得多,我们是以全球的眼光在进行加入世界现代艺术潮流的努力。

我们当前的任务,是以极大的热情肯定并推进这一场新的变革所造成的文学新秩序，警惕并反对以任何形式出现的倒退和逆转。尽管这些文学新秩序在一些人的心目中，依然是怪异的和"不常规"的，但它却是经历了数年的奋斗和挣扎取得的实绩。新文学变革的前进途中不可能没有障碍，但它受到整个社会的开放形势的支持，大的逆转不会发生。至于阶段性的挫折却不仅难以避免，且可断言不能断绝。

但不论怎样，文学自身造成的繁荣业已把文学的发展水平提高了。我们不是以以往任何阶段出现的水平为前进的基点，而且是以世界文学艺术所已达到和还在实现的为建设中国开放的文学的主要参照系。我们当前的基本使命是在更为广泛的范围内宣传并肯定我国开放的文学业已出现的新格局。对这些格局的最简括的表明是：动态的结构、无序性、多元体系。

一九八六年十二月三十一日于华侨大学中国文化系

美丽的遁逸*
——论中国后新诗潮

> 在艺术中异端便是正统
> ——乔治·桑塔亚那

引 言

潮流对于岩石的冲撞,乃是持续不断的无情,中国新诗当前承受的新潮的袭击,简直令包括创作者、欣赏者、批评者在内的几乎所有的人疲惫不堪。一个衡定的秩序被破坏了,另一个新秩序尚未建立,接着几乎是不顾一切的"粗暴"的侵入。后新诗潮最令人震惊的后果,是新诗突然变得不美丽,甚至变得很不美丽了。这情景令人怅惘,并连连发出质问:它到底还要走多远?

的确,那些给我们以温馨和慰藉并产生眷恋的美丽正在迷失。究竟是由它去呢,还是回往来路追寻? 在这个艺术巨变的时代,每日每时都提供机会折磨我们。我们显然需要以新的生存观念作为依据的思维方式,我们方能得解脱。我们必须确认如下的秩序是正常的:我们的每一个进步,必须以那些曾带给我们以满足的东西的消失为代价。而且事实也不是如有些人担心的那么可怕,迷失不会造成虚空。我们有的是积存,我们是太富有了,我们也许缺乏的正是迷失。我们这个民族的精神积累,不

---

* 此文初收1988年11月15日《文学评论》1988年第6期,初收《当代学者自选文库·谢冕卷》,又编入《大转型》。据《文学评论》编入。

知道哪一天会出现匮乏!

我们的长处是明显的,我们会把原先格格不入的新物改造成我们所愿意看到的样子,而后再把它变成古董加以收藏。我们不仅酷爱古董,而且酷爱制造古董。这个古老而深厚的民族,需要的是颠倒与失衡的强刺激:如今出现的欹斜、破缺、断裂和鄙俗,以及梦呓的模糊不清,对于完整匀称和无尽甜美的有意刺激和完全的惊世骇俗,目的是给它一个震惊的失望。这使传统诗学不得不认真审视一番这个丑物,而后驱赶欣赏的惯性而痛苦地承认一个陌生的事实。

事实上这是一种无可奈何的强迫性行为。日益生长的艺术反抗情绪和日益坚定的自以为是的主张,使第三代诗人进行着我行我素的艺术实践。但他们的艺术行动并没有受到重视。整个诗界的冷淡与他们的创伤狂热、公开出版物的"萧条"与"地下活动"的"繁荣",构成一个具有讽刺意味的特殊画面。不被认识和承认的事实产生痛苦。处于此种尴尬的境遇,只能采取愤激的态度抗争。要么说当初以"朦胧诗"的方式出现的对于传统诗的抗争,主要是出于对传统艺术方式的厌倦,那么,以后由新诗潮的怪异方式表达的,都是对于传统"内容"的厌倦。诗宁愿捐弃传统的美丽和典雅的内涵,而从艺术圣殿走出;宁弃神圣而与那些"粗野"的现代艺术认同。这一趋向是与一代人对于现实存在的疑虑以及艺术惰性的反抗心理相维系的。

后新诗潮作为新诗潮的延伸和拓展,除了对于前期发展的某些重要因素的疏远与分离之外,它还以本身的矛盾复合乃至对立的艺术现象让人迷惘。在后新诗潮的艺术构架中,艺术的走向的变幻莫测,造成了接受者的严重阻隔乃至逆反的抗拒,艺术的非艺术化加上广泛使用不曾加工的口语,使一部分原先准备接受"高深""晦涩"的欣赏者陷入新的疑阵,在一部分诗人那里,诗不仅深奥而且玄妙,在另一部分诗人那里,甚至最普遍的意象化也被认为是贵族风尚而加以抛掷。

当今诗学最为令人不解的现象是它的不可捉摸的秩序的混乱:一方面,许多有志之士在着力倡导诗的崇高与美,另一方面,一批诗的新生代却确定以非崇高倾向作为追逐的目标;一方面由于纠正毁灭文化的恶行而对文化产生广泛兴趣(这种兴趣改造了诗的素质并形成博学、宏大的夸饰追求,加上全民反思导致文化寻根潮流的兴起),文化氛围的浓重形成诗的贵族倾向,一方面由于人对自身存在的醒悟与怀疑,正在产生对于文化的"嫌弃";一方面,人们在惊呼诗对于现实生活的漠不关心的远离,一方面,诗人却对此种惊呼表示冷淡,他们潜入内心的隐秘,对生命的神秘产生兴趣;一方面诗歌在追求语言的高雅乃至生奥,一方面却有意地使诗的语言俚俗化……

从来也没有出现过这样极端的背逆,而这正是禁锢诗歌的艺术教条放弃之后所产生的新秩序,"混乱"的秩序宣告了平常艺术生态的恢复。诗可以美丽,但美丽不是唯一和绝对的。丑陋大范围地存在,在现实世界也在心灵世界,自由的诗歌没有理由将它放逐。当前诗歌审美变异的某些随意性是明显的。诸多流派竞起中也杂有故作惊人之语的宣言大于实践的倾向,但诗歌毕竟能够先锋地出现这种无拘束的、并不在乎舆论评价的局面——它传达的是一种自由的生存状念与生存意识。这种荒诞怪异所带来的神经刺激,也许就是一种刻意的追求。我们不能为其中的每一个流派预卜未来,历史的严酷性肯定将落在它们身上,有些流派的出现也许就意味着消失。但无妨,这种存在的本身便体现一种价值。

一个逆反:平民意识 及非崇高倾向

曾经有过对于诗人的"居高临下"的厌嫌,这种情绪不单产生在青年人中。谎言的充斥再加上"真理"宣讲人的混合身份构成的不和谐,给人以恶感并不值得奇怪。直到最近,一位有影响的诗人在读者提问诗人的最大失败是什么时回答:"不知道教导别人如今是一种恶习"。这代表一种相当普遍的认识。

部分诗歌实践对于崇高化规范的拒绝,它为诗歌从传达神谕的先知到充当道德的和知识的说教的全知,经历了一个完整的过程,对英雄式的自我或具有强烈的群体意识的自我理想的幻灭过程,造成了普通人对于自身处境的彻悟;随着感恩心境的消失,虚幻的幸福感亦随之消失,凸现出来的是孤立无援的自我。一种见解认为,离开了现代人的内在孤独感来谈创作动机,几乎是不可能的。

后新诗潮对于它的前一阶段的审美变异,取决于这种创作主体的"身份"的变动。一个无地位、也无特殊身份的普通人代替以往常见的抒情主体。这个普通人能够感受到日常生活的困顿,以及作为普通人的不可避免的烦扰。一种对于艰难处境的深刻理解,使这部分诗作对于高贵、博学和典雅持鄙夷态度。它着重于改变以往那种认真的抒情、严肃地叙事的方式,而以一种明显的揶揄态度取代过去的庄严感。

不少诗人有意地在诗中掺入粗话,此举反抗之意甚明。以破坏性的姿态促使诗走下神殿,而与平民的笑骂声和琐屑和杂沓的市尘认同。人不仅感到困扰,且因无援而感到孤寂。他们进而以嘲讽的态度写正常的人际关系的失落,宁静与幸福的不可预期。生活中潜藏危机,骚动不安的心理迫使诗人采取了表面的无所谓的语气。蓝色的《轨带》体现出来的是完整的平民意识,凡人的洗衣机又出了毛病的平平凡凡的苦恼。他以自我平衡的方式调节这种日常的心理纠结。"别把湿手放在我的脖子上!嘻皮笑脸我可不喜欢",而他用的正是"嘻皮笑脸"的方式。

《轨带》让我们看到中国人的困扰。在同一作者的《中国人的背影》中,我们共同地感受到了中国人的悲哀。依然是那种无拘无束的絮叨,却传达出表面无动于衷背后的内心骚动:"人生就像这街头的暮色,美好得让人真想痛哭一场□回到家里你总是含着眼泪对我说□只有中国人的背影显得那样苍老"。这些平淡言词背后透出炽烈的窘迫感。后新诗潮不再用前期常用的那种通过理想方式的感伤以传达忧虑,它乐于采用"满不在乎"的方式以取得同样的效果。

激情的消隐以及理性的彻悟,无能为力之感使人不再乐意于浅薄的期待。诸多的荒诞感折磨着怀有希望的心灵,终于迫使艺术走上无所谓的嘻嘻哈哈的路径。王小龙的《外科病房》不仅对护士小姐的冷淡麻木、对死亡的悲哀麻木,而且对自身的病痛也麻木:"他们吃完饭把自己搬到床上,十分同情地凝视了一会儿雪白的绷带底下那块缺了一点什么的身体"。这里体现的是"十分不同情",是用第三者的目光看自己的伤残,有意的冷漠透出了无尽的悲凉。

《出租汽车总在绝望时开来》(王小龙)、《想起一部捷克电影想不起片名》(王寅),这些诗题就暗示着平民生活的尴尬。如同蓝色在《圣诞节》这样美好的标题下谈论高压锅的可能爆炸、放在街旁的自行车可能被偷一样,它们都意在说明美好的命题与事实的不美好之间的联系。也是一种有意的对于美好氛围和抒情情趣的破坏。没有价值的人生只能在这种具有讽刺喜剧的情节中采取一种漠然的"玩哭"的态度。一切的过于严肃认真只会制造出更大的痛苦,于是,在这部分诗中,调侃和揶揄就成为基本调性。读者只能从这些充满谐趣的诗句背后去寻找那份焦灼的痛苦。

"撒娇派"名称的出现,曾为不少人所诟病。但它的宣言正体现了这种无以排解的困窘:他们为"看不惯"而愤怒,因愤怒而"碰壁","头破血流"之后无计可施,只好"撒娇"。这种无可奈何的选择,与其说是一种诗学宣言,不如说是一种生活态度的宣告。无可选择之后的选择,戏谑背面是地道的中国式的悲哀。中国的嬉皮士精神也带上了中国特有的尴尬。

生活既然充满了这样事与愿违的情节,过分认真显得过份可笑。也许诗人正是借助于那种嘻嘻哈哈的戏谑氛围忘却揪心的一切。创造主体的变动导致诗歌内涵的变动。注意的中心转到平常人的日常生活和日常思考中来,人世的纠结和喧嚣不再被"特殊净化器"所过滤,相反地,倒是造出了昔日那与训诲联系一起的严肃命题的疏远。这是一种大的逆反,它甚至可以把那些在政治家们认为严肃无比的命题,改造成为充满喜剧氛围的命题,举世瞩目的马岛事件不过类同于平民餐桌上的茶点,它与撒切尔夫人的想起丈夫以及妈妈下车忘了雨伞的份量相等。

因为属于平民而平民的生活又充满了繁杂和俚俗,因此叙事情节无形中增加。不是如同以往那样写事件的过程,而是在这种冗烦中把忧苦以冗烦的方式传达给你,那一团乱麻也似的铺叙,不过充当了一种情绪导体。后新诗潮中戏剧性情节的增多与平民意识的受到重视有关。于是在艺术中俚俗因素增多的同时,又增多了自言自语式的絮絮叨叨的叙述风格。这倾向意在渲染那离开崇高的繁琐,故反抗传统美学的意向甚为鲜明。

有意地"破坏"那些美好的情趣成为这些"准嬉皮士"诗风的目标。在它看来,甜美不仅是一种奢侈,而且是一种矫情。诗中琐碎的排列意在反抗那种经过蒸馏的纯净。重复词语造成的有意絮叨,成为后新诗潮追求戏剧性情节的基本叙述手段。诗因而更加接近普通人——普通的中国人的生活均在紊乱和烦杂中进行。这是一种平民的频律和节奏。鲁子的《这个秋天的流水账》不仅诗题这么标明,且诗的情节进行也类于"流水账"。尽管他触及的是世界性事件,而叙述方式却明显地平民化:

　　昨天一场暴风雨袭击了美国中南部没有伤亡

>没有伤亡可那美丽的密西西比河啊再也不能洗脚
>当然白宫很安全里根早就出院啦他那
>三流演员的鼻音又重重的回响在太平洋的上空
>联合国的安理会几年来就一直开着开着
>像一场没有比分的橄榄球赛

这种诗风的调侃情味是当前创作引人注目的倾向。生活尽管沉重却也滑稽,因而荒诞的幽默不可缺少。这种风魔能够使紧张的心灵减压,而获得心理失衡的纠正。野云的《都怪秋天》,鲁子的《无烟的愤怒》,都有压抑了愤怒之后的自我排遣:"你只不过是一只被踢出界外的足球 或一只被掏得空空的罐头不能就这样愤怒起来 你最好想想减肥想想如何能活到孔子那样的年纪"(《无烟的愤怒》)。非逻辑的、荒诞的秩序,取代了认真的是非判断。

诗人对世界由不信任感而萌发为肆意的讽谑,他们随意性地以短的或长的通俗句型,赋予旧词以新意,有意的以拙出巧,不惜以小哲理开小玩笑以突出调侃的氛围,如邵春光的《太空笔》:

>我真是祸不单行
>我把钢笔弄丢的那天　美洲的航天飞机
>在升空时爆炸了
>……
>美洲的潜艇
>在大西洋里打捞飞机的残骸
>已经打捞两个月了
>若无其事的远东编辑,依旧
>不把我的《寻笔启事》登在报上
>远东的报纸转载了那么多

> 各国首脑发往美洲的慰问电
> 没准其中的一封,是用
> 我丢失的那支笔写的

还有尚仲敏的《关于大学生诗报的出版及其他》,标题就是对优雅诗风的挑战。它采用令人厌恶的公文体是为了揶揄。几个大学生为了办诗报在"有关领导"那里碰了壁,"我们给他投射了二十支高级香烟和八十粒上海糖果",结果是"他劝我们回去好好读书"——

> 我们一下子头脑发热互相抡了几个拳头
> 发了狠心去找市长先生
> 我们拍拍市长的肩膀如此这般的微笑一番
> 又说了几句忧国忧民慷慨激昂的话
> 市长先生有如下批示
> 大学生诗报旨在繁荣吾党吾国文化望予以
> 出版为荷
> ——市长爷爷万岁!

平民意识的增长冲激了传统的崇高感,嘲谑发展到对于公式化的规范语言的反抗,它以不驯的态度对待那令人生厌的术语。在语义偏离和追求特殊语感以传达特有心境方面,它体现了不驯的诗观。当代诗从先知和全知的政治鼓动家的角色到纠正假、大、空之后的公民情绪的宣示者的身份。在其演变中传统的言志观念得到全面延伸。后新诗潮的平民意识导致与前阶段公民使命感的某些脱节。平民非贵族,他们的所虑只属于他们的所见所闻。他们作为诗人,并不像他们的前辈那样重视诗的社会功利性。但他们并没有绝对摒弃激情,只是以一种无可奈何的扭变体现他们愤世嫉俗的抗争。

怪圈:文化重构与"反文化"

诗歌中的文化寻根发端较早。这一部分诗的实践,源起于对中国文化久经动乱之中衰与断裂的振兴意愿。它受到特殊环境与氛围的启示:因摧毁性的破灭而产生探究与重建的渴望。由于以废墟开掘,感受到中国文化宝藏的宏深,不由自主地皈依感,同时,也由于现实的失望而力图重建合理秩序,这无疑包孕了隐遁的意绪。这一切出现在社会重获生机的开放情势之下,故不单纯是文化的吸附力所使然,它当然蕴有明确的现实否定与历史批判意向。

此一诗歌思潮值得重视之处,不是那种表层的对于传统题材的重新发生兴趣,而是作为它的内核的将东方与西方、古代与现代、历史性思考与现代文明相结合的逆向互补。文化重构成为新诗潮的一部分诗人——主要是声称旨在追求史诗的那部分诗人——的一个确定目标,他们的工作尽管包孕着某种不容忽视的古文化的崇拜欲望。但动机中的积极因素依然是主要的。江河把长城喻为母亲手中刚刚死去的儿子或一条锁链,这些意象便凸现鲜明的现代性。杨炼的工作是他自谓的能力空间的建构,不单属于历史,也不单属于现实,而是作为"建筑材料"的组构以展示当代人的开放性思维。

继史诗追求之后兴起的"整体主义"宣称,它并不希望抽象界定诗的本质或构造方式,而只是强调它在开放性意识观照下确认中国文化的整体性质。整体主义自谓它的核心思想不是阴阳互补的二元论而是"无极而太极"的整体一元论。它推崇周易,认定其为整体状态文化的卓越描述。它从文化现象的流变不息的整体所拥有的超越的生命力,而发现了民族文化的巨大磁心。整体主义不承认这是文化回归,也不承认对传统的迷恋。它宣称这种诗的思考受到现代科学发展的启示:全息宇宙生物律的提出,人类科学整体网结构的有机化趋势,整体性质的发散型、综合型思维方式的产生。"这一切都说明了在漫长的否定性文化时代日趋衰微之后,在荒原上,一个重建人类文化背景的大时代已经来临"。

这些诗人的执着寻求经历了一个稳定发展的过程。有人把迄今为止的基本属于文化寻根性质的追求称之为当今时代的新文化运动。这一运动始于杨炼的若干规模宏大的组诗如《半坡》、《敦煌》、《诺日朗》以及江河的《太阳和他的反光》,"整体主义"的出现对此做了较充分的理论表述。从创作上出现了廖亦武《乐工》、石光华《呓鹰》、宋渠、宋炜《颂辞》《静和》等作品,它们都旨在对文化进行现代意义的重新观照。这些创作正在争取知音,其间付出的心力,有待于冷静公正的评价。

由于诗驻足自身构筑的殿堂而与现实世界阻隔,也由于它崇尚智慧和玄思而使诗趋于高雅化,这不能不造成某种缺陷。但即使如此,此类诗中亦不乏寓深刻于浅显从而开拓了新领域的佳作,海子的《亚洲铜》意象明净而疏淡,展现着古老土地的忧郁以及对于悠远文化的思考。它无意于炫耀博学,也不堆积史料,以歌谣的明亮写出了丰厚的意蕴——

> 亚洲铜,亚洲铜
> 祖父死在这里,父亲死在这里,我也会死在这里
> 你是唯一的一块埋人的地方
>
> 亚洲铜,亚洲铜
> 爱怀疑和爱飞翅的是鸟,淹没一切的是海水
> 你的主人却是青草,住在自己细小的腰上,
> 　守住野花的手掌和秘密
>
> 亚洲铜,亚洲铜

> 看见了吗？那两只白鸽子，它是屈原遗落
> 　在沙滩上的白鞋子
>
> 亚洲铜，亚洲铜
> 击鼓之后，我们把在黑暗中跳舞的心脏叫
> 　做月亮这月亮主要由你构成

文化重构一方面宣告了作为文化的诗的诞生，而与传统的作为政治的诗分手。一方面赋予诗以空前庄严的风格而使之具有沉重的沙龙意味的华贵典雅。正是这种高雅的诗首先与平民意识发生了冲撞。非崇高倾向伴随无地位又无所作为的愤激而诞生，它由于浓厚的失落导致以鄙俗不羁的姿态反抗传统的审美观念。这样，诗的鄙俗化便与文化寻根形成的高贵化倾向构成了对立。

对上述对立的接近的表述，其实应追寻到文化现象的自身。新时代以人的启蒙为始端，唤起了人摆脱依附观念的独立意识。人的觉醒的最终体现为人对个体生命的觉醒。这个觉醒受到了整个开放社会以及世界性的自由沟通的鼓励。为确认人的自由和平等的地位，人第一次感到了都市文明乃至整个人类文化构成了人性发展的障隔。"诗人通过特定的智慧与自己缔约，目的是为了完全抛弃他们面对并处于对峙状态的世界，从而达到绝对意义上的自主与自足"。

要说这是一种拒绝，这种拒绝针对的是文化所描写的世界。诗歌已经超越以往所有阶段，而把现代人所处的文化环境当作严肃思考的题目。对于中国当代诗而言，这种文化与非文化的思考，已经不再把"东方"当作思考的重心，甚至"国民性"的反思亦已变得不重要，而是萌发于东西方文化汇聚交流的人类总体文化的思考：文化曾经怎样地由人创造并创造出人的异化的全过程。"反文化"的破坏性恰恰具有了人为挣脱文化束缚和精深

的"建设性"。它与重构文化的动机不同,它旨在重新确认某种价值,尽管它采取了愤怒拒绝的方式。

"非非主义"声称自己不反文化,而只是指出文化化了的世界存在危险性。它实际上表现了对现有和曾有的文化的不信任。它认为文化是一种符号化处理的人类行为,它造成了一种人类无以摆脱的强迫性后果,即迫使后来的人把真正的世界一眼就看成了语义中的那个样子。它认为这是一种"语义的强加"。因此"非非主义"诗歌主张"创造还原"的理论,其途径包括对于知识、思想、意义的逃避,它实际上构成了"非文化"倾向。

"非非"以外,后新诗潮有相当多诗人表示了此种共同倾向。许多非文化主张均从对语言的怀疑开始。偏激之论以"诗人的最大天敌就是语言"为最。这种理论认为语言只是表面符号,它与丰富而神秘的精神现象存在着不可逾越的现实距离,与诗人的心理事实就隔着整整一个世界。当诗人的强烈精神现象被感知,几乎是立即就泛化为抽象语言符号,一个真实存在的世界就这样轻易地被肢解了。

语言所代表的文化成为一道铁篱,它在一部分诗人那里是可怕的障碍。但当诗人表现出对文化和语言的不信任时,他所使用的依然是那些远古积累而来的符号系统。于是在文化的全部积蕴之中而又要超文化或非文化,正是怪圈中的徒劳挣扎。究其实,目前崇尚的非文化倾向,实际是一种文化的积累及其结果,但即使如此,后新诗潮迄今为止的努力并非无可称道,它为中国新诗在当前行进的速度画出了鲜明的印迹。它结束了作为新诗潮由传统诗潮向现代倾向过渡的进程,而开始了新诗向着本世纪末期先锋诗歌意识的推进。

在上述两个明显的阶段中,两种不同的成份呈现出既冲突又互补的共处关系。非文化倾向的基本价值只在于观念的提出,在艺术实践上更多借助于不动声色的冷抒情,以及极端的不加任何修饰的口语化,以此对抗风靡一时的意象化。"他们"诗派的创作集中体现出这种"非艺术"的艺术特色,韩东《有关大雁塔》是典型的,开头就是——

　　有关大雁塔
　　我们又能知道什么

这诗句,一方面暗示文化的神秘和它的不可知性,一方面以完全漠然的语言表示对文化的冷淡。

　　究竟非文化的理想能够在多大的程度上占领诗歌,这需要有力的实践来证实,但诗对于意象乃至艺术装饰的冷淡,则是已成的事实。在当前这样令人迷乱的诗歌现实面前,响起诗人的质问:"那些质朴的东西哪里去了? 那些本源的东西哪里去了? 怎样解释'归真反朴'"(韩东)? 面对过分的"柔软"的装饰,这质问的合理性没有理由怀疑。

内审视·生命体验——最后的皈依

　　呼唤多年的自我复归,中国诗争取到的只是对诗人个性的承认,承认诗人拥有自己的眼睛和自己的心灵,以感应昔日熟视无睹的世界。但诗人运用这些自由显然不是为自己,而是直接或间接地用以表达对于社会问题的"自己的看法"。在以往,诗人对世界乃至自身不拥有这种属于自己的看法的自由。对这个问题的兴趣,已成为当前诗运的焦点。

　　自我复归或走向内心作为新诗潮的全力争取,并非一个难以到达的遥远目标。但诗人的自我觉醒,却造出了中国诗歌动人的景观:一个隐秘的内在世界终于在这种觉醒中被发现。这发现伴随着对人的不能独立状态的否定,开始是作为一个机器中的螺丝钉而淹没了自我,一旦回到自身,人于是把自身看成了一部机器,一个太阳,乃至一个宇宙。这个内宇宙的浩瀚博大,完全可与外宇宙相比拟。人们为自己的这个发现所震惊,诗歌于是又一次开始没有终点的探寻。

后新诗潮把对于生命的体验当作有异于前的追逐:

> 生命是一个谜,也许永远是一个谜。它将作为茫茫宇宙的中心问题困扰着我们,直至人类的终结。人类从未停止过呼唤"上帝",过去是因为物质的匮乏,现在则因为物质的剧增。科学家将生命作为固体来分解,而文学家则应把生命作为液体来综合。……科学可以将人类转移到另一个星球,但无法再造一对"生"与"死"。所以,我们依然存在活下去的对立面和精神支柱;所以,宗教依然以其强烈的光源和科学一同普照人间;所以,幻想依然是使生命永恒的唯一方式。(麦秋:《现代派:我们的看法》,《知识分子》,1986年秋季号)

在先前被现实的纠缠弄得惶恐不安的地方,如今诗人又被生命的不可知弄得惶恐不安:

> 谁曾经是我
> 谁是我的一天,一个秋天的日子
> 谁是我的一个春天和几个春天
> 谁,谁曾经是我
> 我们不时地倒问尘埃式奔来奔去
> 托着词典,翻到死亡这一页
> 我们剪贴这个词,刺绣这个字眼
> 拆开它的九个笔划又装上
> ——陆忆敏:《美国妇女杂志》

这些反复的询问表现出焦灼和困惑。人一旦回到自身,人就为自身所折磨。痛苦遥遥无期。

一方面玩味自身那没有边界的感觉世界,他们从来也没有如此自由的,也可以说是放肆地不要任何指导单凭直觉开掘这个陌生的宇宙。他们为自己的每一个"发现"惊喜若狂:孩子的弹珠在亲昵的区间滚动,水在推动中说出语言,玻璃与玻璃的碰挤充满和谐,钢琴上的一只手从不同的角度向你靠近……这世界竟是这样新鲜且不可穷尽!

另一方面,这内在世界一旦被发现,人们被自己所折磨从而经历了深重的苦难。这世界一如社会,这里有上帝,也有魔鬼。这个内在的精神实体的自身分裂,造成一个混沌迷乱的空间:上帝和魔鬼的战斗无休无止。人以前所未有的自觉占领这个世界。人猛然觉悟作为生物感到生死的玄妙及恐惧。先哲曾经把人喻为自然界最脆弱的一种芦苇,但却是有思想的芦苇,它的脆弱性在于自然界可以轻而易举将它摧毁。但《巴斯卡感想录》认为"人仍然比摧毁他的宇宙更高贵。因为他知道他会死,尽管宇宙有胜过它之处,但宇宙对此毫无所知。"

后新诗潮确认:诗只能是诗人生命的形式或自身,它是诗人灵魂的裸露。诗人对自我生命体验的重视是纯粹意义上的现代意识。它具有超脱民族局限的全人类性。诗歌弃客体论趋主体论的结果,是诗人更加勇敢地自省并深刻体验人类共有的内心世界,从人的生存状态考虑人的心理世界、内在本能意识,从而无限扩展自己的领地。

> 我仍然珍惜,怀着
> 那伟大的野兽的心情注视世界,深思熟虑
> 我想,历史并不遥远
> 于是我听到了太古的潮汐,带着原始气息
>
> 从黄昏,呱呱坠地的世界性死亡之中
> 白羊星座仍在头顶闪烁
> 犹如人类的繁殖之门,母性贵重而可怕的

光芒
在我诞生之前,就注定了

这是翟永明的《世界》,她把作为女人的特殊的生命感受和体验当做诗的理解对象;《女人》组诗的独特性在于揭示外部世界只有在被主体所感受和体验的范围内存在;体验是生命自身的直接经验。诗人通过内部体验为自己的哲学找到合理的基础,它凭借人对自身的神秘感,凭借某种入神凝思的状态来进行直接的体验。

从事生命体验之传达的诗歌认为,生命的基本特征在生命的冲动与生命的绵延。这是一种超空间无限延续的生命流,这种绵延的性质决定人类存在的基本方式。诗人凭直觉把握人类的生命冲动,从内部洞察生命现象,从而把无法言传的绵延的生命流——即在时间中流动的自我人格,概括为人的意识的自我体验、内心反省或自我意识。这种诗观认为思维是纯内心行为和主观自生的内心直觉:世界是一种异己力量,人的基本状况是悲观、烦恼、恐惧、焦躁——因此他们对世界的态度是"恶心"!这种特殊哲学氛围构成"无家可归"的"厌世感"。

这是叙述的诗人对于生命体验的兴趣,与前述的平民意识和对艺术的典雅怀有敌意等现象,却是中国现今诗歌的极端化表现。这是不是最后一次?这是不是唯一的征服和占领?回答都是否定的。诗歌的动态结构作为一种秩序被确认之后,这只受到社会新的发展力抽打的陀螺!不会骤然停止它的旋转——只要作为运动的现代化的内驱力不消失,诗的任何层次的变革却不具有"最后"的性质。

也许是受到极端魔力的驱使而走向极地。与此同时,急转弯或小回环都是动态诗歌随时可能出现的情景。宏观的预测是可以的,但肯定的预言则要承担风险。中国当今诗歌的现实已经否定了绝对的征服和占领。健康的诗歌已经承认艺术多元结构的合理性。如此则任何一种艺术——不论它是神圣的、正统的、或现代的、鄙俗的,都只能是多元中的一类而不可能构成全体。

只要诗的生命力没有萎缩,多元结构就不会解体。那么,在纷呈杂现的中国诗中保留一种、若干种"古怪的极端"或"极端的古怪",当不会是暂时的现象,甚而可能会是永恒的现象。当然,永恒依然不是唯一。对于那些怀疑的目光,我们的回答是:你们有权利困惑,但你们没有理由忧虑!

一九八六年冬季草于泉州华侨大学,
一九八八年夏季改于北京大学。

1987

木兰溪从这里流过*

木兰溪从这里流过,她把甜甜的汁液贡献给了这片神仙游过的土地。于是,这里便发酵着无尽的诗情。

在仙游,我只停留短短的两天,但这里醇厚与炽热却时时诱发着我的思念。在中国,诗是艰难而寂寞的事业,诗人们似乎都过得困顿。你们不同,你们那里正进行着欢乐的庆典。

我接触过许多诗人,也深知许多诗刊诗集出版之艰难。因为有比较,便艳羡你们特有的境遇与氛围。你们这里,空气、水分、温度显得相对的正常。那么,剩下的便是坚实的劳动和创造。

中国诗目前正在进行着一番新的争取。无以数计的诗歌流派和社团,纷纷站在了新的起跑线上。在这一场新的竞技中,兰溪诗社的成员将以何等开放的和前进的姿态唤起中国诗界的瞩目,这是我所期待与祈愿的。

一九八七年元旦于泉州

---

* 此文初刊1987年2月《兰溪》创刊号。据此编入。

不可逆转的超越[*]

文学十年的发展把中国读者的想象力甚至承受力远远地抛在了后面。它几乎是不事声张地对原有的文学创作、批评的格局实行了革命性的调整。许多原先不容置疑的原则受到了冷淡,更多的为习惯思维所排斥的观念在悄悄地得到承认。再谈论文学是否有禁区已毫无意义。那种以这样那样的"规定"对文学实行规定的约束宣告解体。文学作为某一种或几种存在的附属物的地位已经改变。尽管文学与现实的社会政治意识的某种疏离引起了某些人的不安,但文学回复到文学本身的努力的确取得了相当显著的进展。这是一个与思维惯性实行决裂的文学时代,这种决裂已在事实上获得成功。

十年前爆发的那一场以诗为武器的政治决战,它以经历过重大磨难的胜利,揭开了这场新的文学革命的序幕。我们如今回想那一切,仿佛是一部无数叠印组成的快速的长镜头。从中国现代化文学发展的历史看,从来也没有发生过如今这样的从表现内容到表现形式的迅疾更迭:文学从死域的恢复生命力,首先意味着真实性的复归;现实主义传统精神的修复和深化,以伤痕触摸和对现实弊端的揭示为其前进的标志;与此同时,摒弃了虚假的浪漫主义的文学依然为五十年代后期那种理想化的光圈所照耀,在一些作家和诗人那里,它正面临心灵的废墟作痛苦的理想的呼唤;以社会现代化为触媒而引发的现代主义倾向,带来

---

[*] 此文初刊1987年1月23日《当代文艺探索》1987年第1期。据此编入。

了社会的惊颤。不仅是重大题材或重大主题的追求受到了怀疑,那种单纯的乐观情绪的稳固地位已被浓郁的忧患感所动摇。

我们文学的发展曾经受到强大力量的干预,无穷尽的政治运动"运动"着文学。每一个政治运动和社会发展的"高潮"都试图制造并领导文学的"高潮"。文学自身的规律实际上已被取消。我们如今面对的是令人鼓舞的气象:那种线性的发展阶段已经结束;文学界失去了为某一现象引起普遍激动的心理可能,每个人都在按照自己的艺术良知和艺术理想进行自行其是的追求;不管别人如何,他们只"照看"自己。

已经不存在什么一体遵照的运行方式,甚而连"高潮"都受到忽视。太阳不再是太阳系中的中心,每个行星都成了发狂的星体。他们力图摆脱原有的位置,尽管此种意图有的终难做到。但的确文学家们已经无视那种有形的或无形的约束。

对于中国作家来说,历史使命感和社会责任感几乎是与生俱来的先天性遗传。他们多少都持有此种素质。但文学观已在他们那里悄悄产生变化,如今他更乐于听凭内心的驱遣。过去,再淡化并受到摧残的作家的艺术个性已经成为神圣,文学已经成为随"心"所"欲"的个性化的表现。一贯由行政命令所组织有效秩序呈现出"混乱"。作家们不是没有感到重要新求规定乃至统一文学的意图,但他们理智地确认此种意图的背谬。

中国现代化由不同的时代和意识差异的"地质构造",由于挤压、扭曲、冲撞所产生地震和火山爆发,已经宣告了长期经营的由统一思想模式和艺术模式所组成的文学规范已宣告解体。"混乱"的秩序即实际上的无秩序,代替了以往统一的秩序。这局面引起相当多的人的真诚的不安。然而,这正是十年奋斗戳力以求的实现。

单一的选择已成为遥远的事实,多种选择造成了创作者和接受者的惶惑。特别是那些锐意变革的探索性实践,每一步几乎都在怀疑的目光下迈走。

长久的封闭和被动性欣赏,造就了自发的抗拒,它实际上已成了艺术革命的天敌。获得自由的鸟,又知道如何以双翅实现这种自由,她们甚至宁可重新选择笼子。这种悲剧性因素是潜在的。当然,就总体趋向而言,不会全面地发生这种危机,因为心灵已经因解放而觉醒。更为值得注意的可能是,艺术的迅速更新造成的激烈竞争的局面。普遍的面临挑战造成普遍的危机感。每一个获得成就的作家,伴随着成功而来的总是痛苦。他们不同程度地自我重复,他们不甘于重复他人,但又苦于找不到突破的决口。

这病症在长期稳定(实际是凝固)的艺术环境中不会生长。在那时一种普遍的艺术规范可以有效地指导一个漫长的文学时代。如今不行,往往每隔一、二年就会产生新的危机。在这样的情势之下,一种由自我否定而达到自我超越的素质就成为必须。读者和舆论的冷淡以及无情的淘汰,饿虎般窥视着几乎所有的艺术家和理论家。置身这样的氛围中,没有勇气、毅力和竞争心几乎连一天都难以度过。而我们中国的文学家都以亲历此种无休止的艺术冒险为极大的乐趣,不是不存在粗制滥造的现象,但只要不明智地坚持此种错误,等待他的只能是被遗忘。

这种"混乱"将要维持很久,甚至会成为新的生态环境。那种重建如同五、六十年代那种"循规蹈矩"的秩序的期待必然会落空。文学多种选择的格局之形成,是作为中国文学走向世界的一个实绩而受到肯定。

这个给文学带来巨大骚动的十年成为过去。当我们面对第二个十年的初始,我们不期待这种骚动的休止,事实上也不可能休止。中国既然向世界打开了窗口,中国的文化灵魂就不可能重归于寂静。纵向的历史探源,使我们看到了这些民族的文化灿烂以及它们带来的因袭;横向的比较考察使我们了解世界的实际状况以及我们的落伍。艺术家的良知赋予每个人以不平的心境。我们得到的是失去平静以后的宽慰：中国终于在自满自足的酣觉中再度醒来。

我们不期待文坛的平静，但我们却期待以平静的心境关注这种不平静。了解中国当代文学发展的人们都清楚，行政对于文艺的关注过多并不是一件好事。文学三十年发展的事实证明，政治开明和社会稳定所提供条件和环境比任何行政手段的"支持"都更为有效。建国初期经济建设高潮以及"三年困难"时期的"无暇顾及"，曾都创造了文艺繁荣的"小阳春"。近十年文学奇迹的出现，最有力地说明了文学自身规律的强大生命力。只要行政干预的弱化以及政治上主动提供的宽松气氛，文艺自身的规律就会跃起成为主要的动力。

我们对未来十年的期待是热烈的。这种期待最直接的表达应该是：艺术以外的力量愈是对文艺"无动于衷"就愈好。尊重文艺自身的生态平衡比任何他种形式的关切都更有利于取得实效。我们坚信时间的耐心。我们当然更寄望于社会的明智。除此之外，就剩下在这场时代性的竞技中文学自身的智慧与耐力。

传统的变革与超越[*]
——诗歌运动十年(1976—1986)

导言:十年来的一件大事

当我们置身于艺术之外看十年前发生在天安门广场的诗歌现象,我们会情不自禁地对它作出高度热情的评价;而当我们情绪趋于冷静,置身于艺术之中进行观察,我们的评价会出现截然的背反。这是一个发生在复杂的历史时期的复杂的艺术现象。从一个意义上看,它有不可企及的价值;从另一个意义上看,甚至会得出完全不同的判断。事实也许就是如此:一九七六年四月五日前后兴起的诗歌运动,对于中国新诗在当代发生的巨变而言,不过只是一个序曲。

序曲奏过以后,诗歌在传统与变革中冲撞,它的情节伴随着几代人互相折磨和自我折磨的激动和痛苦而展开。如今是整整十年,时间为我们提供机会,我们终于能够拉开距离地对它进行一番冷静的思考。

记得一九一八年,胡适在他总结新诗运动的《谈新诗》中用了一个副标题:"八年来一件大事"。他确认新诗的孕育与诞生这一事实为一九一一年辛亥革命到那时的八年中的"一件大事"。要是把当前时期诗歌所发生的变化放在大的时代背景中考察,就它为整个文艺的变革提供先例乃至于它在这种变革中

---

[*] 此文初刊 1987 年 1 月 25 日《社会科学战线》1987 年第 1 期。据此编入。

对于固有传统的发展与突破而言,称之为"十年来一件大事"也并非妄言。

十年完成了两项使命:一是受到破坏的传统全面的修复与沟通;另一则是以不妥协的精神对这个传统实行超越性的变革。从前一个的使命完成看,诗坛内外的人都是乐于肯定和接受的。天安门诗歌开始了革命功利目的的诗质的恢复。它的最突出的成就是现实主义精神的有效实行,诗歌对于人民哀乐作了忠实的表达;诗歌对社会现实实行了力所能及的干预;随之兴起的是对伤痕的揭露;从写"别人的故事"到写"自己的故事",普通人的命运受到了以前只有头上戴着光圈的人才能得到的殊荣,小人物的悲欢和惊天动地的事业忽然取得了同样的机会,如流沙河的诗和舒婷的诗所表现的。上述内容之所以会得到无争议的认同,其中重要的原因是由于许多人的亲身经历。

复归与认同是易于接受的,而异向的追求乃至实行艺术上的反叛和变革、即我们说的第二步的超越性变革,它所能得到的同情和容忍就十分有限。引起文艺界关注的两个大论战,即围绕诗歌创作的朦胧诗大论战和对这种创作进行理论概括的崛起论大论战,就是这种艺术地震的说明。

我们之所以认为是"大事",还在于它的作用和影响属于全体文艺、甚至属于全社会。它提供了对于固有秩序的怀疑和不满,它的冲撞和躁动最生动地传达了社会潜在的变革要求。一个时代结束了,一个时代开始降临。这种降临是伴随着不满、不安、不宁的,诗歌艺术的变革最早传了此种信息。

以十年为代价,目前我们获得了一个相对而言是趋于平静的氛围。这种氛围并不说明分歧的消失,而只是论争双方因力量失去均衡而冷却。从另一个角度看,目前的氛围也取决于双方多少总在承认某种事实。主张变革中的一些人重新开始了对于传统文化的兴趣。尽管这两类人对传统文化的态度差异极大而甚少共同点,但这种兴趣显然冲淡了当时那种激烈的程度而趋于"平和"。"平和"心境也是与他们看到了固有力量的强韧有关。他们终于体会到:骤然的冲击是可以的,但并不可能有彻底的改变。这种情景在另一方则是因诗歌事实的存在而不同程度地承认了这一事实。他们原先那种因为完全不能适应和不能容忍的怒气冲冲,如今已经消隐。时间给人以机会。他们终于对某些现象不再陌生,甚至新的诗艺也在悄悄地影响他们中一些艺术上比较通脱的人。这也就相当程度地抵消了原先那种对立情绪。

最主要的是诗歌发展自身,它已经不再是原先那种陌生的怪物,而是一种不得不予以注意的庞大的存在。不管你是否为它呼吁和辩护,它已经是一种存在,从而使辩论也失去了意义。目前的诗歌运动已把注意力集中于诗美变革的研讨和总结,宏观研究的成果要求微观研究的充实和解释。

参与现实的传统之修复

我国新诗运动伴随着诗歌对社会现实的关切而走向深入。在发端阶段,胡适、刘半农、刘大白等的诗歌追求以对于底层人民生活状态的同情体现了诗歌的写实倾向。文学研究会诸诗人的创作,为人生而艺术的宗旨乃是他们诗歌的合理内核。俞平伯在一九二二年诗集《冬夜》序中说过:"诗是为诗而存在的,艺术是为艺术而存在的;这话我一向怀疑。……因为如真要彻底解决怎样做诗,我们就先得明白怎样做人",俞平伯提出:"诗以人生的圆满而始于圆满,诗以人生的缺陷而终于缺陷。"在他的观念中,"人生"是诗的决定因素,是诗的生命和根本。

新诗的艺术格局实现了由个体意识到群体意识的全方位转移。三十年代中国诗歌会兴起,把为人生的诗歌推进到为革命的诗歌。国防诗歌由倡导以诗为配合抗战的武器,进而提倡诗的大众化和通俗化,以期更为切近社会的实际。蒲风说:"诗人应该做时代的喇叭,诗人永为时代的前驱。诗人怎能在离开了社会组织的集团总体而表现出积极的生的意义呢?"(《新诗界的迫切要求》);从文学研究会到中国诗歌会,中国传统的"文以载道"和"诗以言志"的品质得到了革命性的更新。

这种品质的侵入,使中国新诗开始了与人民共命运的同向发展。诗歌的革命性与诗歌的人民性在特定时代里取得和谐的统一。诗歌的战斗性与表达人民的真实愿望的人民性也取得和谐的统一。由于诗歌的革命性和战斗性体现在对于人民愿望的真实表达以及人民奋斗精神的具体描绘上,于是它和诗歌的现实主义也达到了难以分解,也无需分解的境界。

新诗的这些优秀品质在五十年代中叶至七十年代中期的漫长而复杂的历史进程中受到了摧折和歪曲。在相当的时间中,在相当数量的诗篇里,诗歌在革命旗号下游离甚至背离人民的进步意愿。诗中出现的美好图景与生活的实际无关;诗人抒写的情感与人民内心真实相违。虚假被当作神圣,而真实则成为罪恶。郭小川的《望星空》、邵燕祥的《贾桂香》、蔡其矫的《雾中汉水》的遭遇,正是上述那种背谬的证实。

其实,不是那种到处艳丽明亮的色调,而是蔡其矫诗"浓雾中传来的沉重的橹声""在冬天的寒水冷滩喘息"的纤夫的灰暗严酷氛围,更为真实地再现了当时的现实;不是那种高昂豪迈的叫喊而是"艰难上升的早晨的红日,不忍心看这痛苦的跋涉"更为真实地传达了诗人伟大的爱心。到了六十年代中期以后的十年,风气更为恶劣,有一些诗歌沦为阴谋和野心的工具而背离了人民,但荒唐的是,那时却对这些诗作了"最革命"的判定。

正是在这样背景下,我们高度评价天安门诗歌的出现。它恢复了人民诗歌的战斗职能的全面性。诗歌的生命是人民的真实情感。天安门诗歌一方面以颂歌的方式表现了人民的真实的爱,一方面以战歌的方式表现了人民真实的恨。在很早的时候,萌生于解放区的文艺政策业已使之明确规定文艺和诗的根本职能在于歌颂和暴露,天安门诗歌终结了对这一根本职能的背离而得到全面修复。

诗歌作为武器和工具的观念在新的政治环境下得到新的认知。尽管这种观念目前受到某些补充和质疑,但对于新诗的发展而言,它是一个前进性质的恢复。诗歌依然如同往昔,以配合和服务于政治而显示神圣。我们把这种神圣使命的履行称之为惯性滑行。我们不能不注意到这种滑行是在进步的和开明的新轨道上运动的。一九七八年底出现了更为激动人心的政治局面,思想解放运动宣告了诗歌艺术惯性运动的终止。

中国新诗对于社会现实的参与意识的勃兴,以及诗歌的战斗传统的全面恢复,以一九七九年诗歌复兴高潮的出现为标志。雷抒雁的《小草在歌唱》和叶文福的《将军,不能这样做》,呈现出这种恢复所达到的高度。叶文福的诗体现了对颂歌的质的修正。他力图在光明的底色上抹上一道愤怒的闪光的电火,从一个阴影展现诗歌对丑恶现实干预的勇气。它是传统的现实主义和浪漫主义精神的勇敢的实现。雷抒雁的诗也超越了一般英雄颂歌。这是一个勇敢抗争黑暗和愚昧的英雄,她的生命史是时代的悲剧。"小草"动人的灵魂还不是反叛意义上的英雄颂歌,而是人的内心平衡的打破。一种传统的自我安慰的心境为现实的鲜血所粉碎,从而表现出焦躁和愧疚。内心的真实性得到袒露,它体现现实主义精神的向着内心的占领。

一批诗人以他们对于社会的责任感而发出呼吁和呐喊,或针砭时弊、或抨击愚昧、或颂扬崇高,均赢得信任。这些诗作如熊召政的《举起森林般的手,制止!》、曲有源的《关于入党动机》《打呼噜会议》。一九七九——一九八〇年优秀新诗获奖作品的标准,其重点在对于现实的态度上,公刘《沉思》、白桦《春潮在望》、李发模《呼声》、骆耕野《不满》、刘祖慈《为高举的和不举的手臂歌唱》,基本上从两个方面——一方面对异常时代的历史反思;一方面是对现实积重的痛切吁呼,分别体现了诗歌对社会现实的不同方式的积极参与。

长期以来,我们提倡诗歌的现实主义,并维护它的不可怀疑的神圣。但留给我们的教训是现实主义的狭窄化和单调化,以及真正的现实主义的不被认可。前者指现实主义一方面被用作不厌其烦地琐屑地图解现实,一方面被规定为只能对我们的现实采取肯定的态度;后者指我们实际上排斥乃至敌视颂歌以外的对于现实弊端的哪怕是非常委婉的干预和揭露。被提倡的现实主义创作方法,在现实生活的落后甚至黑暗面前,不是表现为无能为力便是表现为灾难性的压制所击倒。在新时期,经历了相当艰苦的争取,全面的、真正的现实主义精神的繁荣发展,其成就在新诗历史上是前所未见的。

反思历史:艺术变革的前导

经过长期的社会动乱,对于现实和历史的深刻反思,几乎成为推动社会向前发展的思想力量。新时期的诗歌体现出一个特质,就是它最早以警觉态度怀疑现存艺术秩序的合理性。对于变态的文艺作出的"假、大、空"的概括,系以诗歌的变态为主要依据。复苏的诗歌理论上对此种歪曲进行了有力的批判。艾青的《诗人必须说真话》、《新诗应该受到检验》等,都提倡诗人和诗的真实性:"人人喜欢听真话,诗人只能以他的由衷之言去摇撼人们的心。诗人也只有和人民在一起,喜怒哀乐都和人民相一致,智慧和勇气都来自人民,才能取得人民的信任。"

诗人和批评家不约而同地都为诗歌摒弃虚假,恢复它的真实性而呼吁。公刘谴责"有的诗,成了押韵说谎的艺术"。这些话透露了深刻的历史反思意识。诗人从天安门诗歌作为"伟大的历史预言"的判断出发,认为"最根本的还是它反映了我们时代的最大的真实"。由诗歌的反常状态思考到了社会和时代的反常状态。在诗的领域进行的思考,较之其他品种具有更深刻的敏锐性:

> 现在大多数人都比较倾向于这样一种见解,即:妨碍我们实行政治民主和艺术民主,摧残包括诗歌在内的文艺百花的,主要是封建意识形态,都是一些什么呢?略加剖析,恐怕是特权主义、门阀等级制度、人身依附观念,恩赐观点、闭关锁国论、小生产方式等等。
>
> ——公刘:《诗与诚实》

与上述理论表述相呼应的是创作上的体现,叶文福那首著名的《我是飞蛾》响起悲愤的回声。在《我是飞蛾》中,他以激情的旋风呼喊他的"新发现":

> 我终于看见了——光!
> 我终于看见了——火!
> 我发现生命的机器,
> 用我的翅膀卷起黑夜——
> 卷起黑夜的凶杀! 恐怖! 阴谋! 阳谋!
> 　野心! 卑鄙! 狡诈! 愚昧中的骄傲!
> 　权力癌! 荒诞! 叛卖! 中庸!
> 　霸道! 贿赂! 奴性! 堕落!
> 　光荣的寄生! 神圣的掠夺!

应当承认,诗歌领域在一九七八至一九七九年之交所进行的思考,体现了相当深刻的历史反思的实质。这种反思以超越具体的艺术范围而显示它的尖锐性和敏感性。

随之而来的是对诗歌自身艺术规律的大胆质疑。几乎是在谴责"假、大、空"的同时,诗歌界开始了对于长期影响并决定诗歌发展方向的指导性原则产生怀疑。这种原则把新诗的发展基础建立在曾经是新诗的对立物的古典诗歌以及与古典诗歌"同根"的汉族民歌上。人们不同程度指出这种理论的非科学性,而且在实践中纠正了它带来的创作和评论的片面性。关于诗歌的思考由这种对于指导性理论的怀疑进而推及对于创作实际弊端的考察。

在新诗创作中,最早发现了由于理论的偏颇而导向创作的偏颇,即诗人创作的僵硬的模式化的严重性。1978年出现的《今天》杂志,作为一种文学和诗歌新生代的第一次集聚,其争取的目标,并不是对于具体的艺术实践的承认,而是对于单一的创作模式的抗争。在《今天》的《致读者》中,引人注目地引用了马克思在《评普鲁士最近的书报检查令》中的一段话:"你们赞美大自然悦人心目的千变万化和无穷无尽的丰富宝藏,你们并不要求玫瑰花和紫罗兰散发出同样的芳香,但你们为什么却要求世界上最丰富的东西——精神只能有一种存在方式呢?"在引用了这段话以后,《今天》宣称:"四人帮的文化专制主义就是只准精神具有一种存在形式,即虚伪的形式;只准文坛上开一种花,即黑色的花朵,而今天,在血泊中升起黎明的今天,我们需要的是五彩缤纷的花朵……"

在诗歌界,最早把变革潮流的实质归结为"美学原则"的变革上。及时总结诗歌实践的实质并使之具有理论归纳的色彩,使诗歌在新时期的文艺中最具鲜明的理论性。审美意识的觉醒在诗中最先得到重视。孙绍振的《新的美学原则在崛起》试图做的就是这方面的总结:"与其说是新人的崛起,不如说是一种新的美学原则的崛起。这种新的美学原则,不能说与传统的美学观念没有任何联系,但崛起的青年对我们传统的美学观念常常表现出一种不驯服的姿态。"徐敬亚《崛起的诗群》这篇长文是新的诗歌审美意识觉醒的系统论述。他论及新的艺术变革最具体,并且鲜明地把这一切放置于社会变革之中考察:"一种新的艺术倾向的兴起,总是以否定传统的面目出现,总是表现为对原有的旧秩序的强侵入,这就足以触动超过艺术领域之外的全部社会惰性,铅一样的旧秩序常常产生一种自我防御性的本能排斥。"

在新的历史时期,成为艺术论争的焦点的还不是新的艺术追求多大程度上受到认识和尊重的问题,而是新的艺术作为一种原有艺术的补充或对立的因素是否受到保护和被允许存在的问题。因而,所谓的诗歌在新时期的争取,其实乃是争取一种与原有艺术传统同样的合法生存权利的争取。从《今天》《致读者》提出的真正的百花并存,到新的美学追求的觉醒,这种巨大的发展步子对习惯于原有艺术秩序的人是一场精神雷电。无可掩饰的怀疑情绪迷漫着整个诗歌世界。对旧秩序不怀疑的人们深刻怀疑这种怀疑情绪。但他们实在也拿不出什么有力的思想武器予以抡制,于是只好诉诸传统的方式,这就是政治批判的方式或准政治批判的方式。

延续并充实人的文学内涵

诗最先感到自身的异化。异化首先不是来自形式,而是来自内容。受到社会功利目的驱使,诗歌曾确立自己的使命在于歌颂神圣。在新社会的辉耀下,诗使一切都镀上金光。普通人只有在做出不普通的事时才不是卑琐的,唯有神圣才能入诗。普通人只有成为模范或英雄时,才可能成为诗材。这样由英雄到巨人,由超人到神的占领,使诗质受到侵犯,人终于由受到谴责而失去位置。

首先不是呼吁"爱情的位置",根本的争取应是人的位置。诗最先体现此种觉醒。舒婷在青春诗会的诗序中呼吁"人啊,理解我吧",可以认为是对人的重新发现的呼吁。她的口号是尊重,信任,温暖。从《致橡树》到《惠安女子》《神女峰》,她的抒情诗体现了一个完整的从人的发现到人的实现的过程。顾城把这种呼吁具体化了,他对过去宣传的"非我的我"发出谴责,认为那种一粒沙子,一个齿轮,或一个螺丝钉的"我","不是一个人,不是一个会思考、怀疑,有七情六欲的人。如果硬说是,也就是个机器人,机器'我'"(《请听我们的声音》)。事实上,这些话已经提出了人的主体性的概念,人的自主和独立的性质,完全不同于过去那种从属和附庸的存在。

　　争取人的价值在新时期的诗歌中有一个渐进的过程。它最初受到伤痕的揭露的启示,即在过去诗中没有地位的平常人,由于苦难给予的机会,当他描述这种苦难,由此派生出效果是人们始料不及的,它体现对于不完全的和受损害的人的价值的肯定。过去受到歧视和排除的普通人,如今堂堂正正地成为诗的内容。非神圣的人,终于取代了神圣的超人的位置;不完美的人,成为可臻完美的诗的主人公。这在异化的诗中是一件不期而至的石破天惊的实现。流沙河在《故园九咏》中所述的,大都属于小人物的悲欢,这无意间是一种对于过去秩序的大反拨。

　　几代诗人的创作实践,都谴责对人性的摧残。黄永玉以喜剧氛围写出的具有浓厚讽刺意味的诗中,渗透着严正的对于人性戕害的谴责。艾青的《盆景》形象地传达出对于自由的人性扭曲的否定情绪:

　　　　其实它们都是不幸的产物
　　　　早已失去自己的本色
　　　　在各式各样花盆里
　　　　受尽了压制和委曲
　　　　生长的每个过程
　　　　都有铁丝的缠绕和刀剪的折磨
　　　　任人摆布,不能自由伸展

>　　柔可绕指而加以歪曲
>　　草木无言而横加斧刀
>　　或许这也是一种艺术
>　　却写尽了对自由的讥嘲

非神圣在大变动中得到神圣的地位。随着重新评价自然界的太阳的诗潮而来的,是对于人的太阳的重新发现。吴稼祥的《我歌唱第一个直立行走的人》是一个很古老的诗题,但它有着特定的时代指归性:不是歌唱神明而是歌唱"敢用大脑思想的人"。诗人有感于人总是自愿或不自愿地匍匐着和跪拜着,人总是与兽同类。人的重新觉醒是特定时代的新世纪曙光。神的再次否定宣告现代迷信的终结。陈所巨在《早晨亮晶晶》中,把站立在晨光中的农家少妇写得金光闪闪,其中包含了这种新的发现的热情。他赋以习以为常的场面以美丽、庄严和崇高,都属于这种努力的一部分。一个人就是一个独立的世界。一个人的心灵,它的自由和广袤,可堪与伟大的自然界相比,这是人的发现最动人的内容。

从神的颂歌到人的颂歌是诗歌内涵的一个革命。在这样的氛围中,具有时代锐敏神经的诗人,终于获得了一个古老而又新鲜的题目:"我重新发现了自己"。在过去,我只是车辙旁碌碌奔忙的"黑瘦的虫蚁",尽管——

>　　宪法
>　　　　称我为公民;
>　　走上广场与街衢
>　　　　我是群众,阶级;
>　　经济的网兜里
>　　　　作业战线上
>　　　　我是劳动力……

>一个个干瘪的概念
>
>又消失在概念里……
>
>——张学梦:《我重新发现了自己》

只有在现今的一刻,他才高喊:"我是人",同时宣布人作为"历史舞台上的道具"的历史已告结束,智慧、愚昧、功勋、过失……这一切,都是我的属性,当然也只属于我自己。

对自己的发现,也就是对人的发现。当人在非人化的气氛中泯灭,当人性的精神为非人性所取代,当时代终于出现了新的转机,这时,一个古老的题目,便获得了一个崭新的意义。它把诗最终归结于人学的根本命题,从而修复了五四文学革命最初对于人的文学的争取的衔接。它成为诗歌表现科学战胜愚昧,民主代替专制的实质性的内容。它是传统的反封建意识斗争的恢复和延续,同时又是结束黑暗世纪之后对于现代人的意识的提醒:结束了封闭状态的中国人醒悟到自己最终要成为现代的世界人。

分离和调整——现代意识的寻求

人一旦觉醒,便要求与束缚人和扭曲人的传统意识的分离。这个分离以批判现代迷信为启蒙,促进了现代意识的调整。诗歌不遗余力地以对单一情绪的否定,实行崭新的复合情绪的熔铸,造成与新时代气氛的谐调。不论是朦胧诗论战还是崛起论批判,透过表层的现象企及深处,无不源起于深刻的观念分歧。

这种分歧不在懂与不懂,而在传统意识与现代意识产生强烈的冲撞。特殊时代造成了人们对于"国粹"的再怀疑以及对它更加猛烈的反对。这种新的反对促成极大的离心力。因"厌旧"而向着域外寻求新思想和新形式,就是通常讲的新的"盗火"。这一潮流引发出一些对西方文化怀有警惕的人们的担忧。他们的惊慌和危机感在于他们并不能明智地审时度势。他们不曾感到民族和社会已处于另一个东西方文化交汇的关键时刻。艺术和诗只是这种文化转机的一个方面的体现。特别是诗,在此种形势下,以农业文化意识为基点所形成的从审美意趣到艺术形式的根本性转变,极大地冲击了传统的欣赏心理,并全面地改变了原先关于诗的价值法则。多年来连续进行的激烈的新诗讨论即产生于此背景之中。

巨大的分歧从直接的原因加以考察,乃是由于相当数量的诗歌接受者和批评者对新出现的诗作"与常有异"或"与常大异"感到惊愕乃至愤怒。当他们感到尚可忍受时,便给它以温和一些的称呼(如"朦胧诗"),当他们感到无可忍受时,便给它以刻薄一些的称呼(如"古怪诗"、"诗癌症"或"数典忘祖")。

我们充分理解他们在"读不懂"的"怪物"面前的焦躁。的确,诗艺术产生了人们缺乏思想准备的巨变。这种缺乏思想准备,由两个方面的原因造成:一是天安门诗歌所采取的形式呈现了古典形式全面展出的势态;一是自那以后直至一九七九年新诗潮全面跃动之前的一段时间,传统功效及诗艺的全面恢复局面的出现。上述原因造成了人们对新诗全面变革的某种"麻木"。因而《今天》的出版以及以北岛、舒婷等为代表的新诗潮的出现,给人以猝不及防的突发性袭击。

人们有充分准备欣赏那些以熟知的方式传达新时代激情的诗篇。但人们没有任何准备接受舒婷那样尽情地宣泄个人哀伤并且把哀伤渲染得无比美丽的诗篇。他们当然更不能领悟北岛冷峻的、叛逆情绪背后的传统心态。特别当顾城写出《弧线》,北岛写出只有一个字"网"的诗篇时,这种艺术变异的可容受性甚至连最可能理解的艺术家也都作了否定性判断。人们的愤怒甚至延及于为这些诗篇辩护的理论。究及当前围绕新诗潮产生引发的深刻矛盾,概括起来为以下数点:开放意识与封闭性发展观念的冲突;否定意识与刻板的颂歌模式的冲突;忧患意识与肤浅的乐观情绪的冲突。

新诗运动为时十年的争取,概括起来也不外乎以下二端:①诗歌经过艰苦的实践,实现了对于原有的艺术传统——特别是诗歌人民性和现实主义精神的恢复;②诗歌以悄悄进行的绿色革命,实行了对于传统的变革与超越。后一点,其核心的部分是围绕着对于传统的不同态度而展开,人们体现了完全不同的传统观。

诗歌告别了激情时代,甚至也把对于历史的理性思考过程加以延缓,现代倾向的一个突出特点是人关于自身的存在,人与自然的关系的思考,以及人生奥秘的永恒性主题成为了一个新的兴奋中心。诗与社会生活的现实拉开了距离,原先的胶着状态开始脱节。相当数量的诗对政治命题的兴趣明显地淡漠。

传统和群体意识对于艺术实践的约束力越来越小。艺术实践的"传统导向"或"他人导向"业已失去优势。诗创作主体意识的强化,使诗人更为确信自我设计。因而自我导向的凸现,推出了崭新的艺术景观。人们开始愈来愈不愿接受他人的"引导",而宁取自行其是的实现。有一首受到权威诗人批评的《三原色》(车前子)就表现了对来自自身以外的约束的轻忽。该诗设想自己是孩子,他用三支蜡笔在纸上随意地画了三条线。他对大人们的"三原色""三条道路"之类阐释的反应是:"我听不懂","讲些什么呵"。这一代人的固执的坚韧简直让人吃惊,他依然——

  照着自己的喜欢
  画了三只圆圈

这些艺术表述体现大的逆反心理。艺术在经历了最艰难的挣扎之后,摆脱传统约束的意向已十分明显。当一些人仍在哀叹诗歌受到现代派的"污染",另一些人则以嘲谑的态度对待从

"今天"开始的那批探索者的"保守"。他们把那些先行者看成了"传统",甚而嘲笑意象艺术为"象牙雕刻"。这些更年青的诗人萌生起反艺术倾向,他们不喜欢做那些充满艺术情味的诗,他们追求一种用日常口语写日常事物和心理感受的普通、平白的诗。

这一批更加激进的艺术叛逆者实际上并不承认什么"引导",他们以对历史、传统意识淡漠的态度表现他们的不驯。中国艺术实践中的"代沟"的深刻性不可避。几代人变得愈来愈无法对话,谁也不指望说服对方或被对方说服。一些人仍在兴致勃勃地谈论诗歌的现实主义的全面涵盖,一些人却在同时跑得远远的。他们把诗写得更加深奥和不测,或诉诸理念,或崇尚直觉,或超自我,或反艺术。他们不把诗看成反映,甚至也非表现,认为诗只是一个过程,目的是没有的。尽管诗歌发展变幻莫测,但总的是不注重社会制约和适应性要求的倾向。抽象性和超脱性,正成为当代最引人注目的诗歌景观。

诗歌现代意识的增强,集中地体现为人愈来愈不满意自身的生存状态。在青年一代中萌生了普遍的孤独感。他们感到把对象理想化的浪漫倾向无助于解释这种悲剧性。每个人都是一个自足的世界,而每个世界又都阻隔着厚墙。沟通不仅困难甚至不抱希望,且无能为力。他们把这些感觉写成诗,嘲讽他人也嘲讽自己。

现代诗的嘲讽倾向不同于传统的讽刺诗,那种诗的讽刺是直接的,而且是不包括自己而有特定对象和特定范围的。现代诗的嘲讽倾向更接近西方现代诗的素质:对自身感到尴尬,对生活感到荒唐。但中国此类诗依然有中国的血脉,它不脱理想的"远折射"而表现为无泪的愤激的悲哀。北岛早期作品如《履历》、《日子》已有征兆,并不以表现美好为诗的职责,而是表现丑陋。他以自我调侃的方式痛苦地写自己的《履历》——

烘烤着的鱼梦见海洋

> 万岁! 我只他妈喊了一声
> 胡子就长出来
> 纠缠着,像无数个世纪
> 我不得不和历史作战
> 并用刀子与偶像们
> 结成亲眷……

到了近期,更为鲜明集中体现荒诞感。王小龙的《外科病房》把揪心的痛苦写得极淡漠。人不能理解他人,也不能理解自己。他看自己仿佛在看另一个星球。他笔下透露出的那个冷酷的世态,是把情感过滤之后的"无动于衷"。整个外科病房是沉寂的:

> 今天下午谁也没来
> 那个每天下午给小伙子带来桔子和微笑的姑娘不会再来
> 那个小伙子昨天晚上乘大家睡着偷偷地死了
> 早晨还有一只老麻雀跑来哭了一阵
> 现在不知躲到那个屋檐下琢磨一句诗
> 今天下午谁也没来
> 护士抱着自己一只脚像男人一样坐着
> 把信写得长长的没有最后一行

结语:超越传统的变革

传统无比丰富,传统也制造贫乏,一旦传统以自满自足的状态出现而实行排它,传统也就不再是财富,甚至会形成可怕的破坏力量。当前阶段诗歌的历史性反思的巨大成果之一,便是因传统观念的偏差造成可怕的萧条和枯竭有了猛醒,原有的艺术模式已经失去了对于欣赏者的吸引力。随着诗歌内容的全面更新而来的是艺术上无拘无束的创造时期。诚如人们认识到的那样,任何一次有价值的艺术运动,无不最终带来艺术的巨大改革,这种改革产生于对原有秩序的怀疑和不满。它以反模式而体现了反传统的革命性。当今诗歌对于传统的这种超越大体表现为下述几个方面:

一、过去崇尚的对于现实或对于观念的直接解释和说明,转向了写意。其方式是以间接的暗示达到某种象征的效果;

二、过去由诗句充当生活的说明的"手工业方式"开始弱化,不是依靠个别闪光的诗眼式警句,而是浑然的整体感给人以不可分割的综合性启迪。所谓"整体象征"效果的追求;

三、过去"大体整齐"的章句均衡的格律化被破坏,由于意象的随意性组合,造成了句行结构的不规则化,破缺美的追求带来了自由体的勃兴;

四、过去由线型的叙述方式造成的平面结构得到改变,诗的多义性受到注意。高层空间的建构的成立,使多层次的立体化的内在结构,成为引人注意的新的审美特征。

花的使命是创造春天[*]
——为《华侨大学文坛》报创刊而作

目下正是隆冬节气,这里的花依然在开:一品红、金盏槐、刺桐,还有校门口那倾泻而下的紫红色的三角梅瀑布。她们似乎并不理会现在是什么季节,她们认定作为的使命是创造春天,华侨大学校园的美丽,多半是由这些在冬天里创造春天的植物们装饰起来。感谢这里别具匠心的园丁,他们把这个校园建设成一个真正的亚热带植物园。槟榔、油棕、木瓜、剑麻、棕榈、芒果、缅桂、木麻黄、成片的龙眼林,疏落有致地凝立在校园的平畴与丘岗上,特别是那些散发着清香的柠檬桉,她们站在校园的各个角落,如同大兴安岭的白桦站在那里的每个角落一样。白桦是北国的少女,柠檬桉则是南国的少女,各自的自然环境铸就了她们各自的性格,但她们共同的骄傲则是青春、秀丽、坚定的向着天空。

平素的生活过得忙乱,没想到居然在这座美丽的校园里送走一九八六年并迎接一九八七年。学校面对着泉州湾,走不多远便是洛阳桥,喧腾的古刺桐港此刻的宁静着实令人吃惊。这个城市和这个校园仿佛被这里冬天里的春天的气氛所迷醉,外面世界的一切离它们似乎都很遥远。这情景足可令那些抗争在严寒和风沙中的人们羡慕。但它的宁静似乎也格外地令人怅

---

[*] 此文初刊1987年3月《华侨大学文坛》创刊号,又刊1987年7月9日《文学报》,题《春的期待是花的创造》。据《华侨大学文坛》编入。

惘。因为它有过于优好的环境,庶不知对于成长的青年,艰难和处于逆境中的奋斗,乃是坚强性格生成之必须。

但华侨大学的校园也并非一切都隔膜,例如对于文学和诗就是如此。在这个不大的校园里,光是校一级刊物登文艺作品的刊物就有数家。我最先接触的是《华大教学》,这家报纸的主持人自己写诗也写散文和小说,因此对文学青年的赞助更热心,随后看到《华侨大学》校报,也用不少篇幅刊登诗文,在它的周围又团结了一批作者,接着读到了第三份铅印刊物《华大学生》,它刊登的稿件大都是文艺作品。还有一份《华大文汇》,是纯文学刊物。这个现象已令我吃惊,更不必细数那些系一级的学生社团所主办的为数繁多的报刊了。一九八七年元旦过后,华大学生会召开了一次文艺沙龙。虽值期末考试的紧张时节,热情前来参加的各系级大学生、研究生和青年教工,把陈嘉庚纪念堂相当宽敞的会议厅坐满了。沙龙中的对话和讨论给人的印象是:华大与全国文艺界并不隔膜。她的呼吸与中国大地上的呼吸是同频的。

就在我来到华侨大学不久,这里几位热心倡导文运的朋友,正在校方的支持下开始了《华侨大学文坛》报的筹办工作。他们热情嘱我关注此事,我深知大学里此项工作的重要意义,便也乐于从命。

方今中国文坛热闹非凡,它吸引了广大青年的兴味,有许多在大学学习的青年加入了文坛,并成为充满朝气的新力,诗歌、小说、乃至理论批评均如此。大学校园里的文学力量正日益成为中国文坛的补给地。华侨大学创办《文坛》报的用意,依我推想,首先在于培养并团结本校的创作、理论的力量以丰富师生的业余生活并以繁荣华大文坛为初步目标。与此同时,兴许也含有以华大的力量贡献于中国文坛的宏愿在内。果若如此,则我实感欣慰。

华大地处东南一隅,虽是闽南金三角的一块宝地,但此地交通不甚便捷,信息不甚流通,资料颇为匮乏,都是公认的事实。以华大的有限条件而注目于中国文坛的整体,这是一项壮举。古人有诗谓:"苔花如米小,也著牡丹开"。花不分大小贵贱,花的使命是创造春天。正当我来华大校园生活的最后这一段时日,南中国已进入深冬,但华大校园整洁的石板路两旁,那些充当短篱的常绿小树,却悄悄地喷吐着一串串比小米粒还要细小的小白花。粗心的行人也许不会发现她们正竭尽自己的心力,在严寒季节创造着并欢度着自己的春天。中国文坛需要的是这种悄悄的竭尽全力的奉献。

华大的人们能够终年生活在这样温暖和煦的春天环境中,这的确令人羡慕。但有时,对于生活的太优越的环境,对于创造发展却会成为不太优越的环境。唯一的办法是不断警策自己以百倍于他人的勤奋和进取,为一个大愿望作艰难的跋涉。文学的成功意味着绿洲的发现,但通往这一目标的行程,都是无尽的荒漠。笔墨枯竭而希望渺然,挫折烦扰身心而无以排解,随小小的成功而来的会有满足和虚荣的蛊惑,从这个意义上看,文学事业却始终伴随着苦涩。

诚然,喜爱文学原不必与成为作家画等号,它要是能给人以丰富与充实,这就够了,但我还是热望华大师生能够写出有价值的作品来,要是你们当中有人成为了有成就的作家,那更是我们的大欢喜。最重要的是一种韧性的努力,在平平常常的日子里,在不引人注意的角落,以不懈的积蕴,而终于拣一个寒冷的季节悄悄地开出繁盛的小花——如同此刻校园路边那些不知名的小灌木所做的那样。

我最后要送给华大朋友的话是:春的期待是花的创造。

一九八七年初始于华侨大学中国文化系

人·爱情·诗*
——《古今中外爱情诗选》序

人类为爱情写下了无数的诗篇。它们记下了世代人对爱的渴望与寻求、欢乐与痛苦，同时也记下了人类情感与文化的变迁史。这些诗中最精粹和最优美的部分超越了时代、国家、种族、宗教的界限而感动着异时异地的全世界的读者。人们常常谈论"永恒"和"不朽"，但真的永恒和不朽并不容易。在历史上留下个名字或留下些业绩并不难，但活在人们心中，永远引起人们感情的激动却是很难的事情。这本《古今中外爱情诗选》选出的，大都是历久弥新，经得起时间潮水的冲刷，永远不失其新鲜有力的诗篇。也许它们可称得起"永恒"或"不朽"。读这些诗，我们总能体验到一种心弦激荡的感受，一种难以掩抑的热情，一种内心的悸动。

人生本多艰难与忙碌，现代人总是生活在高节奏的运动与变化之中。能够有片刻时间去读诗，沉入人类情感的涓涓流水之中。毕竟是难得的幸运，更何况这些诗触及的是人类精神的核心命题——爱。关于爱，各人有属于自己的体验和感受，也有自己的祈望与挫折。每个个体都有他自己视为"爱"的那种情愫，都有他无限珍视的萦回于心的历久不去的流光。即使是初识人生的少年，虽无爱的体验却有更为强烈的爱的渴望。听听古今中外的诗人们对爱说了些什么，用自己的经验或渴望去与之"对

---

* 此文初刊《牡丹》1988年第6期，又刊1988年9月30日《河南大学学报》1988年第5期，与张颐武合作。据《牡丹》编入。

话",使自身的爱的感受与诗人创造的爱的世界相遇,交叉,碰撞。理解了诗,升华了自己,也对人生万物产生更深的理解和体验。爱,关于爱的诗,和人的生命体验溶而为一;智慧、想象、激情溶而为一;这是一种真正的超越的境界。从中,我们更深地认识诗,人,世界和爱情。

什么是爱情?怎样才能得到真正的爱情?自有人类的那一天起,这些命题就困扰着刚刚从自然中挣扎和超拔出来获得了主体意识的"人"的面前。爱,既是每一个生命个体必然要探索、体验和感受的现实的人生;又是人类文明发展进程的核心命题之一,无论是三大宗教的经典还是圣哲智者的名著,都未曾回避对两性关系的探索。即使是"灭人欲"的禁欲主义者也到底还要发明一套禁止两性交往的学说。因为"人与人之间的直接的、自然的、必然的关系是男女之间的关系,"同时"从这种关系就可以判断人的整个教养程度。"(马克思《一八四四年经济学-哲学手稿》)人的发展,人性的充实与进化都与两性之间情感方式的变化有着密切的联系。从"爱"的发展中,可以看到人的文明的发展史,看到由"非人"向"人"的转变的整个历史过程,看到人从自在走向自由,从蒙昧走向觉醒,从黑暗走向光明的整个精神轨迹。

有一个美丽的童话令我们永记。安徒生老人那篇不朽的《海的女儿》,给予我们心灵的颤动是那么久远。只要童年的梦还未消逝,只要身内的血液尚未冰凉,我们就一定会拥有清晰的记忆。美丽而多情的小人鱼,为了获得王子的爱,冒着生命的危险变成了"人"。当需要在"生命"与"爱"之间作出抉择的时刻,她选择了爱,她失掉了生命,却得到了人类崇高的尊严。这个童话似乎概括了人类精神发展的历史。绝不仅仅是个体的,而是人类由"非人"向"人"转化与飞跃中的痛苦。小人鱼区别于其他一切鱼,区别于自然的生灵万物的,是她的自觉意识。她意识到自己对他人的爱,这种爱超出了动物之间天然的性的吸引,而变成了一种比生命更宝贵的超验的精神,一种照亮了她整个内心世界的飞腾的灵性。有了这种灵性,她才由"非人"转向"人",开始了人的意识的觉醒。

在这个童话中,人具有着深刻的双重性,这种双重性如此鲜明地表现在人对爱的探索中。一方面,人是自然界的一部分,他具有自然的特征,他具有动物式的欲望和无意识。他是以"肉"的身躯出现于世界上的,他的精神绝不能孤立地存在。孤立地不吃不喝的"神",只是人类臆想的产物。因此,他的爱就必然地具有着两性间自然吸引的性质,具有生物学的意义,这是无可非议的现实,而这种欲望本也是无法压抑的。但另一方面,爱又绝不等同于生物的欲望。精神的发展使人脱离了自然界成为世界和自身的主体,这也就是小人鱼的超越所达到的境界。因此,人的爱就增加了精神的内容,增加了精神的契合与创造。人的"灵"的一面,决定了他的爱情是超拔于一切动物之上的。离开了"灵",也无法理解人的爱情。这样,"灵"与"肉",精神与肉体,文化性与自然性,既充实矛盾又互补融合于人对爱的追求之中。"灵"与"肉"和谐、统一和互相完善的爱情,才是真正的爱,才是人的自觉的实现。以"灵"压抑"肉",以"肉"取代"灵",都会导致爱的扭曲和畸变,同时也导致人的扭曲与畸变。这是恩格斯所阐发的"现代性爱"的意识。

在我们生活的这个东方古国,人的觉醒和爱的觉醒是在"五四"时代才真正开始的。这是一个与西方"人的自觉"和"爱的自觉"开始确立的文艺复兴时代相类似的时期。整个封建的中世纪社会是"不把人当人"的,以至于"中国人向来就没有争到过'人'的价格。"(鲁迅《灯下漫笔》),在这个传统的社会中,人因扭曲而畸变。以儒学为中心的伦理和价值系统一直居于文化的中心位置,其基本点是"变人欲",是打击和压抑人的自然的要求,同时也摧残一切精神的"爱"的寻求。一方面是男尊女卑,忠孝节烈、三从四德,将封建伦理扩张强化到极点,用这种伦理规范去摧残妇女、压抑一切正当的人类的爱。陆游和唐琬的《钗头凤》写的正是这种可怕的压抑。而另一方面却是三妻四妾、百般纵欲,荒淫无耻。"灵"与"肉"分裂,使两方面都变为畸形和古怪。"肉"的追求就变成了《金瓶梅》《肉蒲团》式的纵欲;而"灵"却被神圣化为表彰"节烈",用活人作为神圣礼教祭坛的供品。

每当我们读到二十四史的《烈女传》中无辜死去的一个个古老的鬼魂的传记的时候,沉重几乎使人窒息,那些连名字也没有的"李氏""王氏""赵氏"们为了古者社会的准则和规范而丧失了一切。我们不禁震惊于封建传统的残酷与血腥。封建主义就是对"人"的心的摧残。爱没有精神土壤,也没有自己的空间。关于爱的诗也从来是非正统的"淫词艳曲",是使人堕落的"郑声"。连《关雎》这样优美的爱情诗,也被肆意解释成歌颂"后妃之德"的作品,以至于朱自清沉痛地指出:"中国缺少情诗,有的只是'忆内''寄内',或曲喻隐指之作,坦率地告白恋爱者绝少,为爱情而歌咏爱情的更是没有"。(《中国新文学大系·诗集》导言)本书入选的那些诗,当然也属于"忆内""寄内"之类,但这毕竟是黑暗天宇中"人"的微光的闪烁。

这种沉重的历史不禁使我们感慨。如果上溯一百年,爱情对于中国人毕竟还是遥远的梦。

进入二十世纪,中国传统社会的格局已开始崩散。现代的爱的意识已经进入了这块古大陆。中国的青年已经开始发出了沉痛的呼喊"爱情,可怜我不知道你是什么。"这"人"的呼唤被中国现代文化的先驱者鲁迅赞颂为"这是血的蒸气,是醒过来的人的真声音"(《随感录四十》)。东方大陆的人的伟大觉醒的历史运动,与现代的爱的觉醒相联系。爱是人的权力,是人的尊严和力量的真实的体现,正像鲁迅对这一过程的充满诗意的描述:

"可是东方发白,人类向各民族所要的是'人'——自然也是

'人之子'——我们所有的都是人之子,是儿媳妇与儿媳之夫,不能献于人类之前。"

可是魔鬼手上,终有漏光的处所,掩不住光明:人之子醒了,他知道了人类间应有爱情;知道了从前一班少的老的所犯的罪恶;于是起了苦闷,张口发出这叫声。"

人之子醒来所发出的"叫声"发而为诗,就带来了中国爱情诗的勃兴。这种勃兴是与中国现代文化对"爱"的探索相联系的。现代中国精神解放的先驱者们,为了给中国带来现代的性爱的意识而上下求索,别求新声,为我们盗来了普罗米修斯式的觉醒之火。这种"盗火"的运动在爱情领域中主要是沿着两个方向展开的。一方面从现代西方对性、爱情这样一些大问题的研究和探索中,寻求为中国的新的创造所需要的精神源泉。如弗洛伊德、蔼理斯的性心理学,斯妥布思的《结婚的爱》和与谢野晶子的《贞操论》都得到了广泛的介绍。这股潮流给了中国人以一个全新的视角去观察一向被视为"不洁"的性和爱情。另一方面,用新的、现代的眼光去重新观察中国的历史文化传统。去发掘中国文化中那些争取人性的爱情的异端的传统,去发掘人的微光,发掘可以溶入未来中国创造的文化精华。在对传统文化的整体性的批判否定中,重扬那些民主性的精华,形成了一种新的"传统观"。在这样的情势下,《西厢记》、《牡丹亭》和《红楼梦》一类著作的价值得到了重新发现。从这样的现代的爱情观出发,爱情诗就得到了前所未有的重视。爱情诗不再被视为"淫词艳曲",而是艺术地表现男女两性之间的爱情。它开始从文化的异端变成了文化的中心,变成了现代中国人对爱情的诗意探索。同时,古代的和世界的各种爱情诗的价值也得到了重新估量。"爱情诗"能够吸引千千万万的读者的事实体现了是现代人性自觉的历史性的成果,是文明向更高层次发展和飞跃的成果,是人的"教养程度"提高和发展的成果。

传统观念不可能在一个早晨消匿。中国人对"现代性爱"的历史性的追求也走的是漫长而艰难的路程,即使到了今天,我们还时常读到一些赞美所谓"东方女性"的节烈意识倾向的作品。即使从整个人类文明的发展来看,虽然经过了六十年全球性的妇女解放运动,但男性中心主义的历史阴影仍然笼罩着人的头脑,它妨碍和压抑了女性的幸福与欢乐,同时也扭曲和妨碍了男性的真实和自由发展。当然,历史毕竟向前走了很长的路程了,对当代的中国人来说,爱情毕竟已经不是禁区。"没有爱情的婚姻是不道德的","爱是两性生活的基础"之类的观念和意识已经得到越来越多的确认和赞同。因此,体验、认识、了解什么是灵肉一致、平等、自由的爱情;了解我们的先辈和同代人为了争取爱而付出了何等的努力,让我们的后代人在光明宽阔的地方去享受真正的爱的阳光,正是现代中国的一切老人、父母、青年的一致期望。诗选为我们提供的正是古今中外的诗人们对这个历史的"爱之谜"的解答。这些解答当然不具有终极真理的意义,它并非权威亦非必然。随着人类文明的进化,自然会有更好的答案和思索出现。但这毕竟是人类向上飞腾的标志,是人的主体意识,人的精神觉醒的伟大结晶。

读爱情诗,一方面是领悟人的发展,领悟人类怎样不断地超越自己;另一方面却也是一种与自身人生经验的对照,是审美的愉悦,是人的灵魂的洗涤。因此爱情诗是最能触动人的隐秘的经验,叩响他的心弦的诗。从所谓"接受"或"读者反应"的眼光来看,一方面是诗的本文所提供的想象的空间,另一方面是读者的经验感觉、意识、情绪;两者的相互溶合,相互碰撞,所产生的审美快感。我们在读爱情诗时所感受的心弦激荡,一方面来自诗的魅力,另一方面来自于我们自身对生命的挚爱。很难分清是诗的魅力,还是由于诗的魅力而加增的对生命的爱。因此一切好的爱情诗属于青春,也属于那些"寻求那逝去的悲凉缥渺的青春"(鲁迅《希望》)的中年人。对青年人,他对爱情的一切无法表达和无法描述的东西,却在爱情诗中寻找到了,这是真正的快乐和欢欣。对中老年人来说,寻找青春,寻找火和生命的可能,却也在爱情诗中找到了,这也是真正的快乐和欢欣。这种快乐和欢欣一方面是灵性的,是精神的。但又不是纯而又纯的"灵"。水清则无鱼,爱情中天然地包括了性的愉悦与吸引。因此,一切关于爱的好诗,都是用"灵"充实了"肉",以"肉"丰富了"灵"。这才是所谓"生之欢乐",才是爱情和生命的无尽的体验。

当然,随着二十世纪文化精神的演化和发展,对爱的本质和可能性的探索出现了深化的趋向。对于现代西方意识来说,对"爱"的深刻的怀疑主义已成为一种普遍的趋向。这不同于弗洛伊德和劳伦斯对爱的自然性因素的强调,因为这种强调仍是对"爱"本身加以肯定,只是其侧重点有所不同而已。而在现代西方意识中,爱的神圣的光环已经剥蚀掉了,爱变得不可靠和不可信了。像艾略特的《荒原》中表现的打字员和青年的爱,是如此的单调、贫乏,枯燥和缺乏活力,就是一个典型的片断。这种意识带来对爱的困惑的情绪。它还表现在纳巴科夫等作家的作品中,它们都丰富了文学对爱的探索。这种意识一方面是现代西方文明发展带来的商品社会给人造成的"异化"的结果;另一方面,是人通过对各种科学和文化的探索深化了对自身的认识的结果。这种潮流从尼采的《喜与恶的彼岸》对爱的探讨中即可看出一些端倪。这种观念对诗的影响是深刻的。西方现代主义和后现代主义的爱情诗往往包含着对爱的困惑和忧郁,也包含着对人的困惑和忧郁。怀疑意识也影响了中国当代的爱情诗创作,我们在北岛、多多等人的爱情诗中也可以看出这种影响。爱不再是完美的,而是充满焦虑和忧郁的,是充满着自我怀疑,自我分析,自我解剖的。这样,就整个现代的爱情诗的发展而言,就出现了两个大趋向。一是肯定爱的价值,通过对爱的肯定来肯定人,肯定人的力量和创造性,达到对人性的新的升华。另一方面,则表达现代世界中爱的复杂性,表达对爱的怀疑主义和困惑情绪。一是肯定,一是怀疑,一是人的升华,一是反思这升华是否可能。爱情诗的发展就必然地呈现空前多样,空前丰富和复杂的趋势。这也是合规律的和合目的的,因为人的感情本身正是无限丰富和复杂的。

从这种发展来看,爱情诗是现代人反思自己,反思世界并投入于这人生的精神表现。即使是古代的爱情诗,对现代人来说,也是从新的眼光和视角去观察的。古今中外的爱,当然受到文化传统和时代的限制而产生了巨大的区别,但爱的历程记下了人的历史由"非人"向"人"的伟大转变,并展现了人的各种复杂而丰富的层次,在当代世界上,人类已经越来越相互沟通和契合,人类的整体意识已经越来越自觉了。"全球村"的预言业已成为现实,人类开始体验到我们星球在宇宙中的孤独和人在自然世界中的孤独。那么,爱也会随着人的这种自觉的意识而更加丰富、充实并展现出新的光彩。

一九八六年四月,一百名中国年轻的歌手聚集在一起,高唱了一首题为《让世界充满爱》的歌。这是一个有历史意义的事件,它预示了中国新的一代业已获得一种新的人类意识,他们开始把爱变成跨越一切鸿沟和差异,沟通世界上不同种族,不同宗教和信仰的人们的伟岸的桥梁。在这个时刻,重温古今中外诗人们关于爱的诗,我们会具有一种真正的历史的庄严感。因此,这本《古今中外爱情诗选》不如说也是一座桥梁,一座沟通人类感情的桥梁,一座沟通过去与未来的桥梁。希望它能够获得自己的知音。

这篇序其实是不必要的,因为古今中外的诗人们已经说出了一切。写出这些话无非是为了让人们开始读诗,开始沉入人类感情的结晶之中,在那里,有真正的宝藏。

一九八七年元月于北京

巨变的解释[*]
——诗歌运动十年(1976—1986)

> 他们是山。凝固着一个动荡的纪元
> 在二十世纪下半叶东方造山运动中
> 以排山倒海的颠倒和崛起——解释巨变
> ——孙文涛

新诗潮的概念被广泛应用这事实的本身就是一种证实。不仅证实一种新的存在,而且证实一种新的价值。也许还有许多事实将待于我们去辨析,也许还有许多分歧尚要不断折磨我们,但毫无疑问,先前那些情绪激动而层次不高的论战和批判,已成为遥远的过去。我们不约而同地把以往的实践看成了历史,即我们已不约而同地把那时的"今天"看成了现时的"昨天"。如今我们尚要讨论它,是由于我们确认它的开创性意义久存。当我们瞩望于诗歌的今天和明天时,我们确认它是昨天奋斗的延伸和展拓。我们对此予以高度的评价。

一、社会的变革与诗的变革

考察中国的诗歌问题,我们始终有一种矛盾的心境。一方面,我们希望把诗作为不依附其他力量的艺术本体,确认它自身的价值和生态,我们对它究竟能够多大程度上影响国计民生乃

---

* 此文初刊 1987 年 3 月 20 日《北京社会科学》1987 年第 1 期。据此编入。

至民族存亡持审慎的态度;另一方面,我们不能不注意到,在中国,诗往往成为一个时代的信号和象征。这就是说,我们自己不希望,我们也不希望别人过于看重诗歌和艺术,但事实却往往提供反证。

新诗潮作为一种新诗巨大变革的潮流,它受启蒙于十年前发生的天安门诗歌运动。尽管天安门诗歌运动并不提供更多的艺术变革的事实,但新诗潮却无疑是它最直接的结果。作为火种,对于虚假诗歌的叛逆情绪,是从那里开始点燃的。五四狂飙突进时代对于社会进步的要求与憧憬,曾经选择诗歌作为变革旧生活秩序的试探性的先锋实践。新诗革命在这一实践中,不仅作为整个新文学革命的象征,而且也成为五四这一重大的变革时代的象征。整整半个世纪过去以后,时代再一次选择了诗歌。也许是中国诗歌的影响很深,也许是政治历来都把诗歌作为"观风俗,知得失,自考正"的有效渠道,这造成了中国诗与时代、政治、社会变革的几乎是天然的不可摆脱的联系。在光明与黑暗,文明与野蛮的大搏斗中,诗不由自主地又一次充当了先锋的角色。

长期的对于诗在社会生活中的实际作用的提倡和倡导,使诗反过来成为否定那一社会变异的有效武器。当中国社会面临着一次新的抉择,伴随着关于新的中国命运的论战的同时,诗歌的论战也在进行。这不是一次耦合,而是一个必然。因为诗最先感应了社会变革的胎动,它们不平静的气氛,正是社会面临的一场新的纷扰、新的激动的情绪投影。

在这一中国社会是继续自我封闭还是向着世界开放的关键时刻,诗歌充当了一个冒险者的角色。好比是登山运动员手中的冰镐,它谨慎而勇敢地试探着那一个又一个的冰梯和雪坡。这是一次大的艺术实践的探索。一个向着世界开放的、用尽可能充分的现代精神充实自己的诗歌,为一个宣布同样要走向现代化的社会,实行了一种实践性的试深。这种试探是成功的。长期培养起来的艺术创造和艺术欣赏的惰性,果然对此进行了强有力的、同时又是持久的抗争。抗力的强大恰好证实了中国的前进。诗歌也是如此。要是诗歌只在旧有的轨道上惯性滑行,大家都始终心气平和处于怡然和谐的状态,那就说明进步和革新不曾存在。进步要付出代价。这一场新诗潮崛起以长达数年的几代人激烈争论和整个诗潮经受磨难作为进步的代价。以一个有着悠久历史的传统以及历时久远的规范过程的诗歌现实,想要变革而不经受这种震撼和折磨是不可想象的。

开放的时代按照自己的形象设计诗歌。新诗潮是新时代的产物。这是中国结束了漫长的自我封闭,恢复与世界对话的时代。这种对话的内容之广泛是空前的。从政治、经济到文化,它诞生于被称为继五四运动之后,第二次巨大规模的中西文化交流的时代。外界的一切在有力地摇撼着我们长期满足的心境。从窗户的裂缝向外望去,我们发现了另一世界。它与我们所习惯的、所熟知的世界全然不同。受到天安门运动的震撼,我们带着对现实和历史的怀疑,来看待和文学的现实。我们发现了历史可悲的衰落和倒退,这就是以往的封闭心态造就了一个极大的扭曲,我们不遗余力用数十年的时间做了一件蠢事,我们把本来是最自由的诗实行了最不自由的约束和规范。我们把诗弄成了一种最刻板的艺术品类,而且剥夺它的传达诗人最不受约束的内心所渴望与祈愿的权利。

天安门运动惊醒灵魂,中国人的最大发现是发现自身的扭曲,由自身而推及社会,由社会而推及艺术,对人民而言是要求改变原有的生存状态和生活方式,它极大地开启了一个民族心灵解放的灵智。心灵解放要求艺术的表达,这就选择了诗。尽管天安门诗歌运动并没有为诗歌的艺术变革提供更多的事实,但把新诗潮作为天安门诗歌运动的最直接结果的判断勿庸置疑。它点燃的对于虚假诗歌最早的怀疑情绪，破坏了一个稳定的价值体系，并为新的价值的确定创造了有利的氛围和条件。整整一代人对于艺术的沉沦，以及对于这个沉沦的艺术的叛逆心理，受到了天安门诗歌运动的最深刻和最深远的启示。因为诗最不能容忍束缚心灵自由表达的刻板的模式。诗在新时代的艺术反叛是心灵自由要求的折射，首先要求与社会开放的性质相适应，故诗的变革的实质是封闭性的文化性格向着现代世界开放型的文化性格的转变的进程。特定的时代背景给新诗潮的诞生以鲜明的时代性格。它发生在中国社会一次大的思想解放——其特征为结束现代神学的统治而再度宣告人的解放的时代——在这个时代里中国自行宣布了向着世界现代文明挺进的宏伟的现代化规划，因而现代倾向是时代性的更为明显的一种深入的说明。

新诗潮作为一种艺术变革运动是一种针对旧有的艺术规范而向着现代倾向的反拨。因而变革的要求就成为一种新的条件，变革的要求产生在对艺术变态的历史反思基础上，所以在新诗潮的开放体系中，就自然地包含了对于阻碍诗歌发展的消极的、固执的、守旧的、保守的因素的否定。它的总趋向是摆脱农业小生产的文化形态，摆脱全面代表农民文化心态的文化形态，向着现代城市文明接近的现代倾向、现代人的思维方式，现代人对于自身存在的思考。因而我们承认新诗潮开放体系的包容性是有条件的。

一个封闭性的而又充满愚昧冲动的社会终于逐步地为科学和民主的开放性社会所取代。摆在敏感的诗人面前的是一个谋求与此种社会变革相适应的诗歌生态。一个大动乱赐给我们以一个全球性的艺术视野。这是不幸的际遇所给予的幸运的机遇。我们在全球的诗歌格局中寻找自己原本没有的位置，我们开始创造此种加入和争取的条件。从《今天》开始的那批最早的弄潮儿,当时也许不曾明确意识到历史已庄严地把这种争取和加入放置于他们的两肩,但他们艰难的然而又是有效的实践,正体现了这种争取,并部分地付诸实现。

作为冲破传统桎梏的变革的新诗潮流是特定的开放时代的产物。它不仅要求与社会的开放走向、完善的法制和民主化的进程同步,而且也要求与世界诗歌发展的大趋势同向。加入世界的诗歌乃是新诗潮最激动人心的口号。

总括起来:鲜明的时代性,现代倾向,开放体系是新诗潮三项最具特色的品质。

二、宏大规模的反规范运动

许多人都告诉我们,文学艺术在它的发展中都在不间断地制造某种规范。当我们意识到某个文学艺术繁荣的时代已经到来,或是某个文坛的明星正在升起,同时意味着一种新的规范正在生成。伴随文学艺术的发展繁荣而来的是这样无可回避的"永恒的悲剧"。规范是发展的结果,而规范的出现也意味着发展的阻塞。于是,新规范的完成同时提示着对这一新秩序的破坏和否定,从这个意义上看永恒的悲剧也许正是永恒的喜剧!

新诗潮的产生有它独特的培养根基,那就是历时久远而又规模空前新诗统一化的工程。这个工程大约从五四最初充满生气的求索、创造的时代结束以后,就不知不觉地、同时又自自然然地开始了。中国新诗在当代的历时久远而又规模巨大的统一化局面的形成,在文学艺术的总体中是一个寓意深刻的悲剧化的过程。这一局面的形成受到特定时代的整个氛围的影响。推究起来,乃是多方面原因的促成。五四运动的狂涛过去以后,大家冷静下来,开始探讨新诗运动对于诗质的把握。梁实秋说过:"新诗运动最早的几年,大家注重的是'白话',不是'诗',大家努力的是如何摆脱旧诗的藩篱,不是如何建设新诗的根基。……

经过了许多时间,我们才渐渐觉醒,诗先要是诗,然后才能谈到什么白话不白话……这原因在哪儿?我以为就在:新诗运动的起来,侧重白话一方面,而未曾注意到诗的艺术和原理一方面。"(《新诗的格调及其他》)二、三十年代之交,那时很有一批人有探讨白话诗运动对于艺术的和诗质的忽视的意向,但与此同时,一个更加使人激动时代的来临,夺去了人们对于艺术的注意。

由于整个时代革命情绪的兴起和高涨,有影响的诗人和批评家,已开始用新的观点观察新诗和艺术。茅盾在评论徐志摩时,已经体现了当时最新进的观念:"我认为志摩诗情的枯窘和生活有关系,但决不是因为生活平凡,而是他对眼前的大变动不能了解,且不愿去了解!他只认识到自己从前想望中的'婴儿'永远不会出世了,可是他却不能且不愿承认另一个'婴儿'已经呱呱坠地了。于是他怀疑,颓废了!"(《徐志摩论》)茅盾以新兴的阶级论的观点首次论证徐志摩是中国的布尔乔亚的"开山"、又是"末代"的诗人。早年十分注重诗的灵感的郭沫若,三十年以来的观念明显地得到革命性的改造。他在一封谈诗的信中说到:"辩证法的写实方法并未被'否认',只是被'补充'了而已。阶级意识是我们文学的脊椎,没有这脊椎,尽管披上一件老虎皮毛,却不是脊椎动物。……意识是第一着,有了意识无论用什么方法,无论用什么形式,无论取什么材料都好……在必要上须得有阶级的'偏见'。"(《关于诗的问题》)

当时此种提倡受到合理的世界性环境的支持,因而取得了成效。蒲风把1925—1927之交的诗歌创作概括为"骤盛或呐喊期"。蒲风一开头就评论说:"'五卅'光是这个纪念的意义,就叫我们想起了时代给与我们诗人的是怎样不同的环境,而诗人对于社会现实的认识应该多么深进,对于推进时代社会的使命应该怎样预言地鼓动地进行。在相反的一面,封建贵族地主资产阶级的不可抗争的命运——沉沦没落,或暂时沉醉于享乐主义的酒肉生活里,又将多么伤感地、或享乐地被我们的诗人歌唱出来呵!"(《五四到现在的中国诗坛鸟瞰》)当时已经兴起用阶级和阶级斗争的观点评价诗歌的风气。

进入三十年代,一方面是劳工运动的蓬勃开展,随后是抗日战争爆发的严酷现实。原本已受到革命意识洗礼的诗歌,在这样严重的氛围中自然更为急速地向着更为政治化的目标前进。此时事实上已经产生了新的规范化。按照这种规范,以闻一多、梁实秋、徐志摩等为代表的新月派的创作,"在本质上,可以说是没落的,丧失了革命性的市民层意识之反映。它是唯美的,颓废的。"以戴望舒等为代表的现代派"乃是十足的小市民层的有气无力的情绪和思想的表现……由于表现手法的模糊、晦涩、暧昧,常常有意无意地把一首诗变成了一些梦呓,变成了一个谜!"1932年出现的中国诗歌会,公开声称自己是"有意要把当时支配诗坛的新月派和现代派的逃避现实,粉饰现实,甚至歪曲现实的态度和作风,加以纠正和廓清"(以上三段引文均见《关于中国诗歌会》)。那时,已经提出了若干关于发展诗歌的原则和标准,即创作方法上"我们要捉住现实,歌唱新世纪意识"的现实主义;形式上的提倡"俗言俚语"的大众化。到了1935年国防诗歌的提出,中国诗歌会的诗人理所当然地接受了这个口号并站在了最前列。

中国诗歌会的原则和标准,较前期的萌芽状态的阶级意识更为具体和明确,加之与当时时代精神的合拍、和谐,因而它的政治规范效果很显著。这一趋势一直延续到抗战后期。在抗日根据地,由于中国共产党的统一领导和有力提倡,诗歌不仅在这条现实主义——大众化的道路推进,而且从理论上和情感上都接受了"抒情的放逐"。不仅如此,进入四十年代以后,诗歌更加深刻地群体化,使它对诗的个人化现象作了最坚决的排斥。诗走向大众,朗诵诗必须为广大群众所理解和喜爱,已经对这一趋势作出有力的促进。再加上理论上的概况和鼓吹,使这一诗歌规范成为不可逆转的事实。大众化就是"被大众所化",有人认为:"在未来的新社会里,及其今天的新环境里,已经完全是集体主义了。只有集体才有力量,只有集体才能发展,非个人时代可代替了。在诗歌上发现个人的东西,而且已不再为人感到兴趣……除了为大家,还有什么个人的价值?除了大众化,还有什么别的诗歌的存在与出路呢?"(严辰《关于诗歌大众化》)这不是一位诗人的见解,而是整个时代主流的见解。已经提出了一个不容怀疑的统一诗歌的蓝图,这个蓝图是十分具体的:"对于大众的英勇斗争,伟大情感,新的生活与制度,一切生长与发展着的事物,都要歌颂。而那些只限于知识分子的象征、想象、虚幻的描绘以及老八股洋八股的典据都应废止。那种知识分子才具有的见月伤心,闻铃断肠,忸忸怩怩、装腔作态的感兴、感想都应摒弃。"(同上《关于诗歌大众化》)

当时的理论主张已为此后数十年的诗发展作了大体一致的"规定"(这些规定当然是逐渐明确的)。对此可加以如下的表述:对新生活秩序的歌颂与对歌颂以外的诗歌内容的摒弃与忽视;大众化的诗歌道路唯一性的肯定与对知识分子艺术趣味与艺术习性的排斥;确认诗歌的个人化倾向的不合理,肯定集体主义的发展合理性与对个人价值的否定;否认诗的本质的若干属性,诸如象征、想象,"虚幻"的描绘,乃至感兴、感想。到了"延安讲话"时代,把文艺运动中的许多纷繁的问题总结为两个问题:"一个为群众问题和一个如何为的问题。"群众即工农兵,工农兵所能接受的和所喜欢的,就是文艺和诗所必须做的。这样就产生了对于普及性的文艺形式的绝对重视:1946年4月1日陕甘宁边区政府并经边区参议会通过的《关于群众文艺》的决议,有些规定十分具体:"在发展群众文艺方面,须采取供给剧本、唱词、及发动群众创作等具体办法去帮助与改进民间秧歌队、自乐班、皮影戏、京戏、道情班子等群众文艺组织的活动及瞎子说书内容。"1943年11月7日中共中央宣传部作出的决定中指出："小资产阶级出身并在地主资产阶级教养下长成的文艺工作者,在其走向与人民群众结合的过程中,发生各种程度的脱离群众并妨害群众斗争的偏向是有历史必然性的,这些偏向,不经过深刻的检讨反省与长期的实际斗争,不可能彻底克服,也是有历史必然性的。"从这个判断出发,以农民文化来指导和统一整个文化和文艺的方针已成定势,实际上这种不期而然的统一化已成十分强大的力量。

诗一直是文学艺术诸品种中最受关心的品类。数十年来争论不断。在大的背景下确定文艺方向的框架已规定了诗的发展的大趋势。延安大众化运动中作为诗的发展典型的《王贵与李香香》等作品的出现,及对这些作品的提倡是一种典型的提倡。这包括了以下几方面的暗示:①新格律的提倡与对自由体的冷落;②民歌为基本模式的发展方向;③叙事性的强化与抒情性的削弱。1954年何其芳发表建设现代格律诗的意见,把过去隐藏的问题明朗化了。何其芳提了一个自成因果的论述方式:"为什么我说我们很有必要建立中国现代的格律诗呢?这是因为我认为我们还没有很成功地建立起这种格律诗的缘故。"(《关于现代格律诗》)

解放初期在一种独特气氛影响下,有一种否定新诗特别是自由体诗的思潮,他们把新诗的滥和浅归罪于格律诗的未曾建立。很快何其芳的主张被另一股更强大同时也更狭隘的新诗律化的浪潮所淹没。这就是1958年的新民歌运动。那时对以五七言绝句为模式的格律诗强调到无以复加的高度,认为五、七言为基本体式的新民歌"开拓了诗歌的新道路"。周扬肯定新民歌成了工人,农民在车间或田头的政治鼓动诗,它们是生产斗争的武器,又是劳动群众自我创作、自我欣赏的艺术品。社会主义的精神浸透在这些民歌中。与此同时,他又批评了五四以来新诗"最根本的缺点就是还没有和劳动群众很好地结合","群众不满意诗读起来不上口,特别不满意那些故意雕琢、晦涩难懂,读起来头痛的诗句。总之,群众厌恶洋八股。有些诗人却偏偏醉心于模仿西洋诗的格调,而不去正确地继承民族传统。"《红旗歌谣》《编者的话》更把新民歌称为"群众共产主义文艺的萌芽"。在当时的观念中,与洋八股、自由诗以及资产阶级、小资产阶级情调,个人主义相对的一组概念,是民族化、格律诗、大众化的喜闻乐见和集体主义。这就清楚地画出了一条全面的统一诗歌的标准。

到了新诗必须在古典诗歌和民歌的基础上发展的理论提出,无疑是把本已相当窒息的诗引到了一条接近它原先反对的路上去。这原无需多言,只消引用前人的一些言论即可看清此种危险是一直就存在,但却一直未受到必要的注意的。叶公超写于1937年《论新诗》的开头就说:"近几年来,讨论新诗的人都在发愁,甚至于间或表现一种恐怖的感觉:他们开始看出旧诗的势力了。仿佛旧诗的灵魂化身,蒲留仙的花妖狐魅,在黑暗里走进新诗人的梦中,精趣丰富的青年哪能坐怀不乱,于是旧诗的情调,旧诗的意境和诗人一同醒来。"尽管这样,危险始终存在,但当它被总结为一种规律性的原则性的理论,则其危险性更不可低估。把以上的叙述加以综合,中国新诗建立以来的规范化的统一,有一个相当长的历史沿革,大体的原因是:一、三十年代以来世界性的革命文学意识的传播吸引了相当多的青年和文艺家;二、中国从三十年代中叶进入抗日战争阶段,处于长期的民族危亡的环境中,必然产生对于文艺和诗的严格的选择和审视,从而制定出符合这一特殊环境的文艺政策、批评标准、审美规范;三、建国以来在阶级斗争观念支配下的无休止的运动和行政力量的强大和统一。

这种规范化的具体涵意,大体有两方面的内容:一是意念规范,以政治观念社会意识为支柱而成立,体现为由诗的政治标准所决定的诗的统一价值观。这种价值观对社会现有一切肯定性判断,而且把它规范为颂歌的概念。一是形式规范,这是一种较前者更为坚决的一种定势意识。这种意识被蒙上一层神圣的光圈,即所谓"越是民族的也就越是世界的"概念。它使许多守旧的意识都在"愈是世界的"保护伞下合法化。民族化也成为继续自我封闭拒绝变革已有艺术规范的堂皇的理由。形式规范也有两个支柱:一是把辩证唯物主义的世界观衍化为诗的现实主义创作方法。而在诗歌实则是由革命性而向着原先的出发点复归的滑行。从新民歌的"共产主义萌芽"到在古典诗歌和民歌的基础上的提倡,其实质是向古典诗歌的认同的基础上发展。表现了一种可悲的皈依感。

诗歌创作中的规范化现象,窒息和戕害了诗歌自身的生态,使创作呈现出与艺术本来规律相违背的生产规格化状态。它把创作中最不能容忍的公式主义合法化了,由此造成了批评和欣赏的严重惰性。长期以来,我们的批评家和读者只对一种风格,实际是无风格的艺术能够适应。除此之外则一概不能适应。我们只能对大家都看得懂的诗加以肯定,而剔除了凡与此不合的一切诗。由于批评的偏见,造成一种大批量的统一规格的精神产品的出现。

要是说新诗潮的功效在于纠正"假、大、空",那还未曾说到实质。新诗潮的最大功绩是在以新、奇、怪的创造性的挑战性的艺术实践向着统一模式的诗歌规范的冲击。用各色各样的花来取代单一的黑色的花,用最不合常规的方式向着习以为常的方式挑战,用最具异端性质的怀疑来对待过去的对一切都温顺,用最不忍受的"生活一网"来对待无休止的铺排和最华靡也最空洞的艺术形式、艺术方式。诗歌上的牛仔裤和迪斯科是出现得最早的,它旨在打破红海洋和蓝蚂蚁。新诗潮最集中地代表了中国文学艺术的向着僵硬模式"诗的肝硬化"的逆向反拨。这是一次大规模的冲击,它旨在促使规范化运动的终结。这种冲击导致用行政号召方式指挥精神生产局面的终结,当然也导致了给艺术发展规定各种口径、规格的局面的终结。

三、新的存在与新的价值

我们对迄今为止的诗歌复兴不宜作过高的估价,它仅仅是对禁锢实行冲击,仅仅是对一个统一的自以为是的艺术模式和艺术格局提出质疑。当然,这次历时久远的,其艰难的程度和付出的代价仅有"五四"可以比拟的"悲哀的崛起",贬抑了一些权威性的观念,包括它们的神圣感,至少使那些概念变得不那么神圣了。关于它们冲破重重禁锢所付出的代价以及它所造成的悲凉感和非凡的气势,有人喻之为火山爆发后的山脉隆起。它的确产生了一系列的巨变,这些巨变是对新的存在及新的价值的确认。

对于上述提供的现象,过去我们总是对具体的诗人和作品所提供的资料进行内容上的综合。我们对它提供的具体性有一定了解,但很少从它造成总体氛围上作出抽象性的判断。新诗潮之所以是新的诗歌变革的潮流,它的要点在于"新"。这个新,有以下三个含义:一、提供了一种新的艺术思维方式;二、展现了一种新的艺术景观;三、带来了一个新的艺术价值观念。

我们扫描当前诗歌创作的全景,发现过去那种由单一诗歌构成的服务于单一目的的诗歌现象业已改变。出现了多种多样的诗歌。在这种多种多样的诗歌格局中,它们是并存和杂处的,各自在各自的位置上发挥自己的长处。已经不存在行政规定的主流,也没有公认的艺术领袖。各个星体都在自由地集聚,并散发各自的光芒。诗歌至少在眼前这个阶段是平静的,人们已经被无休止的争论搞得精疲力竭。人们要么会感到"回天无力",要么感到那种争论不会有实际用处,人们都不同程度地承认了一个事实,我们要尊重诗的自然生态。我们将依靠它的自我调节来维护这种生态。诗歌发展过程中曾经发生的那种长久的僵持状态已经结束。整个诗坛如同浪中巨轮在动荡不安中前进,整个的充满动感,不断的凝聚和裂变。迅速以由新而旧,再由旧而新的更迭,使诗从来也没有产生如今这样使欣赏者目不暇接和使评论家无所适从的惶惑。我们看到了大陆的推移,几个大的板块在这种飘移中冲撞,痛苦地挤压并发出生命力的欢乐。

  从另一个角度观察,当代诗歌呈现出一个宁静的局面。诗终于从喧嚣的人群回到了自我的内心。内心曾经是一片禁土,那里布满了危险的响雷,涉足其间的人随时都准备承担风险。在新时期开始以后,诗从集体意识向着个体意识的推移,以非常迅疾的速度进行着。大体上有一个逐渐接近目标的过程。首先在仍然是传达集体主义和群体意识的诗中,"嵌进"了个人独有的性格和思考。最早在欢庆十月胜利的诗篇中,如光未然写的《革命人民的盛大节日》是传统的政治诗,那里有不少传统政治诗中的术语,但依然有让人感动的诗句。到了《小草在歌唱》,则不再是个别的现象而是一种新趋势的出现了。在这里传统的英雄颂歌的内质得到了"改造",不是从"我歌颂"的外在关系,而是我以对自己的忏悔而"加入"其中的新的颂歌观念。流沙河的《哭》,把本来是哭烈士的诗写成了哭自己,主体的内省力量造成了对于对象的"强侵入"。抒情主体意识的真正复苏,在舒婷的创作中有较完整的展示。像《雨别》那样毫无顾忌地放纵自己的情感,失声痛哭也罢,"聚集全部柔情"于一个"无法申诉的眼神"也罢,她都把个人对于周围的情绪的反应毫无掩饰地表现。

  诗人主体意识的恢复和强化,作为一个人,甚至一个并不纯粹的人,从我出发的歌唱,已成为一个不容忽视的诗歌景观。这种诗在于建构一个自己的世界。不是重复过去那样的方式,而是作了一个最富反叛意味的大动作。如北岛的《走向冬天》、顾城的《年青的树》、江河的《纪念碑》等。这些诗在我们面前陡然出现若干年代以来未敢想象的一种惊人的艺术现象:即不是听凭于任何一种艺术以外的力量的驱使,不是由于某种由行政力量确定的功利目的,而是听凭诗人良知的驱遣和心灵的召唤——这样召唤当然受孕于诗人所生的土地和人民的要求和冲动。诗受到开放时代和思想解放的鼓舞,获得了自主的地位。

在以往的许多诗中,尽管曾经宣称这些诗是属于时代并热爱时代的,是属于人民并热爱人民的,但是,由于对流行观念的自觉的或不自觉的服从,诗在它宣称的同时,却作了不同程度的背离。因为它无视真实的时代并无视人民真实的物质的和心灵的生存状态。这些诗实际已失去崇高感。唯有诗人的独立性得到恢复,他或是皈依现实,或是背叛现实,均以自己的选择为准。这样,一旦诗中出现了基于历史反思和独立思考的基础上展现的浓厚的历史使命感和公民情绪的深化。这种诗的辉煌足以列身于历史上所有的优美诗篇而毫不逊色。因为这已经不是由于特定的利害考虑而作出的选择,而是受到了庄严的时代的启蒙和良心的驱使,除此以外别无他途。

诗人主体意识的恢复,使诗人对世界和心灵的思考具有了独立的性质。诗人不再盲从,他敢于说出他所看到的世界的真相或投影。心灵的独立性使思维的独立性得以确认。这种独立的思维有两个鲜明的特点:即对于不合理的生活秩序的怀疑情绪和对人生的忧患感。深重的忧患感代替了过去的单纯的和"永恒的"欢乐感。顾城的《眨眼》是以传统的"我坚信"的方式出现的,但是,仅仅由于"眨眼":美丽的在喷泉中激动的彩虹,却变成"一团蛇影";教堂里静穆的钟,却变成"一口深井";银幕上的红花,却变成"一片血腥"。具有戏剧意味的是,他最后这样写:

"为了坚信,我双目圆睁"。顾城的《眨眼》传达了新旧交替时代人们心态的失去平衡以及新旧两种思维方式的冲突。他从必须"坚信"的信念出发,却到达不可信的严重变异。为了掩饰他的困窘,以及为这种不愿得到的结论辩护,他宁可把这说成是不是由于事实的存在而是自己的"眨眼"——即把真实产生的"幻觉",归罪于自己。

许多诗都写到了这种生活的变异和诗人对这种变异的解释。但他们还是带着传统给予的教育与现实碰撞之后的疑惑发出对生活的变态的质问。北岛《回答》的诗意就是此种矛盾疑虑的展现,都说是寒酷的"冰川纪"已经过去,"为什么到处都是冰凌";都说是充满希望和富有无限生机的"好望角"已经出现,"为什么死海里千帆相竞"?传统的教育造成的思维惰性被不顾理想化的描写而肆意变改的现实所粉碎。于是才有了青年一代义无反顾的顿悟与觉醒。于是出现了强烈的逆反情绪,不再相信天是蓝的,梦是假的,久经欺骗的心灵想推翻一切,而重新按照自己的眼睛和耳朵认识这个变了样的世界。

实际上,生活开始恢复正常,许多人是带着重新审视生活的态度而面向生活的。骆耕野几乎对什么都不满意:"我是电流,我不满江河的浪费","我不满步枪,不满水车,不满帆影,我不满泥泞,不满噪音,不满污染"。换上了一种眼光和心态,这主要是一旦人们的思想冲破禁锢,获得了一种开放的思维,一切都会变得"不顺眼"起来。于是到处响起了合理的"不满"之声;"我是年迈的城镇,我的服饰多么古旧""我是拘谨的生活,陈腐的习俗多么恼人"。他还不满官僚主义、文化水平、软弱的法制,大话和空想。这些不满都是理直气壮的,因为观念发生了变化,不满的思想不是"可怕的思想",而是"一个绝妙的议事日程","一部崭新的行动提案"。

这是生活教会的思索,皱眉而痛苦就是合理的——既然五脏里曾滚动过污血和毒瘤;既然手术针正缝合着溃疡的伤口……那么,只能是这样一句对于谴责的回答:"那么,别遮掩我的痛苦,别责备我的眉头——"我们总是对着一切欢呼,来不及进行思考就欢乐,我们以为面对着的总是甜蜜的梦,因此天生准备了一副微笑——以微笑对待生活认为是公民的美德和文明的涵养,但是现在,突然学会了怀疑、思考,展开的眉头结成了结,于是有了对于皱眉头的诘问,于是有了自我辩解。

关于忧患心理,顾城有一首诗,写天真而贪玩的小鹿,从榕树和丁香花的缝隙里看外面世界的无比美好景色,那里有一块柔软的草地,不想却是猎人的陷阱,陷阱是天真的小鹿的归宿。一种受愚弄,受欺骗的感受,培育出一种对生活的警惕性。于是在特定的时代氛围之中,到处都迷漫着真真假假将信将疑的疑虑心理。不安全感是受到特殊生活潮流鼓涌而产生的。北岛在他的沉稳中,也有他的特有的冷峻。他不会像顾城那样写《小鹿》的掉进猎人的陷阱。因为他对夜的体验有充分的把握,宁可不闭眼、侧耳听那可怖的"拉枪栓"的声音:"一只迷路的猫窜上长椅/眺望轻柔似烟的波光/而水银灯不客气地撩开窗帘/窥视着别人收藏着的秘密/扰乱了梦,让孤独者醒来/在一扇小门后面/有只手轻轻地拨动插销/仿佛在拉着枪栓"(《夜:主题与变奏》)

尽管生活一再提醒人们它的美好,但是那种恐惧的疑虑的阴影却苦缠饱经忧患者的心魄。他们视生活为"网"。他们把自己和别人设想为泥塘中的鱼,想象着那种可怕的干涸,想念那干涸中挣扎的信念。这是一种深重的时代投影。许多人都在此种环境中生活过,感到了无能为力和无可奈何的困窘以至不幸。他们把在这种生活中的跋涉,当作是对于《小巷》(顾城)的摸寻:"小巷/又弯又长/我用一把钥匙/敲着厚厚的墙"。那里是门,那里可以用钥匙打开,不是找不到钥匙,而是有了钥匙又不得不在长而弯曲的巷子里摸寻。

舒婷也许有着更多的理想性的辉耀,她也感到墙的存在,那墙既是他人也是自己,"它是我渐渐老化的皮肤",那墙,既是客体又是主体,"我只是株车前草,装饰性地寄生在它的泥缝里"。她感到墙的无所不在的威胁:"夜晚,墙活动起来/伸出柔软的伪足/挤压我,勒索我/要我适应各式各样的形状/我惊恐地逃到大街上/发现相同的噩梦/挂在每一个人的脚跟后—道道畏缩的目光/一堵堵冰冷的墙"。这很可怕。一是墙的"柔软",而要人们去适应它的"柔软",从而成为它所要求的"各式各样的形状"。再就是它不单是"我",而是属于所有人的,如同复仇女神它追逐所有的人,这样的忧患感便是相当深刻的和沉重的。这墙,不也是那挣不脱、冲不破的"网"吗?

四、超越具象的开拓

艺术的发展提供了更多的可能性,使各种更加接近现代社会生活的思维方式得到展现。人们开始更加注重心理真实以及现代人的感觉。诗歌离具体事件和物象的叙述和表现的方式更为遥远,体现为更加超脱的倾向。这种更加超脱的表现形式是既冷淡现实主义对于具体事象和实际过程的重视,同时又抛弃浪漫主义对于主观情绪的崇拜。它把诗的触觉伸向更为神秘的地方。意识流、潜意识、纯感觉、瞬间印象甚至梦幻。在思想内涵方面,更加的超功利,用满不在乎的大大咧咧的态度处理和对待生活,更为注重人对自身的存在的悲剧性的揭示,人变得对一切都无所谓,更加孤独和痛苦。这种心理不采用传统的现实主义或浪漫主义的方式,甚至也不采用象征主义方式来表示。

诗歌从具体到抽象的演化有一个过程。舒婷早期的作品《路遇》写"凤凰树突然倾斜/自行车的铃声悬浮的空间""凤凰树重又轻轻摇曳/铃声把碎碎的花香抛在悸动的长街"。都是通过感觉的变态的捕捉曲折地传达那真实经历的一切。"突然倾斜"是一种感觉,说明心理的不堪重载,"悬浮"空间的铃声,虽然是已经消失的铃声在听觉中重新唤起,"碎碎的花香"和"移动的长街"的组合,十分精微地传达出美好记忆与无情的破坏混合在一起的感觉。这种手法在北岛的早期作品中也已出现。在《不,明天》,他以树木在眼目中的慌乱来表现心理的惊悸。但这些都只是一种局部的现象。是某种艺术手法的运用而还不是完整的艺术追求。

到了近期的诗创作,这种现象普遍化并被定向化了。北岛写《触电》,与其说是现实的感受,无宁说是写人的心理和感觉——"我曾和一个无形的人/握手,一声惨叫/我的手被烫伤/留下了烙印/当我和那些有形的人/握手,一声惨叫/他们的手被烫伤/留下了烙印/我不敢再和别人握手/总是把手握在背后/可当我祈祷/上苍,双手合十/一声惨叫/在我的内心深处/留下了烙印"。我怎样都要"触电",都要在"一声惨叫"之中留下肉体的和心灵的"烙印"。"无形的人"也许是理想,是信念,但不能与他"握手"。有形的人是人群、是社会,也不能握手。当向神灵祷告,自己的手相握也是一次触电。《触电》表现的是与世界,人自身的矛盾和不可沟通。他只是一种孤独的存在,他到处遇到都是悲剧性的"一声惨叫"。尽管我们可以从《触电》中找到时代的侧影,但无疑对于直接表现时代的具体性是一个大的超越。

王小妮的《我感觉到了阳光》,按照传统的读法,可能会认为是"无意义"的。它没有说什么"具体"的东西,当然更没有情节。从长长的走廊走下去,这面是刺眼的窗子,反光的墙壁,诗人感到了"我和阳光站在一起",感到了阳光的强烈:"暖得人人停住了脚步,亮得人憋住了呼吸"。全诗只是这种"无意义"的对阳光的感觉,这些感觉过去是不入诗的。过去诗人对习以为常的自然现象往往无动于衷,现在得到了郑重的对待:——"我不知道有什么存在/只有我,靠着阳光/站了十秒钟/十秒,有时会长于一个世纪的/四分之一。"这是作为"获得了自己"的新的人在感觉她的世界。思维只有在这个时候才是自由的。这种在自由的阳光下自由地感到自身的存在的十秒钟,抵得上诗人已有过的全部生命。这里有着"不说什么"的"说",这是一种新的思维方式在诗中的体现,这种思维当然是摆脱了一切人为的桎梏的。

在更新的一些诗歌里,人对自身的感觉得到了放大的处理。作为现代的人,人第一次感到了自身处境的可笑。由时代的诸因素造成的中国当今的一代人,第一次表达了自己内心的特殊感受。不再是过去那样的单纯,也不再是那种充满天真和热情的乐观情绪,一种危机感和对改变自身存在的意图无能为力的感觉,促使他们采取了对生活和人生"不严肃"的态度。这种"无所谓"的"不严肃"性,在最严肃的诗人北岛那里早已有了端倪。北岛的《日子》《履历》和《一个青年诗人的肖像》均属此类。舒婷式的美丽的忧伤和迷惘消失了。早期的北岛或江河式的崇高和庄严感也都消失了,剩下的是诗人用嘲讽的目光和嘲讽的语言对生活的"不正经"的描写。

后来的人们追上了他们,他们把北岛早期某种次要的艺术现象、视为自身艺术的"曲种"。他们扬弃了他们前行者十分重视的那些诗的素质,他们忽视了那些严肃的使命感。他们也许是有着更多的现代意识的一代人。他们与那些生长在资本主义"荒原"里的青年又同又不同。他们有更多的理由和条件使他们对现实持审慎态度,但他们还有更多的理由不能忘却它。于是他们的荒唐感中就带有了更浓重的"严肃性",即他们的荒唐感多半富有着现实的霉菌培育。蓝色写的《轧带》出现的是架坏了又无法修理的洗衣机。尽管用的是完全不加修饰反讽的语气,但中国普通人生活的艰难,却在完全不经意中得到显示——"这台机器又出毛病了/你没有后门/你弄不到走私货/你整天都在洗衣服/全国人民都在搓衣板洗衣服/我们不要象征/我们要洗衣机/真正的艺术家从来不去艺术书店/他们都在搓衣板上洗衣服"。王小龙的《外科病房》中讲自己的病痛,讲他们死亡,用的都是无动于衷的语言,对自己和所有的人全然不关痛痒,如同那位只管跷着腿,没完没了写信的护士。诗歌变得更加不严肃和缺乏热情。但是拨开诗人设置的迷雾,你不难发现整整一代人的悲哀——"……你只不过是一只被踢出界外的足球/或一只被掏得空空的罐头不能就这么愤怒起来/你最好想想减肥想想/如何能活到孔子那样的年纪"。(鲁子:《无烟的愤怒》)我们从这些玩世不恭的言辞背后感到极大的骚动和焦灼。它们遥遥地向我们现实的积重和困顿,这里有一个又一个的欢乐和团圆的节日的期待,但人们迎来的却是一个又一个的失望和不安;"总觉得塞进邮筒的信对方不会收到/放在街旁的自行车/会被别人偷掉/总觉得端在手上的高压锅/马上就会爆炸/转播足球赛的电视机/会出什么故障/如果撞上了什么东西/那一定会得脑震荡/如果这班她还不到的话/我就要一个人被撇在世界上"。(鲁子:《圣诞节》)

诗成了逃遁烦难的"憩园",在这样的氛围中,紧张疲惫能够得到消除,心理平衡能够得到维持。诗把现实生活中的纷扰和焦躁化成了一个嘻嘻哈哈的玩笑,把"愤怒"变成了"有趣"。诗是诗人的生命形式。当一首诗完成以后,诗人也就完成了他自己,他们以这样的表述把诗当作了自身的生命的存在,而不惶他顾。

展现了一种新的景观。这种艺术景观前景的展现是,诗人主体意识的恢复和强化。作为自主的人,其目的在于建构一个自己的世界。自由自在地无暇他顾的自我表现,体现了一个不受禁锢的创造状态。这种状态无视已有的创造规范和创作模式,而以自主方式吸收一切有用的经验。它提供与原有的诗歌范式完全不同的新、奇、怪的艺术实践。这种实践因为与长期进行的诗歌规范形成背逆,因而遭受的打击最大,面临的困难最多,但它依然发展。一位青年诗人称赞这艺术所谓"惊天骇寰的暴动"即指诗歌所传达的观念和传达这些观念的方式的反习俗倾向。

就表现方式所造成的新的艺术景观而论,择要地概括有如下数端:一、直接处理事物的意象叠加、组合所造成的意象化,取代了传统再现和情感的直接宣泄;直接性的对于事象的说明和解释是当代诗歌自认为的现实主义方法的体现;直接性的对于情感的张扬和阐明是当代诗人自认为浪漫主义方法的体制,这两个基本方式都受到冷淡。这阶段十分兴盛的是意象化处理对象的方式。即以意象融汇的"一次性处理"的方式,传达诗人对于世界的(物质的和情感的)体验和认识,而不再附加其他说明。至于诗人的主观态度、情感、情绪和意向,只是通过对它的意象单纯的或复杂的呈现,由欣赏者感悟和发挥。对比,创作者几乎处于一种冷眼旁观的"不介入"状态。

二、象征性的强调的结果,间接暗示和间距效果的取得代替直接说教和具体描摹。综合性的总体象征是现阶段艺术追求的主要目标。梁小斌的《中国,我的钥匙丢了》和《雪白的墙》尽管有许多写实和抒情的成份,但象征的意味得到强调。前一首总体象征失落感;后一首,在反思时代的背景上为后来者发出警报,都追求总体象征效果。至于北岛的《古寺》,本身就是一座寺庙的暗示。因果关系的线性叙述式的解体,主体的多层次建构导致主题的含混和多义。以同名的诗《船》为例,白桦的《船》的结构是单纯的,以船喻我,船的形象所展现的,即我的命运说明,因此它的含义也是单纯的,也可以说是明白的。但舒婷的《船》不同,这只倾斜地搁浅在荒凉礁岸上的"小船"——"无垠的大海/纵有遥远的疆域/咫尺之内/却丧失了最后的力量"。因为它讲"爱情穿过生死的界限"交织。"万古长新的目光",可以理解为爱情未能如愿的怅惘。因为有"搁浅"的感觉,也可理解为诗人的身世经历的自况,写生命的搁浅而无法达到大海。但从人生经验来讲,也可理解为人生的悲剧感,永远的向往而永远的不可到达。在理想与现实的中间"隔着永恒的距离",这就造成了多层意义的重叠组合。多义的模糊感便由此产生。一首诗由于意象的不确定的模糊造成的容量的增大,诗的外延也向前推进和延伸。

三、不完整、不对称的破缺美打破了过去的和谐的平衡、均匀、齐整。现阶段艺术更加强调不受羁束的自由的表述,由此带来了一个新的价值观念,即人们在新的现实面前更乐于承认好诗的价值决定于诗自身所提供力量,即人生体验的深刻性以及传达这一深刻性的思想和艺术的方式。单一的社会功利性的价值判断已为多元趋势的价值观所代替。诗不仅说明社会的政治和经济,诗也说明人生真谛的领悟与不领悟。诗可以为社会机制有用,也可以为个人的主体性有用。除了满足实际的需要,诗也可以满足虚空的不需要。价值观念的变异,除了艺术观念自身的嬗变,还取决于一个大的时代背景。即文明对于愚昧,科学对于反科学、人学对于神学的战胜。

在诗歌的十字架上*
——论舒婷

> 我的嘴决不说非义之言,我的舌也不说诡诈之语。我断不以你们为是,我至死必不以自己为不正。我持我的义,必不敢松,在世的日子我心必不责备我。
> ——《旧约·约伯记第二十七章》

这位生长于南中国海滨的青年女性,她的心灵和她的诗句的美丽,如今已引起中国相当广泛的人们的兴趣。如同世上所有试图改变原有生活格局的创造一样,当她以不同于流行方式的方法写诗,谴责的暴风便袭击了她。她的思维和情感方式被解释为异端。这是一种因心灵的隔膜而产生的误解。但是,当我们真正接近了她所拥有的世界,我们便惊讶地发现,这位被指责为脱离时代的诗人,却是体现当代人的丰富的内心世界最充分的人。

她当然逃脱不了特定的一代人的特定际遇。尤其像她这样自尊而对生活敏感得有点矜持的诗人。尽管她大抵是凭着情感波动生活,但她却以惊人的冷静迎接了生活的挑战。她声称"决不申诉我个人的遭遇",她喊出的"一代人的呼声"带有鲜明批判色彩的理性觉醒:"我推翻了一道道定

---

* 此文初刊1987年3月《文艺评论》1987年第2期,初收《中国现代诗人论》。据《文艺评论》编入。

义,我打碎了一层层枷锁。"她心甘情愿地选择了苦难。那些认为她的诗只有"个人的忧伤"的责备,未免来得过于匆忙。事实上,她首先不是为自己,而是怀有悲壮的献身感——

> 为开拓心灵的处女地
> 走入禁区,也许
> 就在那里牺牲
> 留下歪歪斜斜的脚印
> 给后来者
> 签署通行证
> ——《献给我的同时代人》

也许今天她会不满意自己那时的天真的热情,但当年那种可贵的"公民情绪"却相当广泛地激动了一代人。她从来没有把自己看成英雄,她也并非完人;尽管她在心灵中是个强者,但在实际生活中却充当了弱者的角色。她在从事这种歌唱的事业时充满了矛盾:"也许我们的心事/总是没有读者/也许路开始已错/结果还是错"。(《也许》)热情驱使她,而理智又阻拦她。但她毕竟是为理想而活着的人。她理所当然地"为了服从一个理想"而作出了奉献:

> 我献出了
> 我的忧伤的花朵
> 尽管它被轻蔑,踩成一片泥泞

《在诗歌的十字架上》表达了这位女诗人虔诚的心愿。仅仅为了无可逃避的心灵的使命,她承担了她称为的"我所不能胜任的牺牲"。但路已经开始延伸,除了把自己钉上十字架,她别无选择。

忧患属于对时代充分敏感的精灵。在风暴的袭击之下,她的确感到了力不胜任的承担——

可是我累了,妈妈
把你的手
搁在我燃烧的额上

阳光爱抚我
流泻在我瘦削的肩膀
风雨剥蚀我
改变我稚拙的脸庞
我钉在
我的诗歌的十字架上
任合唱似的欢呼
星雨一般落在我的身旁
任天谴似的神鹰
天天啄食我的五脏
我不属于自己,而是属于
那篇寓言
那个理想

  五年之后,她在《以忧伤的明亮透沏沉默》中,证实她是在为理想而受难:"敏感,依恋温情,不能忍受暴力,是人类的善良天性之一。善良造成痛苦,人间的痛苦形形色色,每一种痛苦都可能是一剂毒药,如果没有理想的太阳的高高照耀,如果不是'为了不可抗拒的召唤',人怎能有力量翻越这无穷无尽的障碍奔向目标呢?"
  我们此刻谈论的舒婷,她的确以动人的美丽的忧伤造出了她的诗歌的特殊魅力。一个由混乱的时代造成的心灵的"混乱的丰富性"在她的诗中出现,充分体现出舒婷诗美的特殊价值。多情的南国少女,她以优美的文笔把女性的柔情表达得细腻委婉,使人窥见那充满同情和爱的透明的心灵。在她之前,当代诗人很少能像她这样以挑战的姿态无拘无束地袒露自己的情感世界。她拾到一枚珠贝,她确认那是"大海滴下的鹅黄色的眼泪"。波涛含恨离去前伏于大地胸前的哽咽,那是一滴滚烫的泪凝固而成的晶体。《珠贝——大海的眼泪》是早期诗作,距今至少已有十年,就在这首诗中,舒婷从似是柔弱的泪水中透出"坚硬的质",造成一种复合的美感。这是她最初展示给人们的一枚情感的珠贝——

  它是少女怀中的金枝玉叶,
  也和少女的心一样多情,
  残忍的岁月
    终不能叫它花瓣枯萎。

  多情而坚强,渺小因不自卑而显示伟大。历史的误差造出了痛苦,而一旦它成为不枯萎的花,任是多么凄厉的风的抽打,终不能从少女的手心将它夺去。

  一开始,年轻的女诗人便展现出她的韧性的坚持。人们往往只见她的心灵沉重的呻吟,往往会忽略这样的事实:即偎依慈母怀前的女儿已经长大,而且生成了痛苦的自尊和倔强,"为了一根刺,我曾向你哭喊,如今戴着荆冠,我不敢,一声也不敢呻吟。"任性和天真已随着童年的喧闹逝去,如今展现的是与那种年龄不相称的坚忍。

  生活催人早熟,这本身便是由痛苦的泪凝成的一枚珍珠。从这片痛苦的磨擦而生长的"苍劲"中,我们窥见生活的变态和残忍。这位女诗人能够把特殊的生活际遇所给予的心灵投影,表现得相当独特。当她被痛苦唤醒,超脱个人的痛苦而向人伸出同情的手,她的声音却是矛盾的:"如果你是火/我愿是炭/想这样安慰你/然而我不敢","如果你是树/我就是土壤/想这样提醒你/然而我不敢"。(《赠》)一种动机与行为,理想与实际之间的距离,把心灵的扭曲和惊悸表现得委婉动人。

舒婷的艺术才能体现在能够把她所感到的个人忧患,体现得热烈而又婉转。一方面她把情感倾泻而出,如飞瀑如烈火,一任热情的燃烧和奔突;一方面,她又能适当地加以抑制。她的好处在于她决不造成那种一泻无余的宣泄表现出浅薄的失控状态——

> 我真想摔开车门,向你奔去,
> 在你的宽肩上失声痛哭:
> "我忍不住,我真忍不住!"

这首《雨别》是以惊人的情感爆发开始的,但她在以后的抒写中,却没有让它漫流下去,而是加上了阀门。一连四个"真想",终于把情感控制住了:"我的痛苦变为忧伤,想也想不够,说也说不出"。

暴风过去之后,她把风暴的影子镂刻在心中。舒婷是矛盾的,她的情感的美丽多半由于她自然地托出一颗矛盾的心。一种特殊的环境使她总是把心分为两半,一半是忧,一半是骄傲(《心愿》),一半是反抗的愿望,一半是"无法反抗"的现实(《墙》)——但最后她还是回到她自身。她体现了惊人的自省力:"我明白了,我首先必须反抗的是:我对墙的妥协,和对这个世界的不安全感"。矛盾中的执着,柔弱中的坚强,这正是舒婷最为动人的心灵和"自画像"。

1952年诞生在中国南部省份福建泉州的诗人,她的童年和新中国当时所有的孩子一样,过着万花筒一般的多彩而单纯的生活:夏令营,歌唱比赛、朗诵会。她回忆说:"未来和理想五光十色地闪烁在遥远的地平线上,仿佛只要不断地朝前走过,我能把天边的彩霞搂在怀里"(《生活、书籍与诗》)。少女的时代刚刚结束,生活的动乱开始,舒婷和那时所有中国人一样,被推进了深渊。

1969年,她被驱遣到福建西部的山区"再教育"。三年后,回到城市,当过建筑公司临时工,织布厂的学徒和灯泡厂的炉前工和挡车工。这些工作,使她产生了"流水线"的诗情。

从工厂的流水线撤下,又卷入为生活奔波的流水线上。枯燥的单调的生活多么严重地扼杀了她那富有情感和幻想的诗心。舒婷在《流水线》这首诗中,含蓄地表达了她对生活的抗议:小树也会在流水线上发呆,星星也因而感到疲倦。她感受到了困顿,但她痛恨的是唯独不能感受到自己的存在——"或者由于习惯/或者由于悲哀/对本身已成的定局/再没有力量关怀",她是在叹气!

她有了搁浅的感觉。她把这种感觉诗化为《船》的意象。那只倾斜地搁浅在礁岸上的船,风帆已折断,油漆已剥落,满潮的海面只在几米之遥,它却"丧失了最后的力量"。船和海:"隔着永恒的距离,他们怅然相望"。舒婷把自身的情感经历升华而为一种普遍的理性概括,《船》所展示的人生愿望与到达之间的永恒的悲剧感是深邃动人的。同样的,仿佛一段失而复得的记忆的《四月的黄昏》所表达的:

> 也许有一个约会
> 至今尚未如期
> 也许有一次热恋,
> 永不能相许

也是这种不能如愿的永远的遗憾。

要是舒婷只停留在她自有的感受上,她不能对个人的情绪实行有距离的超越,要是她不能对实际情感予以扩展,使人人在这种宏阔的时空中寻找到自己的存在,那么,她的诗歌也许会失去不少魅力。不仅是升华个性化的情感经历,使之具有普泛的共鸣,而且把握住眼前的刹那,使之化为永恒的记忆。她拥有这样的魔力——把眼前的一刻化为永恒。那个《四月的黄昏》不再是一个黄昏,而是停留在悠远的时间里的永远令人凄迷忧伤的黄昏。那个南方潮湿的小站所经历的不能如愿的等待,那列车缓缓开动的橙色光晕的夜晚,那闪着水汪汪灯光的空荡荡的月台,有着强烈震撼心灵的力量。我们把《在潮湿的小站上》理解为精神的浮雕,那里凝聚了当代人饱经忧患之后普遍的失落感。而这块浮雕的"原型",当然与诗人的情感历史有关,但她通过一个常见的场景概括出来的情感化石,却具有了更为普遍的意蕴——现今的几代中国人都可以从这块化石中找到自己心灵深处的失落感。

舒婷无疑听到了自己内心时代使命感的召唤,她从自身出发,走向了他人。但她不是舍弃自我内心的开掘而专去开"掘"别人。她呼吁:"人啊,理解我吧"! 她也寻求对别人的理解:"我愿意尽可能地用诗来表现我对'人'的一种关切"。舒婷一开始就寻求通往他人心灵的道路。这种不竭的、急切的寻求理解和被理解,如她所说,是基于对"人"的关切。

她是动乱结束之后最明确地提出"人"的命题的一位诗人。她的著名诗篇《致橡树》,一九七九年在《诗刊》发表后便传颂一时。她的平等的爱情信念深深地打动了人心:

> 我如果爱你——
> 绝不像攀援的凌霄花
> 借你的高枝炫耀自己
> 我如果爱你——
> 绝不学痴情的鸟儿
> 为绿荫重复单调的歌曲

在中国,女性的争取独立人格的自由,依然是激动人心的课题。但把《致橡树》放在特定的环境加以思考,它的内涵却非爱情所能概括。舒婷的诗出现在中国结束类似中世纪那样的愚昧的时代,一旦面对世界现代文明,它理所当然地成为了人的独立自尊的宣言——

  我必须是你近旁的一株木棉
  做为树的形象和你站在一起

  这是一种人的自觉的醒悟——不仅爱情中的男女,所有的人与人都是平等的。她无言地谴责了对人的凌辱和践踏。敏感而多情的诗人,确定她的人的目标,当然是对神和鬼的厌弃,这就是舒婷基于广泛的人道主义的人性理想。《惠安女子》中那把头巾一角轻轻咬在嘴里的"天生不爱倾诉苦难"、内心却拥有海一般的悲苦的渔家女子,人们只看到她那"优美地站在海天之间"的身影,而忽略了她的裸足"所踩过的碱滩和礁石"。"于是,在封面和插图中,你成为风景,成为传奇"。舒婷无疑是以批判的视点提醒世人注意普通人的价值,并呼吁人与人之间的理解与心灵沟通。在《神女峰》中,她进一步阐发了她对人的价值的确认。它表达对此岸的现实人生的眷念和热爱,宣告了对于彼岸的虚幻的神的信念的"背叛":

  美丽的梦留下美丽的忧伤
  人间天上,代代相传
  但是,心
  真能变成石头吗?

  沿着江岸
  金光菊和女贞子的洪流
  正煽动新的背叛
    与其在悬崖上展览千年
    不如在爱人肩上痛哭一晚

急躁的评论家在这一点上易产生误断。首先易于判定她的"低沉"和"感伤"是非理想的。然而,事实却是舒婷之所以是当代诗人中比任何人都更富浪漫主义气质的诗人,其原因就是她是一位富有憧憬和幻想的人。因为她有过多的祈愿和向往,因为她追求美好的理想装扮起来的世界。而当她们面临的是一片又一片心灵隔膜的荒野;一堵又一堵挤压、勒索并要人们"适应"它各样各式形式的"柔软"的"冰冷"的墙,她才有了幻灭的痛苦和悲伤。

　　舒婷是这样的一类诗人:在自然和生活的每一个部分中都看到"现实"的观点,在他们看来是过于平常和缺乏动人的力量的,他们感到应该给生活提供更多的东西,特别是在提供人的心灵丰富性方面。这一类诗人,他们试图在寓言般的"魔法"环境中去完成不可能的事——恢复生活中被打碎了的抽象的统一。但是当这一切被证明是不可能时,忧伤和痛苦便开始了。作为一个有着自己追求的诗人,舒婷一开始就体现了如同保罗·亨利·朗格论述十九世纪早期的浪漫主义剧作家那样——

　　　　他并不是以一个艺术家的平静去刻划他们的。因为他经常是和自己进行斗争的,他常常步入歧途,走进病态的境界。他的文风和辞令是过分富于爆炸性的紧张力的,在一种经常不断进行追求的狂热中它的心灵驱使它自己奔向那求而不可得的目标

　　　　　　　　——《十九世纪西方音乐文化史》

我们因对舒婷的陌生(这是不同的诗歌观念以及欣赏习性造成的距离)而最后亲近了她。我们终于认识这一束"骤雨中的百合花"——一个奇特的时代造成的灵魂的奇观:温婉而坚韧、缠绵而果决、柔情而热烈,但总摆脱不了那份让人感到甜蜜的忧伤。这是一片独特的诗歌世界;抬头是你,低头是你,闭上眼睛还是

你,如同日光岩下那无时不在的会说话的三角梅……

"理想使痛苦光辉",痛苦却催人成熟。我们如今听到的是踩着碱滩和多刺的礁石传来的沉重的足音;"人人都知道的是,历史走到今天这个开阔地,并非唱着进行曲沿着大道笔直地走来的。那挥舞着花束挤在两旁如痴如醉的人群和披着花雨走在中间的人,都有自己痛苦的经验和久经锻炼的目光,他们能理解,沉默有时是一种有效的发言。""现在要让我再为谣言而哭泣是没有那么容易了。我已经意识到,被迫意识到,只有我的理想才是我的上帝,他仲裁一切。"因此,就像《圣经》上说的:

"你要每天背起十字架
跟我来。"

我祈愿的黄昏[*]
——冰心《霞》读后

收到友人寄来的冰心先生的《霞》,已有相当的日子。那时正在家乡福建讲学。随后返京,忙乱中无法静思,搁下了。此刻是丙寅除夕,展读佳篇在这烛光摇曳的夜晚,不想竟生起感慨。

又是一年的终了,北国寒冬的暮空,霞已褪尽。周遭响起了稀疏的爆竹声。爆竹在孩子的心灵,总是欢乐的点缀。此刻在我却凄然。我从这种传统的欢乐表达中,似乎觉到了某种深刻的麻木,于是竟有了轻轻的一叹!

人类的脆弱是无需掩饰的,最坚强的灵魂,有时也不堪命运的一击。何况就多数人而言,并非都是坚强的。"人不过是一种芦苇——自然界最脆弱的东西,但他是有思想的芦苇。整个宇宙不需要把自己武装起来去摧毁它。一点蒸汽、一滴水,就足以摧毁他。"我们都是这芦苇丛中的一棵,我们易于为命运所折断。

这个冬季寒冷且漫长,加上个人的特殊因素(我的生日是旧历年底、新历年初,孩童时节过除夕总伴随着增长一岁的欢喜,如今每过一个生日,迟暮之感便增一分),使我在这个夜晚想起写过不止一首悲哀的除夕诗的黄仲则。这里是他的两章《癸巳除夕偶成》:

> 千家笑语漏迟迟,忧患潜从物外知。
> 悄立市桥人不识,一星如月看多时。

---

[*] 此文初刊1987年4月5日《散文世界》1987年第4期。据此编入。

> 年年此夕费吟呻,儿女灯前窃笑频。
> 汝辈何知吾自悔,枉抛心力作诗人!

我的人生态度本不会喜欢他这种无尽渲染的愁苦,但他的诗此刻却令我心倾。我的心力"枉抛"么?我不知道。但我不会如他那样"自悔"。尽管如此,我却不由自已地同情,甚至欣赏了他的人生的忏悔。也许是他那种对于潜在忧患的敏感的引发,我是深深地沉浸在他的哀音之中了。当然我清楚,这忧患并不单单属于个人。

那位把人喻为芦苇的论者可能讲得不全面。人的脆弱有时恰恰在于他会思想。精神危机随时都会产生。事业的挫折、时世的艰危,都可能无情地将这一根会思考的芦苇摧折。而人却不期望依靠外力、人只能倚赖自身的力量,渡过危机并拯救自己。

说到冰心先生的文章人格,自我童年开始即奉为楷模。历数十年而景仰之心不减。就在这个夜晓,当我的一片愁心倾向于黄仲则的诗境,冰心的霞光却又一次把我带进另一个世界。这位竭尽心力礼赞母亲和大海、始终以博大的爱温暖人们心灵的作家,此刻通过澹泊的笔墨揭示了由众多的云翳造成的落照的奇美。出以平淡的深蕴,竟以巨大的力量震动我的心灵。

早年的冰心,也曾不只一次写到霞光的美艳,但那时年青的她,更多的是寄托了青春的典雅和优美的情操。直到《寄小读者》四版自序,在燕京大学的朗润园,她的眼前再现的慰冰湖、沙穰山光水色映衬下的晨曦与晚照,已呈现出生命的壮美:

> 年来笔下销沉多了,然而我觉得抒写的情绪,总是不绝如缕,乙乙欲抽——记得一九二四年的初春,在沙穰青山的病榻上,背倚着楼栏痴望:正是山雨欲来的时候,湿风四起,风片中夹带着新草的浓香。黑云飞聚,压盖得楼前的层山

叠嶂,浮起了艳艳的绿光。天容如墨,而如墨的云隙中,万缕霞光,灿穿四射,影满大地!我那时神悚目夺,瞿然惊悦,我在预觉着这场风雨后芳馨浓郁的春光!

这一段文字不仅是对自然景物精湛的美文的描写,而且是生命信念的传达。较之前者,写于大约六十年后的《霞》,文字虽平淡了,但成熟的人生的彻悟却极动人。冰心无疑把早年的感受与晚近的思考作过比较,她对此作出了包蕴着人生的丰富体验的哲理的归纳。她讲的云彩更多,霞光才更美丽,特别是透过层云迸发而出的璀璨,以潜在的坚定显示力量:

生命中不是只有快乐,也不是只有痛苦,快乐和痛苦是相生相成,互相衬托的。

快乐是一抹微云,痛苦是压城的乌云,这不同的云彩,在你生命的天边重叠着,在"夕阳无限好"的时候,就给你造成一个美丽的黄昏。

更多的云彩造就了霞光的美丽,这就把人生的痛苦和磨难认作了自有之物。它以一个合理的成身构筑了整体的美,痛苦并非是突来的闯入者,它是与生俱来的存在。冰心确认,生命中不是只有快乐,也不是只有痛苦,只有认识到包蕴了痛苦在内、并能领略那层云重压之中透出云翳的"外露的霞光""璀璨多彩"之美的,人生方可称得上充实而幸福。一个人能如此,则不会因欢愉过多而忘了忧患,也不会面临巨痛而失去勇气。

人要是具有了这种不以痛苦为不可忍受、不以欢愉为恒远存在之信念,那么,人生便不再脆弱而有了超脱苦乐的真正领悟。我所从属的这一代人,中年的好时光是不知其所以地被剥夺了。及至我们振作于一番人生的事业,生命的黄昏陡然降临了。我们为年华的遽失而痛苦过。但要如冰心先生所写的,把它视为能够造出美丽的"够多的云翳",则痛苦亦将不存。

我们也在迎接黄昏——这是不可抗拒的。我们别无所求,亦不存永远的天宇澄明的奢想。祈愿的只是一个众多云翳造成的黄昏,好比那慰冰湖畔如墨的云隙之中迸射而出的万缕霞光所装扮的人生的壮丽晚照。那是忍负阵痛的生命的诞生,是超越表层苦乐的涅槃。

深愿这个黄昏是纯净的,不再为一己之荣辱,而是将渺小的生命投进于伟大的再生。即使面对深渊亦无怨。因为哲人告知我们:"落霞也许会使人留恋,惆怅。但人类的生命是永不止息的"。我相信冰心先生看到她窗前的晚霞时想到美国东海岸的慰冰湖,怀的正是此种心境。

散文这领域宽广而自由。有的散文以传神的笔墨再现丰富瑰奇的自然与世相,有的散文则以人生的积郁面体现人格力量。冰心的《霞》属于后者,它比冰心早年的那些绮丽之作更具有震慑心灵的力量。它可以把人导引到一个崇高的清明澄澈的世界中去。散文有写得华丽浓郁的,也有极清淡朴素的,如《霞》长不过五百字,却隽永而不作任何修饰,也是重要的一类。这类散文往往以作者丰富练达的哲学思考和坚实沉着的人情世态的体察显示力量。许多这样的短小的美文,已在文学史上获得了自己独特的品格,比相当多数的宏篇巨制显示出更坚韧的生命力,也许要直到永远。

移位中的寻求[*]

——评"百家军旅诗"兼论军旅诗的现状

仿佛是滨海的漂浮,我们耐心地迎接一个浪涌又一个浪涌。我们没有惊恐,然而我们困惑,我们不能不考虑我们的位置。我们的位置原先是确定的,整个诗坛的大变动造成了"移位"。在诗的大转移中,先锋性的理论和实践构成当前诗坛在整个文艺变革中的超前性质。在这样的情势下,军旅诗特殊的性质构成了与大潮流的某些不相适应。即使移位之后,也仍然显示出它的脱节状态。于是我们不得不重新审视并开始新的寻觅。

军旅诗的存在是久远的事实,只是原先采取了另外方式的表述。但不论名称如何变易,其内涵则大体相同,即指军内外人员创作的有关军人或军事的诗。这一支军队的历史几乎就是我们此刻称之为军旅诗的历史。在这之前,我们没有产生过如同现在这样的困惑感,因为我们从来都是在确定的范围和观念之中进行创造性的劳作。现今出现的情况不是由于我们的自身否定或被否定,而是我们在到达了一定的目标之后,我们不知道该向着何处,我们具有浓厚的漂浮感。

整个诗歌在近数年所产生的变化引人注目,但就其完整的过程而言,这还只是一次巨大的探索性实践。但这一次历时甚久的实验,业已对诗歌固有的秩序和结构产生了震撼性效果。军旅诗没有置身于这场运动之外,而且作为一支活跃的劲旅参

---

[*] 此文初刊1987年8月1日《解放军文艺》1987年8月号。据此编入。

与了变革的全过程。它以有影响的诗人的新成就对此作了特殊的贡献。正是在这样的大背景中,原有的为我们所熟知的观念与秩序产生大迁移,诸多新命题我们无以回避。

"百家军旅诗"不仅展示军旅诗的新成就,并以诗论的方式表述各自的关于军旅诗的观念。它提供了新鲜和生动的研讨当今军旅诗的丰富资料。我们将从这些事实中甚至是充满困惑的矛盾状态中,审视现状和历史,取得推动军队诗歌创作繁荣发展的有益启示。

题材的约定与展延

首先,我们面对的是一个前提性的题目,即军旅诗这一品种的先天的限制性条件。从早期国际诗歌的前驱者那里,我们得到"诗歌军事化"的最初概念,到一支新型军队的创立,活跃在行军途中和战壕里的从事于宣传鼓动的诗的性质的确定,铸造了军旅最早的诗魂。适应于特殊环境的需要,战争时期的军旅诗创造了枪杆诗以及主要是表达士兵生活的军事快板诗等诗体。在全国解放战争基本停息的情势下,有了通过边地风物着重表达士兵情怀的军事意境诗。这大体上构成了中国现代军旅诗史的概略。

在上述简约的历史复述中,有一个现象是不可回避的,即作为表现军事生活的诗,它与生俱来的题材约定,造成了诗歌空间的自我羁束。这种羁束在艺术思维得到空前扩展的今日造成了它的困窘。当别人获得了无拘的艺术创造天地的时候,军旅诗却始终只能在自行划定的领域中营造。它窥见外界天地的广阔,心向往而不能至。它的命运是决定了的:它只能以有限制的条件参与无限制的诗歌世界的角逐。

这诚然不公,但却难以改变。有识之士觉出了这种局限,他们力图冲出自我拘束扩展领地。"军队的诗人要超越战地和军营",这种见解表达了对于军旅诗空间延伸的愿望。所谓超越当然不意味着脱节。喻晓的《母亲望山》、《在车站的栅栏后面》留下了这种努力的痕迹,即不是从军人生活本身、而是从与军人相联系的人们的生活、情感状态,间接地把握军人精神。程童一的《蓝波涛中的孤岛》,写孤岛兵营中出现的"甜甜地笑着"的青年女性,诗句写"那个男人一定是世界上最精明的骗子",他居然能够诱惑如此动人的女子走向茫茫大海。他用的是委曲的笔墨,间接显示的也是那动人的一缕军魂。

军旅诗在题材范围的规定之中不安地冲撞。它要固守这种规定,"超越"出去,便失去了自身。但它又不甘于这种被规定。延伸和拓展是这种不安的解脱。这不应仅仅理解为表面的努力,而是一种实质性的推进。

现阶段的军旅诗要求包纳现实和历史的深刻思考以及对于社会生活的整体反映。这样,军旅诗的内涵就要求着巨大的充实。要是把军旅诗仅仅理解为对于军人生活的描写未免狭隘。诗人们承认打背包、擦炮筒是军旅诗的辖区,但并不承认是它最后的疆界。军旅诗的功能显然不能与士兵对于国家的职责等同。有人宣布,"军旅诗与军人的社会功能同步的时代已经过去",这显然指的是我们此刻描述的艺术"延伸"的意愿。

军旅生活中的一切,以及由此引伸的象征、隐喻、联想的一切,都不会与军旅诗无缘。现阶段军旅诗创作,一方面表现为仍然与实际的军旅生活保持紧密的联系,具体性依然是这类诗的基本特征;另一方面则表现为对于生活具体性的疏离,它更为重视精神气质上使自然氛围与军人心灵世界的谐调。后一类诗更多地借助不具实指性的象征写意,它旨在与外部世界建立松活的个性联系,其结果是在另一种层次赋予军旅诗以新质。王小未感到了大西北的风格与军人素质的投契,并把这种感受写进诗中。我们可以从他的《西部古长城遗迹》的诗句:

砺原如铁。热血浇成的硬壳上
始终只生长强烈的缅念,二千年液体的岁月
阳雀的弧线如丝如缕网不住燥烈的马嘶

从这些表面上似乎与现代军人生活无关的抒发中,不难觉察到一种深沉的历史感,浩然扑面而来的"一股精壮的脉气"。这正是戍守西北边陲的军人们感受到的西部自然界与他的心灵的共振。

这是一种特殊的诗种。特定的军队性质赋予了与这一军队密切相关的诗歌形态。这使军旅诗成为不可更易品质的诗的品种。但处于诗的大变动中,一切的诗都或显或隐地产生变化。这种全局变动中的局部不变,造成军旅诗发展的困阻。而对军旅诗进行现代意识和现代艺术的更新,则是前进的必要。

如前所述,军旅诗为了争取自身"不变的变"采取了若干有效的实践。但从根本上说,正如军人作为人是一种特殊职业的人一样,军旅诗完全可以在自己的舞池中旋转,展示它独特的舞姿。它可以变自己的局限为他人无法企及的独特性。例如就军人所处的位置而言,它拥有条件体验人对于生死的感受,以及由此建立起来的生命意识;又如以军人所进行的事业而言,它同样拥有条件表现人生的悲壮,等等。要是军旅诗能够摒弃那种以为单纯的状物写情是唯一的反映生活的方式的观念(这当然是一种合理的方式,但并非唯一的方式),则以军旅诗的独特形态,无疑可为诗歌领域的开拓提供一个有力的冲刺。

已有的一些实践已使人获知军旅诗的审美效应大体产生于特定的,即与军旅有关的范围之内。但它们仍然期待跨出这个门限。一位诗人的表述具有代表性,他认为军旅诗应当"尝试挣脱逻辑与方法的束缚,打破和谐与完整,强调瞬间情绪的感受与辐射,以简略的口语和怪诞的图像描写战争与心灵效应。"(蔡椿芳)这一席话体现了现阶段军旅诗艺术解放的渴望。这位作了如上表述的诗人写的《伤兵》,便体现了与传统表达方式异向的情趣:作为医院的军用列车在行进,整个列车的动感与人的视觉的动感融成一体;在场的人物和未曾出场的人物、他们和她们的心灵彼此沟通,也似乎是行进的。感官的感觉和心理的感觉混沌难分:

> 你就在血腥和来苏儿混和的味道里
> 讲故事……
>
> 一张张脸孔从输液瓶氧气管血浆袋后
> 朝你望 而你望着
> 窗外的
> 南方
> 凤尾竹菠萝刺灌木丛芭蕉林
> 一直在铁路旁断断续续
> 断断续续
>
> ……列车穿越一座很高的山时
> 你听见一条拐杖走过来坐在面前
> 黑色中 你感觉他的目光
> 很重地抵在你的鼻子两侧
>
> 白色

这首诗有情节,但情节已为这些兵士在战争中的深刻阅历所冲淡,突出的是那些士兵此时此刻的心理感觉。讲故事的"你"虽然是一位忘记自己的丧痛而把温情送给伤员的医护人员。她使他人忘却痛苦,而她自己却陷入痛苦。窗外那连绵不断的山峦和丛林,牵挂了她多少思念。她望着亚热带植物的"断断续续",并不是沉溺于客观的对自然景物的描绘,而是借视角印象的变幻,把内心凄楚的情绪外化。它们映衬出这位年轻的医务工作者复杂的心境。这样的诗不借助描写和抒情,而是通过感觉心理的结构,重新组合成一个含蓄的情绪世界。零乱出现的思绪和人物,以及隐约可见的人物之间的关系,你、他、你的他和他的她,同情心和道德化的思考,组成了一幅动人的画面,而它的基本手段是情绪和感觉的综合构筑。军旅诗性质的不可变与军旅诗手段的可变。像《伤兵》这样的实践是移位之中的新寻求,它所造成的延伸和拓展对军旅诗克服平面感不无济益。

富足的诗——雄健与温婉统一

要是说先前提及的"有关军人或军事的诗"是从外在因素对军旅诗加以规定,则百家军旅诗的倡导者提到的有关体现军威和军魂的以"铜琵铁板"抒写"阳刚之气"的提倡,则是对这一路诗的风格情调和精神气质方面内在质的揭示。首先是雄性的阳刚之美的审美推进。上述的题材范围的限定再加上特殊审美要求,它的好处是造成军旅诗特有的风情,但它无疑也给军旅诗的发展带来障翳。

当前诗歌发展总体的趋向是审美兴味走向多样和繁复。它不仅为多样选择的欣赏者提供"消费市场",而适应当前时代人的情绪意识的全方位开放,则是更具实质的转变。在这样的形势下,军旅诗独特的审美目标在诗的全面开放格局中的地位,它的表面单一化的情感风格的要求,与总的多样的欣赏趣味的不相适应,便显得十分突出。这是军旅诗发展途径不能不加以考虑的现实。

如前所述,军旅诗完全可以把自己由特殊诗歌品种决定的短处,变为他种诗歌无法达到的特优之处。就题材言,它可以在军旅有关的范围把诗的触角从过去的务实倾向转向象征、意识潜流和心理感受等方面,在这些方面军旅诗几乎到处都存在着可供垦殖的处女地。同样,在诗的审美目标上,我们也完全不必实行自我闭锁。

在兵营中,男性气质无疑是构成英雄主义的重要部分。所谓的阳刚之气,恐怕还是就诗的社会效果而言,不应理解为是对军旅诗风格的统一规范。从创作实践看,虽然军旅诗多充满浩浩雄风的佳作,但也并非绝无婉约风格的作品,特别是婉约温柔的一面并不与军人的气质相悖。相反,它亦可衬托出军人内心世界的丰富性。特别是人的情感世界趋向立体展示的现代社会,这种衬托就是十分必要的。

孙泱的《眼睛》便是由战士对母亲的一根柔肠组成的动人的诗:

> 妈妈信中说她越来越看不见了
> 　远处的云影看不见了
> 　云影下的大山看不见了
> 　牵着大山去边境的路看不见了
> 可她还是要去村口眺望　她说
> 那云影是我
> 那大山是我
> 那柔肠的小路会走回我

于是在出发前要写遗书的战士,便写下了只有一条要求的遗书:"战后请帮助我到小镇上挑一副眼镜,一副能让妈妈看山看路的'眼镜'。"军旅诗不是枯燥的僵硬的同义词。军旅诗的含义应当是:它从不拒绝以全人类所共有的丰富的情感来表现战士这种单纯与繁复、而且多半是表现为单纯的现实性存在。《有人敲门》(孙泱)写战士之妻:一个牺牲战士的妻子,她已得到一个电话,但她依然怀着惊悸谛听敲门的声音。她不愿开门但又不能不开。这也是一首以柔肠寸断的情写铁一般坚强的灵魂的诗篇。

军旅诗的男性性格并不为先天性风格单调提供必然性,相反,在单调的"男人风格"中溶进多种的情感色泽反会增加它的魅力。尚方在诗论中阐发了她对军旅诗男性美的新思考。她从女兵诗的角度这样阐明:"由女性衬托出男性的强力和伟岸,是更真实更具人情味的男性美。"说到女兵诗的审美价值,她的观点也有突出的价值:"似水柔情,恬静细腻的女性美和刚毅坚强,旷达无畏的军人美于一身的女兵",体现了军旅诗情动人的一面。

军旅诗不是排斥一切其他审美因素的纯粹男性诗,而是通过一切人类共有情感的丰富以衬托出军旅诗主人公独到的刚健和雄伟。它不应是贫乏,而应是丰富;不应是排斥,而应是吸收和渗透。阮晓星的《我们的女兵战友》写少女火辣辣地长大,她想象着真的有一座坟茔:"一定也会像我的白衣裳静静地美丽"。在她的观念中,军人的气质是多血质的,"他们拥有更高层次的激情、渴望、温爱、悲怨、冷静",而女兵"是男兵的一半,是一半的男兵"。刚中之柔与柔中之刚,把军人风情体现得极为明丽。军旅诗中的粗放的男子汉的质,不仅体现在男人身上,而且体现在女人身上。但军中的那些硬汉子又都是懂得温热和挚爱、理解痛苦和悲哀的多情男子。

平凡而特殊——人的丰富性

在以往的观念和表现中,军人作为特殊的人是受到注意的,但他们作为普通的人却往往受到忽视。军人在诗中往往与超凡的英雄成了同一物,而军人的平民本性却成了禁区。在军旅诗的发展中,如何处理军人职业作为国家的工具与军人作为普通人的存在,对二者加以调谐是重要的命题。

当前诗中的人性普遍受到关注,它必然会给军旅诗带来新的冲激。军旅诗如何接受这样的冲激,并校正自己在这一冲激中的"移位",这使军旅诗面临困惑。这种困惑最突出地体现在意识到的作为军人的特殊使命与未曾意识到的军人对于普通人性的"渴望"的交会点上。严格的军事纪律对于军人的约束,以及随着开放社会生活中人的自由度的增加,军旅诗如何固守自己的"堤坝"而又不违背军队使命的适当的顺应潮流,这已给现阶段军旅带来苦恼。

人的觉醒的时代,使许多诗人都意识到军人作为人的素质。他们不愿看到这种一般性的素质被特殊性所淹没。新的价值观确认人的独立自尊以及确认人所拥有的一切权利,而军人的职责却在于无畏的牺牲和奉献。军人的天职要求人自觉放弃他的权利,当这种放弃成为必要的时候,因而军人的人的自觉很大程度表现为对人性和个性的自觉抑制。

能够成为军旅诗的优秀的作品,往往是能够体现出这种人的自觉的欲求的丰富性以及能够自觉地产生抑制能力的坚韧性的作品。在这个临界点上它能够表现出作出抉择的巨大痛苦以及由此产生巨大的充实。

诗人们宣告,他们不愿把军人的沉重和悲壮淡化为轻飘飘的浪漫情趣,而这种倾向在以往曾经长期不受怀疑。他们特别告诫人们"不要忽视痛苦",他们确认军人性格的特征不是简单的理想的抒发或宣誓决心,而体现为一种展现大背景、大色彩、大层次的质。"我们首先是极普通的一群,我们肩负的都极不普通,军旅诗应该有这种普通中的不普通。"(陈知柏:《海是我的圣坛》)他们充分注意到士兵作为人的全部生动性。

许多人都理解,军人的青春之所以辉煌,是由于这种内心和外界的双重艰辛冲撞而成。军人作为负有特殊使命的人,他们具有人的丰富的一切:喜悦、痛苦、思念、失落和愤懑,特别是激越的报国之志和时刻准备的悲壮的献身,构成了独特的兵的繁杂的世界。但这一较平常人更为复杂的心灵世界,却被包裹在极为单调的"躯壳"之中。这种为单调的外壳包裹着的由极"单调"和极丰富,极"刻板"和极复杂的矛盾交错状态,若被约束则可能表现虚假和掩饰,若能突围而出,则可造成大诗歌。刘毅然的《远山》,梁梁的《没有墓碑的士兵》《远山沉寂》,都是这类诗歌有成效的实验。

在军旅诗所具有的局限中,这种基本由男人组成、由铁的军纪规范、又是随时准备以生命捍卫公众利益的军队生活的单一性质,构成了对文学和诗自身、以及读者欣赏要求的丰富性和多样性的反差。但是军旅诗却完全有条件和可能变自己的特有的劣势为特有的优势。

军人自觉的抑止和克制往往使人性的力量得到反弹的强大的暴发。由于特殊的约束力,它可以造出通常文学艺术达不到的惊慑心魄的审美效果。在简宁关于"太阳太阳太阳"(《倾听阳光》)的灼热呼喊中,我们听到一个代表人类发言的士兵抗议核战争的心音。简宁通过综合的结构方式把士兵对于人类生存的情感和思考做了完好的化合。他呈现的是作为现代人的士兵所拥有的整体的复杂心绪:

  那面对一只空洞的杯子
   浑身痉挛嘤嘤哀泣的妇人
        是谁
  那扶住坍塌的栅栏
   噙着泪珠仰望凄清的星光的少女
        是谁
  作为战士我怀念……

  (一个风雪凄迷的夜晚,一个乡村茅舍。
  一群孩子和吸着旱烟的老人。
  一座砖头搭起的炉膛。

一炉火炭闪耀着温暖柔和的光芒。)

是哪一声雷震翻了他们的屋顶？
是哪一阵风旋起他们的眼睛
在门外惊惶地朝这处张望？

哭泣的妇人和噙着泪光的少女可能是远在异国的不相识者,但战士的怀念中显然有他对自己拥有的生活的加入:风雪夜晚的茅舍、孩子和老人、火苗跳动的炉灶……他通过特殊的结构方式,把事实和情感、现在和历史、不同的时间和空间,都充填于士兵那"单调"的外壳之中,它包裹的是一颗丰富的充满了痛苦和挚爱的心。这就是简宁所认为的"既是感动的过程又是征服的过程,背景渗透在活动和存在里"。抑制和自觉的拘束创造的美感,有时比自由的放纵更具魅力。能够把握这个"度"的,往往能够创造出惊人的艺术。

凡人所具有的,军人也都具有。军人不仅是平凡的人,而且也是特殊的人。他们的特殊,往往体现为对平常人所具有的情感和思想的自觉的克制。为达到服从整体需要的目标,军人以及军人的家属大都有这种"特异功能"。它往往能够创造特殊的美感。喻晓的组诗《在远离战场的地方》致力于对维系着军人和他的土地亲属之间的情感活动。这些诗把人的情感的丰富性以及它的自觉导引表现得相当完整。特别是《在车站的栅栏后面》:为了迎接上前线的军列,她整整走了五天,终于来到车站。列车即将来到,她不愿留给他以感伤流泪的脸,而悄悄地躲到车站的栅栏后面。最动人的情感在于隐藏自己的痛苦,而把遗憾留给自己——

女人能创造人间的至美
也能承受最重的苦难。

> 列车隆隆过去了,
> 车站的栅栏后面,
> 一行热泪潸然而下,
> 和亲人沉重地道着再见!

隔绝了军人和妻子的"栅栏",看似单调和无情,但这隔绝却包孕了最丰富最复杂的人情和对人情的克制。军旅诗由过去单向情感抒发发展到今天,它能够通过一个简单的场面辐射出人类最富足的情感世界,它有效地克服单调造成的情感枯窘,因走向内心而体现出繁富的立体世界。

悲壮:多元审美世界的一角

军旅诗的审美情调有自己的规定性,所谓的铜琵铁板唱阳刚之气大体符合军旅诗的气质特点。这一特点受到深层原因的制约。军旅生活的严肃紧张是先天的。军人职业在于慷慨地献身。本质上它摒弃那种软绵绵轻飘飘的情致。它的事业与艰危中的奋斗和争取相联系。关键时刻忘我的牺牲,平常时刻奉献个人的可能和机会而恪守军人的职责。

军旅诗也有利于在严酷的现实中考察人的本体。由于它总是濒临死亡,因而对生命的存在特别敏感。在和平时期它把享受和欢乐的团聚留给了他人而心甘情愿地茹苦含辛,作为军人,他的内心的空缺总难填补,因而在整体的欢乐情绪笼罩中,军人自有他的内心的深深的缺憾。当战争来临,军人的天职把死亡的机会看做了必然的拥有。因而在军人的人生哲学中,自然地包含了悲壮的基本因素。

像梁粱在《没有墓碑的士兵》传达的旷古的悲怆,"你真的盖一张死亡通知书睡在他乡了吗"的质询;"母亲妻子女儿在大白天一齐找不到太阳"的惊叹,都保留着军旅诗特有的悲凉。明知这种死亡将带来巨悲,却不准备躲避这种不幸的选择。这种对于苦难的坚定的攫取,造出了一种特殊的美感。这美感与轻松、欢快绝缘。它把铅一般重的情感化成了诗学上空的美虹。

基于特殊的生命体验而取得的对于生命价值的判断,军旅诗人无疑拥有他们的优长。他们时刻意识到为使命所指引的道路,"注定了你的灵魂将是沉重的。你将永远沉重地追求那个永远都站在前方的新鲜而神秘的世界,你将为它付出昂贵的代价"(马合省)。军旅诗人都会自然地把诗看做沉重的事业,而不具有一般意义上的甜蜜感。他们使汗渍和血污具有了神圣感。丛林和泥沼中的移行,每一步都伴随着痛苦,但每一步都绽放着光辉。疼痛的感觉谁都会有,但谁都没有士兵的体验深刻。在战场上,疼痛是一种权利,而阵亡的士兵,这种权利却永恒地失去。这里是马合省笔下的《疼痛》,这种痛感不仅是肉体的,而是心灵的。军旅诗人拥有特权,他们会把这种痛苦挖掘到心灵深处——

> 伤口里流尽鲜红的血
> 苍白,便升起在
> 远方母亲的脸上
> 把儿子的生命省略的痛苦
> 全部揣进她自己的怀里
> 借晚年风烛
> 慢慢地燃烧

当生活在和平而开放的环境中的人们为色彩、音响和香气所陶醉,当他们尽情地享受生之欢乐的时候,军外的诗人写下了许多轻松欢愉的诗句,悲苦和血迹远远地离开了青春曼妙的缪斯,而死亡之神选择军旅诗为它的栖止地。于是在这特殊领域里,诗歌悲哀的旋风便挟带着刚烈之气造就了迷人的铜琶铁板的声音。生命体验的独特性,写出了那一片静穆中的永恒的悲凉感。

> 他野兽般灵敏的鼻子
> 不再翕动不再能嗅出风雨
> 嗅出生和死亡的气息
> 额头上一条火红色的蛇
> 在轻轻蜿蜒蠕动
> 缱绻于野草丛似的黑发里
> 绿色的太阳温存地刺激着大地
> 使所有的山峰都骚动起来
> 他却一动不动地
> 瞳仁里放大着一片纯净的蓝天
> ——刘毅然《天葬》

不仅是直接表现战地的死亡,而且把这种肃穆悲壮的精神氛围作为一种品质,赋予了当今的军旅诗。这种品质在周涛的诗中极为突出。他的诗超过了一般以题材定诗的框架,他写过许多直接表现军旅生活诗,但他对军旅诗的贡献都主要不在直接表现上。周涛把英雄士兵的气质赋予他所能及的一切,以题材和主题的是否切近来评定他的诗只能造成误解。他使无所不在的军魂再生于一切草虫树木。《鹰之击》的搏斗中,我们听到战神的怒吼。同样,在他关于山河以及关于公路村镇的吟唱中,我们看到一颗剧烈跳动的士兵的心外化为自然,并使自然界体现人的品格。像周涛《树的西北野战军》这些吟唱植物的诗,已经摆脱了一般的描摹和一般的寄兴,而是战斗着的士兵和战死了的英烈在我们面前的呼喊,奔驰:急行军的白杨,固守壕堑的沙枣,最让人惊心动魄的还是胡杨的死亡:

> 胡杨的兵团仍然没有投降

> 它们保持着树的尊严
> 直至全军枯死
> 也沉默着站立
> 尽管枝叶再不能向春天答话
> 千年的老胡杨
> 如老将军在狂风中轰然断裂
> 只剩半截也立着
> 立一块苍黑的墓碑
> ——周涛《胡杨墓地》

军旅诗作为按照题材范围划分诗的品种,它是一种受现阶段特殊的要求而制约的存在。这性质不可改变。它只能在这种约束与限制之中依据自身的特点作出独特的贡献。限制未必都是短处,百家军旅诗的实践已经对这种限制作了新的解释。这正如戴着镣铐,不仅未必不能跳舞,有时反而表演出绝技一样,许多杂技演出都旨在谋求以最大的限制而追求最大的创造和自由。

环境先天地赋予军旅诗以局限,使他只能有条件参加现阶段多种多样的诗歌竞技。以有限的条件而囊括冠军当然难以做到。但每一个诗的品种都会有力地促使多样世界的实现。限制造成了反限制的无限制的创造力。艺术家的创造灵感往往产生于困惑。山穷水尽未必就是道路断绝,绝处求生那才是真正的柳暗花明。一条笔直的路可能产生最大的灵感扼制。在多样而多变的现代诗的冲激中,军旅诗的漂浮感有可能促发极大的生机。军旅百家诗实践是初步的,但冥渺之中它似乎对未来做了昭告。

1987年5月1日于深圳麒麟山

我们期待的秩序[*]

——阅《巴山文艺〈启明星〉诗卷》有感

在这场引人注目的中国新诗的变革运动中,四川是最具活力的地区之一。这里不断涌出的新诗探索者,在有影响的刊物和爱护并热心培养诗歌新生代的前辈诗人、编辑的扶植下,业已作出令人欣喜也令人惊愕的成绩。从四川发出的那些诗歌信息,始终为关心中国新诗繁荣发展的人们,提供令人感兴趣的话题。当然,我们也听到一些不经心的,多少带点随意性的宣言和行动,也了解到一些并不一致的见解和实践。但这里所生发的可以视之为主要现象的一切——严肃的、认真的、创造性的——却带给我们以持久的刺激和兴奋。

中国新诗期待的正是这样的令人兴奋的刺激。因为它受艺术统一化模式的羁束过久,这使它从五四新诗那里遗传下来的创造力钝化乃至萎缩。既然我们的社会正以艰苦的奋斗争取加入现代世界的行列,那么,诗和一切艺术就没有任何理由受到幽闭或自我幽闭。当然,反顾来路,瞻望前程,我们的悲凉极为深切。然而,我们别无选择。

《巴山文艺》辟《启明星》诗卷为刊中刊,其阵容之博大、观念之尖新、编辑之精进,均留给人以深刻印象。展卷凝思,中国诗运需要的正是《启明星》编者这般的专注、执着与韧性。新诗潮兴起迄今,毁誉交加者凡十余年。我们在痛苦的经历中确认了

---

[*] 此文初刊1987年6月《巴山文艺》1987年第3期。据此编入。

最具价值的不务虚言的实干精神。既曰探索,便理所当然地包含了对于失败的宽容以及对于成功的不求全。这是我们以痛苦的代价换取的对于合理秩序的认知。

要是肯定了这样的作为前提的观念,那么,对于《启明星》诗卷中具体诗作的评判,便失去了重要性。重要的是对于这样一种不合"常规"的秩序的肯定,并以坚韧的努力坚持这种肯定。

置身于文化冲撞的困惑[*]

在中国,谁也不会对传统文化的持久魅力和顽强生命产生怀疑。但对它的警觉性和不信任感,历来却只属于清醒的知识界。当世界进入以工业革命为主要内容的近代文明,域外的生机造成中国人对于自身的长久窒息的刺激。于是有了对于陌生的西方文化的关注与对于东方文化的反思。

中国新文学运动是作为五四新文化运动一个先行的部分而参与了一场深刻的文化变革,而新诗的出现及其取得的战绩,却为新文学运动奠定了伟大的基业。人们都知道,中国旧文学中,诗是发展得最充分、成就也最辉煌的一个品种。中国古代的两大诗歌现象——《诗经》和《楚辞》,往往被视为中国文学两大源流的象征;在中国,以诗的某一种属的兴盛——例如"汉魏乐府"、"唐诗"、"宋词"、"元曲",来概括一个时代文学的作法,似乎已是定例。在中国传统的文学体式中,诗的形式之臻于完备所体现出的绝对的成熟,造成了中国文学的骄傲同时也使它成为不可超越的规范。

新文学革命的先驱们从提倡白话文入手,立志于以白话新诗代替文言旧诗,便是以这一规范为目标的挑战。反抗的激烈是不难想见的。历时久远的精进切磋所造成的艺术的极致,自然不能容忍白话新诗对于章程规矩的逾越与弃置。伴随着新诗

---

[*] 此文为《中国新诗萃》序一,人民文学出版社1988年10月出版;初刊1988年5月27日《文学自由谈》1988年第3期,后收《谢冕论诗歌》江西高校出版社2002年4月出版。据《文学自由谈》编入。

设想的提出以及实践试验全过程的,是无休止无穷尽的责难。传统的神圣感,造成了几乎所有的人公开的和隐蔽的、有形的和无形的对于诗的变革的警惕和抗拒。

要是从另一方面来考察,即从新诗革命的实行者和同情者的方面看,他们遇到的来自自身的阻力,恐怕亦不亚于新诗的反对者。在五四新诗运动中,胡适无疑是最值得注意的一位先驱。胡适的初期创作大抵都是于旧影响与旧氛围中挣扎苦斗的产物。足以窒息一切新创造的习性无所不在。胡适的"尝试"过程,就是从"很接近旧诗的变到很自由的新诗的过程"。几乎每迈进一步都是一番艰难的旧影响的排除挣脱以及自我否定的过程。

人们不难发现,已成定势的艺术习惯是一种极其强大的存在。它是一种逆向引力,会拖着一切前进的意愿往回走。一切先行者作为义无反顾的猛士,他们的创造性实践大体上也经历了由旧诗、词曲的变相到纯粹白话新诗的过程。

初期文学革命的注意中心,是寻求传达方式的现代更新。钱玄同讲"为除旧布新计,非把旧文学的腔套全数删除不可。"(《尝试集·序》)胡适也认为:"形式上的束缚,使精神不能自由发展,使良好的内容不能充分表现,若想有一种新内容和新精神,不能不先打破那些束缚精神的枷锁镣铐。"(《谈新诗》)新诗革命的第一个目标是"诗体大解放"。

从旧形式的革除到新形式的建立,新诗向着现代社会和现代人们意识更大贴近,它的表现人的复杂情感和对于社会生活及自然界的体察,使诗获得了更为宏阔的生命。从周作人《小河》为新诗获得独立价值的出现,到郭沫若的女神的再生,不论是闻一多的整饬、徐志摩的洒脱,都体现了借着外来的启悟而与旧诗词的疏离。这种疏离被艾青、田间的创作推向一个新的境界。

梁实秋在《新诗的格调及其他》中,把中国新诗和外国诗的关系论述得很坦率:"我一向以为新文学运动的最大成因,便是外国文学的影响:新诗,实际就是中文写的外国诗","现在新诗的全部趋势是渐渐地趋于艺术的讲究了,而所谓诗的艺术当然是以外国的为模仿对象"。这些论断以偏激为其特色,但它所指出的中国新诗运动与外来的关系,却有着基本事实的根据。

中国诗陷入了前进中巨大的困境。中国已意识到必须改造自己——包括扬弃那些不适应的传统——以适应加入现代世界的需要。就诗而言,它已意识到必须告别以文言和旧格律、旧程式造成的旧诗,创立完全不同于此的新诗,用以表达新的生活方式和追求。但它又始终不能摆脱传统的力量的制约。中国新诗每向前一步都要应付逆向的拉力,这就使它的努力受到抵消。

中国一方面意识到必须把诗写成完全不同于旧诗的"不像诗"的诗——唯有如此,才能体现出它对因袭力量的反抗以及创立新秩序的革命性,一方面,它又拥有对于历史的负疚感,即它无时不有一个辉煌诗史的鲜明对照物。这一对照物如同一面不忠实的镜子,照出的是镜内外截然对立的状态。新诗时刻都受到"无言谴责"的威胁:过去的极完美与今日的"不完美"造出了严重的心理落差。于是一辈又一辈的中国诗人,总在"今昔对比"的不满现状的前提下,发奋要创造出"像样"的诗体来——这种动机的背后,便是旧诗潜在威胁的心理因索的驱策。

新诗创立后短时间完成的如同刘半农所说的"一挤挤成了三代以上的古人"的更新,这个快速更迭的过程,也始终伴随着自我谴责和对于现状的不满。很早的时候,周作人就批评那时的诗"晶莹透澈得太厉害了,没有一点儿朦胧,因此也似乎少了一种余音与回味"(《扬鞭集·序》);新月派诗人的兴起,也包含着对于自由诗过于散漫而欲加以格律匡正的意向。四十年代初期在群众化和民族化口号下的新格律的提倡,五十年代以后几乎没有中断的半格律诗体和新民歌体的提倡,到最后明确地把新诗的发展放置在民歌和古典诗歌的基础之上,这一切都说明历史因循力量的健旺。

　　中国诗的变革,一开始便用了全盘否定式的"爆破",它决心置旧诗于死地。但在爆破的同时,即令最革命的先行者也感到了难以摆脱的痛苦。他们引进外物以对抗原先的理所当然的"正统占据"。但旧诗因素基于当然主人的身份,却使自己成了自觉的卫道的"白血球"。激烈的抗争没完没了。从带着旧形式的味道来做新诗,到最具异端性质的以"不是诗"的方式来重新创造,伴随这一完整过程的是传统因袭的巨大"隐形人"。它无时不在。在适当的时刻,它便显形施加直接影响给新诗的变革。

　　中国诗的传统之深厚以及它的辉煌为人所共知。这个传统的合理因素有待于发扬而为新诗发展养料的必要性不容置疑。但二十世纪以来诗歌发展的事实表明,传统成为因循而构成对于发展和前进的危害并没有成为过去,在新诗通往世界的进程中,种种变形的艺术保守主义总在制造障碍。

　　两种因素——一种是强大的固有的传统因素,一种是富有生气的自觉引进的外来因素,始终呈现为不相溶的杂陈状态。它使所有的中国新诗难以造出新质,要么倾向于过去,要么倾向于现在。对于中国诗歌而言,它有着不同血型构成的异体排斥反应。不见尽头的"格格不入",造成了新诗明显的病态。

　　与此同时,新诗又承受着两种推动力的制约而被不同向的力的掣动。一种力量是原本存在的自然而然地向着辉煌传统认同,一种力量则是背逆这个传统的向着外物的抛杀。最令人揪心的是固有的诗的地心所发出的引力,它成为一种"抗体"制造诗歌的"自动免疫"状态(这种状态不仅仅属于诗人,也属于理论批评家,以及欣赏者),藉以保持传统诗观及诗质的不受"侵染",从而有效地抗拒外物。这种永难消失的"保护主义",造成了中国诗歌走向世界的无尽的困扰。

　　又一个世纪的钟声将要敲响。中国人面对此际,具有特别浓重的忧患感。我们究竟能在多大程度上谐调这般的两种文化、两种观念的冲撞？我们在这种冲撞之中能够成为胜利者吗？目前，意识到除了进行现代更新的中国人已不属少数的先知，但中国依然经受着无尽的旧梦的折磨。中国人悲哀是双重的。诗不过是万千事实中的一个事实而已。

一个彻底的否定预示了一个勇敢的超越。获得了超越之后，却发觉事实上未能或未曾进行这种否定。中国目前仍然如同往昔，革新者尽管革新，保守者尽管保守，人们各自从不同的角度都能够得到行动合理性的证实。"五四"以后的几代人已经做出了他们可能做的一切，留给我们的当然不仅是惶惑。在这里，任何人想要有所作为，他无疑必须具备双重的品格：以峻锐的目光审视过去而体现不妥协的叛逆性，以从容和理解的心境处理历史积淀而体现宽宏的包容性。

在中国新诗的创造中，当年那些先驱者的激烈和勇决，至今尚让人气壮。在保守传统与更新传统、在发扬民族特性与拥有全球目光、在有异于全盘否定的批判性扬弃与历史的合理承继，这一切，均期待我们更为智慧的抉择与调节。

中国新诗进入本世纪八十年代以后发生的巨变，它提供的"五四"自由创造精神恢复的事实令人欣慰。无疑，它把中国诗与世界诗联系的程度作了更大的推进。与内在的民族思考的加强呈同步状态的，是外在的民族形式框架的弱化。这一事实激起了一部分人的忧虑和不安。于是提出严责者有之，发为惊叹者有之，这造成新诗巨大进步之中的巨大的惶惑。我们至今仍不能摆脱那个"历史巨影"的掣肘与威慑，这个巨影始终具有催眠的魔力。当中国在一个世纪末重新举步，当中国决心告别旧世纪并迎接新世纪，醒了的中国再一次驱遣诗歌充当它的前锋。这一事实鼓舞了我们。历史期待于我们的显然不是徬徨与踟蹰，而是把勇敢和机智结合在一起的自由创造精神的弘扬。

巨变不产生眩惑[*]

——《诗人丛书》第五辑读后

一个不平常的宣告

整个诗坛鼓涌着浪潮。它慷慨地把这十片叶子推到了我们面前。它的善意是明显的——任何一个人想在一段时间里了解这十年全部浪涌所产生的诗歌奇观,都将面临无以跨越的困厄。十片叶子提供的是一个缩影。它与诗歌总体结构对比,仅仅只是一件"微雕"。但通过它,我们无疑将获得一个浩阔的全景观。

变动的时代在它所触及的一切上留下了刻痕。如今我们审视这十片叶子,它的造型,它的色泽,它的叶脉,无处不留下生命搏斗的悲凉和壮丽。我们知道它们曾经飘零。一路的风声雨声伴随着它们,但它们未曾枯萎。它们以各自的方式传达着关于世界、关于人生的独特感觉和普泛的祈求。民族艰危中醒者之勇猛,对于邪恶和不公的悲愤的抗争,灵魂蒙难后静对自身的忏悔与省悟,情侣般多情,哲人般深邃,瀚海荒漠的顽健生命力,江南女子的温婉娟好。的确,世上没有两棵树是相同的,树上也没有两片叶子是相同的。但我们毕竟曾经制造过一个高度同一的诗歌模式的"奇迹"。因而,《诗人丛书》第五辑作为这个"奇迹"已经消失的证实,带给我们的是一种满足和欢喜。十片各不相同的平常叶子,它共同地宣告了一个不平常的诗时代。

---

[*] 此文初刊1987年8月10日《诗刊》1987年8月号。据此编入。

许多人都感到了这个诗时代的到来。岑桑谦称是对诗"不敢问津"而"自外于诗"的人（当然事实并非如此），他无条件地为近年诗坛的"杂乱无章"而兴奋："久违了的中国诗坛，正经历着一场巨变。那因充斥着腐植质而显得呆滞、平庸和了无生趣的诗的天湖，忽然涌进了滔滔不绝的清新活水，它动了，波光潋艳的湖面蒸腾着不绝如缕的灵秀之气。"（《眼睛和橄榄》后记）不能不感佩这种坦荡的胸怀，痛切的经历使人醒悟。眼前发生的一切，仿佛是千年的等待。刘征从人们海滨品石的各执一说中，发现人们审美价值的各具异趣，由此推及艺术："艺术如果失掉自由的、多样的发展，就失掉了生命。"（《花神和雨神》后记）

诗坛应当欣慰，因为它有着不乏宏阔视野的年长诗人，他们不仅以自己创作的加入，更以热情的赞助，终于促成了变革中的稳定势态。

社会人生的聚焦点

其实他们各自都有执著的艺术信念。岑桑把美好的祝福和同情赠给不同肤色的人们。清新的诗句依然寄托着对强暴和非正义的谴责。从二十年代到八十年代，他以不竭的热情把丘比特的箭向着那颗理想的太阳抛射。在岑桑的诗句里随处可见的是不动摇的对生活的信念，即使是面对海明威笔下那位一连八十四天捕不到鱼、最后拖回一具"鱼脊骨"的孤独的桑地亚哥老人，仍然赠给他以未来的希望——总筹谋着磨利一片旧福特汽车的引擎叶子制作一支打死大鱼的好矛。

有异于岑桑的直接表达对世界和人类的信心与理想，刘征把他美好的情感世界埋藏在丑陋物象的背后。我们从他那些诙谐的轻松中，不难觉察刘征面对邪恶的愤激的沉重。但他熟稔的讽刺笔法，使人们不觉间作了情绪的转换；来不及表达的愤激化作了幽默之笑的快感。他是一位天才的情感导演，他让人们把强烈的憎恶导向有趣,变痛苦为欢愉。蚊虫、跳蚤、石马和风筝,它们无耻的夸夸其谈以及你死我活的纠缠纷争,展现的是一幅丑陋的众生相。一匹未经伯乐推荐而擅自挤上起跑线,获得了第一名而却引起了大争议的千里马,它的"答辩"充满了惊世的效果:"没有资格的马却夺得第一,夺得第一却又遭到可怕的责难"。另一首也是关于伯乐的诗:一日酒醉的伯乐在驴子的脸上写上"千里马"三字。这驴子"糊里糊涂"闯进了骡马大会。行家们见驴子竟然冒充千里马,未免怒气冲冲,但"看到驴脸上的字,手却停在了空中"。接着是连篇累牍的阿谀谄媚,讽刺的机锋借妙语连珠而发——

> 品评这么好的马真是一种享受,
> 看来陈旧的相马经已经不够完善,
> 这耳朵长一点、耷拉着,透着潇洒,
> 尾巴短才利索,何必那样松松散散!

我们忘了这是动物世界的漫画,而恍若置身人类社会看那些精彩的表演。

刘征的审美理想是独特的。他把对社会人生的关切当作了始终一贯的目标,但通往这个目标却选择了特殊的道路。他甘愿在寂寞的领域,以讽刺性的叙事情节曲折传达人生的理想。也许是人生不美满之处太多,伤心易于断肠,他于是采取了这种微笑着说故事的方式。迂回的表达让人们在笑声中减耗心灵的重负,这也许是成熟的人生对于现实的一种成熟的态度。

面对当今诗坛的发展,一些有成就的诗人持一种宽容宏阔的视点。这显然不是以放弃自身的追求为代价。岑桑依然在他的国际题材诗中寄托着对人类今天的关注以及未来的理想;刘征也依照珍惜自己从海滨拣来的"非珠非玉"的石子。坚定地实践着他的"花刺同株"、"庄谐兼作"的艺术主张。诗歌业已站到了一个新的起跑线上，人们各自服膺着自以为是的艺术信念而不论他人的态度。也许需要的是一种并容互重和理解的精神。从一条以彼此相似乃至相同为目标而取消了各自个性的窄胡同走出，人们发现了一个开满各色各样的花的原野。在这里，彼此仿效已失去价值，大家似乎都承认各自创造的神圣权力。

在焦躁与奔实中认同

把诗歌作为言志载道的手段，特别是用诗针砭时弊、以期有补于世道人心潮流，在当前依然有着巨大的影响。收入本丛书的作者中，把诗歌的创作自觉地服从于现实目的作者依然居多。前述岑桑、刘征的创作体现了有距离的介入，它的好处是冷静从容而不致由于热情的驱遣而疏于对现实状况的体察。尽管如此，那些由激情所点燃的对于现实生活的干预，似乎更易于唤起读者的热情。叶文福收在《天鹅之死》集中的每一首诗，几乎都是一股又一股沸泉在奔突。那种由现实积重而迸发的焦躁乃至愤怒，一再牵动着同时感到这种积重的读者之心。叶文福的诗之具有魅力，除了他对社会生活的积习的剖析而发的激愤，不所忽视的是他灼热的浪漫激情。火无时无刻不烧灼着他，他也无时无刻不喷射着火。读他的诗时有被烧灼的感觉。

《天鹅之死》动人之处是诗人的矛盾，对天鹅一击的罪恶的枪打在了诗人的心上：昨日的创口未愈合，如今又从背后打来一枪。诗人痛苦呼唤天鹅赶快飞离此地：

> 到天鹅湖去，去拨动那宁静的黄昏
> 那里有忠贞不渝的王子
> 即使恶汉也比这里的勇士文明得多

但立即，他又反对了自己，并确认"这注定了是一个值得眷恋的土地"。当他认为应当飞走的时候，他受到现实的驱使；当他认为不能飞走的时候,他受情感的召唤。中国当代知识者的两难境地在叶文福诗中表现得极为动人。我们事实上都生活在这种既诅咒又苦恋的矛盾之中。历史并不公平,不少如他这样的苦恋者,得到的往往是悲剧性的命运。这种命运有的是出自悲壮的追求(《飞瀑》:"我知道你为什么舍身而下,你是想用生命填塞这山谷的不平"),有的是出自环境的无情(《悼骆驼草》:"因为晓得你的耐旱,总也不给你浇水——你死了,终于死了,是自己的长处害死的")。

江河早期的诗作与叶文福诗同属"参与型",即他们都把诗的灵感紧紧系于社会的命运。江河诗集开始于《纪念碑》,那是他感到了公民使命并把这种公民情绪发挥得最充分的时刻。他的作品如《纪念碑》、《葬礼》、《遗嘱》都是特殊的历史焦点政治激情的发散。但他明显地排除了传统浪漫主义那种"自我表现"的方式,而是把个人的因素溶入大背景,使诗中之"我"含有更大的概括意义。他重视普遍的公民情感的提炼与升华。在早期的作品中,他无意于渲染纯粹属于个人的情感和情绪,诗中的我几乎就是民族醒者的集体化身。从这点看,他的诗与叶文福诗在追求实际的社会功效上,目标是一致的。诗中的苦难是"大"苦难,即属于全民的苦难,愿望亦如此。

从《从这里开始》——

> 我攥着一块块粘土,揉着,捏着
> 仿佛炊烟似的雾霭抱着我的孩子
> 抚摸着孩子的头一样圆满的罐子
> 为了清澈的水流进嘴唇
> 清澈得好像一罐蓝色的生活
> 我勾画出河流似的美丽的花纹
> 于是,乌黑的头发开始飘动

他与叶文福开始了分叉的前进。江河从无特指意义的公民整体意识而延伸到民族历史文化的领域。攥着粘土而在陶罐上勾画流水纹的我,是一个民族始母的形象。从英雄史诗到文化史诗,当江河往前走的时候,叶文福依然把双脚紧紧地站在他所爱的创造苦难并给他苦难的土地上——

> 我长久地等着
> 颤栗着冰冻的疲惫
> 我站成了一座山
> ——《哥德巴赫猜想译》

并且用他那饱含情感的声音诅咒着邪恶,继续寻找光明。

浩瀚的情感空间

在以往,人们会根据前述那些诗人有成效的工作认定唯有如此才体现诗歌的价值。但事实上诗的社会功效并不全然体现在它对社会生活重大内容的表述上。大量的同样有意义的诗受到冷落,其原因就在它的"意义"不"重大"。如今我们学会理解、尊重并确认各不相同的价值观念。通过张烨诗集《诗人之恋》,我们看到一个微妙且丰富的青年女性的情感世界。它没有叶文福那样飞蛾扑火的悲壮,也没有江河那般恢宏的思索,它只是一曲带着轻愁淡恨的温柔水,涓涓流过心灵的田野。它依然有它不可替代的价值。

像张烨这类诗,能够把复杂而隐秘的心绪表达得十分动情。《背影》里"永远别转身"的惊呼让人心动。在她的诗中很少见到直接的社会生活的描写(当然她的情感表现受到社会生活的约定)。并非直接的对照,而是一种投射。《车过甜爱路》具有鲜明的象征意味:她听到呼唤她的名字,那声音在追赶,但——

> 车过甜爱路

> 没有停下,我一声也不响
> 心中的天空还在下雨

这让人想到错过的机会和遗憾的失落。心灵的悲哀也许并不"重大",但却可以是风暴的震撼。

诗歌世界如今变大了,既可容纳叶文福的雷电,也可容纳张烨的微雨轻风。我们已经学会尊重猛士在大风沙中的悲歌慷慨,我们还要学会尊重多情女子花前月下的浅唱轻歌,不是所有的人都必须喜爱粗放或是都必须喜爱柔婉,事实上就多数人而言,他们与生俱来的嗜好多样而憎厌单调。诗歌世界的确已变得异常多彩,不同年龄、不同艺术口味的读者,如今面对的是多种选择的精神消费。

张烨创造的是青年女孩的情感世界,蔡其矫《醉石》表现的却是意识到并把握了黄昏景色的男性的情感世界。在众多呈现艺术晚景的作品中,"以宝石般光焰燃烧,以激越的和弦迎接晚霞"的诗集《醉石》,其中《秋浦歌》、《横江词》等系列作品,具有相当明显的诗人心灵自传的性质。蔡其矫是一位自觉地以个性特征呈现这一瑰丽的黄昏景色的诗人,这是《秋浦歌》:

> 创伤之后孤寂荒凉
> 沉默就太委屈自己
> 哲人转向无我的沉思
> 凝视的闪亮瞬间
> 在自然中印染自己的色彩

他借李白的壮游自况,主要是他们为现代诗人对李白当年环境氛围的加入和溶解。这种"举止绝对自由"的浪游所见良多,但他显然并不重视材料的堆积,更不采取习见的以景象嵌接思想的做法,而是化入的沉淀。我们在这里看到的不是张烨那种对于青春不觉失去的叹惋,而是成熟人生对于忧患的体验和超越。

人对于自然的态度,过去总是为了思想的攫取,在蔡其矫这里,则是生命自身的目的。正如他所说,由于黄昏临近,更肯定生命的把握能力。对照社会生活的关切,蔡其矫似乎更注重自然,他对人生的思考,借置身自然表现出来,因此,较之那些社会性观念较强的诗人,他显得超脱而不胶着。他既热爱自然也不忘怀社会,我们在他寄情山水之中觉察出不忘人世的痛苦。《花溪无花》这首诗的命题便有苦闷和失望;《神农架问答》中他为"清一色当做标准"的精神贫乏痛苦,沉默三月不语的诗人终于说了一句摧肝裂胆的痛极之言:"沉默使我痛苦　想不到欣赏美也是殊死战斗。"这是由于不美的风景过多。

从这些描述中可以看到,蔡其矫实际是站在自然与社会之间体察人世艰难和忧患。他有他的"中间色":在山水诗中保留社会诗的素质,把对于社会的思考不留痕迹地溶入山水诗中。另一方面,在传统与变革中,他充当了既是传统的承继又是传统的叛逆的特殊角色。他认识到"与人步伐一致代价惨痛仿佛走向万人冢"(《秋浦歌》)。他对传统的惰性怀有警惕,但又无意充当抛弃传统的激进者——

> 不向传统帖然就范
> 也不转身退出
> 在两者之间自立境界

追求:自立境界的自由

在这个自由变得是人人可以争取的艺术世界里,像蔡其矫这样明确宣布"自立境界"的,已非罕见的现象。我们从蔡其矫在自然界感到的痛苦中,感到他依然关切着现实社会和人生,不过是他采取了非直接的方式。他的更直接的表达即是因美的失落而产生的怅惘。这在另一些诗人那里,却是对现实生活作更大的筛选和沉淀,而表现出对具体和实在的"不关心"。

像章德益这样的诗人,无疑把目光投向了更为深层的人生。他通过西部特有的风情描绘,让我们感受到的并不是纯粹的自然景象,而是倾诉人生和社会生活的郁结。他展现的《黄土》,浑厚、肃穆、具有沉重感,足可令一切圣者垂思、一切智者彻悟。诗人心中的河流乃是由泪和汗水,乃至血滴所积荡,他写的是"躺卧着的民族"(《西部河流》)。还有西部高原,也是西部精神与社会现实思考的契合:血火的酝酿,匍匐的反思、痛苦的动荡,也不是自然界的本来样子。而是现实人生在他心中的悸动。

章德益把看到的一切都作了改造。他力图在他所能及的奇伟苍茫的西部景观中,综合并沉淀人生、社会、历史的思索。西部诗人大体上都有这种溶激越的情怀于人世悲凉的本领,他们特别擅长于呈示艰危中的顽强生命力。章德益的《黑色戈壁石》把这种情怀写得极为惊人:一枚枚小小的雷电遗骸,那是古海的化石泪、黑色血,那是远古的黑色寿斑,那是沧海遗言;焦化的星星、服丧的石头。一连串惊心动魄的奇喻,直到"凝重而苍老"的"一粒粒黑色的叹息"坠地,简直是无以复加的沉重和悲怆。

章德益的诗,总在最沉重的物象中蕴蓄最沉重的思想。他的诗就是一声声沉重的、同时又是亘古无声的叹息和呼喊,是一枚枚"黑色戈壁石"。它也富浪漫情调,但却是凝重如山、旷远如海的悲慨苍茫。对比之下,蔡其矫的诗篇却是一枚枚癫狂放达的"醉石"。那是也潜藏着痛苦悲愤,但却依然潇洒如同醉酒中把月亮当作了太阳。

贾平凹的诗与他的小说目标相同。他的诗之所以让人愉悦,在于他没有一般诗人那样刻意"做"诗。他写诗多少有点随心所欲,在毫无拘束中融进他的人生经验与感慨。要是说章德益的诗总是让人吃惊,则贾平凹的诗总是让人"不惊"。也就在这种"不惊"中,我们获得了惊人的艺术收效:历史及人生的忧患,曲折传达的命运的抗争和它的哲理。《我的眼睛有了特异功能》并不单把视点投在实际的社会现象上,而是以豁达的目光看众生世相。这双眼睛看见一切不健康和不正常,而"一切"反把它看成了不健康和不正常,结果是所有的人都喊着要挖掉他的眼睛。这双眼睛的"罪恶"便是它居然看见那不健康的一切。

贾平凹确是超脱多了,他把诗写成了具有普泛兴味而不是特指意蕴的艺术。《一个老女人的故事》为这位做小说的诗人赢得声誉。她年轻时节因为美丽而不幸,她因活得太久而成了"死者的墓碑":她记得活着的人和死去的人,她生在阳间却似活在阴间;她默默地冻死路上,"成了一个雪堆"——她死后人们从刨她种的花根到刨她的坟土,她最后变成村里每一个人的"墓碑"。贾平凹的兴趣显然不在说故事,而是借故事写人生,写中国社会的漫长、古老而愚钝。他也传达出寻根的悲凉,他和章德益殊途同归。

向着生命深处探寻

唯有了解诗在近年发生的全面变化,我们方不至仓惶难安。必须拥有开阔的胸襟,我们才有可能接近并理解这片开阔的原野。情况委实变得非常纷杂,但也并非难以描述。不论诗如何变幻,大体可归结为密与疏、浓与淡的分离。一些诗人紧紧拥抱现实并诅咒现实的阴影;一些诗人紧紧把握历史并探询人生的奥秘。前者体现为浓密:一片炽热之心关注着民众的忧乐、社会的兴衰;后者体现为疏淡:他们更乐于对人生之谜做哲学层次的玄思。二者都不乏自行确定的目标:前者重诗的现实作用,后者重诗的恒久意蕴。

有了上述粗略的分析,我们在诗的千变万化面前便不会茫然。我们对前一类诗的价值,由于历史的累积,可以毫无困难地作出判断;而对另一类诗,则因审美趣味的因袭和怠惰,需付出代价方得以确认。屠岸的作品属于后者,他一直倾注热情于严格的十四行,他立志要把诗写得精致完美,他注重技巧的切磋。例如《密云》:"密云水库的上空布满了密云"便细腻动人;接着又写阳光的撕裂、迸射,并在湖湾"随意抛几颗玲珑的碧螺"。屠岸不很重视"重大"意义的素材,他只在他感兴趣的人工的和非人工的景物上,寻找自己隽永灵智的表现:因黄刺梅寂无人晓的开放、因金银花的异色同样而感慨人间缺憾以及身处钢铁噪音洪流、呼吸浓重阴影的纽约街头的银杏,为它的"逆境求生的性格"而生发的人生感奋等等。

诗歌的创造无处不在。刘征的"花刺同株"是讽刺诗内容的创新;贾平凹《一个老女人的故事》是叙事体诗形式的创新。屠岸《写于安科雷奇机场》以短促迅速的节律构成动感,严格限制中的自由流韵所造成的巨大概括力,无疑对这一"引进"的诗体作了切近实际的大发挥。在格律诗处于低潮的当今,屠岸勇敢的坚持也是自由的象征。

与屠岸久负盛名不同,吴钧陶对于中国诗界是一个相当陌生的名字。他同样是一位致力于"别一种"开掘的诗人。据自述,他曾因诗获祸,起因则是《悼亡婴》等二三首诗的发表。《悼亡婴》惊愕"结束于刚开始"、来不及悲伤却只教人默想的生命的昙花的神秘,它表述对大千世界的迷惘:"碧空是这样渺远,生命是这样无常"。这样平和的诗,当年却被认为是"发自背后的冷枪声"。其实是发出冷枪的人把枪声说成来自他人。整肃冷酷而蛮横的生活早早地"火化"了吴钧陶的一缕诗魂。

这是一位很早就敏感到并开拓了诗的生命意识的诗人。他的淹没也是为了这个当时不被容忍的"异端"性质。他把生命的欢乐、人生的忧患、以及理应有的生存状态的祈愿,当作他诗歌追求的目标。吴钧陶生平坎坷,中学时代即患重症而幸免于难,五十年代的政治旋风终于把他击倒。孤寂自处使他时发冥思。逆境中的密落使思想的蝴蝶翩舞,凝聚而为聪颖、智慧的珠玉:他看见黑暗是天空的颜色、光明是星星的颜色,天空久远而星星死亡,但星星再生并重新创造光明。他的哲思闪出了智者之光——

> 黑暗是永恒的
> 光明也是永恒的

吴钧陶以平常语言表达深沉的人生思考。他不吝于博爱之心疗治他人的心灵病痛。《诊断书》体现一种通脱的人生态度:"梦想和失望喜欢结伴而行,不要埋怨命运待人不公平。多少人间疾患教良医束手、情感的挫折又何必认真"。诗人忧患至深而意志益健,他祈愿所有的生命充满幸福:"我们在自己的哭声里诞生,又在别人的哭声里死去。生命的两端浸透了泪水,难道还应当在中端添加不幸;生命相传一代复一代,愿后来者自重并互爱。摇篮到墓地距离不远,要创造幸福而非悲哀"。

生命的信念产生的坚定执著与潜在的危机感,构成吴钧陶诗的情感复杂性。我们今日谈他那些充满哲理和人生彻悟的诗句,倾诉他困顿无助中的"敲门声",唤起的是潜深而普泛的人生忧患:

> 听我说,听我说。
> 门外的风雨凄凉,
> 广大的天地间,
> 我没有安身的地方
>
> 为什么,为什么,
> 不能让我歇一歇重担,
> 喝一口苦茶,在炉火旁,

暖过我心灵的冻伤。

自由是争取和创造而非赐予。自由属于心灵。诗人唯有置身于充分和谐的氛围中,才可能充分发挥他的心智。《诗人丛书》第五辑由于主持者对前一阶段诗歌运动的整体把握,鲜明体现了中国新诗当前已臻的境界。诗歌的巨变不给人带来眩惑感。它贡献的不仅是艺术精品的荟萃,更突出了创造主体的心灵解放。尽管诗人的运命总是多艰,但人们不必为挫折伤悲。诗人不必祈望他人,诗人必须自救,以强顽的创造抗击不幸:

  人如果自卑
  天上黑暗就无比猖狂
  历史不给怯弱者以同情
  诗就是一种私下反抗
    ——蔡其矫:《横江词》

激流中的思考※
——读刘湛秋诗

一种人为世界和生命唱着美丽的歌,他们的诗有浓郁的抒情色彩;一种人则以不平静的语调为正义和真理呼唤,他们的特点是追踪时代步履的严峻思辨。有的人才思敏捷宽广,他们同时写着这一类和那一类的诗。而把上述二者揉在一起组合地体现的诗人,则为数甚少。六十年代开始创作的刘湛秋最近把他的一本诗集题名为《抒情与思考》(同时出版的另一本诗集是《生命的欢乐》),鲜明地体现了此种新的艺术追求。

刘湛秋有一支优美的文笔,他还是提倡并实践散文诗的热心人。他天生快乐,对生活满怀热爱之心,他总是投给他所能及的一切以愉悦的生机。他的最初一本散文诗集《写在早春的信笺上》,写的是"彩色的生活"中"绿色的梦",是"捧出一杯杯浓酒"的江南和长篇"赤红赤红的高粱"的"美丽的北方"。他的这些优美轻松的文字,是受到他坚持的信念之驱使的,他的信念是:"我们来到世界,决不是为了愁苦,因此我们喜欢春天,喜欢爱情……愿我把心中最初的欢乐,在早春的信笺上留下美好的文字。"在刘湛秋诗的调色板上,他的底色正是这种飘着早春情调的淡淡的绿。就其对生活的态度而言,刘湛秋的本质是优美的抒情诗人。这位诗人总是盯着生活的娟好曼妙,他的诗境是一贯的澄澈宁静。要这样的诗人写出奔突疾呼的诗章并不容

※ 此文初刊《黄河诗报》1987年第8期。据此编入。

易。但生活却以无形的巨手试图创造奇迹——在新时代降临的时候,思辨的特色开始悄悄地侵入这位诗人一贯的抒情性诗风。

那是一面微笑的《窗口》,但却闪现了昨天的"冰冷棍棒"的影子,接着是诗人陷入了沉思:人应该活得美好,不应该是愁眉苦脸和战战兢兢的;那是《霓虹灯下》重获的欢欣,在那里,诗人几乎来不及如同往日那样抒写自己的愉悦,便升起一缕严峻的思绪:夜晚不应沉闷,大街不应灰暗,如果"连那点光的花颜色都怕,还在侈谈人类的美好,只剩下虚脱的汗湿透了布袜!"这些受到思想解放时代最初启示的诗,尽管它对生活真谛的开掘还失之浮表,但却传出了他的创作的最新信息:他寻求在活泼的抒情中渗透出思考的力度。

刘湛秋诗的宁静气氛业已失去,如今,一股活跃的水流正冲激着原先稳固的堤岸。这可以说是时代的激流,也可说是心灵的波动。《抒情与思考》的第一首诗须是《活跃起来吧,我的思想》,他视思想为"生命的翅膀","假如思想停止了,活着还有什么意义,世界,会变得冷冰冰。"严冬过去之后,他听见最初的《春的召唤》,他把这概括为锈了的链条的重新启动。在一片早春的绮丽之中,他特意不和谐地写了"穿着厚厚的棉衣","用口罩捂紧嘴唇","固执在一堆概念里绕来绕去"的"套中人"一类人物。他的抒情诗"会成"出了奇妙的感情晶体,表达的是一种受到时代感应的激流的律动:

> 日月星辰在转,时针在动
> 是时候了,该冲破概念组成的墙
> 勇猛地走进现实的森林

这种"动"的观念具有鲜明的时代感。一个相当长的停滞乃至后退的社会生活的结束,不能不给敏感的诗人原有的艺术世界以冲激。刘湛秋新时期的创作,几乎到处都或隐或现地运行着此种跃动的思绪。他感兴趣的是"波浪"这样的诗题。从中唤起的也是激动不宁的情绪:虽然已被它"摆得疲倦",但却欣喜地发现了"生命的存在"——"沉浮被冲刷和珠贝的新生"。即使不是《波浪》一类动感很强的题目如《老人和鸟》,也笼罩着这种生命的流动的气氛:几声鸟鸣带来了广阔的山野,或苦或甜的青春的记忆,以及明天世界的绿色的觉醒。整个的是一种动的观念,这种观念和出于重大变革的社会生活构成了和谐。当我们读到:"一切都企求运动,像运动那样舒通筋络;一切都害怕堵塞,像城堡那样把土地分割",听到的是当前生活的脉搏跳动的音响,这是他在向着整个生活发言。

诗情已经冲出了窄狭的山谷,它们流向了生活的大海。刘湛秋自己也得到了这种潜在的变化,他在回顾自己二十余年的创作历程时认为:"真正写出够得上叫做诗的,怕也是这几年的事",他们认为差别在于:过去"并没有真正用自己的眼睛观察,也没有真正独立地思考。"他觉得他因这一场新的思想解放运动而"重新诞生":"我的诗的触角和我的思索一起开始伸向时代和生活"。(《抒情与思考·后记》)他在不只一首诗中抒写这种获得对于生活的思考的喜悦,他特别珍惜用自己的眼睛和大脑观察思考凝成的"自己的声音"。他告诫自己"千万不要丢失自己的声音",他认为这是自我存在的"坚实有力的表示"。(《用自己的声音》)他以"温柔的姑娘"、"智慧的长者",以及能给"生活中的种种丑恶"以"一记耳光"的"彪形大汉"这三种素质的组合,来概括《我的缪斯》。可以认为,以优美的抒情笔触,包容着严肃的思考和对生活的光明和阴影的率直的呼喊,他轻松和庄严,婉转和刚劲,把不同色调的情愫加以糅和,从而创造新美。这是诗人近期形成的坚定的追求,《抒情与思考》这一书名所体现的。正是这样的追求:抒情性的思考,思考以抒情的方式进行。

刘湛秋在通往这一追求目的的路上,显示了他的艺术优势,他擅长风格优美的抒情诗,他又是一个在生活激流中不倦于思索的人,他的抒情诗创造的是一种空濛柔婉的情趣,但又因严峻的思考而隐约地透出刚健。他能够把这样不同的两种情绪加以神妙地"溶合"。如《我认识的那个大副》,写的是女大副的英姿,但又自然地渗出了女性的柔美:"她摘下帽子走到船舷,水墨画上露出一枚红杏"。这种优秀的抒情气质,即使在他的叙事诗《启明星的歌》和《最后的谢幕》、特别是《最后的谢幕》中,也有鲜明突出的体现。他能够把情节驱赶到最后的地域,而突出地渲染主人公内在情绪的波动,而贯之以严肃的对于生活的思考。当然,在刘湛秋某些写得较早的作品中,抒情因思考而萎缩,思考又为抒情所牵制而难以深入的缺陷是存在的。但他的执着于追求,却使他获得了较显明的成功。

诗人依然呼吁着自己流动的诗情。他写《自由流动的小河》,他也写《解冻》。《解冻》似乎是对着自己的心灵祝祷:"流吧,像本来面目那样流吧 微小的流动也超出僵硬的伟大"。反对凝固和停滞,站在生活的激流中歌唱行动和变革,一颗美丽的诗心跟随着生活的前进与梗阻而苦苦思索。刘湛秋最近对诗发表了自己的见解:"在不少诗中,我们感觉不到那种富有现代色彩的旋律,感觉不到那种推动改革的思想和情绪的流动,使人感到经济改革和诗以及诗的评论有些'隔'"(《对最近诗歌创作与评论的一点浅见》)。这说明他的思考是一贯地渴求着与生活同步。

步入中年的刘湛秋因写作的勤奋而面临着收获的秋季,但他的"欢乐的生命"却因他一贯的对生活充满欢乐和希望而属于春天——他的勤于和苦于思考使他的生命焕发着青春的欢乐感。这样,他的创作的确出现了如同他的诗篇《五月楼》所描绘的那样迷人的境界:

　　白色的花,金黄的果都缀枝头

两个季节在一棵树上交辉争艳
　　让人间把春和秋同时享受

春的欢乐和秋的成熟都让人艳羡,而同时拥有二者的诗人无疑获得了稀有的幸运。

跨越时空的魅力[*]
——读李商隐《夜雨寄北》之后

> 君问归期未有期,
> 巴山夜雨涨秋池。
> 何当共剪西窗烛,
> 却话巴山夜雨时。

此刻整个淹没在淅沥雨声之中的巴山秋夜,这特定的场景,这特有的情趣,原也易于诱发与牵动旅人的乡思与离情。许多诗人都写过这样的诗篇,也许不是这个山,这个乡间的夜晚,但他们都能够把秋天与怀念结合得精美熨贴而唤起普遍的共鸣。

李商隐的《夜雨寄北》无疑是一首独特的诗,尽管它的内涵在此类诗中并无异趣,但它的确以其艺术的独创性避免了重复。艺术创造的规律在于每个创造者当他面对被重复了千百次的同一物象同一题材时,他想到的却是开天辟地般的第一次创造。艺术的克服困难的普遍性,在于克服蹈袭前人窠臼的避免重复。在诗歌创造中,彼此重复或自我重复往往危及诗的生命。而历代的诗人几乎都在前仆后继地与自觉的或不自觉的艺术惰性进行殊死的战斗。能够在这场战斗中成为胜利者的,往往便是杰

---

[*] 此文初刊 1987 年 9 月《古典文学知识》1987 年第 5 期,收《流向远方的水》。据《古典文学知识》编入。

出艺术品的创造者。

一个秋夜,一个有雨的秋夜,在这个夜里想起久离的亲人和朋友。许多人被这种情景所迷醉,他们为之动情。他们以为自己将有杰作产生,他们却不知正在此际,他们已堕入"蛛网",而这正是千百年来诗人和艺术家共有的"厄运"。我们现在看到李商隐在这个"蛛网"中的"挣扎"。他作为艺术上充分独立的诗人,他有充分的才情可以不为那无情的蛛丝缠死而创造一个崭新的艺术世界。

需要强调的是,无数有才能的诗人和艺术家都在用自己的毕生心力证明一个真理,哪怕只有寥寥数十个字的作品,它总是不重复的、独创的和自立的艺术世界。不如此,它将被浩如烟海的艺术次品所淹没而无法流传。如今,轮到我们来辨析这首四行二十八个字的精品的价值了——

> 君问归期未有期,巴山夜雨涨秋池。何当共剪西窗烛,却话巴山夜雨时!

在这里,讨论这首诗是一般的"寄北"还是特定意义的"寄内",意义并不重大。尽管《万首唐人绝句》用了《夜雨寄内》的题目,但有人考证此诗为作者充任梓州刺史、东川节度使柳仲郢幕府时作,时妻文氏已卒,故"寄内"未能成立。但是,这首诗中深重的别愁以及不能如期的归聚的遗憾,却因其传达出永恒的思念超出了具体的范围而具有普遍性的价值:不仅于当时、而且时距千年之遥而仍在生发着艺术感染力。

《夜雨寄北》起于亲友的思念,这种思念发而为对于归期的盼询。诗人对此种真挚的问询一方面作了不肯定的回答("未有期"),一方面又作了未来的肯定的许诺("共剪"和"却话")——他把亲友冀盼的相聚留给了未来,他以浓重人情温暖使友人在整个不确定的气氛中寻求心灵的慰藉。正是这不能如愿中包孕的思念,和对于这种遗憾的心灵补偿,赋予期待以普遍的永恒魅力。

"君问归期未有期",一个突兀而起的问与答。回答以它的不能确定而给人以失望。这种惆怅因后一句"巴山夜雨涨秋池"而具象化:这一个秋天的夜晚,整个巴山都在下雨,雨水的绵密以至于使池塘水满。没完没了的雨声打着山间的草木和水里的浮萍,也敲动了离人的心弦,秋雨所带来的寒漠与凄清,更为浓重地渲染了愁思与离情,何况还有不能确定的归期!

这首七绝的前半首,第一句以抽象的方式点出对亲人的询问的回答:归期的未卜。它自然地蕴含了无尽的惆怅。但形象地发出这惆怅的,却是第二句——巴山、秋夜、春雨、池塘水满……这两首诗以此时、此地、此景、此情点出了现在时间和空间里的物象人情。李商隐没有重复许多优秀诗作写离情别绪往往停留在单一时空内的做法,他不光写归期之不可断定而愁绪之无法补偿,而是寻求某种补偿。他的办法是超越现在的时空、使之向着未来拓展。

李商隐在别的诗人易于满足之处体现着他不满足的追求。他借"何当共剪西窗烛"把现在的时间推移到未来,把眼前的实景推移到想象境界:何时能与你共剪烛花于愁窗之下,共话如今这种巴山夜雨之中两地的深深思念?那时,把如今这万般愁苦都化为了回首往事的欢乐。

要是囿于即景生情的传统写法,他也许至多只能宣泄眼前的思念。现在,他把现在时空和未来时空作了沟通,他的艺术天地无形中得到拓展。他把未可预期的将来加以假想地实现。从此时此地此景此情出发,使之与彼时彼地彼景彼情完成了一个跨时空的浑整的意境创造,以绝句的有限框架寄蓄了无限的内涵。

"何当……却话"的寄想看似平易,实则奇崛。它把"巴山夜雨"的场景一下子搬向想象中的未来时间。那时出现的是北方某地窗前的亲切秉烛夜话,在灯花的跳动中,出现了那已成为过去的、如今夜雨之中孤单身影愁苦思念的影像,如同电影的"切入"——在未来的画面中切入了如今的现实,即对于未来而言此日已为过去的物境人情。佛家的三世相:过去、现在、未来在这里奇妙地实现了融合!

不仅是现在而且还有将来,不仅仅是眼前已实现情景还有未来尚待验证的情景的契合:从今天想象明天,又从明天想象今天——各个不同的时空得到自由往返的交通。已有的无定会聚的惆怅,与假定性的异日异地的回味今日今地,以至于把伤怀与苦况当作付之一笑的欢乐。其间所体现出来的通脱的人生哲理,这的确倚仗于诗人对于时空观念的创造性把握。不能如期与未可预期的会聚,及其想象中的补偿,使时间得到了广延,空间得到了拓展,人的情感的存在也得到了扩大和充实。因此,这首诗中充填的不仅仅是别离的伤怀以及相聚的未可预期,而是增添了期待、憧憬甚至是想象未来回味此时苦况所产生的乐趣。

一首通共只有二十八字的诗中,用字都是经过周密"计划"予以妥切安排的。每一个字都尽量避免重见。但在这首诗中,"巴山夜雨"四字却原封不动地赫然出现了两次:"巴山夜雨涨秋池"、"却话巴山夜雨时"。此种"挥霍"无疑有深意在。它首先是在强调同是巴山夜雨背后两个完全有异的时空:一个是现在的夜雨,一个是将来回味如今的夜雨;一个是此时真实的巴山,一个是想象中的将来幻象中的此时的巴山。这两个完全不同的时空,其内涵又是完全相通的:一个是他日的回溯,一个是今日的广延,推衍与回环之间传达出人生飘忽无定的况味。不仅今日与他日通,而且苦与甘也通,今日的苦可以化为他日之甘,他日充满深情的回思却是今日的辗转反侧的痛苦所酿造。

"巴山夜雨"四字的重现,体现着一首诗中两个构成部分的维系。不仅说明二者的异(此时、彼时、此时的秋夜雨,彼时的西窗烛),尽管均有"巴山夜雨",一个是实有的,一个却是想象的;而且强调了异中之同——在不同的时间和空间,在想象中的未来,巴山夜雨的情景当然是消失了,但它却成为一种存在唤起人们旧日的情怀。只是旧日的思念之苦情淡化了,变成了纯粹的回忆。

空间的跨越[*]
——诗歌运动十年(1976—1986)

一

那是又一个长夜的尽头。在著名的天安门广场,中国人用诗宣告了一个新时代的微明。长久的动乱,空前的灾难,中国人显得迫不及待,他们理所当然地遵从了圣人的古训,再一次选择诗来充当改造和重建生活秩序的武器:用诗诅咒浓重的黑夜,也用诗传达对于合理生活的向往。

中国从一九七六年开始的新的诗歌运动,迄今已满十年。与当代中国传统的诗歌相比,在最初一个阶段里,它首先获得的价值与其说是诗学的,不如说是社会学的。中国诗歌在一段不算短的时间里,以扭曲的"颂歌"为基本形式充填了虚妄的内容,一方面强调服务于人民的性质,却又公开排斥与人民真实的忧乐结缘;一方面崇奉它对于社会实际的功效,但却沦为离开社会实际愈来愈远的低质宣传品。这种事与愿违的现实,造成了诗在当代某一时期的停滞和倒退。在中国,使诗丧失名誉的是政治的迷狂,予诗以新生的是政治的振兴。一系列历史的社会的因素造成了一九七六年中国政治生活的戏剧性转机,而诗歌至少提前半年预报了中国后来发生的那场政治变动。人们都承认,那一年清明时节的"天安门诗歌运动",为十月的胜利奠定了

---

[*] 此文初刊 1987 年 10 月 25 日《文艺理论研究》1987 年第 5 期。据此编入。

十分宝贵而必要的基础。接着是相对清明的政治氛围反过来保证了思想的解放与艺术的自由。这才使中国诗人有可能在长期的幽闭之后重新开启灵感的闸门。

归来的诗人艾青以宏阔的历史视野审视了那座惊心动魄的《古罗马的大斗技场》(1979),在那里,历史、现实和心灵的影像叠印在一起——

> 如今,古罗马的大斗技场
> 已成了历史的遗物,像战后的废墟
> 沉浸在落日的余晖里,像碉堡
> 不得不引起我疑问和沉思……
> ……
> 时间太久了
> 连大理石也要哭泣;
> 时间太久了
> 连凯旋门也要低头;
> 奴隶社会最残忍的一幕已经过去
> 不义的杀戮已消失在历史的烟雾里
> 但它却在人类的良心上留下可耻的记忆

归来之后是反思,反思寄托了诗人的真情。中国许多诗人都和艾青一样无不庆幸那"时间太久"的"最残忍的一幕已经过去"。

尽管多变的中国现实,有时会给人以假相,但从那时开始,这些恢复了良知的诗人,都把真实的心灵声音的表达,贡献于与迷漫一时的欺瞒与虚假的诗歌观念的斗争。他们宁肯把盐撒向中国巨大的伤口,而不愿再为中国的贫困和愚昧镀金。他们把这种争取叫作"说真话"和"诗的诚实"。

诗人白桦在一个美丽黄昏听到贝多芬的声音所获得的幸福感,便建立在一个噩梦般事实的基础之上:即我们曾经有过的丧失理智而用口号和"语录"种田、炼钢的那种时刻。一段时间内我们所肯定的诗的进步,在于诗不再与我们"无关",而与我们的"实际"相契合。全体诗人一起庆贺的中国诗的"复活节",它的基本内容是诗重新恢复其实际功能,诗对于表现社会的进步和抒写民众情怀变得重新"有用"起来。而中国结束动乱之后的诗歌复兴,它的真正含意就其基本趋向而言,则是驱逐了"假大空"之后的传统诗歌方式的恢复。

在此期间,一批有影响的诗歌创作大概不外乎以下两种:直接用诗描写社会和政治变化带来的新的气象,追忆苦难和黑夜的消逝,展示春天或是秋天的"如期归来";更为普遍的则是以比喻或象征的方式,描写现有的和曾经有过的中国普通人的生活境遇。艾青的"鱼化石"和蔡其矫等不少诗人都写过的"珍珠",都试图通过生命的突然凝固或柔软体内侵入"粗硬妨碍物"的"贝的创伤",间接再现个人的和民族的伤痛。这一阶段的诗的发展,实际上是对传统诗的扭曲的矫正,也即摒除变态的杂质而恢复其原先的传统。诗歌依然惯性地滑行在旧日的轨道上,它只是排除或恢复了一些什么,而并未增加什么。因此,中国是在人们都欣然接受的平和氛围中,迎接了诗神的再生。

毋庸讳言,中国人那段时间体现在诗中的思考尚是比较表面的。人们诅咒黑暗,却把黑暗仅仅归结为几个人的制造。他们以为随着那几个人消失于政治舞台,中国当即又会充满光明。因此,虽然那些欢呼春天和胜利的诗篇不乏对于暴虐的谴责与控诉,更多的却依然是对于传统社会理想的不假思索的呼应。过去长期的与世隔绝,与极端的政治自戕,使人们普遍怀想人民共和国初期在战争废墟上建立起来的秩序。对于红色"伊甸园"的恋旧情致,以及民族传统心理中对于古老文明与文化的自我满足的陶醉,使恢复了生命的诗歌未能与狭隘的"颂歌"传统,以及建立在肯定前提之上的欢乐意识有所区别。大家都乐于首肯当时诗歌已经作出的努力,因为它无悖于传统。

二

中国诗歌的失去平静是由于一批陌生的诗人的涌现。这批年轻的诗人怀有和他们父兄一样的失落感。青春和机会的丧失,使他们的声音充满着迷惘与感伤。不论是微笑着说"风偷去了我们的桨"(顾城),还是痛苦地呼唤"中国,我的钥匙丢了"(梁小斌),都是追寻意愿的表达。因为丢失钥匙而使幸福蒙尘深锁,因为桨遭风劫而失去了岸的停泊。

可以说,中国诗歌每一个哪怕是微小的进步的取得,都无可避免地要冲决数倍于它的阻力。固定的诗歌观念的障碍已是巨大的阴影,而万千读者与评家的艺术欣赏惰性,更造成了无形而强大的抗力。因之,中国文学和诗的发展始终都处于拔河绳子两端的那种境地:可怕的落后和封闭启示着觉醒的人们把绳子朝一边拉,而传统诗观和欣赏惯性则把绳子拉向另一方向。每一方都觉得自己是在前进,而每一方实际上都前进不了。惯性造成近视与偏见,它使相当多的读者不能接受写实和直接抒情之外的其他种种艺术方式。人们不明白梁小斌要找的"钥匙"究竟是什么,人们甚至也不能容忍这种寻找的"痛苦"。因为传统的艺术准则认为诗应当是明白好懂的,而且应是昂扬乐观的。

艺术的挑战从那时开始就以断然的和不驯的方式进行着。人们继发现"钥匙""船桨"的失落之后,进而发现了一个更为可怕的事实即"自我"的失落。劫后归来,人们不但发现了"故园"的荒芜,而且也发现了"故园"主人的消匿。归来的诗人流沙河发现"这站在窗外的我不是我了"。他重返北京文学讲习所旧居时居然向一位陌生的女孩寻找忘了姓名的"瘦瘦高高"的25岁的年轻人。这种南柯一梦似的荒诞恰好是现实的证明。中国更年轻的一代诗人把"自我"的追寻当作诗歌"新大陆"的发现。在

时间的流水线中,连星星都感到了疲倦,当一切都失去线条和色彩的刺激时,唯独"自我"麻木。女诗人舒婷为之惊悚:

> 我唯独不能感觉到
> 我自己的存在
> 仿佛丛树与星群
> 或者由于习惯
> 或者由于悲哀
> 对本身已成的定局
> 再没有力量关怀。
>
> ——《流水线》1980

不仅是这首《流水线》,还有她的《自画像》,这些原本是自然而然的声音都变成了惊世骇俗的雷鸣。

尽管这一切在世界诗歌史甚至中国诗歌史上都已经是并不新鲜的事实,但中国的古老足以把一切古老变成新鲜。正如在某一时刻它可以把最守旧的正统当做最摩登的事物一样,久远的经营令我们把任何从群体意识中游离而出的抒情主体都看做是一种不革命的倒退。五十年代后期一位很著名的诗人因为在诗中突出了"我"而受到指责。这位诗人不得不公开申明他的那个"我""实在不是真的我"。

"新诗潮"开始的"自我"追寻并没有同传统浪漫派的"自我"意识相脱离。在北岛和江河早期的诗中,尽管他们确认这是一个没有英雄的时代,而且声称"我只想做一个人",但他们不知不觉地都让"我"扮演了英雄的角色。这在北岛的诗中表现得最为鲜明:"如果海洋注定要决堤,就让所有的苦水都注入我心中"他这样悲壮地承担了全部苦难。在这种英雄式的奉献中,觉醒的"自我"依然怀有忘我的激情,这是舒婷的诗句:

> 也许为一切苦难疾呼
> 对个人的不幸只好沉默。
> ——《也许》

可见,理想的因素依然支配着诗坛的新的闯入者的诗情。引起中国诗坛骚动的诗的崛起,与其说是异端的挑战,毋宁说是对于异常变态的出于良好愿望的校正。中国那些偏见过深的批评者,往往由于诗歌观念、文化背景的差异,而忽略了这些诗与传统的承续性。他们作了过分的甚至是粗暴的反应。

当然,要是一切都充溢着最传统的色彩,那就不可能出现引起极广泛关注的中国"新诗潮"运动。对于"新诗潮"的出现为什么会引起震撼性后果这一原因的探究,是当代中国新诗研究中最有兴味的一个题目。中国的结束自我封闭状态使传统的信任感面临挑战。面对中国式的荒原,与其说是诗人的沉思导致对秩序的怀疑,毋宁说是失常而混乱的秩序宣布了这种怀疑的合理性。北岛的《回答》是怀疑的,却也是积极的——

> 卑鄙是卑鄙者的通行证
> 高尚是高尚者的墓志铭
> 看吧,在那镀金的天空中
> 飘游了死者弯曲的倒影
> ……　……
> 告诉你吧,世界
> 我——不——相——信!
> 纵使你脚下有一千名挑战者
> 那就把我算做第一千零一名

这种对于生活秩序的颠倒的不信任感,正是一代人已从盲目中醒来的证明,贯穿着积极的批判精神。新诗潮体现出来的怀疑色彩和批判精神引起了深刻的关注。一些从来对秩序不怀疑的人们,觉得是一种异端在扰乱他们顺从的心灵。他们的神圣感受到了亵渎。于是他们开始批判这种"邪恶的蛊惑"。

更多的中国人却为那些诗所传达的忧患意识所震动。目睹着那昔日蒙着光环的圣地成了荒原,颓垣残壁和荒烟野草之间浮动的是深沉的迷惘与悲慨。那些由黑夜给了他们黑眼睛的一代人,正在用这双眼睛在黑暗中寻找光明。他们不再轻信也不再盲从。一棵棵年轻的树伫立于灰色的夜空:

> 它拒绝了幻梦的爱
> 在思考另一个世界
> ——顾城《年轻的树》

噩梦把红花变成血腥,把彩虹变成蛇影。对于阴鸷与预谋的厌恨以及无所不在的忧患使年轻的一代诗人夜不安寝:

> ……孤独者醒来
> 在一扇小门后面
> 有只手轻轻地拨动插销仿佛在拉着枪栓
> ——北岛《夜:主题与变奏》

八十年代初,北京发生的扼杀天鹅的事件引起了社会良知的震惊。这件事重新唤起人们对于黑夜的回忆,再次唤醒中国人对于文明有可能被愚昧扼杀的警觉。许多诗人把这种不安化成了悲愤的诗句。写过《将军,不能这样做》的叶文福,在《天鹅之死》中呼唤那些幸免于难的天鹅赶快飞离:

> 飞走吧,你,飞走吧,我心中的天使
> 到天鹅湖里,去拨动那宁静的黄昏
> 那里有忠贞不渝的王子
> 即使恶魔也比这里的勇士文明得多

女诗人舒婷也因此写了一首《白天鹅》。她以女性特有的柔情唤

醒善良的心灵,使之怀有警惕。由于现实的积重,也使她对周围的麻木怀有憎恶:

> 不要在夜里睡得太死
> 不要相信寂静,寂静或许是阴谋
> 如果不能阻止,那么
> 转过身去
> 不要让我看见
> 你们无所事事的愤怒与惊愕

中国诗人即使再年轻也不会完全地对现实的情景漠然。他们总是注视着现实的血泪以及血泪的淡去。在过去,诗是一片被政治吞噬的土地,诗学在那里没有位置;如今,现实政治的思考与艺术的追求有了和谐的相处。特别是作为创作主体的诗人自身,他们的情感、思想以及表达这些情感思想的方式已经呈现出独立的人格和人性力量。

三

梦醒之后中国人方才惊觉对于世界的隔膜与可怕的落后。这对于一向自豪于古文明的中国人的自尊心理不啻是沉重的打击。新时期诗的觉醒可以认为是这种打击的直接产物。新诗潮出现的"低音区",那种充满忧患之感的悲慨以及惶惑,敏感地传达了中国最新觉醒的知识界的心理知觉。他们发现自身是一座孤独的岛,身前身后海水空茫无边,他们不知岸在何处。这种怅然首先最深刻地呈现了一代觉醒的中国人的内心焦躁:

> 我无法回答你,我不知道
> 那月亮铺成的道路尽头
> 是什么在等待我们
> 那海和天空之间,星星消失的地方

>连时间也没有确切的命运
>——杨炼《瞬间》1981

许多对于新诗潮的谴责便是由此而发。开始他们责难艺术的晦涩。一旦欣赏的障碍得到解除,特有的诗歌观念支配下的诗内涵上的歧异,便成为首要的、本质的、不可调解的矛盾。中国诗的传统观念认为,诗不仅应当是不同文化素养(特别是低文化的)的人们都能接受和理解的,而且应当是能引导人们以坚定信心向着预定的目标前行的。要是不能如此,诗便失去价值。

相当数量的诗由于传达了历史的深重忧患而对感伤情怀不加掩饰,自然便构成了与传统的乐观欢快乃至激昂的基本"调性"的反差。诸多批评者认定这类诗是脱离时代而与总的时代氛围不相吻合的。然而"钥匙"的失落,"船"的搁浅和"蒲公英"的迷途,毕竟都是中国曾有的和尚未成为过去的事实与情节。南方"潮湿的小站上"的徒劳的等待(参见舒婷诗《在潮湿的小站上》)也许将永远地重复下去。失常在这里成为一种惯势。许多悲哀都是由于感到了这种现实的"积重"。这在中国,无疑决定于深远的历史导因而绝非出于偶然。诗人们只不过是于世事人情中敏感地予以不同程度的把握而已。

这个民族近百年来血泪不绝。无数先觉者顽强地探求出路,总是并不心甘情愿地回到了原先出发的地方。在中国,许多旧话题不断地成为新话题,而实际并不因而有多大改变。这种深刻的悲哀,使对于传统文化心理的理性批判成分得到强化。这个社会是如此古老,犹如一张弯曲的弓,被悠悠的漫长的时间拉紧,幽闭几乎漫漫无边。这里的人千百年挣扎奋斗,几乎不断上演西绪弗斯的悲剧:

>那被砍的就是他自己
>他和树像两面镜子对视

>只有一去一回的斧声
>真实地哐哐作响
>断了又接上砍了又生长
>伤势在万籁俱寂的萌萌之夜
>悠然愈合
>——江河《太阳和他的反光·斫木》

面对这种来自自身的或身不由己的麻木、悲哀,旋风的警醒比什么都重要。但这种警醒却易于在非常的亢奋中化作对苦难的漠然。与意识形态的倡导相适应,它只是一如既往地肯定某种乐观的麻醉剂。这种肯定助长惰性并使自狂自虐的愚钝恶性循环。

席卷大地的诗旋风、英雄式的激情召唤过后,是这种充满理性精神的批判反思。多数明智之士确已认识到,中国除非重返并参与世界,别无出路。又一个世纪末的到来激发中国诗人以沉重的心情回望以往一百年的悲剧经历:

>一百年内车轮滚滚
>不朽地滚动着它的重量
>石头的重量
>使得我们觉察我们的身体
>像泥土。我们如何听到
>一百年内的缄默
>到达过一条地下的河流
>……
>未来的总是由于遥远
>而显得幼小……
>——多多《造物》1984

在中国,诗人成为了比所有的人都更加敏感地感到了世纪末的到来的一批人。他们的深重忧患在于深刻地意识到中国已经失去了一个世纪,必须把握下一个世纪,而又同时感到这种把握的难以把握。可以说,中国诗的躁动正是诗人"世纪末"情绪的显示。如同杨炼在《瞬间》中无法回答道路尽头该是什么在等待他们一样,这是诗中忧患意识的一个从民族层次上的体现。

中国改变自身与世隔绝的处境以后,对于中国之所以产生停滞乃至倒退的原因,不仅从当前的政治因素,而且从历史和民族文化心理的因素上进行理性批判的思考。这种思考更多地借助现代史诗的方式实现。在以往奔腾着理想激情的地方,诗人的热情得到沉淀。如今陷入哲人般的沉思。中国总是如此,它一次又一次地敦促这些手执长笛和竖琴的缪斯女神来充当她们力不胜任的角色。奔涌于地面的激情的沸泉,如今已变成沉淀着深沉思考的火山湖。但尽管如此,对于民族忧患的传达以及寻求民族自强的思考仍然占据着重要的位置。对于一个自古以来重视诗教的民族而言,它的任何激情的传达和理性的反思,都受约于民族使命或公民意识。

新诗潮的发展证明,中国诗尽管已处于走向独立的进程,但政治学与社会学的影响与支配并没有成为过去,大概也不会成为过去。

四

最近十年中国诗歌的发展相对于中国社会的发展而言,具有突出的前卫性质。它的"超前性"严重地制约着相关的理论批评与欣赏的惰性。一次又一次"不合常规"的试验和探索成为一次又一次引发广泛范围的情绪激动的挑战。诗歌的"混乱"和"失控"完全打破了中国思维惯性中的整肃的秩序要求。它对于当代诗歌积数十年之力长期建立起来的统一化具有明显的破坏性。于是诗歌成为一种"问路投石",它能绝对地测试出开放的中国文学究竟能容许多大程度的变革与创新,它同样也考验着中国对于陌生的和异端的艺术现象的承受力和忍耐力。

新诗潮如同大海的潮汐,几乎无休止地撞击着中国诗传统的礁岩。它那不暇考虑接受心理承受负荷的任性令人惊异。当那些习惯于明白好懂的读者尚未完全达成对于朦胧意象的适应,一些更为年轻的探索者已赶了上来并随即宣布那些诗业已过时。不言自明,这种宣布带有强烈的主观性。它忽略了中国诗歌线性发展状态业已终结这一事实。诗歌在今日中国的发展并不呈现为此消彼长、你死我活的生态景观,而是一种并存和杂陈的局面。任何一种认为某种艺术已经过时的宣布都不可避免地带有武断的性质。对于这么一个古老的社会,它的巨大包容性和传统艺术的顽强生命力,怎么样的估计都不会过分。

但与新诗潮迥异的诗艺的出现却是一个不容忽视的事实。这一事实在《诗歌报》和《深圳青年报》联合举办的1986年现代诗大展上有较为集中的显示。被称为"新生代"或"后新诗潮"的诗歌,把本已"古怪"的诗推向更为远离人们可能理解的程度。形成新的巨变的原因是多样的。诗对于改变现实生活情状的不能奏效,打击了那些想以诗匡正时弊的人们。更多的人经过冷静的衡量,对诗可能起到的干预作用降低了信心,而宁肯采取迂回的态度。诗和实际生活特别是现实的政治于是明显地拉开了距离。

同时,这样的诗歌运动也可以说明诗的艺术反思的实质。艺术反思的焦点在于警醒到诗必须是独立的自身,而不应是他物的依附。因而诗歌的内部规律推动着向艺术自身的精进。西方现代哲学的输入,进一步促进了诗与哲学的结合。诗歌的深邃性不再是以是否反映了现实生活的实际样子为标准,而是由审视人的自身进而探寻生命的奥秘,以及整体的对于文化的反思。或发为重构文化的文化"寻根",或发为泛文化意义上的对现有文化束缚人的自由的反抗。都把诗由以往的切近或粘着于实人实事实景实情而导向深远绵邈并向哲学、宗教、神话、民俗靠近。

最近十年中的诗歌实现了传统诗潮向着新诗潮的过渡。保证这一过渡顺利进行并决定这一过渡性质的是中国的思想解放运动以及全社会的民主化进程。开放的诗取代了封闭的诗。若以大的阶段加以划分,前一个阶段可称之为新诗潮阶段。新诗潮阶段的主要标志是诗由形象的确定性向着意象的朦胧诗的转变。诗的变革的第二阶段,也可以采取一种最简约的表述,就总的趋向而言,诗的重心乃是由文学而向着文化推移。这并不意味着诗从此脱离了文学,而是说诗不再满足于自身的纯粹文学性,它期望着加入那个大的文化圈。

中国文学近年产生的寻根意向,最早见诸诗歌。一批早期追求史诗的诗人,从废墟的断壁残垣出发去寻找那留有火烬的瓦片。他们的思考由文明的衰落引发以印证昔日的辉煌,从而揭示重建现代文明的愿望。从敦煌、从半坡、从陶罐的碎片……一首又一首的现代史诗,寄托不尽那份凄迷的希望。现实的困顿和滞涩,促使人们借助那一抹远古的火光,以过去烛照现在,给现世增添些微温煦,提供一些警策后人的意蕴:曾经创造了古代灿烂的文明的民族,如今为什么如此委顿?这是基于现实诱引的"今昔对比",期待的是这种悲凉之中的现代振兴。

诗人们希望在表现自我的同时注入历史感和时代感,并在促使现代精神与民族性格的执着性的融合上,有助于深入关于现实的思考。另一方面,诗歌创作中意象的趋向华靡雕琢,也从一个侧面为艺术的探求提供了浑朴古拙的向往。诗人江河所谓"将中国神话蕴含之气贯通至今,使青铜的威武静憩,砖瓦的古朴,墓雕的浑重、瓷的青雅等等荡穿其中,催动诗歌开放",就表现了这种今古契合的神往。

不能把诗的文化寻根看成是一项向着古文化的认同和复归的行动。如上所述,诱发这一行动的动因是由于现实的考虑。

人们在现实的积重面前感到困惑,他们不由自主地向着远古寻求精神寄托。也许诗的文化寻根存在着某种危险性,中国既厚且大的文化网足可吞噬一切。但文化寻根的基本形态是对于中国文化的定向选择。它的兴趣在于具有非主流文化传统的再发现。它渴望潜入历史文化的深层,为现代文明的重建寻觅可能性。因此,由史诗导致的诗歌寻根,虽萌发于废墟的思考,目标则是民族精神与现代精神的熔铸。其基本色彩是寻求与批判,而并非奴性的臣服。

诗人杨炼通过《大雁塔》汇聚了他的许多现代诗情。他使"大雁塔"成为历史的见证人,成为思想者。有它的痛苦、沉思和期待。他的"大雁塔"是现实的,也是历史的;是写实的,也是象征的。有趣的是在另一首关于"大雁塔"的诗中,后来的诗人却对这座大塔作出了完全漠然的反应。

> 有关大雁塔
> 我们又能知道什么
> 我们爬上去
> 看看四周的风景
> 然后再下来
> ——韩东《有关大雁塔》

在一些诗人认为有无限蕴含的文化现象面前,一些诗人感到了它的"毫无意义"。"我们又能知道什么",即是说,我们不知道或我们不想知道。在他们那里,一切文化的"亲切感"受到蔑视,他们有一种陌生感甚至对此怀有警惕。这是一种文化反抗主义的表现。他们作为现代人特别是在现代社会受到冷遇或成为"弃儿"的那些人,深深地体会到了传统文化的压抑并造成自身的异化。由于他们的平民地位,他们揶揄文化的"贵族化"倾向并怀有反抗意愿。

他们有意地把诗当成生活常态的表现,而不像他们之前那样具有庄严感。由此出现了一种大大咧咧的诗风。用最平淡通俗的口语强调生活的平庸、鄙俗、没有诗意的那些部分。目的在于改变诗的神圣化而与最平常的生活同一。譬如圣诞节本是个团圆和祝福的日子,但诗人蓝色的《圣诞节》却有着无尽的担心和不如意——

> 总觉得塞进邮筒的信
> 对方不会收到
> 放在街旁的自行车
> 会被别人偷掉
> 总觉得端在手上的高压锅
> 马上就会爆炸
> 转播足球赛的电视机
> 会出什么故障
> ……

出租汽车总在绝望时开来,洗衣机配不上零件引起无穷烦恼,还有对自己对别人都十分冷漠麻木的"外科病房"……这些最年轻的诗人经常在诗中嘲笑自己,写那总是和人的愿望相悖的生活的别扭——

> 假如我要从第二天起成为好学生
> 闹钟准会在半夜停止跳动
> 我老老实实地去当挣钱的工人
> 谁知有一天又被叫去指挥唱歌
> 我想做一个好丈夫
> 可是红肠总是卖完
> 这个世界不知为什么

老和我过不去
……
——王小龙《纪念》

这些诗人倾向于传达出与史诗不同的文化追求,即以"没有文化"的方式以实现对于文化偏见的反抗。以粗俗反抗典雅,以嘲谑反抗庄严。表现了一种摆脱规范的热情,使诗与普通人的生存形态相沟通。

五

中国诗歌积十年的努力创造了一个奇迹,它把自己变成了一座"诗歌博物馆"。历史上有过的诗歌样式以及中国不曾有过的诗歌样式,最古老的和最现代的,最严格的和最自由的诗歌样式,在这里都获得了合理的生存权利。仿佛是对相当一段时期内诗歌行政性统一的惩罚与讽刺,中国诗人以完全自以为是的方式,冲击着旧日的秩序。它的千奇百怪的流派和亚流派、准流派的宣言和行动简直令人瞠目。中国诗人建设的热情似乎始终伴随着他们的破坏的热情。一批人对传统文化表现了极大兴趣时,一批人则表现了极大的无兴趣;一些人虔诚地祈使诗歌有补于世道人心,一些人则表现出对他人也对自己满不在乎的准嬉皮士精神;诗在相当一部分人那里是庄严神圣的事业,在另一些人那里却不再是武器或工具,而只是生命常态的自然呈现……

在这种种让人目不暇接的瞬息万变中,诗歌的运行规律并非不可把握。它有一个大体的走向,约而言之即是:从政治转向日常;从激情转向平淡;从庄严转向嘲谑。艰难催促诗歌走向真实的人生实际,相当一部分人发现了诗对于生活的徒劳,他们同样地也发现了激情在现实的积重面前的脆弱。于是这一部分诗人采取了疏离现实的方式。疏离现实的诗歌造成了与传统观念的背反。但它又以锲入人生和对生命的潜然体验,开辟了诗的另一片疆土。这对于中国诗歌来说无疑是陌生的疆土。自从五四初年文学研究会倡导为人生的文学以来,文学与诗很快地便被现实的社会情状所吸引。此后,迅即与现实主义的文学理想汇流并为其融解。深入探寻生命奥秘的作品被对社会现状的关注的观念所挤兑而未获良好发展。

也许世上任何一个民族的诗歌也没有中国这样充满进退维谷的困惑。一方面,中国言志载道的诗现成为历久不衰的传统力量,千百年来,变着各种名义要诗恪守这一品格。革命诗歌传统中的现实主义精神或为政治服务的观念均派生于此。新诗数十年间面向现实社会的实践自有它的合理性并取得过相当的成效。但当社会处于剧烈的变动时期,诗歌尖锐地干预现实并揭露生活的阴暗面,往往陷自身于尴尬境地。近年来的诸多实践往往事与愿违。以往在为政治服务口号下的抒情言志往往被要求为肯定现有秩序的"颂歌"意识。现实主义精神的未能实行以及它的蜕变导致诗情虚假的事实,引起人们的警觉。因警惕而使诗离开人生血泪愈远。玄思过甚而遁向空茫。诗歌不仅离开社会价值的追求,而且离开审美评价的确认。它造成与传统诗学的逆反,以及与接受对象的脱节。这种间隔造成的痛苦不但属于读者,而且也属于作者——心灵因违反传统的忏悔造成的痛苦至为深刻。

一方面是对于向现实接近的不间断的强调,一方面是与现实保持距离的新萌生的警觉,这又是一个拔河绳子两端的情境。两端都有力士,也都有为数众多的助威者,很难说这场拔河赛会有优胜者。绳子不会断裂,因为参赛双方都有惶惑。他们会在这种断裂产生之前,自动地把绳子放松。尊奉现实主义传统的感到了不能实现的痛苦;面向新的探求的却有违逆传统的负咎感。这应了托尔斯泰老人的一句话:不幸的家庭各有各的不幸。现阶段中国诗歌正在进行着这样一场没有胜负的、但又决非徒劳的比赛。

秩序的理解[*]

新诗是现阶段备受关注的一个文学品类,它以勇敢的姿态进行了有效的探索和变革。这种变革推出了已成定局的诗歌多元结构。一个统一的诗歌运动已经消失。对于多元体系的诗歌来说,无序便是正常的和合理的。诗歌一旦摆脱依附状态而独立,诗歌自身的规律便不由自主地运转起来。生存和发展依赖无止境的创新以维持它的活力。于是无组织状态的自由竞争便突现了价值。在这样的竞争环境中,恢复并保持过去的"井然有序"只能是一种愿望。

诗的本质是自由。自由包括了多样的要求;为了达到多样,当然就要让人猝不及防地不断爆出新鲜的创造来——在这样的气氛中,难免有人急于求成而不甘寂寞,并出现一些为了引人注意而故作的"惊人"的随意性的宣言和举动。这一点也不值得奇怪。重要的是这一切表明了诗已自由。没有充分自由的写作状态和氛围,想要推出如同1986年现代诗群体大展这样的举动是不可设想的。

事实告诉我们,对诗歌的表达内容和表达方式采取指令和规定的方式,只会造成窒息。但是我们却长期陶醉于这种指令和规定。我们给畸斜的生存方式以合法性和真理性:重大的题

---

[*] 此文为1987年10月在"新诗走向研讨会"上的发言摘要,初刊《北京作协通讯》1987年第2期,又刊1987年11月28日《文艺报》。据《文艺报》编入,《北京作协通讯》所刊文字附后。

材、超人的想象、颂歌的体式、唯一的现实主义的方法。我们要求是一种严格规范的大一统的诗歌。这就造成了诗歌的变态。

诗诚然不能脱离社会的政治,但诗不能是其他任何物件的寄生物;诗歌切近现实的生活,可以奏鸣出诗歌的动人力量,但诗的自由而宽广的品格要求多向地、全面地走向人生和把握人生。于是诗恢复了人对自己所处的异常丰富的外在世界和人的自身,包括人对周遭的微妙感觉、潜意识、梦境和幻觉的把握。挣脱了精神桎梏的诗歌无所顾忌地全面占领并扩张它的"领土",而且以各行其是的办法表现它所触及的一切。诗的这种"为所欲为",使习惯了按照统一方式进行创作的秩序的人忧心忡忡。

人们一时不能适应诗歌的开放的态势,这种疑虑显然应当打消。作为民族灵智的神经末梢的诗失去了自由而多样的品格,只说明诗质的异化。而今日所显示的一切。恰是诗歌常态的恢复,当然不是认为当前的一切都合理且都健康。但恢复了自主意识的诗歌,将通过自身的调节对此进行必要的肯定和必要的淘筛。竞争不是通过行政方式,而是以类似生态平衡的方式进行。当一种诗歌形式争得了读者的信赖,它自然就繁荣发展;而那些失去了欣赏兴趣的作品,它就会悄悄地消失。对于有作为的诗人来说,当他的某种尝试宣告失败,他便会重新寻求他种方式征服舆论。这里的竞争气氛十分强烈,但却充满"和平景象"。

在以往相当长的时间里,诗歌自身没有运动,政治运动或政治要求的运动,便成了它的运动。这种运动或亚运动往往以号召、贯彻以及批判、取消的方式节制诗歌生产。当一种诗歌在行政号召下通行,便意味着另一种"不合时宜"的诗歌的消失。随批判而来的是取代。随着多元秩序得到确认,原有的畸形观念和畸形生态亦随之成为过去。中国的诗终于进入一个和平生长期。这真是开放时代和开放社会的恩惠。

中国国情的复杂决定了读者文化层次多而差别大,故审美情趣欣赏心理亦迥然有异。在这样的背景中,一个统一的消费标准的制定将是愚蠢的。诗以往敏感应和了觉醒时代的召唤,它事实上承认了多种选择的合理性:多种的读者面对着多种的诗歌;多种的诗歌吸引着多种的读者。当前"混乱"的创作状态既体现了诗人的心灵和艺术的解放,也体现了精神消费市场的竞争和适应这种竞争的应变措置。

如同中国社会,从最古老的生产方式到最现代的生产方式都同时并现在这片国土上。诗歌则是从最古典到最激进的观念和形态兼容并包的"杂陈"。不是没有矛盾和抗争,但基本体现为一个立体的存在空间。在短时间内要想改变这种状况完全不可能,而且也无此必要。观念的歧异造成了对话的困难,当然更不能实现彼此说服而认同。并非没有期待,而这种期待只能是:相信时间的耐心和宽容,它将造成理解和接近。

中国诗歌已成为中国文艺值得骄傲的窗口。概略地说:则是三种诗潮:传统诗潮、新诗潮、后新诗潮长期并存的局面。当然,其间最值得重视的是对传统进行变节的新诗潮以及它的延伸和发展的后新诗潮,它们理所当然体现诗的新时代的品格。

附:秩序的理解

不管我们曾经谈论过多少,诗对于我们依然是一个"未知世界"。这十年令人眼花缭乱的艺术变革,令我们兴奋,也带来困惑。但我们总在提醒自己,对于一个一时不能领悟的对象,轻率可能铸成遗憾。眼下又到了一个关键的时刻,事实对我们的考验比往常要严峻得多,这就是:既然我们曾经热情面对新诗潮的崛起,我们将如何面对对于这个崛起的挑战以及超越的意图?难免有人会认为这种挑战来得过早,但只要看看这个社会的地层下怎样鼓动着炽热的岩浆,就会相信迅速旋转着的这个球体不会忘了提醒文学、特别是敏感的诗,来传达它的体温和情绪。一个停滞的社会,当然会要求一个停滞的文学;反之,一个充满了活力,而且不断改变自己的社会,也必然铸造与之相适应的文学性格。

　　新诗是现阶段备受关注的一个文学品类,它以超常的姿态进行了勇敢的探索和变革。这种变革推出了已成定势的诗歌多元结构。一个统一的诗歌运动已经消失。对于多元体系的诗歌来说,"无序"便是正常的和合理的。诗歌一旦摆脱依附状态而独立,诗歌自身的规律便不由自主地旋转起来。生存和发展倚赖无止境的创新以维持它的实力。于是,无组织状态的自由竞争便实现了它的价值。想在这样的竞争环境中恢复并保持过去的"井然有序",只能是一种愿望。事实上谁也不会停止自己的红舞鞋。

　　这样的体系不再相信权威,更不会等待一种统一的指令。诗的本质是自由。自由包括了多样的追求;为了达到多样,当然就要让人猝不及防地不断爆出新鲜的创造来——在这样的气氛中,难免有人急于求成而不甘寂寞。并出现一些为了引人注意而作的随意性的宣言和举动。但这一点也不值得奇怪,如同开放的社会中总会出现一些诗人预想不到的东西。重要的是,这一切表明了诗已自由。没有充分自由的写作状态和氛围,想要不断推出如同一九八六现代诗群体大展的、形形色色的、包括自以为是的流派、亚流派是不可设想的。一种适当的气氛鼓励了和默许了这种生态。

　　五四新诗革命造成的繁荣,至今还是一个令人振奋的题目。但中国新诗的发展曾经走着一条坎坷的道路。五四初期那种充满青春憧憬的欢跃创造期,很快就走向低潮。随后产生的逆向发展造成了断裂,这就是:自由的、创造的、从而是多样的局面的消失。断裂不是突然发生的。持久的战乱,深重的民族灾难,严酷的时代对诗作了严酷的选择。时代启示并要求人们牺牲令人愉悦的审美价值,以适应并不美好的民族生存环境。战神放逐了爱神和美神。这有它的历史合理性。

但是,当我们把这种适应特殊环境的选择,当作了一种必然和唯一的生存状态,这就造成了偏离。事实告诉我们,对诗歌的表达内容和表达方式采取指令和规定的办法,只会造成窒息。但是我们却长期陶醉于这种指令和规定。我们给畸斜的生存方式以合法性和真理性。重大的题材、超人的形象、颂歌的体式、现实主义的方法,我们要求的是大一统的诗歌。这就造成了诗歌的变态。

诗诚然不能脱离社会的政治,但诗不能是其他任何物体的附庸。诗歌的切近现实生活可以传达出动人的效果,但诗的自由而宽广的品格,要求多向地、全面地走向人生和把握人生。于是诗恢复了对于异常丰富的外在世界和人们自身(包括人对于自身和周遭的微妙感觉、潜意识、梦境和幻觉)的把握。挣脱了精神桎梏的诗歌,无所顾忌地全面地占领并扩张它的领土。而且以各行其是的办法,表现它所触及的一切。诗歌的这种"为所欲为",使习惯了诗歌按照统一的方式进行生产的秩序的人忧心忡忡。

人们一时不能适应诗歌的这种开放的势态是自然的,正如人们一时不能适应大转折的中国社会一样,疑虑显然应当打消。当本应自然而多样、而且是民族灵智的神经末梢的诗失去了自有形态的时候,那是诗对自身属性的异化。而今日它所显示的一切:自立名目的流派和奇特风格的追求、无所羁束的对于世界和自我的表现,迅疾的艺术运行和嬗变,等等,是诗歌常态的恢复。

这样说当然不是认为当前的一切都合理和健康,但是恢复了自主意识的诗歌,必然会通过自身的调节进行必要的淘筛。

适应于争夺精神消费市场的环境,这里的生存竞争是无情的。但不再是运用行政的方式,而是以类似生态平衡的方式进行这种调节。当一种诗歌形式争得了读者的信赖,它自然繁荣发展,而那些失去了欣赏者兴趣的作品,它就会悄悄地消失;一种尝试遭到了失败,有作为的诗人便会寻求他种方式征服舆论。这里的竞争气氛十分强烈,但却充满了"和平景象"。

在以往相当长的时间里,诗歌自身没有运动。政治运动或政治要求的运动便成了诗的运动。这种运动或亚运动往往以号召、贯彻以及批判、取消的方式节制诗歌生产。当一种诗歌在行政号召下通行,便意味着另一种不合时宜的诗歌的消失。随批判而来的是取代。当诗歌多元秩序得到确认,原有的畸形观念和畸形生态亦随之成为过去。

诗歌终于进入了一个和平生长期。这真是开放时代和开放社会的恩惠。人为的取消和剥夺的方式受到冷淡。从今而后,艺术的发展将以并存、竞争、繁荣的规律进行,而不再是非此即彼的方式。

我们都面对一个无可回避的事实,即中国国情的复杂性,文化层次多而差别大,故审美情趣和欣赏心理亦迥然有异。在这样的背景中,一个统一的消费标准的制定是不明智的。诗已经敏感应和了觉醒时代的召唤,它事实上承认了多种选择的合理性:多种的读者面对多种的诗歌,多种的诗歌吸引着多种的读者。

"混乱"的创作状态既体现了诗人的艺术解放,同时也体现了市场的解放。如同中国社会,从最古老的生产方式到最现代的生产方式都超时空地同时出现在这片土地上,诗歌则是从最古典的方式到最激进的方式都有了自己的位置,并拥有自己的读者。这是一个真正的诗歌博物馆。这个博物馆展品的丰盛世所罕有:这里有最古老的中国"诗歌化石",也有世界最新潮流的诗歌品种;从最正统的诗观念到最异端的诗观念,都有虔诚的听众和拥护者。

中国诗歌成了中国文艺值得骄傲的一个窗口。它不仅鲜明地以它适应开放时代的超前创新精神给整个社会以震撼,而且凝聚呈现中国文艺的最新生态——一个宽广的、包容的、而且是和平的并存和竞争的环境的生成。对这个复杂的现象进行确凿的描述是困难的。但大体说来,则可归纳为传统诗潮、新诗潮和后新诗潮三种诗潮统领多种稳定的和不稳定的流派并存的局面。

时代会按照自己的形象为艺术造型。从新诗潮开始以迄于今的诗歌对于传统的变革与超越,取得了与社会前进相同的步伐与气质,因而它能够体现当前时代的精神并代表了艺术发展的大趋势。因而在多种诗潮并存的总体格局中,依然存在某种体现时代和艺术追求特质的,因而也是更值得重视的艺术实践。当然它也并不意味着诗歌再度出现主潮统领的现象。这是一个没有主潮的时代。

重读《小兴安岭短笛》[*]

  一件有价值的艺术品,它的生命力是久远的。整整三十年的阻隔,重读陶尔夫这组关于小兴安岭森林的诗篇,它带给我们的审美意趣如当年:通过一个又一个单纯的画面显现出来的澄彻在的透明感,保留了那个时代特有的风情。时光流逝,物换星移,但新生活勃兴期那种特有的心境和情绪,却借助于自然界的景物得到凝聚和固定。

  陶尔夫写这一组诗的当时,中国新诗正进入一个新的阶段。诗人面对崭新的时代,自然地要求自己的作品成为能够反映时代风貌的生动镜子。如实描绘生活实况以及在此基础上做理想的升腾,这种风气盛极一时。此类写法迅速形成一种定势,也流露出某些弊端:长于写实者往往失之琐屑,热切表现理想者有时难免浅露。《小兴安岭短笛》大体上避免了上述通病却保留了那生活可喜的纯净的底蕴。仿佛是一块玛瑙,以透明的质地保存了本世纪五十年代中国人的单纯的生活理想的心灵。

  这种给人以透明感的情感晶体,足令经过大动乱之后的几代人神往。也许陶尔夫当年已经意识到,作为诗人的基本使命并不在于写出他们所见到的一切,尽管忠实于时代是诗人的优秀品质。创造性的诗人具有一种功能,即他能够敏锐地感受并把握时代最重要的情绪氛围,使之融入独具个性的内心世界,按照自有的方式重新构筑一个情感和思维的艺术空间。

---

[*] 此文初刊 1987 年 12 月 3 日《太原日报》。据此编入。

像《春天》的如下诗行——

> 桃花水送下了多情的花环,
> 红色的花瓣吻着潮湿的堤岸。
> 当林业工人架木筏流过时,
> 迷人的鸟儿在密林里高呼:
> "哥哥,再见!"

摒弃抽象的说教,它只是以白云山以及桃花水的色泽和香气,告诉你新生活的涌现和人们对于这种生活的无言的喜悦。陶尔夫对五十年代的春天母题,以他特有的表现方式而赢得艺术价值。他也有那时代的诗人热情面对现实生活的共有品格,但显然不准备在生活自身的生动性外再添加什么。这里有最动人的景象:桃花水送下的是花环,以及落红对于潮湿的岸的亲吻。但他没有用一般化的描写充填自己的诗句,只是十分矜持地在自己发现的生活美中点染心中一片情。

面对纷繁拥来的生活材料,平庸的诗人才会采取有闻必录的方式。对于聪颖的诗人,他们心灵犹如一台过滤器,他一下子就筛去众多的表层意象。陶尔夫没有一般作者那样对于生活材料不加分析的"珍爱",而勇于舍弃,而被保存下来的恰好是能与内心的情愫互为印证的晶体——诗人对于材料的兴趣,取决于他的内心表达的要求。陶尔夫一方面能够把最有特点的生活场景作一种情绪的升华,一方面能够通过内心对于外界景观的感应进行化合和凝聚,从而为时代保留下生动的情绪氛围。

他不以铺排生活炫耀自己的博见多闻,但却在这些相当优美的诗行中展现了底层生活质朴的醇香。《骤雨》中姑娘不事渲染的关切以及流送工人粗放的应答都体现了这种气质。《雨中》的"哥几个,趁着雨水好,把黄金似的原木流送到平原",以平常口语入诗,传达出浓郁的情趣。

在一个诗歌的抒情叙事模式相当稳定的时代,能够有效地回避当时共有的直白表达概念以及浅露的宣传目的而又保留最具实质的时代情绪特征,这正是陶尔夫为数不多的诗歌作品中最有价值的艺术品质。五十年代特有的透明度,造成了组诗《小兴安岭短笛》鲜明的时代感。但它的单纯和明晰的时代情绪化,并没有导致当时相当普遍的把复杂的生活简单化的弊端——尽管刚刚开始的生活决定了人们难以深切认识它的真谛与矛盾,但在当时普遍的水准中,陶尔夫的抒情诗却显露出它的特色。

这特色在组诗中明晰可辨。《寄语》中的祈盼与惆怅,以及当时罕见的悲哀情绪的表达:"在暴风雨震撼小屯的冬夜里,姑娘从梦中惊醒,悲哀的用眼泪洗面","哭泣使姑娘柔弱的身体发颤,她钻到花瓣,风帆和红叶中取暖"。在欢乐情绪的单一性甚至唯一性受到强调的文学环境中,这种来自人的自然生活状态中的对于复杂情绪的把握和表达,无疑是勇敢的触及。

文学创作在陶尔夫这是偶尔为之,他的大部分精力用来从事繁重的教学和研究工作。但他这些为数不多的诗歌小说创作,却已流露出可贵的艺术品质,即在一种艺术的一致性强调之中,他坚定于自身的感受与表现的独立性的维护。这使他的诗既富于当代的总体气氛又富于独特的艺术风格——清纯而不琐屑,有乡俗的质实又不失典丽的风情。

文学进步与批评期待[*]
——序《面对时代的选择》

这是中国进入本世纪以来最关键的一个时刻,尽管意识并把握这个时刻已显得晚了。——谁都知道二十世纪已近尾声,我们显然不能完整地失去这整整决定地球命运显得残酷却又无比辉煌的一百年。中国这个时期的文学精神,它的亢奋、它的隐忧、它的困扰,无不来源于这个世纪的动荡与病变。当前阶段文学的思考已潜深到并接近于上述那个磁心。它把中国人冬眠醒来的灵魂的困惑和迷惘,以及这个灵魂面对旧世纪的落叶和可见未来的更为严峻的抗争,都快速地浓缩在已经过去的匆匆十年的创作实践中。

在全民、全社会的历史反思中,文学是神经最敏感,实践最大胆,因此,成效也最卓越的一个部门。文学的反思始于文学自身久经劫难的失落。对曾经发生的那一切,或带着血泪的控诉,或充溢着激情的批判,终于以血淋淋的再现而促进了人们对变态人生的认识。但文学的反思显然只是以此为起点,它迅即进行了由社会政治的表层而转向人的自身。文学触及由人的被摧残、被践踏以及它的不知不觉的被异化,直到与哲学思考的自然契合,即对于生命本体的探询与叩问,从而在文学的新近追求

---

[*] 此文初收《面对时代的选择——探索中的新时期文学》,王式昌、王景涛主编,辽宁教育出版社1988年2月出版。据此编入。

中,拓出了一个新生面。

中国这十年的文学变革,由于特殊的际遇,它自然而然充当了对于社会进步和纷扰的说明和解释。社会有多么繁复,文学也有多么繁复。文学的急匆匆的步子甚至走在了社会能够意识到的前方。文学观念和文学意识的急迅的嬗变,它的多样形态的自由创新和全面的展示,几乎就是中国社会情势和性格的文学化体现。

文学冒着各种可能的危险,谨慎而又勇敢地走在变革旧传统和创造新意识的前面。如同中国社会,它自身既承受着历史因袭的重负,却又面对新世纪迈出了对未来充满疑惧又充满憧憬的步子。正因为是如此负重的行进和开拓,因而来自环境和自身的阻轭便十分严酷。这一路的行进中,上帝的召唤和魔鬼的诱惑始终成为两极的引力,使文学充满了困苦和悲哀。中国文学因为敏锐的对于时代氛围的感应而具有的超前品格,使它每前进一步都要付出代价。但毕竟用血泪造出了如今令人且忧且喜且不失其为辉煌的局面。它既体现对于新文学传统的修复和光大,又向着世界性的文学新潮空前地逼近和加入,从而使中国有可能和现代世界的文学沟通并平等地对话。

我们诚然无须对当前文学的发展作出过于乐观的估计,在通往成为伟大文学的路上,它不过是一个大幕拉开之前的前奏曲。但它毕竟激动人心。这个激动人心也是悲乐掺半的:一方面人们感到毕竟开始了的欣慰,一方面又感到了这个开端原应大大地提前。我们之所以认为不必过于乐观,是由于迄今为止我们的大量工作只是用来扭转文学走过的歧路,以及磨炼那一支支锈迹斑斑和疑虑重重的笔。我们从期待赐予的自由到终于承认自由即在自身,这一认识的获得花费了相当多的时光。中国文学开始直立地蹒跚行走而不再需要拐杖,这是一个了不起的进步。

更为重要的是,这些年由于文学内在规律的约束而发生的日新月异的艺术变革。它以令人目眩的急迅的旋转带来普遍的兴奋,也给一些忧心忡忡者带来不安。中国文学从来也没有如同现在这样充满了活力和生机,而且伴随这些变革的是探索的勇气和试验的信心。成效即目可见。缺憾与不足自是难免,但作为探索前进的伴生物,却是一种自然而然。

文学的这些重大发展带来了消费者的惬意。因为文学的货架已结束了过去的不可挑选,现今则是各式各样的读者都可以在任意选择中得到满足。同时也给研究者带来困惑。因为对它的认识和描写越来越困难。伴随着文学之巨变而来的,是批评界第一次感到了被动和无所适从。传统的批评方式与传统的文学生态相联系。在以往,批评站在高处,而文学现象则是相对的静止,批评可以自在地把握并驾驭它的对象。对象的不变减轻了批评的负担。

这局面如今已告结束。批评面对的是一条又一条满身滑溜的游鱼。批评第一次感到了自身的不灵便,以及"网眼"过于稀疏——它逮不住那些游鱼。首先是观念的歧异所产生的痛苦,而观念又是由众多的"异端"所构成。这种对于"异端"的适应,是最难迈出的一步。更何况在这个大变动的时期,人们认识的不稳定是突出而普遍的现象。因而更大的困难还在于观念本身是动态的不稳定。批评方法的不能适应,主要原因是由于传统方式的过于窄狭和单调。以不变的批评视角、批评方式和批评语言来对付如今这些"不安分"的文学精灵,其难度自然是很大的。

十年中文学批评所建树的功勋人所共识。要是没有文学批评在艰难时刻的呐喊和助威,文学创作要冲破那些久远的人为的禁锢,几乎是不可能的。那样,我们的文学很可能还要在黑暗中作长久的忍受。因而,在文学的伟绩中,批评占有的位置不可遗忘。但现阶段文学批评的确遇到了困难。它的被动状态是明显的,然而这种被动也并非不可扭转。目前小说批评的兴起,便是明证。诗歌批评曾经以它的敏锐反应而引起一场旷日持久的论战,它对于引起新追求的重视有着显著的作用。诗歌理论试图把握实践,曾产生积极的效果。近期诗歌批评则逐渐沉寂,热闹却让位于小说批评了。诗歌批评理论准备的薄弱是明显的。

文学的发展期待文学批评者甚殷,这也并非要求批评家一味地追赶文学的急变,以及应合那些旨在炫新的时髦。批评家作为一个主体,他可以而且应该充当一个积极而自立的角色。批评的自我追求无可厚非,如同文学不必听从别人的指挥,批评也可以自以为是的进行。批评家理应有他一份自由:自由地选择自己的位置和批评的方式,以及自由地运用自己的语言。当然,批评家也要使自己与时代的进步相谐调。为此批评家的自我补给与自我更新则是必要的。

从总的批评格局看,文学批评的定势发展,曾经带来局限。面对文学的巨大变革,这一变革期待文学批评的有效配合。为此,文学批评便要消除以往的局限——例如,以非文学的社会性运动对文学实行阶段性划分、以及满足于以作家论的格式作单个的背景材料的考察,以及忽视各个文学现象的交叉关联等。对复杂的文学现象进行综合和归纳,并对充满活力的文学作出非静止的考察,深入艺术的内在律动而对整个阶段乃至整个时代作宏观的描写、判断和预测——当然,这一切又需以对于个别的深入细致的微观把握作为基础,这些微观审视是整座巨大建筑的可靠的基石——有恢宏的气势而不空泛,有切实的剖析而不琐屑,这是我们所热切期待的批评。

文学的历史总结和历史描写,建立在平时开展的文学批评活动基础上。与历史的呈现相随的是无情的淘汰。无淘汰也就无历史。为了保留历史对某一现象的判断,它必须以千百倍的剔除作为代价。从这个事实出发,我们坚持作为批评实质的选择的品格。批评家面对浩如烟海的当代文学作品,他的第一步工作是选择。从无数平凡中发现才华和智慧;从无数一般中发现特殊的品质;并有信心通过琐碎的现象进行卓有成效的大胆概括。大量的阅读并不意味着大量的储存,甚而更意味着大量的舍弃。但要点却在于大量阅读。

中国文学最近十年的发展已引起广泛的注意。国际学术界关于中国文学的研究,已从以往一般泛泛的"汉学"发展为对于特定的部类进行专门深入的研究。而且兴趣的中心也已从古代文学、现代文学转到了新时期文学。在这方面,国外的华人或非华人的一批中青年学者已经卓有建树。这从另一方面给了我们以催促。作为本土的批评界,我们理应占领一个领先的位置。这种占领并非虚荣,而是一种必须和责任。就目前的状况,我们同样的不满足,甚至同样地不乐观。

基于这种考虑,我乐于借《面对时代的选择》一书的出版发表上述一些见解。这些见解显然是由于文学的空前进步而感到批评的某种不适应而发,却也是一种期待的表述。辽宁电大以有限的条件而进行的这项工作,表现了建设批评的自觉。它的作者的阵容年轻而富生气,这给人以欣慰。

此书作品我粗略读过部分,质量的判断有待于深入的了解和研究,但建设的热情却处处可以感受到。本书作者的选题适当,能够集中扼要地展示当前文学的面貌。就我读到的便有不少精彩的笔墨,如《在历史和现实的广阔背景上》描述现阶段文学感到的"一种辉煌时代前夜特有的光晕","在这种光晕中,人们已经感到应接不暇,感到科学选择、逻辑概括的困难",是一种对于特殊文学氛围的准确把握。论张贤亮小说《未完成的探索》,不同于经常读到的那类人云亦云的或浅尝即止的研究,而以深刻的性格剖示和在有成就的作家面前直言不讳的批评风格给人以深刻印象。如对该作品的主要人物的性格分析——"性格总被理性肢解,裂痕始终存在。在生动的变形面前,理性显出了自己的僵硬"。该文对"苦难的合理化",以及基督的原罪意识的论点,显示了对问题思考的深入。

中央和各级电视大学是近年教育界兴起的一支巨大的生力军。它们拥有一批新的教学和科研的力量,这批力量年轻而有生气。在文学批评的领域,近年也迈出了大的步子。以有限的条件而作出有价值的贡献,如辽宁电大的朋友们那样,自然带给我们以信心。这篇序文没有对他们的著作直接发表太多的意见,但笔者基于文学的进步而来的对于批评的期待的一番议论,显然是因他们的工作而引发的。

1987年岁暮于燕园

现代主义：中国与西方[*]

觉醒：秩序的怀疑

怀着极为复杂的心情告别七十年代的中国，由于自身的痛苦醒悟，再加上对于世界的了解，开始对已成定局的文学秩序产生怀疑。中国文学进入七十年代后期的转向有点像学生的补课，经过大动乱之后回归世界的中国，望着这世界的一切有一种惊喜之感。这是一种需要，而不是某些偏见所认为的追求时髦的"时装表演"。

这种文学自身的内驱力，有点像二十世纪英美诗中的意象派运动。它的兴起是由于对极度繁荣的浪漫主义的厌倦。中国七十年代后期的形势，与此有相似之处。标志着诗歌变革的朦胧诗运动，广泛采用了现代主义意象诗的手法，说明了对于异化的现实主义和浪漫主义并由此形成了巨大约束力的艺术教条的反抗。

整个中国新时期文学艺术变革的动机，几乎都可以从艺术反抗中得到解释，一种对于已有秩序的怀疑，导致对于另一艺术世界的寻觅。于是出现了北岛、舒婷、顾城那一群令人惊骇的艺术反叛。读惯原先那种充满了矫情的、甜得生腻的作品的读者，如今猝然遇着北岛式的奇怪表达，开始未免震惊，继而容忍且能

---

[*] 此文初刊1989年1月27日《文学自由谈》1989年第1期。据此编入。

谅解。敏感的读者逐渐理解了这些新奇意象组合"说"出了以往"说"不出的情绪和事实。心灵的重创、现实的变形,以及人对这一切纠缠不清的态度,都在这里得到了传达的满足。

以诗歌的现代倾向实践为发端,中国文学开始了超时空的向着五四新文学的传统大裂谷的对接。这种对接伴随着文化背景和文学观点差异而产生的大折磨,事实上修复了本世纪初叶开始的东西文化大交流的通道。中国为了挽救文学的人为衰颓,特别是现实的大痛苦,重新向着西方现代文明燃起了引进火种的热情。这一切原都是古老的题目,但在噩梦醒来的人那里都获得了新鲜感。

把中国现实文学失去平静的经历解释成青年人的追求时髦,乃是一种不谙世事的焦躁心情的反映。一切都应从现实和历史的状态寻求根本的解释。这不是一般单纯照搬和模仿西方的现代派运动,这是中国基于自身原因生成的艺术变革,这一运动当然受到了一种大力量的驱使,那便是中国已经醒悟到自我禁锢便是自我毁灭。中国面对西方现代艺术思潮的新的热情,与其说是由于现代主义的兴趣,不如说是中国希望改变自己的"世界弃儿"的形象而重返世界的愿望的体现。在文化和文学上,便是结束隔绝和要求沟通、吸取和融汇。

荒园的"遥感"

但中国的这一切自有深刻的社会的和历史的因由。如同许多论者所已经阐释的,西方的现代主义的共同特点是对资本主义文明和传统价值观的怀疑。二次世界大战以后,对现实的失望和精神危机更促进了现代主义的复苏和发展。高度发展的物质文明和精神的失去皈依,普遍地呈现出社会的畸斜。人对自身的存在感到荒唐。他们面对的是荒园,他们寻找精神的故乡但无所获。

在这个基础上诞生的艺术现象,再一次引起了中国的兴趣和同情。与五四那一次相比,这次对西方现代派的关注具有了更为强大的动因,应当说,对于刚刚从封建桎梏挣脱出来的中国,五四时期还缺少对于都市病的厌倦和反抗,以及对于资本主义的怀疑和仇视的条件。尽管当时由于年代的接近而"置身其中",却缺少对此深切的感同身受的效果。而现今的中国,尽管是时过境迁,却有着与这一文学思潮同向的理解的基础,这是一种"遥感"。

长达十年的政治动乱,加上比这还要长的年代里的社会禁锢,使中国噩梦醒来后面对的是一片精神焦土。罗曼蒂克的理想之光开始暗淡,急切间又不知路向何方伸展。以十年乃至二十年为代价换来的失落感,人们开始寻找时间和希望。人口造成的拥挤和摩擦,贪污和贿赂,陷阱和特权,人们在现实面前感到了无能为力和无意义。社会的病态发展了人与人的吞噬和隔膜,作为现代社会的孤独感亦随之而生。废墟的沉思和召唤,荒园的展延和凭吊,神圣的外壳剥落之后,人们发现了滑稽和荒诞。这些,都使中国与西方现代思潮生产了遥远的认同感。

中国一方面感到旧有艺术方式的完全不能适应,一方面感到这一曾经长时间发展仍然新异的艺术方式对于表达特定阶段的社会、自然、人生的谐调与适宜。最明显的例子来自原先写着雍容典雅作品的那些已获得声誉作家的艺术变异。王蒙以《夜的眼》、《春之声》、《风筝飘带》、《深的湖》为起始,开始了新的艺术领域的开拓。他的杂乱无章、漫无头绪的叙述方式,使熟悉他的《组织部新来的年轻人》的情调,并对他的复出寄予厚望的读者大为吃惊。人们为他那种不合章法的小说艺术不安,不免异常深情地回想当年那个年轻的林震和同样年轻的赵惠文在飘满槐花清香的夜晚那抒情诗般的甜蜜对话。那情景已经消失,代之而来的正是《夜的眼》或《风筝飘带》中那种对于拥挤焦灼的敏感,那种用不经心的调侃排解痛苦的睿智,从而显示了某种成熟的智慧。

这种要求不单属于个别作家,而是一种趋势,首先出现在那些服膺十九世纪现实主义和浪漫主义传统的那一批有成效的作家笔下。张洁的出现伴随着一种对于理想的眷怀,以及美好的失落的痛苦。"痛苦的理想主义",对她早期的作品是一个精彩的概括。现在她痛苦依旧,但也自觉摒弃抒情诗的情调。她变得焦躁而苛刻,于是笔端频频出现恶语的丑陋的事物。《方舟》已露端倪,《他有什么病?》终于以揭示病态作为自己的追求。这种对于现代艺术的接近是自然而然的。谌容是一位坚定的写实作家,但她近作多倾向于夸张荒诞,这说明她从"现实"看到了"现代"。

导向接近的契机

现阶段中国文学的现代主义趋向,源起于对中国文学从表现内容到表现方式的教条化的反感。徐迟把这种追求叫做文学的现代化,是对于"古代化"和"近代化"的抗争。正如英美意象派扫荡维多利亚甜得发腻的颓风而引动一场艺术变革,中国文学的现代倾向,目标在摧毁同样甜得发腻再加上浮夸得可憎的"假、大、空"艺术神殿。

从英雄到平民,从"高大全"到"小人物";从视人间为天堂,到考察社会的异常和扭曲,这一切孕育着艺术创作的新意向——传统的艺术方式对于产生巨变的现实已经不能适应。现代主义的确解除了中国文学面对现实那种苦于难以表达的困窘,它为长久凝固的中国文学提供了新的艺术思维和艺术手段,对于艺术视点的扩展具有重大变革的意义。

传统的文学格局的根基,是对于现有秩序的不怀疑或坚信,因此"颂歌"成为了最基本的文学体式。对于科学而言,发现和创造都来自怀疑。文学艺术的灵感产生应与此不悖。再加上生活自身的失去常态,人们的质疑更合乎常情。鲜明展示否定意识的北岛的《宣告》,对于中国文学的现代倾向表现了诗人的敏感和聪慧。"我不相信"最早表达了对于世界的怀疑。当然,中国文学受约于中国人对现实社会的关注与思考,它的怀疑同样生发于社会使命感而并不"空灵"。

应当说,传统文学致力于肯定生活的进步和美好,曾经起过而且现在也在起着重大的作用。但对世界的另一面——丑陋的揭示和表现,却是中国现阶段文学相当的缺憾。这一领域的延伸无疑丰富了和拓展了文学表现的世界,扩大了人的视野,使之对人生世态的识见有一个全面的展开。

残雪的世界的变态和丑陋富有启示性,她是继刘索拉之后把文学推向更为接近现代意识的一位。《山上的小屋》、《苍老的浮云》、《瓦缝里的雨滴》、《阿梅在一个太阳天里的愁思》以及《黄泥街》系列——她的世界是非现实的,但其间尽情暴露的丑恶却是非常可信的。无数的变态和失常,有力地暗示着世界上的某一处的生活和人们心灵的某一个角落的精神裂变。作家无意于再现甚至也无意于阐释什么,她只是通过一个个画面的组接,造成一个让人可以意会却无可以言传的象征世界。这个世界与其说按照某种实有模式的仿效,不如说是按照特殊心理或受对于世界的变异性重构。

对于中国传统而言,这种既非写实也非理想的艺术方式是新颖而有效的。但它只是一种"移栽"。中国作家不管怎样的崇尚现代意识,但总有根深蒂固的传统的纠缠,即使是最年轻的一代也如此。残雪的荒诞不单是来自内心,更主要的是来自外界。像《拆迁》中的"开五个月的会讨论全区的绿化问题,然后再开三个月的会讨论黄泥街的垃圾问题",以及一个偶然的响声都引发"你们发现什么可疑的迹象吗?"的非常态人生,都证明了残雪的这个世界虽是虚构却并非杜撰的世界。这种艺术方式对于表达对恶的敏感,以及由恶造成的普遍的惊慌、惶恐、缺乏安全感等精神病状格外切实。

中国文学接受现代主义的影响,不是由于中国社会和西方社会获得了同步的发展。恰恰相反,却是由于中国的惊人落后而与西方相悖,不是由于社会物质文明的高度发展造成人的隔膜,因无根而飘浮,从而产生高级的孤独感,是由于物质的贫困造成愚昧和残忍。人与人因摧残而互相隔离,也是一种别有因由的孤独。

自从闻一多发现的死水作为一种象征在精神世界中存在,中国文学与西方现代主义经由两极的异向而在精神上生发神妙的认同感。但中国的一切都生根于东方的黄土地。一切都是土生土长的,包括变异,包括绝望,包括滑稽和荒诞,都是中国土地生长的一枚苦果。敏感的诗人首先把中国人特有的这种危机感和孤独感大胆地表现了出来。《想起了捷克电影想不起片名》(王宣)、《出租车总在绝望时开来》(王小龙),单看这些诗的篇目,便可感受到那种受生活愚弄的人们对于自身命运不可把握的特殊的感受。诙谐背后的伤感,与其说是嘲弄他人不如说是嘲弄自己,自虐是由于被虐。

借助异域的方式写对于本土的特殊感受,特别是写那些过去极少得到表现的生存情状。中国当前文学受惠于现代主义者良多,它为展开另一个世界和另一种画面,向中国文学提供了行之有效的手段。我们过去用平面反光镜得到对于世界的认识,如今借助这种凹凸镜取得了另一种对于世界的认识——在这种变形的和扭曲的透视之下,我们看到了过去难以窥及的五颜六色的社会内脏,它甚至喷吐着可怖的血腥气。

潜在心态的现代透视

仅仅提及上述一点很不够,也许更为重要的是,现代主义为中国文学深刻表现中国人的潜在心态提供了有益的手段。

影响现代主义发展的某些哲学观念,例如世界的荒谬感,人生的悲剧意识以及心理分析学派对于潜在心理的把握等,与现代西方社会体现为和谐呼应的状态。当人们获得高度物质文明的恩惠,接着便是更高层次的不满足,现代派文学对于表现西方社会病显得十分自如。中国文学长期崇奉反映和再现的原则,文学注重于外在的活动和环境的描写,情节的构筑,人物的设置、以及彼此关系的连续和中断,他们的兴衰消长,总的是一个外向化的过程,文学对于人的心理活动的潜在状态,以及对于人的习性和品德的另一些方面往往忽视。加上歌颂形态文学的写光明的强调,使文学很少关注生活的另一种表现。例如某种以常见的合理的方式出现的荒诞,民族性格中的驯顺有时表现为麻木、迟钝、愚昧的品性等方面,鲁迅传统中的讽刺性在正式文学体式中中断了,因此,中国文学关于类似阿Q性格和阿Q心态的揭示和表现受到阻碍。

由于文学向现代主义的延伸和接近,这些遗憾得到补偿。李陀的《余光》和《七奶奶》都传达出中国人传统心态的承继以及其面对新生活的困顿。《余光》中那位长辈"盯梢"者,以及七奶奶对于媳妇的警惕,都表现了中国人的历史承受对于外界变动产生的惊惶,这些都依仗人的恶的心理活动的描写得到完成。

文学的向内转倾向得到现代艺术的有力启示。王安忆在《小鲍庄》交错展现一个古旧村庄中多个家庭的众生相,通过结构的力量,把带有原始性的人的内在情绪予以空间的展开。莫言的《透明的红萝卜》展示无声的感觉世界,依靠主观的心理视线向着纯物象的现实世界提供新鲜的效果。中国作家的艺术触角变得复杂而多样。它的最积极的结果便是揭示了另一个世界——人的心理和感觉的非物象世界。

正是通过这样的艺术嬗变,最终造成一个大的成绩,那就是对于中国人的传统心态的微妙的表达,特别是终止于鲁迅时代的阿Q心态——即国民变态的揭扬。在韩少功的笔下,《爸爸爸》的环境和氛围,既让人不感到陌生,又让人惊怵。丙崽给人的感觉是阿Q没有死,昔日的阿Q胜利时便认出了自己的"儿子",如今丙崽则把所有的人都喊作"爸爸"。不仅是愚昧和麻木,而是养不大又死不了的白痴,至于仁宝和他的父亲关于皮鞋优劣的争论,仁宝反驳他爹:"千家坪的王先生穿皮鞋,鞋底还钉了铁掌子,走起来当当地,你视见否?"他身上把鲁迅的假洋鬼子和阿Q的精神神奇地汇在一起了。

过去为"英雄""正面人物"的颂歌所淹没的另一片陆地,在特殊艺术方式的诱引下浮现了出来。在那里由于作家有意无意的开掘,使读者了解了古久的传统心理的积淀。中国人的压抑和变态以及中国人的悲哀,诗人很早就开始这一特殊意义的严肃的"寻根",终于发现了令人伤感的《中国人的背影》(蓝色)。

这种发现借助中国传统艺术方式甚难实现,因为传统的观念要求文以载道。这种责任的承担决定了文艺的正面价值,即它必须传达一种有补于世的情态。因此,文学的任务在于发掘和表现美好,便是一种由来已久的必然。

如今伴随着现代艺术思维的兴起,艺术把它的触角伸向了过去难以企及的部位。中国终于又一次继鲁迅之后有机会窥及自身的"背影",由此透射出衰颓乃至丑陋。那种令人哭笑不得的灵魂重负,那种令人感慨唏嘘的痛苦和屈辱,文学把民族的思考导向了深刻。从而有可能把从前透过于时势和境遇的推卸导向自身。现代艺术为这个民族的痛苦的反思和沉重的忏悔提供了可能和恰当的方式。

这就是由于不同历史大背景的相似而产生的艺术共鸣,而导致了不以社会制度和人文环境的差别来划分的认同感。接触和渗透的结果导致中国当今文学的两个方面的积极结果:另一种世态的揭示和另一种心态的剖析。这是现代倾向的艺术引进促成的中国文学内涵的变化。

艺术结构的错动

中国最近十年的文学是真正运动着的文学。文学这一球体过去是被各式各样的观念胶粘着并固定了的,如今它恢复了动态的运行。和以往人为的和外在的非艺术的运动迥异,当前中国文学最具实质的变化是艺术内在结构的变异新生。

艺术视点的空前发展,导致艺术结构的引爆,造成这一形势的当然有众多原因:现实主义的复苏和深化;中国传统美学的兴旺和实践;而最具实质性的原因是另一种艺术思维和艺术方法的重新加入。异质的进入和渗透造成了旧有秩序的"混乱"。这种大错动实际是由于内在结构的"改组"或"重组"所造成。其结果是革命性的。

当北岛、多多、芒克一班人涌现的时候,中国欣赏和批评惯性一下子便认出了它的异端性质。于是长达数年之久的朦胧诗论战生发了。这当然是由于创作和接受者的障隔所造成。对于障隔造成的原因的探究可以写成一本书,原因自然是复杂的,但有一点却十分明显,那就是自从中国文学进入历史的转折点,由于社会的开放,特别是西方现代主义思潮的影响,文学的表达方式在一个相当广泛的领域中发生了重大的变化。

这种变化使适应了传统表达的人不能适应。在诗歌、散文、小说,也在戏剧文学,中国传统的方式,是文学向着它的大部分接受对象的习惯心理迁就。为了适应那些文化层次不高的读者的欣赏习惯,中国文学长期形成了相当稳定的线性叙述模式。

这一模式在艺术变革中,受到强烈冲击。跳动的、颠倒的、无条理的叙述方式最先出现在一批锐意改革的作家笔下,王蒙的"意识流"小说造成最早的欣赏骚动。顾城的几道"弧线",让中国大多数诗歌欣赏者惊愕——在那里,不表达也不宣泄情感,不说明也不阐释,只是互不关联地用植物、用人和飞鸟,也用大自然的海浪,画出四道美或不美的弧线让你"猜"。

在新的艺术探索中,原有的"秩序"被搅乱了。叙述的颠倒和跳动,完全随作者的心意进行。不是听从事件首末的召唤,而是作为主体的作家的情绪和意念的启迪。有时有意的省略和切割会造成非常动人的效果。那种将梦境、幻觉、神话、此时或彼时的现实,将想象的世界和人间现世综合的显示,会凭空地为作品提供了多达数倍的表现空间,现代方式的引用,断续的、无定向的意义闪跳所造成的扑朔迷离,凭空地给艺术增添了迷人的魅力。而这在正统的艺术那里却很难做到。

艺术变形的潮流极大地冲击了中国传统的人物造型和环境描写,在曾经视"不好不坏,亦好亦坏的芸芸众生"为艺术的违逆的天地里,突然涌进了众多的"不正经"的人物。刘索拉《你别无选择》中的那些大大咧咧的年轻人,几乎都是扭曲和失常的。

外形的畸变和内心的扭曲,使非常态的描写形成一股冲突传统审美习惯的恶潮。恶心和丑陋,破碎和残缺,举目低头,外视内审,均是"不美"的形象、意象、情绪和感觉。人们已经看惯了实际生活的变态,人们感到传统的艺术不能表达内心的愤懑和抗议。他们在这些变形的艺术中得到满足。

这是一种与前不同的观照,这种倾斜、破碎和残缺,能够表达那真有事象的特定侧面及内在品质。这是中国当代文学受惠于世界现代文学的一个重要方面——它改变了文学只能如实地或理想地写,而成为也能变形地、"歪曲"地写的格局。同时也改变了文学只能是审美的观念,而意外地发现了丑中原来有"美",

从而极大地开拓了文学表现的空间。

当太阳向西方滚去的时候,留给它的是长夜的暗黑。现实的逼迫,使中国人感到困窘。而地位特殊的中国青年,对此尤为敏感。他们传达那种特殊的无能为力而产生的尴尬处境颇为传神,不可参与构成了孤独;无所祈求构成了绝望;无所驻足造成了飘浮;无可言说的愤激导向了玩世不恭。

世界本应比如今看到的更为美好,但一剖开现实生活这只橙子,发现的都是失望。于是只好以不正经的态度面对它。这就是中国式的嬉皮士精神或流浪文学产生的原因。马原小说中的游戏精神很是突出,传统的文学庄严感在这里消失。他在不断地设置语言的迷宫和叙述的圈套。马原关于小说的"无意思"的表达,最鲜明地反抗了传统的庄严意义的教化。

文学在这样的观念制约之下表现了强烈的无拘束状态诗和各种文学样式都有表现。但它依然是中国式的。调侃的背后,往往表现深刻的抗议或是深沉的忧患,很少有绝对的和完全的不负责。王小龙的《心,还是那一颗》,题目绝似希克梅特一首极为庄严的短诗。但在这里却完全消失了希克梅特有的悲壮和坚定,他随心所欲地用非常随意的语言,谈论人们认为是严肃的话题。一切看来都不重要,表现出极大的虚无。但是中国毕竟有自己的忧患。开够"玩笑"的诗人最后还是回到了痛苦的伤口——

> 可是记忆,该死的
> 记忆是牙齿掉了留下的豁口
> 总让你忍不住去舔舔

1988

选择体现价值[*]

当年那个被视作异端的"我不相信"的"宣告",以及画在空中的那几道令人困惑的"弧线"所带来的不安与骚动,此刻正变成遥远的梦。潮流涌向远方,留下了条纹清晰的沙岸。一代人留下了他们的创造,脚步匆匆地向前走了。中国现阶段诗歌由静止而跃动的动态结构的生成和衍化,集中显示了这个大转折时代的精神折光。

现阶段中国诗坛局面的繁复与驳杂,为自有新诗历史以来所仅见。这是一种郁积的释放。因为禁锢过久过重,因而反弹便数倍于常。目前出现的自以为是的流派的涌立,以及为数不少的随意性写作,尽管已明显体现某种不适度的缺憾,但却是诗的自然生态恢复所派生。中国这个十分兴旺的"诗歌市场",不仅在一个时期内完成了跨时空的诗歌样式的全部推出,而且在一个时期内完成了诸种艺术探索的迅速更迭。多种多样的诗歌潮流的共时突现,乃是当今中国的诗歌奇观。

我们把直接承继了传统内涵和传统表现方式的那一部分诗歌称为传统诗潮。这一基本服膺现实主义精神的诗歌潮流,的确为新诗的切入时代和现实作过贡献,但艺术的钝化现象也相当严重。面对新时代的诗歌变革,传统诗潮的影响虽受到冲激和削弱,但依然拥有进行持久较量的实力。当今阶段值得注意

---

[*] 此文初刊1988年1月10日《诗刊》1988年1月号。又刊1988年8月《创世纪》第73—74期,题为《完整的太阳已经破碎》。据《诗刊》编入。

的是新诗潮所展现的变革意向及实现热情。它纠正了过去诗与实有的物质与精神状态的脱节和违逆,使诗垂誓于对民众的诚实,其中最重要的是国民开放心态的展现和历史批判因素的增进。新诗潮艺术上的变革把焦点对准了传统艺术定势的痼弊,而代之以通过意象的凝聚和组合给对象分散的或整体的象征效果。一贯的直接显现已为普遍的暗示所取代。经历劫难之后的忧患与愤激的合成,体现了诗与社会功利以及公民使命感的最佳契合。

后新诗潮承继并深化了新诗潮开始的艺术巨变,但又是对这一诗潮的严重挑战。它以对直接的社会观照的疏离而实现与新诗潮的分流。其中最具实质的变异,则是更易新诗潮的社会觉醒为人的生命觉醒。人也曾是新诗潮十分突出的命题,但那时谈论的是人对于改变非人状态的必要和可能,基本上属于社会政治含义上的人性的呼吁和争取。后新诗潮触及人的命题迥异于前,是生命本源的发现与探究。要是说新诗潮关于人的呼吁是对于"五四"文学关于人的争取和自我实现的断裂的对接,则后新诗潮所涉及的,是一个过去未曾发掘的哥伦布的新大陆。

艺术的迅变让人目眩。短短数年时间,诗的更迭足可令所有的人突然间变成为思想保守者。新诗潮在它的反对者面前由"古怪"变成了平易而可亲的"古典";后新诗潮则展示了与它的启蒙者的反叛性的"脱钩"。原先的"异端"正在变成"正统",而新的异端则以更加猛烈的姿态袭击着传统欣赏和批评的承受力。当新诗潮还没有完全站稳脚跟,后来者却迫不及待地掀起了猛烈的变革的旋风。

后新诗潮推进了三个方面的根本性转移:由政治的诗到文化的诗的转移;由激情的诗到平淡的诗的转移;由英雄的诗到平民的诗的转移。三种转移都体现了与传统诗观的疏离。而疏离现象的产生则是纯粹的中国的原因。因而,尽管我们意识到了后新诗潮所呈现的鲜明的现代色彩,它的艺术启悟来自外域,而基本动因则来自本土。

中国文学从史诗到文化寻根的追求,发端于诗。诗对文化的关注导向对于远古文明的追慕,其原因在于现实的失望。这种失望萌发了以诗的方式重构文化的意愿。文化寻根当然应当警策对于传统文化的膜拜与皈依感。但把握它生成的基于现实的曲折动因,却有助于对这一倾向的理解与接近。作为文化追求的另一个迹象,是现代人感到了文化的压迫。压迫感导致对于这种压迫的反抗,"非文化"或"反文化"的怪圈现象即由此生发。中国很难产生极端的绝望和毁灭的动机,它的"破坏"仍然受到愿望和争取的驱策。

一部分诗人正在构筑高雅博大的诗殿堂,这仍然不失为有价值的追求。诗的贵族化倾向不曾构成灾难,但却引起了无地位和感到被遗弃者的反感并导致反抗。"反艺术"的表达方式是使诗更加接近凡人的俚俗化。人们可以通过这种无拘束且无修饰的揶揄和调侃,表达他们从现实生活得到的荒诞感。可笑的扭曲和变形,恰好能够宣泄无以反抗的反抗情绪。

当前诗歌创造的无秩序所展开的纷繁,体现着诗的无所不往的征服。对人的内在生命困惑与焦躁的把握,这是诗歌对原属于自己的另一个世界的重新发现和索还。这个内在世界的浩瀚和瑰丽绝不比我们已知的宇宙逊色。也就是在这里,诗向着抽象思辨逼进了一步,使诗迅速地走向哲学。激情在诗中的消失,"无动于衷"的冷漠化的加强;从重构文化到文化反抗(中国式的准嬉皮士的方式,也是一种对于高贵文化的反抗)的矛盾又一致的现象的出现,似乎都可以从梦醒了不知如何把握现实的迷惘得到解释。那些半真半假的大大咧咧的玩笑,一方面是激愤的变态反映,一方面则遥遥地指向愿望的思考与追寻。

诗歌正试图确认一个更为奇特也更为陌生的秩序,它考验我们的适应力与耐性。纷扰的十年为中国诗歌画出了两个巨大的句号,第一个句号画在天安门诗歌运动,它意味着政治替代诗歌时代的终结;另一个句号则画在新生代突现的朦胧诗退潮期,它宣告完整地为社会激情浸漫的诗时代的消隐。但对现今中国诗歌秩序来说,"句号"绝非表明一个现象的绝迹或死亡。中国可称作是诗的"悭吝人",事实上什么样的古旧方式它都不轻易丢弃。研究中国当代诗的发展,极易在此产生错误。你面对的一个绝对可靠的事实就是:那个非此即彼的时代已经成为过去。

亦此亦彼、彼此共存作为一个新的诗歌时代的象征。正得到鲜明体现。对于诗的消费者,这是一个开放的多种选择的市场。自重、自尊、自信为诗争得了空前的自由度。各种文化、审美追求,各种诗观念,都在竭尽全力地表现和参与竞争,直到在公众的选择中取胜或失利。也许有人至今不能容忍诗的"走火入魔",他们渴望以非常的方式对它实行制裁,但事实多次昭告不能奏效;也许有人愤激于诗的长期变异,他们期待甚至诅咒他们所不喜欢的诗的消亡,但他们却惊奇地发现这类诗依然有虔诚的拥护者。复杂的中国社会,更加复杂的文化背景和文化层次,造成了世界罕有的诗歌奇观。

原有形式的相对守恒是一个稳定的文化现象,但跃动、急变与失衡则是一个更应引起重视的现有情势。在当今中国,任何一种艺术要想保持一种长盛不衰的热潮,几乎是不可能的。这包括了前几年毁誉交加、但却属于诗歌新潮的朦胧诗运动在内。

在一个向着世界开放的社会里,一种统一的艺术模式能够排他地长期流行,只能是一种想象的存在。敏感的心态、多变的趣味、激烈的竞争,成为一种排除稳定性而不断刺激艺术变动的动力。诗歌艺术的走向自由,并非一种给与,而是一种自然而然的推进。要是采取这样的观点,我们也就不会惊愕今日诗歌的"混乱",从而确认其合理性。在喧哗与紊乱中,有些严肃的艺群体得到了承认,有些随意性的现象被自然地淘汰。自然调节和生存的竞争是这里的法律,干预失去了权威性。

已经不存在一个统一的诗歌运动。一个完整的诗歌太阳已经破碎,随之出现的是成千上万由碎片构成的太阳。它们旋转,且闪闪发光。在这个天宇里,有的星体是长久发光的恒星,有的星体的使命只是在天边划出一道匆匆的蓝色的弧线。

新诗潮运动崛起之后[*]

人们谈论大陆新时期诗歌时，往往提到朦胧诗和朦胧诗论战，我们把它叫做新诗潮运动。新诗潮运动产生于70年代末，原因有两个：其一是社会的大转折。"文革"结束后，中国社会开始从一个极其封闭极其禁锢的状态转向比较开放相对民主的状态；其二是传统诗潮已发展到极限，出现了极为僵硬、固化的状态，艺术已高度模式化。因此，社会的大转折确定了艺术的大变革，艺术的高度模式化产生了一种艺术反抗。

1978年下半年，北京出现了一个以北岛、舒婷、芒克、多多等青年诗人为主的文学刊物《今天》，它发表了大量的诗歌作品，出现了一群陌生的青年诗人。以《今天》杂志的出现为标志，我们就产生了一批令人耳目一新的所谓朦胧诗。朦胧诗的代表人物主要有北岛、舒婷、顾城、江河、杨炼，朦胧诗的作者是一群青年诗人。他们写的诗，被人们叫做看不懂的诗，现在基本上都看懂了，可当时却看不懂。为什么看不懂？我觉得主要的原因就是"文革"十年造成了我们民族文化艺术的极端贫困，具有悠久历史的诗国只剩下一种讴歌形态的诗，它专门抒发虚饰空泛的感情，只能用激昂的、乐观的、高亢的调子放声歌唱。因此，朦胧诗在艺术方式上采取了不同于过去的新尝试，表现了真实的心

---

[*] 此文为1988年1月与王拓等谈话的录音摘要，初刊1988年3月《台声》1988年第3期，总题为《两岸文心共雕龙——王拓与刘再复、刘宾雁、谢冕等谈文学》。据此编入。

灵世界,出现了怀疑的调子,忧郁的调子,感伤的调子,柔美的调子,这种反传统的形态自然很难为禁锢在传统中的人所接受。

朦胧诗的出现,对朦胧诗的批判也就随之而来。朦胧诗被认为是异端,是诗歌癌症,是数典忘祖,到了"清除精神污染"时,批判达到高潮,在政治上扣帽子,上纲上线。同时,朦胧诗出现后,诗歌理论上先后出现了"三崛起"说,这就是1980年我写的一篇文章《在新的崛起面前》,1981年孙绍振写的《新的美学原则在崛起》,1983年徐敬亚写的《崛起的诗群》。"三崛起"引起了很大的骚动,继批判朦胧诗之后,紧接着"三崛起"也受到了批判。现在,这件事已经成为过去了。

目前,大陆诗坛是各种艺术风格竞呈,各种流派准流派并立,形成了无主潮、多元化的格局。我认为,过去那种单一的格局,那种通过政治手段来组织艺术运动的时代,已经宣告结束。

艰难的寻觅[*]

尽管诗在很多场合被宣布为已超越了传统范畴,但我们发现浸透了当代人忧患的悲哀主题并未消隐。据说人们已经失去了对于现实世界关切的兴趣,但我们获知那由政治错乱所产生的心灵伤痛却正成为遗传因子在下一代诗人中延续。当然这一切已非十年前的本来样子,它已经投入了其他"添加剂"——不能不承认这个大转折时代的变迁带给人们心理和情绪的影响是多么的深刻。感时伤怀的直接抒情性效果业已退潮,更何况那些过于具体的诠释和描绘?无以数计的自以为是诗歌流派和艺术群体正在对诗作出种种解释,这一切是如此令人目乱心迷。但并非不存在简括描述的可能性。而这种可能性的探求,仍然主要是现实的依据。

"对诗人没有更多的要求,如果他能体现自己时代经历创伤的良心。"(圣琼·佩斯)许多诗人对他的时代所给予的启示作了溶解。一般说来,他们会把那一切进行神秘的改造。诗是疯狂的,它更适宜于以疯狂的姿态显示对于世界的看法。一批诗人把久经灾难的悲怆情绪作了"脱水"的处理。他们乐于使这一切失去原有的面貌,不像他们的前辈诗人那样,要么写出一段事,要么写出一段情。对于他们,似乎更乐意把它们化为一种情绪流。这种情绪流很难说是某一个具体事件或场面的再现,也不会再是激情的直接宣泄。但我们都不难从那些继续地跳动的、

---

[*] 此文初刊 1988 年 3 月 6 日《诗歌报》。据此编入。

乃至是错乱地组接的诗句中,寻觅到产生它们的那一片深邃无比的心灵的荒原。

由于对那种功利主义的厌倦,许多诗人都宣布他们对现实的命题冷淡。尽管如此,由于我们执拗地追寻,我们经由那股情绪流向的导引,往往不难找到它的源起,顾城的许多诗,我们以为是特殊情绪的衍化,这里的一幅《内画》:

> 我们居住的生命
> 有一个小小的瓶口
> 可以看看世界

"我们从没到达玫瑰,或者摸摸大地绿色的发丝",我们有一种恒久的悲哀,那就是与世界的隔绝。的确很难说这些由"内画"所生发的情绪与重大的时代悲剧有什么直接的因果关系。但不能不承认这些情绪的产生与他的时代有着间接的依存。

变态的人生世相,人心的互相防范,由于良知的丧失,人际关系紧张并产生严重阻隔,加上长久的自我封闭,我们不难理解那种"内画"的悲哀:我和一切都隔了一层,世界对于我们只是一个"镜片"。从这里易于觉察,尽管诗人们在否认,但事实却指向了一处。

诗人对于现实的厌倦,当然是一种艺术的逆反。但确凿的一个事实却是:这种逆反开启了一个久经封闭的世界,那就是伟大的感觉世界。许多人宁肯从自我感觉出发,而不是如同往昔那样把诗作为某种客观存在的实际样子及其唤起的情感的再现。他们注重直感。

这种感知生活的方式,强调本我的自主和能动地通过直觉和幻觉把握世界,强调以瞬间的感觉材料的积累,进行高度浓缩的感觉的"曝光"。此方式服膺于把主体直觉质化的需要。他们以这些直觉为散落的点,并以理性来串结这些散点。从而画出心灵历程的虚线。在这里,理性的思考,显然会受到特定生活氛围的"遥控"。这些正是此刻我们发现到的总有某种忧患贯串于许多声称"不为什么"的诗篇的原因。

其实,我们被杨炼的《休眠火山》的经历过最深的夜,忍受了最残暴的光明,它记得鸟声灼成最后一道创伤,树根缓缓地扎进心里,它学会对自己无情"那些诗句唤起的,是我们自身的某种人生体验,而不论诗人如何巧妙而繁复地架构自己的智力空间"。要是据此推及诗人创作的契机,想来也不至于背谬过甚。再谈谈江河的《斫木》开始的那一段——

> 那被砍伐的就是他自己
> 他和树像两面镜子对视
> 只有一去一回的斧声
> 真实地哐哐作响
> 断了又接上砍了又生长
> 伤势在万籁俱寂的萌萌之夜
> 悠然的愈合

产生关于这个古老民族悠久的苦难以及战胜苦难的坚韧的联想,也许不乏合理的因素。就是说,不论基于直觉的情绪的历程走了多么弯曲的、乃至于潜隐的路途,优秀的诗,依然能够引导我们寻到"自己时代历尽创伤的良心"。

当前诗歌突出地提出了生命体验命题。基本原因亦是由于随着社会和人的解放,人重新获得自由,增长了人的主体意识之后带来诗的觉醒。被群体意识捆缚过久的诗歌,在新的环境中重新确认了它的自由个性。异常年代对于人性的践踏,人的尊严被剥夺;我的思想被他人的思想所淹没,我变成异己。在此种情势之下,确认自我的存在价值,便具有了深刻的批判意向。

由人世的创伤而思及生命的艰危亦在情理之中。死亡的主题体现人的萌醒的自觉。敏感于死亡的不可回避,基于对死的恐惧。由此派生而来的对于生命过程的把握。诗触及这一领域,未必就是诗的没落,甚至展现诗的深沉感。与生俱来的忧患,隐约地触及暂短人世的悲剧,这里缺少的是某种激昂的力度,但不朽的气息却借此渗入。我们却也因而获得了某种深刻性的理解。人因而活得更聪明也更为自觉。

这里有一组《人生圆舞曲》(莱笙),发掘的正是这种永恒的主题。《山和山》:"背负着千年混积的故事,相互间渴望走近一步""而不能如愿";《即使》:"即使让坟洞吞噬,地球还运着你走",讲的都是生命的某种难以改变的状态。莱笙的这组诗不能说已经深涉生命的奥秘,但这种觉感依然显示了对于现实的超脱。它在有意的距离中表示了某种反向的冷漠,这和以往的某些诗篇所体现的失望是由于期望甚多庶几相近。

这是诗的一个拓展。致力于此的诗人甚多,其中不乏优秀可堪传诵的作品。我们不难从杨炼的宁静中,发现深层的躁动不宁和灼热。航行于古海的《望果》其主题却与那些切近现实的诗作相重叠。它们同样是一种寻觅——

　　寻觅秋天,寻觅另一个港口
　　墓碑在高处俯瞰风雨匆匆
　　白云一起一伏,水手和帆悠悠归来
　　浸透盐的不朽的宁静

我们面对的一个大不解是一种诗中出现的荒谬性。这现象与传统的言志诗观形成严重背反。这种背反萌生于生命体验的深入,但依然不能全然摆脱现实的约定。基于社会历史的原因,不少人感到了现实生活中普遍存在的困窘和尴尬,但又对此无能为力。只有以反讽的方式,才能保持心态的平衡。于是派生出忧愤甚深而出以表面嘻嘻哈哈的诗篇。诗的反嘲是对生活的变态的以及自身的荒唐处境的无可奈何的干预,从王小龙的《出租汽车总在绝望时开来》到蓝色的《轧带》,能触及生活对人的无情的戏弄。我们从《中国人的背影》中听见了由衷的叹息声,从《圣诞节》中感到了总是提心吊胆的期待的悲伤。

这真是明知传统的"可怖"而又无力挣脱"可怖"境地的中国诗人,甚至是最年轻的一代新人——他们的确在追求新意,而这种追求的出发地,同样是深厚无比的中国黄土层。

南方寻找语言[*]
——评杨克诗集《图腾的困惑》

中国当今的文学和诗,一方面是和平环境和开放社会自然生存的消费适应性,大抵向着轻暖的方向倾斜,文艺的软化现象很突出。另一方面则是感到了潜在的忧患,传统的使命感催动诗歌向着历史和现实作庄严的思考。文学的成熟提醒这种思考应当采取各不相同的自有的方式。特殊的自然景观,心理遗传和文化积累启迪了不同地域民族的作者向着各自的特殊性逼进。

诗歌在南方并不寂寥。人们都在紧张地寻找属于自己的语言。他们渴求用不同的方式表达这个大地上的人的共有的忧患、愁苦和追求。杨克的诗集《图腾的困惑》(漓江出版社)最让人感到宽慰的便是这一点,它用事实印证了我们的感觉。作品最动人之处是作者站在自己的土地上,掀开蔓草,让我们看到了时代的皱折。读他的诗,我们仿佛始终面对着那一条河,那奔腾的声音和气势始终在震荡我们的耳膜,敲打我们的心房。

诗人告诉我们:《就是这河》。它那由远而近、由缓而急的排浪向我们扑来,接着便是:"若六万大山九万大山十万大山芭蕉串似地/自高原倒挂而下就是这河/哀哀/若盘歌嘹歌排歌那大山裸露的筋/那祖祖辈辈的脐带就是这河。"这无休止的撞击,让我们喘不过气。力度不仅来自这河的悠远的往昔,而且还是由

---

[*] 此文初刊1988年3月17日《文学报》。据此编入。

于它的杂陈和综合。我们从他的图腾和神话的古旧以及现代色彩的有意杂揉中,看到基于现实感受的文化历史的建构的力量。他把南方和南方的河的表现,推到了有异于前的境界中。

杨克还是执着地关注着他所钟情的土地的现代变革,但他有自己的艺术追求。他希望他的这种观照,具有一种深度。这使他断然摒弃以往表现生活变化的那些描述和抒情的方式,而是直接让画面显示出它的复杂性来。说画面其实并不准确,而是一种立体感的直接凸现。南方这一条河此刻翻卷的波浪,呈现的是避免了单纯之后的浑杂。水电大军为夸父所"感召",为大禹所"诱惑";京韵大鼓,康定情歌,黄水谣和江南丝竹在这里融汇:"半坡彩陶上的纹鱼从秦灵渠游进雕塑家叮叮当当的钢凿之下"。骨子里依然是一股关注现实的有力的创作潮的推涌,但现已发展的这种立体构筑的艺术方式,无疑为杨克创作增添了魅力。

《就是这河》那样的叠加,虽给人以新奇的韵致,但它依然只是一种外在的停驻。杨克的诗最动人之处,是他能够从现实的画面中开掘他独有的思索。《红河之死:纪实作品第一号》和《蝶舞:往事之三》,把真实的死亡写得那么空灵和轻松。他把死亡的悲哀表现为美丽,在这"冷酷"的背后拥有着最动人的哲学家的冷静。《蝶舞》虽未注明是"纪实",但却可断定若非亲见便是亲闻的实有之事:三位青年女工小憩中的不幸事故造成了死亡。她们从高处坠亡,美丽如彩蝶流出的"一管灿灿音乐",让人想起庄子的蝴蝶来。这种"糅合"是看不见的但却让人心动。《红河之死》的序是一段新华社电文,记载了由于塌方造成的43人死亡。但诗人用的是这样的"非"现实的眼光:"辉煌如酒喷薄如血涌动如旭日的童声合唱的呜呜之声/骤然而至/大/滑/坡/天空撕裂的壮锦/……脚下汩汩歌唱的鲜红液体/蛇一样扭动/诱惑我全身心加入那河加入那河。"死亡在这里不是通常我们识见的那种东西,死亡是美丽的一瞬。他认为死亡是一种"加入"。对于红河那样的集体生命来说,本无所谓死亡——历史不会死亡,要是个人的生命加入那集体,则留下的依然只是一种美丽,如同壮锦之撕裂,如同彩蝶之飘舞。这南方的声音多么新鲜,由于哲学的思索和现实的描绘的结合,把杨克的诗推到了一个让人羡慕的高度。

诗的哲学化和诗的文化化的大倾向,正在成为南方诗人追求中有力的成分。这使他们的诗既是地域的和具有特殊文化色彩的,又使他们的诗汇入了当前诗歌的大趋势。作为一朵浪花,杨克在《图腾的困惑》中传达的声音是浑厚的。南方不一定就是纤柔(虽然纤柔并非不可取),南方在寻找新的语言。这种寻找基于一种合理的传达和思索的需要。

杨克的诗凸现的是现代生活的风景线。他的好处在于对现实不作奴性的描摹和追随,他基本摒弃了那种轻浮的情感表达方式。他年轻,但又体现了相对的成熟。秋天的语言诞生于历史沉思和历史再铸的寂静之中。杨克也注意表现现代的都市,他有很敏锐的感觉,捕捉和把握了现代都市生活的心理和节奏。这些表达如《美的转移》和《陌生的十字街头方块和圆的错觉》都寄望于传达转变期现代生活所给予的新的感觉。而《一个景观的不同时空,迪斯科和野草的引力》则试图传达现代人的复杂的对于世界和自然的态度。

杨克颇致力于现代都市生活的场景和情绪的表现和传达,这方面的创作获得了成绩。但有一些诗写得随意了些,对比之下,不如《河与岩画》那样的精心。有些诗看来是在有意地反抗语言的规范,以便突出那种"满不在乎"的状态。但这种反抗是无效的。例如《现代诗朗诵会》的"迪斯科再迪斯一些,男的女的便诗人起来",便是一种失败。这样说并不是说语言非墨守成规不可,诗人原是把弄语言的天才。语言的超规范的努力有时还能造成一种奇观,例如"咖啡馆夜的情绪""袋里有点闲钱的时候,便和几个朋友躲进雀巢",随意中见精巧,也饶有风趣。

如今变得非常丰富且显得有些芜杂的中国诗歌,参与其间的竞争得有点魄力和胆量。南方是不甘示弱的,四川,上海、江苏、贵州那里的诗人们已经显示出他们的勇敢和智慧。两广的诗坛是引人关注的。杨克的努力给人以欣慰。在这场变革和创新的角逐中,每个人都应当寻找属于自己独特的声音和语言。

人们不难发现杨克诗中展现的那一片无边际的显得有点悲壮的红。那是他的诗歌油画上的底色,是火、是血,是悲壮、惨烈和久远。它是一种情绪和色彩的"奠基石",使他触及的一切,都增添了分量。我们多么欣喜地看到那无处不在的《深谷流火》——"泛动与土地天空浑然的赭红,烈焰凶涌的血脉"。寻找自己,寻找属于自己的颜色、声音和组合方式,总而言之,是诗人的语言。这就是在这场无休止的竞走场上所必需的最为基本的前提,除非你宣布退出,那么,这种追逐便没有止境。

文学的进步与批评的困扰[*]

这是中国进入本世纪以来最关键的一个时刻,尽管意识且把握这个时刻已显得晚了。——谁都知道二十世纪已近尾声,我们显然不能完整地失去这整整决定地球命运显得残酷却又无比辉煌的一百年。中国这个时期的文学精神,它的亢奋,它的隐忧,它的困扰,无不来源于这个世纪的动荡与病变。当前阶段文学的思考与潜深到并接近于上述那个磁心。它把中国人冬眠醒来的灵魂的困惑和迷惘,以及这个灵魂面对旧世纪的落叶和可见未来的更为严峻的抗争,却快速地浓缩在已经过去的匆匆十年的创作实践中。

在全民、全社会的历史反思中,文学是神经最敏感,实践最大胆,因此,成效也最卓越的一个部门。文学的反思始于文学自身久经劫难的失落。对曾经发生的那一切,或带着血泪的控诉,或充溢着激情的批判,终于以血淋淋地再现而促进了人们对变态人生的认识。但文学的反思显然只是以此为起点,它迅即进行了由社会政治的表层而转向人的自身。文学触及由人的被摧残、被蹂躏以及它的不知不觉的被异化,直到与哲学思考的自然契合,即对于生命本体的探询与叩问。从而在文学的新进追求中,拓出了一个新生面。

中国这十年的文学变革,由于特殊的际遇,它自然而然充当了对于社会进步和分忧的说明和解释。社会有多么繁复,文学

---

* 此文初刊 1988 年 4 月 5 日《文论报》。据此编入。

也有多么繁复。文学的急匆匆的步子甚至走在了社会能够意识到的前方。文学观念和文学意识的急迅的嬗变,它的多样形态的自由创新和全面的展示,几乎就是中国社会情势和性格的文学化体现。

文学冒着各种可能的危险,谨慎而又勇敢地走在变革旧传统和创造新意识的前面。如同中国社会,它自身既承受着历史因袭的重负,却又面对新世纪迈出了对未来充满疑惧又充满憧憬的步子。正因为是如此负重的行进和开拓,因而来自环境和自身的阻轭便十分严酷。这一路的行进中,上帝的召唤和魔鬼的诱惑始终成为两极的引力,使文学充满了困苦和悲哀。

中国文学因为敏锐的对于时代氛围的感应而具有的超前品格,使它每前进一步都要付出代价。但毕竟用血泪造出了如今令人且忧且喜且不失其为辉煌的局面。它既体现对于新文学传统的修复和光大,又向着全界性的文学新潮空前地逼近和加入,从而使中国有可能和现代世界的文学沟通并平等地对话。

我们诚然无须对当前文学的发展作出过于乐观的估计,在通往成为伟大文学的路上,它不过是一个大幕拉开之前的前奏曲。但它毕竟激动人心。这个激动人心也是悲乐掺半的:一方面人们感到毕竟开始了的欣慰,一方面又感到了这个开端原应大大地提前的遗憾。我们之所以认为不必过于乐观,是由于迄今为止我们的大量工作只是用来扭转文学走过的歧路以及磨炼那一支支锈迹斑斑和疑虑重重的笔。我们从期待赐予的自由到终于承认自由即在自身,这一认识的获得花费了相当多的时光。中国文学开始直立地蹒跚行走而不再需要拐杖,这是一个了不起的进步。

更为重要的是,这些年由于文学内在规律的约束而发生的日新月异的艺术变革,它以令人目眩的急迅的旋转带来普遍的兴奋,也给一些忧心忡忡者带来不安。中国文学从来也没有如同现在这样充满了活力和生机,而且伴随这些变革的是探索的勇气和试验的信心。成效即目可见。缺憾与不足自是难免,但作为探索前进的伴生物,却是一种自然而然。

文学的这些重大发展带来了消费者的惬意。因为文学的货架已结束了过去的不可挑选,现今则是各式各样的读者都可以在任意选择中得到满足。同时也带给研究者以困惑。因为对它的认识和描写越来越困难。伴随着文学之巨变而来的,是批评界第一次感到了被动和无所适从。传统的批评方式与传统的文学生态相联系。在以往,批评站在高处,而文学现象则是相对的静止,批评可以自在地把握并驾驭它的对象。对象的不变减轻了批评的负担。

这局面如今已告结束。批评面对的是一条满身滑溜的游鱼。批评第一次感到了自身的不灵便,以及"网眼"过于稀疏——它逮不住那些游鱼。首先是观念的歧异所产生的痛苦。而观念又是由众多的"异端"所构成。这种对于"异端"的适应,是最难迈出的一步。更何况在这个大变动的时期,人们认识的不稳定是突出而普遍的现象。因而更大的困难还在于观念本身是动态的不稳定。批评方法的不能适应,主要原因是由于传统方式的过于窄狭和单调。以不变的批评视角、批评方式和批评语言来对付如今这些"不安分"的文学精灵,其难度自然是很大的。

十年中文学批评所建树的功勋人所共识。要是没有文学批评在艰难时刻的呐喊和助威,文学创作要冲破那些久远的人为的禁锢,几乎是不可能的。那样,我们的文学很可能还要在黑暗中做长久的忍受。因而,在文学的伟绩中,批评占有的位置不可遗忘。但现阶段文学批评的确遇到了困难。它的被动状态是明显的。然而这种被动也并非不可扭转。目前,小说批评的兴起,便是明证。诗歌批评曾经以它的敏锐反应而引起了一场旷日持久的论战,它对于引起新追求的重视有着显著的作用。诗歌理论试图把握实践,曾产生积极的效果。近期诗歌批评则逐渐沉寂,热闹却让位于小说批评了。诗歌批评理论准备的薄弱是明显的。

文学的发展期待文学批评者甚殷,这也并非要求批评家一味地追赶文学的急变,以及应合那些旨在炫新的时髦。批评家作为一个主体,他可以而且应该充当一个积极而自立的角色。批评的自我追求无可厚非,如同文学不必听从别人的指挥,批评也可以自以为是地进行。批评家理应有他一份自由:自由地选择自己的位置和批评的方式,以及自由地运用自己的语言。当然,批评家也要使自己与时代的进步相协调。为此批评家的自我补给与自我更新则是必要的。

从总的批评格局看,文学批评的定势发展,曾经带来局限。面对文学的巨大变革,这一变革期待文学批评的有效配合。为此,文学批评便要消除以往的局限——例如,以非文学的社会性运动对文学实行阶段性划分、满足于以作家论的格式作单个的背景材料的考察,以及忽视各个文学现象的交叉关联等。对复杂的文学现象进行综合归纳,并对充满活力的文学作出非静止的考察,深入艺术的内在律动而对整个阶段乃至整个时代作宏观的描写、判断和预测——当然,这一切又须以对于个别的深入细微的微观把握作为基础,这些微观审视是整座巨大建筑的可靠基石——有恢宏的气势而不空泛,有切实的剖析而不琐屑,这是我们可期待的批评。

文学的历史总结和历史描写,建立在平时开展的文学批评活动的前提下。与历史的呈现相随的是无情的淘汰。无淘汰也就无历史。为了保留历史对某一现象的判断,它必须以千百倍的剔除作为代价。从这个事实出发,我们坚持作为批评的质的选择的品格。批评家面对的浩如烟海的当代文学作品,他的第一步工作是选择;从无数平凡中发现才华和智慧;从无数一般中发现特殊的品质;并有信心通过琐碎的现象进行卓有成效的大胆概括。大量的涉猎并不意味着大量的贮存,甚而更意味无情的舍弃。但要点却在于大量阅读中的全局性把握。

中国文学最近十年的发展引起广泛的注意。国际学术界关于中国文学的研究,已从以往一般冷冷的"汉学"发展为对于特定的部类进行专门深入的研究。而且兴趣的中心也已从古代文学、现代文学转到了新时期文学。在这方面,国外的华人或非华人的一批中、青年学者已经卓有建树。这从另一方面给了我们以催促,作为本土的批评界,我们理应占领一个领先的位置。这种占领并非虚荣,而是一种必须和责任。

民族化有时变成了民族保护主义[*]

民族化是无可非议的。但有时民族化变成了保护主义,一谈民族化就变成了闭关锁国、自我封闭。我们的文学走入歧途时就自觉地成为了世界文学的弃儿。我们要克服那种衰弱的现象、单调的现象,要重新获得营养。我们加入到世界文学是对贫困的一种反抗,这也是和我们民族的心态联系在一起的。所以,尽管我们的作家表现出来了一种幼稚、或者甚至是饥不择食的贪婪状态,但我觉得是可以理解的。别人谴责我们幼稚、浅薄、不成熟,假洋鬼子,我们都可以含泪地接受。我们的要务是走出这片深厚的"黄土地"。走出黄土地并不意味着全盘西化,走出黄土地和面向世界是不矛盾的,是一致的。我们处于一个转折点上,所有的样式我们都"玩"过了,今后怎么办?摆脱这种困惑以后我们的文学可能不再是单纯的模仿,而是有自己的特色的中国的文学。我们要求和世界有一种共同的语言,这种语言就是北岛的语言,就是《红高粱》的语言。

---

[*] 此文为1988年月7—8日在《外国文学评论》编辑部与《文艺报》联合组织的关于"二十世纪世界文学与中国当代文学"问题研讨会上的发言。初刊于1988年5月21日《文艺报》。据此编入。

谢冕致洛夫[*]

洛夫先生：

　　高兴地拜读伟明兄转来的惠书，以及他近日挂号寄到的大作三部。隔海的友情，加上厚重的精神馈赠，带来了平淡生活中少有的欢欣！

　　兄的作品在大陆享有盛誉，弟仰慕已久，只是无缘拜识！去冬在港，犁青先生告知你将来港，心甚喜之。可惜我也因故不能等候，便匆匆地回去了。随后在《华夏诗报》上读到了野曼兄的报导。你与大陆各位诗友在香港与深圳的通信，让人深感诗人丰富而自由的心灵足以超越一切阻隔而共鸣。

　　在如今这个变得很小的地球上，也许唯有诗人幸运。他们只须凭藉诗这一心灵的语言，便可获得爱和理解。诗人都拥有"特异功能"。他们的良知能够把时间和空间造成的障碍予以"消解"。

　　兄和台湾各位友人历年倡导诗运，成绩斐然。特别是你主持的《创世纪》，近年更为两岸的诗艺交流作出了贡献。数年前在友人处见到你信上所提的那本《创世纪》，感激贵刊不吝篇幅刊载拙文。不知贵处是否仍可找到该期刊物？若蒙赐一册以为永念，则是诚挚的冀望。

　　写此信时，弟恰与李元洛兄一同参加中国作家协会举办的诗歌评奖（参加评奖的尚有冯至、艾青、臧克家等诸位先生）。在

---

[*] 此文初刊1988年8月1日《作家》1988年第8期。据此编入。

我与李兄相处的这一段时日,你和余光中兄的诗,是我们经常的话题。兄的《与李贺共饮》、《边界望乡》元洛兄均能以他那略带湘音的国语,以抑扬有致的音节动情地全首背诵出来。在他吟诵的过程中,我们经常为兄的惊人诗句停下来赞叹一番!

闻知兄将与台湾五诗人有大陆之行,弟真有"西楼望月几回圆"的急切心情。兄等此行果能实现,相信将成为大陆与台湾诗人直接交往的佳话。兄到达北京时,盼能示以行踪,以便趋访。(弟通讯地址为北京大学中文系,电话为282471转3069)

拙文题目的建议甚好,可按兄的意思加副题:"论大陆近年诗运"。又,长春的文学月刊《作家》索稿,欲以作家书简的方式发表兄给我的信,不知是否应允?

匆祝

春安

弟　谢冕
1988、4、11

附:洛夫致谢冕

冕教授,您好!

大作《完整的太阳已经破碎》一文,近已由香港王伟明兄转来,欣喜之至,也感激之至。日前香港《文学世界》之会,因港方签证延误,致我未能如期赴会,缘悭一面,极感遗憾。但我仍于元月十五日前往香港,主要是携带载有"大陆诗人作品专辑"之《创世纪》72期转寄作者,我也寄您一本,不知收到否?

由于此一专辑两岸诗人反应良好,我又为《创世纪》73期策划一个"两岸诗论专辑"。本拟于三月份出版,但元洛兄及其他大陆评论家因约稿仓促,无法如期缴稿。故此一专辑将延至诗人节(端午节)出版。我希望藉这两个专辑使两岸诗人的创作观念和表现技巧得以交流,并增进彼此间的了解。现能收到你的大作,将使这个专辑更为充实。

近年来我经常有机会接触大陆诗坛,故对吾兄久已仰慕。其实一九八四年《创世纪》64期刊出的"大陆朦胧诗特辑"中即有一篇大作。该期谅你已经看到。好友叶维廉博士曾在贵校讲学,他返台后曾不只一次提到你,故我们应是神交已久的朋友了。

这次我去香港,正巧遇到顾城夫妇,我们曾共餐一次。更由于承办创世纪大陆专辑,去年我结识了不少大陆中年一代的诗人,并在香港与元洛兄、北京雁翼兄,以及来深圳参观的张志民、邵燕祥、白桦、野曼、向明(大陆)等先生通过电话。我发现诗人毕竟是同一类族,不因时空或政治因素而有所隔阂。甚至已有大陆诗人愿加入创世纪诗社。未来如果两岸关系进一步改善,也许有可能在大陆各地设立"创世纪"分社!

今年九月中旬,我将与此地五位诗人联袂来北京一游。请来信告知电话号码,以便届时联络,约期拜访。今托王伟明兄转寄拙著三册,请不吝批评指正。如兄需要其他拙作,或任何其他有关台湾现代诗的书籍,请随时函告,我当尽可能为兄蒐集。与此敬祝

近安!

弟　洛夫　三月七日

"诗歌博物馆"及艺术生态[*]

新诗已成为当今中国文艺最富探索精神的先锋品种。在中国,覆盖面相当广泛而又不是声张的艺术变革,每向前迈出一步,几乎都可找到新诗投射的影响。但是,这些年新诗所受的非议和责骂却最多。这恰好说明这个社会因袭的沉重导致的不公。一个超稳定的社会结构,想要改变它一个窗口几乎都要流血。它怎么能够对新诗中邪般不间断的"骚动"无动于衷?它当然清楚,这种骚动的最直接后果,乃是改变固有的艺术秩序。

最先冒出的草尖,受到践踏的机会最多,但世界却由此知道一个季节悄悄地降临。新诗出尽了风头。不是所有的艺术都有这样的幸运的——它的存在和变动一时间受到几乎是全社会的关注。当新诗试图冲破一种久远而僵硬的模式,社会给予它的不可能是嘉许,而是攻讦和责难。厄运造成了机遇。"朦胧诗"由作为被嘲谑的"古怪",而变成了不含恶意的指称。这几乎等同于郑重的认可。

构成新诗潮的压力的,一方面是由于艺术惯性对于"异端"的排拒;一方面也由于脆弱的"传统"面对新挑战产生的被取代的危机感。更为紧张的是受到挑战的秩序,而挑战者则表现了相当的豁达与雍容。那时一位很有代表性的新诗潮诗人说了如下一句话:"也许全部困难只是一个时间问题,而时间总是公正的。"事实证明了他的预言:"古怪诗"不古怪了,更多的读者已有

---

[*] 此文初刊1988年4月16日《光明日报》。据此编入。

充分的能力面对并领悟那个陌生而奇异的艺术世界。

但令人担忧的却是事情并不到此为止。从那以后,新诗便如野惯了的孩子,一发不可收拾地进行自以为是的艺术实践。一批又一批更为年轻的诗人选择的竞争对手,不是那些有声望的诗坛宿老,而是刚刚获得舆论承认的那些朦胧诗的倡导者。一切似乎都受到逆反心理的支持。不是认为不同于传统诗作的过于随意和古怪吗?他们却更愿意直接宣布前者的贵族倾向;不是认为那些告别了颂歌方式的自我表现之作过于消极和低沉吗?他们反过来宣称那种公民情绪的传达乃是传统理想主义的延续。

正如人们都意识到的那样,与新诗潮相比,后新诗潮以对象的古远追求以及深潜于生命状态的抚摸,而实现了对于现实命题的疏离;以更加超脱的艺术方式而实现了直接描写和直接抒情的脱节。诗人的强烈意识急于宣布此种追求的取代和排他性质。从而造成错觉,以为诗歌艺术的发展仍将沿着非此即彼的非常规律推进。但这种宣布却有悖于中国艺术正在形成的新格局。

当以行政指令的方式强制形成某种艺术的时代过去之后,艺术的生态靠艺术自身竞争的调节实现平衡。尽管以往曾经不断宣布某种艺术的不宜存在,事实证明这种宣布不具实际意义——它可以造成暂时的现象而不会永恒。有价值和有生命的艺术仍然信奉适者生存的原则,在适当时候由"假死"而复活,除非它本身不具生存下去的条件。

也许中国的保守性可以从诗歌的保守性得到最充分的证明。中国诗的变化最大,变革最繁,而积累和保存的也最多。它如同一个悭吝的富翁,历史的久远和丰富并没有造成大量的抛弃。自从"五四"宣布旧诗的"死亡"之后,旧诗并未死亡。数十年之后,那些古旧的诗词形式竟然借激烈的革命内容,而在天安门广场再一次向民众普及和传播，是艺术形式不会轻易消亡的证实。新诗诞生之后的历史历尽了曲折，无数次的宣布某种艺术形式的弃绝都没有奏效。一旦行政的约束力减弱或消失，艺术本有的生命又复苏并重新运转。当然，那些由外在力量扶持的没有生命力的艺术，也随着这种力量的失去而失去它的生命。

在这样的环境中，文学的丰富性和生命力造成了最有效的"堆积"。受到这一秩序的鼓舞，中国诗歌突出地显示出了它的"博物馆现象"。诗歌首先脱离了人为秩序的约束而听凭于艺术自身的状态，这就使种种艺术现象根据消费者的愿望而进行取舍存亡的筛选。结果是世所罕有的诗歌奇观的出现——诗歌的生存状态几乎与所有的人的设想都不相同。担心不合时宜的形式的消失的，发现它依然有顽强的吸引力，期待着以先锋的方式统领全局的，发现他所认为的新潮形式并不能占领所有的读者市场。中国社会结构复杂的稳定状态以及文化背景的深远和巨大差异，通过诗歌的生存状态得到了最生动的说明。

多种审美趣味、多种知识层次和复杂文化背景的并存，使几乎任何一种艺术形式都拥有自己的拥护者。事实上，从最古老的诗形式到最激进的诗形式，在这里都有知音，同时也都不能覆盖或"占领"。以古典诗歌形式而言，如人们所认识到的，从四言、五言到七言，从格律不十分完备的古体诗到格律体制极为严格的五七言律的出现和完成，古典诗歌艺术的发展已臻于至境。历史久远的无数诗人的创造性积累业已成为精神的结晶得到固定。五四新诗运动看到它与新时代的极端不适应，从而寻求以新的方式的取代。一种批判欲望的迷漫，使他们急切间采取了粗糙的处置，以为经历数千年充分发展的艺术品类即可随宣告而消失。历史证实那种念头的简单。再以同样受到长时期提倡的现实主义诗歌为例，尽管它严重地被扭曲和异化，但作为一种恒久的追求，它所已达到的已留下记载，而且它将继续达到。因而,它也不会从"博物馆"中被搬走。

同时,这事实也使旧的和新的"统一诗歌"的期待统统落空。不用说古老的方式不能奏效,即使是那时代表当今世界最先锋的实验诗也不会因它的超前性而对中国诗市场实行统一。一部分人的厌倦和拒绝与另一部分人的恋旧和神往同时并存,并形成了强大的反向拉力——这种拉力几乎是一场没有胜负的拔河比赛。因为艺术的竞赛究竟不能用运动场上决一胜负的方式进行。它是持久的、缓慢的、非裁判式的,因而也是短时间难以明确显示的。这样,不论人们是否愿意,他们看到的只能是这样一种中国式的世界诗歌奇观——在中国当前这种社会形态中,从最古老的和最保守的诗形态,到最新鲜和最超前的诗形态都奇怪地并存,并分别拥有自己的忠实跟随者,甚至这些跟随者并不一定是特定诗歌王国的忠实臣民。相当多的爱好者并不"坚定"、也不"忠诚",他们的口味可以自由地转换,可以同时喜欢着最新的和最旧的诗歌形态。并且他们从这种广泛的多样的自由的选择中,获得并不固定和执着的审美满足。

窥及这一奇特现象令一些人兴奋,也令一些人沮丧。但所有的人都面对一个无情的(同时也是最多情的)事实,那就是统一的诗歌世界和诗歌秩序已经消失。任何对于诗歌统一的召唤和呼吁都是徒劳的。诗歌对一切都不拒绝、唯一拒绝是那种线性发展的非此即彼的取代。如今统治整个"混乱"的秩序的,是冥冥之中非行政的艺术生态的平衡,以及称得上是无情的生存竞争的不具形的"搏斗"。竞争中的胜利者可以享得一时的鲜花和掌声,但不可能永远。掌声消失以后,他们重新进行艺术的魔舞。维持荣誉似乎比获得荣誉更为艰难。当然,在这竞争中,那些失去读者兴味的作品及其作者将被遗忘。要是他不甘忍受寂寥,唯一的方式就是以艺术的适应性变革充填新的生命。然后,他又投入疯狂的旋舞中。

不能庸俗地理解这一秩序的确定。这里不是谦谦君子国。这里无形的法律，不意味着对于艺术变革的冷淡以及对于艺术的开放的阻隔。这里不保护落后，但它拒绝行政的强加。不是没有提倡和反对提倡，但提倡并不是我们习惯的那种"引导"，特别是久经封闭和禁锢之后适应开放社会要求的诗歌艺术的现代更新，作为通往世界和参与世界竞争的中国新诗，它的现代意识的注入是无可阻挡的趋势。

诗歌博物馆展出的是受到历史的检验的艺术珍品。但即使是在这样的博物馆里，无间断更新依然悄悄进行。博物馆当然不是一种拼凑和杂陈，淘汰，筛选，适应需求而更新展品乃是这里的日常业务。

过程的美丽[*]
——读刘再复散文诗《寻找的悲歌》

"寻找的悲歌",这五个字不单属于他,而属于为寻找而悲哀的中国知识者。几代人都曾向往、而且如今仍在寻找:寻找烛照封建长夜的光明,寻找摆脱民族灾难的药石。他们是盗火者。因为盗火而承受宙斯的惩罚:被锁山巅,肝脏遭受猛禽啄食,日间被啄,夜晚复长,年复一年。

他们因失落而流血,为寻找而蒙难。但寻找依然,追求依然,这证明东方古大陆这批普罗米修斯们韧性的坚持。这民族噩梦已太长也太多,这民族的承受力世界罕有。近百年来呐喊过后总是无尽的悲歌。

因而这悲歌不单属于这部长篇散文诗的作者,它属于中国几代挣脱了麻木的醒觉的灵魂。我们之受到震撼是因为我们正在寻找或期待寻找,而且因为我们总是失落。从梁启超到鲁迅,以及当代中国人充满困惑的寻找,无数人倒在途中,那些幸存者又无不伤痕累累,血污斑斑。如今这一部心灵自白的长卷,唤起的是我们无尽的悲凉感。也许目标遥远,也许目标压根儿就不确定;也许我们到达,也许我们不能。但过程无疑是美丽的。犹如鹰的盘旋,甚至是殒落,美丽的是那一道一道弧线,美丽的是过程。

刘再复在这个题目中提供的不单有家国兴衰的慨叹,他把

---

* 此文初刊 1988 年 6 月 28 日《人民日报》。据此编入。

寻找的人生予以哲理的发挥:"文学之神与美学之神丰盈的羽翼",伴随着他的寻找。正因为那主题融进了哲学的思考,在它的抽象之中思维空间得以扩展。人生忧患的传达以及某种彻悟:认识到死神的召唤以及另一世界的并不遥远。诗人的回答是:把握住现在的不停留的寻找。

这曲悲歌无疑融进了作者的人生阅历与体验,也许还有因特殊际遇而生发的激愤与悲慨。最动人的是那对生命不加掩饰的袒露——这袒露也许失之迂执,但真诚的力量依然十分动人。诗人的自剖显示人格的力度:"不能严正审判自己,哪有资格审判时代。"正是在这样的前提之下,散文诗触及了自我忏悔与愧疚,有时触及丑陋,自审深刻且无情。

这里展示的是浩瀚的心灵原野:嶙峋的山岭,惊骇的浊流,深谷的沼泽。从生命的鸿蒙开始,童稚的嬉戏,青春的憧憬,以及连接着"天下的爱憎,苍生的烦忧"的人生领悟……意识到寻找的悲哀却坚持悲哀的寻找。这一场搏斗没完没了,依然要如飞蛾扑火之舞的悲壮追求;依然祈愿如萤火虫于荒漠中举起良知的灯盏。

采撷禁果而受到天惩。明知寻找可能是一声悲剧仍要寻找。我们终于窥见了这一片骚动的"内原野"的全部瑰丽。作为一部中国醒者的心灵经历,它记载的是特殊时代不驯灵魂探险的心史,具有引起普遍共鸣的意义。这是一个不同于处在临摹的、深沉而广阔的陌生世界的诗意凝聚。中国如今这一代知识分子的痴情和执拗,它的全部的忠诚和全部的单纯,都在这部心史中显示。

当然,它把触及的一切理想化了。而这局限和倾斜也镀上了特定时代的色泽。他执著地寻找的是一颗"卓越的"和"温柔的"心灵,他确定这种存在,确信这是一种真实——"所有的痛苦都在她那里得到柔化,所有的眼泪都在她那里化作轻烟";"到处都有正直的桅杆,到处都有纯洁的白帆"。这是一种类似宗教的情感,这情感体现了一厢情愿的确认和争取。很少看到或不愿看到恶的吞噬所创造的无希望,这似乎是它的缺憾。但也就是在这里,我们却发现了良知的执著——和朋友一起,向世界表明:我爱每一片绿叶。世界第一次回答:你爱的许多绿叶是破碎的。我向世界第二次表明:我爱每一片绿叶。世界第二次回答:每一片绿叶并不都爱你。我向世界第三次表明:我爱每一片绿叶。世界第三次回答:春天对每一片绿叶已经绝望。我向世界第四次表明:我爱每一片绿叶。

表明是一种理想,回答是一种现实。在理想与现实之间,这种屈原式的"苦恋"精神非常动人,却也令人深思。面对令人再三失望的回答,是第四次以至无穷次矢志不改的肯定。这种博爱表明的背后,是伟大的人道精神。尽管如今的人们对人道救世的理想产生怀疑,但面对这种锲而不舍的忠实,以及无须回报的爱心,却共同受到崇高的震撼。

这一片原野无垠浩瀚。它不因困厄而绝望。尽管内心和外界苦难重重,但却一路唱着悲歌前行。"因此,你们是大有喜乐,但如今,在百般的试炼中暂时忧愁"(《旧约·彼得前书》第一章),也许这痛苦的心灵包孕着的正是这等情怀。人们可以对这种蒙上光环的挚情坚持自己的评价,但了解到特殊一代人的稳定心态的历史文化潜因的人,理解的态度无疑十分重要。

这当然是一块新大陆。不单是诗意内涵以及题材开掘的判断,而且也属于文体试验与创新的判断。散文诗被公认是一种袖珍的文体,而且似乎乐于承认这一文体可能适应的也只是片断的、零碎的和轻盈的事理人情。《寻找的悲歌》宣告了散文诗的新发展。它以较散漫的文体,以抽象诗意的表达,而终于得到宽泛的连缀,呈示的是融人生忧患、社会思考、个人体验于一炉的宏大内心独白长卷。这一体式的出现无疑改变了散文诗发展的现有格局,从而展示新的一面。

《寻找的悲歌》文体革新的价值颇堪重视。作为袖珍文体经扩展而装填宏大的内容;通过断片或"零碎"的方式而表现一个充满矛盾的奔涌着激情的内心世界;自传性很强而又是非叙事型的诗意呈现;以抒情体式而展示一个史诗歌的大结构……这就是此刻出现在我们面前散文诗的创造性价值。当然,最值得肯定的是它通过"连缀"的组织所造成的恢宏风格。

《朦胧诗论争集》序[*]

那场情绪激烈的论争(关于朦胧诗的论争)如今已趋平息(不是再无歧异,而是兴奋的中心已经转移),那一切已逐渐成为历史。历史是后人写的。它体现后人对我们的评判,我们也许能够听到,也许不能听到。

此刻我们感到兴趣的是,当年为何会发生这一切?这究竟是什么样的因由触动并激发成为这样一次规模涉及文学界以外的论争的?人们多次论证过中国新诗在中国文学革命中的特殊地位,这样的特殊地位决定了它在整个艺术大变革中充当了先锋的角色。

事情也许还得从五四新文学革命谈起。那时的先进之士面对旧文学的壁垒,急切中无从下手,倒是发狠从最坚固处破城。旧诗是旧文学体系中发展最充分、最完备,也几乎是最"无懈可击"的一个对立物。那时的人们认定唯其最充分故而最无生机,因而也就最衰疲。不是予以改造,而是全盘否定另铸新物。这场弃旧从新的革命以白话新诗的出现而宣告成立。新诗于是也成为新文学乃至新文化革命的先导。

刚刚过去的这场论战同样拥有一个大的对立物。这对立物与"五四"不同,它不是旧诗,而是新诗自身。新诗的严重异化引发了那一场巨大的反抗。要是没有当时被叫做"朦胧诗"的大的

---

[*] 此文初收《朦胧诗论争集》,姚家华编,学苑出版社 1989 年 7 月出版,又收《谢冕论诗歌》。据《朦胧诗论争集》编入。

冲击，新诗自身的严重衰颓和异化，决不会如同我们这样有着无限痛切的感受。是当时那一声"艺术异端"的猛呼，惊醒了我们的传统梦——那呼声把我们引到了受到扭变的新诗面前。我们才有可能从新旧两种形态的参照中，确认当时兴起的诗艺锐变的真谛。

不论是赞成者或是反对者，都感到了这一诗潮崛起的挑战性质。反对者从中看到了异质侵入的威慑，赞成者看到了这一反叛带来的全面革新——他们确认以北岛、舒婷一代人的出现为标志，两个诗时代正在实行交替。从对于诗的变异的纠正导致与"五四"传统断裂的修复。为了诗的生命更新而沟通与世界现代诗歌交流的渠道，从而为中国诗歌注入现代意识，无疑为中国诗的进入世界，创造了有效的基础。我们庆幸中国新诗歌获得了再生的契机。

论争不仅证实一种存在，而且证实这一存在的不可忽视。事实确是如此，自从以朦胧诗为代表的新诗潮涌现以来，中国诗以快速的节奏和繁复的变化，改变了新诗原有的秩序和格局。作为这一次规模巨大的论争的积极结果，则是导致对于诗歌艺术理论批评的重视，并对此有大的推动。就是说，关于新诗潮的论战不仅直接促进了诗歌创作的繁荣，而且促成诗歌批评的繁荣。诗理论批评改变了以往严重非艺术化的侵蚀而回到艺术批评自身，批评已把它的触角伸向诗美的认定和探究，伸向艺术理论的研讨和建设。

这一切仅仅是开始，可以认为，历时数年关于朦胧诗的论战，其实只是中国新诗艺术嬗变的大过程的一篇序言。如今反顾来路，人们感到了起步的幼稚和肤浅。基本的匮乏是理论的起点很低，深度不足，尤其对于新诗潮以后的研究更其无力。

北京图书馆姚家华从事此项资料的研究有年，此次筛选汇编成集,以《朦胧诗论争集》为题发表,为这一新诗发展史上的重大事件,作一小结的含义甚明。也许更为重要的是,它提出了对于新诗理论批评建设的更为殷切的期望。

1988年6月于北大蔚秀园

作为运动的新诗艺术群落*
（1949—1986）

一、流派或亚流派：诗歌艺术群落的范畴

诗的历史和现实,作为一个宏大的整体,是由无数的个别合成的。一首诗,一个诗人,都是构成这个全体的个别成分。从正常的状态来考察,形成诗歌史的每一个个体,都应当是特殊的,这种众多的表达内容和表达形式的特殊性,体现众多诗人的个性。诗歌创作主体的个性化是诗人艺术个性的呈现,也一定程度显示这位诗人的价值。诗歌史上凡是有成就的诗人,无不是艺术个性鲜明突出的。这种体现艺术个性化的现象被称为风格。

全部诗歌实践虽然是由无数有艺术个性的诗人、艺术个性不甚突出的诗人和无艺术个性的诗人组成,但这里的秩序却并不是完全紊乱的。众多的个体自然地按各种标准划为类。在诗歌世界里,类是这一类诗人共同的和接近的艺术倾向的说明。这种共同的接近的艺术追求有的系自然形成;有的按照宣言加以组织;有的则是批评家的归纳:它们被称为艺术流派或准艺术流派。这种建立在诗人艺术个性化基础上进行的凝聚和归纳,是诗歌创作繁荣发展和逐渐成熟的标志。凡是这样的艺术繁荣的时代,艺术流派的现象必定相当突出,古典诗歌如盛唐,新诗

---

* 此文初刊 1988 年 7 月 25 日《社会科学战线》1988 年第 3 期。据此编入。

如五四时期。

流派或准流派是由许多艺术风格相同或相近的诗人组成。这有些像植物界的分布,不同的土层和气候,造成了各种品类植物的自然繁衍,又由于阳光和营养的夺取,这些植物以各自的自然群落的分布形成植物生态平衡。诗也有自己的生态平衡,这种生态平衡靠上述由各具艺术个性的诗人以自觉地或不自觉地形成的流派或亚流派的相互竞争、彼此融汇加以维护。它们造成诗歌正常的消长兴衰的历史,从而构成诗歌的立体化的生存环境。

以艺术世界的全部丰富性来适应欣赏的全部丰富性,诗作为人类心灵体现的艺术品类,它的天性属于自由,它的生存常态是充分的艺术个性化。以饱满的创造精神进行无拘束的标新立异,是诗歌创作的经常性环境。在艺术的各个品种中,诗的这种"天性"和"常态"是最明显的——正是由于诗的实践的这些特性,所以才有司空图二十四诗品一类的归纳。要是没有这些特性,当然也谈不上各个诗时代激动人的"各领风骚"。

诗歌的繁荣,奠基于诗人的卓有成效的创造和努力。但显示一个时代的繁荣的,除流派的纷呈杂现外,将无以描述。任何一个诗歌的繁荣的时代,一定与该时代诗人的个性充分的发挥,以及在这个基础上诗歌流派的充分发展相联系。反之,这个时代的诗歌便一定是萧条和枯竭的。因为它证明:诗歌失去了自由。

欣赏者将从上述的繁荣中得到好处。因为最动人的诗歌景观是与单调划一绝缘的,唯有各种流派的杂陈状态以及它们的此起彼伏,才证明诗的发展充满活泼的生机。一般的读者得到的则是诸多选择的可能性,并使不同的艺术趣味和文化背景的读者因而得到各自追求的满足。至于对诗歌史而言,它无疑提供了充分抉择和充分描写的机会。

诗歌发展的正常秩序应当是呈立体空间状态的网络结构。在这个结构中,各种力量都按照自身的艺术思想,自由地延伸和发展,而不必听从任何行政性的指令。各种力量如同森林中为了夺取阳光和土壤的诸种植物呈现出适者生存的强大竞争性。它们多半外现为互不相容的排他性,但实际上却互相依存,互相渗透。互相排斥的粘着和交织是它们关系的经常性说明。在这里的每一个时刻,都有新的艺术群体在诞生,也都有旧的艺术群体在消失。更多的时候,则是你我交融的吸附与自我更新。尽管有的艺术群体声称它的超然独立性以及坚决的排他性,但这个虚幻的岸,任何船只实际上都不曾到达过。

诗歌发展的非常状态则是人为的罢黜以及人为的倡导。这种非常状态造成了一个非常的结果,那便是诗歌被指定在某种固定的观念指导下的线性运动。线的这一端与那一端总是首尾衔接。它可以成为其中特殊的一个段落,但它们的过渡依然是线性的。即一种被认为是过时的观念,总是为另一种被认为是时新的更加正确的观念取代。不论前者在当时是否曾被判定为神圣,后者总是以绝对的真理而取代了它,并对诗歌作新的权威领导。诗歌只能在这个指定的轨道上运行。多种的轨道或多种的走向因而理所当然地被否定,更不用说立体空间的网络呈现。

二、诗歌群落的萎缩及新生

中华人民共和国成立开始的新时代诗歌运动,在一段相当长的时间里选择了上述的非常状态作为它的发展常态。它的直接后果是中国新诗以行政性的倡导和约束,作为自身固有规律的代替物。诗歌从而身不由己地离开艺术生态而选择了人为的强制性后果。作为基本发展形态的线性运动,支配了这一诗歌时代的大部分时间。诗歌不是由于艺术规律的推动力,而是由于政治运动的推动力,而身不由己地在各式原则和方法的引导下进行非艺术的活动。此起彼伏的"运动",由于它的非艺术的性质,因而作为一条发展线索,留下的是诗歌从日益单调而最终走向萧条的记载。原应是辐射状的不以此存彼亡的方式构成的并存状态,由于一个偏见的强侵而宣告消失。

中国新诗由于长期处在非正常的社会环境中,长期的战乱使它逐渐地消泯了新诗初创期那种诸种流派自由竞争的局面。革命意识在诗歌的衍进以及现实生活的严峻,为艺术派系和艺术群落的萎缩以至最后消失提供了最丰富的理由。这局面迫使理论提倡和创作实践趋向于对现实性和思想性的重视,以及艺术传达上的通俗性和鼓动性的提倡。这一趋势与四十年代初期一个有影响的讲话的提倡相衔接。建国后,解放区诗歌传统事实上处于当代诗歌的主流位置。这就使诗歌风格的异向发展以及多流派并立的倾向受到忽视。非主流的艺术追求很容易被当作为艺术而艺术、艺术至上主义、唯美主义、反现实主义等等,处境往往十分严峻。

建国后诗歌便开始十分艰难的历程。初期就开始了诗歌形式的限制性提倡。在民族化和群众喜闻乐见的名义下贬斥自由诗而推行民歌体、格律诗;随后是片面强调普及性而推崇诗的通俗易懂;继而在创作方法上实行行政性的提倡和普及。常换名目的现实主义在不同时期都被解释为"最好的";被提倡和被允许的诗的题材窄狭到近于极限。历次的诗歌讨论都一步一步地把诗歌创作推向一个极端。于是形成了一种异常畸形的现象:诗歌自身的文化价值受到冷漠;诗歌的审美目的为社会功利所取代;艺术个性和艺术风格的追求实际上受到阻扼。

一个高度严密的社会机制以它的行政力量创造了一个高度统一的文化和诗歌。在这样形势下,二十年代那种多种多样的风格和流派组合的复杂的诗歌实际上不存在了。在这个阶段,诗歌艺术对于世界的表达是无差别的。无差别的艺术当然由艺术生态的失衡所造成。一个纷繁的世界,一个不断变化着的现实,一个出于这种现实中的充满矛盾和痛苦以及欢乐的心灵,而只能得到一种或两种艺术模式加以展现,这对诗来说,只能意味着不幸。

这种局面延续了相当长的时间。第一次对这种规格化的艺术的挑战,即第一次对于诗的艺术性的冲击,是伴随着政治性的冲击而来的,这就是天安门诗歌运动。这一运动深刻的批判色彩促使艺术上也作出相应的反应。在那里风靡一时的流行诗体不见了,而代之以几乎清一色的古体诗词的形式;在古体诗词中,统一的规定也受到破坏,人们随心所欲地采用了从四言、五言、七言到杂言的形形色色的诗体,自由地表达自己的情感。

但显然,这一诗歌运动依然从属于政治运动,依然体现了和社会的政治生活关系极其密切的特性。因而这一阶段的诗歌运动,距离诗歌艺术从行政性规定和创作、欣赏的不自由状态中解放出来,从而体现出艺术解放的形势,并由此推出多风格、多流派的诗歌运动,看来为时尚早。

艺术解放的总形势因全民批判现代迷信导致思想解放而逐渐形成。这种局面受到两个因素的影响:一是批判的思考促进了历史经验的反思,敢于怀疑和勇于批判的思维趋势为整个艺术解放的气氛奠定基础;一是社会从封闭走向开放的形势,将别是国际交流的充分开展。在这样的环境中,那种统一规格化的艺术模式不能不受到创作者和欣赏者的严重怀疑。

需要强调的是,当前这种艺术思想的勃兴,最终取决于合理的社会环境和自然的心理条件——摆脱了依附状态而获得主体意识的亿万普通人,由个体意识促成的独立自主的思维,造成了自由和舒展的心理环境,在这样的氛围中,独立的人格和独立的艺术风格获得了生存和发展的必要条件。

从1978年下半年开始,陆续出现了以艺术个性的凸现和艺术风格的革新为标志的艺术解放的征兆。从它的顺序看,有以下几个重要的迹象:首先是历史批判色彩的加强造成诗歌内容改变单一的颂歌结构;诗人对个人内心世界的尊重和诗中自我价值的确认,反对了诗歌只能是社会生活的刻板模仿的如实"反映"的"传统",并且强烈地动摇了"假大空"的合法性;接着是以意象朦胧性为主要标志的诗歌美学巨变所带来的对于原有诗歌艺术格局的震动,所谓朦胧诗审美追求主要的目标在于以诗歌主题上的多重含义和不定含义的"朦胧性",体现了对过去那种以明确的形象表达确定的和唯一的含义的不满;多变的、随意的意象组合,代替过去那种叙述型和描写性的形象体系,明明的间断性和突变性代替了过去那种有始有终的线型叙述方式,审美效果上,含混和模糊代替了过去的确定和明朗;诗的格律化部分的乃至大部分的抛弃,代之以松散的非常随意的自由体式,散文美的提倡强烈地冲击了均齐的有规律的章句结构。

以上事实说明,原有的艺术已经由不驯而出现了巨大的违逆。它提醒人们,无拘束的艺术创造力已经冲破了原有的滞涩。它理所当然地冲击着原有的闸门,它要求舒展而自由的流动,作为一个不可逆转的趋势,面对世界的中国诗歌要求与世界的同向的发展。

为此,它当然要以世界诗歌发展的现状作为自身的参照系。未来学判断的世界文化发展的总趋势是改变单一的非此即彼的选择为多种的选择,而且它确定现实艺术的合理秩序是上千上万艺术流派和艺术家的竞妍争辉而无视任何想充当主流的艺术流派的意图。

中国诗歌由于一个特殊时代的结束,便进入了世界层出不穷的现代发展的轨道运行。

但中国诗依然有自己的特殊发展景观,即最古老的诗歌形式与最现代的诗歌形式并存,而且各自都表现了顽强的生命力;

最保守的诗歌观念与最激进的诗歌观念并存,眼下还看不出有任何迹象说明此方已被彼方说服。尤为重要的迹象是,自1976年天安门诗歌运动到1978年《今天》的出现,诗歌经历的重大震撼并不是事情的结束,而恰恰是开始。

此后的诗歌发展,即第一次浪潮的浩大的发展态势,业已超出了中国一般读者和批评家的承受力,以对传统诗教和传统美学规范的反叛,以及对趋向固定化的诗歌模式的质疑所构成的非统一化的挑战,使中国诗坛经历了多年的动荡。这个动荡还没有过去,便出现了令所有关心诗歌发展的人们惊愕的诗歌流派空前大兴旺和大发展的局面。

这个局面被称为中国诗歌新生代揪起的第二次浪潮。据《绿风》诗刊"国内群众性青年诗歌社团揽胜":截至1986年止,已有328个社团进行登记——这种登记是在完全自愿的和绝非全面的基础上,而且只是一个地区诗歌刊物的号召下进行的。实际无疑将大大超过如今登记的这个数字。这种群众自发的诗歌组织的勃兴为中国诗坛流派大发展提供了坚实基础。

《诗歌报》、《深圳青年报》在这个大发展的形势推动下,举办了《中国诗坛1986现代诗群体大展》。《深圳青年报》刊登此次大展的消息称:"'朦胧诗'高峰之后的新诗,又在酝酿和已经激荡起又一次新的艺术诘难,毫无犹豫地走向民间,走向青年。作为整个艺术敏感的触角,数年来,它曾领众艺术之先,高扬并饮弹。目前,'后崛起'的诗流,仍是整个国土探索艺术的第一只公鸡"。消息提供了若干惊人的数字:全国2000多家诗社和十倍百倍于此数的自谓诗人,以成千上万的诗歌、诗报、诗刊与传统实行着断裂。

禁锢的冲破和解除,造就艺术思想大解放的局面。艺术不再是某种行政意图的直接产物,艺术恢复到它的自身。艺术自身的规律成为唯一的规律。这种回归自身的艺术,重新发挥了它的功能,并成为主导的力量,推动艺术正常的发展。诗当然是其中最敏感、最具生命力的先锋。这样,创造性的标新立异的生命力便托以风格和派别的方式得到淋漓尽致的显示。

中国新诗已经告别了过去那种单一发展的形态。因为那样畸形发展的条件已经得到部分的改造。整个社会不再迷恋过去的封闭状态。社会的不封闭带来文化的不封闭。诗歌观念的开放性取决于社会存在的条件,这是最重要的保证。个人意识的觉醒是空前的。尽管总的形势仍然曲折而多艰,但除非下决心重新制造灾难,艺术民主的进程难以扼制。

这样的氛围培养了个人的兴趣、嗜好乃至观念的独立性。民主性的追求以及对于自由的向往,造成艺术空气的空前活跃。开放的自由心灵不再希冀粗暴的干涉,诗歌由是进入了一个空前的尊重艺术自主意识的时代。

不再相信任何永恒的原则,也不再重新树立任何一种诗歌权威,自以为是艺术探寻业已被认为正常。在这个基础上,艺术倾向的集聚也不再是异端。竞争的社会倡导了竞争的艺术。由于渴望自由,因而格外自信甚至狂悖,但已不再理会那种无端的责难。

因为人们发觉观念的歧异业已造成心灵沟通的阻碍,于是对话和理解的欲求也降低了。如同人们认识到的,1986年现代诗群体大展宣告诗作为最敏感的一门艺术,它已经创造了一个时代所能达到的高潮。这个高潮的明显标志是:诗歌流派大发展的气势,已使五四轰轰烈烈的时期感到了逊色。尽管目前我们还难以断言,究竟哪一些流派可以产生如五四那些著名的诗歌流派所曾经产生的恒久的影响。

三、中国当代诗歌群落风貌概略及其阶段性划分

中国新诗在人民共和国成立之后的发展,迄至1976年为止

的27年中,其基本形态是非艺术力量推动的线性的发展。由于一种相当强固的社会功利的考虑,以及以政治作为检验诗的唯一标准,艺术自身的生产力受到挫伤。在那个长长的时期中,侈谈诗歌艺术个性以至艺术流派的存在具有嘲讽意味,因为它们并不具备生存和发展的可能。

那一个时期的诗歌艺术,由于统一的规格化生产,排斥了一切可能有的艺术情调,而把最无个性特点的"统一风格"当作了所有艺术的风格即无风格。流派的概念甚至不存在。若勉强加以划分,大体有三种不稳定的形态:一是以写实为基本方式的生活抒情诗;一是以言情为基本方式的政治抒情诗;一是由实而虚融二者于一体的意境抒情诗。从创伤方法的指导加以归纳则不外乎当时认为是"革命现实主义"、"革命浪漫主义"以及当时认为是"革命的现实主义与革命的浪漫主义的结合"。这种划分当然不具艺术实质的意义,可以认为,1976年以前的27年间,诗歌艺术基本处于一种行政性决定的一元化状态。

诗歌艺术的多元格局开始于1976年以后,而以第二次浪潮的出现为标志而益臻丰富。我们考察中国当代诗歌的艺术群落的发展线索,大体可以传统诗潮、新诗潮和后新诗潮三个阶段加以描写。

传统诗潮阶段群落或流派的发展极为衰微甚至流于无有。新诗潮阶段出现了对于单一化特别是僵硬的艺术模式绝对统治的冲破,在传统方式之外的非传统的方式加以扩展和补正。真正出现了多元格局的稳定局势,是后新诗潮的出现。千奇百怪的艺术主张所造成的空前的艺术群体的繁荣,是自有新诗以来的数十年所未见。

在这种流派或亚流派式的大展现中,有若干现象是突出的,即大部分诗歌流派的形成具有宣言和成员的不稳定性和随意性,而且,并不具有严格的界定和独立性。不少流派宣言各具异趣,但往往呈现出交叉或重叠的异向与同向交错乃至纠结的追求趋势。这些特点说明现阶段诗歌群落仍然处于不成熟的试验阶段。但尽管如此,诗歌流派的空前繁荣却有力地证明了诗人的自由性以及无限发挥个人艺术个性的创作状态。

需要强调说明的是,作为运动的中国诗歌的潮涌,虽然呈现出一种潮流涌进追逐的局面,但那些由特定的历史和现实、艺术和非艺术条件构成的诗歌潮流,均受制约于一定的社会的、政治的、文化的、经济的环境氛围。它因确定的时空而体现确定的时代感。

但中国诗歌发展的事实业已摒弃非此即彼的递进方式,与其说是新旧的更迭,它却更像是一种杂陈式的累积。从传统诗潮到新诗潮,再从新诗潮到后新诗潮,它只说明艺术的主要景观因环境的改变而改变,并不说明由于某种艺术现象的兴起而宣告另一种现象的被取代和消失。

三个诗潮的划分,说明的是一个运动的形态。但运动的性质已有了根本的改变,即中国诗歌作为艺术运动的意义讲,从现在开始除了在竞争中的自然消失之外,并不存在行政性决定艺术现象存亡的事实(当然不包括艺术以外的现象)。由于现阶段中国社会形态和经济形态的特殊,艺术潮流的单一性失去了存在的根据。更由于中国诗歌艺术历史非常悠久,艺术积累极其丰富,各类艺术的生命力又非常顽强,中国诗歌的正常生态的总体特征呈现为并存,互相依附,既相互排斥又互相渗透的胶着状态。

我们除了看到各个潮流的涌起和搏动,它们的对立和冲撞,我们还看到它们的静止和恒定。在历史的行进中,有的东西当然地消失了,与此同时,我们却有着最稳定的保留和依存。尽管各个诗潮存在着异体排斥的现象,但事实上即使在后新诗潮勃兴的时代,最传统的艺术方式也依然存在和发展。第三代的崛起并不说明以北岛为代表的第二代成为过去,"朦胧诗"不因新生代的出现而消亡。在现阶段,不仅是为共和国诗歌建树了业绩的传统诗潮依然在发展,中国最古老的诗歌形态——表现现代生活和情态的古典诗体也依然拥有众多的创作者和欣赏者。它们也不曾消失。当前这个诗歌的构成是一种立体的多层生存空间,而不是一个平面,更不是一条单线。

当前诗歌创作群体的展开,是多视角的全面展开。流派的创立和集结不是基于一种标准,而是多种根据。按照主体与客体的依存关系确定创作原则的群体依然构成重要的方面。有重主体的主观心理意向,有重被表现或被投射的客体存在情状的,有重主客体的交流与融汇的效应的。另一种考虑着重从地域和自然景观的特色创造与之相适应的诗歌风格。有重题材的划分而对一定范围的题材予以特殊注重的,有重行业的特性专注于表现特定行业以创立特殊风格的。有的则以艺术风格入手,为某一风格的形成而作出特殊的努力。有的从文化学、哲学、心理学以及语言学方面强调各专门学科间的渗透与交流。对这种名目繁多、存在错综复杂的流派和亚流派现象加以归纳,将有利于研究的开展。这种归纳,大体上可以表述为:写实系列、情态系列、意境系列、象征系列、文化心理系列。

四、当代诗艺术群落的系列归纳写实系列

建国以后文学的最基本的潮流是写实的潮流。从理论的提倡上看,革命现实主义或社会主义现实主义要求文学反映现实。进一步的和革命的诗歌反对空幻而注重实际。诗歌的一个基本特征——飞腾的想象被具体的叙述和描写所取代。具体性代替了想象性。

延安时期提倡表现新的生活、新的人物,这时演进而为活生生地再现现实的革命斗争和生产建设的实际的样子和过程。建

国初期的军事题材、农村题材的诗作,都崇尚铺叙克服困难的进程和思想转变、形势变化的过程。除了过程的叙述,另一特点便是具体人物环境铺排和罗列。它的基本演变是由对生活的歌颂性描绘,转化为对中心任务的演绎配合。

李季和闻捷是这一创作倾向的最有力的实践者和代表性诗人。李季的石油诗可以看做诗的石油工业开发史。他被称做"石油诗人",说明他与石油的开发这一现实联系的密切,他的《生活之歌》很忠实地体现了这一创作潮流的思想。闻捷的《复仇的火焰》、《天山牧歌》,以具体曲折描述故事进程为其特性。这种表现方法,由于以诗歌观念中传统的言志与革命诗歌对宣传功能的强调作为内核,实际上限制了现实主义精神的真正体现。现实主义思想的极端强调和实际上的非常的不发达,是现实主义在中国的状况的真实描写。

在现阶段诗中,这种现实主义精神或与现实保持密切联系的诗风,仍然是很重要的派别。继承了这一精神的有黄永玉的充满批判精神的讽刺诗以及刘征的充满幽默智慧的寓言诗。才树莲的《我讲真话》的受到注意便是由于她自觉地继承了求实精神。李发模的《呼声》、叶延滨的《干妈》都通过动乱年代的具体人情事理体现出深刻的反思精神。在现实主义的作品中注入批判精神,是现实主义精神的恢复和发扬、深入和拓展。

当前出现了为数不少的以新的表现手法写关于革新开放以及众多密切配合各项新的政策措施的作品,这些作品均与50年代写实诗群有着血缘的关系。不同的只是内容的移换以及某些现代艺术手法有选择的引入。现实主义精神的强大生命力在新的诗歌时代得到充分的显示,但已不是当初的那个表现形态,由于与动乱的时代结束之后的开放的形势的结合,现实主义获得新的青春。

其中最显著的是新边塞诗群。新边塞诗的名称自古边塞诗而来,这是按照地域和自然环境特点而加以划分的一个群体。从兰州西行,沿着漫长的河西走廊:祁连山、柴达木盆地、嘉峪关,要是以敦煌为圆心画一个大的圆形,把天山南北,把准噶尔盆地和塔里木盆地包括在内,也把青海湖和六盘山包括在内,西北这一个大的椭圆形地区,应该就是自古至今绵延不断的边塞诗生长发展的地方。问题不在于古代有边塞诗,今天也会有。边塞诗在今天的繁荣除了受到历史和地域的启发之外,还是现实生活的驱使。

一个动乱的时代结束之后,面对精神和物质的废墟,人们陷于痛苦的沉思。但无休止的苦难的哀叹与咀嚼不免令人厌倦。人们渴望告别那种缠绵的哀吟以及无尽的控诉所造成的柔弱和伤感。荒漠干涸的戈壁滩、严寒酷热和狂沙飓风的恶劣气候,天空中飞翔的鹰,沙漠中跋涉的骆驼,生长在沙砾中的那些耐干旱的植物,无处不启示着生命力的顽强,启迪着人们与厄运搏斗的顽健的生存意识。

西北从时间上启示人们从古老的历史的沉思:远古的征战,悲凉慷慨的离别,壮烈的战死,志士的流放,壮志的泯灭。同时,西北又是中华民族繁荣发展的明证:长安的繁盛,莫高窟的华采和悠远,阳关故址的凝思,丝绸之路的多采与绚丽。西北从空间上又给人以粗犷、雄奇、艰难、豪放、坚毅的启迪。因此,新边塞诗和敦煌艺术流派之受到人们的关注不是无因的。这与史诗的追怀绵远不一样,新边塞诗则是着眼于今日的生存和奋斗,它着重给人以精神上的磨砺与冶炼。它面对今日,要人用坚韧的信念,面对命运和人生的挑战。它体现文学和诗对于自身性格的一种选择。

新边塞诗群的特点是借助自然力,面对悲怆的人生。它不曾忘却痛苦,也自知仅仅依靠自身无法征服苦难,于是求助于该地域特有的风物以强大自身。所以新边塞诗的特点是直接地面对艰难并试图战胜它。它时刻都未曾忘记现实生活的血痕。

诗歌的现实主义发展充满艰险。现实主义清醒地估计到现实的不可逆,于是出于调侃式的自我解嘲。"撒娇派"的名称便具有此种意味。它宣称:"活在这个世界上,就常常看不惯,看不惯就愤怒,愤怒的死去活来就碰壁……光愤怒不行,想超脱又舍不得世界,我们就撒娇。"可见所谓"撒娇"正是一种对现实无可奈何的"逃匿"与抗争。新流派中"病房意识"等都间接地说明这些艺术实践的思考,与现实主义精神之间保持了一种潜在的联系。当然,这种联系是以变形和扭曲的方式表现出来的。

情态系列

和写实的诗风相对应的是侧重表现情态或理想的创作趋向。这一倾向的产生也受到时代的鼓舞。战争年代的形势要求诗成为鼓动的工具。革命成功之后,为巩固政权和鼓舞人民的社会主义——共产主义热情,同样需要革命理想和革命精神的宣扬。郭小川和贺敬之首创楼梯式的政治抒情诗,从内容到形式都受到马雅可夫斯基的影响。最早出现的诗是号召式的激情的喷发,并不以描写了多少实际生活的样子为目的。政治抒情诗的形式能够"融化"一切叙事的因素而成为激情的传达和理想的放歌。如贺敬之笔下的雷锋,借雷锋的事迹而突出地宣传共产主义的理想,从而使诗成为一种特殊的精神"装置"。

郭小川讲自己这类政治抒情诗是受到"社会主义革命和社会主义建设"的"伟大号召"的鼓舞。贺敬之在总结郭小川的诗歌创作时,以"诗人的'自我'跟阶级、人民的'大我'相结合";"'诗学'和'政治学'的统一";"诗人和战士的统一"来概括这一路诗歌的属性。这就是诗歌为政治、阶级、人民而抒情的强调。

诗人致力于把政治的要求和愿望变成诗的要求和愿望。他们看重从理想的角度来创造诗歌,使诗歌能够充当政治的前导,以充沛的政治激情鼓动人民前进。这就是这类诗人往往非重大政治性题材不写的原因。他们的激情对于政治的附着是强大的。这类诗人重视的是政治提供的需要,他们的目标不是在反映已有事物的情状,而是理想的激情的充分的宣扬。

上述是积极意义上的理想型歌唱。1958年以后,得到公开承认的浪漫主义,从1958年开始到1976年近二十年间经历了两个不同的发展阶段,即前期从真诚地憧憬明日的理想到与"共产风"联系在一起的虚幻的人间天堂的臆造,以及后期从为阶级理想代言到参与现代迷信潮流的造神狂热。诗歌由此走上了畸形发展的道路,它从另一个侧面助长了当代文学"假、大、空"的倾向。

以表现理想为主的政治抒情诗在现阶段也得到了继承。现阶段一批充分关注现实积弊的揪心的呼喊,如熊召政的《举起森林般的手臂,制止!》,叶文福的《将军,不能这样做》都体现了传统的理想精神。它们传达的是有感于理应如此的生活,而对并非如此的生活表现出激愤。受到理想精神的感化与驱使的叶文福的《我是飞蛾》具有《凤凰涅槃》般的冲动与激情。不同的是五四时期是以凤凰这样并不存在的"圣鸟"自焚来传达理想——中华民族的再生力的,而飞蛾的死却是一种微不足道的昆虫的投火,具有更为切实的悲壮感。

表现理想和情感的艺术趋向,在新的历史时期有了令人瞩目的发展,其代表诗人是舒婷。舒婷的影响是独立的。出现了不少和她追求相一致的诗人群。这一创伤群的主要倾向是在自我意识觉醒旗帜下的人性呼吁,走向内心并且展现人的情感的细腻和温柔。

舒婷明显的感伤情调来源于理想的幻灭。因为有执着的憧憬,因而对希望的失落悲哀愈甚。她的主题是了解和爱,她渴望建立人与人间的互相了解、互相尊重的合理关系。"人啊,理解我吧"是这一诗群格言式的宣言。渴望被理解与渴望理解别人,二者是同一事物的两个方面。所谓忧伤,主要产生在当这种渴望不能或未能实现的时候。

写这类诗的不一定都是女性,如蔡其矫和白桦的部分诗作均有充分的代表性。但不论是什么人在写这样的诗,他们都体现了强烈而委婉的美。这类诗在林子那里表现为大胆的、真挚的、毫不掩饰的爱的私语。在傅天琳那里表现为带着天真的母性,她终于和舒婷走到了一起,她同样致力表现人性的温柔,人与人间的互相了解的渴望。

意境系列

写实型诗群受到再现革命和建设的场面和图景的鼓舞。理想型趋向受到传达革命精神作为革命号筒的鼓舞。二者都没有"余暇"观察并欣赏中国大地大自然的风物。有一部分诗人(主要是部队的诗人)解放战争后期跟随部队进军边疆(主要是西南和西北边疆),使他们有可能在胜利的进军和获得解放的欢欣中,以美好的并且表现了胜利者的闲适心情领略那里的"丰富、美丽、神奇"。

守卫和开发边疆的兵士的自豪的使命感、为人民献身的庄严感和对大自然的礼赞的亲切感,在这一部分诗人的作品中得到了融汇。士兵进军边疆和守卫边疆的主题,和共和国成立以后的整个诗歌中洋溢着早春情趣相一致,奠定了颂歌的基调。不同的是,这种诗歌与自然界和祖国边疆的风貌相结合。雪山,康藏高原,亚热带、热带的崇山密林,兄弟民族的特殊服饰和习俗激起了崭新的诗情。这类诗沿袭古代风景诗的基本抒情方式,因景而发,触景生情。这种情便是热爱边疆保卫边疆的豪情,从具体的状物写情,引申到士兵的情操上来,是一种阐发,一种升华。

这是一个独特的诗群。以西南边疆（云、贵、川、藏）的部队诗人为主体，以写部队的豪情为基本主题。集合在这一旗帜下的诗人在西南有公刘、白桦、高平、周良沛、杨星火、顾工、雁翼、梁上泉、饶阶巴桑、高缨，以及题材较为特殊的傅仇、孙静轩、陆棨……上述西南边疆诗人的艺术实践形成了大体相近的风格，这便是瑰丽清俊，在情节性的叙述中抒发情感、部队风格与边疆习俗的融汇结合。

这一艺术趋向的总结性发展，最后集中在并非西南边疆的诗人李瑛那里，以致成为一种"集大成"，并且体现为艺术上高度精致。李瑛的地位是五十年代西南部队诗人创作的总结和发展。他是起到沟通军内外以及承上启下的重大影响的诗人。

这类以创作意境为目标的诗歌流派，由于通过特殊景物以提炼有意义的诗情，因而格外注重特殊地域特色。不少以自然地理命名的诗派多少都可以找到它与现代意境联系的纽带，如黄河、红土、黑水等等。

如红土高原诗派的理论倡导重视云贵高原地貌给予诗歌的"横断意识"，即是从云南的特殊地理环境所给予云南的文学和诗的文化意识的影响而提出的。西北至东南走向的横断山脉，气势磅礴的乌蒙山脉，以及元江以东海拔两千多米的云贵高原，形成云南独特的地理形态。自南而北，云南横跨热带、亚热带、温带三气候带，自低而高形成低热河谷区、坝区、山区、高寒山四种不同气候类型，形成云南特有的立体气候。"横断——使云南保持着一种童年式的、天真浪漫的和大自然息息相关的直觉精神"单薄的文化积淀层，使至今跳荡着来自自然的蓬勃生命力，保持着生动的、童贞式的想象力"（于坚：《横断意识——当代云南文学的内驱力》）。

与红土诗派或"横断意识"相近的，同样是源于意境抒情诗而富有地域特性的，尚有西藏的雪野诗派。这是以西藏地区的地域、自然、民族特色为基础的现代诗。这一流派的探索最初以《西藏文学》和《拉萨河》为阵地。它的创立因遇到突击的政治批判的挫折而宣告夭折。随后,以《拉萨晚报》为基本阵地提出"雪海诗"。雪海诗宣言:"我们推崇沉雄、高古的诗风,追求魔幻而簇新,诡奇而淳厚的美学境界,在西藏佛性的氛围中,在这一片净化的雪域中,在萌萌涌动的新潮里,我们创造独特的把握世界的方式,以全新的语言机制、以陌生得无所谓陌生的美丽,孕育超然的气度和涵蓄自然的悲力。"

他们和以上叙述的各个诗群有不同之处,那便是,他们在实践之初便提出了自己的艺术主张。《西藏文艺》于1983年第1期辟《雪野诗》专栏,有一篇宣言式文字,强调了雪野诗的独特追求,地方民族特色和现代艺术的结合是他们开放性主张的核心。致力于这一诗的实践的,一批生活在西藏的藏汉各族青年诗人,他们已经发表了一批有分量的作品。

象征系列

现代诗的浓厚象征性,在过于直白的叙述和说教或一般性的比附中丧失殆尽。鲁迅的《野草》和五四以来三大诗派之一的象征诗派的传统没有得到承认和继承。戴望舒《我的记忆》,李金发的诗作和《九叶集》的"遗产"的"发掘",当然还有与外国现代诗的恢复联系,使人们有可能重新认识这一创作倾向的实际价值。

诗的讽喻性和象征性是诗的本质所在。艾略特关怀的是:比喻、象征、反讽。动乱的时代结束之后,特殊的情感积累渴望一种特殊的方式。多元地、繁复地表达出历史反思的不平静,浓重的怀疑和否定情绪中的新的探寻,于是渴求着以诗来展现一种总体的象征形象。借助总体的象征建立一种宏伟的效果,以此再现人们在道德上的躁动和心理的不平衡感。

北岛的诗,从这个意义上说,是宏伟而具有开拓意义的。他的特殊的冷峻和哲学的玄思,以及浓厚的疑惧心理最其代表性。他没有宣言和理论上的阐析,只有百家诗会上的一段诗话:"诗人应该通过作品建立一个自己的世界","诗歌面临着形式的危机,许多陈旧的表现手段已经远不够用了,隐喻、象征、通感、改变视角和透视关系、打破时空秩序等手法为我们提供了新的前景。"北岛的这些论点总起来考察,可以发现它的核心是隐喻和象征。基于这个前提,他要求具体手段的变革,这就使他对通感,改变视角和透视关系,打破时空秩序,意象的转换……等产生兴趣。这些,都服务于造成诗中的总体象征的目的。

象征系列诸流派所代表的倾向,具有对于诗歌艺术历史的反拨的鲜明的批判意向。它使我们想起本世纪初由英美一批诗人组成的意象派的兴起和它的发展。意象主义的兴起,是这批诗人对后期浪漫主义(即所谓维多利亚诗风)的统治诗坛的不满。他们反对诗歌中含混的抒情、陈腐的说教、拙象的感慨,强调诗人应当使用鲜明的意象(描写感觉上具体的对象)来表达诗意。

诗歌一向都是使用意象的。但过去的一些使用意象的诗往往在一段描写之后就要引用抽象的"提高性"的发挥,因而造成不彻底性。意象派强调把诗人的感触和情绪,隐藏到具体的意象背后。和北岛最接近的是芒克、多多等,他们的诗跳动较大,意象更为朦胧、艰涩。

与他们同属于总体象征追求,但意象更为单纯、明晰的有顾城的童真、梁小斌的单纯、王小妮的直觉。他们的诗总的是力图以单纯的意象展现多重的内涵而排斥繁复。

文化、心理系列

史诗的概念最早是江河使用的,他在青春诗会中提出:"我的最大愿望是写出史诗。"他最早写出的《纪念碑》《我歌唱一个人》等都显示了超脱个人的主题追求。随着诗歌的主题进入历史反思阶段,它的特点是从现在反思过去,这种史诗带有浓重的检讨历史的意向。诗人把对民族文化心理的检讨,放在更广阔和深刻的历史背景上,去追求史诗气质。他们的目标是诗的崇高美的实现。目的在于改变温柔敦厚的审美意识,而向着开放性和创造性的境界变更。它力图使诗歌成为民族文化心理结构的自觉开拓者。

史诗性作品建立在深刻的历史感上,它不是把思索引向自我。无意识冲动、纯感觉表现或主体情绪的宣泄,都不可能代替对民族性格、民族文化心理特征和民族发展过程的认识与思考。史诗性作品的取材证明青年诗人对于表现对象兴趣的转移。东方古老文化的题目成为诗人关注的主要目标。他们希望通过这些题材的开掘,体现出他们深刻的理性思考的沉淀,促使中国现代诗深入民族文化心理的深层结构,自觉地走向人类情感与理性的历史原野,自觉追求崇高与庄严的境界的历史性转移。

这类诗充满理性思辨的色彩。它们主张有节制地控制主观的情绪抒发,改变过去的拘泥现实的感伤情调,完成自身对于历史轨迹和民族经验的加入。把对时代精神和民族性格的执着挖掘从单一转为多重结构的组合,人们期待通过多种不同角度听到一个民族内在的声音。

非常鲜明的由反思而向着民族文化传统的"寻根";非常鲜明的摒弃激情的外在宣泄而转向理性的内心积淀;非常鲜明的"不重视"现实性的个人经历的归纳;而转向历史性的对于"古老"的集体经验的集体意识的探寻,是这些诗作的基本特征。早期的史诗追求大多注重以特殊题材寄托深邃的历史性思考。后来的一些社团逐渐注意到中国历史哲学对于诗学的渗透。

一批以创伤抒情性史诗的诗人开始进行整体主义诗的探

索。他们认为中国文化的本质的"整体一元论"的核心不是"阴阳互补",而是"无极而太极"。它不仅把包括人在内的宇宙处理为一个流变不息的整体,而且认为这个整体唯一的使命是超越的生命。他们不承认这是对传统迷恋的回忆,认为追求整体是二十世纪怀疑主义思潮发展的必然结果。他们确认整体主义是东西方现代逆向互补的思想结构模式。

"整体主义"强调诗的生命性在于它是"整体运动信号"。它确认诗是物态的自然真相到原生命的潜意识以及深层理性的"收纳者"。服膺"东方整体思维空间"的一批诗人自称:"一群苦行的灵魂找到了一批新型的智力空间"。它强调与思维哲理的关系,思维被认识之后再进入"魔变",它要求诗的原始结构能为所有的文化所收附。

一部分大学生诗作,表现出有意的思想和艺术偏激情绪,他们的内在情感则是因不平而发的激愤。学院诗的繁荣说明了诗歌运动的一个带有鲜明时代色彩的走向。这就是诗歌事实上经历了一个重大的历史性反拨。尽管人们没有去碰撞那个诗的通俗化群众化的坚固壁垒,尽管人们对"人人是诗人"的提法也失去了嘲谑的新鲜感。但事实上,人们已在很大程度上抛弃了诗要人人都能懂甚至人人都能写的理论和实践。

诗歌的读者变得越来越少了,许多人都在这样惊呼。但事实是诗在走向正常。诗,逐渐地恢复了它作为文学的金字塔顶的地位。这样,他就成了具有高度的文化素质的人最能欣赏的高级艺术品种之一。阳春白雪对于它便是合理的,尽管下里巴人未必不合理。

在这样的背景之下,高等院校中的受到高级文化熏陶的学院诗人活跃了起来,也多了起来。学院诗便成为了《今天》所争取到的成果的直接继承者。有人论证说:学院诗比"朦胧诗"更"朦胧",它更欧化、更抽象、更敏感,更透出一种趣味的修养和学识的素质。但同时,它也更期待着某种内容的充实。学院诗人的理想是赋予诗本身以自足的生命。

钟文在《论诗回到自己的轨道上来》中认为:"大学生根据自己在大学里所接触的广泛性的影响和世界性的文化交流而产生灵感的冲动和创作欲。新诗潮诗人的问题在于如何超出特定时代的自我经验之上而把握到更普遍的内容。而学院派的诗人的问题则在于把文化的诗与生活的诗结合起来。"一批陌生的诗人的创作受超现实主义诗歌的影响很深。这批诗人与复旦、华东师大的诗歌团体有关。他们的诗总趋向是距离实际生活更远,更抽象,更冷静和更带玄思的特点。

以上所述,只是校园诗人群中的一种现象。另外一种也属学院诗,但它的发展趋向不是往更抽象和更欧化方面,而是把新诗潮的实际成绩与当代诗歌的具体性加以结合,使之更向生活的诗靠拢的实践。这是学院诗中目前更引人注目的一个趋向。这类诗保留了朦胧诗某些抽象性而往更实际的方面接近。

他们的诗以传达学院生活的情趣和最年轻一代知识分子的思考为其特点。一、学院诗是中国现代诗的摇篮,它为朦胧诗运动提供了最强大的后备军;二、它是一种不稳定的,呈流动状态的,一旦一批人走向社会,他们的诗也就逐渐离开校园生活的特点;三、它是当前最活跃的最具生命力的诗歌力量;四、它最充分体现出城市青年的律动和"青春流行色"的最灵敏的传递者。

现代都市生活诗群和学院诗同向发展。随着诗歌对于"喜闻乐见"的追求的厌倦,而产生的向着文化密集地区的汇聚,以知识型的作者为主,都市诗于是兴起。这些诗歌,着力表现现代人对于都市生活的节奏和旋律的特殊感受,对都市生活的紧张、繁忙、霓虹灯和商品陈列的令人目眩的色彩,它的潜在的活力和令人厌倦的喧嚣。

城市诗的另一部分是表现那些与中国古老乡村保持联系的

人对于城市的新鲜感受,两种不同文化背景的对比所产生的强烈反差,以及农民在现代生活面前所表现出来的怅然若失的眷恋和惶惑感。这方面的诗,以上海为中心。一批诗人立志于要做都市诗。他们一方面以揶揄和调侃的方式,表现受到都市生活的窒息所产生的压迫感。一方面又把诗推向更接近于现代都市意识的险境。

一些都市诗的倡导者传达了他们的都市诗观念。以为这是分析的时代,综合的时代,城市快节奏淘汰一切劣质异己的驱动力。由于现代城市实体的存在,它已体现着民族最睿智的情感思维。城市诗的理论不承认城市诗只是一种象征,以及手法的变形抽象等,"我们把整首诗都当成生命的不断运动状态……和我们一拍即合的正是城市这强大的生命所散发的诗意的诱惑力。我们的宗旨是全部城市诗美特征乃在于工业文化背景下城市人意识的总的审美体现"(于荣健:《读城市诗》)。

我们在自己的呼唤中适应[*]

面对如今这般匆匆更替的先锋性试验,以及纷至沓来的流派、亚流派的惊人宣言,又一阵忧虑袭击着中国诗坛,人们曾以极大的耐心和毅力,好不容易才适应了那些不安分的精灵所创造的语言迷宫——透过那些朦胧的意象的拼合和叠加把握了一个陌生而奇异的世界。如今眼巴巴地看着众多的后来者向这个世界投去怀疑甚而否定的目光。

中国诗人在走火入魔!

你们已走了那么远!你们还要走多远?真的,潘多拉的盒子一旦下了决心去打开它,其结果只能是如今这个样子。在这片土地上,人们习惯的是那些历久不变的井然有致的秩序——艺术更是如此。多数人不怀恶意地抗拒的,正是目下这种"混乱"。

而这种"混乱"却是美丽的。它有如河流,自远处奔流而来,挟带着泥沙与杂物,它不纯净。唯其不纯净和无章法,才是艺术本有的样子。较之其他艺术,诗是较早地获得了反抗的觉醒的一个品类。重要的是,它最早拥有了对于自由的追逐的启悟,并获得了这种(并非赐予的)自由。如今的不驯和芜杂正是这种追求的结果。

我们不再期待那种整齐划一的运动。我们既已呼唤,我们便在自己的呼唤中学会适应。我们认定,任何一个健康的社会,都鼓励并允许健康的艺术环境。这种环境不是靠外面施加压力

---

[*] 此文初刊1988年7月《当代诗歌》1988年第7期。据此编入。

的方式,而是靠艺术自身的竞争的调节。在这种看似纷紊却充满了生气的繁盛面前,疑虑显然没有必要。相信许多即兴式的宣告和实践,都只是匆匆的一现。而严肃的艺术创造,将在无情的淘汰中赢得读者和舆论。

再强调一句,重要的不是目前这种表面的、令人眼花缭乱的热闹,重要的是此中体现的自由精神。而这种精神,却是诗和艺术的精魂。

告别与追寻[*]
——中国新诗运动十年(1976—1986)

传统心态的扬弃

十年前那一场寒冻的雨雾已经成为历史。从那以后中国人民开始另一种情绪来创造生活。人们已把那种哀戚和深重忧患看成了不再回返的过去,整个民族心态是由品味过去转向了面向未来。对于中国人来说,生活在昨天的时候太长了,我们很少考虑甚至不知道如何成为今天的人、今天的民族以及从今天出发去创造与世界同向乃至同步发展的未来。

从这个意义上说:1976年4月5日爆发的那场政治运动是划时代的。它同样是声巨雷,把我们从昨天的梦中惊醒。从那个时候开始,我们送走了一个时代,迎接了另一个时代。我们告别了信神和造神的历史,开始了意识到作为人、以及维护人的价值和尊严的历史。时代在发展中走了一个大的弯曲。它把五四两个字调了一个位置让我们体会它最初的价值。我们于是发现,五四当初提出的任务,即打倒以"孔家店"为象征的几千年封建文化、礼教的任务,到我们这一代人手中还远没有完成。科学和民主对于我们依然是神圣的。从这时开始,尽管伴随着我们还有忧愁与烦恼,焦虑和不满,但整个气氛是充满希望的。一只啄破了蛋壳的鹰雏,已经透过薄薄的"窗纸"看到了明亮的世界。

---

[*] 此文初刊1988年7月《浪淘沙》1988年第4期。据此编入。

这时的一切压抑与重负都与过去的可希望和无希望不同,而具有了积极的意义。骆耕野那一首著名的以《不满》为题的抒情诗,它的最动人之处在于冲破了传统的满足感之后的那种对未来的渴望的"不满"。

如同五四时代在整个为争取科学民主的深刻革命中,新诗充当了先行的作用一样,四五运动同样选择了新诗作为传达这一时代声音的有力的"导体"。这个依附和服从于政治运动的诗歌运动,不是作为一次艺术运动开始的宣告,但它引发的却是一场诗歌以至整个文学艺术的静悄悄的革命。

时间过得愈久,我们因为和当时的现实性拉开了距离,便更易于发现:四五天安门诗运动的意义伟大而深远。它是作为思想上的对于封建性的倒退和禁锢的反叛,人民为争取自身的民主自由、为反对贪欲、邪恶、阴谋以及野蛮、愚昧和不义而作出勇敢的抗争。它不依靠传统的行政力量的号召,而是表现了人民的惊人的自觉和组织性。的确,天安门诗歌的基本价值在于诗歌内涵的人民性精魂的复苏。它谈不上艺术上的创新,甚至也不存在"创造性",但它却表现了一种对于"传统"的艺术惰性的不驯与厌弃。这主要表现在天安门诗歌不采取那时风行的两种基本诗歌模式,楼梯式的政治抒情诗和"大体整齐"的四行一节半格律诗体(这种"无视",体现了自然而然的厌倦),而是不经号召地、不约而同地、自觉地采用了旧体诗词的方式。这一方面说明旧形式在中国那些粗通文化的青年群众中依然有深刻的潜在的影响,一方面说明人们对于与"假、大、空"联系在一起的僵硬的、千部一腔的艺术形式的唾弃。从这个意义上讲,天安门诗歌在内容上是反抗的,而在艺术上也是反抗的。

合理的怀疑

我们以十年的代价争取的是什么?我们将对这个十年作如

何形容？说它是不平静的诗歌十年,不论从诗的内部或诗与外部的联系来说,也许都是贴切的。从1976年到1978年,以《今天》的出现作为一个标志,在此以前是诗对"假大空"的否定和批判与诗歌的现实主义恢复;在艺术上则表现为惯性运动的延续而缺乏创新精神的冲激。1979年体现了诗歌创作的初步繁荣。一方面是传统的诗艺在三年的调整期内得到了全面的恢复:叶文福的《将军,你不能这样做》代表了诗歌外向的干预生活职能的恢复;雷抒雁的《小草在歌唱》的传统的英雄颂歌的方式体现了诗歌内向的干预灵魂职能的开掘。另一方面是代表变革潮流的诗歌从潜流状态涌出了地面。

这一股不可扼制的诗歌潮的"反传统"的声音被传统的维护者目为"古怪"。但它却以崭新的姿态吸引了对诗的规格化感到失望的读者的目光。北岛的《回答》以"挑战者"的身份向着扭曲和变态的现实,对于"冰川纪已过去了"却仍然"到处都是冰凌","好望角发现了"死海里却仍然"千帆竞发"的畸形和异常,以冷峻的语言作了不信任的"回答"。北岛以对现实和历史的前进或倒退的关切代表了变革的诗的一个走向,这便是外面的向着现实的贴近。舒婷发表于同年的《致橡树》,通过爱情诗的方式表达了内向的一种要求:即人的价值在于自立、自爱、自尊,而不是对于他人的攀附。"今天,人们迫切需要尊重,信任和温暖,我愿意尽可能地用诗来表现我对'人'的一种关切",她的诗代表了变革的诗歌,寻求内心的自由的走向。1979年诗歌创作高潮体现了一种精神即人性的精神,对人的关怀与关切的精神。

1980年以后到1983年初,围绕着三个崛起的陆续出现,说明理论界试图解释当前出现的诗歌现象。从《在新的崛起面前》开始,问题逐渐地推向深入,即由认识到一种新诗潮的出现到作为美学进行初步的概括。但也是从那时开始,批判文章从不间断,以至在1983年秋到1984年春之间酿成一个规模颇大的对于"三个崛起"的批判。这当然说明了很多问题,但最重要的说明却是:新诗潮的存在已经成为事实。这种事实已经构成了对于某种存在的威胁,从而不得不采取某种手段予以抑制。

许多我都认为这种批判的意义是消极性的,但是从另一方面考察,批判引起了更多的对新诗潮的同情与注意,这又是并不消极的结果。挫折之后是更为顽强的生长,这也不是消极性的结局。它事实上已得到了承认。

必要的调整与巨变的产生

十年中诗歌的内部运动也在激烈地进行着,不是作为全部的现象,而是作为一种大的趋势。大体上有几点现象值得注意:首先是从写实转向写意,从具体转向抽象,这是诗歌审美的一个重大转换。它改变了诗歌被用来明确地说明某一事物、某一现象的状态;主题的多义性和情感的多向性代替了过去的平面模写的状态,反对这一现象的人们比较敏锐地感觉到它对传统审美追求的异端性质,所谓对"朦胧诗"的质疑,就是这一审美判断的异向发展而发出的警号;诗歌发展的另一新的趋势是从描写外部世界转向描写内部世界,这是对过去的诗歌无视乃至歧视人的心灵的描写与关切的反拨。舒婷的《四月的黄昏》,是又哭又歌,可歌可泣的凄迷的令人怅惘的黄昏。

诗,从根本上说属于心灵。诗的丰富性和创造价值在于展现人的内心对于社会生活的溶解和发酵。新诗潮为达到这一目的进行了有力的争取。由此,它也承受了重大的压力。所谓写"大我"还是"小我"的争论,就是由此而来的。批评者认为诗属于广大人民而不属于诗人自我,他们认为诗的走向内心是一种倒退。由此带来的一个结果是现实主义不再是诗歌创作的唯一方法,创作方法体现出走向多元的"趋势"。

事实上所谓诗歌的现实主义方法是一个相当混乱的概念。

五十年代的理论要求诗歌再现"毫无自私和自利之心"的先进典型,"文革"中则要求诗歌学习"样板戏"塑造"高大完美"的英雄形象。从很早的时候开始,我们把现实主义等同于进步和革命的神圣,不采用现实主义便是对进步甚至是革命的背叛。而事实上,至少在诗歌中我们却很少认真地实行过"现实主义"。相反,从五十年代后半期开始,席卷整个诗坛的却是"浪漫主义"的狂热。历史事实证明,涉及到现实生活实际,现实主义要么是无能为力,要么便要付出代价。

这种现象如今已经改变。事实已对现实主义和浪漫主义的诗歌做了调整,基本上恢复了它应有的状态。现实主义作品如李发模的《呼声》,曲有源的《打呼噜会议》《关于入党动机》,呈现了生活的真实性和它的批判机能。浪漫主义作品如舒婷的大量诗篇,不是如同过去歌唱地上并不存在的天堂和颂扬超人的神圣,而能展现普通人的愿望和追求,追求不能实现时所表现的强烈的痛苦以及女性特有的美丽的忧伤。

写生活中追求中的困苦,一种可望而不可即的悲凉,一种理想未能实现的失落感,舒婷把我们这一代人的内心追求表达得十分充分。舒婷的诗典型地代表了追求理想的生活和应该有的人与人之间温暖、友情、同情和谅解的愿望。她的痛苦和忧伤,乃是由于"咫尺之内"的"不能到达"所引起的。许多人都批评她的低沉和陷入个人痛苦,其实她所表现的低沉是超于现实的过高的思想,她的"个人痛苦"并不属于个人而属于我们全体。她不过是以美丽的艺术再现,非常精彩地表达了这种失望和失落而已,如她的《雨别》——

> 我真想摔开车门,向你奔去,
> 在你的宽肩上失声痛哭:
> "我忍不住,我真忍不住:"
> ……

> 我真想，真想……
> 我的痛苦变为忧伤，
> 想也想不够，说也说不出。

诗有许许多多的"真想"，就是有许许多多的"希望"和"理想"，她愿在此"聚集全部柔情"以奉献给她的希望和理想。但是"我的痛苦变为忧伤"，过多的希望而不能满足，有理想方有追求和实现理想的痛苦。她说明了忧伤产生的原因，她之所以忧伤得"美丽"，乃是因为她的忧伤的根源在于追求美。

除了上述两大方面，更值得注意的是象征主义的潮流。这一时期诗歌表现了对于摹写现实和直接抒情的厌倦，而倾向于象征手法的运用。舒婷的诗也有这种倾向：《雨别》并不一定是爱情诗，它可以理解为一种象征，一种"不畏缩也不回顾"的希望的祈求；《在潮湿的小站上》：深秋南方的小站，空荡荡的月台，水汪汪的灯光，一位少女等待又怅然。总的也是一种象征，并不是写实，也不在直接抒情。更为典型的是北岛的《回答》，体现了由现实主义转向象征主义的过渡。"卑鄙是卑鄙者的通行证，高尚是高尚者的墓志铭"，是对现实生活浓缩的概括，深刻地表达了对现实扭曲的抗议。"在镀金的天空中，飘满了死者弯曲的倒影"那时我们的天空是"镀"上了"金"的但却飘满了死者的倒影——这些倒影又都是"弯曲"的。他的《古寺》由于诸多意象的组合，构成了一个总体的象征氛围。这便是传统历史文化的古老和它的麻木，它蕴含着深刻的历史批判色彩。

由于社会自身发展的推动，艺术革命被要求成为社会变革运动的先导。当社会结束为期相当长的左倾教条主义的统治，从而开启了长期封闭的窗口，我们把目光投向了整个世界。世界在我们自我颂赞的时间里发生了深刻的变化。这就驱使我们全民族再一次向着西方社会寻找有益的借鉴。这就是我们现在认识到的东西方文化的第二次大交流的时代。

历史经过了将近一个世纪,仿佛来了一个重演。目前的思想解放运动,目前的对外开放政策,目前大量知识分子出国求学,以及西方先进技术的引进,都仿佛是本世纪初所发生的那一切的重新出现。有趣的是诗歌,再一次最先发出了社会变革的信号。它几乎成为对于社会进步和开放进行试探的问路石子。当然,它因此也承担了风险。新时期诗歌的巨大不宁和动荡,其根本原因是由于诗歌变革并不是一个单一的现象,它与整个社会的改革联系在一起。诗歌呈现的不平静,在于开放和保守观念产生的冲撞。

意识的歧异和概念的冲突

显然不能过高地估计诗歌对于决定社会发展方面的作用。诗对于一个民族的生存状态的关心与影响,只能是从宏观的和更为长远的角度加以考察:这就是诗不仅能够有效地陶冶人的性情,而且从总体上铸造一个民族的崇高的灵魂。这一切显然不是立即见效的工程。

但诗歌的幸运显然得到了所有艺术品类的艳羡。从四五运动开始,它便走在艺术和文化变革的前列。诗歌最早发出了对于十月胜利的欢呼;最早以愤怒声音进行对"四人帮"的揭露和批判;许多"归来"的歌咏是伤痕文学和反思文学的先声;人的主题的确立,从否定作为神的太阳到肯定作为普通一个星球的太阳……与此同时,新诗以勇敢的反叛精神,迅速地实现以自由体为主的又一次诗体大解放,而且以决绝的态度打破了格律诗或半格律体为主流的诗歌格局。

目前文学艺术创作中以批判精神为前导的向着东方传统文化"寻根"的倾向,也是首先在诗中呈现的,这一创作思想把伤痕诗歌的境界提高了使之与反思文学融汇而转向民族历史文化的溯源与再铸。

走在艺术改革前面的诗歌,它理所当然要受到激烈的反抗。这种情绪激烈的持久的反抗的原因,在于观念歧异及其不可调和的性质。对这种歧异的叙述将是困难的。它需要一种从容不迫的、冷静的阐释。若要勉强加以归纳,大约不出于如下数点:

一、对待包括诗和艺术在内的当前的时代生活。有的人把目光投向过去,他们不仅留恋共和国初成立时的充满青春憧憬的单纯与幼稚,甚至冥想更为遥远的那种原始性的艰难。他们不仅自己迷恋其中,而且试图以之为原则指导当前的一切。开放性的目光与胸襟对他们恍若隔世。他们的信念是固有和旧有的一切,并予以理想化和神圣化。他们口头上讲开放,但并不具备行动,而且甚至也不赞成他们"开放"思想支配下的探索性实践。在诗歌方面,无休止地"洋化"的担忧以及谴责"崇洋媚外"、"数典忘祖",这便是此种心态的体现。

二、与上所述有关,满足现状和不怀疑现有秩序,造成他们内心的平衡。他们不想打破这种宁静和自足的平衡。于是他们只肯定:肯定以往的辉煌包括已经获知的野蛮和蒙昧。于是他们不怀疑、他们甚至打击那些"怀疑论者"。但是艺术发展的一个法则却是在不断的否定之中获得新的肯定。否定过去并不就是取消历史,恰恰相反,那些最坚决的否定者,往往就是最忠实于历史积累的人。从当代诗歌艺术的发展历史看,要是面对如此巨大的艺术悲剧而无动于衷,且不产生任何的对诗歌现有秩序的怀疑和批判,倘若他们依然声称自己的忠实,这事情本身就构成了怀疑的命题。

三、长时期中,我们制造颂歌,颂歌世界又制造了欢乐和轻松的气氛。我们相信一切,包括相信谎言。我们把"形势大好,越来越好"当作真理。我们的情感与哀愁绝缘,我们把痛苦视为囚室。但当噩梦告终,灵魂警醒,与公民情绪和历史使命感一同归来的是深沉的忧患,这造成了诗歌情绪的低调。许多批评正是对此而发的:低沉、没落、消极、绝望成为许多社会学诗评的热门话题。但孤独感,悲观和绝望正是一种时代性潮流,由此构成了最大的情绪背逆。

新时期诗歌论争的关键在观念的冲突:阶级斗争的观念和人道主义的观念,人斗人的观念与人爱人的观念构成了根本性的矛盾。除此之后,便是以上述及的三个意识的歧异,这三个意识便是开放意识,否定意识和忧患意识。这些都是:以往的诗和文学匮缺。人们眼巴巴地看着这三个怪物闯入了中国诗坛,于是,骚动便产生了。

漫话作家的责任感[*]

时间:七月四日、五日、六日
地点:北京大雅宝空司招待所、北大蔚秀园
主持者:本刊编辑部
出席者:朱晓平、汪曾祺、林斤澜、陈建功、朱伟、谢冕、黄子平(以发言先后为序)

朱晓平:我认为责任感就是一种方法,一种是作为社会存在,说白了就是领导需要的那一种,另一种是作为作家自己个性的存在。前一种,随时可以变,需要我有责任感了我就有,不需要就没有。但作为自己的个性,自己的生活态度,就会始终保持着。我的生活态度不会变,不管社会发生什么变化。针对一些社会问题,不同个性的作家会做出不同的反映,会从个性出发去想问题。我认为责任感是双重的,而我们现在提倡的是前一种,不提倡后一种,而前一种是浅层次的,唱高调,发点小牢骚,提出的问题也是人民群众关心的,这是浅层次的。那么个性很强的责任感就过于沉重了,不够洒脱。他们确实在为民族思考,思考着我们这个民族怎样走过来的,又怎样走下去,把自己的一切创作活动同这些连在一起。比如人类生存困境,人的扭曲变异等等,把这些思考溶在作品里引起别人去思考。这种责任感是必须的。我们在写作时应当思考一些问题。但确实有些作家自觉

---

[*] 此文刊于《文学自由谈》1988年第5期。据此编入。

自愿把自己的责任感社会化,有的甚至为了哗众取宠。为了通过这种所谓社会责任感,达到某种个人目的,比如,有的人呼吁交通困难,解决不了大众的实际困难,而自己却得惠于此种责任感,坐上了小汽车,很有讽刺意味。

汪曾祺:我觉得一个作家的整个文学创作,不应该以他在某一个会上说的某一句话作为标准,甚至他即使说,我不考虑社会责任感,他照样可能也是有社会责任感的。不能从单纯一句话来看他整个的创作和整个的人生态度。

另外虽然有人说他不考虑社会责任感,比如阿城说他写小说就是为了满足自我。这样一句话可以作各种引申,也可能引申出他没有责任感,也可能找出他有很强烈的社会责任感。怎么理解都可以。我觉得现在作家写作,作品一发表出来就成了一种社会事实:你说你不考虑社会,但你锁在抽屉里是给自己的,发出来就成了社会现象,当然会对读者产生这样那样的影响,发表前你也许不能完全准确估计到,但你大体上还是有个估计的。我觉得我们现在所谓的责任感就是古代的"代圣贤立言",说别人的话,说别人想说而没有说出来的替他说出来的话。这是揣摸上意,发意呈旨。就是皇上嘴里还没出来呢,我就琢磨着他要说什么。有一种他还是很真诚的。他倒不一定是揣摩。而是他的脑子已经是这样了,是很真诚的思考,他不知道还有另外一种思考生活的方式。

一个作品产生的社会效果,往往受社会环境的影响,在抗日战争中,不是"白毛女"就是别的戏,大家也还是要参军打鬼子去。所以,我觉得应当研究作品到底是怎样产生作用,产生了什么作用。

汪宗元:中国历代的文人有忧国忧民的传统,社会责任感不是少了,而是太多,太浓、太沉重了!而真正解决社会问题的笔不是文人的笔和书,却是军人的剑和血。

当今群众就认为你们文学究竟解决多少我们老百姓的问题,嘛事也解决不了,过去几十年政治家总是讲作家的责任感,那么我们反过来问一问,几十年的阶级斗争大折腾,搞得作家与民族元气大伤,你们政治家的责任感又到底在什么地方？所以政治家的责任感与作家的责任感绝不是一回事。

赵玫:还有一个问题,你比如讲,你是个小说家,我觉得咱们现在比较忽视的是职业的责任感,你怎么作好一个小说家,小说家是干什么的,小说家的责任感在哪？小说家不是政治家也不是社会学家。十年文学有很大发展,文学开始回到文学,怎么做好小说,这是职业道德和责任感应当解决的问题。

汪曾祺:我最近读了巴西总统的一首诗,写渔民出海亲人等他,诗写得很好。我觉得他作为总统那个诗不是总统诗,他在写诗的时候不是总统,是诗人。我当总统的时候我是总统,我不当总统时是个诗人,不能以写诗的办法来治理国家。

你写作品时候,就是要考虑怎样把作品写好,你不可能在写作时就先考虑你该有怎样的社会责任感。有一个参战的空军飞行员,我问你飞上天的时候是不是想到国家民族,他说我不能想,我想了一下就被揍下来了,我只能顾怎样瞄准对手,把他打下来。写小说也是一样,你写小说的时候就想着这个小说将会产生多大的社会影响,那这个小说肯定是写不好的,就像飞机驾驶员被揍下来一样。

最早提出"问题小说"的是赵树理,《地权》是解决土地问题,而恰恰是他有些小说,他自己无法把它放在问题小说里边,比如《手》《富贵》等等不能明确反映他的问题的,往往这样一些小说比那些小说的艺术生命力要强。

林斤澜:我想说老舍,现在一提老舍样样都得说好,这就难住了。其实也有很多大作家,不避败笔。老舍也有败笔,比如《青年突击队》呀,《西望长安》呀,都是败笔,但有《茶馆》,《茶馆》

还真好。为什么这样?

汪曾祺:他这个《茶馆》原来不是这样写的。他原来打算把王利发写成当了人民代表啦。后来焦菊隐对他说,你就是第一幕好,你就照着第一幕写吧,老舍说,那咱们可就"配合"不上了。

汪宗元:这句话太棒了!

汪曾祺:我们现在所说的社会责任感和那时的"配合"是一样的。

林斤澜:我参加过两次《北京文学》的会,一次是青年作家,一次是青年评论家。都是青年人。我在两个会上都提出一个问题,但没有反映。我一回一回不服啊,这次引不起讨论,我在下一个会上还提,但没有引起讨论,我很纳闷。什么问题呢?其实是个很基本的问题,作家是干什么的?非常简单。几次开会我都提,但我不是想得到那个50、60年代的那种很规范性的回答,那是不要讨论的,所以我找年青人说,但每次都谈不起来,而且有的同志不知道这个问题是要谈什么问题。有的同志说这个问题没有什么好说的,作家是干什么的?写小说的,诗人是写诗的,那么等于没有回答。我说现在文学的观念很多,有一个观念很可能是多数人能接受的,文学就是人学。那么再进一步说,再往下走,人学以人为对象,生理学,心理学,历史学,哲学都是人学,文学也是人学,但是有的学科很明确,比如医学,就是给人治病的,你说历史,哲学,也都是很明确的,一个人生病决不会去找历史学家,一些社会问题,人们也决不会去找医生解决。文学可是大家都找,可大家并不那么明确。刘宾雁在那次文代会上提出十大问题,每个问题我听了都是非常大的,重要的。有改革问题、人口问题、文化普及问题、性教育问题,这些问题都找作家来解决?这些问题里都有好多学问在里边,作家怎么可能有那么多学问呢?是承担不了的。于是,就回到了我提的那个问题上,作家是干什么的?你什么都找我,那么我究竟是干什么的?我心思疑惑这事情,我就和年轻作家们谈,可是谈不起来,这我就觉得很纳闷。我又在评论家中说,一个青年评论家会外对我讲,这种问题只能是在你那个年代的思想框架里才提得出来的问题,在我们这个知识结构和思想框架中是提不出这个问题的。这样回答就把我蒙住了。作家当然也应当有责任感,经济学家有责任感,社会学家有责任感,哲学家有责任感,搞改革的也有责任感,那么我们也有责任感。问题是你的责任感是什么样的?我用什么方式来表现我的责任感?所以还是作家是干什么的,这是个很基本的问题。作家究竟是干什么活儿的?你究竟是木匠啊还是石匠啊?不能什么都找我,石头活儿也找我,嵌个玻璃也找我,那我究竟是干什么的?

现在研究人学,我觉得现在以人为学科是越分越细了,有心理学,生理学。心理学又分了很多,工业心理学,建筑心理学,对人的研究越来越细。社会学也是研究人,因为社会是人构成的。现在改革有四个关,四个关如果闯不过去的话,改革要失败的。物价是一个关,工资是一个关,还有党政分开等等,这是个大事情。现在提出来,作家要关心这四个关。这就是四大主题,你写小说就要符合这四大主题,否则就是不关心改革,我觉得作家怎么关心也解决不了问题。比如物价问题,如果这个问题来找作家的话,那么经济学家他是干吗的呢?这是他解决的事情,我就是会解决,我也不抢你的饭碗。这是你的事。作家究竟是干什么的吗?

汪曾祺: 而且,任何一个作家,一个很明显的道理,他首先得生活。这是很明显的吗?我所写的只能是我所感知的那一部分世界。整个的世界都要我来表现,我不成了全知全能的上帝了吗?好比一个大夫他可以内科外科儿科妇科都能干,他得是个全才。我现在就要割个瘤子,你就把那个瘤子割好了,不就行了吗。

林斤澜：有人对我说你林斤澜写了这个矮凳桥，写了当前的生活和改革，可你这里边改革写得太少了。我的家乡是温州，经过过大起大落。作家面对改革，他没有这个本事，他有本事也不是干这个的。我要从另一个角度说这个问题，就是现在关于人的学科越来越明确，分工越来越细，人身上的东西都有学科研究。那就要反过来想还有什么没有，还有哪个学科都管不着的部位，就像《茶馆》的庞胖子说"官面上管的我不管，官面上不管的我管。"文学现在就剩下这个了，官面上没管的有没有？我看是有的。就是这样谈作家的责任感。你要求作家的责任感，就是要从作家的本行上要求，那么作家的本行在哪里？

汪曾祺：简单说就是卖什么的吆喝什么。

林斤澜：是啊是啊，我不卖什么，你要求我有责任感有什么用呢？你不能什么都跟我要哇？

汪曾祺：有的时候你写个什么东西产生的社会效果跟你想的完全不是一回事。比如我曾经写了个高大头盖房子，讽刺的，写这个高大头有办法，居然在九平方米中盖了三十六平方米。写这个过程。没想到产生什么效果呢？其实当地没有给高大头解决这个地皮，结果看我这个小说一发表，当地政府马上决定给这个高大头解决房子，说汪老在这个小说中写到这个了，而且这个高大头现在变成了我们县里的政协委员。他的女儿是个体户模范，介绍她时就说这是汪老小说中那个高大头的女儿。这种社会效果是我完全没想到的也是我不希望产生的效果。这些是说我们当地的人实际上只把文学看成是一种政治工具了。后来这个高大头给我写来了很长一封信，还寄来材料，希望我还写续篇，我说我写不了。

林斤澜：也就是说，文学要回到文学本身。

汪曾祺：领导我们的人哪，还是那句老话，要按照文学规律办事。这是最简单的。现在查出列宁的那句话"党的文学"翻译错了,应当是"党的出版物"。那么现在一个问题,就是党和文学应当是什么关系。现在实际上在很多人的脑子里,实际上还有文学是"党的文学"的观念。还应当研究,作协究竟是干什么的?作协的领导究竟是干什么的?

赵玫:从上至下,咱们作协系统很多人的观念,实际上并没有改变过来。

汪曾祺:这么些年来,这么多作家的文学观包括创作方法得有人管着他,不管着他,好像就不习惯了。

林斤澜:作家究竟是干什么的,过去有非常经典的回答,就是作家是人类灵魂的工程师,这是五十年代建国初期的回答。后来有了疑问,新闻的教育的也都是这呀,都是管人的脑子的,凡是做宣传工作的,都是人类灵魂的工程师。这个回答当时也觉得很精辟,可现在看看也有些扯不清,作家、艺术家、教师和搞宣传政治的人都是人类灵魂的工程师,这里的分别还是很大的呀。还是要分开,要很鲜明分开。现在讲你是干什么的不给我弄清楚,你怎么要求我都可以。读者是有这个权利的。比如说矿工,你们为什么不写矿工啊?中学生可以提出我们不光早恋,我们还有别的呀,这都行,这是来自下边的要求。领导上也这样要求。谁都可以找你。为什么?因为你干什么的大家不清楚。作家自己也不清楚,作协也好像不清楚,作协这一伙人又是干什么的?

我看关于责任感问题,就是作家究竟是干什么的。说到底就是这么回事,可我们总是在外边兜圈子,总是到不了这儿。你可以不同意我的,你可以说是石匠不是木匠,可就是总到不了这儿,其实如果到了这里边,就很简单了。就可以要求你的职业的责任感了。可是,我们到不了这儿,几十年到不了这儿。

陈建功:说到责任感问题,其实我的观点很损,什么意思呢?我现在关心的并不是什么责任感问题,我现在正在看北京的俚俚俗俚曲。从清末开始。所以我觉得这个话题同我现在所关心的那个东西根本就不沾边。我现在正在看一个儿歌,《猫拿耗子》。"一更谷雨天哪,猫拿耗子,天长了,夜短了,耗子大爷起晚了。耗子大爷在家没有?耗子大爷还没起床哪。二更谷雨天,猫拿耗子,耗子大爷起晚了,耗子大爷穿衣服哪,耗子大爷好大的谱儿"三更刷牙,四更开始吃东西,用点心,五更要用茶,又开始剔牙,一直到十更,耗子大爷才上街遛弯儿去。这个东西,毫无责任感,但就是有情趣,有魅力,你难道能说这个东西对我们生活的陶冶、人民生活习惯的形成没有用处吗?你能说它不是文学吗?所以就觉得讨论这个责任感问题还不如读儿歌,这是第一个问题。

第二个问题还是要说社会责任感。其实最有社会责任感的还是民歌,比如解放前有些民俗歌曲,是从俗到雅的,也有从雅到俗的。《八旗子弟书》原先是八旗子弟唱的,后来落魄了,到了天桥,《八旗子弟书》到了民间,一是带来了古文化气息,同时也带来了八旗子弟的那种悲凉感,现在北京市民的悲凉感,都是同《八旗子弟书》分不开的。所以俚俗歌曲有的也是有责任感的。我看一些要饭歌是最有责任感的,你比如《太平歌词》里边有那么一句:"三条大道向你摆开,你要去中间别去两边。人生好比水中的鱼,夫妻和睦水养鱼,妯娌和睦鱼养水。"还有什么,你宁可受屈别玩儿命,就是劝人为善。一提责任感,你必须先弄明白了,你提这个责任感是要我们干吗?是要我们写改革,还是要我们的作家的良知?你得要我们闹清楚了。

第三个问题,如果一个要冒头的人在那儿大谈责任感,大谈太平盛世,劝人为善,这里边还有许多悲喜剧,还有一些悲凉感的话,那么,如果是一个什么什么,他如果这么谈,就带有很多虚伪的成分。

在谈到责任感的问题时,我们不需要刘再复而需要鲁迅,不需要刘再复的认真,而需要鲁迅的嘲讽。什么意思呢?就是说中国很多命题的提出,你不要跟它认真,也许他无非是利用这些命题来演出他的历史场面。明白了吗?那么我们跟在它屁股后面转,我们受得了吗?同样呢,我们有些作家也是为了演出他的历史场面。据说,在外国作家问到中国一些作家的责任感,他们只能顾左右而言他,欲说还休欲说还休,所以阿城就说玩儿,张辛欣说为了赚钱。这里边我觉得应理解为在情感因素中的作家的良知,有作家的悲酸感在里边。

最后一个问题,有些作家社会责任感是很强烈的,他们的社会责任感是血液中的。杜甫也是,那么李白何尝就没有责任感呢?但是他是达到了放达的境界,他是经过十分苦闷的追溯,最后到达了一种旷达的浪漫。那么您要的社会责任感是哪条呢?陶渊明那就不是社会责任感吗?他不为五斗米折腰,在家乡种豆子,进入望断山水的境界,那是不是也是社会责任感呢?他表现出来的是对政界的厌倦。那么哪条是社会责任感呢?最后是,不理它,自己写自己的了。

说社会责任感无非就是对社会负责,那么,对社会的哪方面负责?你是对社会的不合理负责,还是摆出一副对社会负责的样子?有一种社会责任感,无非是用一种道德化方式往无法解决的社会机制上增加润滑剂。出租司机也不容易啊,上班的人也不容易吗,大家互相理解吗?可是他不知道这些东西不是道德化方式就解决的,而是整个社会分配不合理造成的。再比如高干子弟问题,全民所有制和集体所有制的问题,关键是你用什么样的价值标准来评价看待这些问题。所以不把这些弄清楚来空谈社会责任感,就往往带有很大的欺骗性。

朱伟:建功讲得非常好。你比如这里边所谓社会的责任感,社会的含义是什么?社会责任感应该是一个很广泛的概念。

陈建功:包括那些有趣的、有意思的诗歌,这里边就没有社会责任感了吗？陶冶心灵，开心，老百姓有时开心了，活儿也就干得好。

朱伟：实际上你文学作品给人看，是一种宣泄。人身上总是有压抑，你的文学作品能给他的宣泄，就应当说它带有社会责任感了。

陈建功：你比如《查太莱夫人的情人》，我觉得就很有社会责任感，查太莱夫人的丈夫，满足不了她的人生的基本要求，她要找情人，要睡觉，这不也是社会责任感吗？不也是一种人性的解放吗？《麦田守望者》也是一样，它谴责教育对学生的压抑。那让我们干吗去？让我们怎么着啊，怎么有社会责任感呢？

朱伟：我觉得作品中是不是有这么几种。

一种社会责任感比如说，共性化的。这样产生的作品无非两种，一种唱赞歌的，一种唱反调的。主要是共同化大众化的。

另外一种是个性化的。你比如我陈建功是怎样看社会，我看这个社会就是这样的，这就和那种共性化的社会标准不一样，这样也产生两类作品，一种唱赞歌，一种唱反调。余华可能就是唱反调的，航鹰可能就是唱赞歌的。

第三种恐怕就是建功说的那种，风花雪月的，他只要看到，就想把它写下来，肯定有主观因素在里边。因为人是社会的人，那么主观因素中必然有社会的成分，那么它就没有社会责任感啦？我觉得你都应当包容，你不能只是强调某一点，你不能说只要求共性化的看社会或是只要求唱赞歌，那你这个文学就没法搞。

汪宗元：现在所谓的唱赞歌，无非是回归到过去的党性问题上。就是说文学要有党性。你光写偷情风花雪月之类，你一味地暴露社会的黑暗，有人认为不是党性的文学。

朱伟：因为实际上如果从文学领导上指出这个问题，文学是无法搞的。

汪宗元：作家是写家。关键是你怎么把小说写好。

朱伟：文学要想发展，必须有各种各样的标准。而我们现在只有一种标准。怎么就只有一种标准？你批评家也可以有新潮的标准。你必须多种标准文学才能繁荣，你必须多种声音才可以包容、才可以繁荣。

陈建功：话又说回来了，你什么样的生活背景，你什么样的把握生活的方式，你就写什么样的东西。你硬强制他那是不可能的。你比如是西藏人，你就必然会用西藏人的方式写西藏人。你不是西藏人写西藏人，你写不了。你说你怎玩玩，你玩儿不了，你不是那种思维的方式。你编不出来。你比如说你要学习马尔克斯，你学不来。硬学有没有？有，硬学就肯定是失败。

朱伟：就是说你是什么样的生存状态什么样的生存环境，你是一个什么样的人，你作品中都会反映出来，自然流露，你掩饰不住。

赵玫：我觉得你要写的东西，只要是真实的，你真实地感动，你也就自然能打动别人。

陈建功：好东西一看就知道，你要是玩假货，也是一看就知道。

朱伟：人家西方的现代艺术，是很自然的东西，完全是人家气质本身透溢出来的，所以有的本身生命意识非常萎缩的，又硬撑一个大架子，就非常的难受。就是说你农民就不要去学绅士，你学出来肯定就是很难受的。

陈建功：所以子龙可爱就是这个。我跟子龙呆在一块很痛快。子龙他有社会责任感。他的小说很真诚，但同时也有一种被社会责任感所驱使的倾向。

希望赶上新潮在老一辈作家身上，表现为一种悲剧。而在新一代作家身上，则表现为喜剧，具有漫画色彩。就是说每个人都想当达·芬奇。于是有的人就要探索马克思主义，有的人又要探讨鲁迅。而现在是信息社会,信息大爆炸,当不成达·芬奇了。所以现在就造成了作家吊书袋。其实你还不如就承认,你是写小说的吧,你就懂得情感,懂得老百姓怎么生活,懂得怎么同他们进行交流就行了,你不可能干那么多事。

所以,"玩儿"小说成为社会责任感不满的一种说法,他又是借这么一个词来为自己辩护,"玩儿小说不对"其实他不知这种"玩儿小说"带有了一种理性的输入和对达·芬奇的嘲讽,忽然发现需要解放自己创作时的心灵状态,所以用了"玩儿"来意象自己的创作心态。

汪宗元:张艺谋玩电影就玩到世界上去了。我认为真正的艺术家的"玩"恰恰是一个高层次。

朱伟:就怕他没东西,他也去玩儿。比如法国芭蕾舞的现代舞,是经过严格古典芭蕾训练,他是在此训练基础上的现代舞,所以就好看。

陈建功:朱伟这个问题咱们可以探讨,当然毕加索是经过了蓝色时期,玫瑰色时期,才开始变形。但后来我发现,有的人从一开始就进入一种新的状态,你不能要求小说家一定要现实主义基础,这是不切实际的。关键是思维方式。他把握世界的方式就是这样的,所以他在表达时也就必然是这样的,你比如毕加索的蓝色时期就看出了不老实。特别是他的《曼陀铃》。所以我觉得有的人从一开始就是这样观察和感觉世界,他这样写那是可能的,这个问题是应当慎重的。

朱伟:你比如建功和少功、铁生,你比如马原、莫言,过去的传统小说都写得非常好,当然这里,残雪是一个例外。

陈建功:那么你没有注意到,他们在写传统小说时的那种不合谐音。正因为他有了这种不和谐、把它发展出来,又不失过去的基本功,要这么说,我是同意的。你如果说必须写传统小说好才能搞变形,那就容易被利用,作为攻击新潮的话柄。

谢冕：最近，的确出现一批有影响的学者、作家和理论家，他们担忧我们文学的发展态势，发表了一些谈话和文章。刘再复和李泽厚的对话也表达了他们的忧虑，我们作为同代人是可以理解这种忧虑心情的。我想，我们十年的文学为之争取的是什么呢？就是要争取文学摆脱那种作为政治工具的附属的惰性的运行。现在，我们好不容易有了一点点觉悟，争取到了属于自身的自由以后，我们却又听到了类似过去的文学观念，我觉得这种现象倒是令人忧虑的。我曾经在诗歌问题的讨论会上说过一句话，遭到了很多人的异议与批评。我说，几十年来诗走入了一条越来越窄狭的道路，诗歌方面很多的讨论，每一次讨论都增加一个约束，最后约束越来越多，诗歌被逼到更狭窄的道路上。什么东西逼得诗歌越来越萧条，最后走向濒于灭亡？我们老是犯一个病，就是我们的文学老是为这个服务，为那个服务，为政治、为阶级斗争服务，以此当作文学的唯一使命，我们作家的使命感，社会责任感，都是在这样一种为什么服务、为什么中心服务中，无保留到什么程度？越是无保留，越是使命感高，责任心越强，用这个作为评判的标准。于是循着这条宗旨，我们作家的创作越来越不自由，越来越受一种无形的约束，这个约束是巨大的，最后文学丧失了自由。文学家的使命究竟是什么，文学家当然是负有历史使命的，鞋匠修鞋是他的使命，文学家也当然有他自己的使命，但绝不是那种狭隘的使命。文学家的使命，宽泛地讲，就是要创造无愧于人类的优秀的文学作品，这优秀的作品是什么呢？就是为了最大满足人类的心灵和精神的需求，这就是文学的使命。那么，为了一种非常狭隘的功利，究竟能否满足于这样的精神需求呢？我觉得这个问题是值得怀疑的。即使说这种功利是无可非议的话，也只是文学的非常广泛的责任中的一点而已。刘宾雁在文学家中是一种文学家，他所担负的文学使命，也是整个文学的伟大使命的一部分，我们决不能把这一点当作全部。现在,令人担忧的那种调子又重新起来了,就是要求我们文学家、艺术家去走那条窄狭的道路,去抑制其他,抛弃其他,忽视其他,我觉得这是不健康的。文学家对改造社会是负有使命的,它应该更多地影响人们的心灵,改造我们民族的素质。我们民族如果有弱点、有劣根,这恰恰是文学所要关注的,而现在这个任务应该由诸多的文学来影响,而不是由一种单一的文学来影响,比如说寻根文学,寻找民族的根底,其他文学也是,比如讽刺文学,荒诞文学。文学家并没有忘记现实,现实的问题应该是综合治理的问题,而不单单是一种直接的一种具针对性的东西。像刘宾雁是欲速则不达,或者是事与愿违。中国不正常就在这儿,中国的政治家、哲学家、改革家、经济学家、文学家,还有各种各样的家,行政官员都是紧紧关联的。社会的健康本来更应该由那些公仆们去承担的,比如市长、市委书记、公务人员,他们应该去改造社会。可是,却还要由我们这些忧虑很深的、多愁善感的文学家来承担。其实文学是不胜重负的,承担不起的。实际上,一篇小说能建国或者亡国,我看都不会。一篇小说能够救国救党、改正党风,促进经济腾飞,这是不可能的,也恐怕太夸大了。"中国潮"这么庞大的百家刊物共同发起的写作计划主要还是让文学承担反映时代、配合改革、配合中心,树起改革文学的旗帜,社会效果和艺术水平究竟怎样?

汪宗元:表现我们这个伟大的时代,从倾向性来看,文学应该还有一个给党帮忙的问题。实际上是为政治服务与党性文学的旧观念在目前的重现。

谢冕:这还是文学是颂歌的时代。

黄子平:我看到有个材料上说:戈尔巴乔夫在一次接见苏联作协领导时,他们作协领导表示,我们一定跟上党的新思维,用文学艺术来"配合"改革。戈尔巴乔夫很清醒,他说我们不需要这种配合,如果作家还没有理解,还没有消化,这种配合我们不需要。

作家作为一个知识分子,有知识、有学问,他还应对社会承担一份价值,一份责任。萨特有句话说,科技人员就是科技人员,知识分子就是知识分子,如果科技人员没有承担社会责任的话,他只是科技人员,而不是知识分子。当然,知识分子对社会的承担,应从专业角度来承担,通过他的专业知识、技术来承担,作家则是通过创作来承担,这就能达到一种超然的地位,独立的意识,而不是像一般的政治家那样来承担,作为知识分子的群体来承担,这样一种承担往往是带有批判性的,有独立的原则。我们的作家不具备这种超然的条件,中国的知识分子应真正从自己的专业角度来承担社会责任,我们的作家和科学家也可以对社会进行独立的批判。如果不允许这么干,来倡导一种责任感,那这种责任感是什么样的责任感?!所以,责任与自由是一个问题的两面。现在有这样一种看法,我们的自由已经很多了,自由到了逃避自由的程度,既然一个社会到了逃避自由的时候,就需要有一个有序的社会。是不是到了这个地步?我们的自由是不是太多了?作为一个作家到底能承担多少责任?能干些什么?能干成些什么?不能只是抽象地谈,要具体地分析一下这些问题。历来光是用一般的道德观念来要求作家,在作家头上加了很多的头衔,而不是从专业角度去要求,最后无非是这么说,照我说的这样去写作。这种要求实际上已经不行了,因为现在有些作家的自我意识是很强烈的,要他去"配合"是不干的。

谢冕:这就很麻烦,按照传统的领导文学创作的一种观念、习惯,就是所谓管理作家,推动作家的创作繁荣起来,依照我的意愿、方针去办,规定这样几条,那样几条,要求作家不要走题,在规范中循规蹈矩,去发挥你的自由,发挥你的艺术想象力,运用你的艺术技巧,去完成你的创作任务,在这个框架里完成得很好,很充分,这样的作家就是完成了使命,有责任感。现在的毛病是什么呢？整个作家的心态是自由的，随心所欲地创作的愿望是很强的，这样，行政领导的想法与作家的自由心态构成了矛盾。作家经过长期的苦难和受压抑以后，终于到了很开阔的地方，这时就想随心所欲，自以为是，主体意识，这是很清楚的。那么他要充分发挥他的自由，而行政领导则老是不放心，不满意，这个矛盾是相当大的。知识分子在社会中的价值，对社会负有责任，我觉得一部分文学家说，我要对社会贡献出自己的智慧和才能，要反映大时代；一部分作家认为，我的作品不准备在当时获得掌声，我就是画小蜜蜂、小蜻蜓，我就是要写我的生存状态，内心世界，这也该有它的价值。

黄子平：这一点倒没有什么限制的，像齐白石、梅兰芳，地位都是很高的。

谢冕：但我们曾经讨论过山水诗、花鸟画，在这个讨论的背后是什么呢？要是不体现阶级性的，是没有价值的，或者价值是很低的。

黄子平：小花小草现在也不反对。

谢冕：对小花、小草不谴责、不反对，但对大树、大江、大河、民族魂、民族精神是大捧特捧的，骨子里还是社会学的一种价值观，那个价值要高得多。齐白石的画是无价之宝、国宝，照理说应该朝无价之宝这个大方向去干，可是不，这个咏叹调，那个厂长的上任记，某个改革家，我们骨子里还是喜欢这些东西，因为这个配合和维护当前的形势。喜欢什么作品，推崇什么作品，在现实面前是很矛盾的，齐白石的画没有价，黄胄的毛驴也没价，但这个毛驴是绝对没有阶级性的，没有社会意义的，更不是配合什么改革开放的，却是无价之宝！这是个矛盾现象，生活的悖论！子平说，知识分子应该有独立的意识是对的，一个社会，如果知识分子还没有地位，知识分子不体现独立，这个社会是不健全的；同时知识分子非常的不独立，处于受奴役状态，这个社会肯定是黑暗的。

汪宗元：我认识的一位工人说，国家养你们这批作家艺术家，就是要你们歌功颂德的。去年有位领导也说过，不能拿钱养你们来骂我们自己。

黄子平：作家是国家养的一批人，国家拿出钱来发工资。实际上，国家是人民养的，包括大家纳税，领低工资来养政府，养公务员，政府必须对人民负责，包括对知识分子负责。现在这个关系颠倒了。有那么一批人民的代言人来要求作家，哪个人民任命你代表人民来对作家发号施令，这要搞清楚，到底谁更了解人民，谁了解工人，记得舒婷有首诗叫《流水线》，写了女工生活被劳动异化的感觉，当时有个诗评家说，这首诗没有表现出社会主义女工的真实情感，舒婷就感到奇怪，到底是谁更了解女工的真实情感？李陀的《自由落体》写天车工的，有人批评是丑化了工人，李陀说这很简单，只要爬到天车上面，就能知道什么是真实情感了。作家要承担责任，要从他的专业角度，通过自己掌握的专业知识，作家的敏感性，文字的驾驭能力，以及对艺术的追求，来完成自己的使命，也可以发挥你的社会声望，比如法国的伏尔泰帮人打官司，他不是作为一个作家，而是作为一个有社会声望的人，为社会仗义执言，他没有把自己的创作与仗义执言混在一起，没有写篇报告文学为某一个人说话，两个角色混在一起就麻烦了。现在为什么很多作家有意回避自己的社会角色，有的作者说我写小说是换包烟抽，或者是玩玩，这种自我嘲解是一种心理上的需要；跟自己的社会角色拉开距离。我们以前对作家赋予了太多的责任，要作家当人类灵魂的工程师啊等等，作家需要躲开这种社会角色。为什么？不能只从作家主观方面看，要从社会系统来看，作家这个社会角色很沉重。

谢冕：我想，要是张辛欣真的玩文学、为什么不能让她玩文学呢？目前我们中国作家好像很幸运，一个作家应该体现学者的风度,社会思想家的风度,社会精英的风度,大文豪的风度,我们的作家现在老实说贫气太重,不正经,大家耻于承认自己在社会的地位,实际上社会并不给文学家什么地位,我们的社会要是很宽容,我们的领导要是很宽容,我们的指导者要是很宽容的话,张辛欣如果真是玩文学,玩艺术,玩技巧,我们为什么就不能容她呢?让她充分地表现自己呢?我对担忧的担忧就是这一点,我不怀疑同代的朋友们讲这些担忧的真诚,但我担心我们这种思想的方向背后的观念太顽固,我们花了很大力量来打破这种顽固,我们改变了单一的文学为多元的文学,改变了单一的作者构成为非常宽泛的多种多样的作家构成。我们为此花了很大的力量,我害怕又回到老路上去,我的担忧在这儿、我们有过那种换一个名词,换一种说法、换一种口号,引导我们的作家回到老路上的经历。我不担心目前这种文学的混乱,不担心目前的文学状态,我们争取的正是这种局面,当然在这种情况下,作家还应逐渐走向有规律的有序,这才是我们的使命,我们的责任。

(赵玫　阿涛整理　未经本人审阅)

关于文学"轰动效应"的反思[*]
——北京大学当代文学研究生课堂讨论实录

张钟:文学"轰动效应"问题,仔细分辨有几种类型,最多的是社会政治型的轰动。我们的文学在相当程度上发挥着社会舆论的作用。在社会政治舆论不能充分展开的情况下,一旦文学触及一些政治性的热点,就可能引起轰动。中国社会的热点,长期以来是在政治上的。不论这种政治运动是正常的还是不正常的,总之,在社会上和人们的精神心理上常常成为焦点。所以人们就常常通过文学这种感性化的文化现象,借以宣泄政治情绪和要求。不管这个作品在多大程度上成功,只要触及这类问题就可能引起轰动。长期以来,文学的轰动基本上是这方面的,这种轰动很难说是文学的轰动。它其实是一种非文学的轰动,只是借助了文学的形式。这既是文学的有幸又是文学的不幸。有因轰动而一举成名的可能,但轰动之后往往是冷落和灾难,这便是文学的不幸。另一种与之有关的轰动是突破禁区的轰动,如"天安门事件",当时是一个禁区,大家都有意见,在这种情况下,《丹心谱》和《于无声处》的出现就引起了轰动。因为正好在这个问题上,大家有同感。显然,在今天看来,这两个话剧的成就都不是太高。尤其像《于无声处》,已经不大可能再演了。《丹心谱》也可能若干年后在纪念话剧运动多少年的时候,"回顾展"一下还有可能。但它比《于无声处》稍好一些。记得当时还有一个

---

[*] 此文初刊1988年8月17日《百家》1988年第4期。据此编入。

话剧叫《枫叶红了的时候》演了相当一段时间,引起了争论。当时有人写文章批评它说:正面人物在剧中没占据舞台中心。我写了一篇小文章不同意这种观点。这其实是一个相当肤浅的问题,但在当时却是一个要不要坚持正面人物占据舞台之类的问题。在这种问题上,哪怕一些很小的地方突破了禁区也能引起小小的轰动。还有《爱情的位置》也是,刘心武说这个小说发表之后他接到了两千多封来信。但在今天已完全没有可读性。它实际上也只是突破了当时很少触及的爱情伦理的禁区。

谢冕:当时小说能出现爱情这样的题目,爱情能够作为一种内容来写,不论写得如何,都是了不起的。

张钟:其余如性爱禁区的突破,比如《男人的一半是女人》,虽然它主要并不是从正面写性爱的,但一时却被目为"性大潮"的始作俑者。这些问题能够引起轰动,正好说明中国社会存在许多不正常的东西。这些轰动都是非文学的轰动。文学本体性的轰动也有,但只是在文学圈子内,如朦胧诗、意识流,在社会上波及不大。这种情况也可说是正常的,也可说是不正常的。它说明文学类型太少,基本上是一种样式的,因此稍有变化就引起诧异、引起轰动。总之,这方面的轰动不太多。对生活中存在的许多非常现象,文学起了一种弥补作用,因此"干预生活"的口号在很长一段时间中对作家有一种诱惑力。这种情况可以说是正常的,因为文学有社会功能作用。但从大多数轰动的情况看,带有很大的非文学成分,并且引起轰动的许多作品生命力并不强。当然也有好的。总之,轰动带有许多艺术上的虚假性,并非轰动的作品就好,这需要分析。

谢冕:中国由于各种渠道不太畅通,下情不能上达,因此必须借助文学。读者也自然寄希望于文学。许多本来应当由社会、政府官员、政府机构来解决的问题就一股脑儿地压在了文学家的身上。文学家中如刘宾雁这样的人就力不胜负,就非常地疲倦,非常地累。他们必须既是文学家,又是哲学家,思想家,而且还必须当清官。想想看,文学家能当清官吗?不行!社会把许多问题都嫁接在文学身上,文学承担了它不能承担的任务,这是中国文学的失常状态。这种状态有其合理性,但全部社会任务压上来,文学就承担不了啦。久而久之,社会也就习惯了,政府,宣传部门、老百姓也都寄希望于文学家,要求文学一次又一次地轰动,代表民众的心声,成为社会的代言人。这种一次又一次的轰动使得文学疲劳不堪。例如,对于不正之风,文学家能解决多少呢?什么都不行。最多能发发牢骚、动动感情。至于说一个干部拆了幼儿园盖房子,这样的问题文学家能解决吗?当诗人去承担这样的任务时,社会就轰动。当《将军、你不能这样做!》这首诗发表的时候,各报转载,大家都觉得很痛快,可接踵而来的是无休止的纠缠,甚至到了纪律检查部门来追问。但不是去追问盖房的人,而是来追问写诗的人,原告成了被告。这是不正常的。现在,文学逐渐趋于正常了,但不时还有一些轰动,如《新星》的轰动。人们甚至来不及考察李向南究竟是一个什么样的人,只是觉得他能解决一些问题,就觉得了不起。当然,后来评价有些变化。一旦文学显得寂寞了,趋于正常了,于是就产生了失落感。觉得文学大不如前,不如前些年那样景气。为什么文学不能提出一些轰动的题目让大家轰动?文学是不是萧条了?不是,这其实倒是文学恢复常态的一种现象。而我们这种期待文学无休止地鼓动的心理,倒是一种非常态的。艺术自身的轰动也应在其中,但效应不如上述的大。艺术的常态多半是默默地耕耘。艺术本来就是寂寞的一角。企业家、政治家往往占据中央;而文人则应退居一旁。默默地、惨淡地经营。畅销书是有的,但往往只是畅销一时,文学的状态应是持久不衰。

张钟:畅销书与轰动有一点联系。它往往是抓住了某个时期的某种社会需要或某种精神需要。尽管它写得不是很好,但有一定的可读性,就可能畅销。而往往一些得诺贝尔奖的作家,在他们得奖之前,他们的作品不一定畅销。只是在获奖之后才畅销,因此,畅销与轰动不一样。

马相武:文学本体的轰动不应丧失,现代社会中,文学若要发展就必须出现这种轰动。

葛菲:失去轰动效应本身是文学的一种进步。轰动效应本身是社会不正常造成的一种特殊现象。当社会比较正常时,这种效应肯定会失去的。但是,从社会政治方面看,现在如果有作家把中国社会最丑陋、最黑暗的东西用很好的艺术形式表现出来,我想肯定还是能引起轰动的。不能说我们国家是已经很正常了才没有了这种轰动,而是文学的社会功能弱化了,它已经意识到自己是承担不了这种任务的,这些东西对解决政治问题是无力的。因此有些作家也就放弃了这种努力。这说明了两点:一是作家视野广阔了、分散了、干预现实的热情有所减弱了。二是读者的水平提高了,他们不再希望从一个虚幻的世界中来认识真实。从这里也可以看出:文学不是历史。当读者不再希望从文学中认识历史,不再希望通过文学来宣泄自己的社会积怨,或是当人们对文学的审美要求越来越高的时候,那种过分切近社会问题的作品的优待券也贬值了。所以一看《浮躁》时就感到非常失望,虽然它是中国社会的一个缩影。艺术应当是更高一点的东西。因此,这部作品以后可能因为缺乏更高的审美价值而被冷落。另外,从文学本体上看,我认为还是应该有轰动的。因为文学要进步就必然有轰动。这也可以从两方面分析。如果仅仅指的是最初那些像"意识流"、"朦胧诗"引起的轰动,那么在中国文坛以后不大可能会出现了。因为这是当时文坛长期封闭的结果。当这种封闭解除了,当我们已经可以和世界进行交流的时候,这种完全属于技巧性的轰动恐怕会越来越少。我们需要的是另一种轰动、像二十世纪初詹姆斯、乔伊斯、普鲁斯特、加缪、萨特等的作品一样,他们所引起的轰动已经不是一种纯粹技巧性的轰动,而是一种更高层次的哲学和美学意义上的轰动。这种轰动是需要的。

张颐武:张炜的《古船》是一部相当精彩的作品,是反思文学和伤痕文学的最高成就,它有一种伟大感,如主人公一直在读《共产党宣言》,充满了一种神圣的热情。它不轰动是理所当然的。我们现在处在一个商品的时代、一个意识形态多元的时代。过去有一个政治崇拜:人们有一种政治崇拜精神,因此当人们在阅读后作为这种精神阐释的文学作品时就获得了完全的沟通。后来又找到了文化这样一个东西。现在大家认识到这些东西是虚假的,是带有幻觉性的意识形态。《夜与昼》、《荣与衰》这样的作品不能说是很好,但很有意思。它讲的是一个欲望时代。欲望无所不在,一种是权力欲望,一种是性的欲望。作品的主导思想就是对欲望的追逐。这是一种非常后现代的感觉,即人把自己投入到一种欲望的追逐中。"红高粱"其实也是这样一种作品,表达人的无穷欲望,这种东西是不会引起轰动的。当理想崩溃之后,剩下的就只有欲望。《红高粱》中的红高粱与《现代启示录》里的那条河一样,都是一种绝对欲望的表现。正像那条河象征了欲望的无穷无尽,红高粱也同样具有这种象征意义。价值观念破碎了,轰动不轰动已经不能引起人们的兴趣。有了实实在在的欲望可以追求时,人们对虚幻的文学价值就失去了兴趣。阿尔杜塞在评论布莱希特所以伟大时说,正是因为他赤裸裸地揭露了人的钱与性的欲望,并把它们放在文化的前沿。他不像斯坦尼斯拉夫斯基、艾略特等伟大人物那样,力图树立一个伟大的精神典范。而现在这些东西都死亡了,剩下的只是赤裸裸的权力欲望和性的欲望。这也就是所谓"人的死亡"和"上帝死亡",因此文学不再能够轰动了。最近有一部作品叫《黑色唱片》,它的主题就是欲望问题,讲一个女人如何不断地与男人发生关系,过程非常单调。它是一个现代的东西,表现了意识形态的破灭。这个女孩子本来在追求真、善、美,而这些东西本身是虚假的、不存在的。尤其当我们有了后结构主义的一套武器之后,我们发现这一切都只是一种语言学上的虚构。中国文学从屈原到鲁迅,不断有英雄出现、有偶像出现,以让人们景仰。这些东西现在不再有了。中国的梦想的时代已经结束了。剩下的就是尼采以后的一个欲望的时代。二十世纪文学的主要意识就是反主体的,就是说上帝死了以后,人的统治本身是极端丑恶的、中国文学走到这一步是踏入了一个新的境界。因此失去轰动恰恰是它获得自身的一种表现。轰动效应消失的另一个原因是,作为主体和创造者的作家们本身就不相信文学,因此作为客体的读者就更不会有这种心理了。因此文学本身的信念就发生了疑问。从西方哲学来看,从尼采到福柯都认为语言表达不了思想,而文学又主要用语言表达,因此文学的存在就成问题了。从这个意义上说,危机就更为严重。因此,文学消解的一个办法就是恢复游戏的方式,恢复对词的兴趣。实验小说和实验诗歌就是一种语言游戏,把游戏当做真实。当真实的世界消失之后,语言就变得绝对化了。

赵宝奇:文学失去轰动倒底是进步还是悲哀?大家都认为是进步,其实是一种悲哀。如果文学像张颐武谈的那样,就一点意义也没有了。文学的轰动好像不能与社会政治意义划等号。将来的文学倒底靠什么吸引读者呢?形式还是内容?为了轰动而追求刺激性题材不好,但反过来写一些无聊的东西,是否又是文学的目的?

葛菲:这正是文学面临的困惑。如果像张颐武说的路走下去,文学一定要走向死胡同的。

赵宝奇:文学不应当写那种肤浅的写实的东西,要写一种能够抓得住大家的东西。这种东西是什么呢?

计璧瑞：我觉得文学应当顺其自然。

臧力：抓住人性的奥秘还是会引起一种轰动的，但社会效果不如前一种大。

张颐武：文学不轰动，就像《神圣忧思录》所说的那样，知识贬值。文学原是一种圣者的职业，文学家是站在神旁边的人物，对大众施加教育。而现在这种职业的价值贬值了。原来我们把文学当成政治，比如说文学反传统其实是政治反传统。都带有一些神圣的色彩。现在文学回到了语言，于是文学便没有了巨大的命题来吸引人了。文学就变成了与工艺学一样的专门学科，在一个专门意义的权力架构中生存。

臧力：马原他们的实验小说本质上还是针对现实的、揭示人没有一种依靠，生命在大地上游荡。人的存在还是有一种高尚的东西支撑着的。

张玞：也许我们应该研究的是什么引起了轰动而不是轰动本身。现在文学已经缩回了自己的圈子、社会性只是它的边缘部分了。这是一种进步，八十年代的作家们认为文学是独立的，不希望有更多的共鸣。因此并非人人都会考虑轰动问题。另外，批评与轰动有关系。以前"意识流"引起的风潮，后来徐里、阿城、残雪等人引起的轰动并非社会效应，而是文学圈子里对于他们的风格、技巧和世界观的注目批评。这种轰动是评论家引起的。因此问题在于如何使批评成为一种独立的东西。从前批评没有自己的独立性，总是跟在创作之后，并且擅长于把古今中外借来的概念逐一使用，这样文学批评必然要在文坛风云突变的潮流中被冲得七零八落。我们应该找到一种合适的方式，积累一种批评经验。因为每个民族都有一种擅长的经验。如用新批评的方法去批评拉美文学便不适用，因为拉美有自己的风格，如果积累起自己的经验，建立起自己的体系就不至于在所出现的这些时髦现象面前着慌。

陈新华：(泰国留学生)

我想从接受者的角度谈谈。张钟老师在讲课时谈到,中国很长一段时间不知有《围城》、《边城》,为什么这些在美国很轰动的作品在中国就没有影响呢？这当然因为有极"左"思想的阻碍。那么,当这些阻碍消失之后,还会有什么样的轰动呢？在上严家炎老师的课时,讲到了新感觉派的作品。在课堂讨论时,我说到了穆时英对女人高跟鞋的大量描写,穆时英是"五四"时代的中国人,因此才特别重视女人的脚。我从我家曾祖母到母亲三代考察一下,就感到写女人脚的重要。当时我想为什么在很长时间中国人没有注意到这一点呢？这些说明他们失去了艺术感,因此难以引起轰动。后来看到《中国大百科全书》里没有收进施蛰存和穆时英时,真令人伤心。我自己质问：这么好的作品都不收,那么当代有一个好作品放在你面前时,你会不会欣赏呢？可能我说得太过分了一点。去年回泰国时看了《末代皇帝》,十几个同伴看完后称赞导演把溥仪写成了一个真实的人,而不仅仅是个卖国贼。而这在中国就不可能。因此,我想轰动与各个社会的文化背景有关。有些好的作品在中国就不一定会轰动起来,尽管它有价值。

谢冕：中国人的艺术感被一种东西所压抑而逐渐丧失,因此当我们应该对一部作品感到轰动时却表现得麻木不仁。

葛菲：如果《世界大串连》用小说的形式写绝对起不到报告文学这样的轰动。现在的痛苦远比当初强烈,而虚构文学难以承担。现在报告文学只写集合而不写个人与这种情况有关。

赵宝奇：文学失去轰动未必是文学的光彩。因为有些作家认为既然失去轰动是正常的,那么他们也可能为自己的粗制滥造或玩文学找到借口。

韩林：轰动效应不应作为一种简单的标准。很难说轰动的作品都是假的。轰动效应的丧失与文学的分化有关。有的转向高雅,有的转向俗文学。从大范围看是正常的,从小范围看,没有轰动作品出现未必是好事。

马相武:轰动效应究竟有没有失去?倒底还会不会再来?

谢冕:还会再来的。抵消的力量也存在,如葛菲那样的心理,有这种心理的人不止一个。

张钟:这个问题是不会有结论的。文学走到了十字路口,提出这个问题是有意义的。现在文学面临着多种选择。

流向远方的水*

苦难的给予

那是梦境。当我捕捉那梦境中的一切,一切都似在雾霭之中。它飘浮,如一缕飞烟,如一抹远山的轻岚。我只记得闽江似从心间流过。它轻轻拍打两岸的丛林,那里有无尽绵延着的幽幽竹林、芭蕉和橄榄树。即使伴随着苦涩的童年,我不得不承认,故乡依然非常迷人,那里生长着我不绝的亚热带情思。

谢姓在福州不是大族,我们的远祖该向何处溯源,有说是从中原迁来的,大约可以追及南北朝,也许是一种攀附。"旧日王谢堂前燕,飞入寻常百姓家。"虽然如今的衰落让人凄迷,但昔日的繁华毕竟可聊慰那种失落的空漠。记得儿时节庆时,家中总挂灯笼,上面写着"宝树堂谢"。去年拜谒谢冰心先生。我们认了同乡。她说她那个谢家也是"宝树堂",可见我们可能还是同宗呢!"宝树"一辞见王勃文:"非谢家之宝树,接孟氏之芳邻。"

祖宗的繁华梦并不能冲淡我的贫困潦倒的感受。在我的记忆中,童年几乎就是灾难。父亲早年失业,母亲是不识字的家庭妇女。多子女又无固定职业的家庭,且又居住在城市,可见有多么艰难!太平时世还可,童年时恰逢抗战,战乱中,家中杂物典当殆尽,朝不虑夕,时为饥困所迫。我以幼弱之躯砍柴,拾稻穗,以及做苦力——无尽的劳苦,加上"书香门第"的虚荣,身心承受

---

* 此文初刊 1988 年 10 月 1 日《作家》1988 年第 10 期,收《流向远方的水》。据《作家》编入。

双倍的压力。

但这个家庭无论如何都要让子女上学。对我来说,缴不起学费的求学,简直是痛苦深渊的挣扎。幸好小学时期认识了一位充满爱心的老师李兆雄先生。李先生出身于基督教家庭,不知是出于博爱还是因为我有什么特别令他关心之处。依赖他的社会关系,我得以减免学费的优惠进入了福州一所英国人办的学校——三一中学。在这所充满贵族情调的学校里,我终于找到了一张课桌。但即使如此,我还是交不出未减免的那一部分学费,这就引出我感激终生的另一位人来,那就是我的姐姐谢步韫。姐姐命运凄苦,结婚不到一年,姐夫便去世。她变卖婚前首饰供我上学。她是无言的,但我却获得无言的力量。

我的中学生生活一直在困厄和挣扎中度过。童年到少年时代的少欢愉多忧患,使我对社会的不公有了真切的感受。文学是我生命的启蒙,从冰心的博爱到巴金的反抗,在我几乎就是一步的跨越。我感谢这两位大师给我的心灵的滋润。由于他们互相补充的给予,我自觉我的情感和心理的构成是完整的。我的幼年的心灵几乎为《寄小读者》那样清丽的温馨所充填。到了中学时代,我已经不仅会爱,而且也学会了憎恨。从《灭亡》到《新生》,更从《激流》三部曲那些朦胧的追求中我获得了力量。我把巴金那种热情倾注于对于旧社会的反抗:为失业、为饥饿、为不民主,也为内战。1948年到1949年之交,我的思想相当激烈。我热情投身于学生运动,组织读书会,为此受到校方的警告。我如同当年那些热血青年一样,把个人无出路的悲哀和社会改造的愿望结合在一起。我迫不及待地要求摆脱此种困境,恰好这时家乡福州开进了人民解放军。

1949年8月,这座海滨城市正蒸腾着难耐的暑热。我不是没有看到双亲的泪水,但我的确别无选择。投身军旅是当年所能寻求的唯一出路,这恰好也为我当年反抗的激情找到了宣泄口。此后经历的是另一番生活的磨难。少年的热情很快地冷却下来。知识分子渴望的内心自由与军队的纪律约束成为不曾停息的内心矛盾的风暴。它制造着无尽的烦忧,当然还有泥泞中的负重行进,生与死的无情搏斗,海岛潮湿坑道中的午夜的汗水。记得进驻海岛的那些最初的时日,遍地的新坟和猪圈边的侧身而卧是怎样地给我的内心以震撼。

就这样,我迎到了人生的青春期。这个青春期对我来说和童年是一样的艰难。一方面是对于艰难困苦和勇敢顽健的性格潜能的大发挥,一方面又是对于自由旷放以及创造想象的大压抑。最使人难忘的是青年时代的灵魂的自我约束,以及对于恶劣环境的适应能力。我承认,正是这种经历给了我以外人几乎难以觉察的坚定、耐忍和决断。因此,我不仅相信磨难和困苦对人的品格形成的推进力,而且愿意相信这种环境对于青年时代甚至是一种必要。

在以后的岁月中,我每当身处逆境,总觉冥冥之中有一种神助,其实那就是青年时代的困苦的磨砺所给予的力量。生活教会了我。人活着想要做点事离不开自信心。这种自信心靠艰难困苦中不屈不挠的坚持和战胜来维系。因此,生命需要苦难。先哲说过,人是芦苇,是指它的脆弱而言。既是芦苇,那就格外地需要风。只有置身风中,它才不致被风所折。

两次庄严的选择

这一生大概只能有这两次选择,就其具有庄严感而言。前一次是前面提到的"投笔从戎"。一种置身苦难而充满神圣感的选择,那行为受到中国社会大转折的鼓舞。又为青年时期的憧憬和追求的激情所支配。也许从一个历史的大角度来看,那当初的一切激动人心的动机会变得衰微。但对个人而言,从中受到的益处却是不具形的强大。那是一种以青春为代价而换取的价值，它使我毕生受用不尽。这是一种迄今为止由于各种机缘而选择了军人为职业的那些人所共同拥有的，把生命置于一种经常的危急状态，从而能够最大限度地体验生的局限和死的必然的一种机会。它无疑能够最大限度地增强生命的坚韧性和神圣感。我做出那一次抉择的可纪念的时间是：1949年8月29日——那一天，一个17岁的中学生走向了人生血火考验的新路。

仿佛是与生命的奥秘相扭结，8月29日对我来说，是一个暗示着生命产生转变契机的密码。有趣的是另一个庄严的选择我也选中了那个数字。1955年我被北京大学中文系录取，从福州乘轮船溯流而上，至南平，改乘卡车过分水岭，一路在火车汽笛的呼啸中于8月29日来到北京。那时有就业的机会，但我放弃了。那是1955年的5月，我领取了三百元复员金回老家福州。为报答父母，我交给母亲一百元，用一百元买了一只手表，一百留以备用。那时我受到一种神秘的启示，陌生的远方在向我招手。北京以它的深刻和深厚吸引着这个当时23岁的青年人的目光。当我提笔在大学报名单上填写志愿时，我以极大的坚定驳回了同伴的犹豫，无可选择地填写了北京大学的各种专业。结果我和他均以第一志愿录取北京大学中文系。

关于北大校园的那些记忆，我已写了专文《永远的校园》。在那里，我倾注了我对这个古老学校的情感，以及我对那个特殊年代的特殊情怀。在这篇记述中，我依然不能写出那个欢乐和痛苦、单纯与复杂、无愧与忏悔交织在一起的那种心境。我只能笼统地说，作为这个社会共同成长的青年，他的幸与不幸，他的长处和局限都与那个社会高度地认同。

我仍然只是在选择命题下谈属于我的那个时代。中学时代我并非一个好的学生，原因是我只凭个人的兴趣，片面地发展我的学业。三一中学是一所完全按照英国模式办的学校，这个学校当年师资力量很是强大,有国学基础相当深厚的老先生,也有新式大学受到现代科学培养出来的一批很有实力的大学生,例如我当年的语文老师余钟藩先生(他和钱谷融先生是同班同学)便是当年中央大学国文系的毕业生。那个学校的老师都来自名牌大学。这里需要特别提到的是这个学校对于英语的重视,这个重视远远超过了本国的母语。记得从初中进入高中,学校每个学期为我们开设的英语课,除了综合的英语之外,还有按照各种专门训练设立的分类课程如英文法,英练写,英会话,英作文等。从初中开始,我们使用的文法课本便是英国中学采用的课本,其中没有一个中文字。

这当然是畸形的,但是数十年后,我回想起来。深深痛恨自己没有利用那样的条件学好英语。当年我的反抗意识十分强烈,反抗社会,反抗强权也反抗教会。反抗教会不仅反抗礼拜活动和"查经班"——一种集体阅读圣经的方式,而且也反抗英语——我认为那种语言代表文化侵略。

问题不仅仅如同上面提到的,问题还在于我因为对文学的迷狂(特别是对诗的迷狂)而在中学时代就放弃了全面打基础和全面发展的意愿。我对数、理、化全无兴趣,史、地、生物似乎还可以,但数学(几何、三角)和化学公式却真正令人头疼。那个学校采取了严格的淘汰制——这大概也是从英国照搬过来的,全年级按考试成绩分甲、乙、丙班,每班又按考试成绩安排学生座位,成绩第一名的坐第一位,以此类推。各个学期按各个学期的期末考试成绩调整班次和座次,而后,淘汰成绩差的班级留级或勒令转学。到毕业时,往往从百余人中剩下三、五十人。我的中学成绩都是甲班,但最高的座次是10名到20名之间,我没有进入前十名,因为我的发展不全面,是畸斜的。

文学益我,文学也害我,我读郭沫若和新月派诸人的诗比什么都感兴味,读多了就学着写。那时有一批趣味相投的同学,各自写了互相传看，后来影响到在课堂上写诗，私下酬和。这样当然就影响了其他的学业，时至今日，我对数字的绝对无知和无记忆，便是文学和诗的贻误。学业的偏废造成知识的不全面，如今想来，是悔之不及的。

前一次选择，冲破了我的文学梦。那些年有很长时间因痛苦而辍笔。军队复员和考取北京大学，无形中把少年时代的钟情于文学的线加以接续。选择北京，选择北大，也就是重新选择文学。这是人生途中的另一个庄严的选择。

数十年来中国社会动荡不安，我随这个社会由少年，青年并过完中年期也充满动荡不安。尽管如此，我返顾来路，仍要深深感谢给我人生以重大影响的这两所学校：福州三一中学和北京大学。

这两个学校给予我的，主要还非学业，主要还在精神。少年时代反抗教会，只是表面的现象，基督教教义中的博爱精神却无形的浸润了我。我自审从我们反对的基督教所受的影响更甚于父母信奉的佛教对我的影响。我不相信轮回，更相信现世的爱心和平等精神。这些影响后来与文学和哲学中的人性、人道精神结合而为一种入世和治学的潜在"思想核"。

至于北大，它给我的是民族忧患的心理遗传和中国现代知识分子的使命感。从蔡元培到马寅初，其间有着一长串闪光的名字，我为能置身于他们生活的环境和氛围而庆幸。北大高扬的科学民主精神以及它对社会改造的参与意识，使它的每一个成员感受无所不在的思想渗透力。

幼年时代对文学的向往仅仅是由于兴趣，进入北大之后我才有了学术生涯的自觉。是北大使我坚定了我对文学的皈依感。论及我作为学者的生活经历，有一事必须提及，即我较早自觉而冷静否定了我成为作家的可能性。我把诗看得很崇高，诗人在世界面前必须是无保留的。诗人不是训导者，诗人只是他自己。诗人的方式是用人格告诉世界,而不是其他。在我生活的那个新的年代,我模糊地感到了气氛已经失常,一种环境的自觉和才华的自审,使我放弃了创作。

北大是燃起我学术研究兴趣的地方。我和我的学友们有过"大跃进"的狂热,批判资产阶级的狂热,"集体科研"的狂热。这种热狂是反常的。但我们却从这种反常的热狂中超常地得到了独立读书和工作的训练。北京大学中文系一九五五级以集体编写"红皮文学史"著称,我是该书的编委之一。如今抚摸那最初二卷七十万字后来扩展为四卷一百二十万字的著作,我们为当年的粗疏、片面和狂妄而羞愧。我们也为当年的无畏和热情的奉献而自慰——我们的青春在扭曲的时代虽受到了扭曲又不曾虚度。我和学友们同处的一九五五级是一个带有深刻时代印痕的特异文化现象。作为当事人,我们如今均已告别了中年时代,我们有足够的人生阅历来冷静地思考那一切——它的长处和短处,它的给予和剥夺。

从1955年起,我作为普通的文科大学生入学,五年学业结束,1960年留任助教,历经讲师,副教授,如今成为教授,我把已有生涯的大部分都奉献给燕园这一方圣地。这一选择几乎是永远的。今后也难得见到什么"大的"变动。我感到我的一切正渐渐地与北大的传统精神相融合。我已成为北大不可剥离的一部分。一个人的一生能够与一种长恒的精神存在互渗,并能在一个大的存在中确认自身的价值,这种幸运并非人人所能拥有。因此,我以艰辛的代价换取的是人间少有的幸运感。

暴风从生命的窗口吹过

生命选择风暴,并非生命的情愿。清醒的生命知道风暴的不可避免,于是选择了它。这对于中国人,尤其对于中国的知识者,情况就更是如此。置身于中国这个环境中而不认识并不承认风暴的,是蒙昧者。也许正是因此,明智和清醒的生命的芦苇,有了坚质。

究竟从什么时候开始,我们的社会生活特别是精神生活越来越变得不正常?它是一个人的云团,是无从深究的。反正我们拥有了苦难,这是唯一可以把握的存在。是无休止的人为的斗争和倾轧造成了大灾难,在思想文化和文学艺术领域,这种灾难具体化为一个又一个的批判运动。人们的精力和才智都在这种无情的劫难中丧失殆尽,那个被称为"文化大革命"的大动乱,它为中国争得的是在全世界面前的自我凌辱?对比之下,其对于个人的损害,毕竟是相当微小的。

我从情感上不愿触及那一幕其大无比、其长无比的丑剧。但我却从这一巨大社会悲剧的大背景中找到了我的学术活动的出发点。我目睹中国文学如何从丰富而自在的生存状态中被窒息而失去自由。我深知一代又一代的中国作家如何在严酷的环境中人格和创造力不知不觉地受到萎缩。历史的灾难给了我历史的眼光。我改变了60年代初期那种在一个作品中寻找一点属于自己的艺术见地的学术视角,我开始把对于诗和文学的考察放置在文化摧残和文化重构:放置在社会的正常生态的修复和建设的大视野之中。我深知一个已成定势的文学观点和文学思维有着为数众多的卫道者。我深知这是一个力量极为巨大的固化的存在,但我选择了秩序的反抗而不选择秩序的维护。

我知道诗在中国文艺史上的特殊地位。我希望通过诗的一角揭示中国文学的倾斜。我特别关注于寻求一种可能打破当代中国文学所产生的全面的"硬化"现象。我从社会和文学噩梦中醒来。我心中暗暗祈求一种对已经形成的文学大一统的恒定的秩序的冲破的机会。

1978年下半年,中国社会开始一种新的萌动。整个社会迷漫着一种思想解放的氛围。北京街头出现了一份叫做《今天》的民办文学杂志,里边的诗歌以陌生的艺术方式让人震惊。我认识了一些同样是陌生的名字:北岛、芒克、食指以及其他一些人,我认为我看到了中国文艺变革的先兆。

1980年4月,我参与筹办的后来被称为南宁会议的全国当代诗歌讨论会。我在会上发表了一篇题为"新诗的进步"的讲演,我批评了对于敢向"传统"挑战、写不拘一格的诗的歧视;我提出宽容和竞争的观念。在那次会上我呼吁:"编辑部和批评家不应该制订不成文法,编辑部和批评家也不应该对不同风格流派的诗歌怀有偏见"。这些话的局限在于把原因归结在"编辑部和批评家"。其实,编辑部和批评家的行为都听从于更大范围的思维惯性,而这几乎是无可变易的一种惯性。我预感到新诗的走向进步"还要走一段艰难的历程"。后来所发生的一切证实了我的预感。

1980年5月回到北京,我应《光明日报》之约写了短文《在新的崛起面前》,并于五月七日刊出。这篇文章收到的巨大反响是我始料不及的,我因了这篇文章而成为有争议的人物也出乎我的意料。1983年,在一次来势很猛的运动中,我以及写其他两篇同样以"崛起"命题的文章的朋友,被综合为"三崛起"作为内容纳入了那个"清除"运动。这一事件以及那以后发生的一切事件,再一次惊动了渴望摆脱骚动而获得安宁生活的普通中国人。作为一个知识分子,由中国人的这一处境而联想到近百年来中国先进知识界争取民族复兴和社会进步而换来的一切悲剧是自然而然的。那些悲剧无一例外地都在重复。

文革动乱结束我们的反思是浅层次的。我们简单地把一个空前的历史动乱的发生委过于四、五个卑鄙的政客。当风暴从窗子里一次又一次呼啸而过,我们听到了中国历史的哀吟。这黄土地的悲哀和它的土层一样深厚,这黄土地的积重也如此!作为一个知识者,我们所遭遇和遭受的也决非属于个人。苦难降临时刻,当我预感到即使是对于文学这一个角落的自由思考也将成为禁地,浮起的不是属于个人而是属于中国的沉哀。

所幸中国社会并不因这些干扰而真的倒退。

中国这个古老而愚顽的巨人终于听到了世界的召唤。它已经感到即使永担风险也要蹒跚着前行。这种醒觉对于酷喜黑暗和愚昧的人来说绝非福音。我们也就是在这样微妙的拉锯状态和各种力量际会的空隙中寻找艺术一隅的通往自由的可能性。

就我个人而言,我的学术生命真正开始于这一痛苦的时刻,中国社会由于变革而经历阵痛,也就是我个人在寻求学术自由的途中所经历的阵痛。毕竟应当感谢的是这样一个走到世界视野中的开放社会,是它给予我们个人以前所未有的创造和思考的机缘。我把自1980年起以来十余本编著、一百余万字文字看做是社会进步的赠予。应该感激的是从窗口卷过的那一阵阵风暴。它对于灵魂是一番无情的磨砺,它让人警惕,也让人勇敢,从而使人有充分的准备去迎接时势的艰危。

生命的感悟

生命是一道流向远方的水,对于以往的遗憾我不愿叹息。我愿这小水流是鲜活而不腐的。它只知一迳地向着前面流去,并不湍急,也不浩大。我知道它有停止流动的一天,但它只知流动。我不相信伟大或不朽,我只知道作为平等的人,他对历史的尽责。少年壮志,青春狂傲,于我都成了昨日。生而有涯,而愿生而无愧。我期待着推迟衰老的到来。对于令人羡慕的青春,我喜爱"二十岁的教授"的称呼;对于同样令人羡慕的传统和习惯势力的反叛,我甚至欣赏"老顽童"这一谑称的发明者,我不崇拜青年,但我崇拜青春的热火。长沟流月,寂然无声,但流向远处的水希望有不竭的后续。云雀在歌唱中抛出的弧线,雨后天际那稍瞬即逝的虹彩,还有秋夜匆匆划过银河的流星,作为过程都是美丽的。它们留下的是记忆,记忆中有那么一道匆匆的抛物线。它们抛掷过,而后它们消失。

1988年7月于北京大学蔚秀园

《哑夜独语》序*

友人送来一本诗集,作者是一位女性,名字对我是陌生的。这些年东奔西走,坐下来读书的时候很少,文债如山。要我作序的很多,不图名利,却似是一种责任。事情开了头,似乎没完没了,不断得为这样的事劳神。正当此时,这本《哑夜独语》送到了面前,诗集已是清样,等我的序,就要开印了。

推辞是做不到的。我的朋友千里迢迢专程跑来,为了文学新人,他很恳切。这个夏天比哪年都忙,一个月内我从南到北已跑了四个地方,而且还要跑。我把诗集带到了北戴河,一边准备一个长篇报告,一边开始阅读。

令我惊异的是,这位陌生的女诗人的诗却展现了如此的艺术水准。对我这个自认为是读得很多诗的人,却有了这样一个重大的疏漏,我于是颇有些感慨了。

近十年中国诗歌所产生的艺术变革,已是有目共睹的事实。其间充满了不同观念的激烈争论,但时间创造了情绪的平静。激动过去以后,大体上都承认了新诗的进步。

诗与其他文学品种一样,在新潮迭起之中,女诗人的成就和作用格外引人。远者不说,打从新诗潮起始,舒婷和她的《今天》的朋友们成为了一代新诗的开拓者。与此同时,一批女诗人为新诗的艺术探索付出了巨大的辛劳,她们有一串长长的名单。

---

* 此文为《哑夜独语》序,林珂著,中国文联出版公司1988年9月出版,初刊1988年9月7日《海南日报》。据《哑夜独语》编入。

从以往专注于外部世界的描述和引申,到进入人的情感风暴的核心,舒婷可能是一个开始。舒婷体现了理想主义的极致。她把当代中国人的理想失落之后的感伤心境表现得非常充分。因为是企望和追求的不能如愿的悲哀,因而舒婷创造了美丽的忧伤。她的这种充满人性精神的痛苦呼吁,在一个时期震惊了中国诗坛。不论是赞成和谴责,无疑都证实了一个强大的存在。

但对中国方兴未艾的诗坛而言,舒婷仅仅是一个开始,而绝不意味着结束。作为一个过程,她的声音代表了黑夜刚刚过去,曙光悄悄来临时期的中国人的复杂心境和情绪,这一切无疑取决于时代和现实。因此舒婷的过程是由社会性而进入个性,她的世界是外在世界的投影。只是走向了内心而并不就是内心。她的痛苦和悲哀启发我们认识社会的扭曲和人情的变异。

中国文学深入人心的深不可测的内宇宙,同样始于诗。而为此率先作出贡献的,依然是一批中国的女诗人。四川大盆地有一位翟永明,她那组名为"女人"的组诗,是诗的一个陌生世界的开启,由此方有可能窥及那个隐秘而异常丰富的特殊世界。翟永明的"荒屋"仅仅向着女人开放。与她同时的是她的邻省贵州的唐亚平。这位青年女性酷爱表现黑色,她用黑色涂抹了一切,包括女性的睡袍。她的世界对我们是神秘而有诱惑力的。我们承认是贵州特有的文化氛围,融进了女性的宇宙,创造了这一诗的奇观。

新近毕业于北京大学作家班的伊蕾以《独身女人的卧室》而引来惊疑的目光。伊蕾从初期创作进入此境,她的大步跨跃令人羡慕。她展示女人面对自己的孤寂和强大,她为自由的灵魂痛苦地骄傲。但当她处身外界,却毫无防御能力。伊蕾创造弱小与强大的统一。这些诗人(不仅是述及的这几位)的努力,创造了中国诗歌的新生面。据此,我们可以判断女性对诗的占领是多么的全面。

要是没有女人,世界便失去了一半,当然世界也就失去了全部。要是没有女人的创造,文学是寂寞的。也许还可以说,较之男人,女性是文学的,更是诗的。男人的功业适合于外部世界,因而战乱时代往往出现男性的豪杰与英才。女人的才智适合于内心,她们的温柔和细腻,不仅能带给世界以温暖和体贴,而且能够烛照那生命暗夜的浩茫天宇。因而一旦社会开始正常的秩序,女性的敏锐而细微的触觉,便会把世界的一切表现得周到和精致。这一点,也许可以说明为什么中国动乱结束以来的文艺创造中,女性的作用显得格外引人注目的原因。

话扯得远了,应该回到这部诗集。(又出了一位四川盆地的女诗人!)我决心改变以往此类文字的写法。我不准备对林珂的《哑夜独语》过多说些什么。我把它放置在中国新时期的诗歌创作总格局中考察,特别把它放置在这一时期青年女性诗人的创作总格局中考察,我发现她对新时期艺术实绩不仅有创造性的承袭,而且体现了诸多方面的整合。也许她还体现了一种综合的效果,要是这样,则我们通过林珂的创作,可以得到中国新诗进步的最有力的说明。

林珂把她的诗称为"生命的一部分"。可见她不仅用生命的体验写诗,而且力图把握生命世界。林珂特别强调她是女性,认为"了解这一点,对于有效地了解她的诗很重要"。可见,女性再加上生命,是解读她的诗的钥匙。有了这点感受,再读她的诗句——

> 女性的辉煌与难堪冰雕玉琢我一万次
> 一万次里只有一次诞生一次死亡

证实我们对她的诗的猜想并没有错。《哑夜独语》的评论留给读者了。因为对于这样的诗集来说,任何想在有限篇幅的序言中说清楚什么,都是不明智的。我只好偷懒。我相信林珂在这里所体现的全部丰富性,会给人们以心灵的震撼。

1988 年 8 月 8 日于北戴河

自由空间：高原和盆地[*]
——奉答《星星》主编白航

问：

——您从拉萨太阳城诗会归来，有什么特殊的感受和想要说的话，请有以教我；

——对第三次作协优秀新诗（集）评奖，昌耀和顾城的诗集未能得奖，我表示遗憾，不知您有同感否；

——您以为当今诗坛最有希望的是哪一流派或哪些诗人？希望说真心话；

——对四川诗坛您有什么看法和希望？

在拉萨读到刘志华的《高地上的死亡》：

  我们活着的日子将有生灵死去
  我们死去的日子生灵仍将死亡或者生存
  这就是通往永恒的漫步？即将
  离去的码头总会有人伤心落泪
  退后的航船泊在僻静的港湾
  总会有人拉响黎明时的汽笛
  ……
  亲近的人在你怀抱中安然逝去
  可以信赖的人们纷纷离去

---

[*] 此文初刊《星星》1989年1月号，收《西郊夜话》。据《星星》编入。

> 任凭月圆月缺日升日落
> ——这是无法逃避的自由

还读到蔡椿芳的《冥想》：

> 太阳下山的时候
> 我搁在一块石头上的手
> 感觉它在逐渐冰凉
> 它逐渐冰凉的过程告诉我
> 太阳就要落下去了
> 我的眼眶就这样开始潮湿

  这些都是写西藏的诗。这些诗人得到西藏的恩惠，使他们迅速地接近了诗的真质：人类对于生命和生存状态的体验。不好说是悲观，也不好说是坚定，即使是很年轻的人也会在这里获得某种宗教式的超越。人们读到这类诗的时候，大抵都会想起这个神秘的高原给予诗的启悟。

  西藏无疑有着最适宜于诗的环境条件。它的自然景观和人文景观无时不在提示、也无时不在引领诗人进入那境界。当诗被社会性的、特别是现实的政治性的藤蔓紧紧缠绕，当然会忽略那些地域和时间提供的特殊性，一旦这种缠绕松弛下来，诗便会自觉寻求并确认这种特殊性。也就是这些千差万别的特殊性，促成了诗的碎裂和分化。那种在非诗表层上的统一现象开始消失。于是在我们的视野中，高原出现了，盆地也出现了。诗犹如从地层涌出的无所不在的流水，浸漫着无所不在的思维、情感和情绪的领域。

  缺氧的高原有着最多的阳光、无边的冰雪和漫长的冬季，使生存付出沉重的代价。在高原，人们最易于理解生存和死亡。这里无时无刻都在进行这种无声的战争：理解生命的意义和无意义，也理解死亡的可能性。这个被叫做雪域佛国的地方，现世的一切似乎都和那个飘渺的天国相通。你到大昭寺跟前走一走就会明白,香烟缭绕中,这两个世界在那里得到了合成。不好说是愚昧和文明,它是一种生存方式,一种自然形成的信念的延展。你要是跟着八角街转经的队伍走一遭,你的心头会自然地浮起庄严神圣之感。这是无处不存在着对于生命的启示,因此我们能从即使是非常年轻的诗人那里获得其他地域很少能够得到的那种诗质的沉重感。

西藏的诗有深厚的积淀,这大半是由于它的特殊位置所决定。它是中国大陆和南亚次大陆间的一块跳板:一边是受到黄河灌溉的中原文化的沉积,一边是受到恒河哺育的印度文化的沉积。这两大文化体系交汇处的西藏,它成为一种融汇和合成的象征正是一种必然。千余年来藏汉文化的交流蔚为壮观。由于两个民族持久而密切的交往,彼此吸收营养而互补。这种交往到了近期由于全社会开放局面的出现,以及一批新型青年知识分子的到来,更形成了一种封闭与开放、古老与现代的叠加和谐调的新文化形态。这些奇特的文化现象,都因为诗歌的敏锐反应而得以充分显示。

西藏诗歌的悠久传统,已经因长诗《格萨尔王传》和仓央嘉措大师的创作实绩得到雄辩的说明。至于新诗,三十多年来,由于众多创造者所开发,它业已获得大的发展。这一发展的事实可以上溯到西藏和平解放初期,一批随军入藏的诗人开始把中国新诗的传统和藏族民歌的传统作了最早的结合,用以表现从那时开始的新生活和新情绪。我们于是有可能通过像《姑娘是藏族卫生员》(梁上泉)那样的声音,认识藏族诞生于新生活的美好情感。

最近十年的西藏新诗,一直在鼓涌着和内地一样的不平静的气氛。西藏一批诗人曾为"雪野诗"的创立而热情呼吁。这一艺术试验的内在的质,在于通过传统的变革而期待现代意识和现代思维的加入。这一努力曾在1983年受到挫折。但他们不放弃自己确定的目标，他们的追求在"雪海诗"的名下得到延续。《西藏文学》、《拉萨河》和《拉萨晚报》都为之作出贡献。1988年在《西藏文学》发起的"太阳城诗会"诗专栏以及八月在拉萨正式召开的"太阳城诗会"，体现了持久的韧性。与会者一致看到了这次会议的建设性价值。

西藏诗在中国新诗潮中的地位不可忽视。太阳城诗会表明包括四川、青海、宁夏、云南等省区在内的藏文化地区汉文现代诗的诗歌圈的形成。这一诗歌圈的作者大抵不同程度地都受到藏文化以及佛教文化的影响与渗透。由于各种条件的约定（这些条件大体是青藏高原、佛教思想艺术、藏汉文化的交流），从而构成了西藏诗歌趋于相似的艺术追求。藏汉文化、宗教和民歌、乃至于藏戏、唐卡以及寺庙建筑艺术对于新诗的浸润，经过诗人的吸收、创造并对这一切予以现代的更新和改造，这变化构成了青藏高原诗歌艺术的大趋势。

它们已拥有一批有成就的诗人，其中最具代表性的是在青海写诗的昌耀。在他的影响下，一批中青年诗人正在向着大的艺术目标挺进。昌耀的诗（以及顾城、江河的诗）未能在全国评奖中获奖，不少人都感到遗憾。这当然是由于不被认识。不被认识的深层原因则是理解的隔离。昌耀的寂寞和孤独是中国艺术革新之命运的最切实的证明，也许我们只能把希望寄托于慢慢移动的时针，而唯有时间公正。

在中国，想超越慢吞吞的时间而快速地到达简直不能想象。也许重要的是昌耀以及像他这样的诗人和艺术家已经存在并引起了注意。巨大的艺术惯性使这一存在成为陌生的异端。人们需要时间的锉刀来磨钝随这些艺术的才华而来的棱角。当人们熟悉并适应了陌生艺术的入侵并承认了这一事实，异端的性质也就自行消失。而在这事实没有出现之前，社会就把冷漠和无情留给那些一时缺少知音的艺术家和诗人。

昌耀无疑是一位值得重视的诗人。他把人生的种种际遇都溶入到他可占领的高原(物质的和精神的)之中。高原的特有感受与他对生命的寂寞、严酷和顽健熔铸而为一种新的情感实体。昌耀不吝使用险僻的词汇,这使他的作品奇兀、诡异并给人以崇高的震撼。这便是昌耀创造的诗歌世界。面对中国难以摆脱惰性困扰的批评者和欣赏者,任何一种创新和探索的艺术实践,都将注定是寂寞的。不论是昌耀,还是顾城和江河都用得上这一规律的解释。在这样的背景下去看昌耀的未能得奖,这大约体现了不合理现象的合理性,我们便会为之释然。

如前述及,我们此刻谈论的西藏诗其范畴要比行政区划上的更为宽泛。整个的青藏高原,以及体现了藏文化涵盖的地区那些用汉语言文字写成的现代诗,均属于这个范围。要是说同样产生在中国西部的新边塞诗那种困惑中开发的悲凉感可以概括为大戈壁意识的话,则西藏诗所体现出来的在苍茫的神秘氛围中人对于生命的感悟可以概括为高原意识。在中国文学趋向多元的总形势中,诗歌的异向发展是明显的走向。故产生于丝绸路上的诗与产生于青藏高原的诗,虽然都出现于西部,都也不必生硬地认同。

由此联想到四川的诗运。这是中国当今在诗歌创作和诗歌理论都十分活跃的地区。四川这地方具有另一种神秘感。崇山峻岭围抱着一个大盆地,这里壮观奇伟的山川河流创造了文采焕然的人文环境。这是一个产生大诗和造就大诗人的神秘乡土。峨眉山月记载着那位旷世奇才落拓不羁的灵魂,草堂柴扉留下了浸透苦难心灵的锦绣诗章,望江楼边千年前有一位才华横溢风流女子,她和许多人唱酬留下了动人的传说。还有生于峨眉山下的三苏父子,当他们沿江而下,惊人的才气震动了中国诗坛。新诗史上重要诗人郭沫若和何其芳的名字都和蜀地相联。四川完全可以为他们而感到骄傲。

至于当代诗史，人们曾饶有兴味地谈到，四川可以毫不费力地数上一百名成就突出的中年诗人的名字。同样，自新诗潮兴起以迄于今，四川也是极为引人关注的地区之一，这里依然有一长串非常动人的青年诗人的名字，人们都记得他们为新诗的艺术革新所作出的贡献。从这个大盆地传出的诗歌讯息，总给中国诗坛带来兴奋。特别是最近数年，关于整体主义、莽汉主义、非非主义等引人兴趣的话题，都源出于四川。这是鼓涌着的诗变革的新潮经常让人惊喜莫名，也让人弄不清这盆地深处究竟蕴藏着多少求新创造的原动力。

中国有几个最有影响的诗变革的策源地，四川是最重要、也最有实力的一个。这盆地被称为天府之国，高山长河之间云气氤氲，温湿的气候产生了富庶的万物，也造就文明与文化的精粹。盆地有属于自己的情感方式和思维方式，当然也有自己的诗。这些诗以它们的独特追求而让人感到了巨大影响的存在。

中国诗已不再满足平面推进的发展，得到拓展的新视野使它有可能感到了高原和河谷的存在，平原和海滨的存在，戈壁和盆地的存在。概而言之，一个自由生存空间的存在。希望属于勇敢和真诚的探索和试验。存在着差异，也会有成败优劣之分。但诗的竞技和奥林匹克运动会不同，这里一般不采取决出冠军的方式来奖给金牌——也许压根就不存在冠军。重要的是，诗已经看到并拥有自己争来的这一片无边无垠的自由空间。那么，它的神圣使命只能是奔突和飞腾。

1988年8月23日拉萨归来于成都

《中国新诗佳句精选》序[*]

一个诗人,一生中能有一首或数首为后人传诵的作品,可说是大成功,也是大欣慰。事实上历史上成千上万的诗人,只有为数很少甚至极少的诗人,能够成为得此殊荣的幸运者。写诗不易,写佳作尤不易,而写出被普遍认可并得到广泛流传的名句则其难更甚。以中国诗为例,在古典诗中,唐诗作为一个整体,堪称诗中瑰宝。《全唐诗》九百卷,收诗近五万首,作者二千二百余人。而在如此浩瀚博大的数字中,经常被提及的名家不过数十,而名家中的名诗、名句更其寥寥。它与那个大数字相比,简直不成比例。

这道出了一个无情的事实,它以无声的语言告诉我们:通往诗歌成功的道路不仅漫长,而且艰难。历史的选择是冷冰冰的。为诗难,而能写出众口传诵的名句更难。事实上,不论是多么杰出的诗人,他创作的诗很难篇篇都是佳品;而在成为名作的诗中,很难通篇都是警句。但对于胃口被惯得愈来愈挑剔的读者来说,他们仍然十分自然地要在所有的诗中寻找流传千古的警句。当然失望的时候居多。往往也由于这样的条件的促使,诗或诗人都因而扬名且不朽。

以上所述,大体只是传统旧诗世界里的事。那些诗词名句精华之类的辞书文典,虽然为诗者和专家提供了不少帮助,但几乎和新诗没有什么关系。久之,人们也就自然地认为,欣赏古典诗词的警句是一回事,而对于新诗则完全是另一回事。这实际

---

* 此文初收《中国新诗佳句精选》,赵荣群等编,哈尔滨出版社 1988 年 11 月出版。据此编入。

上是对新诗降格以求。这样的"姑息"，只能使新诗的技艺产生萎缩。当然，新诗以数十年的历史而与那些以数百年乃至千年为期的旧诗的积累和淘筛相抗衡，它的不利地位是明显的。然而新诗自有属于自身的弊端。

中国新诗从"五·四"起始，便以对于旧诗律和旧意境的破坏为使命。为了对抗强大的古典诗词的坚硬范式，新诗用最无羁束的自由体力求把诗做得"不像诗"以体现自身的革命性。其历史性合理性是十分明显的，但从那时开始，新诗似乎与散漫和平淡便有了联系。新诗人为对抗而创造，都不大注意诗艺的切磋、诗意的陶冶。久之，人们也就以为本该如此而不复苛求。这应当认为是与新诗的建立俱来的积习。

其实，就诗质而言，不论时代如何迁移，艺术如何演进，诗的精粹性使它致力于营造凝聚了智慧而又表现得最精微、最动人的章句，则是难以移易的规律。古诗如此，今诗亦如此；中国诗如此，外国诗亦如此。基于这一认识，我们要求中国新诗除了它于时代情绪和社会实际的关联以表达现代人思考和情致、作为有异于古旧的特点以外，它还应以最精炼的文字体式并从中提炼出足以流传久远的名句、佳句、警句，应当不算苛求。

为了纠正积弊，也为了提高信心和满足需要，赵荣群，柳丰斌，刘长凤三位青年历时数载，广泛阅读，寻章摘句，对比选择，历尽了辛苦。选家有自己的追求，也有自己的局限，难说不无遗珠之憾。但自"五·四"以来的浩瀚篇籍中能够精选出这么一个本子，足以令人兴奋。何况这还是人们未曾做过的开掘性的工作。

当前的中国新诗，已从数年前充满矛盾和困惑的激动中沉静下来。如今已经具备了条件，使我们有可能冷静思考如何发展个人风格以及提高艺术技巧等建设性问题。《中国新诗佳句精选》在这时出版，无疑将对当前诗运有所助益。

1988年9月3日于北京大学

《咔嚓,一秒钟诗选》序[*]

浮躁和困惑退潮以后,冷静的建设意识于是萌发。这几年大家似乎都认识到,空泛的议论和激动的交锋,对于扎实的创造性劳动来说,越发显得是次要的乃至是不必要的了。他们宁肯以不事喧嚣的默默工作,以贡献于新诗艺的精进。

进入 80 年代以来,中国新诗仿佛置身于一片开阔地。各种实验性创作在进行,出现了各式各样的诗观和诗艺。这是自由的象征,为变革时代创造的良好氛围所使然。人们大体都会承认这一诗歌现实所具有的积极含义。

在总体的多元艺术的实践中,叙事长诗的创作未免显得萧条。尽管如此,由于文化和哲学对于诗创作的浸润,使得通过诗的多层建构以展现厚重和恢宏的气势,从而使某些诗向着大篇幅的趋势进逼。

长诗当然是一种需要。基于宏大内容表达的需要而拥有大篇幅的诗,可能有助于新诗的日臻丰富。但显然无须反过来证实诗必须长。相反,即使在写篇幅浩大的巨诗时,人们时刻也不应忘记诗是一种特殊的文体。这种文体所具有的外在形态的最主要的特征是:浓缩、凝聚、精炼和大跨度的跳跃。这一切,可以简括地表述只一个字:短。当然,短而内容冗杂,也可能败坏诗的精炼文体的声誉,但欲求诗的精炼,短却是一个前提和先决。

---

[*] 此文为《咔嚓,一秒钟诗选》序,叶茅等编,广西民族出版社 1989 年 11 月出版。据此编入。

这意味着不论你致力于写何种类型的诗,也不论你实行着怎样独特的自以为是的主张,你怎么也不能摆脱这一诗质的规定和约束。诗求精是一种必然,而达到这一目的首先必须从最外在的短篇幅入手。于是,短诗的提倡不仅仅是适应某些欣赏习惯和欣赏心理的需要,而且是提高诗艺和维护诗质的需要。

只有提倡而不提供有效的参照,这提倡便可能落空。这样一种精短诗选本的出版无疑是适时的。基于此,我支持这个诗选的出版,并由衷赞赏它的编者叶茅、河清、李泽华的有远见的动机以及为此付出的辛劳。

1988年9月5日于北京大学蔚秀园

永远的校园[*]

　　一颗蒲公英小小的种子,被草地上那个小女孩轻轻一吹,神奇地落在这里便不再动了——这也许竟是夙缘。已经变得十分遥远的那个八月末的午夜,车子在黑幽幽的校园里林丛中旋转终于停住的时候,我认定那是一生中最神圣的一个夜晚:命运安排我选择了燕园一片土。

　　燕园的美丽是大家都这么说的,湖光塔影和青春的憧憬联系在一起,益发充满了诗意的情趣。每个北大学生都会有和这个校园相联系的梦和记忆。尽管它因人而异,而且也并非一味的幸福欢愉,会有辛酸烦苦,也会有无可补偿的遗憾和愧疚。

　　我的校园是永远的。因偶然的机缘而落脚于此,终于造成决定一生命运的契机。青年时代未免有点虚幻和夸张的抱负,由于那个开始显得美丽、后来愈来愈显得严峻的时代,而变得实际起来。热情受到冷却,幻想落于地面,一个激情而有些飘浮的青年人,终于在这里开始了实在的人生。

　　匆匆五个寒暑的学生生活,如今确实变得遥远了,但师长那些各具风采但又同样严格的治学精神影响下的学业精进,那些由包括不同民族和不同国籍同学组成的存在着差异又充满了友爱精神的班级集体,以及战烟消失后渴望和平建设的要求促使下向科学进军的总体时代氛围,给当日的校园镀上一层光环。

＊ 此文刊于1988年9月19日《散文选刊》1988年9月号,收《流向远方的水》。据《流向远方的水》编入。

友谊的真醇、知识的切磋、严肃的思考、轻松的郊游,甚至失魂落魄的考试,均因它的不曾虚度而始终留下充实的记忆。

燕园其实不大,未名不过一勺水。水边一塔,并不可登;水中一岛,绕岛仅可百余步;另有楼台百十座,仅此而已。但这小小校园却让所有在这里住过的人终生梦绕魂牵。其实北大人说到校园,潜意识中并不单指眼下的西郊燕园,他们大都无意间扩展了北大特有的校园的观念:从未名湖到红楼,从蔡元培先生铜像到民主广场。或者说,北大人的校园观念既是现实的存在,也是历史的和精神的存在。在北大人的心目中,校园既具体又抽象,他们似乎更乐于承认象征性的校园的精魂。

我同样拥有精神上的一座校园。我的校园回忆包蕴了一段不平常的记忆。时代曾给予我们那一代青年以特殊的际遇,及今思来,可说是痛苦多于欢愉。我们曾有个充满期待也充满困惑的春天。一个预示着解放的早春降临了,万物因严冬的解冻而萌动。北大校园内传染着悄悄的激动,年青的心预感历史转折时期的可能到来而不安和兴奋。白天连着夜晚,关于中国前途和命运、关于人民的民主和自由的辩论,在课堂、在宿舍、在湖滨,也在大、小膳厅、广场上激烈地进行。

这里有向着习惯思维和因袭势力的勇敢抗争。那些富有历史预见和进取的思想,在那个迷蒙的时刻发出了动人的微光。作为时代的骄傲,它体现北大师生最敏感、也最有锐气的品质。与此同时,观念的束缚、疑惧的心态、处于矛盾的两难境地的彷徨,更有年轻的心因沉重的负荷而暗中流血。随后而来的狂热的夏季,多雨而湿闷。轰然而至的雷电袭击着这座校园,花木为风雨所摧折。激烈的呼喊静寂以后,蒙难的血泪默默唤醒沉睡的灵魂。他们在静默中迎接肃杀的秋季和苍白而漫长的冬日。

那颗偶然落下的种子不会长成树木,但因特殊的条件被催化而成熟。都过去了,湖畔走不到头的花荫曲径;都过去了,宿舍水房灯下午夜不眠的沉思,还有轻率的许诺,天真的轻信。告别青春,告别单纯,从此心甘情愿地跋涉于泥泞的长途而不怨尤。也许即在此时,忧患与我们同在,我们背上了沉重的人生十字架。曼妙的幻想,节日的狂欢,天真虔诚,随着无可弥补的缺憾而远逝。我们有自己的青春祭。从这个意义上说,这校园与我们青春的希望与失望相连,它永远。

燕园的魅力在于它的不单纯。就我们每个人说,我们把青春时代的痛苦和欢乐、追求和幻灭,投入并消融于燕园,它是我们永远的记忆。未名湖秀丽的波光与长鸣的钟声、民主广场上悲壮的呐喊,混成了一代人又一代人的校园记忆。一种眼前的柔美与历史的雄健的合成;一种朝朝夕夕的弦诵之声与岁岁年年的奋斗呐喊的合成;一种勤奋的充实自身与热情的参与意识的合成;这校园的魅力多半产生于上述那些丰富的精神气质的合成。

燕园有一种特殊的气氛:总是少有闲暇的急匆匆的脚步,总是思考着的皱着的眉宇,总是这样没完没了的严肃和沉郁。当然也不尽然,广告牌上那些花花绿绿的招贴,间或也露出某些诙谐和轻松,时不时地出现一些令人震惊的举动,更体现出北大自由灵魂的机智和聪慧。北大又是洒脱的和充满了活力的。

这真是一块圣地。数十年来这里成长着中国几代最优秀的学者。丰博的学识,闪光的才智,庄严无畏的独立思想,这一切又与先于天下的严峻思考,耿介不阿的人格操守以及勇锐的抗争精神相结合。这更是一种精神合成的魅力。科学与民主是未经确认却是事实上的北大校训,二者作为刚柔结合的象征,构成了北大的精神支柱。把这座校园作为一种文化和精神现象加以考察,便可发现科学民主作为北大精神支柱无所不在的影响。正是它,生发了北大恒久长存的对于人类自由境界和社会民主的渴望与追求。

这里是我的永远的校园,从未名湖曲折向西,有荷塘垂柳、江南烟景;从镜春园进入朗润园,从成府小街东迤,入燕东园林荫曲径,以燕园为中心向四面放射性扩张,那里有诸多这样的道路。年复一年,日复一日,那里行进着一些衣饰朴素的人。从青年到老年,他们步履稳健、仪态从容,一切都如这座北方古城那样质朴平常。但此刻与你默默交臂而过的,很可能就是科学和学术上的巨人。当然,跟随在他们身后的,有更多他们的学生,作为自由思想的继承者,他们默默地接受并奔涌着前辈学者身上的血液——作为精神品质不可见却实际拥有的伟力。

这圣地绵延着不会熄灭的火种。它不同于父母的繁衍后代,但却较那种繁衍更为神妙,且不朽。它不是一种物质的遗传,而是灵魂的塑造和远播。生活在燕园里的人都会把握到这种恒远同时又是不具形的巨大的存在,那是一种北大特有的精神现象。这种存在超越时间和空间成为北大永存的灵魂。

北大学生以最高分录取,往往带来了优越感和才子气。与表层现象的骄傲和自负相联系的,往往是北大学生心理上潜在的社会精英意识:一旦佩上北大校徽,每个人顿时便具有被选择的庄严感。北大人具有一种外界人很难把握的共同气质,他们为一种深沉的使命感所笼罩。今日的精英与明日的栋梁,今日的思考与明日的奉献,被无形的力量维系在一起。青春曼妙的青年男女一旦进入这座校园,便因这种献身精神和使命感而变得沉稳起来。

这是一片自由的乡土。从上个世纪末叶到如今,近百年间中国社会的痛苦和追求,都在这里得到集聚和呈现。沉沉暗夜中的古大陆,这校园中青春的精魂曾为之点燃昭示理想的火炬。一代又一代的中国学者,从这里眺望世界,用批判的目光审度漫漫的封建长夜,以坚毅的、顽强的、几乎是前仆后继的精神,在这片落后的国土上传播文明的种子。近百年来这种奋斗无一例外地受到阻扼。这里生生不息地爆发抗争。北大人的呐喊举世闻名。这呐喊代表了民众的心声。阻扼使北大人遗传了沉重的忧患。于是,你可以看到一代又一代人的沉思的面孔总有一种悲壮和忧愤。北大魂——中国魂在这里生长,这校园是永远的。

怀着神圣的皈依感,一颗偶然吹落的种子终于不再移动。它期待并期许一种奉献,以补偿青春的遗憾,并至诚期望冥冥之中不朽的中国魂永远绵延。

历史的投射[*]

一些历史学家对史学中"如实地说明历史"的命题提出怀疑:历史只能是历史学家加工处理过的事实材料,它必定不能排斥历史学家个人的加入,因而并不存在完全客观和绝对真实的历史品质。可以认为,所谓的"事实本身就能说话"并不是真实的。有人说过,"事实就像一只袋子——你不放一些东西在里面,它是站不起来的。"史学家对于"事实"的改选与选择,便是充填"袋子"的行为。

如今我们所谈的文学历史当然是以事实为出发点和根据,但严格说来它们并不合乎"事实"——它只不过是"一系列已经接受下来的判断而已"。克罗奇宣称一切的历史都是"当代史"。这意思是说历史主要在于以现代的眼光,根据当前的问题来看过去。历史学家的主要任务不在于记载,而在于评价。

我们的文学处于一个特殊的历史时期。这种特殊处境给我们以历史性的冲动。我们希望自己能写出当代的历史——作为当代人凝聚了他们的思考的历史。我们有一种奢望:与其让后来的人把我们当历史来读,不如我们自己向后来的人提供历史。

对比几代人我们不想隐瞒我们的幸运感。我们有幸经历过黑暗,有幸争取过光明;我们有幸受到窒息,有幸争取过自由。这样,我们就拥有了描写历史的条件和可能;我们了解中国新文学作为一种理想的从无到有的实现;我们亲自体验它的被取消

---

* 此文初刊1988年10月7日《科技日报》。据此编入。

和令人震惊的变态;我们目睹这一濒于灭亡的文学的再生;我们观察到获得自由的文学以令人目眩的方式安排它的新秩序,于是我们又不得不跟着它进入艰难的认知的旋舞之中。

我们不再哀叹文学的贫困,而是惊呼文学的迅疾变化给我们以判断的困惑。从前我们感慨作为批评家缺少的恰恰是对象;如今我们感慨作为批评家缺少的是把握和驾驭那些对象的方法和语言。两种感慨我们宁取后者。我们宁愿因自己的缺少把握能力被嗤笑,而不愿在极端贫困的文学面前重复那些被重复了千百遍的空洞说教。

我们希望用历史学家的个人眼光贯串我们触及的全部当代文学的事实。我们将在那上面留下最具个性的判断而不愿鹦鹉学舌。也许难以排斥谬误,但将排斥非个人见解的重复。所以,我们所进行的关于当代文学的研究和讨论与其说是关于学术真理的阐释,无宁说是作为历史见证的个人判断的传达。

我们希望此刻就面对我们的历史发言。我们希望这只被充填的袋子能够作为一个痛苦的见证站立在后代人的视野之中。关于文学,人们已经说了很多。要是换一种角度,则我们依然有许多话可说。我们选择的是历史的角度,我们的话题产生于历史的忧患。更具体一些说,是世纪末的忧患。作为中国的知识者,尽管我们向往着更为自由的、不受约于其他事物的文学,但似乎都难以摆脱传统的文章匡时济世的观念。

当我们发觉文学失去自由时,我们希望文学自立,希望它和社会拉开距离乃至"脱钩"。我们于是尖利地抨击文学的狭隘功利观。当我们发觉社会衰颓时,我们又像许多哲人和学者那样,希望文学能够拯救社会。于是,那种传统的对于文学的期待,又自然地成为我们的期待。我们作为中国的知识层,总是这样地时刻处于两难境地之中。我们一身兼有觉醒的批判者和自觉的皈依者的双重人格。在我们身上,矛盾地并存着魔鬼的叛逆和天使的温顺的品性。

在我们这里,批判文学的失去自身与期待文学的失去自身,批判它的附庸政治与期待它的附庸政治怪异地并存着。我们希望文学只是文学,我们对文学的非文学化表示了愤激的情绪。但我们又自然而然地把改造社会与社会振兴的责任寄托于它。当我们为社会的停滞和后退揪心,我们心中的屈原和鲁迅一下子便都复活。我们于是又自觉自愿地回到儒家所一再确认的位置。

中国知识界对文学的异化引起思考的积极的后果,是对于中国社会积习和弊端的自然联想。无休止的文学悲剧和无休止的艺术苦难,引发的是对于这个社会病症的忧思。对近百年的民族生存状态的忧患感,因文学历史的反思而益加深重。文学的病态是社会病态的反映、缩影及直接后果,而社会病态又每每要求文学为之承担责任和作出牺牲。如此循环往复,使我们的悲哀无边无际。

因为我们总是把文学的思考和社会的思考难解难分地纠缠在一起,这就使它始终都充满使命感。文学似乎随时都因我们对于社会的参与而变得十分庄严,我们显然是由于特殊的意识的加入而把文学神圣化了。这现象当然只能产生在中国。中国的思维惯性能够坚定地拒绝一切它认为不适宜的文学的异端实践,而且能够把这种实践予以政治化的解释。这就使在其他地方可能是平凡而又平凡的事件在这里产生不平凡的、极富戏剧性的效果。中国易于大惊小怪。特别当它感受到一种与众不同的思维产生的时候。这种大惊小怪当然加重了文学的"重要性"。于是产生了人们前些时说的那种"轰动效应"。

这是不正常的,但我们显然已十分适应这种不正常。而且我们现在和将来也乐于在这样非常态中思考。当那种本应是十分正常的思考笼罩上一种不正常的氛围时,我们自身不仅受到震撼,而且也受到"鼓舞"。我们竭力挣脱困境,我们乐于以不疲倦的争取以期接近目标:这就是文学的自由品质受到确认和尊重。

从平常发现独特[*]
——于海东诗读后

他曾是一名海员,他的诗总与大海和航行为伴。关于远洋航行的感受与体味,以及那些由异域风物的感染而生发的丰富联想,这一切,由于都是他的亲历,故均有可信赖的品质。他的这些诗多半写在风浪的颠簸之中:"有了点诗情,坐着不能写,就趴在床上写,床上不能写,就躺在地板上写,字写得像符号"。这种执著是动人的。在这样的专注中创造出来的诗篇也应当是动人的。如果产生什么误差,那是其他因素所促成。

于海东一部分诗写海洋航行者的心情和信念,这些诗由于融进了个人独特的感受和心境,因而能够产生心灵的震动。它总是一面帆。它总是一只船。作为帆,也许它曾经期望自己有鱼的鳍有鸟的翅,但只能认定自己的命运属于帆:在浪中颠簸,哪怕风帆褪色或被撕裂,而使命依然确定:"生来就为驾驭风暴";作为船,当然期待着战胜和征服。但会有不幸,也许它将在猝然一击中覆没。但它将化为一滴水;和它生前的对手一起扑向后来者,成为一种新的力量以鼓舞抗争的勇气。

这些诗句体现一种看不见的精神,它给人以振奋,但却已超越过去那种廉价的豪壮。一切似乎都已注定,不一定都如往常那样激昂,唯其不"纯粹"故真实可信。依然是船的自白,但却并非"一往无前":"它还要走很远很远,连我也知道将驶向那里,只

---

[*] 此文初刊 1988 年 11 月 30 日《中国交通报》。据此编入。

因它命中注定是船！趁此风平浪静,我要赶紧补一补那苦苦求索的帆"。命中注定,身不由己,缝缀旧帆,仍思前行！这是当今时代的精神投射。情感的个人化倾向给诗带来了新的生命。

但个人特色在这些海洋诗中并没有形成全面的覆盖。相当的部分依然受到传统艺术思维的羁约而不能自由伸长。《海歌》那一组短章美化情感的牧歌程式甚为明显。在那里海员是一味地甜美温顺:海鸥的梦、细雨的"银纱"织就的透明、海风的掀动只是爱海的执拗,海浪的狂景变成了吉卜赛人快乐的歌舞。这些感受失去特殊时代的氛围,过分的装饰造成飘浮感。这是一种限定情感模式不由自主的延续。

诗的魅力多半由对那熟知一切的陌生化处理所生成。把人们熟悉的事理人情化了,人们熟悉的传达与表现的,多半是并不成功的诗。一个聪颖的诗人大抵都知晓在熟知与习惯之中找那些异常和新鲜的感受。诗人的心和眼在已知和未知的世界中逡巡,他所寻找的猎物是新颖和独特,而后予以奇思异想的重整:对于有创造力的诗人,他获得成功的奥秘,就在于能够在人们司空见惯的平常之物上面发现一个全然陌生的世界。

于海东无疑具有此种素质。他有敏锐地捕捉对象特异之处的能力。《过台湾海峡》全诗构思并不奇兀。但他看到的景色却让人吃惊:"大陆上最后一阵热风,从大树上吹落了一片叶子"。把孤单的飘零以及人为隔绝的苦痛,作了精彩的曲折传达。又如写《汉堡的白天》是"没有月亮的夜晚",虽然事理的判断失之轻疏,但机智却体现了才情。"被挤瘦的小河,因见不到阳光脸色发黄",诗句精彩地传达出高度工业化城市的动人风景。如同过台湾海峡看到那一片飘零的叶片一样,在马赛,诗人也敏锐地把所见传神地再现了出来:这座城市戴上了一顶高帽,那是教堂的盔形顶。

这些表达航行见闻的旅游诗,不论是写巴黎、鹿特丹、马赛、马德里,还是汉堡,他都能抓住每一处有异于其他的特异之处。因而,尽管都是西欧,却让人察觉到"个别"。作者有一种本事,那就是每一首诗的起句都很精彩。这是鹿特丹:

芬芳的鹿特丹
是一束郁金香

这是汉堡:

雨中无声的汉堡
像一幅未完成的丝画

然后据此发挥,鹿特丹做的是花的文章:每一扇玻璃窗都是一个水晶花瓶,插满了郁金香;汉堡做的是雨的文章:德国曾经失去太阳,今日雨中德国,"伞上落的是冷雨,伞下流的是热泪"。

从选题到开篇,作者重视诗歌创作的特征——能够抓住那吸引人的最初一瞥,而且出以奇想。但这些诗篇的展开往往不尽如人意。《雨中的汉堡》的展开陷入今昔对比的套子。《游马赛大教堂》对神的怀疑和责难,体现了某种文化视野的局限。《斗争》起句很动人:"仿佛一团翻滚的黑浪,探出两柄闪光的利刃","两个殊死角逐的生灵,被困在一个圆池之中"。但情节的展开却导向了平庸:"我也曾是十年角斗中的人","我终于悟出画地为牢的残忍"。

于海东的诗不乏他独有的人生体味,他也有对于对象的感受与把控的能力。但诗的内涵却不够沉郁深厚。易于把独特的生活平均化。其实,在他的航行生活中的所闻所见,包括西方社会和宗教。客观事物可提供的,已经远较以往的"结论"丰富,但他的诗的表现却不及人们认识所已达到和所已展开的。走出传统抒情模式划定的圈子,用自己的眼睛,用自己的心灵去重新发现和认识世界,这似乎比单纯追求技艺更为重要和迫切。

舒 婷[*]

　　她是新诗潮最早的一位诗人,也是传统诗潮最后的一位诗人。她是沟,她更是桥,她体现诗的时代分野。把诗从外部世界的随意泛滥凝聚到人的情感风暴的核心,舒婷可能是一个开始。

　　舒婷的诗体现了浪漫情调的极致。她把当代中国人理想失落之后的感伤心境表现得非常充分。因为企望与追求而不能如愿,舒婷创造了美丽的忧伤。她的声音代表了黑夜刚刚过去,曙光悄悄来临的蜕变期中国人复杂的心理和情绪。

　　舒婷那些充满人性精神的痛苦吁呼,一时间震惊了中国诗坛。围绕这个当年异常陌生却又异常美丽的名字的,不论是赞成还是谴责,无疑都证实了一个强大的存在。

---

[*] 此文初刊 1988 年 12 月《南方文坛》1988 年第 6 期。据此编入。

文学的绿色革命

此书由贵州人民出版社1988年12月出版,为传统与变革丛书之一种。据此编入。

文学思潮的历史投射
—— 自序

一位历史学家在他的著作中论及他的历史观念,对"如实地说明历史"的命题提出怀疑。历史是历史学家加工处理过的事实材料,必定不能排斥历史学家个人的加入。它不可能是与个人无关的,因为历史有了这样的加入,从而便不会有完全客观的"历史真实"的品质。同时人们还认识到,确定那些基本事实的必要性一般不在于这些事实本身具有什么特殊的性质,而在于历史学家"既有的"决定。

所谓的"事实本身就能说话"并不是"真实"的。历史学家们认为事实本身的说话是被动的和后天的,"只有当历史学家要它们说,它们才能说"。这正如一位著名的剧作家说过的:事实就像一只袋子——你不放一些东西在里面,它是站不起来的。其实我们所读的历史,虽然是以事实为根据,但严格说起来它并不合乎事实,它"只不过是一系列已经接受下来的判断而已"。克罗齐宣称:一切历史都是"当代史"。这意思是说,历史主要在于以现代的眼光,根据当前的问题来看过去!历史学家的主要任务不在于记载,而在于评价。

这样的历史观念是我们乐于接受的。我们处在一个特殊的历史时期。这种特殊处境给我们以历史性的冲动。我们希望自己写出当代的历史,作为一个活着的人来谈活着的历史。与其让后来的人把我们当历史来读,不如我们向后来的人提供历史。对比几代人,我们不想隐瞒我们的幸运感:我们有幸经历过黑暗,有幸争取过光明,并获得了一定的光明;我们有幸受到过窒息,有幸争取过自由,并获得了一定的自由。尽管那争取到的光明和自由都是有限的,但对比那些未曾拥有过和不曾获得的人,我们依然是幸运的。这样我们就有了描写历史的条件和可能:我们了解中国新文学作为一种理想从无到有的成功实现;我们亲自体验它的被取消和可怕的变态;我们亲自经历了这一濒于灭亡的文学的再生;我们又亲自观察到获得自由的文学以令人目眩的方式安排它的新秩序,于是我们又不得不跟着它进入艰难的认识的旋舞之中。

我们不再哀叹文学的贫乏,而是惊呼文学的丰富让我们目不暇接,让我们感到判断的困惑。从前我们感慨作为批评家缺少的恰恰是对象,如今我们感慨作为批评家缺少的是能够把握和驾驭那些对象的思想、方法和语言。两种感慨我们宁取后者。我们宁愿让人嗤笑贫乏和无能,而不愿在极端贫困的文学面前重复那些重复了千百遍的空洞说教。

现在进行的研究是上述愿望的实现。我们希望用历史学家的个人眼光贯串我们所触及的全部当代文学的事实。我们将在那上面留下最具个性的判断,而不愿鹦鹉学舌。很难排斥它将产生谬误,但将断然排斥个人见解的重复。所以,我们将开展的讨论与其说是专门性的学术论证的展示,不如说是作为历史见证的个人感受的传达。要是在以下几点上令人们失望,那却是我在进行这一工作之前就定下来的:一、这里不进行文学创作技艺的具体剖析和切磋;二、这里不打算对当代作家作品以及文学现象的成败得失进行具体的评价;三、这里甚至也不作准确而科学的当代文学实质的理论概括的尝试。

我们进行这一课题的目标并不宏大,只是想就中国当代文学(这里指的是1949年建立人民共和国以来,也许着重是1976年四五运动以后)的重大的文学现象和文学问题,通过历史对比做出一个粗略的考察。它不准备对每一个涉及的艺术现象作深入而详尽的探讨。阅读的有限和缺乏创作的实际体会限制了这种可能。这种泛泛而论和夸夸其谈可能让人厌倦,但也并非毫无价值。至少在如下三个方面希望给读者留下一些切实的印象:一、了解我们处身其中的文学环境,包括已有的变异和正在扭转的局势;二、判断和预测正在展开的文学势态,设法理解并适应逐渐形成的文学新秩序;三、熟悉一下文学批评和文学研究,特别了解那些具体而形象的材料被抽象和被概括的过程,希望了解并非作家的学者对于文学的观念和思维的特点。

我们还要回到历史的话题上来。我们希望此刻就面对我们的历史发言。我们希望这只被充填的"袋子"能够作为一个痛苦的见证,站立在后代人的视野之中。关于文学,人们已经说了很多,要是换一种角度,则我们依然有许多话可说。在这里,我们选择的是历史的角度。

我们的话题产生于历史的忧患。更具体一些说,是一种世纪末的忧患。作为中国的知识者,尽管我们向往着更为自由的、不受其他事物约束而依附的文学,但似乎很难摆脱传统的文章匡时济世的观念。当我们发觉文学失去自由时,我们希望文学自立,希望它和社会现实拉开距离,乃至"脱钩",于是,我们尖锐抨击文学的狭隘功利观;当我们发觉社会衰颓时,我们又像许多哲人和学者那样,希望文学能够拯救社会,于是,那种传统的对于文学的期待,又自然地成为我们的期待。

我们作为中国的知识阶层,总是处在这样的两难的境地之中。我们一身兼有觉醒的批判者和自觉的皈依者的双重人格。在我们身上,矛盾地并存着魔鬼的叛逆和天使的温顺的品性。在我们这里,批判文学的失去自身与期待文学的失去自身,批判它的附庸性与期待它的附庸性,怪异地共时并存。我们希望文学是文学,我们对文学的不是文学表示了愤激的情绪;但我们又自然地把改造社会与期待社会的振兴责任，寄托在文学身上。当我们为社会的停滞和后退揪心时，我们心中的屈原和鲁迅一下子都醒了过来。我们于是自然地回到了儒家所一再强调的那种文学的社会功利性上面来。

中国知识界对文学的异化引起思考的积极的后果，是对于中国社会积习和弊端的自然联想。无休止的文学悲剧和无休止的艺术苦难，引发的是对于这种社会的病症的困扰和忧虑。对近百年的民族生存状态的忧患感，因为对文学历史的反思而显得益为深重。文学的病态是社会病态的反映、缩影和直接后果。社会的病态又每每要求文学承担责任和付出牺牲，如此循环反复，使我们的悲哀似乎无边无际。

正因为我们总是把文学的思考和社会的思考难解难分地纠结在一起，这就使这种思考充满了庄严的使命感。文学似乎随时都因我们的参与而变得十分神圣。我们显然是由于特殊意识的加入而把文学神圣化了。这现象当然也只能产生在中国。中国的思维惯性能够坚定地拒绝一切它认为不适合的文学的异端实践，而且能够把这种实践予以政治化的解释。这就使在其他地方可能是平凡而又平凡的事件，在中国产生不平凡的、戏剧化的效果。中国易于大惊小怪，特别当他感受到一种与众不同的思维产生的时候。这种大惊小怪当然加重了文学的"重要性"和"献身感"——亦即王蒙近期说的那种"轰动效应"。

这是不正常的。但我们显然已十分适应这种不正常，而且我们现在和将来也乐于在这种非常态中思考。无疑的，当这种本应是十分正常的思考笼罩上一种不正常的氛围时，我们自身也受到了"鼓舞"。在这个社会中，人人都易于从自己认为是哪怕一点点不人云亦云的独立的思维活动中得到一种自我安慰和自我满足，我们当然也难以避免。

这里进行的思考，显然是以当代人写"当代史"的历史思路为契机。全部思考可以大体分为三个大的部分:第一部分,我们将利用一些实际的材料和现象总结历史。我们将在历史倾斜和文学异化的大命题下进行历史的批判回顾。我们显然十分重视这里出现的批判意识。因为具有这种意识,不仅说明勇气,而且也使我们的思考活动具有活力,它能给予十分陈旧的话题以新鲜感。这一部分的讨论主要包括中国特殊的生存环境下产生的社会和民族自卫需求而导致的特殊策略的涵盖,以及这个社会和这个民族的传统思维惯性对文化性格产生的消极影响。这种影响直接强化了文学的悲剧现象。第二部分,我们将从文学历史批判出发,讨论历史批判产生的反抗。批判意识的萌醒开启了文学思考的灵智,使我们的文学活动获得了空前的自觉精神。文学对于秩序的反抗是这种自觉精神的完整体现。中国文学最近十年所产生的巨变,其间的让人心迷目眩的诸种现象,我们都愿意并有长足的理由把它归纳到反抗这一点上。具体一些说,反抗的动机大抵不外两个方面:一是对于禁锢的反抗,一是对于规范的反抗。为了反抗禁锢而导致文学走出第一步:疏离化;为了反抗规范而导致文学走出第二步:无序化。第三部分,以反思和反抗为基础,使中国文学的视野和领域有一个革命性的开拓,终于出现了一个令人感到陌生、新异,同时又是更加合理的新秩序。我们力图以前进的甚至超前的观点来解析这个秩序。我们希望证实这一秩序出现的必然和合理,当然也期待着全社会的认可和适应。

我们已为自己确定了目标。我们当然希望能够达到。

一、历史倾斜与文学异化

潜伏危机的和谐

我们曾经从事过一件非凡的事业。继五四新文学革命之后,我们创造了一个新的文学时代。这个文学时代以充满欢乐气氛的乐观精神为自己的基调,它以颂歌的方式肯定现实并憧憬未来。尽管迄今为止我们还无法对那个未来做出明晰的描写,但就传达特定时代的风貌,并使之与这一时代的基本精神相谐调所取得的成就可以判断:这是一个创造了奇迹的文学时代。

明亮的太阳,不仅"照在桑干河上",而且照在中国的每一个角落。每一篇小说,每一出戏,每一首诗,每一篇散文,都在不约而同地歌颂这个新生活的太阳。《青春之歌》表现了一个历史的故事,但林道静的道路,正是为共和国奠基的一代知识者走过的道路。至于《红豆》中那位多少有点贵族化的多情女子江玫,她没有林道静那样的轰轰烈烈,但同样是为了一个刚刚认识的价值而作出个人的巨大牺牲。我们从江玫的那种难以割舍的眷念中看到,扑向新中国怀抱的作家在以怎样的巨大热情、以个人的生命投入了一个集体的生命之中。

从一个时代的弃儿到一个时代的主人,文学与其说是在表现他人,不如说是在表现自己。写实文学的实行,现实主义空前地受到青睐,均与文学创造者所处的位置攸关:从旧生活的破坏者到新生活的建设者,他们以极大的热情关注现实生活发展的轨迹。唯有经过长期苦难的血水浸泡的人民,才能以百倍的热情肯定与热爱这一切。

照亮黎明前黑暗的灯塔之光,以及这一片从"山那边"到山这边的解放区的明朗的天空,唯有饱受战争折磨的人民才能以如此勇决的姿态和必死之心去抑制污染明朗之天的那片战争的阴云。正是因此,我们才格外感激那一代文学工作者对祖国充满激情的创造性奉献。只要想想,当年,战火重新燃起时,魏巍在《谁是最可爱的人》篇末写的那一段文字:

> 亲爱的朋友们,当你坐上早晨第一列电车走向工厂的时候,当你扛上犁耙走向田野的时候……当你向孩子嘴里塞着苹果的时候,当你和爱人悠闲散步的时候……朋友,你是否意识到你是在幸福之中呢?

要是把这一段诗一般的文字和毛泽东在《新民主主义论》中结尾处那一段同样是诗一般的文字:

> 新中国站在每个人民的面前,我们应该迎接它。
> 新中国航船的桅顶已经冒出地平线了,我们应该拍掌欢迎它。
> 举起你的双手吧,新中国是我们的。

对照起来读,我们便可理解包括《创业史》、《山乡巨变》在内的一些作品中作者所形成的"历史创造"目光的因由。

从鬼变人的故事,奴隶翻身成为主人的故事,一个互助组的诞生,乃至于一个乡从初级社到人民公社的发展过程,文学艺术到此时多少都有点絮絮叨叨,因为这与他们自身所从事的本来就是一件事。严阵的诗《老张的手》,用诗来概括整整几个重大的历史阶段的变化和演进,都证明着这样一个意图:一个时期抒情性质从诗中的消褪,正是写实叙事倾向挤压的结果。

但不论怎么说,这一时期文学毕竟创造了记叙新时代、新生活诞生和发展的高潮。我们无疑应当记住文学的这个功绩。随着写实倾向的成为主要的事实,文学比任何一个时期都更为全面丰富地保留了那一时代的社会发展进步乃至变态衰颓的资料。我们可以从《新结识的伙伴》中听到中国青年女性传统在新生活的潮流中增加的新品质;也可以从李双双那风风火火的思想行动中,看到一种新的性格正在从东方女性传统性格中脱颖而出。同样,我们可以选出《红旗歌谣》中的任何一首用来说明久经贫困和战乱的中国人民如何狂热地呼唤着一个更为富裕的生活——他们把这个幻影当成了切近的现实。

当我们的任何一位文学艺术家在从事这一工作时,都自然而然地给自己的演唱或演奏定音。他们不约而同地采取高亢的和欢乐的调子,他们无时无地都意识到自己的使命在于传达出对这一新生活的信赖感。他们认为要是对它充满希望的未来失去信心,那都是良知的犯罪。这就造成了我们如今意识到的文学与它的时代高度和谐的辉煌感。

沉重的"精神化石"

正当全民族兴高采烈地唱着从解放区传来的欢乐歌声:"解放区的天是明朗的天,解放区的人民好喜欢"或是同样欢乐的歌声"天空出彩霞"的时候,我们并没有意识到我们的头上正笼罩着一个巨大的同时又是沉重的"文学网"。我们不幸地承担了全部的历史重负,一种远的历史遗传与近的历史生成的结合给予我们的重负。在中国,诗文载道言志的观念是一种相当强顽的文学观念。儒家的美学观可以把"诗"变成"经",男女情爱的抒发可以被用来充当道德的说教。《关雎》篇"窈窕淑女,君子好逑",可以被解释为对于"后妃之德"的阐明,正是一个有力的证实。文章的价值在这种观念的支配下,受到了不恰当的夸耀,他们总把文章和文学当成治国齐家的实际手段。这种强调的背后证明:文学本身只有充当了"道"的载体,即作为一种运载工具时,才具有实际的价值。

新文学运动并没有对这一传统观念做出有力的质疑。周作人在《新文学大系散文集序》中把散文分为载道和言志两大类。道固不必言,志作为情态体现也是同样沉重和充满严肃的氛围的。由左翼文学运动起始,中国的载道文学观被合理地为新兴的理论所说明。文学事业与传达革命意识取得了合理的联系,先进的革命文学观开始抨击为艺术而艺术的倾向。新文学开始了历时久远的排他性斗争。这种斗争一方面是受到新兴的文学观念的激励,另一方面却受到儒家文学观的"潜意识"的鼓舞。

早在解放战争正在进行的时候,一些老解放区进行土改,进行发动群众的反霸斗争,其发动的工具便是诸如《白毛女》、《赤叶河》、《血泪仇》一类的戏剧。那时文艺与社会运动的关系,是直接的从属。此种关系从来没有受到怀疑,完全在顺应"古训"的情理之中。这种传统也体现在"文革"中以八个样板戏为"革命大批判"开路的实践。甚至到了近期,某些农村乡镇组织集体观看某一部据说可以直接解决某一实际问题的影片,都是同一观念的不同时期的伸延。

时代和环境的巨变,并未改变儒家文学观这块其坚无比的精神化石的存在条件。人们都记得发动"文革"的那一段重要的批语:"利用小说反党是一大发明",其实这个批语本身就构成了"一大发明"。因为小说尽管不乏其精神感化的力量,但也不足以摇撼党国的基石。超限度地夸大文学的实用价值是荒唐的;而无限膨胀的危言警告文艺对社会的破坏性,在许多场合更成了对文艺实行虐待的借口。它成了无数悲剧的策源地。

30年代下半叶到进入40年代,中国人民陷于苦难的严酷现实,促使社会向文学做出了严酷的要求,这便是以牺牲文学的多种功能,特别是牺牲满足广泛的审美追求为目标,向着高度社会化贴近。文学需服务于"国防",促进了文学和诗歌政治化乃至"军事化","文章入伍"伴随着对于"抒情的放逐"。40年代初期,延安文艺座谈会上的著名讲话体现了一个基于有力实践的理论总结,它构成了一个系统化的文学观即确认文学的接受与表现对象都应当是和只能是工农兵,并结合中国的实践确认工和兵实际上也都是农民,即文学的对象实质上是农民。基于这样的确认,文学的内容只能是表现这一对象的生活和斗争,文学的形式只能是这一对象所喜闻乐见的他们自有的形式——亦即文艺的初始形式,如群众的演出和墙报等。政治和艺术作为不同的两个标准,政治是第一的;普及和提高作为不同的两个方向,普及是第一的。完整地民族化和群众化的文学主张开始强有力地实行。这就造成了与文学内容形式的多样性和丰富性的阻隔;与不断满足和适应不同层次的文学接受者的审美趣味和欣赏水平的提高的阻隔;与广泛接受世界先进文学影响以促进各民族的文学交流的世界性文学的阻隔。

我们在这一个时期虽然也划时代地创造了自己的文学样式,我们创造出了像歌剧《白毛女》和《王贵与李香香》那样重要的作品。但即便是那时出现的一些杰出的作品也距成为世界性的目标甚远。甚至时至今日,其中的一些作品在中国也没有成为历久不衰的作品。它只是在特定时代、特定地区和特定氛围中,形成了它们的有限的影响。它的确不乏引人的魅力;但这种魅力与其说是艺术的,不如说是由于特殊的苦难换来的激动。它有鲜明的社会功利目的,即以血泪的控诉唤起人们阶级意识的醒悟。而当这种直接的目的淡化时,作品的动人之处也就随之淡化以至消失了。许多作品均不乏动人的效果,但由于它们模仿乃至照搬传统形式的结果,终于使它们只具有地区性和暂时性的价值。作为文献它可以成为永恒,但作为文学,却无法达到永恒。

由于自我幽闭,我们造成一种窄狭而又自信的文化观念,我们创造了一种新的模式,并在这种模式中自我陶醉。我们的文学终于无法与世界沟通。这种文化的造型颇近于窑洞,它的最重要的特点便是以自成体系的理论封闭了自己。

当我们反思这段历史时,我们却无法摆脱特有的历史眼光。我们显然不能以轻率的态度否定历史的合理性。当中国陷入血水,整个民族为苦难所浸泡时,挽救这一历史悲剧的是作为生产者和战斗者的农民。我们制定以农民为主体的艺术政策和艺术方针的正确性无可怀疑。如今回首往昔,那一代文艺工作者所进行的工作,依然具有巨大的开拓意义。

他们在贫瘠的黄土高原创造了一种特殊的文学。他们使整个文学艺术以农民能够和乐于接受的方式,向着中国最少文化的文盲或半文盲接近。那一代人以非凡的气魄把中国文学艺术的基点放置于那些质朴、粗犷但又带有初始文学性质的文艺样式上。俚俗的信天游、陕北剪纸、腰鼓、秧歌、民间说唱,郿鄠戏,一时间取得了中国现今的希腊悲剧或莎士比亚戏剧的地位。适应艰难时世的艺术氛围中终于出现了喜剧因素,一代文艺革命者欢庆他们创造了文艺为低文化层次的对象服务的奇迹。我们视此为新传统。

误差与隔绝

战争基本结束,人民共和国宣告成立,对于战争的胜利者来说,改造旧社会与改造旧文学的任务同样新鲜。他们习以为常,几乎不假思索地以自身实践的经验指导文学的建设。广阔的国土,复杂的社会构成,不同的文化背景,不同的知识层次,以及不同的审美趣味,陕北的信天游显然不足以满足这广泛多样的精神需要。

但是强大的行政力量给了政策制定者以强大的信心。他们推进特定时代特定地域的文艺方针和经验,以一种统一的文学模式取代旧社会和国民党统治区形形色色的并不统一的文坛。全国第一次文代会的召开,说是两支分别战斗于不同政治地域的文艺队伍的会师,实质是以胜利者一方向着另一方的传授,而另一方则以自我忏悔和自我谴责方式向着解放区的革命文学模式认同。

自此以后,诸多继承了五四新文学自由的、创造的和多样的文学传统的大师,都不同程度地实行了以自我改造为方式的艺术否定。鲁迅战斗精神的核心——一种对现有秩序的怀疑性格受到了忽视。中国知识分子的软弱性格——似乎除了鲁迅是一种例外——大幅度地覆盖了知识者群。他们怀疑的是自己,而不是环境和秩序。一个又一个的思想改造运动,使他们一步又一步地进行严酷的自我否定。更为不幸的是,即使是他们在进行自我否定,但如果不是用规定的方式而是自有的方式,则这种自我批判也不被理解,甚至引来灾祸。穆旦为埋葬旧的自我而唱的《葬歌》,却宣告了期待新生的歌者的被埋葬,即是无数悲剧中的最平凡的一出。

他们有的心甘情愿,有的并不心甘情愿地抛弃了个性,开始写自己不熟悉的生活,开始在作品中驱逐非工农兵的形象,开始"净化"自己的人物。我们几乎是在十分不自觉的状态下,造成了与"五四"光辉的文学时代的断裂。断裂的基本原因,在于把特定时代、特定地域的文学指导方针当成了永恒的和普遍的文艺范式。

这一范式对所有文艺形态都予以"削足适履"的改造。改造作家和作家自我改造形成的自我否定和对已有一切文艺形态的怀疑,使所有的巨匠与大师都失去了智慧。他们几乎无一例外地告别了艺术创造的最辉煌的时代。一代人创造了前面述及的文学的辉煌,同样一代人也创造了迄今为止于我们记忆犹新、甚至历久不逝的文学的不辉煌。

文学的发展不仅取决于国内有效的环境，也有赖于国际的交流，这种交流能够从横向的地平线上得到最佳的参照。但在人民共和国建立之后，在我们实行有计划的文学建设中，我们自行取消了广阔的国际文化背景。这依然受制约于意识形态的革命化的指导方针。我们按照当时制定的国际交往的模式，并把这种模式原封不动地照搬为文艺借鉴和介绍的方针——文艺上的"一边倒"。

我们在对外文化交流上也按照"净化"的原则进行严格的选择。开始是革命的和进步的选择标准，随后又根据意识形态斗争的需要，按照"反帝"和"反修"的标准进行选择。我们对体现人类文明的异常复杂的文学作品构成，进行了一贯的"政治第一、艺术第二"的标准的切割。这种政治的和阶级的切割的结果，只能是一种自我拒绝。

建国初期，我们把从高尔基《母亲》开始直至《青年近卫军》、《卓娅和舒拉的故事》、《钢铁是怎样炼成的》一系列苏联作品奉为楷模和经典。全面学习苏联的结果，更加强化了文学艺术社会功利的观念。视艺术为革命的教科书和世界观改造的教材的观念，与解放区文艺的为政治、为现实服务的观念得到完全一致的契合。

信念于是更为坚定，贯彻于是更为有力，随之而来的是选择也于是更趋于窄狭和单调的严酷。开始的时候，还允许苏联以外的作品，特别是西方古典浪漫主义的作家的作品出版和流传。后来，则分别按照这些作家所属的国家社会制度的形态，按照封、资、修、帝的标准分别采取冷淡乃至弃绝的方针。正是在这样的指导方针下，我们最后切断了与外国历史上一切有益的借鉴的联系，造成了中国文艺与世界文艺空前的断绝。

中国文艺终于由"一边倒"而最后转向与世隔绝的全封闭状态。这当然是农民文化心理的体现。建立于小农经济形态之上的文化形态,必然承受它的自足心理的约定。这种局面最终导向文学营养的匮乏,它更为有力地促进文学向着贫困化的恶性发展。

也许更为严重的问题还不在于文艺指导方针的误差,而是那种人为的阶级斗争观念的引入文艺领域,并且不遗余力地贯彻实践造成的结果。这是一种文艺的自戕。愈来愈频繁的政治对于文艺的干预,每一次干预都是一阵大阶级斗争的旋风。随即是宣布一整批的作家、诗人和评论家为阶级敌人,从而宣告他们的消失。这种人为的自我毁灭,造成文艺彻底地走向单调和贫乏。

二、巨大的标准化工程

文化观念的偏离

　　褊狭的文艺指导方针塑造了褊狭的文艺性格。数十年来，我们几乎不遗余力地重复着一个动作，即不断地创造出适合各个时期社会形态的标准，对文艺实行统一。这种统一的出发点在于我们从来认定，符合一定社会形态的必定存在某种与之相适应的文艺形态。我们几乎是不论付出多么沉重的代价而一往无前地向着这个目标逼近。在我们的观念中，有一种自天而降、从零开始的属于某一社会历史阶段或某一阶级的文化和文学。这种文化是与一切剥削阶级的和一切历史上存在过的有着本质区别的文化，而社会主义文化或无产阶级文化天生地是以一个与旧文化相对立的形象出现的，文学亦复如此。

　　从荒凉的山野进入大城市，农民的眼光所及，自然包括皇帝的宫殿在内都是剥削的象征。这种观念扩展到一切的大屋顶，例如对北京城的"无产阶级改造"当然意味着拆除城楼和城墙，以及阻碍城市发展的各式的牌楼。我们嘲笑过那些为无力阻挡破坏城墙工程而抱头痛哭的"封建遗老遗少"，我们的重要诗人曾以满腔的热情为这种破坏叫"好"——

> 　　一大早上，我从东四牌楼路过，
> 　　忽然觉得马路很宽，很亮，
> 　　原来那挡在十字路口的四个牌楼
> 　　被工人们呼嚷着锤击着拆掉了，

> 我朝着十字路口大喊一声"好!"
> 这真是从我心腔里发出的一声呼叫。
> 但听说有人为了这件事哭泣,
> 泪水模糊了他的老花眼镜;
> 由此可见人的爱好是不一样的,
> 当一些陈旧的东西消失的时候
> 会引起陈旧的灵魂的暗暗叹息。

这首题为《好!》的诗最后这样结束:

> 应该让所有阻碍我们的东西滚开,
> 因为我们是多数,是广大的人民。
> ——见《艾青诗选》第275—277页,1977年版

这里体现了一种新的价值观念,广大人民的爱好与剥削者和"陈旧灵魂"的爱好判然不同。新文化的建设以旧文化的"毁灭"为代价,它们之间的继承和联系是可以忽视的。我们正是在这种"重新建立"的观念支配下进行我们的统一文艺的工作。这种统一文艺工作的实际表现形态,就是我们几乎愈演愈烈地以新造的枷锁给文学以形形色色的限制。特别不幸的是,在我们的观念中这并非是一种破坏,乃是一种建设。我们的决策部门以一种最良好的心情进行着一种最不见积极成效的"关心"。其结果是决策部门愈是表现出巨大的热情,文艺的生态便愈是失去平衡。这种决策与效果之间的分离现象,造成了一场又一场的文艺悲剧。

但更严重的还是我们自以为是的而且是不可动摇的观念。一方面我们制定百家争鸣的方针,表现出某种宽宏,但立即又予以不可思议的解释,即所谓百家,其实就是两家:无产阶级一家,资产阶级一家。既然是这两个阶级的褒贬如此明显,不言而喻就只能肯定是一家。我们开始提出双百方针,随即又继之以政

治性的条款对这一方针实行限制。其结果"百花"也好，"百家"也好，一切都成了幻影。

这种观念的顽强性，几乎无处不在且历久不衰，而且表现为不容讨论的僵硬。说是普及与提高并重，却又规定"普及第一"；说是政治标准和艺术标准并存，却又规定"政治第一"。在这个意识形态的框架之中，不说第一，人们本来就会自然地推出第一，何况已经指定？！这样，几乎所有理应表现出"宽容"的地方，同时又都表现了绝不宽容。

极端的模式

我们规定文学家应该写什么——应该写"重大题材"。我们拒"非重大"的一切于文学之门外。应该写"英雄人物"即既高、又大、且全的"超人"，而不应该写那些"中间状态"的人物。我们宣布那些"不好不坏，亦好亦坏"的人物为异物。可以写落后，但应该如此这般地写，等等。"文革"开始以后，更进一步完善了如何写出充满仙气的"高大全"超人的程式，即"突出"、"陪衬"、"铺垫"那一套假药——神的咒语。这是一次最极端的模式的制定，即保证如何使活生生的人离开人的自由的本性，而变为僵死的、没有活人气味的神的一套模式。到了这个极端，以往一切的争论不休的中间人物存在不存在，可以写不可以写等等，全成了无需讨论的过去。

我们又规定文学家应该怎么写——应该用"最好的"创作方法来写。这个"最好的"方法，各个时期又都有各自的称呼，开始叫做"现实主义"——据说这是古今中外千年文学史概莫能外的最好的、主流的创作方法。后来时兴革命的词儿，叫做"革命现实主义"，这当然除了最好之外，还有个"革命"的规定词。后来"一边倒"了，觉得"革命"还不能表现出倾向性，于是干脆与他人认同，起用了"社会主义现实主义"。再后来，开始"反修"了，既然人家已经"变修",我们应该表现出革命的独立性来,于是取消"社会主义现实主义",改用中国化的现实主义概念。这时不知什么地方兴起了共产风,"浪漫主义"的高谈阔论开始盛行,于是干脆发明了叫做"革命的现实主义和革命的浪漫主义相结合"的创作方法。又是现实主义又是浪漫主义,而且又都是"革命的",这真是一个两全齐美的方法。

当然又是"最新最好"的。于是又要求文学家们一体遵照。但包括发明这个创作方法的人也并没有说清楚,它们是如何体现出"革命",又如何进行"结合"的。但却忙坏了全国上下的诠释者,当他们陷于困惑时终于发现了一个样板的形式——这就是号称"共产主义萌芽"的"大跃进民歌"。这种较那个声名狼藉的"样板戏"更早出现的样板诗,成了一个要求对文学和诗歌进行新的统一的符咒。

原先写民歌体的诗人们当然不发生适应的困难,但那些受到西方诗歌熏陶或是较为严格地继承了五四新诗传统的诗人们,他们在这些相当古老的诗歌方式面前感到手足无措。但那时把这种诗歌形式称之为"新诗发展的方向",这个方向是不论什么样的诗人都需遵循并实行的。也产生了一些在"方向"面前游移不定的心情和议论,例如关于新民歌有无局限性问题的讨论。我们不难从何其芳、卞之琳等人发出的委婉的异议中,看到了诗歌面临这种统一的样板的忧虑和困惑。

这种讨论的结局是可以想见的。在中国文艺的这个既定格局之中,可以说,当时任何号称自由争鸣的讨论,都不会是真正自由的,也不会是纯粹学术性的。不少诗人为这次诗的统一付出了代价。其中最富戏剧性的情节应属于蔡其矫。这位以相当自由的形式写着南国的红豆以及欢呼"少女万岁"的诗人,迫于形势,不得不逆着自己的艺术习性写起别别扭扭的"新民歌"体诗。不知是无心还是有意,他在一首题为《改了洋腔唱土调》(显而易见,"洋腔"是不革命的,"土调"是革命的,因此这种"改"便是进步的)诗中用了"今天且把山歌唱,明天再唱新诗歌"。敏锐的掌握动向的批评家一下子便看出了弦外之音,坚决地堵死了将来故态复萌的可能后退,指出:"我们希望诗人不是把'山歌'看成'新诗歌'以外的一种姑且唱唱的样式。我们希望诗人在群众生活和斗争中,取得我们民族所具有的那种真正属于我们民族、我们时代的气魄和感情。我们希望诗人明天的新诗歌,正是在这样的根底上成长的新诗歌。"(见《诗刊》,1958年5月号)此类事例甚多,先是逼你改变诗风,改变了又不像样子,于是又批评你的诗不像样子。如卞之琳的《十三陵水库工地》便是:"蓝图还只有一张,红旗就插到出岗;红旗在一面接一面,蓝图就日长夜长……不打仗先定了胜负!向碧海青天报个喜。指点了蓝图看地图:这里就涂个蓝标记。"

不知从何时开始,流行着一种文字基调的规定。据说一个天空晴朗的时代(永远晴朗?!)只能存在一种与这种天空相一致的调子。共和国文学的调子为向上的发展的时代所决定,一切与此不符的都将宣布为"背时"。于是文学的情绪色调也被最后地作了统一的规定。我们自然地把作品中有无"亮色"当成了一个批评的标准。"亮色"说来自鲁迅,"亮色"以及"愈是民族的就愈是世界的"一类语录被赋予实用的指导性的含义。其意义如同鲁迅不断地站在"反修"、"反帝"、乃至"反右倾回潮"、"反右倾复辟"前线"指挥战斗"一样。用"亮色"来审视近年来出现的作品,不止舒婷的诗,甚至整个的伤痕文学,推而广之甚至近十年文学,它本身就构成了背反。昔日的豪言壮语和欢乐的调子,如今陷入了哀伤忧愁的大海之中。它只留下某些怀旧者的慨叹!

自我节制的绝境

中国当代文学作家个性和作品风格的萎缩,究其根底在于此种人为的粗暴而愚昧的砍伐与戕害。文学如同植物自然的体态,被那些好心但却相当粗暴的花匠加以修整。修整的结果,是所有的树木都长成了同样的枝干。它们因各种因素促使不整齐的、大小疏密各异的枝叶形态全都消失,造出来的是千篇一律的统一的树木。在这一片划一整齐却免不了单调的林子里,我们听不到那些鸟儿的吱吱喳喳的叫声。那些音色优美的黄鹂和那些音色粗陋的乌鸦都自豪地发出各自的声音,但这里没有,这里连选择词汇的可能性,以及形容一个物件的自由度都莫名其妙地被限制和自我限制。

时间久了,文学不再需要他人来施加统一的标准予以限制,文学自身就会培养出一种自我节制的惯性。自觉地实施和维护这种统一的秩序,到了不需他力而依靠自身来维护的时刻,这才是文学的绝境。前面谈到诗的样板、戏的样板,其实并不需要特别的提倡,文学自身就会推出种种的样板。散文就是如此。出现了二、三个散文大家,众人竞相模仿,于是散文就只有对于二、三种模式的反复仿效。更为可悲的是作为大家的本身就是在各式各样的命题中自我重复。他们只是用各种甜蜜和精致的套子不断套那个万古不移的人云亦云的哲理。

再过一段时间,人们就会重新发现这么一个不可思议的封固的王国。这里连描写落日都曾是禁区。这里每天每时每刻都看得见日出的盛典,但那是极具象征意味的充满狂热的宗教情绪的场面。当人们触及这一庄严的场景,人们的思维定势立即产生作用。人们看不到真正的日出,人们只看到一种准宗教仪式。一种公式,那必须是"一轮红通通的"或是"一轮最红最红的",连它上升的方式都是早已被规定的——那就是、也只能是:"冉冉升起"!

中国文学进入 60 年代中叶开始的反常,那真是旷古未有的空前的悲哀。八万万的普通老百姓被剥夺了享受文化的权利,他们日复一日只能背诵那本小书里的若干语体文字。他们只被获准观看八个戏,据说这八个戏都是经过千磨百炼(所谓的"十年磨一戏")当然又都是经过特殊的净化处理的。这八个戏当然也经过了极严格的规格化处理。可惊的是在这几个戏中所有的女人都没有丈夫:阿庆嫂徒然有一个阿庆的名字——他没有出现,"跑单帮去了";吴琼花据说是个童养媳,但她丢下男人造反了;白毛女的对象也许是当了八路的大春,但他们原先在歌剧中暗示的关系,到"样板戏"中反而吹了,大春只是一个穿军装的解放者,他们讲的都是"阶级话";《龙江颂》里那位面孔生得俊俏的小媳妇,她的身份是军属,却不见丈夫,更没有子女;那个码头上抓阶级斗争的方海珍,阶级利益重于一切,也忘了婚配;至于杜鹃山上那个女英雄柯湘,为革命丢了性命,也许连男人的手都没有握过。并不是说,所有的作品中有了女人就都应该有男人,但也不是说,凡是出现女人的地方都不许她接近、亲近男人。文学的统一化和净化到了如此的程度,这种文学实在是可怕的。

三、文化性格的悲剧性

东西文化撞击的惶惑

外国学者论及中国在19世纪中叶以后的文化状态时,有如下分析:

> 当西学在日本迅速成为全民族注意的中心之际,它在中国却于数十年中被限制在通商口岸范围之内和数量有限的办理所谓"洋务"的官员之中。在1860年以后的数十年间,基督教传教士向中国内地的渗透,就思想交流而言,收效甚微;但事实上,这种渗透引起了社会文化的冲突,扩大了中国和西方之间心理上的隔阂。中国大多数的士大夫仍然生活在他们自己传统的精神世界里。①

论文列举事实证明:一位在1870年到日本一所普通学校从事教学的美国人,对于西方所占有的显著地位以及学校收集西方书籍的规模有深刻的印象。但即使是在20年后访问一所典型的中国书院时他也几乎难以发现任何表明西方影响的证据。中国文化封闭的硬度和抗拒力是惊人的。

在中国,西方教会的文化渗透和交流活动只能以极为缓慢的速度进行着。外国的研究者不得不惊叹,在1860年到1900年之间"教会的传教活动很少成功","事实上,从中国士绅文人在19世纪后期经常发生的反洋教事件中扮演领导角色这一点

---

① 《剑桥中国晚清史》下卷,第314—315页。

看,基督教教士在填补他们与中国社会精英之间的文化裂缝上似乎收效甚小。"(《剑桥中国晚清史》)

西方的洋枪大炮终于惊醒了这个古老帝国的传统梦。先进的知识界敏感到了世纪末的危机,于是奋起引进西学,以图光大。作为这个文化觉醒的伴生物,中国从那时开始便经历着无尽的心理意识上的磨难。在五四新文化运动以前,几乎所有的文化变革的意图都以失败告终。五四创造了奇迹,但也是于重围中血战取得的成果。但从五四的文化革命到60年代后期的"文化大革命",这一次巨大的旧文化回潮究竟是证实了胜利,还是证实胜利的背面?这一答案是不言自明的。

中国感到了非如此的选择便没有出路,但却有更为强大的力量阻挠这一选择。五四那一次大的搏斗,正是东西方文化交流产生冲撞的表现形态。五四以后,有一个长的延展期。这个延展表明了质的变异,一个大动乱之后的重新起步。导致这一起步的是又一次更为沉痛的觉醒。当前文学新思潮所展现的骚动不宁,正是东西方文化在本世纪后期中国的更为深刻的一次冲撞。与文学变革诸问题纠缠一起的文学论辩(例如关于对待西方现代派艺术的态度的激烈论争,便是其中之一),其实质依然是这一文化冲撞的派生物。

中国传统的文化观念遇到外来事物时所表现的惊恐万状,从特定的环境氛围考察,是由于鲁迅所说的处于衰敝陵夷异常不自信的状态。因为自己肠胃不健,因此害怕一切杂物。因为自己不强大,因此由不自信而导致排拒外来的侵扰。衰弱的世代,此种倾向格外浓厚。若国势隆盛如汉唐,则大多表现为漫不经心。但毕竟盛世如汉唐者寥寥,于是恒常的文化心理状态则是忧心忡忡的"小家子气"。

当前阶段大体处于受大动荡的摧残之后的衰落期——这种衰落感的猛醒是由于中国重新与世界沟通而通过比较获得的。

曾经有过的"世界革命中心"的闭锁造成的癫狂,噩梦醒后出了一身冷汗。于是颓丧之感猛然袭来,不得不打开门户。而门户打开之后,又挡不住强劲的风。在这种两难之中,文化的警惕表现为一种病态。某些论者谈到外来影响而担心"盲目崇洋"将导致"我们自己的声音、自己的相貌、自己的性格,慢慢地会完全没有了,我们会自惭形秽地倒在外国人面前连头也不敢抬了",便是这种心理的表明。这里表现的一切,是就特定的环境氛围说的。

就一般的恒定状态而言,中国由于自身文化传统的富有而有着不可动摇的自豪感。愈是殷实的家族,自我保护的心理便愈是浓厚。富足使它无须求助他人。它自身就是一个自足的实体。由此形成一种自然而然的封闭性格。自足导致了自大。长久的封闭使中国缺乏对世界的了解,于是往往表现为无知的愚妄。这种情况在飞速发展的现实面前,往往表现得具有喜剧色彩。

不论是哪一种状况,或由于自足而封闭,或由于自卑而惊疑,中国有着一个不轻易放弃的自卫武器,即"民族化"、"民族传统"、"民族性"、"民族特点"等等。各种名目都含糊地指向一个含糊不清的事物。不论是因为强大或是因为弱小,对于这个民族,保护主义是一种长久的需要。

当上述那个自卫武器变成了抗拒的借口时,这一文化心理就不断制造出可怕的后果。

保护主义的排拒性

每当文学面临变革,特别是要向外域寻求一种新的引进时,它便会从古老的柜子里取出这个武器。五四要废除文言文,便有一些论者出来宣扬文言文是多么美妙的"宇宙古今之至美"。有人阐述西方现代象征诗某些艺术优异之处,便有人论述现代派的诗歌,包括他们"读不懂"也并不赞成的作品如朦胧诗,我们也是古已有之的。

形成中国传统的文化性格的基本原因在于传统文化。世界上很少有民族能够如中国这样拥有如此之富足的文化遗产。越是富翁便越是怀有保存遗产的心理。对于贫困者,因为没有,于是也无须保存。要想说服富翁改变一种文化心理结构几乎是不可能的。因为自己拥有,于是便对外物的"侵入"充满警惕。一方面是"祖传秘方"的保藏,一方面是打破头也不愿给黑屋子开一扇窗子。

中国的强大与弱小的"混合",造成了它的特殊的文化性格。这性格基本上是一种变态,既自信又自卑。神经质的过分警觉造成了一种普遍的对于外来影响的排拒。这几乎是一种条件反射式的反应。面对一个奇怪的新生物,抗拒它仅仅是因为它是外来的,一旦发现了它也有长处,又会以心理平衡的方式论证这也是"古已有之",或论证这异物压根就是从我们这里传出去的。中国人对于文化的保古主义,使它在新的事物面前表现了变态的悭吝。最初,它顽强而无理地抗拒,对"侵入者"怀有敌意。它为抗拒这些事物寻找理由,"不合国情"、"不合欣赏习惯"、"失去自己"、"数典忘祖",继而又可以寻找各种理由,说明外来者本来就不怀善意,或本来就有问题。文化抗拒心理的最有效的心理平衡,就是给所有的外来者贴政治标签,从资产阶级、小资产阶级到修正主义、帝国主义。这种方式造成了"文革"十年的灾难,这是有目共睹的事实。

但这种方式毕竟不能持久,于是便难堪地被迫地接受。久之,也就似乎忘记了那种难堪。在当前新诗的论争中,最初几乎是对一切的不合于已有欣赏习惯的创新,都不能忍受。从艺术、思想、甚至提高为政治的谴责连绵不绝。从"崇洋媚外"到"不同政见",表现出狂热声讨的热情。后来,又有更新的新、奇、怪出现,舆论对先前的朦胧或怪诞,便表示了某种程度的和解,甚至把他们当初谴责的异端"改造"进了"现实主义传统"构成之中。异类于是变成神圣。他们便掉转头来,以更多的精力和更大的义愤对待那些新来的魔怪。

这样,我们这些反"侵略"的文化"白血球",便陷入了无休止的恶性循环之中。因为文学发展的基本规律乃是无间歇地寻求新的创造,以刺激文学的消费市场。这对于一切常态发展的文学艺术几乎是无一例外的规律。艺术家的弃旧图新,根本受制约于欣赏者的喜新厌旧。既然如此,则一个开放社会的文艺一旦恢复了常态的运行,而不改变思维惯性的"文化卫士"们的命运,只能是永远如此这般的尴尬处境:开始是断然拒绝,后来又无可奈何地悄悄接受。

在文学的其他领域,情况也大体相似。开始拒绝王蒙不合常规(这个常规即指《组织部新来的青年人》的模式)的变革,在一阵纷扰之后,终于不再激动,默然认可了《春之声》、《海的梦》一类怪异的合理性。想想张洁《有一个青年》、《谁生活得更美好》一类作品赢得了多少喝彩声,再想想她的《拾麦穗》、《爱,是不能忘记的》换来了多少怀疑的目光和责难,便知道这乃是一个普遍的病症,而不是一个医学上的"特例"。

不独文学如此,在艺术的其他门类,这种尴尬的拒绝主义也是随处可见的。邵大箴一篇文章中有一段相当精彩的描述:

> 因为受传统文化的熏陶,中国知识分子的文化性格偏于保守,在理论观念与理性信仰上多持绝对主义价值标准,对于相对的、多元的价值标准往往采取排斥的态度。在个人与社会关系这一点上,缺少积极的文化参与意识。在与外来文化碰撞的情况下,由于受传统文化的影响,又容易产生盲目的民族自尊心、民族自卑感和优越感,其表现,就是以为自己民族的一切创造都优于其他民族的创造……对于

那些"看不惯"、与本民族传统文化观念相异的东西,往往不加分析地予以排斥。

——《当前美术界争论之我见》

论文作者列举了如同我们在前面论及的那种美术界的尴尬:齐白石崭露头角,由于他大胆从民间艺术中撷取了艺术观念和新鲜、活泼的表现手法,为此引来了维护传统方式的画界的惊呼,这些人认定齐白石背离了传统。接着轮到徐悲鸿,他从西方绘画造型中引进了写实的手段而与中国彩墨画融汇,达到形神高度统一的效果。一些绘画界的保守派视之为违逆。李可染的绘画革新被谥之为"野怪乱墨"。在一些人的眼光中,这位艺术大师属于"传统功力不深"的画家之列。至于黄永玉、吴冠中的画,在一些传统卫士的眼中,本来就很难得到认可,更不用论及立志于国画改革的不满现状的那些青年了。在音乐界,情况也是一样,对于那些"异端"性质的创新,一味地进行排斥和谴责,而那些不"离谱"的模式以及相当平庸的民间唱法,不论是如何"照虎画猫",却无例外地得到嘉许。

文化偏见导致文化的无批判的兼收并蓄,以及无分析的粗暴拒绝。这就是:只要是遗产和传统,则可以不论其为糟粕或精华;只要是外来影响,则可以不问是否真有价值。这种无分析给中国文化的现代更新造成了极大的危害。这是文化性格悲剧性导致的一个消极结果。

对固有文化的奴性依附

文化的排他性最基本的思想根基,即保护民族文化的不致中断与失落。谈论这一命题时,一般都具有极大的神圣感,仿佛天将沦亡我华夏,而独有我辈在欧风美雨的袭击中抱有清醒坚定之态度。这个使命感的背后,是极浓厚的弱小民族的自卑心理。大而言之,是华夏文化的维护,小而言之,则是对于自身参与其中落伍文学的自警,总的说是一种变态的敏感反应。

构成这一文化变态的另一因素,则是一种特殊意识的极端影响导致的心理倾斜。我们不仅为文学划定各色的阶级属性,而且也把文学服务于那些较少文化的人群当做文学唯一正确的方向性的体现。我们把文学的重心放在文盲或半文盲的欣赏者那里,以那些欣赏者是否乐于接受的形式和内容来宣布文学的成功,成为一种惯例。文学的普及性事实上成了衡量文学价值的标准。

与此相关的,是另一种方式的排斥。常谓的"脱离实际",指的是另一种或另几种形态的文学不适于特殊的中国社会(如战争时期,革命高涨时期,对文化进行"革命"的时期等等,都会宣布某种艺术为不适宜的),以及特殊的中国接受者。许多的文化珍品和艺术奇葩都在这样的名义下受到拒绝。常谓的"为艺术而艺术",一般指的是艺术与宣传效用的违离。在褊狭的艺术观念那里,艺术的价值即宣传的价值,与宣传相脱离的艺术几乎就是精神的鸦片。无益即有害,它们的准绳是宣传的效用。在这一名目中受到抑制的艺术品种之繁、数目之多是惊人的,而它造成的艺术生态失衡以及由此产生的消极影响,在短时间内难以估量。

许多迎合某一特殊群体欣赏趣味的艺术品,很难判断其必定为高尚的或崇高的,甚至很难判断其必定为无害的。民间流传的跑旱船或踩高跷一类艺术节目,由同性扮演的打情骂俏,其间有不少恶俗成分,却得到了各方的认可。庸俗在这里得到不庸俗的宽待。一成不变且趣味不高的《猪八戒背媳妇》的经久不衰,若肯定认为唯有它方能体现出正确的阶级立场或艺术方向,这只能构成一种反讽。对于这些,人们不仅毫无所察,并且津津有味地提倡,这同样是偏见构成了谬误。

传统文化确是民族智慧和世代创造的宝库,但同时也可能是思想和艺术糟粕的"宝库"。对于传统文化中的封建主义成分,只有五四初期进行了一番表面的冲击,而后风流云散,大抵以悄然不语的方式慢慢地又"浸润"了回来。《三国演义》中有多少封建思想体系的产物?《杨家将》中有多少封建道德的说教?人们只忙于为它们的宣传开放绿灯而无暇细察。特别具有讽刺意味的是在"反对资产阶级自由化"的高潮中,我们却无保留地默许了上述封建毒菌的蔓延。1987年6月,仅以北京几个电视节目而言,其中《乾隆下江南》、《红楼梦》、《赵匡胤演义》的连续播出,都是引人注目的现象。

民间初级的文艺形态中存在瑰宝,亟待有心人去挖掘,它不是如同过去那样赋予政治意义之后再加以偶像化。正确的态度是从遗产整理出发的认真开掘,不是照搬不误,而是得其神髓,予以现代更新的再创造。王平的红土陶雕《雨》、《山里的人》、灰土陶雕《牛背上的孩子》、木雕《父子》,均得益于她所生活的贵州红土高原以及带有浓厚地域色彩的民间艺术的滋润(当然,她的灵感也得到非洲艺术、印第安艺术的启示)。但她却有效地驾驭并改造了这些原生态的艺术品质而使之完全的个人化。王平的艺术不是民间艺术,她也不是民间艺术的奴隶,而是独立的艺术家。更为重要的是她把她所吸收借鉴的一切现代化了。王平的艺术是现代艺术,而不是古代艺术或民间艺术。我们从她的作品中,可以感受到艺术家作为现代女性所拥有的那种自由、无拘无束的心理状态和活泼的充满了生命冲动的激情。王平的作品唤醒了我们沉睡的本原生命意识,体现了现代人对于生命复归的愿望。现代意识在这里顽强地反抗着现代"文明"。我们从这些艺术的探求中得到对于现实生活状态的反抗的满足。

对于民间初始文化形态的奴性膜拜,是一种消极的文化品格。这种品格再加上道德化的考虑,加重了它的庸俗倾向。一种对于外域文化的不加分析的美化和臣服,是一种奴性的表现;而由于非艺术的考虑而对固有文化(包括民间文化艺术)的无批判的接受与美化,同样是一种奴性的表现。媚外和媚俗同样构成了中国文化性格的劣质。而从历史发展的事实看,对于传统文化形态的无批判意识,以及对于民间艺术的局限性的无分析倾向则是主要的。

对于这种文艺迎合趣味不高的欣赏倾向的批评,我们通常听到的是关于流行音乐和抽象画方面的内容。中国的怪现象在于,一种低级趣味若是与"民族形式"保持了关联,那种低级趣味便受到了纵容和庇护。1986年春节,国家电台播放了《济公传》主题歌。那位肮脏褴褛而且疯癫的酒肉和尚且歌且舞,唱的是这样的"民间小调":

  鞋儿破,帽儿破
  身上的袈裟破
  你笑我,他笑我
  一把扇儿破
  南无阿弥陀佛
  ……
  走啊走,乐啊乐
  哪里有不平哪有我
  天南地北到处走
  佛祖在我心头坐
  ……
  笑我疯,笑我颠
  酒肉穿肠过
  南无阿弥陀佛

这个小调引起全国的轰动。在幼儿园小班,一个个小济公摇头晃脑,齐声高唱"鞋儿破";在军营,一列列整齐动作的士兵用高亢调子把"酒肉穿肠过"当做了一首军歌。1987年春节,西南某著名的省城举行上海歌星的荟萃演唱,最后一个节目是曾经演过《海港》中马洪亮的著名演员登场。他唱了《大吊车》、《夫妻双双把家还》,又唱《济公》主题歌。他且歌且舞,引起了全场的兴味。据亲历者告之,台下至少有一半听众随着演员的节奏击掌齐声应和,群情激动给所有与会者留下了深刻的印象。

事情并没有结束于那场令人难忘的春节晚会。1987年6月9日中央电视台新闻联播观众信箱节目播出一封来信。来信对鹤壁市用高音喇叭在全市"报时"提出批评,而播出的内容是早上播送济公和尚主题歌,晚上播霍元甲主题歌。这种泛滥的推广已经引起群众的极大反感。更为惊人的消息来自1987年9月26日的新闻报道。那晚在沈阳举行的奥运会足球预选赛,东亚区第二阶段第二场比赛现场直播中国队以12∶0胜尼泊尔队。从电视屏幕可以看到主方拉拉队的有力助威,而拉拉队唱的竟是济公和尚的咒语,全场至少数千人起而应和。

以上所举,作为一种文化现象,不能不引人深思。济公在今日中国的复活,有着极为深刻的历史的和现实的诱因。尽管不乏合理的因素,但包括这种因素的作用在内,这一切都是畸形的和变态的。

而最大的变态则在于,我们的几乎一切的指导者和批评家都在这种变态前面无动于衷而扮演了一场默许的哑剧。这如果也是一种"喜闻乐见",那么,这里所体现的"群众性"不正好表现了一种极为可悲的文化性格吗?鲁迅说:"我们此后实在只有两条路:一条抱着古文而死掉,一是舍掉古文而生存。"(《无声的中国》)鲁迅为何这般悲观和愤激?那正是鲁迅穿透中国腑脏的洞察力。

破坏被解释为建设

　　中国文化性格由于特定社会条件的影响，特别是左倾教条主义政策的长期规约，以及伴随社会改造过程而来的一个又一个学术的和文艺的批判运动。这些批判运动的粗暴和摧毁的后果，已为社会所共知。但它对于文化性格的消极影响则没有受到注意。一方面我们对于封建主义的文化思想体系并没有认真地整理和认识；一方面我们又标榜和高扬批判精神。这种批判实际上指向了新文学革命的成果，以及与借鉴西方文化有关联的领域——我们笼统地称之为资产阶级和小资产阶级的文化和文学、帝国主义和修正主义的文化和文学。

　　极为丰富的新文学传统实际上只剩下一个鲁迅受到圣人般的供养。极为丰富的世界文学被扫荡得干干净净。无数次的狂风暴雨般的政治运动和派生而出的文学批判运动，针对的几乎都是中国社会最有文化和才智的精英之士。这些运动的集大成就是"文化大革命"，口号是"横扫一切"、"打倒一切"。它把一切的文化传统和文化遗产统统视为应当"横扫"和"打倒"的"封、资、修"。

　　长期的约定俗成，培养了一种前所未有的"新"的文化品格。人们用来衡量立场是否坚定、方向是否正确的，不是他对于实践和理论建树的创造性，而恰恰是他的非建设性。即以他是否能在别人的创造中找到可以攻击并施以破坏的可能性。而且，一旦发现了这种可能性，他是否能够坚定地以非正常的方式进行有效的实现，并以能致该人、该作品于死地的"批判"方式证明批判者的心迹。当然这类大批判有的是自愿的，有的则是不由自主的。

　　所谓的"破字当头，立在其中"或"先破后立"的学术指导方针，都旨在养成这种文化性格。破是破坏，立是建设，破坏一切是前提和先决。文革前后的相当长的时间内,我们在文学、文化的各个领域,都在创造和提倡破坏的气氛,并以此作价值的衡量。舆论的倡导和实际的体会,使整个氛围受到污染和毒害。人人竟以破坏为能事——而从事这种破坏均能享有与此种实践相反的美名。这样,从事这一恶行时,从来不以为耻,反以为荣。借助所谓大批判以保护自己者有之,以图仕途进展者有之,卖身投靠者亦有之。

这种配合"运动"造成的"大批判",后来发展为一种非运动也无时不在进行的常态。正常的建设性文艺批评变成了非正常破坏性的文艺批评。尤为可悲的是人们往往视这种破坏为建设。这就造成了一般的和普遍的受害。人人处身其中而不以为异常。久之,就自然地养成了面对一切文学、艺术现象的"条件反射"——用一种至少是不信任、不尊重创造的挑剔的、恶意的甚而是敌对的眼光,进行对文学艺术劳动成果的破坏。它不仅直接破坏了一种人们应有的对于艺术创造的心境,使艺术创造的美好情绪和氛围受到摧残,而且也直接地摧残了一个社会的良好风气。创造者和面对这种创造的人都紧张疑惧,而且彼此怀有敌意。

这种变态的气氛直接导致破坏性文化性格的滋长和蔓延。因为创造必遭厄运,而"大批判"的破坏则直接可以占据"精神优胜"和取得实际好处。于是人人思为大批判的先锋和勇士,而人人不思在艺术上进行新奇的独创性劳动。它不仅是一场灾难性的文化毁灭,而且造成文艺生态的恶性循环。几代人的文化建设性格都受到了最严重的扭曲。这一严重后果一直延续至今,它并不随社会的转变而有明显的转变。在相当一部分人那里,他们依然以破坏的目光和方式面对他们所不能适应的和不能同意的创造性劳动。他们的潜在心理状态依然是大批判的,包括思维方式和语言习惯。

不求创造的趋同

中国人消极文化性格的形成有着历史的和现实的诸种因素的促使。这些现象造成了一个最严重的后果,那就是在这个基本上以个体方式进行的最具个性特征的精神生产领域,却弥漫着一种强大的基本是群体的而非个体的气氛。本来是非常自由的毫无拘束的,而且是以个人才能和灵感的充分发挥,从而形成不断求新求异的独创性劳动,变成了最循规蹈矩的、如履薄冰、如临深渊那样的小心翼翼的"创造"。

这种情景的最极端现象就是"样板戏"的出现,即所有的文艺创作都可以用一种毫不走样的对于"样板"的模仿来代替。几个"样板"一旦用"十年磨一戏"的样式(这种特殊形态的"磨",是一种作坊式的集体劳动,是一种"添加"式的磨平一切独具特色的艺术成分而把艺术创作变成一个最无特色的"最大公约数")制造出来,这就成了一种"钦定"的形态。于是,所有的"移植"和"学习"都呈现为一种诚惶诚恐的"复制"。这种严酷的现实最直接地导致了创造性性格的萎缩。

不过,若把中国当今文学这一病态仅仅透过于"文革"的"样板戏",这未免失之简单。作为中国人创造思维严重弊害的趋同性,实非一朝一夕的偶发现象。这个古老的大一统帝国,为了维护这个艰难的统一事业,历代统治者无不要求一种对于社会和思想统一规范的约束。这种约束对于形成政权的统一和文化的融合起过积极的作用。中国长期封建社会形成的政治结构和意识形态结构的一体化,是一个相当突出的现象:

> 一体化概念是从社会组织方式角度提出的,一体化意味着把意识形态结构的组织能力和政治结构中的组织力量耦合起来,互相沟通,从而形成一种超级组织力量。我们知

道:统一的信仰和国家学说是意识形态结构中的组织力量,而官僚机构是政治结构中的组织力量。由于中国封建社会是通过儒生来组成官僚机构,便使政治和文化这两种组织能力结合起来,实现了一体化结构。

——金观涛:《在历史的表象背后》

这段话指出了中国封建社会的文化与政治力量的纽结。文化服从政治的要求,而形成为大一统的实质。这种文化大一统当然受到政治大一统的鼓励。大一统"忠君保民"的政治素质决定着大一统的匡时济世的文化素质。社会和民众都遵循这一素质考察它的对象。文化的认同感和政治认同感的联姻,促成了这种保守文化性格的顽强性。

封建时代的结束并没有消除这一文化遗传的因子。在新的社会形态中,这一遗传因子与现实的政治条件的结合演变为一种新的大一统的品格。尽管作为封建时代联结政治与文化纽带的儒生制度消失了,而中国传统知识分子以及新时代的作家艺术家的保守性文化性格依然潜在地决定着和影响着中国文化和文艺的发展。

这种品格由于特殊的社会条件下产生的那种"文化警惕"异常心态的投入,更形成为一种宁肯墨守成规而不愿自行其足的消极心理。文化与政治认同,加上特殊政治环境中形成的不求创新的趋同性,形成了进入本世纪以来的文艺实践和文艺批评中的顽症。它极大地摧毁了制约艺术发展的本有规律的不断变化和革新的自由精神,使本来最具创造性、最为充盈着生命力的艺术,变成了一具徒然维持生命的失去灵魂的躯壳。

没有笑容的不仅是那些怒气冲冲的服务人员,在电视播音员中笑容也罕若黄金。一色的体育播讲员,都是一色的"宋世雄"。趋同性造成了各行各业的新模式,这才是自由创造的"癌症"。十多年前,环顾这片广阔的大地,除了几个"样板"敲打着寂寞的锣鼓,几乎就是一片由口号和标语充填的死域。那时不知从什么地方传来了一首《洗衣歌》,掺入一种小有情趣的军民友爱,配合以欢快的藏族民歌调子,各种有效的"保险"促成了它的通行。可怜的中国之大却无歌可唱,于是《洗衣歌》便受到了超常的宠爱。从南到北,从西到东,一首《洗衣歌》造成了欣赏的灾难。有人挖苦说:"这样反复地洗,衣服早破了。"

对这一现象的评论,固然尽可尖锐,但在不合理的总体中容易受到忽视的则是那星星点点的"合理"。中国没有戏,没有歌,没有诗,没有文,于是偶尔出现的那个戏,那支歌,那首诗,那篇文便成为奇珍。不是中国不会创造,而是中国不能和不想创造。创造在这里曾经是一种冒险——政治的、生命的、灵魂的冒险。于是人人视创造为畏途,为绝路。无创造只好模仿,最好是照搬,因为照搬最不担风险。

要是把一种耳朵与眼睛的腻烦和疲倦,以及心理的逆反因素再添加进去,则上述那种全体一致的流行与推广,便有了更为合理的理由。例如歌曲,人们厌恶那种板着面孔的训导以及千篇一律的僵硬,于是软性歌如同软饮料便大受青睐。逆反心理可以把雄壮的队列歌改为流行曲。在这样的气氛之中,即使当年严凤英在世时也不怎么流行的《夫妻双双把家还》,却几乎成了每一个晚会的高潮装饰物,以及每一个名角的保留节目。要是任凭这种情势发展下去,那么即使优秀的歌曲如《十五的月亮》和《血染的风采》也不是没有一天会成为大倒听众胃口的节目之可能的。

四、失常时代及其解体

文学的失落

从辉煌到不辉煌,只有一步之隔,犹如真理与谬误为邻。文学曾经发生的失常,其根本原因在于观念的贻误。走火入魔的观念把原应表现人类生活和情感的无限丰富性的领域、可以驰骋和容纳人类最宽广的自由的联想和梦想的领域变成了森严无比的禁地。文学的蜕变与文学的贫困成为同义语。

这种贫困其实并不难描写。其主要表现是文学日益严重地成为用来进行宣传的工具。政治愈是要求着文学对它效忠式的配合,文学便意味着愈是失去自身的主体性。当文学完全地被政治所湮没时,它的依附状态便最终结束了文学自由的性质。文学自身没有追求,政治的要求便成了文学的追求,文学自身没有运动,政治要求文学的运动便成了文学运动。我们只有反映土改的文学,反映互助组变合作社的文学,我们只有反映三大改造的文学,以及反映大跃进的文学。一句话,我们只有作为依附的文学。文学真的成了一面"镜子",这面镜子只有政治和社会运动的影子,文学自身成了隐形人。即使在那些被判定为最具异端性质的"右派"作品中,我们也可以从它们那些执着于现实问题的思考中看到文学自身的失落。

这里是一篇号称"毒草小说"的《太阳的家乡》(公刘),当那支军区抗疟队的队员们听完了为抗疟而献身边疆的名叫梁新的知识分子写的日记,而引起一番关于梁新是否是"好人"的争论

时,队长有好几段长篇的"演讲",其中一段是这样的:

> 另一方面,我们也应该看到,他至少有两大根本问题不能解决,也就是说,他有两大根本困难根本无法克服。两个什么困难呢? 一个是当时的反动政府、不合理的社会制度,给他造成了困难,没有人支持他,帮助他,人民也不了解他。另一个困难是他自己给自己带来的限制,他没有正确的世界观和人生观,他不懂得科学本身不能成为什么目的,为人民服务才是科学的目的。他也不了解人民,他虽然看到了旧中国的"贫""病"现象,但他再也没有可能去挖挖"贫"和"病"的根子,他不懂得什么是阶级压迫和阶级斗争……

这段演说在当时的艺术作品中,属于心理和情绪都正常的正面人物的正常谈话。今天读来可能会以为语含讥贬,其实作者是以严肃而认真的心情下了这番笔墨的。人物本身不存在性格,人物只要能够传达正确的政治观念和政治意识就够了。在通常的作品中,这种说正确话的角色是安排给作品中水平最高、往往也是绝对正确的人物的。值得特别注意的是,这里引用的作品是当时受到严厉批判的"毒草"。它的被定性为毒草不是由于概念化,而是由于不够概念化。不难设想,要是我们文学作品中的所有的人物都如此这般地思考,如此这般地发议论和居高临下地训导他的听众,我们的文学不产生贫困和枯竭才是奇迹。

就是这样,文学始终被比它强大得多的力量所支配,当文学没有觉醒的时候,它心悦诚服,认为自己本来就不是独立的。文学开始并不如此,但文学为"并不如此"而蒙受了过多的苦难,后来也"只能如此"。久之,一些自认为是文学的哨兵的人,以"只能如此"来监督文学。文学稍不如此,立刻便有鞭影闪现头上。

于是,久而久之,文学本身也失去了艺术发展和追寻的轨迹。文学的分期就是社会的分期。曾有一个时期,甚至直至今天,某些当代文学史的划分便是:经济恢复时期,三大改造时期或第一个五年计划、第二个五年计划时期等。可以有各式各样的社会性划分,但任何一种划分对文学本身都没有意义。

真正的文学被放置于冷藏柜中。它没有死亡,但也未能发展。它被冻僵了,等待着有一天血脉恢复流通。但至少在那时,文学只是一具冻僵的躯体。它没有生命,当然也无所谓变化。就是文学的核心——人,也是被排除了一切杂质的人、木偶人或机器人。他们只会做一些众所周知的训示。空洞的词藻把一个个活人装扮成了录音机。唯一缺少的便是如同拉奥孔那样撕心裂肺的痛苦和挣扎。他们没有情欲,而且视人间的情欲为罪恶。

这种局面达到登峰造极的地步是文化大革命。江青的部队文艺座谈会纪要宣告了对一切文化的否定,当然也包括了他们自身。从零开始的文化,最后的归宿也是零。

试探:把冰川留在身后

我们终于结束了一个异常的文学时代。这个时代的结束,与其说是由于外力,不如说是由于自身。挖掘坟墓的人最终是为了埋葬自己。这样的愚昧状态的结束,意味着思维理智的恢复。文学终于回到正常的生存状态中来。我们有幸争取到这样一个健康的时代,也许这个时代并没有给我们什么实在的东西,但它却给了我们以思考的自由。有了这样一个自由,那就足够了。

这是一场全面更新文学观念、重新确认文学价值、实行根本性变革但又以不事声张的方式体现的新的文学革命。十年中,中国文学和艺术悄悄地、同时又小心翼翼地通过一个又一个"布雷区"。它把一个又一个的陷阱和地狱留在了身后。我们所做的一切恢复文学常态的工作,都似乎是在进行巨大的"反拨"。

我们的文学试探,就像是登山运动员手中的"冰锄",不断地敲击着充满艰险的冰坂块和冰梯。我们随时都准备迎接灾难的雪崩。我们的一个一个的探索,其实就是一次一次的冒险。开始的时候,我们面对着的是一种反常的局面:我们从灵魂和肉体的蒙难中归来,但我们却不能谈论和抚摸"伤痕"。在这样一个背景下,一个大学生写的短篇小说由于冲破了一个荒唐的禁区,而成为文学发展的里程碑。《班主任》这篇划时代的作品最激动人心的声音是"救救被四人帮坑害了的孩子"。这仿佛是六十年以前那位文学巨人呼救的回响。我们情绪激动地谈论它,是由于它触及一个文明古国的最年轻一代成为最不文明的畸形的故事。

新时期文学初潮的许多作品,似乎都没有超越固有的轨道。它们旨在对文学社会功利性质的匡复。我们至今还弄不清楚我们在电影《苦恋》(这是一部未及公开放映,包括许多批判者在内都没有看到的影片)上发生了什么样的过敏症。要是仅仅因为它对风靡中国的现代迷信提出了质问,那么,我们的反应便是失度的。电影的作者之一在一首诗中曾经表达了同样的思考,这种思考无疑有它的力量——

> 在社会主义国家由于渎神而判处死刑,
> 二十世纪中国竟会出现中世纪的奇冤。
> ——白桦:《复活节》

围绕《苦恋》所发生的一切,构成了对于文学家的社会责任感提倡的莫大的讽刺。

针对一批触及社会生活实际的剧本,如《假如我是真的》、《在社会的档案里》、《女贼》等的讨论以及《假如我是真的》演出所遇到的困难,说明传统的"颂歌"模式遇到了强烈的挑战,以及维护这一模式的观念力量的不可低估。

走向开放的社会所带给文学的磨难依然是"传统"的。文学遇到的问题依然是:要么是这一条路走不通,要么是那一条路走不通。我们遇到的依然是无尽的"路障"。逐渐走向成熟的文学在巨大的历史惰性面前,以充分的耐心竭力不碰撞而绕开它走。无数自行其是的实践在悄悄进行,每一次新的不合规范的探索几乎都引起一番心绪不宁的骚动。70年代80年代之交,文学几乎出现了一个全新的景观。当80年代到来的时候,诗人徐迟对现实发出"别想用锁把大脑锁住,那样做是徒劳无功的"警告,并且作出了令人鼓舞的预言:

　　一切都是极不平凡的,
　　一切都是极不平静的。
　　——《八十年代》

我们显然是带着微笑向70年代告别。1979年是文学的社会功能发挥得最好的一年。现实主义文学的位置得到恢复,报告文学《人妖之间》和抒情诗《将军,不能这样做》以为人民的利益勇敢代言而极大地赢得了文学的荣誉,但为获得这一荣誉所付出的代价依然是沉重的。叶文福因这首诗而失去了第一次诗歌评奖获奖的机会,尽管它得票最多。刘宾雁因《人妖之间》而开始受到的磨难,至今尚没有结束。他的追求注定了给他带来一个又一个磨难。他以难扼的激愤,触及了当今社会一个又一个令人揪心的和令人发指的腐败现象,但结局却是自身的湮没。尽管中国很多文人如今都学会了韬晦之术,但一往情深地热衷于他认定的目标的人毕竟还有。生活似乎判定了这些人的尴尬处境:他不断地干预生活,生活就不断地干预他。在中国做这样的人本来就难,何况他们多半又缺乏自卫能力!从局外人看,这种以入世的态度为文的人,究竟要有多大的耐力和韧性,才能站立在这片汗血和苦痛浸染的土地上呵?!

但不管为了这个目的需要承受多少苦难,不少中年作家仍然心甘情愿地承担风暴的袭击。从维熙:"文学作品应该严肃地面向人生,面向现实生活,它……应当有外科医生手术刀的作用"(《答木令耆女士》)。冯骥才:"多年来非正常的政治生活造成的有待解决的社会问题,成堆地摆在眼前,成为生活前进的障碍,作家的笔锋是不应回避的"、"我一直不大相信'远离政治论'或'避开政治'卵翼下的作品才是有生命力的。"(《下一步踏向何处?》)蒋子龙:作家要"选择符合生活真实的矛盾,反映真正能触动千百万人思想和情感的现实问题。"(《关于〈日记〉的断想》)王蒙:"人民需要说真话、敢于为人民请命而又切切实实为人民做一些好事的作家。"(《我们的责任》)刘宾雁对别人警言"刘宾雁不要命了"的回答则是简单明了的一句话:"我们没有退路可走!"他的目标是"宁可做吃鲜活的肉活三十年的老鹰,不要为活一百年而做吃腐尸之肉的乌鸦"。

不管这些作家当初的言论今天已经或未曾产生什么样的变化,中国作家对于社会的使命感不应受到怀疑和忽视。我们的自豪之处正在这里,但我们深远的忧虑也在这里。这就是:时代的解放宣布了文学的解放,但宣布未必就是实现。要是文学的解放仅仅体现为上述的那个目标,那这种解放也未必令人鼓舞。好在我们在到达我们至今尚未明晓的那个目标之前,我们大家也还有一段路程要走。时代按照它的固定的框架,培养了这一代忠诚于它的信念的作家,他们以神圣的使命感履行着他们对人民和祖国命运的关切。当中国再一次获得了解放和自由时,人们纷纷上路,都自然而然地无可选择地走上了文学与时代和人民紧密联系的路。因此,新生活开始了,人们对于扑面而来的新的风云以及它对民族心态以及文学性质的巨变的认识几乎处于一种茫然无知的状态。

作为惯性的怀旧病

  这一场文学和艺术的悄悄革命,也许要追溯到距今十年之前。那时节,寒冻的雨雾中点燃的火焰,焚烧着由野蛮和阴谋混杂而成的政治,也点燃了本世纪又一次中国文艺复兴的热情。一个民族的生命更新,在于它清醒地意识到对自身现状的不满,从此萌发自我否定的意愿。这种热情的火种来自本世纪初叶那次为凤凰涅槃而点燃的冲天烈焰。我们迎接的是一个为死亡中的新生而欢唱,为创造精神在烈火中再生而欢唱的时代。

  但在天安门运动之时,我们显然为一个突然降临的巨大喜悦所震慑。我们为它给予的重新生活的权力而感激万端,如同随后一篇小说的主人公——一个公社党委书记,他叫钱金贵,当人们告诉他已官复原职时的反应是:"他捂着脸哭起来",嗫嚅着不清的口齿:"到底证明我是好……好人,我感谢党!"(见杨干华:《惊蛰雷》)感谢之后他依然按照他以为天经地义的观念和思维在原有的轨道上运行。当他如同当年进入大城市不能忍受香水和不能忍受坐在一条长椅上的亲热的男女那样不能忍受开始跃动的新生活,他终于给自己做了一间小小的木屋,把自己装进了小小的幽闭的盒子。这一情节是极富象征意味的。

  这篇小说把钱金贵的这种旧轨道运行归结为伪装革命者的引诱和破坏,即归结为唯一的政治的因素。其实乃是中国国民性中劣质的顽固表现。在近两年中国文化与人格的研究探讨中有人认为,中国人的人格属于归属型。这种形态指当需要的优势达到归属的目标后,由于社会结构的限制,便往往不再进取。这是一种萎缩性的人格。历史上不少有志之士,一旦需要有了归属,便自行萎缩。这种人格的畸形造成了中国社会的长期停滞状态。

  四五运动开启了民族的灵智。社会一旦打开了窗口,外面清新的风装填了原先充满霉腐气息的房间,空气开始流通。于是这种归属感便在相当部分的中国人人格中产生了变化。据认为,那种以积极进取的人生态度、独立自主的人权意识、竞争精神和效率观念为标志的自尊型人格开始生成。

显然,这种对于四五运动的潜在伟大意蕴的自觉,只是以后的事。在文学领域,一旦禁锢宣告解除,那种归属型的文化性格便重新显示出传统的力量。人们开始为恢复旧物而斗争。于是50年代乃至40年代的文学模式重新成为膜拜的对象,人们认之为文艺的黄金时代。于是文学的怀旧病开始传染和流行。

回想那时的文艺潮流,可以发现一个有趣的情感流动。首先是为当前自天而降的胜利狂欢,欢庆新的十月,用的是腰鼓、秧歌乃至高跷的古老方式。接着便是悼念刚刚去世的领袖,每一次的演出和朗诵都伴和着唏嘘和掌声。接着,是怀想那些去世更早的革命老人。一个一个地写,一直写到当时还没有恢复名誉的"沉默的安源山"。人们在这些怀想之中初步获得了对于失去的记忆的情感满足。

接着,开始了更为"古老"的情感追求。千家万户从"洪湖水,浪打浪"开始唱,一直唱到久别的《兄妹开荒》。那种为争当劳模的人为的误会和调侃,那些已变得异常陌生的陕北高原的开荒场面引起了轰动的兴趣。郭兰英成了最风行的歌星。她从《三绣金匾》一直唱到"北风吹,雪花飘"。一方面是禁锢太久,饥渴也太久,人们翻箱倒柜把能够满足食欲的东西统统挖出来。另一方面则是一种民族文化心理的积淀,这是更为潜在也更为强大的磁石般的"内驱力",它把一切的欲念都吸引到那个最永恒的神秘的所在。

文艺全面的复苏,表现在对从40年代到50年代的文艺遗址的全面开掘。我们的欢乐的旋风是一种旧梦的寻觅。我们开始手慌脚乱地清理遗产,并且发掘革命古董。油画《开国大典》,

去掉一二个人像,修修补补,重新出版;我们唱《南泥湾》,唱《翻身道情》,唱《咱们工人有力量》。凡是记得起来、找得到的,我们都要搜集、寻找。而且是按照原来的样子重建生活。

1976年到1978年,我们沉浸在一片恢复旧物的激情之中。凡是历史证明是好的、凡是伟大的人物说过的,规定的和肯定的,就应当让它重新出现。文艺曾经是什么样子,就应该恢复它曾经有的样子。我们当年的激情也是一种历史惰性的大发扬。这一段文艺的怀旧思潮,把本应开始的文艺变革的心理准备加以消极的导向。人们的目光投向过去的文艺,人们重新向着那个曾经造成巨大窒息的文艺范式认同。

接着是无法回避的文学惯性滑行的阶段。人们开始把文学真实性的恢复与文学为政治服务的总目标联系起来。《假如我是真的》究竟还是真的,但真的也不行。因为联系上政治,即使是真的也要考虑"社会效果"。对于这一概念的理论发明的估价,恐怕要留给后代人,社会效果即政治这样真实性的实现又在原先受阻的政治闸门前受阻。对《将军,不能这样做》最为有力的质疑便是:你究竟说的是谁?你说动用多少外汇经得起纪检部门的检查吗?诗人毕竟是诗人,他一旦遇到了这样的胡搅蛮缠,最后的出路只能是:放弃辩论。当然,诗人也有愚钝之处,他也把诗看成了真实性的反映。他那时不会承认:诗人如同上帝,他可以创造天,创造地,创造男人和女人,创造世界。他不敢理直气壮地承认:诗人只崇拜自己的良知和心灵;诗人不负责说明和解释。这是那一代、那一类诗人的悲哀。

五、人性——从废墟醒来的灵魂

别无选择的选择

文学的社会功能对于中国作家几乎是一块富有魅力的磁石。不论你处于何种方位,这块永恒而神秘的磁石总会把你引向他的身边。处于时代大转折的通衢之口,文学本身有多种选择的可能,但是中国作家不假思索地把文学这艘久经风浪摧折的船驶向了曾给文学带来诸多磨难的河道。

定向的思维告诉人们:你别无选择。因为固有的价值判断认为舍此文学便失去了它的庄严。这样,动乱结束以后的重建,可以说是一种不同时期的重复。不同的是,人们开始用自己的经历和体验来充填和更新以往那种失真的乃至虚假的社会文学。

中国 50 年代以后的文学之舟曾在这条河道几遭没顶。其根本原因在于我们给予文学参与社会的自由度是非常有限的。文学没有自由港,只有当你把文学置于肯定意识笼罩下,用于履行颂歌的职能时,社会方给文学以自。反之则否。《组织部新来的青年人》所触及的,不过是美好生活最初投出的一道阴影,而且是那样的轻浅。无非那是一个由几位口头挂着或不挂着"就那么回事"的干部组成的区委会,以及与之力量悬殊的两位年轻人的向着小小的(对比以后的现实确是"小小的")官僚主义的冲撞。林震对"就那么回事"的回答,显示出青年的天真的锐气:"不,决不是就那么回事。"正因为不是就那么回事,所以人应该用正直的感情严肃认真地去对待一切。正因为这样,所以"看见了不合理的事,就不要容忍,就要一次两次三次地斗争到底,一直到事情改变了为止。所以决不要灰心丧气"……

当年的林震正是当年的作家王蒙。只因为这篇小说的作者没有温驯地向着生活发出甜蜜的礼赞,因而他受到了惩罚。还可以举出无数这样受到惩罚的例证,但并无多大意义。一个最耐人寻味的是这种对着几道阴影的大惊小怪,从来也不会产生实际的效果,而随之而来的复仇女神却显得异常的无情。当年许多作品对于现实生活的干预,大抵都采取了委婉的方式,并不是如后来蜂拥而上的批判说的那样怀有"刻骨的仇恨"。有的作品甚至只是一种学术性论点的阐发,并没有触及生活的真实,但招来的报复却十分残忍。最富戏剧性的是王昌定的《创作需要才能》的遭遇,三千字付出了蒙受三千天苦难的代价。

但中国的作家对此的回答是"虽九死其犹未悔"(白桦语);是梁南的《我不怨恨》——

> 马群踏倒鲜花,
> 鲜花,
> 依旧抱住马蹄狂吻;
> 就象我被抛弃,
> 却始终爱着抛弃我的人。

这种单恋式的苦苦的爱情,成为中国一代作家的最突出的品质。当然,这种品质也体现出受扭曲的性格特征。不论它是如何地受扭曲,它的执着却极其动人。现实主义简直是一位让人疯魔的爱神,被她愚弄,乃至被她坑陷,却又被受到不公正待遇者一往情深地迷恋。获得解放的中国作家依然致力于一种现实热情,那就是把远离大地而飘浮于太空的那只现实主义星球变为现实的存在。作家开始的社会文学的争取,其动力的神秘性即源于此。

从落实各项政策给那些受到不公正待遇者的平反，到及时再现改革面临的形形色色的社会问题，文学作品对于社会的参与和加入，为文学赢得了新的声誉。从小说《班主任》、《乔厂长上任记》到《花园街五号》、《沉重的翅膀》，诗歌《将军，不能这样做》、《为高举和不举的手臂歌唱》、《请举起森林般的手臂，制止！》，到电视连续剧《新星》，这些作品都以及时而大胆地表现国计民生以及民众的呼声而激动了全社会。由此也鼓舞了作家的信心，并促成他们为此次事业坚持的决心。一批中年作家作为当前创作实力中坚都体现了这种坚持的韧性，以至当这种创作的稳固地位和重要性受到忽视时，他们表示出来的愤懑并非不可理解。

当时盛行的切入社会的文学以涉及揭露伤痕的作品收效最著。这类作品，散文如杨绛的《干校六记》，小说如卢新华的《伤痕》，诗如林希的《无名河》、李发模的《呼声》，戏剧如《WM》都是以求唤起人们的同声一哭。这类作品中的相当一部分，只限于揭露和控诉。这些作品被称为问题小说，说明它们在触及社会存在的问题时有独到的价值。当然也有缺陷，即往往不能深掘下去，接触历史的根由。陈忠实《信任》写旧日农村中的恩仇推延至下一代，由于一位其中过去挨整今日掌权的支部书记罗坤的不记私仇的大度，以及人情的感化，终于使两家言归于好，全村复归于团结。《我的妈妈》（高尔品）就是这种社会功利目的的坚持的结果。"妈妈像绷紧的琴弦突然断了一样松开手，瘫痪了，两只眼睛睁大着，盯住墙上，眼珠发直，一动不动。白发披散在脸上。"在那个年代，由失手摔破石膏像，到再度念错人名陷入自责与他责交迫之中，最后因精神全面崩溃而死亡的悲剧，却是无数真实事件中的一件。《妈妈的死》把原是荒诞的作品写成了问题小说，正是当时一批问题小说共同存在的现象。

可以认为,由于文学观念的约束,作家失去了许多可以创作更有价值艺术品的机会。《妈妈的死》这篇小说的结尾所透出的"理性的阳光",留给人的艺术局限的遗憾:"我原来只觉得妈妈的遭遇很悲惨,后来看了一些指斥'现代迷信'的文章,这悲惨又添了一层意思,我们像白痴一样,受林彪、'四人帮'愚弄!透过重重阴霾,一线理性的阳光,照射着我的灵魂。"至此我们得知,仅仅从政治事件的角度,而没有更为深广的视野,许多"问题"是难以获得"理性"的认识的。当时人们没有意识到用别一种方式审视我们曾经经历和如今面临的一切,特别未曾认识到人应当面对自身,民族应当面对自身。

颠倒历史的颠倒

"伤痕文学"沿着社会和政治的轨道滑行,竟然创造了奇迹。由控诉暴虐野蛮进而抚摸自身的伤痕,乃是自然而然的导向,但它却不经意地点燃了一个时代的文艺之光:一颗温热的心在黑暗中跳动,无数卑微的小人物,开始胆怯地、小心翼翼地出现,并悄悄地进入了文学的很多领域。一颗又一颗受伤的灵魂,一个又一个饱经离乱的家庭,灯下烛前,痛定思痛,感慨唏嘘。从鲜花到墓场,又从墓场到鲜花,历史在这个不久的时间内,演出了无数感天动地的"六月雪——窦娥冤"!

"凡人琐事"冲向了旧日只有头上显示光圈的超人和神占领的文学圣殿。历史无疑地开始了一个大颠倒。这样,不是靠一种理论的驳难,例如对于"写中间人物论"的批判和校正,而是靠文学的事实,实行了堂堂皇皇的占领。这个占领产生了一个意外的巨效——它由倾诉苦难而唤起了自我意识的觉醒。这种觉醒远远地指向了人、人的价值及人应有的尊严。

从这个视点来看《妈妈的死》,导致她的死亡的除了政治性的逼迫之外,人性的歪曲和泯灭,人在神的光焰之下自我价值的萎缩,应该说是相当深刻的触及。诗歌禁锢最严,但又是反抗最早的艺术品种。它也有一个在社会——政治传统轨道进行惯性滑行的时期,也有各式各样的欢呼和控诉,正是这种欢呼与控诉,构筑起诗歌的凯旋门。

但刚通过这个情绪激昂的凯旋门,艾青便发现了一条僵成了化石的鱼。《鱼化石》是诗人对自身存在的体验的凝聚,他把曾经是活泼泼的生命置放于一个突如其来的异变之中——也许由于地震,也许是火山爆发,其实不止是一条鱼,而且把无数的鱼变成了化石。曾卓此时发表的《悬崖边的树》,这棵"保留了风的形象"的树,也是受一股"不知从哪里刮来的风"的摧残构成的树的化石。

要是说50年代的流沙河的《草木篇》和《白杨》等篇章因有异于统一规范的意象而体现他的个性化创造,则他在新的历史时期因全面地倾诉个人和家庭的苦难而开启了诗歌"归来"主题的闸门。灾难中的爱情的温暖,受监视的惨淡的婚礼,受屈辱的父母对于儿子的伤心和抚慰。从九咏故园到让人震动的《妻颂》,流沙河这个时期的创作重现了50年代的个性光辉。他在新的社会环境中对于创作的贡献,是把那一块块"化石"和"出土文物"具象化了。他溶进了个人的亲属的悲欢之泪和痛苦之忆,依然是化石,却赋予它以丰满的情感血肉。流沙河最动人的一块"化石"是他的《哄小儿》——

> 爸爸变了棚中牛,
> 今日又变家中马。
> 笑跪床上四蹄爬,
> 乖乖儿快来骑马!
>
> ……
>
> 莫要跑到门外去,

>去到门外有人骂,
>只怪爸爸连累你,
>乖乖儿,快用鞭子打!

这是弱者的人格在受屈的环境中自尊的显示:宁肯给儿子当马骑,以鞭打换取儿辈惨淡中的快乐,以免在外受辱。人格终于在血泪的浸泡中觉醒。

所以,新时代人的觉醒的大潮是一个不期而至的快乐的实现。它由抚摸伤痕引发出对自身生存状态的体验与审视。中国人普遍地发现自己活得不好,而且人际关系也十分异常。这时,那暗屋的破漏的一角传来了外面的丽日熏风,发现别人都活得不坏,于是悲凉之感顿生……舒婷在"青春诗会诗序"中用最明确的语言表达了这种人关于自身、以及人关于与他人关系的呼吁:"人啊,理解我吧"……我通过自己深深意识到:"今天,人们迫切需要尊重、信任和温暖,我愿意尽可能地用诗表达我对'人'的一种关切。"这位青年诗人视真诚为改善人际关系的至要,她对此显然怀有信心:"障碍必须拆除,面具应当解下","我相信:人和人是能够互相理解的,因为通往心灵的道路总可以找到。"

动乱年代,文化受到了血洗,文明受到了摧毁。但受害最深的还是人——人变成了非人、鬼、兽。中国文学界关于人的价值的再认识和对于人性的尊重的呼唤,比哲学界、思想界更为敏感。诗人不合常规的声音,听起来仿佛冬末滚过灰暗天边的沉雷:

>我并不是英雄
>在没有英雄的年代里
>我只想做一个人
>——北岛:《宣告》

"只想做一个人",这是多么庄严的宣告!整个中国文学在这一宣告中开始了新的生命。中国人在往昔年代里的麻木,几乎是一种民族陋质的遗传,个体的价值被一种无所不在的群体意识所消融。在一个相当长的时期里,我们确认社会不存在悲剧,甚至可以取消悲剧的概念。个人没有痛苦,个人的痛苦也许恰恰在于个人的未能为集体作出无私的牺牲。顾城的"机械我"语近苛刻,但却是实情。

人性的证明

在新的文学氛围中,人作为文学的主体,人自身的全部丰富性得到了承认,不是作为群体意识,而是逐渐觉醒的作为个体的人的意识。这样,我们的文学打开了一角小门,那里站立着一座小木屋,木屋爬满了青藤,一个从外乡闯来的知道装天线、知道听收音机的"一把手"——一个只有一只胳臂的青年人竟然唤起了和他同样年轻的过去只知道陪自己的男人睡觉,为他生娃娃、喂猪、洗衣、做饭的盘青青的人的意识的萌动。作为一个人,盘青青需要了解外面的世界。她似乎也懂得了爱情——尽管还是相当模糊。由此,引起了她的丈夫的野蛮的歇斯底里的报复。

古老的而且是平平安安的中国社会突然被一个闯入者搅乱了,于是产生了一番小小的暴动。这暴动的结果在我们看来是惊人的和新异的,但在另外的一个社会看来却可能是异常平庸的和陈旧的。那便是:人终于发现了人自己。人为自己的别别扭扭地活着而痛苦,有一些敏感的诗人,终于发现了非我的存在:

> 在时间的流水线里,
> 夜晚和夜晚紧紧相挨
> 我们从工厂的流水线撤下
> 又以流水线的队伍回家来
> 在我们头顶

星星的流水线拉过天穹
在我们身旁
小树在流水线上发呆

星星一定疲倦了
几千年过去
它们的旅行从不更改
小树都病了
烟尘和单调使它们
失去了线条和色彩
一切我都感觉到了
凭着一种共同的节拍

但是奇怪
我唯独不能感觉到
我自己的存在
仿佛树丛与星群
或者由于习惯
或者由于悲哀
对本身已成的定局
再没有力量关怀

这原是人被别的力量推涌着,对自身没有力量关怀的失落感的表达,但却被那些惯性的思维作了社会性的解释。这首相当深刻的诗,于是变成了对于某种现实秩序的不良的反应。当然据此可以再组织一次振振有词的讨伐。文学观念的差异极大地妨碍了人们的沟通。中国的几种层次的人如今连对话都发生了困难——因为彼此不能听懂对方的语言。

现在我们可以说到张洁那篇至今还能引起人们谈论兴趣

的、令人不能忘记的题目:《爱,是不能忘记的》。有一个人,专门为此写过一篇文章:《据说,爱是不能忘记的》,而且据说我们的女作家涉嫌鼓吹性解放。——我们完全不理睬这种无法对话者的说梦。我们宁肯以正常人的思维百倍严肃地探寻张洁的初衷。她是在对中国文学作一番新的冲刺。也许她有感于中国太过忽视人的复杂的存在,特别是人的情感的复杂的存在。人除了从事社会活动外,还有自己的心灵世界。这个世界之受到蔑视近于残忍。她想通过钟雨刻骨铭心的而且相当隐秘的爱恋提醒人们注意:人人都有的这颗心,它几乎无时无刻地不掀起着风暴和海啸。

要是从伦理道德方面谈论什么钟雨的爱是道德的还是不道德,这几乎是一种天真的误解。这篇小说是文学解放新时代继普通的小人物终于获得了过去只有神圣才享有的在文学作品中得到实现的机会——它是文学禁锢第一次的冲破——之后,更加深入的超越性发展,即纯粹属于个人的情感世界的庄严和神圣,第一次获得了肯定的描写。

《爱,是不能忘记的》所具有的"异端"性质,并不在于钟雨是作为"第三者"的存在,她并没有影响任何人,她只是一个人在那里暗暗地痛苦,深深地、但又是偷偷地怀念。与其说是胆怯,不如说是一种受到传统道德约束的自珍。钟雨甚至与她刻骨铭心所爱的人连手都没有握过。这种爱超凡脱俗到了不可理解的地步。也许生活在另一个社会形态的人们会诧异:这叫爱吗?然而,东方的观念不仅肯定而且甚至确认为可诅咒的存在——如同一些中国的批评家所持的态度那样。

但是,张洁的贡献不仅在于第一道防线——即超人表现权的冲破;而且在于第二道防线——即"无价值的情感"表现权的冲破。在以往的文学观念中,文学既然属于社会,则文学所具有的一切就都应当有价值,包括情感,有价值的情感只能属于有益于社会群体、而且必然以牺牲"小我"的情感世界而服务于完善"大我"的情感世界。纯粹属于个人隐秘的爱的痛苦的纠缠,究竟体现了什么样的社会价值呢？但的确,张洁把"无意义"、"无价值"换了一个价值观。麻木已久的中国文学,终于睁开惺忪模糊的睡眼,向着这个突然出现的"怪物",探出了长长的脖子。

六、疏离化:秩序的反抗

逆反思维的抵抗

大变动的时代造就了一批按照社会思想家模型塑造的文学家形象。他们是身上流着屈原的热血的忧国忧民者。这些文学家的作品和人格,在经过大劫难的社会里,显示出无可置疑的崇高感。特别是对比那些贪婪和腐败,以及那些浑浑噩噩的大小人群,他们则是灿烂且辉煌的。

可贵在于明知不可为而为之。他们多半忠实于那种现实主义的创作思想,即以介入甚至干预社会生活的积极态度为文章和为人生。他们也多半明白现实主义在这个环境中只能是一种提倡而不可能是完全的实践,但他们却理想化地要求实现。他们力图以自己的作品改造社会的落后,并攻击黑暗的侵蚀。他们的文学态度其实也就是他们的人生态度。他们以先哲为楷模,从文学为人生的角落,完成他们的人生选择。他们手里举着剑和火炬。剑是战斗精神,火炬是实现热情。他们义无反顾地推动文学向着血淋淋的人生,他们希望以文学匡时济世。

这些人当然无意于承认自己的遗忘。但他们在不忘中国士大夫的高洁时恰恰有一种遗忘,即:中国社会历经数千年所建构起来的秩序和价值并不是那些感时愤世的"儒生"们一时所能摇撼和改变的。知识界可以以自己的学识顺应并完善固有的社会机制而不可能违逆,违逆便构成一种触犯。很时髦了一长段时间的现实主义,当其以讴歌的形态来强化已有的社会秩序时,它当然成为了宠儿。但若按照现实主义的基本素质,完整地履行它的责任——即敢于掀起社会腐败的一隅,敢于在它的伤口上撒盐,并对之施行手术刀的疗治(这在很大程度上乃是一种想象)——那么,代表既定秩序的社会,便会反过来施加报复:十有八九会对这种天真烂漫的现实主义来点真的。这原也是屡见不鲜的故事了,但艺术家的纯真往往令他们遗忘。他们只是凭着自己的信念,一径地向前走去,"虽九死其犹未悔"。

但历史的事实却是另一种样子。自有文学以来,从来还没有出现过如同进入本世纪50年代至70年代末期的那一段文学对于现实的社会生活的黏着状态。有诸多的历史因由造成了这样的局面。一是中国文学儒家言志载道的传统的因袭,他们的文学价值观建立在文学对社会的参与之中:对上"以诗补察时政",对下"以歌泄导人情","总而言之,为君,为臣,为民,为物,为事而作,不为文而作也"(以上引文分别见白居易《与元九书》、《新乐府序》)上述那一路文学观被中国文学奉为正宗,其中最积极的目标即是"唯歌生民苦,愿得天下知"。追根溯源,无非是孔子说的"诵诗三百,授之以政,不达;使于四方,不能专对;虽多,亦奚以为?"这一观念以密切锲入实际为其主要特征。

传统的儒家文学观后来与外面传来的革命文学思想得到了结合。那些文学思想要求文学服务于社会和斗争,反映和干预体现出这一文学思想的最积极的价值观,这恰恰与儒家的文章入世思想获得了共鸣。50年代以后,这种由最古老和最权威的两个方面合成的文学思想,造成了前所未有的独尊和全面涵盖的局面。文学和社会功利的黏着获得了变异的发展,即文学作为政治斗争的工具,要求丝毫不能游离地体现政治的需要并代表它的利益,不如此便有理由构成为异端。在政治的指令下,文学失去主动性及其自身。这种依附造成的破坏性后果,至今尚未完全消弭。这一文学的歧变与文学悲剧的恶梦记忆相联系,它成为一种潜意识,孕育着文学的反抗。

当然,正如我们不止一次声明过的那样,中国当今文学潮流的发展虽有鲜明有力的导向,但与以往任何时期不同的是,它的导向不以任何文学样式和文学风格的消失为代价。它宽容地对待一切——除非该文学品式为世不容而自然地脱离竞争——从而广泛地包容一切。传统的文学观念中,注重社会功利目的自称为"现实主义"的潮流,依然是堪与一切较量的强大的潮流,但它确已为清醒的文学反思所围困。在它的周围,强烈的质疑和挑战正在进行。与此同时,一种逆反思维造成的抵抗,正以不事声张的艺术变革的方式,一浪盖过一浪地展开着,这就是自70年代末期以迄于今的十余年间文学巨变的最重要的现象。

淡化——有节制的距离

这现象便是文学的疏离化。疏离是对依附而言。文学的附着他物,最终失去了文学自身,尽管这种附着有它的合理性与优越之处,但在中国当代文学,由匡济时势到战斗武器,由空洞的号筒到虚妄的教化,它经历了完整的由正常到失常的过程。

进入文学新阶段,随着对于社会和文学的失误和背谬的反思,当一部分文学作品以充沛的社会责任感和强烈的公民使命感,呼吁直面人生血泪的奋斗时,另一种方向的努力正在把历来的主流文学现象推到了不很重要或不重要的位置上。这带来了我们最初提到的那些执着得有点痴心的那些愤世嫉俗者的疑虑乃至愤怒。但是文学的疏离化却变换着方式和流向,在它们面前演出了一幕又一幕变幻莫测的生动戏剧。但不论这些戏剧如何曲折和不可预测,一个大的趋势便是对于固有秩序的反抗。这些不断涌现的文学潮流,大抵总以与直接社会现实的疏离为其基本特征。

文学疏离倾向造成了最具挑战意味的秩序反抗。习惯了文学与政治目标或阶级运动密切配合的读者和批评界对此大惑不解,他们为文学的"走火入魔"而心绪不宁。而文学新潮却意态从容,一径地变换着花样,推进这种势头。

在文学的嬗变中最引人注目的一个现象是文学的"淡化"。淡化的内涵相当广泛,其基本的构成在叙事性作品中则是人物的淡化、情节的淡化、推及故事的淡化。可以看出这一发展势头有着相当确定的对应物。那就是包含了对于君临文坛数十年并认为是不可更易的文学创作原则的轻视和质疑。它对现实主义不可怀疑的确定地位提出了怀疑。

在以往,营造一个小说作品哪怕是短篇,受到的理论捆缚也十分严酷。即:凡小说务须有人,而人则须符合于典型,人所活动的环境也须一律地典型化。人物要在规定的环境中活动出他的性格来。在艺术教条最盛行的年代,人物形象以阶级划分,最为光辉的也是文学所要全力塑造的人物是英雄人物。英雄人物受到各色人物的"陪衬"和"铺垫"。陪衬体现出它的"深厚",铺垫则体现出它的"高大"。中间状态人物的描写则是文学的犯罪,尽管生活中到处都是这类不好不坏的芸芸众生。在当日的艺术中,好就是绝对的好——高大完美的好;坏就绝对的坏——必须是彻底的坏人,在那里,一切都浓浓的脸谱化了。

淡化是对浓和深而言,它体现对后者的疏离。在过去因滥情主义造成的"浓墨重彩"的所在,它投去冷漠。这当然包蕴着强烈的反抗意识。淡化的不仅是现实主义的观念及原则,也不仅是那一类由上述原则造成的文学现象。确切些说,其基本目标在于稀释政治对于文学的热情。在文学向着社会意识作出无条件的狂热奉献的地方,作为一种反拨,如今表现了有节制的距离感。属于新潮构架中的文学,已经不再服膺各色的附属性价值。文学就是它自身。文学不再是别人手中的石子。

这样说并不是确认当代作家一概地摒弃了社会意识和使命

感,而是不属于和不满于文学依附他物的地位。这样说也不意味着中国文学否定了功利主义的价值,一部分作品只是把功利主义隐秘化——或采取一种潜藏的状态,或体现一种间接的价值取向,而弃绝那种简单直接的呈现。在中国,诗歌最早体现出这一大趋势。朦胧诗运动使诗朦胧化,目的之一即在于反对那种直接显示。不仅是形式上摒弃直接描写(它基本采取意象组接的方式),而且内容上也反对宣讲式的表达。但我们依然从那一代诗人的作品中发现,他们的困惑、忧患和焦躁中融合了强烈的时代情绪。

如今连最随和的作家和读者都会对那种标语口号的宣传嗤之以鼻。这说明了文学已在很大程度上获得觉悟。这只要截取中国文学复苏期的一段事实,便会得到有效的证实。张洁的出现似乎伴随着一种社会激情的奔涌,从那位"从森林里来的孩子"沐浴着新时期鲜丽的第一线阳光起,到"谁生活得更美好"的思考,她的痛苦几乎诞生于随口唾向地面的一口痰,以及边远小城中那满地的蔗渣。她的锲入体现了中国社会文明化理想的执着品质,在当代作家中具有鲜明的共同性。张洁随后的变化令人不解,读者和批评家执意要在她的《拾麦穗》和《爱,是不能忘记的》中寻找传统的社会意义和社会价值,但却感到了遗憾。

促成这一现象有许多原因,例如作家思维随社会进步的扩展与伸延而带来的主题的新变等,但疏离化作为一种积极的秩序的反抗,却是冥冥中的巨手。不然,我们便难以理解为何不是个别作家的行动,而是众多作家不约而同的创作变异。在新的历史阶段,诗歌发展的一个最热门的话题,便是自我表现或表现自我的问题。这个古老得再谈论便显得可笑的题目,在中国竟然成了最富挑战的异端的喧嚣。其实,去考证什么是自我、什么是自我表现或表现自我,以及大我与小我的差别等是一种愚呆。中国诗歌之所以热衷于此道,仅仅为了反抗长时期群体意识对于个体意识的吞噬。当文学或诗歌意识到自己不是自己时,便要求与吞噬者脱节,依然是一种破坏旧秩序与建立新秩序的必然。

向内转体现反拨精神

与上述现象密切相关的是中国文学的"向内转"。这是一个崭新的论题,曾引发一场热烈的争鸣。敏感的批评家捕捉到当前文学发展的一个重大现象:"它们的作者都在试图改变自己的艺术视角,从人物的内部感觉和体验来看外部世界,并以此构筑起作品的心理学意义的时间和空间。小说心灵化了,情绪化了,诗化了,音乐化了。小说写得不怎么像小说了,却更接近人的心理真实了。新的小说,在牺牲了某些外在的东西的同时,换来了更多的'内在的自由。'"(鲁枢元:《论新时期文学的"向内转"》)论者确认以"朦胧诗"和无情节、无人物、无主题的"三无小说"为代表的文学内向化,是当前文学整体动势中最显眼、也最活跃的部分。

文学创作由过去的一贯的口号连天和炮火动地的外在喧腾,转向了人自身的内心冲突;文学由客体真实向着主体真实的位移,从而发生了由被动反映到主动创造的倾斜。这一文学秩序的反抗导致了文学发展新局面的诞生,其功效巨大而可见。但显然人们对此持有不同的观念和判断。不少人为文学的向内转担忧——这种担忧也是一种必然,因为我们的文学一直受到向着社会的群体意识(不是作家的个性意识)、向着工农兵生活(不是作家自己熟知的生活,更不是作家的内心)、向着阶级斗争的第一线(而不是人类自身无比浩瀚的内宇宙)的原则涵盖。

在固定的秩序中生活久了,也就觉察不出秩序的束缚。相反,对于束缚的冲破、哪怕是冲破的意向,却表现出异常的敏感。表达这种忧虑者再次强调和提醒人们注意马克思主义哲学的基本命题:离开了外在条件一味地"开掘人物的内宇宙,因而往往顾此失彼、重内失外、冀求真实而流于虚假,力图丰富反显单调,期望深刻终陷肤浅,使通过人物内部感觉和体验来反照外部世界的创作意图落空。"这位论者为此发出了新时期文学要警惕进一步"向内转"的惊呼,他反复强调的是如下一些我们相当熟知的论点:"作为社会主义精神文明建设必不可少组成部分的新时期文学,为了服务于从根本上提高中华民族的思想道德素质和科学文化素质这一总目的,有所倡导还是极为必要的;那就是要倡导作家勇敢地直面生活、贴近现实、热情地反映和讴歌时代改革。真实深刻地表现改革时代不同人物的丰富性与复杂性。"

问题的实质即在于此,疏离化与反疏离化在我们的文学中同时尖锐地并存着。文学的向内转是对于文学长期无视和忽视人们的内心世界、人类的心灵沟通、情感的极大丰富性的校正。心理学对于文学的介入,使新的历史时期的文学极大开掘了意识的潜在状态的广阔领域。心灵的私语和无言的交通,人的潜意识的流动,都为文学提供了新鲜而丰富的表现可能性。可以说,文学内向化体现了文学对于合理秩序的确认,也包含着对于文学一味地"向外转"的歧变的纠正。

文学诚然应当注重客观世界的存在及变化的状态。文学的价值与不断变化的实有生活和运动的反映与描写关系密切。文学的病态不在于文学的外向寻求和实现,而在于因重视外向的反映和再现而排斥人的主体精神的活动,以及文学的社会性通过心灵折光的必然途径。很长一段时间内,理论家把文学触及和生发于人的心灵、精神、意识的思维活动统称为唯心主义。机械唯物论和庸俗社会学视文学为纯物质状态的块状活动。他们不理会也不理解作家创造活动中的情感和情绪的流动性。文学只能在外部空间中实行机械性的仿效和描摹。这种观念视文学对于实际状态的反映和再现为至佳至美的境界,而粗暴地排除它们"看不见"、"摸不着",乃至是诡异和神秘的另一种状态。而这种状态却是自有人类以来都存在着的。

所以,文学向着内部世界和心灵宇宙靠近,一方面作为一种新的质体现着向着原有的硬固的附丽的疏远,一方面却是一种文学曾经有的、然而却长期受到排斥的固有领地的新发现和新占领。要是拿王蒙的《组织部新来的青年人》和他的《海的梦》相比,便可发现同一个作家不同写作阶段由于侧重点不同而显示不同的优点。前者展开的一个区委会那种事务繁忙而作风慵懒的生活,两位对生活怀有热情的年轻人置身其中的苦闷和慰藉,是通过赵慧文周末家中的谈话、雨夜馄饨铺里刘世吾和林震谈话,通过几个人物的性格的刻画和情节的安排,展开一幅幅动人的画面和1956年那个社会特定环境和氛围。而后者则是截取一位老干部在海滨疗养所的心理感受、糅合着对于恶梦的回忆和逝去青春的惆怅而展示一幅繁复交错的心理画面。

人物几乎没有对话,更没有复杂的情节,只是一个踽踽独行者心灵的私语。像如下这样的语言对于以往的描写习惯当然意味着某种反叛——

> 但他若有所失。天太大。海太阔。人太老。游泳的姿势和动作太单一。胆子和力气太小。舌苔太厚。词汇贫乏。胆固醇太多。梦太长。床太软。空气太潮湿。牢骚太甚。书太厚。

那位作品中的主人翁终于要离开。送他的司机善知人意,他问这位缪可言:"怎么样?这海边也没有太大的意思吧?"但回答却出人意外(这可能是小说中唯一的一句对话):"不,这个地方好极了,实在是好极了。"这比过去的直接描写更为真实。它揭开心灵的密室,而这往往难以言传。王蒙的新小说大量采用的是这种直接自由式转述语和内心独白,他的基本倾向并非意识流。但不论怎样,对于以往唯一致力于直接描述和过于具体的摹仿的这种脱节,确是一种意义明确的艺术模式的反抗。经过许多作家的积极实践,它业已取得效果。

悠远的追寻

新阶段文学发展中史诗的呼唤,是继反思文学之后引人注目的文学潮流。这一潮流的涌现,为文学对于时代的思考所导向。文学之所以提出这样的要求,最近切的原因是由于感到了仅仅着眼于现实的思索有着明显的匮缺。文学与现实黏粘过紧未必能导致现实问题的解决,何况这个古老国度和古老民族还有着十分沉重的历史因袭。

文学觉悟到这一点也有一个过程。当初从狂潮中复活的文学,如前述及的,与它原有生命一道醒来的,是对于历史的使命和公民的责任。《今天》的最早成员之一的江河,写的是与传统表现了脱节的新潮的诗,但他的"宣言"却并非"新潮"。参加了第一届青春诗会的诗人向公众宣称:"我的诗的主人公是人民","我和人民在一起,我和人民有着共同的命运,共同的梦想,共同的追求。我认为诗人应当具有历史感,使诗走在时代的前面……我最大的愿望是写出史诗。"江河在这里表达的依然是传统意义上的"黏着"。他那时未曾感到需要某种距离。距离的要求显然是由于思考的深入。由追求历史感而企及史诗,由史诗而触及历史。

一些原先对历史持有怀疑和批判目光的青年一代,在这位老人的深厚博大面前顿时屏住了气息。还是以江河为例,他为组诗《太阳和他的反光》写了一段前言:

> 诗为国魂。早有凤愿,将中国神话蕴含之气贯通至今。使青铜的威武静穆、砖瓦的古朴、基雕的浑重、瓷的清雅等

等荡穿其中,催动诗歌开放。面对艺术,我有敬畏之感。诗的最高境界是和谐,生机静静萌动。我若能在这样的心境里站上一会儿,该有多好。

从那时到这时,这位现代意识很强的诗人,不仅在艺术把握的对象上发生了令人惊异的变化——从近切推向了遥远,而且更重要的是创造心态的推移——那时他谈的是"使诗走在时代的前面",现在他谈的是:"静静萌动……若能在这样的心境里站上一会儿,该有多好。"

这种心境的转换,说明了一种悠远怀想的兴起以及与现实疏离的趋势。造成文学的寻根这一文学气象的,仍然存在着十分复杂的动因。但对于以往文学依附和从属状态的逆反心理,不能不加以考虑。由于对过于政治化和社会化的反感,起于对他人也对自身缺乏文化意识的遗憾,一时间寻根之呼呼动地而起。

在中国算是拥有较多文化的作家们,纷纷发出了质疑和寻觅的意向。韩少功在《文学的"根"》一文中劈头就问:"绚丽的楚文化流到哪里去了?""孔子与关公均来自北方,而释迦牟尼则来自印度。至于历史悠悠的长沙,现在已成了一座革命城,除了能找到一些辛亥革命和土地革命的遗址之外很难见到其他古迹。那么浩荡深广的楚文化源流,是在什么时候什么地方中断干涸的呢?"值得注意的并不是问题的本身,而是提问者心理态势。一种对于原始文化的无可追寻的怅惘,和对眼前蛮荒化的贫瘠的失望,给人以深刻的"反现实"的印象。

应当说,这种对于一种文化丧失的怀疑的质问,以及对于自身缺少文化的怀疑的质问——例如郑义在《跨越文化断裂层》一文谈到的,"在自己的小说里,似乎觅不到多少文化的气息……发觉自己对民族文化缺乏总体的了解","惭愧之余,不免要认真检讨一番,发现无论怎样使劲回忆,竟寻不出我们这一代人受到系统的民族文化教育的踪迹","近年每与友人深谈起来,竟不约而同地总要以不恭之辞谈及五四,五四运动曾给我们民族带来生机,这是事实,但同时否定得多,肯定得少,有隔断民族文化之嫌,恐怕也是事实"。阿城也讲过类似的意思,但在《文化制约着人类》一文中讲"五四运动在社会变革中有着不容否定的进步意义,但它较全面地对文化的虚无主义态度,加上中国社会一直动荡不安,使民族文化的断裂延续至今。"

当很多人发出了对于传统文化不驯的反抗情绪的时候,上述那一些议论代表了另一种倾向。这里有着某种绵远的眷恋,以及对于批判的否定和否定的批判。作为一种倾向,它倾斜的方向是明确的,但却是异向的。这种明显的异质的呼声,可以看作是一种物极必反的必然。寻根文学所代表的现象是更加和现实拉开了距离。

和以往的创作现象不同,我们在韩少功的《爸爸爸》中只看到一个几乎弄不清地域、年代、年龄而只有明显的性别特征的小白痴,以及这个小白痴周围并不比他高明多少的愚钝、无知的一群。他们说着一些半文半白的古语,过着浑浑噩噩的人生。糊糊涂涂地活着,糊糊涂涂地死去。不管经历了多少劫难,那位白痴却有顽强的生命力。我们只能从人物关于皮鞋钉钉子优劣的讨论中,得知这故事发生于有皮鞋的时代。

这是一部寻根的作品,它以极度与现实的疏离一方面与以往的十分具体和现实化的现象作了区别,一方面又由于这种与现实的"脱节"而更加接近了"现实"。那就是,由于它的抽象化而把我们的思考推向了悠远而古旧的历史的沉积层。这一现象在诗中早已露头。新诗潮涌现的当初是以基于现实的呼喊和现实情绪的传达为主要追求,随后则有了普遍的转换。这种转换的基本特征便是与政治化和社会性的疏离。北岛从《回答》到《古寺》,江河从《纪念碑》到《太阳和它的反光》,舒婷从《祖国啊,我亲爱的祖国》到《慧安女子》,都以"超"现实和"超"具体的距离而获得了恒久性的价值。以北岛的《古寺》为例,我们同样难以觉察和了解它的时代,甚至朦胧中只获得一种启示——

> 消失的钟声
> 结成蛛网,在裂缝的柱子里
> 扩散成一圈年轮
> 没有记忆,石头
> 空濛的山谷里传播回声的
> 石头,没有记忆
> 当小路绕开这里的时候
> 龙和怪鸟也飞走了
> 从房檐上带走暗哑的铃铛
> 荒草一年一度
> 生长,那么漠然
> 不在乎他们屈从的主人
> 是僧侣的布鞋,还是风

这样的诗与以往的诗的最大差别,是社会的和政治的具体性的消失。没有那种由具体事物和想象生发出来的鼓动目的的激情宣泄,也不对任何社会现象作指定性的描述。它只是一种泛指,通过那些冷漠的和麻木的意象获得某种象征性启悟。总的是一种对于固有秩序的反抗,有意地通过对于明确画面、明确情感、明确目的的模糊化的逆反,造成一种不驯的艺术气氛。

矫枉过正的倾向是存在的。由于对现状不满而产生的向往,导致了皈依感和崇拜欲的增长。这一倾斜令人忧虑。因为事情又回到了上世纪末本世纪初的"母题"上来。在寻根热和文化热中,一部分人"聚一起,言必称诸子百家儒禅道",正如某位作家说的"久而久之,便愈感自己没有文化"。愈是自卑,便愈要向原先持批判态度的对象靠近乃至认同,你愈发感到当初的那种态度的失当。在疏离化过程中,逐渐生发出一种非批判品质,这自然是一种危险,但过虑显然没有必要。中国传统文艺观中的功利性不会轻易地消泯。

正如人们意识到的,尽管文学向着远古蛮荒和深山老林走去,但并非从此断念于人间忧患而不食烟火。一颗忧国忧民忧世之心依然牵萦于尘嚣与市朝。很难说《爸爸爸》写一个呆子是无缘无故无思无为的,我们从阿Q的"我总算被儿子打了"和丙崽除了"爸"以外的表示不满的那种言语表达,发现了遥遥相隔的相通,而且其中都潜藏着某种批判的思考。《古寺》表面的宁静以燥热的反思为背景,即便是在寻根的意向中,对传统文化表现了热情向往的作家,他们的转向古老和悠远也并不意味着对于人生的遁逃。

郑义的向往是艺术和思想的自由。他在《远村》后记中对自己的创作里想有一个回顾:"写了若干篇被称作'小说'的东西,说不了解什么是文学,似乎有些矫情。确切地说,是始终被一种非纯文学的'观念文学'的文学观所束缚。……社会与人生的沧桑变故,使我们一代思想上、政治上早熟,我们深为不满传统的似是而非的理论,勇于辩驳,急于表达,诉诸于文学,则思想大于形象。所有一切似乎崭新的东西,一次又一次'突破',不过落入了古老陈旧的'文以载道'的渊薮。"即使这样,他的一些典型的寻根作品,依然不断绝于这个"渊薮"。

《远村》中最令作者担心和揪心的是"人不如狗"的命题。在太行山区,作者认识了一只忠于职守的牧羊狗,但它却往往撇下羊群独自涉水跋山去寻找爱情。作者深有感慨:"这自由不羁,勇猛狂放的个性,自然而然地与男女主人公那扭曲的个性产生了强烈的反差。"他依然在为他的人民和乡亲痛苦思考,以求自己的文学能够惊动那些沉睡的灵魂。

也有比《远村》还要遥远，比《老井》还要古老的作品，即使是陶罐也依然是黄土地上的陶罐。郑万隆那篇以《陶罐》命名的小说，确是远离了现实性的命题。但赵民劳子那只神秘的空罐却也不"空"，里边满满地装进了对于生存的思索。带有玄妙色彩的洪水中的夺取，到头来却是一只空罐，其间寄寓的对于民族命运及文化遗传的严肃思考相当明显，依然不是毫无目的的文学游戏。

文化的寻根因感到文化的匮缺而作出的补偿，其间当然表达了某种批判和扬弃的意愿。我们几乎到处都可以看到一种如同郑义在《向往自由》中所描述的那种对于既定观念造成的既定秩序的厌恶和反抗。中国当代文学正是在这种强烈的反抗情绪支配之下，以逐步实现的热情终究在文学废墟之上重建了一种秩序。这种秩序当然不是我们以往所习惯的那个样子。

非禁欲的兴起

疏离化作为一种时代的潮流，其范围相当广泛。它漫无际涯地冲击恒定的价值，终于以造成骚动而引起普遍的不安。全方位的反抗行动中不仅包含对大题材和大功利的疏远和否定，也包括了文学的情调和品格。自从文学受到一种观念的浸润和统御，文学便迅速地附着于社会功利的母体。至此，文学不仅改变内容，而且也改变形式。多种风格急速地为一种统一的风格所取代，多种方法也受到规约。一种被派定为"最好的"方法驱逐了与之有异的方法。因为文学作品所表现的内容越来越严肃，也越有教育作用，慢慢地也就排斥了娱乐和审美的功效。

于是风格日趋僵硬。风格"硬"化的结果，造成了接受者的拒绝。于是文学复苏的第一个措施，便是对于"硬"化文学的反动。文学和艺术受到整个开放形势的鼓励，以及随广泛的经济文化交流而来的世界性现代文明的影响，它在获得自由之后便是对于上述秩序的否定。这种否定的方式便是推进文学艺术的"软"化。

文艺软化现象其实即是刚雄之气的减弱和轻柔之风的增长。事情似乎可以追溯到一些大型歌舞节日的演出。那时引起轰动的是华彩的场面、鲜丽的服饰、迷乱耳目的音色。这一切似乎是对于刻板的僵硬的着意的反抗,但获得了成功。禁锢甚久的"严肃"化了的艺术禁欲主义,一下子找到了非禁欲意识的突破口。艺术原先的被忘却的目的和形态得到了新的承认。这时,宣传的唯一目的性便受到合理的怀疑。"非宣传"的意向于是蹑手蹑足地走到了前台。

艺术的开放不会不受到阻隔,但却难以抗拒。李谷一一曲《乡恋》从词,曲乃至演唱,都是一个无言的挑战。起而反对这一现象的,大都是素有名望的权威。《乡恋》以缠绵的柔情牵动人心,再加上新颖的发声,它让人感到亲切是自然的,因为与前不同。传统的评判使它一度受禁。然而艺术的"野性"却从此萌动。邓丽君的歌声以完全让人兴奋的内涵和形式蜚声大陆艺坛,于是渐有危言,邓小姐也因而在听众的过度风魔之下受到委屈。此后,轮到了程琳。她早露的才华受到年龄数倍于她的长者不适量的严责乃至奚落。

但门户的大开受到既定国策的主持。中国国门并不单为经济交往而开放。文化风的流通本是自然而然的趋势,但文化警觉的偏见极为深刻。从来的阶级批判与"纯化"的选择性机制,并不因开放政策的制定而受到任何挫折。于是,新的困惑和烦恼带来了连续性的震撼。间歇性的抑制往往借取政治的或准政治方法进行。这种抑制无可置疑地付出了沉重的代价(当然不仅仅是艺术或文化的),但抑制的要求和行动却不曾断绝。因为是经济开放的补偿的需要,文学一如往昔,乃是平衡天平器上的重要砝码。它的价值是非文学的。

一位诗人的诗句谈到了阻隔东方和西方的有形的墙。但无形的墙似乎更为坚固和顽健。不论有形还是无形，作为墙并不能阻挡无上的云彩,风、雨和阳光,也不能阻挡飞鸟的翅膀和夜莺的歌唱。文学的"硬质"(这种硬质的重要构因是文学艺术的高度政治化和宣传功效的强调。长期教条化的结果,是它的居高临下的训示习性)在弱化。从金庸到琼瑶,文学的娱乐性因它的商品品格而受到社会无形的保护。通俗文学的兴起是"软"文学发达的重要标志。通俗文学的大发展的态势引起的惊惶带有某种夸张的性质。原有文学的无挑战的地位受到了挑战。它意味着一个单一的文化消费市场的消失。

最突出也最惊人的现象是军歌的软化。对于这一现象的叙述似乎应追溯到苏小明演唱的《军港之夜》(当然,这主要是词曲的风格,而主要不是由于她的演唱风格):海风轻吹,海浪轻摇,远航水兵睡觉。过去威武雄壮的人民水兵在前进的动态的钢铁旋律,如今却化为了梦境的浅唱低吟。这当然不是一种个别的偶发现象,而是一种自然的反拨的流向。早在《闪闪的红星》中,李双江的演唱体现了男性不常有的柔婉,他的颤音的装饰给人以深刻印象,在当日硬邦邦的乐音舞态中,这当然是迷人的。《再见吧,妈妈》的凄迷缠绵,创造了一个高峰现象。

还有《泉水叮咚响》,因寄传统的诗情于委婉而风靡全国。现行军歌中历久不衰的两首:《十五的月亮》和《血染的风采》,其动人心弦的魅力原是人情的温软所造成。人们容易发问:坚强雄伟的队列歌曲哪里去了? 甚至人们进而质问:为什么这些歌曲全受到一路绿灯的优厚待遇? 但是需要提醒这些质问者的是,一种文化逆反的潜心理并非一日所能形成的。

事实上这是一种惩罚。它不意味着全部的合理性,但却有效地证明了不合理性。应该承认文学和艺术的生态平衡受到了长期的人为的破坏。文学艺术沿着一条极端的路走得太远了,便造出这样一个畸形的发展。它自掘坟墓。无视文艺自有品性以及粗暴的强加，是导致产生这一悲剧结局的基因。

不能说这一切已成为历史。悲剧的因素并未泯除。例如迄今为止尚在津津有味地演唱或演奏，演出"打虎上山"之类的文艺怪胎所体现出来的怪癖好便是一例。不论正直或正义的舆论如何愤怒地呼吁禁止这种恶戏，而演者兀自演出，动肝火者依然动肝火。最近的一次是1988年2月8日首都作家艺术家在人民大会堂宴会厅举行迎春联欢，第一个节目中便有"打虎上山"。这种"拧着来"说明一种顽症。

由此我们亦可理解那种更加顽强的对于秩序的反抗.它不是一种偶发现象，而是受到了中国文艺现实约定的愤激的实现热情的驱遣。既然它的产生不可阻扼，则它的存在亦不可抗拒。

破坏与平衡的重建

文学的疏离化现象是中国文坛的特产，但受到了文艺一般规律的约定。一个社会的文艺若长期受到非艺术因素的干预，甚至由于褊狭意愿的驱使而提倡或扶植某一特定品类而抑制其它，文艺的生态就会被破坏。其结果是事与愿违，文艺因片面的社会提倡而彻底地背叛了社会，并脱离它的接受者。文艺于是成为一座孤岛。它只能依靠行政力量生存而无法自立。

结果是由文艺自身来纠正这一病态发展。它的第一步便是平衡的重建。这种重建首先要求弥补以往的缺陷。为此，就要打破以往的恒定秩序。批判的目光是一种必要，包括不科学或不够科学的反抗也是一种必要。这就产生了以上所述的正常的和非正常的对于原有文学生态的脱节和疏远。为了校正历史的偏离和误差，它往往采取偏激乃至反叛的姿态。这种反叛造成的积极结果，便是长期受到压抑和制裁的文学现象和文学实践的恢复。

这种反抗的补充目标经历了非常艰难的抗争,要是没有整个社会发展态势的主持,它也不会奏效。中国文艺进入近十年的发展中的纠偏与反纠偏、运动与反运动的校正的事实,充分说明了这一点。秩序的反抗造成了某种补偿,但并不等于秩序的重建,它只是一种校正和修复。

它自身不说明合理性,但它的行为却是合理的。以上述及的几十方面,我们均可确认其为成就,亦可确认其为不同程度的偏颇。从每一个实践看,疏离都是合理的,但疏离又造成了新的不合理。例如非政治化对于极端政治化是合理的,但若因此而无视国计民生,所有的文艺都去营造自身的象牙塔,便是一种新的失衡。寻根若是一种寻觅和求索,以求疗治民族之劣根劣性于万一,其积极用心可感天地。但若是由于文艺生计的艰危而唯求逃遁,则消极之心意显而易见。据此类推,所有的文学都板着面孔得了"硬化症"当然是病态,若为了反抗这种病态而一味地浓抹脂粉,满身珠宝而全面"雌化",则委靡之音不足以兴国安邦却也是一种灾难。

总而言之,秩序并不因反抗而建立。反抗是一个过程,建立也是一个过程。

七、从现代更新到多向寻求

秩序的网

仿佛是一个梦游者,中国文学在自己的深厚传统造成的梦的迷宫中冲撞。那迷宫布满了无边而坚韧的无形之网,以无所不在的笼罩与涵盖。束缚了这个渴望自由但又无法到达这个自由的梦游者。几乎每一投足都是一次冒险,几乎每一步想超越规范的试探,都可能发生地震——除非你只按照前人和他人为你规定的方格行走。

传统是一种强大的存在,但传统又是一种脆弱的存在。它不期望对它进行任何的怀疑,它对任何的不驯都心怀警觉。这已成为全民族的心理积淀。每一个属于此民族的一分子,都成为了一个"白血球",面对每一个"入侵者",它都会为了维护这个母体而扑向前去。在中国,可以把本来是传统的逆子先歪曲成传统的护卫者,最后再把他塑造成传统的偶像。此种现象已非仅见。这正是中国传统文化作为一只大泥潭的博大之处。它可以把投入的一切变成了同样的一味糨糊。一旦偶像的塑造完成,它便以保卫一切传统偶像的韧性来保卫这个新创的偶像。

鲁迅生前受到围攻和危害并不是他的灾难,鲁迅死后的被捧为偶像才是这位战士真正的悲哀。不知道什么时候开始,鲁迅与孔丘同样地成为了圣人,同样被供进了圣贤祠。以至于在每一个有关政治斗争的"关键时刻",这位当今圣人都会受到邀请,讲一些支持邀请者的行为的"关键"的话。尽管这些邀请者所作所为可能是历史的逆动,便如所谓的"反克己复礼""批林批孔"等等。对于这位圣人供奉的香火自然是永恒的赞美诗,而不允许甚至在一个漫长的时间里也不存在对他批评乃至腹诽。

但一个思想解放的时代却难以保持这个恒定。《青海湖》——这一个并不出名也很少引起注意的刊物,于1985年第8期发表了一篇从作者署名到内容都令人陌生的文章:《论鲁迅的创作生涯》。仅仅因为是对鲁迅的生平作品谈了些与众不同的看法,这篇文章因此便构成了一个真正的"事件"。据说此文引起了比文学界更为广泛的方面的关注,各报刊纷纷刊出名家对这个小人物进行的"讨论"。现在我们可以退一万步来看这一事件,即使该小人物所写的小文章全都是错的,且不论这一篇文章与成千上万的赞扬肯定的文章相比究竟会不会对鲁迅造成损害,单就究竟有没有谈论、乃至非议鲁迅的权利和自由这一点提出质问,便深觉此中的大谬。

几乎谁都无法挣脱这个网。这个文学秩序由久远的因素所促成,但一路流去,却添加了许许多多的沉积物。这个传统到了现在便成了混杂而难以辨清的统一体。它自相矛盾,又以不容讨论的面目出现在所有人的面前。例如《在社会档案里》的受挫,据说是由于作家的社会责任感,那么,作家难道不正是由于这种责任感才投入对于社会档案的探求吗?这真是一个中国式的永远弄不清的文学怪圈。

这一类作品的"触雷"并不足奇,因为它对已成定势的颂歌模式不自觉反抗,必然引发更为强大的反抗力量。在这个网中,一切已经被确认的秩序,都必然带有真理的性质。既然如此,它就是不容怀疑的,不论这种秩序是由权威或是非权威作出。数年前,淹没已久的新月派重要人物徐志摩的诗集出版,并有人为此作出新的评价。紧接着便有人不以为然,其原因即:关于徐志摩的评价,前二三十年已有某要人作过结论云云。这种思维方式从来不被怀疑。以至于前不久刚刚去世的美学家朱光潜,因为说了句:国外熟悉的中国作家只有老舍,从文……而遭到报复。人们不禁要据此发问:一位年愈八旬的文坛宿老,难道连这样自如地而又委婉地转述一个小小见解的权利都要受到干涉么？究竟是什么一种心理动机触发了如此不见容的褊狭？的确很难说带有这种文化性格是不是丑陋的。它造成了这个民族和这个社会的封闭。向后看的墨守前例和成规,被视为是正常的,而怀疑已有的结论却被视之为失常。

传统文化心理面临挑战

幸好这种局面已面临危机。文学伴随着时代的觉醒已开始不安的冲撞。这形势犹如白桦那首著名的《阳光,谁也不能垄断》所宣告的:"觉醒的鹰"已不能忍受那约束它血肉之躯的"蛋壳",它正在用嘴啄破那层薄壁,它的翅膀要挣扎,那有形、无形的网:

> 一点就破呀！
> 云海茫茫,太空蔚蓝,
> 我们的翅膀原来可以得到那么强大的风,
> 就在这透明的薄壁外边,
> 再使点劲就冲破了！
> 我们就会有一个比现在无限大的空间。

这只不满"蛋壳"的鹰的觉醒,是由于外面世界迷人的阳光的吸引。它曾经习惯于黑暗,如今受到了光亮这个魔鬼的引诱。如同吃了禁果,人终于能够像人那样活着,但禁果也是那个恶魔引诱的。

七十年前中国文学的觉醒,就是由于这种引诱。那时没有选择,也无所谓挑选。于是各色影响一起涌进,犹如八面来风充斥了这间黑暗的老屋。于是霉腐之气全被冲走,清新的风充满了整个空间。中国文学家们在这个令人眼花缭乱的自由市场上自由地挑选自己心爱的物件。于是冰心认识了泰戈尔,鲁迅认识了契诃夫,郭沫若认识了惠特曼。

那时,我们的视野向着世界开放,没有人来跟我们饶舌,说此人可以亲近,此人可恶;说此书可以招财进宝,彼书则使人晦气倒霉;健康的还是有毒素的全由挑选者自行选择。那时并没有产生乱子,反倒繁荣了中国文坛。西方从古典主义到现代主义的一切,由于不怀偏见的自由择取,反倒造就了一代中国作家的审美情操和艺术素养。我们的吸收食物的肠胃也在这种"遍尝百草"的实践中锻炼得异常的强旺。中国也并没有在这种兼收并蓄中变成"殖民地"。民族的品质也未曾沦亡,没有忘记了祖宗,更没有"亡党亡国"。

随后我们开始挑食,继而因为害怕不卫生,害怕病从口入而忌食。我们于是开始营养不良,继而开始贫血。因为我们"净化"食物的结果,造成了过多的营养补给的短缺。正如前面述及的由于交流的褊狭选择,造成了文学的贫困。这使中国文学这个贫血的婴儿,产生了严重的发育不良症。这个众所周知的历史事实,如今已成了重要的经验为今人所记取。

这次我们重新把目光投向域外的世界。我们的心态已经适应了当前世界总的发展格局,即第二次浪潮的标准化所产生的文学的单一选择已告结束。我们乐于接受如下的新概念:"艺术:多种选择的缪斯。"约翰·奈斯比特在《大趋势》中说:"对于今天的艺术——所有的艺术来说,如果说有什么特点的话,那就是有多种多样的选择。"

文学借鉴的"一边倒"和净化的过滤,曾经造成了它的时代性的灾难。如今我们宁肯承受那种"崇洋媚外"或"数典忘祖"的恶谥而不再屈从于历史的歪曲。我们改变了过去那种单向的模仿。多种选择的目标鼓舞中国当前文学向着世界文学做多向的寻求。这历经痛苦如今变得格外幸运的一代人,唯有他们足以获得如本世纪初叶那批先行者享有的为中国文学盗取世界文化圣火的普罗密修斯的美称。我们的文学的新觉醒是由于又一次获得世界性进步文学的启蒙。

现代接近的必然

此次启蒙有异于前的突出特点,在于明确而自觉地寻求现代艺术的冲击,而不再一般地接受外来文化而使之融于古老的民族文化。这是一次新的新文化运动。这次新文化运动的性质,依然要从中国社会的变革要求寻求解释。中国要求结束这种全封闭的与世隔绝造成的可怕的落伍——一个世界巨人居然跑在了世界竞走的后列,中国人有着不亚于他的先辈的深重忧患。他们别无选择,只有打开大门向着世界的现代文明。

我们显然期待着这可能是最后一次的机会。基于这样的前提,我们确定了对外开放的国策。至于对内的方针,一般都提到活跃经济的若干重大措施,但更为重要的应该是把中国从现代迷信的桎梏中解放出来,给言论和意识形态以更多的民主与自由。我们把本世纪末的目标确定为社会的全面现代化。这样背景下出现的文学变革,当然只能是文学向着世界现代化艺术潮流的推进。

为了求证中国文学的接近现代艺术潮流乃是一种必然,有些论者直接把当前的社会现代化与艺术现代派相联系,这未免失之粗略。但不能不承认中国最近数十年的生活现实,有诸多因素使之与西方现代主义相呼应。中国人久经动乱,归来普遍地产生了失落感。他们从传统的自满自足的小农心境中猛然醒来,为梦中所经历的一切而冷汗涔涔。

惊恐之余,跟前出现的是经济的凋敝与精神的颓败这两个实在的废墟。这些废墟尽管与西方出现的战后的废墟文学不尽相同，但因而引起的"废墟感"，却有着某种切合之点。加上生活中的积重，随后就会想到我们的居处也实在是一所"荒原"。这就自然地疏远了以往对于欧洲浪漫主义的那种热情洋溢的情趣，甚至是那种唯恐有什么疏漏对于再现现实的热情。

人们宁肯舍弃那种对于人生世相的享受观以及摒除那种轻飘飘的、甜蜜蜜的情感空间的陶醉.而自然地致力于这个其大无比的荒原的耕耨。许多正常的生活秩序遭破坏而失常，人们对此无能为力，于是真切地感到了自身受到异化。人为自己的尴尬的生存而焦躁，于是感到了生活秩序的荒唐，于是他们不再单一地追求用一种认真严肃的态度对待社会生活以及人际关系。这就构成更接近于西方现代派艺术的某些作品出现的心理和情绪背景。

中国人习惯于生活在一种恬然自安的生活环境中。祖代相传的小生产者意识，使他们乐于为自己制造田园诗的氛围和环境。他们在这里获得了恒久的安全感。这个人造乐园的倒塌，使中国人中的敏感者，感到了荒原的存在。首先是礼仪之邦的子民觉察了人居然可以互相吞噬，人与人之间的关系可以变得无情无义，可以丧尽天良。一种怅惘于人情的失落的心情，使他们到人类之外去寻找慰藉。韩美林的水墨画《患难小友》写的是比人更有情意的小狗。而宗璞的《鲁鲁》，可谓借故事而比喻当今。那只抗战时期后方屡抛屡归的鲁鲁，真可以一慰人情冷淡的今日的唏嘘。

这里有一首短诗，表现了人与人的距离感：

你，
一会看我，
一会看云，

> 我觉得,
> 你看我时很远,
> 你看云时很近。

这是顾城的《远和近》。意思是共同的:生活的失常,人与人反而远了,人与兽、人与自然,在以往不能沟通之处反而有了亲近感。这是失落向着文学的补偿。在此种背景下,卡夫卡的作品当然会重新赢得今日中国人的同情与理解。他的《变形记》成了中国知识界最风魔的作品之一。宗璞的《我是谁》写中国当代人终于也变成了甲虫。它痛苦地爬行着,一步竟如千里之遥,拖着血污。透过这些浓浓的血痕,人们看到中国也有自己的"恶之花"。

人们普遍地感到了自我的消失乃至异变。由个人的失落乃至异变,思及中国民族近代以来的落伍,作家们普遍地受到了历史感的催促。他们愿意以崭新的目光来审视我们处身其中的这个民族——它的优秀之处过去是讲得充分而又充分的了,它的丑陋之处过去则根本未曾涉及。我们的国民性是否有值得重新探讨的必要呢?这样,像马尔克斯《百年孤独》那样充满魔幻色彩的作品,就自然地进入了我们的视野。

中国作家雄心勃勃,要在短时间内把一切富有启示的本领学到,并且向着世界性的不朽文学巨著进军。但最根本的问题仍然是现实的阴影和沉重感无时无刻不在压迫着我们。中华民族的忧患实在是太深重了,我们几乎都得到了遗传的忧郁症。但现实的网罗有待我们去冲破。

此种艰难时刻使我们顿悟于我们不能始终沉湎于柔弱的艺术氛围之中。我们需要男性的力量以战胜那无尽的苦难。我们希望把握自己生存的命运。这种关于民族的生存与个人战胜险恶命运的思考,使我们自觉地从海明威那里获得了老人与海的启蒙。

多向选择的寻求

这个阶段中国文学向着世界的寻求是有选择的,但又是多向的。中国人的目光和胸怀从来未曾如此的睿智和豁达。我们不再需要那些描红的字帖,我们也不需要那些充当先生的保姆告诉我们应该这样或是应该那样。我们如同一个大愈的病者,一旦病痛消失,禁食之令解除,饥不择食之感使我们成了饕餮者。

我们的"青草"不仅是海明威、卡夫卡、马尔克斯。其实,一切过去宣布的禁果,如今都是我们采撷的对象。我们的诗人不仅对惠特曼重新有了兴趣,而且对波德莱尔,对兰波,对聂鲁达,也对新朋友埃利蒂斯报以贪婪的目光。后者作为爱琴海文化诞生的儿子,他的开放的目光,他为古老文化与现代艺术的融汇与改造的魄力,极大地鼓舞着中国的当代诗人。

对于中国当代的理论批评界和文学史界,中国文化强顽的生命力,以及它对一切有生气的力量的消融与吸附力同样是惊人的。这块其大无比的磁石,它可以把流撒在任何一个地方的铁屑加以吸引。它造成了中国人的认同感,这是它的大贡献。但它同时也造了一个恶魔,那便是中国人的皈依感。中国人的思维定向不是前瞻的,而是频频回顾,以旧日的繁荣为心理平衡的杠杆。

中国人正是在这种自我陶醉的满足感中,忘记了向前行进。许多新文化的斗士,始于对旧文化的警惕而反叛,而终于向它作最后的认同。这已是屡见不鲜的事实。新诗运动兴起以后,有无以计数的旧诗叛逆者,建立了一代丰功的新诗人,到了晚年大都不约而同地做起了旧诗。这充分证明了旧有文化磁场之可惊可怖。新的文学变革时代的初始,便是怀着对中国旧有文化的深深的警惕而把目光转向了西方。

现代化与现代艺术并不是同义语,但开放政策却与现代艺术存在着亲缘关系。文学结束标准化滑行之后,它的目标是通往世界文学的现代化进程。这当然不能无视中国文学向着世界现代艺术潮流的接近。中国文学的缺陷或致命点是它的"古老"。"古老"是深厚的象征,而"古老"也是凝滞的象征。向着现代艺术的接近,可能意味着给这个古老的肌体注入青春的激素。它也将会带来骚动,但却是打破平静之必须。

诗歌"无师自通"。它最先向文学推出了一个怪物。"朦胧诗"这个怪名称如今已经不怪,但数年前却是一个带有明显讥讽意味的雅号。当年围绕这个"怪物"引发的论战,相当地惊动了文学界内外,原因在于它的不合常规的对于传统的"反叛"。对于传统的文学,这真是一声不及掩耳的迅雷。也许敏感的人们意识到将有一些事要发生,但绝不会想到以如此激进的方式向着当时正为"现实主义复归"的"拨乱反正"而兴高采烈的人们。人们的被激怒是当然的,中国这个显得有点霸道的"传统",它可以将一切消融,但并不容许哪怕一点点侵入。它的超稳定体系不允许哪怕一点点对它的"摇撼"。它是一个孤僻的什么习惯都不准备改动的怪老头!这样,当诗歌的弄潮儿如几个顽童居然敢来揪这个老头的花白胡子时候,他的暴怒可想而知!但事情显然只是一个开端。

1982年,几位作家一时兴起,借《上海文学》和其它几个刊物搞起了关于中国需要现代派的通信。参加的有王蒙、冯骥才、李陀、刘心武、高行健,另外还有两位文坛耆老徐迟和叶君健,他们分别著文谈论现代派文学。叶君健把文学变革的动因放在深刻的时代背景中考察,认为人类的历史已从蒸汽机跨进了一个新的历史时代——电子和原子的时代,机械手已经代替了"流血流汗"的体力劳动,自动化成为了我们时代生产方式的特征;在这样背景下,文学艺术必然要出现与蒸汽机时代不同的流派,表现形式和风格。他认为我们当前出版和推崇的外国作品,主要还是蒸汽机时代的,甚至从新华书店的订货和印数来看文艺阅读出版的行情,有些欣赏趣味大有封建时代的味道。"充分掌握当前世界文学的潮流和动态,与世界的文学交流,进而参与世界的文学活动,无疑也是我们从事各方面'现代化'不可忽视的一个方面"。对此,叶君健真诚地希望:"我们是一个十亿人的大国,我们当代的文学在当今世界上不仅不能'哑',还应该发出较大一点的声音来。"(叶君健:《现代小说技巧初探·序》)

徐迟公允地对西方现代派文艺作了评价之后反顾中国,尖锐地指出:

> 在我们这里,很不少人仍然欣赏古琴、花鸟、古诗、昆曲之类,迷恋于过去,是过去派。另一些人还不能区别那严重污染环境的近代化与高度发展的四维空间的现代化的差别,他们其实还是近代派,他们所想往的是过去化,或自足自满于近代化,并无或毫无现代化的概念,我们的现代化,既有一个特别困难的进程,看来我们的现代派的处境也将很快是比较困难。
>
> ——徐迟:《现代化与现代派》

李陀、冯骥才等几位作家为高行健的《现代小说技巧初探》传达的信息而兴奋。冯骥才"像喝了一大杯味醇的通化葡萄酒那样",比喻这本书的出现"好像在空旷寂寞的天空忽然放上去一只漂漂亮亮的风筝"。但事情的发展不幸被徐迟所言中,这一文学潮流的处境很快就表现为"相当的困难"。

文学界受到这几只美丽的风筝的惊扰,一些对此忧心忡忡的人们事实上把对这一思潮的批评,当作了一场郑重其事的"空战"。这次关于现代派的论争,后来被纳入了关于"清除精神污染"的运动。许多文艺界重要人士都公开发表言论表明自己的立场。一位老资格的文学家对新华社记者发表谈话称"当前文艺界资产阶级自由化是以'现代派'思潮为代表"。有两种绝对互相对立的见解。一种见解是担心文艺向着西方开放之后"盲目崇拜"的结果是"我们自己的声音、自己的传统、自己的性格，慢慢地会完全没有了，我们会自惭形秽地倒在外国人面前连头也不敢抬了"；"我们不是不要外国的东西，但总不能弄得中国的东西难以生存"。"我们有的人连起码的爱国主义情感和民族自尊心都淡薄了"。夏衍针对人们这种惊恐病，引用了鲁迅写在1929年的一段话，过了将近60年而仿佛是针对今日中国某些外物惊恐病的人说的一样：

> 汉唐虽然也有边患，但魄力究竟雄大，人民具有不至于为异族奴隶的自信心……凡取外来事物的时候，就如将彼俘来一样，自由驱使，绝不介怀，一到衰弊陵夷之际，神经可就衰弱过敏了，每遇外国东西，便觉得仿佛彼来俘我一样，推拒、惶恐、退缩、逃避，抖成一团……。
> ——《鲁迅全集》卷一

《上海文学》发表了巴金给瑞士作家马德兰·桑契女士的一封信，回答她的问题称："我们在谈论文学作品，在这方面我还看不出什么'西方化'的危机"。巴金的观点和中国绝大多数坚持开放的文学家的观点完全一致：

> 现代交通发达，距离缩短，东西方文化交流日益繁烦，互相影响，互相受益，总会有一些改变，即使来一个文化大竞赛，也不必害怕"你化我，我化你"的危险。
> ——《上海文学》1983年第1期

数年来国内文学家和学术界所进行的这方面的工作，包括袁可嘉主编的四卷八册的《西方现代派作品选》；陈焜撰写的《西方现代派文学》；高行健撰写的《现代小说技巧初探》；以及柳鸣九编辑的《萨特研究》充其量不过是对于我们所陌生的艺术世界的启蒙性的绍介。所谓的现代主义对于现实主义的威胁完全是一种言过其实的夸张。中国经营了数十年的现实主义文学传统,如果会被现代主义的初始的启蒙所击倒,那不但证明现代主义的强大生命力,而且证明中国式的现实主义的脆弱性。这种不便声明的脆弱性也实在被那些患有脆弱症的人们所夸大了。

但中国文学不管面临什么样的狂风巨浪,例如各式各样的运动的批判或批判的运动,或是变换名目和形象的准批判和准运动,都不会使中国已经获得的自由的自主意识后退。作家、艺术家、批评家也都如此。一个无可否认的事实是中国正在造成的新的文化性格,此种文化性格受到了整个开放社会的鼓励。它正在形成一种"硬质",足以抵抗中国文化界有着悠久历史的软骨症。

八、潘多拉魔盒的开启

历史大裂谷的生成

开始那些魔鬼是被关闭的，一切的"邪恶"和"异端"当然无法成为现实。中国文学选择过一步——开放的一步，显然是要承担风险。任何对于文学既定事实的改变，都必然置自己于异常不利的位置上。不管你是否意识到，或者不管你是否愿意，你总是那个不容置疑的传统的规范化文学的对立面。因为你的行为有悖于祖宗的"成法"，你注定将受惩罚。但不论这种人文环境何等的险恶，中国文学显然不准备改变自己的走向。

敏感的理论家们支持了这一魔盒的开启，他们旨在促成那幽禁千年的群魔的舞蹈。的确，那魔盒的盖子一旦打开，那些异物将不再回到盒中。由此开始的两个大的文化系统——东方和西方的文化系统——继本世纪初叶那一次大冲撞之后，又一次带给中国文化界以震动。对于业已习惯文化封闭的大一统秩序的人们，这有如是一场八级大地震，地震造成的崩裂和错位又一次带给中国文化以阵痛。概而言之，是由于长久的阻隔而产生的相互警惕和不能适应而产生的痛苦。

中国新文学革命，最初瞩目于西方的浪漫主义和现实主义文学传统的效法。两大文学潮流迅速为中国新文学动动所吸收，并融入了中国新文学的生命体而构成了新的传统。从郭沫若、徐志摩的作品中我们可以看到浪漫主义的生成和深入，而茅盾、巴金的作品，同样显示了现实主义的强大力量。鲁迅对于中国文学的影响,除了是展现实绩的力量,更重要的恐怕还是启蒙的开拓力量。他于中国古文化了解最深刻,故批判最尖锐,由于深知此中积弊,故变革的意识最强烈,对于新潮的接引也最大胆。

中国新文学运动兴起与西方现代主义的兴起,时间更为接近。许多现代主义大师当时正处于创造旺盛期,有的就是他们的同代人,但是由于中国文学当时的主要兴趣在于借用文学的力量以改造社会这一目的,因而或为人生而表现或为理想而疾呼,而对当时影响已烈的具有异质的现代主义艺术思潮不甚关注。对于现代主义的关注产生于新文学的创立立定脚跟之后。

全面开展的文学势态,使之有可能把视角转向新异艺术方式的寻求与借鉴上。这时对于艺术效用的关注超过了对于社会效用的关注。受到现代主义影响的中国象征派与中国现代派的实践方始起步。最早取法西方象征主义作诗的是留法的李金发。他因写了与当时风尚迥异的作品而获得"诗怪"的称呼。从1925至1927年,中国象征派诗歌实践,除李金发外,尚有由后期创造社转向象征主义倾向的穆木天、冯乃超、王独清以及蓬子、胡也频的诗作等。小说中的新感觉派因系间接自日本影响下引进,故较诗的出现晚,但也是在20年代后期,由1928年刘呐鸥创办《无轨列车》起始,集合在这一刊物周围的撰稿人除刘呐鸥外,尚有戴望舒、徐霞村、施蛰存、杜衡等,以及随后在《新文艺》上发表力作的穆时英等。这时的作品表现了以主观感觉印象和潜意识的着意刻画为特色的半殖民地都市的病态社会场景,体现了现代主义艺术的若干基本倾向。

30年代初叶中国创立《现代》杂志,出现了以戴望舒为代表的诗人群,开始有力地推行现代派倾向的艺术实践。至此,中国诗歌始于李金发以至戴望舒,开始形成了一股与现实主义、浪漫主义并立的现代主义艺术潮流。这一潮流的出现一直伴随着特殊而坎坷的命运。30年代以后,中国社会矛盾重重,民族的忧患、国计的艰危,社会现实不断提醒文学艺术服务于现实需要的觉悟。社会效用极高度的强调,驱使文学向着人生和社会的目标进一步逼进。审美的价值观成为非主要的,文学的个人化和内心化成为不合时宜的。中国现实的情势迫使文学作出抉择:即以停止诸多艺术渠道的开辟为代价的封闭式的抉择。此后在文学史中得到大量描述和肯定的文学的现实主义精神、文学的社会使命感,即新的社会功利价值的概括,正是这一抉择的最简要的证明。从30年代后半期开始,延续了数十年之久的文学单一选择的结果,产生了一贯的批判命题"为艺术而艺术",其中对于现代派的宣判是与对于资本主义腐朽性的宣判始终联系在一起的。

20年代至30年代初叶的现代艺术思潮的兴起及消隐,是中国文学的"彗星现象"。中国几乎是自愿地放弃了与全世界艺术发展的同步性而自甘落伍(长时期以来,它视这种落伍为前进)。它把自己封固起来,闭目不看世界在数十年间脚步匆匆地向前走去。此后,虽有一些诗人,特别是40年代后期在大后方以西南联大师生为中心开展的再度引进西方现代艺术的创作活动,但毕竟是总体一致的格局中极少得到舆论支持的艺术支流而已——尽管其中一些文学现象在事隔数十年后的今日已引起了人们的重视。

中国由于自身严酷的生存环境,使它采取摒绝有益于艺术自然生成与发展的决策,为着民族意识和阶级意识的传播与发散,它宁取社会主义的单向选择而弃绝多向审美的寻求,这正是数十年来人所共知的事实。在这样的情态之下,中国在"五四"新文学运动短暂的全方位展开之后,便自然而然地关闭了开放的形势。于是,便在新文学运动初期的大繁荣与30年代以后的长时间文学一体化之间造成了一个大裂谷。裂谷的两岸壁立千仞,它给予中国文学以封闭型的新特征。它终于成为中国呼唤艺术开放这一遥远的梦的潜在历史动因。

觉醒:秩序的怀疑

怀着极为复杂的心情告别70年代的中国,由于自身的痛苦醒悟,再加上对于世界的了解,开始对已成定局的文学秩序产生怀疑。于是有了诸如上述那种魔盒的开启。中国文学进入70年代后期的转向,对于已不新鲜的西方现代派思潮发生兴趣。这情景颇有点像学生的补课。经过大动乱之后回归世界的中国,望着这世界的一切都有一种惊喜之感。这是一种需要,而不是某些偏见认为的那样是追求时髦的"时装表演"。

这种文学自身的内驱力,有点像20世纪英美诗中的意象派运动。它的跃起是对于当时统治英美诗坛后期浪漫主义维多利亚诗风的反拨。当年极度繁荣的浪漫主义诗歌发展到20世纪已近尾声,它的因循刻板和华靡空洞加上陈旧的说教和抽象的抒情已使读者厌倦,这种厌倦创造了意象派兴起的契机。中国70年代后期的形势与此有相似之处。50年代后期开始的"浪漫主义"诗风,以将近20年的时间沦落。它的最后装饰是千篇一律的华靡修饰。内容的脱离人间忧患和形式的僵硬单调,直接创造了艺术反抗的心理基础。

1976年爆发的天安门运动中群众广泛采用古典诗歌形式,说明了对于当时奉为圭臬的已有形式的摒弃,仓促间无以对应,只好采取了原已弃绝的形式。但随后开始的诗歌变革即朦胧诗运动,便广泛采用了接近西方现代主义的意象诗,说明了对于业已异化的现实主义和浪漫主义、并由此形成巨大约束力的艺术教条的反抗。整个中国新时期文学艺术的变革的动机,几乎都可以从艺术反抗主义这一原因得到解释。一种对于已有秩序的怀疑导致对于另一艺术世界的寻觅,于是出现了北岛,舒婷,顾城那一群的令人惊骇的艺术反叛。读惯原先那种充满了矫情的甜得发腻的殿堂艺术的读者，如今猝然面对这样的句子和这样的表达方式——

> 地平线倾倒了
> 摇晃着，翻转过来
> 一只海鸥堕落而下
> 热血烫卷了硕大的蒲叶
> 那无所不在的夜色
> 遮掩了枪声
>
> ——这是禁地
> 这是自由的结局
> 沙地上插着一支羽毛的笔
> 带着微湿的气息
> 它属于颤抖的船弦和季节风
> 属于岸，属于丽的斜线
> 昨天或明天的太阳
> 如今却在这里
> 写下死亡所公证的秘密
> ——北岛：《岛》

开始人们不免震惊，继而就能容忍并谅解。敏感的读者逐渐理解了这些新奇意象的组合"说"出了以往"说"不出的情绪和事实。心灵的重创、现实的复杂变形以及人们对这一切的纠缠不清的态度都在这里得到了传达的满足。

以诗歌的现代倾向于实践为发端，中国文学开始了超时空的向着"五四"新文学的传统大裂谷的对接。这种对接伴随着文化背景和文学观点差异而产生的大折磨，事实上修复了本世纪初叶开始的东西文化大交流的通道。中国为了挽救文学的人为衰颓,特别是解脱现实的大痛苦,重新向着西方现代文明燃起了引进火种的热情。这一切原都是古老的题目,但在噩梦醒来的人那里却获得了新鲜感。

把中国现时文学失去平静的经历解释成青年人的追求时髦,乃是一种不谙世事的焦躁心情的反映。一切都应从现实和历史的状态寻求根本的解释。这不是一般单纯照搬和模仿西方的现代派运动,这是中国基于自身原因生成的艺术变革。这一运动当然受到了一种强大力量的驱使,那便是中国已经醒悟到自我禁锢便是自我毁灭。中国面对西方现代艺术思潮的新的热情,与其说是由于对现代主义的兴趣,不如说是中国希望改变自己的世界弃儿的形象而重返世界的愿望的体现。在文化上和文学上,便是结束隔绝和要求沟通、吸取和融汇。

荒园的"遥感"

中国的这一切自有深刻的社会的和历史的因由。如同许多论著所已经阐释的,西方的现代主义思潮的共同特点是对资本主义文明和传统价值观的怀疑。二次世界大战以后,对现实的失望和精神危机更促进了现代主义的复苏和发展。高度发展的物质文明和精神的失去皈依,普遍地呈现出社会的畸斜。暴力、吸毒以及笼罩天空的核阴云,使人们对现实失望。人对自身的存在感到荒唐,他们面对的是荒园。他们寻找精神的故乡但无所获。

在这基础之上诞生的艺术现象,再一次引起了中国的兴趣和同情。与"五四"那一次相比,这次对西方现代派的关注具有了更为强大的动因。"五四"是一种作为艺术全景介绍的不可缺少的必要,应当说,刚刚从封建桎梏挣脱出来的中国,完全缺少对于都市病的厌倦和反抗,以及对于资本主义的怀疑和仇视的条件。尽管当时中国由于年代的接近而"置身其中",却缺少对此深切的感同身受的效果。而现在的中国,尽管是时过境迁,却有着与这一文学思潮同向的理解的基础,这是一种"遥感"。

长达十年的政治动乱,加上比这还要长的年代里的社会禁锢,使中国噩梦醒后面对的是一片精神焦土,原先的罗曼蒂克的理想之光开始暗淡,急切间又不知向何方伸展。以10年乃至20年为代价换来的失落感,人们开始寻找时间和希望。人口大膨胀造成的拥挤和磨擦,贪污和贿赂,陷阱和特权使人们在现实的积重面前感到了无能为力。社会的病态发展了人与人的吞噬和隔膜,作为现代社会的孤独感亦随之而去。废墟的沉思和召唤、荒园的展延和凭吊,神圣的外壳剥落之后,人们发现了滑稽和荒诞。这些,都使中国与西方现代思潮产生了遥远的认同感。

不同的历史时代的相似的经历和遭遇,使中国与异时异地同时又是孕育于不同社会文化背景的文学产生了"共震"。七八十年代之交产生的这一次中国向着西方的"盗火"行动,与本世纪二三十年代不同,那次是全景展现与引进的文学自身的必然,而这次却是一次情感和理智的需要。

中国一方面感到旧有艺术方式的完生不能适应,一方面感到这一曾经长时间发展但仍然新异的艺术方式对于表达特定阶段的社会、自然和人的谐调与适宜。最明显的例子来自原先写着雍容典雅作品的那些已获得声誉作家的艺术变异。王蒙以《夜的眼》、《春之声》、《风筝飘带》、《深的湖》为起始,开始了新的艺术领域的开拓。他的杂乱无章、漫无头绪的叙述方式,使熟悉他的《组织部新来的青年人》的情调,并对他的复出寄予厚望的读者大为吃惊。如下这样的一段文字是他们所热爱的小说家以前的作品中所未曾见到的——

大汽车和小汽车。无轨电车和自行车。鸣笛声和说笑声,大城市的夜晚才最有大城市的活力和特点,开始有了稀稀落落的,然而又是引人注目的霓虹灯和理发馆门前的旋转花痕。有烫了的头发和留了的长发。高跟鞋和平高跟鞋,无袖套头的裙衫,花露水和雪花膏的气味,城市和女人刚刚开始略略打扮一下自己,已经有人坐不住了。这很有趣。陈杲在一个边远的省份的一个边远的小镇,那里的路灯有三分之一是不亮的。灯泡健全的那三分之二又有三分之一的夜晚得不到供电。

——《夜的眼》

人们为这种不合章法的小说艺术而不安,不免异常深情地回想当年那个年轻的林震和同样年轻的赵惠文在飘满槐花清香的夜晚那抒情诗般的甜蜜的对话。那情景已经消失,代之而来的正是《夜的眼》或《风筝飘带》中那种对于拥挤和焦灼的敏感,那种用不经心的调侃排解痛苦的睿智,从而显示了某种成熟的智慧。王蒙的创作倾向受到了广泛的关切,报刊开始讨论他的这种不合常规的艺术变异是否合理和是否值得。王蒙显然不在乎人们的七嘴八舌。作为一位成熟的作家,他已经觉察到以往艺术秩序中的弊端。他勇敢地迈出了一步。这一步是靠近了现代艺术的某些技巧,但显然不准备以放弃他的"少共精神"和现实主义的基石为代价。

另一位作家与她的处女作《红豆》一起曾留给读者以雍容华贵的印象。在这个艺术新时期到来的时刻,她采取了比王蒙更为大胆的步骤,继获奖作品《弦上的梦》之后,宗璞写出了《我是谁》。不纯熟的,多少有点胆怯的借用变形的心理描写的方式,使她写出了一篇当时很引人注目的"怪小说"。在那里,人变成虫子,"四面八方,爬来了不少虫子,虽然它们并没有脸,她还是一眼便认出了熟人……它们大都伤痕累累,血迹斑斑,却一本正经地爬着"。

驱使这些写出了优雅风格作品的作家,放弃甜蜜和美丽而趋向扭变和丑陋的,是一种比文学自身更为强大的力量。现实生活的不宁和痛苦,使作家感到新的方式更为贴切和更富表现力,这是一种"遥感"的力量。当然,这篇作品从卡夫卡类似的作品那里得到了启示,它在写实基础上的荒诞和变形,两种因素不谐和的相加造成了某种生硬和拼凑的感觉。

到了《泥沼中的头颅》,文章传达出来的无边沉闷和麻木,缠绕和黏糊、森森的冷气,竟让人想到:

> 许多小虫顺着触角往上爬。"我们爬到你的头顶上,就也是思想家了。"它们仰着头大叫,小小目头很象甲虫,又象戴着面具。向上爬一段就得更象人。有的爬得很快,变化的速度惊人。有的爬着爬着掉了下来,搅在泥浆里不见了。
>
> 头颅觉得自己正在腐烂。他必须从腐烂里挣扎出来。他大张了嘴,一面吐着涌进来的泥浆,一面大声喊叫:"我还要去找钥匙,好冲洗泥浆,你们不觉得不舒服么?"……
>
> 头颅有些飘飘然,想要发表一通演说了。这时他看见不远处有一个模糊的人形。这人形飘忽不定,忽而附在各个不同的人身上,忽而凝聚为一个人,一个头颅从盘中跌出,一直向泥沼最深处落下去。
>
> 哈!四周涌来一阵笑,这是看见人跌落时最时兴的伴奏。

可以看出这种非情节他的象征笔法,把十分沉痛的内容,托之以虚幻和荒诞,我们不难从爬行的小虫、爬得越高越像人,以及跌落的小虫在泥浆中消失,头颅跌落后笑的伴奏等等看到倾轧、阴谋、陷阱以及冷漠无情。中国作家向着现代主义借取艺术经验的热情,受到痛苦的潜在要求的促使,他们感到唯此方能释放某种重压和积郁的深刻愿望。

这种要求不单属于个别作家,而是一种趋势,首先出现在那些服膺十九世纪的现实主义和浪漫主义传统的那一批有成效的作家笔下。张洁的出现伴随着一种对于理想的眷怀以及美好的丧落的痛苦,"痛苦的理想主义"对她早期的作品是一个精彩的概括。现在她痛苦依旧,但已自觉摒弃抒情诗的情调。她变得焦躁而苛刻,于是笔端频频出现恶语和丑陋的物事。《方舟》已露端倪,《她有什么病》以变形表现激愤和沉重给人以深刻印象。张洁当然有她的想法,这不能不说是她的觉醒的坚定追求。过去她一直发掘美,《方舟》感到了丑的存在;到了《他有什么病》,终于以揭示病态作为自己的追求。这种对于现代艺术的接近是自然而然的。谌容是一位坚定的写实作家,但她的近作多倾向夸张荒诞,这说明她从"现实"中看到了"现代"。

异向接近的契机

现阶段中国文学的现代主义趋向,源起于对中国文学从表现内容到表现方式的教条的反感。徐迟把这种追求叫做文学的现代化,是对于"古代化"和"近代化"的抗争。这有点像英美意象派扫荡维多利亚甜得发腻的颓风而引动一场艺术变革,中国文学的现代倾向,目标在摧毁同样甜得发腻再加上浮夸得可憎的"假、大、空"艺术神殿。

从英雄到平民,从"高大全"到"小人物";从视人间为天堂,到省察社会的异常和扭曲,这一时孕育着艺术创作的新意向——传统的艺术方式对于产生巨变的现实已经不能适应。现代主义的确解除了中国文学面对现实那种苦于难以表达的困窘。它为长久凝固的中国文学提供了新的艺术思维和艺术手段,对于艺术观点的扩展具有重大变革的意义。

传统的文学格局的根基,是对于现有秩序的绝不怀疑和坚信,因此"颂歌"成了最基本的文学体式。对于科学而言,发现和创造都来自怀疑。文学艺术的灵感产儿应与此不悖。再加上生活自身的失去常态,人们的质疑更合乎常情。鲜明展示否定意识的北岛的《宣告》,对于中国文学的现代倾向表现了诗人的敏感和聪慧。"我不相信"最早表达了对于世界的怀疑。当然,中国文学受制约于中国人对现实社会的关注和思考,它的怀疑同样生发于社会使命感而并不"空灵"。

应当说,传统文学致力于肯定生活的进步和美好,曾经起过而且现在也在起着重大的作用。但对生活的另一面——丑陋的揭示和表现,却是中国现阶段文学相当的缺陷。这一领域的延伸无疑丰富和拓展了文学表现的世界,扩大了人们的视野,使之对人生世态的识见有一个全面的展开。

残雪的世界的变态和丑陋富有启示性。她是继刘索拉之后把文学推向更为接近现代意识的一位。《山上的小屋》、《苍老的浮云》、《瓦缝里的雨滴》《阿梅在一十太阳天里的愁思》以及《黄泥街》系列——她的世界是非现实的,但其间尽情暴露的丑恶却是非常可信的。无数的变态和失常,有力地暗示着世界上的某一处的生活和人们心爱的某一个角落的精神裂变。这是《黄泥街》的开头,开头就让你感受到其间难以忍受的氛围,这黄泥街的确难找,因为它不存在. 但却是无处不在的丑恶的折影——

> 我来到一条街,房子全塌了,街边躺着一些乞丐。我记起这好象就是黄泥街,但那老乞丐说:"什么黄泥街呢?今年是哪一年啦?"一只金龟子那么大的绿头苍蝇从他头发里掉下来。
>
> 黑色的烟灰象倒垃圾似的从天上倒下来,那灰咸津津的,有点象磺胺药片的味道。一个小孩迎面跑来,一边挖出鼻子里的灰土一边告诉我说:"死了两个癌病人,在那边。"
>
> 我跟着他走去,看见了铁门,铁门已经朽坏,一排乌鸦站在那些尖尖的铁刺上,刺鼻的死尸的臭味弥漫在空中。

烟灰是实在的,倒塌的房子和朽坏的铁门也是实在的,拼合起来却构成一个大荒诞。作家无意于再现甚至也无意于阐释什么,她只是通过一个个画面的组接,造成一个让人可以意会却无以言传的象征世界。这个世界与其说是按照某种实有模式的仿效描写,不如说是按照特殊心理感受对于世界的变异性重构。

对于中国作家而言,这种既非写实也非理想的艺术方式是新颖的,但它只是一种"移栽"。中国作家不管怎样崇尚现代意识,但仍有根深蒂固的传统观念,即使最年轻的一代也如此。残雪的荒诞不单来自内心,更主要的是来自外界。像《拆迁》中的"开五十月的会讨论全区的绿化问题,然后再开三个月的会讨论黄泥街的垃圾问题"以及一个偶然的响声都引发"你们发现什么可疑的迹象吗"的非常态的人生,《没有屁股的婴孩》中一间发霉、腐烂、到处都倒挂着蝙蝠的老屋,老屋纠缠不清的对着"迫害案"的追查与疑惧,都证明了残雪的这个世界虽是虚构却并非杜撰的世界。这种艺术方式对于表达对恶的敏感以及由恶造成的普遍的惊慌、惶恐、缺乏安全感等精神病状格外切实。

中国文学接受现代主义的影响,溯其源,不是由于中国社会和西方社会获得了同步的发展,恰恰相反,却是由于中国的惊人落后。不是由于社会物质文明的高度发展造成人的隔膜,因无根而飘浮,从而产生的孤独感,恰恰是由于物质的贫困造成愚昧和残忍.人与人因相残而相互隔离,也是一种别有因由的孤独。物质废墟造成精神废墟,人因无保障和受凌虐而自行裂变,于是只能是泥潭中头颅的滚动般的浸沤。

自从闻一多发现的死水作为一种象征在精神世界中存在,中国文学与西方现代主义经自两极的异向而在精神上生发出神妙的认同感。但中国的一切都生根于东方的黄土地。一切都是土生土长的,包括变异,包括绝望,包括滑稽和荒诞。是中国土地里生出的一枝苦果。这里有一首诗,有一个美丽的小题目《圣诞节》(蓝色)但内容却并非美丽的：

  总觉得塞进邮筒的信
  对方不会收到
  放在街旁的自行车
  会被别人偷掉
  总觉得端在手上的高压锅
  马上就会爆炸
  转播足球赛的电视机
  会出什么故障
  如果撞上了什么东西
  那一定得了脑震荡
  如果这班车她还不到的话
  我就要一个人被撇在世界上

  一个成熟的男人
  身上为什么会有
  那么多的分量

敏感的诗人首先把中国人特有的这种潜在的危机和孤独感大胆地表现了出来。《想起了捷克电影想不起片名》(王寅)、《出租汽车总在绝望时开来》(王小龙)单看这些诗的篇目，便可感受到那种饱受生活愚弄的人们对于自身命运不可把握的特殊感觉。一对等待出席婚礼(这在今日中国是带有某种虚荣意味的豪华之举)的男女总是等不到他们的出租汽车：

  像一对彩色的布娃娃
  装着很幸福的样子
  急得心里出汗
  希望是手表快了一刻钟

> 会不会接错地址
> 也不知从南边来还是从北边来
> 只好一个人盼着一边
> 想象着反特电影中的人物

诙谐背后的伤感,与其说是嘲弄他人不如说是嘲弄自己,自虐是由于被虐。这是中国普通人的小小的烦恼,但却渗透了深深的痛苦。

借助异域的方式写对于本土的特殊感受,特别是与那些过去极少得到表现的生存情状,中国当前文学受惠于现代主义者良多。它为展开另一个世界和另一种画面,向中国文学提供了行之有效的手段。我们过去用平面反光镜得到对于世界的认识,如今借助这种凹凸镜取得了另一种对于世界的认识——在这种变形和扭曲的透视之下,我们看到了过去难以窥及的五颜六色的社会内脏。它甚至喷吐着可怖的血腥气。

潜在心态的现代透视

仅仅提及上述一点很不够,也许更为重要的是,现代主义为中国文学深刻表现中国人的潜在心态提供了有益的手段。

影响现代主义发展的某些哲学观念,例如世界的荒诞感、人生的悲剧意识以及心理分析学派对于潜在心理的把握等,与现代西方社会体现为和谐呼应的状态,当人们获得了高度物质文明的恩惠后,接着便是更高层次的不满足,现代派立学对于表现西方社会病显得十分自如。

中国文学长期崇奉反映和再现的原则。文学注重于外在的活动和环境的描写,情节的构筑,人物的设置,以及彼此关系的连续和中断,他们的兴衰和消长,总的是一个外向化的过程。文学对于人的心理活动的潜在状态、以及对于人的习性和品德的另一些方面往往忽视。加上颂歌形态文学对光明的强调,使文学很少关注生活的另一种表现,例如某种以常见的合理方式出现的荒诞、民族性格中的驯顺有时表现为麻木、迟钝、愚昧的品性等方面。鲁迅传统中的讽刺性在正式文学体式中中断了,因此中国文学中关于类似阿Q性格和阿Q心态的揭示和表现受到阻碍。

由于文学向着现代主义的延伸和接近,这些遗憾得到了补偿。李陀的《余光》和《七奶奶》都传达出中国人传统心态的承继以及其面对新生活的困顿。《余光》中那位长辈"盯梢"者,以及七奶奶对于媳妇的警惕,都表现了中国的历史承受对于外界变动产生的惊惶。这些都依仗人的恶的心理活动的描写得到完成。

文学的向内转倾向得到现代艺术的有力启示。王安忆在《小鲍庄》中交错展现了一个古旧村庄中多个家庭的众生相。通过结构的力量,把带有原始性的人的内在情绪予以空间的展开。莫言的《透明的红萝卜》展示无声的感觉世界。依靠主观的心理视线向着纯物象的现实世界提供新鲜的效果。中国作家的艺术触角变得复杂而多样。它的最积极的结果便是揭示了另一个世界——人的心理和感觉的非物象世界。

正是通过这样的艺术嬗变,最终造成一个大的成绩。那就是对于中国人的传统心态的微妙的表述,特别是终止于鲁迅时代的阿Q心态——即国民变态心理的揭示。在韩少功的笔下,《爸爸爸》的环境和氛围,既让人不感到陌生,又让人惊怵。丙崽给人的感觉是阿Q没有死。昔日阿Q胜利时便认出了自己的"儿子",如今丙崽则把所有的人都喊作"爸爸"。不仅是愚昧和麻木,而且是养不大又死不了的白痴。至于仁宝和他的父亲关于皮鞋优劣的争论,仁宝反驳他爹:"千家坪的王先生穿皮鞋,鞋底还钉了个铁掌子,走起来当当地响,你视见否",他身上把鲁迅的假洋鬼子和阿Q的精神神奇地融汇在一起了。"听说他挨了打,后生们去问他。他总是否认,并且严肃地岔开话题:'这鬼地方,太保守了。'"——一切都让人想起阿Q的"革命"。

过去为"英雄""正面人物"的颂歌所淹没的另一片陆地,在特殊艺术方式的诱引下浮现了出来。在那里由于作家有意无意的开掘,使读者了解了古久传统心理的积淀。中国人的压抑和变态以及中国人的悲哀,诗人很早就开始了这一特殊意义的严肃"寻根"。终于发现了令人伤感的《中国人的背影》(蓝色)——

> 人生就象街头的暮色
> 美好得想让人痛哭一场
> 回到家你总是含着眼泪对我说
> 只有中国人的背影显得那么苍老
> 中国人,唉,中国人的背影
> 他们总是匆匆地离去
> 从不把头回过来
> 即使深夜,也有很多沉重的背影在你
> 面前闪过

这种发现借助中国传统艺术方式甚难实现,因为传统的观念要求文以载道。这种责任的承担决定了文艺的正面价值,即它必须传达一种有补于世的情态。因此,文学的任务在于发掘和表现美好,便是一种由来已久的必然运行。

如今伴随着现代艺术思维的兴起,艺术把它的触角伸向了过去难以企及的部位。中国终于又一次继鲁迅之后有机会窥及自身的"背影",由此透射出衰颓乃至丑陋。都种令人哭笑不得的灵魂重负,那种令人感慨唏嘘的痛苦和屈辱,文学把民族的思考导向了深刻。从而有可能把从来透过于时势和境遇的推卸导向自身。现代艺术为这个民族的痛苦的反思和沉重的忏悔提供了可能和恰当的方式。

　　这就是由于不同历史大背景的相似而产生的艺术共鸣,而导致了不以社会制度和人文环境的差别来划分的认同感。接触和渗透的结果导致中国当今文学的两个方面的积极结果:另一种世态的揭示和另一种心态的剖析。这是现代倾向的艺术引进促成的中国文学内涵的变化。

九、结构的错动

异质的进入与渗透

中国最近十年的文学是真正运动着的文学。文学这一球体过去是被各式各样的观念胶粘着并固定了的,如今它恢复了动态的运行。和以往人为的和外在的非艺术的运动迥异,当前中国文学最具实质的动态变化是艺术内在结构的变异与新生。

艺术视点的空前扩展导致艺术结构的引爆。造成这一形势的当然有众多的原因:现实主义的复苏和深亿,中国传统美学的兴旺和实践,而最具实质性的原因是另一种艺术思维和艺术方法的重新加入。异质的进入和渗透造成了旧有秩序的"混乱"。这种大错动实际是由于内在结构的"改组"或"重组"所造成,其结果是革命性的。

运动着的艺术首先把不平静的气氛带给中国文坛。"朦胧诗"的崛起给传统的读者和批评家来了一个下马威。几乎是全部诗国的公民一下子"读不懂"他们引以为自豪的诗了。一位写了几十年诗的人,拿着杜运燮的诗《秋》(一首二十行的短诗)苦吟不解,结论是"不懂"——他气闷地写了一篇《令人气闷的朦胧》,算是谴责诗的走火入魔的檄文。这还仅仅是事情的开端。

当北岛,芒克、多多一班人涌现的时候,中国的欣赏和批评惯性一下子便认出了它的"异端"性质,于是长达数年之久的朦胧诗论战发生了。这当然是由于创作和接受者的障隔所造成。原因自然是复杂的。对于造成障隔的原因的探究可以写成一本书,但有一点却十分明显,那就是自从中国文学进入历史的转折点,由于社会的开放,特别是西方现代主义思潮的影响,文学的表达方式在一个相当广泛的领域中发生了重大的变化。

叙述系统的破坏

这种变化使适应了传统表达的人不能适应。在诗歌、散文、小说,也在戏剧文学中,中国传统的方式是文学向着它的大部分接受对象的欣赏心理习惯的迁就。以琅琅上口,明白易懂的抒情(主要是诗);以"欲知后事如何,且听下回分解"的连环式"叙述"(主要是小说);以始于磨难而终于大团圆的、有始有终的情节安排(主要是舞台和影视文学),这些因素构成了中国文学艺术叙述方式的稳定系统。

这个系统在新的时代中被无情地打乱而代之以情节淡化或非情节化的"杂乱无章"的结构方式;跳动的、颠倒的、无条理的和互不攀附的叙述方式。大部分作品从中国过去擅长以人物的进出以及以动作和行动来展现内容的注重外在描写的特点,而走向人物的心理和情绪的中心,特别是借重意识流的方式。王蒙最早实践在人物的情绪和意识的流动中展示现实的另一个世界的图景。茹志鹃的《剪辑错了的故事》开始把不同时空的事件和人物,不是按表层的次序来安排,而是在"错乱"的"剪辑"和不断"跳动"中展示一个以上的事象、人情、性理,从而多面地、多向地展现繁富的人生。

而在这一场艺术变革中,诗歌探险者始终走在前面。顾城的几道"弧线",让中国大多数诗歌欣赏者惊愕——在那里,不表达也不宣泄情感,不说明也不阐释事理,只是互不关联地用植物、用人和飞鸟,也用大自然的海浪画出四道或美或不美的弧线让你"猜"。由于他完全摒弃了 50 年代开始的那些方式,因此围绕这首《弧线》展开各种各样的评价和诠解。

中国文学艺术表达方式的新变,就这样悄悄地、在人们尚未意识到的时候开始了。中国散文的历史渊源仅次于诗歌,也极为深厚。始于司马迁《史记》的叙述方式到唐宋八大家至晚明小品,散文的表现模式相当稳定。在新的历史阶段,散文和散文诗的稳定性依然是突出的。但即使这个相对寂寞的角落也开放着令人惊异的花朵。这篇散文的作者不是青年,但却十分新颖地传达了散文变革的先声:

> 看着你的画像,我忽然想起要举行一次悄悄的祭奠。我举起了一个玻璃杯。它是空的。
> 你知道我的一贯漫不经心。
> 我有酒。你也知道,那在另一个房间里,在那个加了锁的柜橱里。
> 现在我只是单独一个人。那个房间,挂满了蜘蛛网,积满了厚厚的灰尘。我没有动,只是瞅着你的面容。
> 我由犹豫转而徘徊。
> 我徘徊在一个没有边际的树林里。
> ……
> 一片黄色的木叶在旋转着飘飘而下,落在我的面前。也许这就是他,他失落在我的面前,我张口呼喊。然而我听不见自己的声音。一片寂静。难道我也失落了?我又失落在谁的面前?
> 如果真有那么一个人,我很想看见他。只有一阵短促的林鸟嘶鸣,有些凄厉,随即消失。那不能算回答。
> 那飘忽不定的是几十模糊的光圈,颜色惨白。那一定是失落到这儿的太阳。
> 有微小的风在把树林轻轻摇晃。
> ——严文井:《啊,你盼望的那个原野》

传统的优美和连串消失了，只是场景在更换。情绪在闪跳，那种变幻不定的意绪在自由地流动并突然拐弯。这篇被当作一个小说选本的《序》的散文，从内容到形式，乃至它的实际效用，都给人以惊异之感。原有的次序被"搅乱"了。叙述的颠倒和跳动，完全随作者的心意进行。不是听从事件首末的召唤，而是作为主体的作家的情绪和意念的启迪。

　　有时有意的省略和切割会造成非常动人的效果。那种将梦境、幻觉、神话、此时或彼时的现实、将想象的世界和人间现世综合的显示，会凭空地为作品提供多达数倍的表现空间。当然，要用习惯的方式对那些作品的主题加以归纳则几乎是不可能的。因为也许它原就不是由单一的主题所构成，或者根本就是若干意绪的飘动。它创造了新的艺术样式，断续的、无定向的交叉，闪跳所造成的扑朔迷离，平空地给艺术增添了迷人的魅力，而这在正统的艺术那里却很难做到。

变形的占领

　　现代艺术方式给中国文学带来的另一个重大变化，则是变形的广泛应用。中国当代文学中的人物造型，以往多半由两类人物构成：一类是专门宣讲义理的教化别人的正人君子；一类是怀着灵魂的创伤，始终以忏悔的心境接受改造从而成为"新人"的人物。前一类人物后来发展为"高大全"的英雄，即超人；后一类成为自身并无价值的"烘托者"从而也最后地消失了。这类人尽管内心可能已变态，但外在形貌总是匀称完整，甚至是辉煌的。文学进入新的发展时期，由于众多原因的促成，主要是中国社会现实给予人的映象，提供了艺术变形的契机。文学描写的外形进入内心的扭曲和不和谐的形象营构成为一种可行的方式。

　　在过去，那种"不好不坏，亦好亦坏的芸芸众生"曾经被认为是文学的妖孽。今天,他们已不再成为异端,因为有了更多的"不正经"的人物形象正向文学蜂拥而来。刘索拉《你别无选择》中的那些大大咧咧的年轻人,他们中的每一个人几乎都是扭曲的和失常的。那位叫做李鸣的音乐学院学生,他决心不再上琴房是由于"他觉得自己生了病",而生病的症状之一则是"身体太健康,神经太健全"。

这是一种明显的"变形",正是通过这种青年人不正常的心态,我们有可能窥及社会大变动带给人们心灵和思维的震撼的后果。这种艺术倾向较早出现在张洁的《拾麦穗》中。不论是那位卖灶糖的老头还是那位在想象中希望嫁给他的拾麦穗的姑娘,可以说,都是一种畸形,但却传达了最纯真的人性。对比十年前那些满身金光的舞台人物,尽管个个显得英武雄壮,但内在心灵却是畸斜和残缺的。旧时代的结束要求表现那个时代给予一切的变形,于是,宗璞从卡夫卡那里借来了变形的手法。作家看到了"我"如同虫子那般的卑微的蠕动。

当代戏剧也在鼓动着这种形象变异的尝试。王培公的话剧《WM》,取材于历史与现实的真实的故事,人物也是我们熟悉的一群蒙受苦难的青年。但是剧中人物,那些叫做将军、大头、鸠山、板车、公主、修女、小可怜的一群人,他们奇怪的服饰和粗鄙的言行、夸张的曲作和剧情,极真切地传达了生活的变态。而这些效果都是通过变形取得的。

诗作为中国文学变革的先行,最早进行了对于传统正面和高大形象的反叛。它最早发出了对于矫情的"甜美"的诗的挑战。朦胧诗不仅以它的模糊意象叠加冲破先前的完整和匀称,而且表现了对于一贯怀疑的美丽的淡漠。这是一位诗人的"自画像",北岛的《履历》:

> 点着无声的烟卷
> 是给这午夜致命的一枪

> 当天地翻转过来
> 我被倒挂在
> 一棵墩布似的老树上
> 眺望

人们曾经为舒婷的《自画像》中那个天真浪漫的女孩子焦躁不安,而且谥之为"玩弄男性"的挑逗。但她对关于爱情的"恶作剧",却是传统方式的传达。而北岛这里却是丑陋的变形。

外形的畸变和内心的扭曲,使非常态的描写形成一股冲激传统审美习惯的恶潮。恶心和丑陋,破碎和残缺,举目低头、外观内审,均是"不美"的形象、意象、情绪和感觉。人们已经看惯了实际生活的变态,人们感到传统的艺术不能表达内心的愤懑和抗议。他们在这些变形的艺术中得到满足。

这是一种与前不同的观照。这种倾斜、破碎和残缺,能够表现那真有事象的特定侧面及内在品质。这是中国当代文学受惠于世界现代主义文学的一个重要方面——它改变了文学只能如实地写或理想地写而成为也能变形地"歪曲"地写的格局,同时也改变了文学只能是审美的观念,而意外地发现了丑中原来有"美",从而极大地拓展了文学表现的空间。

调侃的取代

文学在中国,从来都是庄严的事业。著名的曹丕《典论、论文》讲文章是"经国之大业,不朽之盛事",因此,构成中国文学的基本倾向是庄严肃穆的教化,它总是这样那样地与匡时济世的重大命题相联系。而杂文、漫画、讽刺诗等品种一方面是作为不主要的样式加入了总的文艺构成中;另一方面,它以一种非正式的样式而同样地承担正式的教化功能。

中国文学先前并没有用嘻嘻哈哈的游戏态度对待人生的文

学传统。《阿Q正传》有诙谐和风趣,但是却十分严肃。中国文学的荒诞感和调侃色彩的增强,受到当前阶段西方文学引进的启悟。中国不是自于它和西方现代文明的同步发展而发展了它的现代社会危机感,而恰恰是由于它的东方式的生产方式和思维方式造成的时代落差。

当太阳向西方滚去的时候,留给它的是长夜的暗黑。现实的逼迫使中国人感到困窘,而地位特殊的中国青年,对此尤为敏感。他们传达那种特殊的无能为力而产生的尴尬处境颇为传神。不可参与构成了孤独;无所祈求构成了绝望;无所驻足构成了飘浮;无可言说的愤激导向了玩世不恭。

世界本应比如今看到的更为美好,但一剖开现实生活这只橙子,发现的却是失望。于是只好以不正经的态度面对它,这就是中国式的嬉皮士精神或流浪文学产生的原因。马原小说中的游戏精神很是突出,传统的文学庄严感在这里消失。他在不断地设置语言的迷宫和叙述的圈套。马原关于小说的"无意思"的表达,最鲜明地反抗了传统的庄严意义的教化。

文学在这样的观念制约之下表现了强烈的无拘无束状态。诗和各种文学样式都有表现,但它依然是中国式的。调侃的背后,往往表现深刻的抗议或是浮沉的忧患,很少有绝对的和完全的不负责。王小龙的《心,还是那一颗》用的几乎就是希克梅特的《还是那颗心,还是那颗头颅》,但消失了后一首诗中特有的悲壮和坚定。他随心所欲地用非常随意的语言谈论人们认为的严肃的话题,例如——

> 再说一个三流演员都在当总统
> 你想会有什么好事
> 走在街上疑心自己也是一出戏里的角色
> 男孩子瓦文萨突然长大了
> 保姆就得换上制服

>　　马岛终于在早餐时变成了茶点
>　　撒切尔这才想起了丈夫
>　　电线杆和精神病人打了起来
>　　妈妈下车发现雨伞没了
>　　而我结婚了
>　　总之,这些都让人纳闷

一切看来都不重要,表现出极大的虚无。但是中国毕竟有自己的忧患。开够玩笑的诗人最后还是回到了痛苦的伤口:

>　　可是记忆,该死的
>　　记忆是牙齿掉了留下的豁口
>　　总让你忍不住老舔舔

十、没有主潮的文学时代

文化选择的逆转

　　中国文学自身变异的事实，唯有经历过大动荡之后的冷静的回顾，才会得到确认。五四运动展开的破坏旧文学建立新文学的文学革命，这一历史性的壮丽戏剧是在两个大的背景下展开的，即中国新旧两种文化的大冲撞和东西两种文化的大交流。五四运动的伟大胸襟和视野，对旧文化表现了严厉的批判性，对外部文化则表现了宽广的包容性。由于对历史冷峻的思考，使那一运动对封建文化体系采取了警惕的对策；而为疗治民族病痛的目标所指引，体现出对于西方文化以及世界文学的引进借鉴的热情。这无疑受到古老民族要求接受现代文明的洗礼从而成为现代民族这一宏大愿望的鼓舞。那时的"别求新声于异邦"，是与疗治和改造国民灵魂的要求相联系的。学医的鲁迅和郭沫若先后弃医就文，直接指明了这种文学疗救的动机。

　　这种明确的动机决定了当年开放的和自由的文化策略。这一策略的实施是在科学与民主这两面巨大旗帜下进行的。因为高扬科学，因而摒绝愚昧；因为崇尚民主，因而鄙弃文化专制。中国终于获得了新的建设性的文化视野。这使中国在批判旧文化旧文学根基的同时，对借取世界先进文明表现了极大的主动精神与宽容态度。从五四文学革命的深入过程来观察：为再现民生的疾苦而选择现实主义；为争取理想境界而选择浪漫主义；为表现内心的丰富复杂以及拓展艺术的疆域而选择现代主义。

不怀偏见的兼收并蓄，造成了五四文学的自由和多元的品格。它的百川奔流的壮观场面，至今还体现着惊心动魄的气势。

由于中国社会的特别契机，这些契机首先是由于中国国势的艰危、战乱频仍、民生多艰，严酷的现实赋予文学以严酷的选择。文学不能不贴近社会和人生，甚至不能不归附战争和政治并服务于它们。再就是苏联十月革命以及苏联文艺理论和文艺斗争事实的广泛影响。中国先进的知识文化界，为了救国救民的理想而倾心于这场革命。这导致一个结果：自然地对意识形态和文学理论作了不容怀疑的选择。

自此以后，中国文学面对惨痛的社会实际，总是以犯罪感的心理回避文学审美这一与生俱来的艺术规律。一方面不断强调文学与现实社会、阶级斗争、民族解放甚至政治运动的必然关系，一方面不断批判文学的脱离现实斗争、形式主义、为艺术而艺术诸种歧途。这局面在全国获得解放之后，由于行政力量得到空前强化，我们自然而然地制造了一个统一的文学潮流。统一潮流的出现是渐进的，不知不觉的，但它的形成却作了一个重大的宣告——那便是，五四的传统发生了大的变异。

这就是通常所说的新文学的断裂。对这个断裂现象的大约描述就是新文学运动的自由的、创造的特别是鼓励并事实上实行多种选择的格局，已逐渐改变为行政的、指令式的和严格意义上的单一选择的格局。构成单一选择的基础和前提，就是为既定原则所决定的文学主流或文学主潮思想。这种思想体系的基本特性是排它的，它信奉自身无可怀疑的真理性。它的唯一正确性当然地代表了文学的历史走向并决定文学的命运。与之相异的一切当然都只能是支流或逆流。基于这个前提，随主流思想而来的，就是被称为革命性质的批判文化性格的提倡和形成。

在一个相当漫长的时间里，文艺批评和文艺理论的中心命题，是文学应当如何忠实反映生活并服务于理想的定型化阐释。

无休无止的文艺斗争;和文艺批判,均可溯源于此种文艺的社会性与它的审美性、文艺生态的多元性与行政的一统性的根本分歧。批判者与被批判者不断地互换位置,他们彼此折磨以致精疲力竭。大多数文艺理论家终生更迭着批判者与被批判者的角色,正是这种根本性的观念的分歧与矛盾所导致。特殊的环境造成了特殊的两重文化性格。一种是清醒的理解到中国文化和文学开放与交流的必要,以及中国文学纳入世界文学格局的必要;另一种则是在高扬和强调民族性和民族特性的前提下,事实上对自己实行禁锢的趋向。

一批理论家和作家徬徨在巨大的裂谷之间,严重的环境使他们无法进行自以为是的选择,只好听凭于一致性的召唤。于是便有了中国历史上最频繁但又是最单纯的文学潮流的更迭和涌现。文学自身并无运动,社会的和政治的需要制造着一个又一个"文学运动"。

这些名目各异的"文学运动",均以整肃和矫正创作的异向选择为自身的目的。尽管是各式各样,但均是批判运动。因而它的指归不具建设性,充其量是在不断强调和维护已经得到确认的那些原则性的非艺术成分。所谓的不破不立,先破后立等等原则,目的都在对于破坏性后果的强调。批判亦即破坏一切不适应于构成主潮的文学现象。许多参与了五四文学革命的繁荣和发展的流派、社团、作家,纷纷被判定为不革命和反革命的;小资产阶级和资产阶级的;唯美主义、为艺术而艺术和形式主义的性质,并在文学史著作中对这种判定加以肯定。这种判定的结果,就制造了孤立的、清一色的、以及没有竞争对手的主流文学的奇观。

这些运动促进的文学思潮,极大地改变了五四开始的文学发展的格局。从自由而多向的汲取,到自由而多向的竞争构成的中国新文学的诸种创作思想和艺术风格的辐射性展现的状态,改变为整齐划一的自上而下的发动,和开展一个又一个文学运动的线性发展状态。五四时期并无一致性的文学指导思想,也没有形成压倒一切的拥立和独尊的文学现象,它只是在对抗旧文学的过程中组成的松散的文学艺术同盟。

自从具有统一的指导方针统御的文学主潮出现,文学运动的基本表现是"有政府"状态。这种状态的极限发展是文学成为一个统一体以及走向愈来愈禁锢和僵硬的过程。一个方法:现实主义;一种风格:革命风格;一个题材:重大题材;一种人物:英雄人物,这就是对于发展到"文化大革命"期间的中国文学潮流的概括性描述。很长时间内,由于我们对这一切变异的现象采取了肯定的态度,因而造成无数的悲剧性结果。

线性发展的终结

五四时期的建设和发展结束之后,中国文学便进入线性发展的长阶段。这一文学潮流的行进不是采取自我调节的方式,而是采取人为组织的方式。以切合社会的现有情势的需要为动力,要求文学据此组织一个与之相应的创作环境和秩序。一旦特定的文学环境和秩序形成之后,文学的自身规律也开始潜在的运转。当艺术的规律一定程度地影响文学运动的实际时,社会性的力量便出来纠正它的"偏差"和"谬误"。于是便有了一次又一次的校正这些偏离的批判运动。原有的那次运动结束了,在新的批判的基础上又开展另一次文学运动。如此首尾相接,周而复始,源源不断地呈现一条长线。

长达 10 年的政治动乱结束以后,文学有了新的推进。人们为了描写这一时期文学的繁荣,对它进行了阶级性的划分,例如伤痕文学、反思文学以及改革文学等。这种划分反映了文学发展的实际状况,并为文学史家的总结提供了方便。但这种描状多半未能揭示它仍然在文学发展的原有轨道上滑行的性质。

政治动乱的结束以及经济改革的开始,事实上并没有要求制造出与之相适应的新的文学形态,依然是传统的文学推动力支配着当时的文学运动。因为社会的发展带给人以伤痕,传统的现实主义的阀门自然启动,它要求文学承担再现和反映这些实际的伤痕以控诉社会的变态;因为感到了仅仅反映伤痕的表象还不是剖析问题的实质,现实主义的机制主动要求深入揭示造成悲剧的一切动因。这便是由伤痕而反思两个阶段的顺理成章的发展。至于改革文学的提倡和号召,乃是由于中国社会对原有结构进行体制上的变革的社会的、政治的、经济的形势所需要的文学服务和文学配合。它是传统文学价值和文学观念的正常性的体现。与此相适应,对淡化生活和距离说、"向内转"及表现自我的指责和批判,以及关于作家的社会责任感的强调等,都是由固有的文学社会性和现实主义原则派生而出。

不论是提倡还是抑制,目的都在于维护数十年来不断维护的主流思想。它是总体的文学一体化和文学规范化的努力的继续,这种继续当然对现实主义文学的发展具有切实的效果。它有力地推进了本已异化的现实主义传统的修复和扩展,这是它的积极的结果。但通过这些强调展现的威力,却提醒人们对于固有的统一化文学构架的充分警惕。

中国文学事实上很难改变它自身营建起来的秩序,不仅是行政当局,不仅文学家和批评家,甚至是受到欣赏训练的各阶层读者群,都成为了这个秩序的构成成分,它们都自觉地成为秩序受到危害时自觉出战的白血球。

中国文学当然需要反映改革的作家和作品。但改革的中国与中国的文学改革,显然不是以改革文学的出现和繁荣为自己的终端目的。中国文学改革的基本使命是纠正文化选择的历史倾斜,使之改变逆转的局势而为顺转。其目标旨在恢复时代大背景下的世界性文学交流以及各民族文学经验融汇。从近观看,则是对于五四以后出现的文学大裂谷的充填和沟通,使原已开始但迅即消匿的文学的自由创造和多样竞争的格局在中国重现。

因此,几乎就在强调文学和现实保持密切联系以及强调作家的社会责任感的同时,中国文学几乎以河流决口的气势进行了让人猝不及防的全面拓展和嬗变。在短短时间内,在已经相当凝固化的基础上出现的这样空前的思想艺术、内容形式,题材风格的变异,没有与之相适应的内外的动力与助力,是完全不可能的。

若究其原因,首先仍然是对一个久远存在的巨大力量的认识,即本已相当政治化的中国文学的盛衰总受制约于政治的明晦。既然造成文学衰颓的直接原因是政治的失常,则改变这一局面的基本动力只能是政治的清明与豁达。中国文学当然不会也不应忘却从结束"文革"动乱到确定改革开放这一激动人心的人文环境的巨大变动。尽管十年多来曲折坎坷,曾经痛苦并继续经受痛苦,但若离开明智的政治决策以及给创作、评论、出版以适当的自由度,我们当前所获得一切必然无存。目前我们依然不能预见并保证未来不会再生违逆,但闸门既已升起,则今后谁都不能不考虑重新降闭所将付出的代价。

当然更为本质的因素是文学自身的觉醒。文学异化的极端,不仅宣告了文学的歧途,而且创造了文学的毁灭。中国如今活着的几代人,不论他肯定或是怀疑乃至否定当前的开放态势,也许还有极少数的人例外,但就绝大多数正常的人而言,无不憎恶和唾弃文化禁锢和文化专制。社会的大倒退惊醒了麻木温顺的灵魂,绝望的再生,废墟上的痛苦觉悟,鼓涌着一种不屈不挠的冲击力。

中国文学很难重入地狱,因为它已窥及人间的曙明。即使有再大的折磨,它也不再眷恋那一方黑暗。这就是为什么即使冒着风险,中国文学依然一往无前地朝着开放的平野上奔跑的缘由。

从文学视野来看,中国人此时获得的是一个基本没有遮拦的 20 世纪世界文学的全景。19 世纪已经退居幕后。尽管它依然为中国人所潜心崇拜,但已在 10 年间变成了历史。21 世纪近在眉睫,它已成为中国人决心加以把握的文学现实。中国文学对世界不再隔膜。中国人不仅熟悉马克·吐温、惠特曼,不仅熟悉瓦雷里和卡夫卡,而且熟悉《等待戈多》、《第二十二条军规》、《恶心》、《嚎叫》和《百年孤独》。和世界文学的广泛交流,使中国绝大多数文学很难再返回那自我幽闭的黑暗王国。它不会甘心忍受那种不可忍受的幽闭。这已成为中国文学思想解放的极大冲力,和中国文学"后退无路"的可靠的保证。

在这样的总趋势之下,中国文学之河已经奔泻到一个漫无际涯的巨川入海口的河网地带。在这里,先前的一线黄河或是三峡锁住的长江为夺取一条通道而愤怒的奔突的情景,已经不再存在。这里的水流尽管湍急,但因舒展而显得从容;这里气势异常雄伟,但却不是巨流夺取一条出口。先前的单一河道,已在到达大海之前消失,这里出现了一种水流入海之前最庄严的气势和情调。一部诗一样的中篇小说,多次写到了已经到达的和即将出现的动人风景;这些文字赋予我们某种暗示的启悟:

> 他看见白皑皑的雪原吞没了起伏的沙洲和纵横的河汊,在雪盖的冰土地和沼泽上,稀疏的灌木丛刺破积雪,星罗棋布地、黑斑斑地布满荒原。……开冻吧,黑龙江!他喊道,你从去年 11 月就封河静止,你已经沉睡了半年时光,你在这北方神秘的冬季早已蓄足了力量,你该醒来啦,裂开你身上白色的坚甲,炸开你首尾的万里长冰,使出你全部的魔力,把我送到下游,把我带到你的入海口吧!
>
> ——张承志《北方的河》

目标已经可见,船道自行开辟。不紧不慢,不争不抢,所有的小水流都埋头于自己的河道。它们不及他顾,只是朝着一定目标奔去。首尾相接的那条直线已经不存在,出现了无数的线。它们以各自的姿态弯曲着迂迴着如同诗人笔下的那些莽原和覆盖坚冰的河汊。它们彼此区别又彼此串连,构成了一个巨大的网络,但最终都向着海洋倾泻。

这就是20世纪末叶中国文学的自然景观。这一景观出现的时候,周围依然如同往昔,呼唤着并力图维护着那种前已有之的单一主潮的文学构成。这一主潮当然也是前已有之的现实主义的、为当前政治服务的文学。改革文学的提倡最接近此种文学主潮的召唤。这自然有其不容忽视的价值,因为它是与当前社会现象以及人民利益密切关连的文学主题。但明智的看法已认识到中国文学不会重复指令式的单线运动构成的格局。作为一个与文学生态相背谬的异常时代已经成为过去。不管产生多大的痛苦,都要痛苦地面对文学巨变的现实,那就是面对这些令人眼花缭乱的文学之网。

网络作为形态

获得解放的文学的发展,已不听从一体化的召唤。推动着它的是属于艺术自身的规律,不再是其它力量。是文学对自身的导引造成了文学的自由。这种局面促成了有史以来的深刻矛盾的公开化,其中:千差万别的求异性与思想艺术一律化;为灵感驱使的创造性与教条化的领导;始终处于跃动变革的文学生态与程式化的僵硬规范;艺术变革超前意识的脱离欣赏惯性与迎合浅文化或无文化的消费对象;以文学为斗争或宣传的工具论与文学的多种功能的确认……种种现象,归根结蒂则是文学观念与文学价值观的重大分歧。

对这种重大分歧最简括的综合,则是一切矛盾都将归宿到决定中国文学命运的切近现实与疏远现实(其中最重要的焦点则是现实中的政治)、文学价值的第一性与这一价值的多样性这些根本问题上。因为文学的一体化召唤的减弱和失去权威,文学家更多的是听凭艺术潮流的推涌、创造灵感的启迪以及创作个性的驱使。而且由于一个最基本的和最重要的艺术规律即弃旧从新规律的制约,文学如同一群脱缰的马在没边际的地面完全杂乱无章地奔闯。这就是失控状态的文学景观的出现。

对于严受束缚的文学,这种失控是它获得自身生命的表现,因而是令人兴奋的前进。中国文学窒息过久,它一直在完全被动状态听凭他力的驱遣,而不能支配自己。不是文学家要自己干什么,怎么干;而是别人要文学家干些什么,这样或那样干。自从主流河道消失,出现茫茫千流,网络贯通。这新局面令弄潮的文学家自身都感到了"六神无主",更不用说那些忧心忡忡的人们了。

所有的文学探索者从四面八方送来了自行其是的作品,也从四面八方发出令人瞠目的言论主张,有的简直就是向着传统的挑战。下列的话引自马原的《哲学以外》:

> 读者和评论家问得最多的就是你什么意思?……我要是说我没有什么意思非难就更多,你没有意思干嘛要写?你不要故弄玄虚!……你是人,人总是有情感有倾向性,你的小说里没有是非好恶感情倾向,因此不明白你这么写是什么意思?你不会没有意思,你可以没有主题,不可以没有任何意思。

文学的传统价值观往往体现在它的"意义"和"意思"上,马原现在反复饶舌的就是无意义和无意思的艺术本体。这种由有到无的转化说明了艺术观念的大错位。

当人们以异常焦虑的心情告诫作者不要躲进艺术象牙之塔

忘记人生血泪的时候，一些文学者在追寻远古的文化之根。相左的各方各有充足的道理和难以说服的合理性。事实上，文学很难取消它对现实社会和人们的生存状态的关心，因而现实主义的倡导至今仍有强大的吸附力和感召力。但寻根文学被理解为跑进深山老林、不问人间烟火、意在回避现实的严酷，至少是一个误解。

像这样截然相悖的文学现象在近十年的文学发展中触目皆是。开始人们感到不能适应，久之就见怪不怪。我们从千奇百怪的千差万别之中进行最大公约数的归纳，则是诸种现象的两极发展状况。这种现象的出现，为有新文学以来最为动人，也最为引人困惑的文学奇观。

这里有壮烈的激情宣泄的方式，这里也有完全排除了情感显现甚至情绪因素的"纯冷"状态的表达。例如张洁的《爱是不能忘记的》那种无言表达而又刻骨铭心的挚情，如宗璞《鲁鲁》那样寄深爱于鱼虫鸟兽的隐衷，都是文学新时代的激情显示。但如谭甫成的《高原》，不仅开启了情节淡化的先声，而且也不诉诸抒情、缓慢的甚至是沉闷的叙说中，让大海涌起了一片高原，象征式地托起了一个孤独的但已会梦想的灵魂。邓友梅的《那五》、《烟壶》、《寻访"画儿韩"》以及汪曾祺的系列作品，开启了对于民俗以及小说风土画的兴趣。小说的寻根虽不同于此，但却是由此上溯的创作运行。由此构成作为文化学的文学运动。在诗歌中巨大如敦煌、半坡、大雁塔，微小如古陶罐碎片都引发了诗人的纠缠不清的情绪和架构宏大建筑的愿望。

与此同时，另一种文学潮流也在推涌。这种潮流鄙薄那种对于文化现象的皈依感。他们以激愤的态度攻击文化崇拜欲，以此表示他们由积郁生发的抗议。当一些人对着大雁塔阐释和引申时，他们漠然地说："有关大雁塔，我们又能知道些什么！"典雅和崇高依然坐在立学殿堂的正中，它们的地位稳固，轻易不会动摇。但中国式的"嬉皮士"已经打着金钱板向他们走来。由于生活的失常只好玩世不恭,因为郁积过深而启悟了荒唐感。

敏感的诗人们早已开辟了诗歌的另一种"风情"。在那里,诗美竟已消失得无影无迹,或者需要对传统的诗言情作新的诠释。总之,他们在努力以"不美"的文字传达"不美"的事象,传统的诗美观在这里断流。这里是新诗潮一个诗人的名作:

> 我曾迈步走过广场
> 剃光脑袋
> 为了更好地寻找太阳
> 却在疯狂的季节
> 转了向,隔着栅栏
> 会见那些表情冷漠的山羊
> 直到从盐碱地似的
> 白纸上看见理想
> 我躬起了脊背
> 自以为找到表达真理的
> 唯一方式,如同
> 烘烤着的鱼梦见海洋
> 万岁! 我只他妈的喊了一声
> 胡子就长出来
> ——北岛《履历》

《履历》是一种自我解嘲,在这种嘻嘻哈哈的背后,则是可悲经历的血泪。使人感到了唯有此种表达,才能写出特定的悲凉感,以及对于无能为力境遇的抗议。当作家感到了过于沉重的情感和情绪的负荷,于是对甜蜜的描写产生一种逆反心理。他们竭力要破坏这种美好的装饰,于是在庄重和美丽的另一极出现了轻狂和丑陋。一方面有人为审美的创造竭尽心力,一方面有人却开辟了文学的另一个潮流。他们把丑陋的表现第一次带给了中国当代文学。我们有幸欣赏当代那些最有才能的美文家,用从古代、五四新文学最有成就的散文创造的美文传统写成的光华四射的文字。如冯骥才那篇极受冰心称赞的《珍珠鸟》,那么美好的文学传达的美好的情感,人与鸟类由信赖达成的默契。这样的文字是可令心灵美丽地颤动。但是文学已把它的触角伸向了丑陋。

残雪的世界似乎就完整地是一个丑的世界。她的笔仿佛是哈哈镜,一切都在这里变形。她创造的是前所没有的扭曲的环境和扭曲的人物,《山上的小屋》写的是精神裂变者:我突然顿悟,"原来父亲每天夜里变成狼群中的一只,绕着这座房子奔跑",母亲则"一直在打主意要弄断我的胳膊,因为我开关抽屉的声音使她发狂"。这体现文学的发展,它能以一种非常态的、非理性的方式把握生活。无疑,残雪的方式较之当年的《狂人日记》更易为当代经历过灵魂蒙难的读者所理解。

论及文学潮流,过去一直受到歧视并基本绝迹的俗文学的突发性繁荣,不仅是一阵冲击波,而且构成了对于纯文学或俗称的雅文学的威胁。一方面,是文学迅速地高雅化。诗歌的贵族倾向已是明显的事实,许多作品和理论已发展到令受过高等教育的读者大伤脑筋的地步。另一方面则是形形色色的书刊迅速市民化,从金庸热到琼瑶热,外界的影响直接促进了本土的繁盛。过去大谈普及化而未能达到,如今不用号召却已超过。继30年代大繁荣之后,40年代国统区的留有余响,但业已基本绝迹的通俗文学的骤兴,正是文学恢复它的各种功能以及文学市场对于创作制约的事实。这当然只能发生在文学不再是他物,而只能是它本身的巨变以后才能出现的现象。

文学魔鞋的旋舞

中国文学不再从一个渠道取得它的素材。这个渠道是社会,认为生活是文学的唯一源泉,文学家不能也不应须臾稍离远这一母乳之源。由于社会的政治化,因而很长时间,文学的素材也迅速政治化,为政治服务是文学的基本职责。如前所述,这造成文学的畸形发展。这一发展的最大后果,就是文学的失落。

这一情况业已消失。文学为求得生存和发展无所羁束地冲突。在错综复杂的探索试验中,它改变过去的单一选择为多种选择。文学不仅从社会的政治途径取得材料,而且从各式各样途径和层次以多种方式取得材料和表现的手段。哲学对文学的影响变得极为明显,尼采和叔本华,海德格尔、萨特以及弗洛伊德的学说,使文学蒙上了多种哲学的光照。由此也派生出以感觉和潜意识的心理描写为特点的创作实践。人对于生命的认识、人生的荒诞感和悲剧感,无疑受到了特定哲学的影响。性意识在文学中的表现,使文学的范畴得到拓展。由于对文化的重视,形成作为文化的文学特性,民俗学,人类学,社会学,文学对语言学的研究,凡此等等,令人目不暇接。

自有文学历史以来,从来也没有如同当代作家这样的在创作上随心所欲。他们一旦发现了自己,便如穿上魔鞋的舞女,一发不可复止地疯狂旋转。各种各样的文学探索可以说是在不再犹豫的状态中,勇猛地创新和探险。由于刊物的众多,为求生存而需要吸引名家的名作以及别出心裁的创新,于是探索和试验便成为这种创新求异的必然的途径和手段。作家在不断推出各种各样的风格和题材的作品。他们不断地变换着表达的方式,他们丰富自己的风格。他们玩魔术似的迷惑读者,让他们在人群中认不出过去的他。

王蒙和张洁,茹志鹃和宗璞都是这样的魔术师。从《组织部新来的青年人》到《海的梦》,再到《活动变人形》。以及他的突然变成诗人,而且以组诗《西藏的遐想》获得诗歌古邦意大利的蒙太洛特别奖,他的变幻莫测的艺术实践典型地概括了中国文学潮流自由而多变的无定向发展的模式。

要是把张洁给人最初印象的处女作《森林里来的孩子》的那份清丽而充满人情味的风格,对比《方舟》以及《他有什么病?》的带有扼制不了的激愤的暴发,例如下面这段文字,这里是等候起飞的胡立川眼中的中国人——

> 一百几十张面孔相似得难以区分。个个似听非听,似看非看,似睡非睡,似醒非醒,这种麻木的状况,即使恐怖分子扔颗炸弹,也不会有所改变。……一百几十张面孔,没有一张因飞机不按时起飞显示出过烦燥、焦急、疑虑、气愤。……胡立川想,如果这一百几十个人生病,恐怕也只能生同一种病。

这里是另一则关于中国人的精密的愚蠢——

> 问题之所以简单,是因为经过区、市各级医院的检查,丁小丽的处女膜,仍旧安然地长在该长的地方。这说明新婚之夜,他丈夫压根儿没把她怎么着。如此这般,丁小丽又值钱了;如此这般,丁小丽又从小淫妇,变成了节妇烈女;如此这般,她丈夫又从法庭撤回了离婚起诉;如此这般,丁小丽的丈夫又爱丁小丽了。
>
> ——张洁:《他有什么病?》

再对她的产生广泛影响的《沉重的翅膀》加以对比,便可以看出这位外表文静雍容的女作家创作思想的多样而复杂。

宗璞的生活圈是北京的高层文化界,她一贯地显示着一种大家闺秀的风范。自从《红豆》一曲奠定了她的艺术个性,人们原以为她将循着这条路一迳走去。《我是谁》、《废墟的召唤》已令人骇奇,但如《泥沼中的头颅》却已摆脱了《我是谁》那种拘泥于写实的、荒诞的"放大小脚"的幼稚感而体现出某种"地道"的成熟性。读来沉闷滞涩,正是它的老练圆正之处。她以象征的笔触暗示生活也包括自身的"泥糊"情状。这里是混浊的一片,泥沼吞噬一切,什么都黏糊着,不作清晰的判断。这里和那里,此物与彼物互相纠结着,这种阴森的氛围给人以压迫感。

至于谌容,她的现实主义创作素质是稳定的,但近期作品如《减去十岁》、《大公鸡悲喜剧》等也有着艺术新潮的影响。

各种艺术实践都在寻找自己的位置。它们确定自身的流向或笔直或弯曲或迂迴,但又彼此汇流和渗透。在这个时代,各个艺术个体不再过虑自身的安全。的确存在不安全的因素,但粗暴吞噬或取消的可能性已减弱到极低度。在这个开放的艺术世界里,我就是我,你就是你,但又是相互制约的和彼此影响的。这是一个我中有你和你中有我的世界。

因为置身于一个开放的时代,要继续实行禁锢和自我幽闭是不可能的。互相影响甚至无情淘汰,将是这里的正常秩序。对话变得困难了,因为自由的艺术家更相信自己的追求,也不再祈求其他力量的庇护。所有的艺术都处于抛掷状态。这里的秩序是恒动的,而不是恒静。混乱和失控把"正统"的艺术家和批评家弄得神志恍惚,莫衷一是,哀叹人心不古,走火入魔。

但深受中国文学的僵顽规范之苦的人们,都从当前这种"杂乱无章"的状态中看到了新生命的跃动。一条代表主流的河道消失了,却出现了叶脉般伸展和充盈的血管的网络。在这种自由的搏动之中,文学肌体进行着最广泛的新陈代谢。有识之士无不为这种"失控"而兴奋。这是挣脱,是期待,更是获得。

"混乱"的价值

中国文学艺术的标准化现象是第二次浪潮在中国文学中的

超前实现的特殊现象。未来学中的第二次浪潮,世界性工业文明标准化是一个重要特征。"不管人们怎样的议论,前进中的第二次浪潮的思想家们,明确地坚信标准化是有效率的。因此在许多方面第二次浪潮通过无情地运用标准化原则,把千差万别的东西统统都拉平了。"基于中国社会发展的缓慢现实,中国工业生产和社会机制的标准化现象与发达的资本主义社会所已达到的标准化现象相距甚远。但中国文学艺术却由于自身的特殊机遇而奇迹般地造出了精神生产的标准化的产物。

醒觉的中国一开始便以结束此种非正常状态为目标。文学实践中以对原有大一统的文学格局的怀疑为先导,终于获得了一个当今这样失去秩序的文学环境。这是一个不再按照指令的意图发展的文学。尽管强大的传统力量仍然要求它应当如何。但文学显然只听命于自身。作家艺术家的自由创作的心态可能就是最可怕的魔鬼。一旦乱花迷眼,他便意马心猿,于是难得再禅心如水。

况且当前的中国文学又是这样一个无情的竞技场。墨守成规而不图精进的,注定要被淘汰。在这样生命攸关的环境中求生存,无形的力驱使每个作家甘心充当艺术的探险者。于是,不用传统的号召或发动的方式,艺术自身的规律导致空前规模创作的涌动。看不到过去那种秩序井然、前后有序的"常态",这里体现出不顾一切地超前性竞争。每个竞技者使出全部才智,思谋如何出奇制胜地赢得读者和舆论。题材的开掘,表现的方法,艺术的风格,每个人都有了一种空前的自觉,那就是不仅不重复自己,而且要震惊他人。于是不仅出现了新题材的开掘,新体式的试验,新趣味的刺激,不仅造成主题的模糊和无主题,而且造成文体的混淆和渗透。最大胆的创新和最惊人的混乱造成了当今中国文学的最动人的风景。

这是一个否定偶像因而也失去偶像的文学时代;这是一个

怀疑权威因而也无视权威的文学时代；这又是一个不承认既有秩序,因此失去秩序的文学时代。所有的文学参与者都有一个自以为是的文学信念,他们匆匆往前赶去而不再左右顾盼。艺术家的独立性和"狂妄"的艺术自信构成一个自以为是的新秩序:无序化、动态结构、多元体系。

　　这一新秩序首先要论及的因素便是无序化。那种为一个统一的秩序所策动的文学秩序已成隔世。甚至前些年出出的由一篇名作或一个名家的出现而立即造成一种轰动,从而竞相模仿的秩序也成了昨日。文学不再由哪一位个人或哪一篇作品划分阶段。可以说文学已失去了明确的阶段划分。结束动乱之后的文学初潮,我们大体上还能从伤痕、反思等惯性滑行的文学现象中得到阶段性的说明主,但谁又能说得清当前是什么文学阶段,是什么样的文学主流？批判"淡化"和"向内转",但它们并不因而消失;提倡"贴紧"和"深化",但它们也无力再造统一的主流现象。

　　这倒有点像戏剧散场后的观众,其间出现的无先后和无排列、非组织,便是散场剧场的次序。众人总是一径匆匆走出,又匆匆投入屋外的人流。也许人们也有摹仿,但很难承认这种摹仿;也许人们都在创新,但不好遽然判断为成功。这里有一股气氛足以感动所有的人,即不论这种艺术探索其为成功或不成功,他们都有属于自己的权利和位置。尽管事实上仍然存在着文学艺术的某些模式,但人们似乎厌倦了对主流模式的肯定。每个人都在选择自己的起跑线。这个竞技场不再只有一条跑道,而是有众多的跑道。姿势和速度,规则和标准也没有统一的规定。

　　文学理论批评的发展也是如此,初期为配合全社会拨乱反正的历史社会学的批评家为文艺的拨乱反正作了大量的工作。这情景略加溯源,便可寻到它的发展踪迹。首先是在大一统的和高度僵硬的文学现象中,"文革"大批判运动着意归纳出与这种大一统的教条规范不一致的文艺"黑八论"。"文化大革命"中的批判"黑八论"运动起了强化统一的作用。动乱结束之后的调整,则主要着眼于社会政治的意图而对文艺自身的规律则不暇他顾。

自从批判的批判过去之后,文学理论批评除了号召和发动的政治和准政治的批判、"讨论"、运动之外,同样开始了与创作实践毫不逊色的文学批评的反规范运动。原先的批评模式——那种以非艺术批评因素为主要特征的批评模式受到了冷落。所谓的文学批评"方法热",指的是重新学习并热心引进若干不同于传统批评模式的批评方法,如从系统论、信息论、控制论等引进的批评方法等。一批富有锐气的批评家从事和支持了这一理论批评创新的举动。

当前的文艺科学方法论的变革,大体上经历着几个层次构成的内容:首先是引进和借鉴现代西方各流派批评方法以改变当前中国文学批评的贫乏、僵硬与单调。一时间关于心理批评、原型批评、形式主义批评、语义学派批评、结构主义批评、接受美学批评、比较文学批评等介绍和实践盛极一时。另一个突出的现象是取法自然科学概念和方法为拓展文艺批评开辟了新途径。通过其他学科的渗透来改革文艺批评的素质,这为开放的文学批评体系的建立作出了贡献。再一个努力就是运用系统科学方法论,促进文艺思维方式的革命。

文学批判经历了短期间的对于文化专制主义的清理和批判调整之后,立即开始了近半个世纪以来绝无仅有的批评大繁荣。不同年龄层次和不同观念、不同方法层次的批评家共同创造了这个繁荣,它为无序性开放的中国文学提供了新的内涵。

无序性是对当前的文学横向描写。而对中国文学总体把握中动态结构的归纳,则是一种纵向考察的结果。曾经长时间凝固和停滞的中国文学,仅仅是因为挣脱了禁锢而获得自由,受到魔力似的迅速旋转起来。文学的实践以异常的速度更迭着。一二年前还是超乎人们接受能力的艺术实践,顷刻间变成了被超越和挑战的对象。

朦胧诗运动中的先驱者一个一个正在变成传统。曾经呼唤人们理解的舒婷,已经从难以理解的"古怪"变成了谁都能够理解和接受的"古典"。北岛面对着的是一批又一批怒气冲冲的后来者,大家在感叹自己前进的路被挡住了。舒婷还是温婉的,她对那些立志要超过她的年轻人说:"对于年轻的挑战者,我要说,你已经告诉我们,你将要做什么?那么让我们看看,你做了什么?"(《潮水已经漫到脚下》)

诗歌界的艺术更迭最迅速,人们还来不及适应朦胧诗造成的诗歌观念和诗歌审美习惯的大冲击,它已变成了即将过去和已经过去的艺术时代。新生代正在雄心勃勃地向着北岛、舒婷挑战。使得他们不得不以年长一代的身份和更新的一代人对话。在小说界,同样存在着激动人心的场面和情景。从王蒙引用意识流的手法开始,到在"清除精神污染"运动中因《在同一地平线上》等作品而受到批判的张辛欣的创作意向,正当人们为他们作品中的"现代派侵入"而大惊小怪的时候,创作界几乎是以小跑步的姿态接受了刘索拉、徐星和残雪的三人旋风的冲击。

人们终于从残雪的作品中看到真正的现代主义的鬼影。对比前此对着那些作品的怪叫,未免为自己的过敏反应感到报然。批评界也被这种艺术的快速更迭提高了胃口。他们不满意同代人的自我重复,他们希望看到作家们穿着红舞鞋的不停的魔舞。作家面对那些贪得无厌的刊物和编辑,处心积虑地多产多销。但是他们难免不因高产而自我重复。艺术的急剧变动带来了普遍的危机感,这种危机感更大地刺激了艺术的嬗变。而这就宣告了良性循环的艺术生态的形成。

上述纵横两个方向的综合考察,使我们有可能窥见当前中国文学艺术变革的立体交叉的全景。中国的文学在急急匆匆的演变中失去了过去我们熟悉的格局。我们的文学不再是单一的文学。尽管现实主义依然拥有强大的实力,但人们已不再承认现实主义为唯一的文学潮流。即使从创作方法的摒弃单一选择的结果来考察,从现实主义、浪漫主义、现代主义、象征主义到魔幻现实主义、黑色幽默、超现实主义等等的一时呈现来看,就已是一种多元文学的规模。

中国文学由于它的历史悠久和传统深厚,在诗歌、散文、戏剧、小说各个门类都保留有生动丰富的"活化石"。古典的传统影响依然存在。以古典诗歌写作的现代旧体诗、民歌体新诗,以及大量的戏曲艺术作品、章回小说等,都是这一传统的延续和发展。五四新文学革命的成果在这里体现了中国文学的新传统。其间又划分为解放区的文学传统和大后方的文学传统。这两方面的文学分支都各自拥有实力雄厚的作家群,以及相当深远的影响。

上述三个方面构成了中国中年以上作家的不同层次。再加上最近 10 年形成的受到西方现代主义和后现代主义影响的、以变革与创新为主要特征的创作实体。中国文学艺术已经成为世界上最丰富最全备的艺术博物馆。由于中国特殊的历史背景和文学经历,它以短短 10 年的无拘束延展,集中显示出极自由的择取性。它创造奇迹,即把全世界文学历史作一种神奇的处理。驱遣一切的艺术方法和艺术风格,不论是写实的、抒情的、象征的、讽喻的、幻觉的、心理的,……统统来到东方这个最古老也最年轻的国家集中。从而构筑起了繁衍多彩的多元文学殿堂。

高知识层的人们可以从中获得精深和现代的精神享受;最少文化的那部分劳动者,有为数众多的通俗文学提供需要的满足;青年知识分子和青年工人也能够在公共出版物和自己采取的方式中满足他们的需求。中国文学如同中国当前的经济一样,原先的僵硬的统一石块已经解体,它体现出清晰的层次感。一个统一的读者市场已宣告解体。现在不是市场规定读者,而是读者要求市场。中国新的读者构成呼唤的是多层次的多元的文学体系,这个体系已经在疑虑重重的公众视界中涌现。

无序化、动态结构和多元体系,三者组构而为当前中国文学艺术失控的混乱。如同布瓦洛说的,这是美丽的混乱。所有的人都应当学会适应这种多样选择和自由竞争构成的新秩序,并学会互相宽容。这是一个毋庸置疑的合理,不论你是否愿意承认。不然,你的痛苦将是永恒的。

一个统一的太阳已经破碎。这些碎片在天空中美丽而自信地旋转。这些闪闪发光的星体认定自身是一个又一个崭新的太阳。中国文学的天空,如今显得空前的富有,不是一个太阳,而是千万个太阳在照耀、闪光、旋舞!

十一、不作宣告的革命

比较：历史的追溯

在中国新文学的历史上，五四那一场文学革命不仅是轰轰烈烈的，而且以它的明确而太胆的主张留给后人以深刻的印象。一批勇敢的叛逆者，为着改造旧文化和旧文学而奋起呼吁奔走。那时的文化革命及文学革命的火种自西方引来。高扬现代文明精神以反抗中国的封建文化和封建文学，成为当时明确的目标。

1915年，陈独秀发表于《青年杂志》第一卷第一号的《法兰西人与近世文明》，表现了对于东方文明审慎的批判态度，而对以法兰西为代表的西方文明则加以热情的肯定。他认为代表东方文明的印度和中国文化"其质量举未能脱古代文明之窠臼，名为近世，其实犹古之遗者"。而他所谓的近世文明即我们现今讲的现代文明"乃欧罗巴人之所独有，即西洋文明也，亦谓之欧罗巴文明"。陈独秀认为由人权说、生物进化论以及社会主义组成的近世文明"最足以变古之道，而使人心社会划然一新"。同期《青年杂志》还登了任淑潜的《新旧问题》，文章认为今日之弊在于"新旧之旗帜不鲜明"。他的所谓新，就是外来的西洋文化，所谓旧，就是中国固有之文化。新文化尊重自由，反对专制，主张宪政，与旧文化无折衷调和之可能。"新旧之不能相容，更甚于水火冰炭之不能相入"。

新文学革命把它的奋斗目标集中在两个重大的问题上。第一是文学工具革新的"活的文学"的争取。胡适等人力主以白话代替文言,认定将来的白话文学必为中国文学的正宗:"与其用三千年前之死字,不如用二十世纪之活字。"文学运载工具的革命在中国文学史上的意义是空前的。先行者基于一种文学的历史进化观开展的用白话文代替古文正统的变革,胡适对此有一段相当痛快的描述,即:"使那'宇宙古今之至美'从那七层宝座上倒撞下来变成了'选学妖孽,桐城谬种'!从'正宗'变成了'谬种',从'宇宙古今之至美'变成了'妖魔','妖孽',这是我们的'哥白尼革命'。"(见《中国新文学大系·建设理论集·导言》)

第二个目标便是进行文学内容的革命——"人的文学"的争取。周作人发表于《新青年》五卷六号的《人的文学》被认为是当时文学内容革命的一篇"最平实伟大的宣言"。周作人提出:"我们现在应该提倡的新文学,简单说一句是'人的文学'。应该排斥的,便是反对的非人的文学。"这不仅与旧文学加以截然的划分,而且也与新文学运动的一般涉及社会人生的主题相比有了质的提高。周作人旗帜鲜明地提出排斥的十类非人的文学中就有《西游记》、《水浒》、《七侠五义》诸书。他为此作出结论是非常动人的:"还须介绍译述外国的著作,扩大读者的精神,眼里看见了世界的人类,养成人的道德,实现人的生活。"

胡适针对五四初期的文学革命的最具实质性的内容,对这个革命的价值作出了概括。他的概括突出了那一场划别古今,并把中国新文学运动导向世界格局的性质加以肯定的判断:

> 《新青年》的一班朋友在当年提倡这种淡薄平实的"个人主义的人本位",也颇能引起一班青年男女向上的热情,造成一个可以称为"个人解放"的时代。然而当我们提倡那种思想的时候,人类正从一个"非人的"血战里逃出来,世界正在起一种激烈的变化。在这个激烈的变化里,许多制度与思想又得经过一种"重新估价"。
>
> ——《中国新文学大系.建设理论集·导言》

从以上叙述中可以看到五四那一代人那种开辟文学新时代的革命精神。他们要求于文学的,是一种以最新的思想和观念对以往的文学作一番决断的清算。用革命的方式批判旧的,创造新的。他们把中国传统文化和旧文学放置在一个已经获得世界性视野的参照中决定一种旧价值的弃置和新价值的确认。这是一个以鲜明的态度,果决的精神弃旧图新的文学时代。它的创造精神,从创造社的诗宣言中可以得到概括:

> 我幻想着首出的人神,
> 我幻想着开辟天地的盘古。
> 他是创造的精神,
> 他是产生的痛苦,
> ……
> 我要高赞这最初的婴儿,
> 我要高赞这开辟鸿荒的大我。
> ——郭沫若:《创造者》

当时的诸多因素决定了这批创造者的前无古人的气概和精神。他们把自己想象成一个创造新世界的人或神。他们感到了自身担负沉重的创造使命以及诞生新事物的痛苦。一个基本事实就是当时的文学不仅工具的陈旧不能适应时代的发展,而且文学内容的陈旧和没落也亟待一个新的变革。这样的事实决定了形势、位置以及方式。完全的时代背谬造成人们对于旧文化和旧文学的不妥协的对抗态度。这是一种没有退路的决战。它需要的是一种断然的宣告和果敢的行动。这就造成了当年那种革命性的发动和发展。在中国文学的发展史上,像这样的文学革命,即完全以新的取代旧的、不仅从形式上而且更从内容上毫不妥协的抗争的变革,罕有可堪比拟的。

和平的方式——修复和肯定

中国文学当前阶段(主要是政治动乱结束以来)的十年和平发展,在整个新文学运动中具有一种特殊的性质。从总体上说,它是新文学运动内部形成的一个阶段。中国新文学的质,在这个特殊阶段里,保持了它的延续性。当初提出的任务依然有待承继和完成。尽管前此阶段有了相当程度的疏离并造成断裂,这恰好证明当前阶段的任务不是另建体系而是一种对于已有和曾有的文学的重新肯定。修复这种历史性变异的断裂,成为了和五四新文学运动保持延续性和承继性的合理纽带。这就决定了当前的中国文学根本使命是匡正偏离之后的发展,而不是任何新方向的取代。

但考虑中国文学问题又必须不脱离社会和文学实有状态的考察。历史的事实决定了一种必要的严峻的态度。正如在以前各章谈到的,由于中国当代社会的诸多实际的因素,文学在进入40年代以至于"文革"结束,特别是"文革"结束前10年,产生了一次长时期的"滑坡"现象。渐渐加剧的"泥石流"造成的崩坍,使文学有了大的变异。其中一个显著的特点是文学运动以及文学结构的变异。文学运动由一种原先的自由调节的状态进入了一种行政指令的状态。这种状态最具特色的表征,是以非此即彼的选择原则的线性发展,代替了网络的并存与互渗的交错状态;文学结构则由明显的多元结构而退化为单一的结构。

五四后不到10年,多种风格流派并峙的局面逐渐消隐。伴随文学意识的革命化而来的,是现实主义地位的特殊化。由于与意识形态的提倡相联系,各种名目的"现实主义"成为了中国现代文学的受到特别看待甚至是唯一提倡的一种创作思想和创作方法。进入50年代以后文学风格和艺术方式的贫困化与此不无关系。

单一提倡和文学严重政治化的结果,造出了一个空前的文学规范。这种规范不说明文学的繁荣和充满活力,恰好说明它的僵硬和对于丰富人生和复杂情感的不适应。僵硬的公式造出的最大文学奇观,便是文学语言影像的假、大、空。无限丰富的中外古今文学传统受到了宣判、驱逐和否定。文学的无限可能性蜕变为全中国数亿人只能享受几个极端变态的"样板"戏。事实提供了最充足的理由,说明文学现状的不合理。更为严重的是文学内容的严重异化。长期粗暴批判文学的人学属性,无端地排斥人性和人道对于文学内涵的充实。可笑的对于人在文学中的鲜活而自在的生存状态的教条规定,包括对题材、处理情感以及情调的刻板而琐屑的指定。甚至在对于"样板"作品的移植和模仿中举手、投足都不允许"走样"。把作品中的人物无限制地英雄化的结果,只能是作为人的变态的超人和神的普及。这是文学中的人性的和人的再现的最严重的扭曲和异化。

中国文学已经无出路可走,也无退路可寻。由于至少长达10年的大批判和大规模焚书,在这场浩劫中,一切人类优秀的文化遗产都被打上了"金印"。它们成了原罪的象征。历史上的遗留既已被人为地"消灭",现有的一切不仅极为贫乏又迅速地模式化。这些事实已为人们所共识,原也无须细说。一件事情的极端,往往是另一件事情的开始。中国文学仿佛是受了重伤的巨兽,它失去了昔日的威风,躺在血泊之中抽搐,它期待着灭亡之中的奇迹般再生。

一切仿佛是冥冥之中的安排,终于出现了一个扭转局势的契机。1976年宣告了一个封闭和禁锢时代的结束,同时也宣告了一个开放和流通的时代的开始。中国文学慢慢地打开了全部的窗子。它在惊异于世界的陌生的同时,也对自己陌生了起来。书禁的陆续开放,翻译作品的日益增多,国际文化交往的频繁,宣告了原有的状态的不可继续。中国人这时方才感到文化噩梦的不可思议,先是怀疑,继而否定了这种非正常状态。中国文学开始发生动荡。动荡是从对于已有状态的怀疑和否定开始的。但一种强有力的参照系的出现,却是这一文学变革的最直接的催化剂。要是没有获得最直接的对于世界文学现状的认识,要是没有外界提供的这种强刺激,中国的文学变革可能还要推迟很长的时间。

以上的分析说明,走向极端和绝路的文学的觉醒,有力地证明文学的革命性变革是一种无可选择的必然。而社会开放带来的外界的参照,更刺激了这种变革的坚定性。

建设的内涵

由于这一场革命是震惊于五四文学传统的严重断裂,故以恢复断裂和恢复新文学传统为自己使命的革命性质是建设的。它当然也包含了破坏,但破坏的是那些改变了文学革命性质的消极成分。如上所述,纠正文学的变异和摆脱文学的沉沦,决定了新的一次文学革命是一种必然。但如下几点基本目标却决定了这场革命的和平性质(一)新的文学革命旨在改变文学在以往的被歪曲的扭变。它的目的是中国文学优良传统的修复、光扬和发展;(二)中国觉察了文学老化现象,它亟待注入现代精神以实行文学的现代更新,中国文学新的一场革命旨在用这种建设性的现代意识的充实和更新,为争取中国文学加入世界走出切实的第一步;(三)中国新文学原是对于封建主义的旧文学革命的产物。这个文学的性质后来逐渐产生了变化,革命文学终于成为一种受到人为扭曲的形态,如今是由此再回到文学革命。这一次新的文学革命对于原有的文学,当然不意味着某种轮回,而是匡正谬误之后的革命性进展。

以上数端建设性的内涵给予这场新的文学革命以和平的性质。因为有了文学的异化,于是才有对于异化匡复的努力。匡复决定了这次革命的非破坏性。和平方式的采取乃是由于事实性质的决定。

这次新的文学革命同样的受到了时代的驱策。要是没有气势宏大的思想解放运动,要是没有对于社会异化的全面拨乱反正,文学的革命性变化也就不会以如此突进的姿态发生和进展。社会变革的建设性决定了文学变革的建设性。从性质到方式,文学运动无不受到社会运动的制约。

新时期的文学运动并没有一个预定的目标、策略,步骤和方法。它是社会发展的"跟随现象"。如同全社会的变革和进步带有极大的实践性一样,文学的变革也带有极大的实践性。它的最鲜明的特点是不作宣告的默默的运动。以自然形成的一个又一个的文学变革的实绩,证实这一运动的存在。1976年那一次给中国社会带来生机的政治变动,也给中国文学带来了复兴。

这个新的中国文艺复兴,迄今为止已显示出它的极大的革命性。而这种革命性是以不事声张的方式进行的。它的建设性实绩,体现在首先以批判方式进行的对于文学创作和文学理论批评的变质进行纠正。这是一种对于谬误的拨乱反正的实践,这一实践对于扭转原有的文学恶性发展起了根本的抑制作用,从而为中国文学从废墟中的新生打下了基础。

其次,对于中国革命文学传统,特别是从延安文艺座谈会上的讲话开始的那个为工农兵服务的大众化文学传统进行了有效的修复。这个修复的全过程是我们称为的文学的惯性运动阶段。这一阶段的基本任务在于对已有的文学实践进行一番历史性的还原和择取。经过这一次选择,对自40年代以来的文学指导方针和文学创作、批评的实绩,作了一次鉴定。主要是对于极左路线的否定作了否定。这一文学运动的特殊阶段的最大功效,是对于现实主义精神作为传统的恢复、发展和深化。文学重新确认了对于时代和人民的忠实,对于社会生活的忠实。以真诚的态度说真话,是惯性运动时期的鲜明的旗帜。

而最为重要的事实却发生在惯性运动结束之后(大约是1978年底)。文学由于思想解放运动(主要体现为现代迷信受到怀疑和否定)的启示和诱发,而默默地进行着的划时代的进步和发展。这一发展可分为两个方面加以描述:一是禁锢解除之后,文学的自由本性得到了恢复。听凭创造激情和公民使命感的驱使,文学行进在布满地雷的禁地上,一步一步地审慎地前进。随着各种创作禁区的被跨越,文学也就自然地划开了各种各样的创作阶段。最明显的是由伤痕文学、反思文学,再到改革文学的线性演进。其间虽夹杂有试图作某种突进但受阻而未能奏效的,如《假如我是真的》所代表的对于社会阴暗面的控诉;《苦恋》所代表的对于现代迷信的批判;以及《将军,不能这样做》所代表的对于特权主义的揭露等,但即使如此,文学发展的事实足以说明它的无可辩驳的前进。

另一方面则是对于规范化束缚的反抗,它的反传统、反权威、反依附的努力为自身争得了空前的自由度。这个争取导致线性发展的终结。文学反思阶段以后,事实上开始了一个无序状态的发展过程。这个阶段的文学受制约于文学竞争的规律,而摆脱了行政指令的运动状态。它的基本形态是网络结构的出现和多元体系的确立。

从此,中国文学方始形成了文学自身运动的格局。这是这一场不作宣告的文学革命的最主要的成果。它不仅导致了文学生态的根本变化,即自由竞争代替了行政指令;多元建构代替了单一格局;自然调节代替了人为取代,而且导致文学对所有地域空间的无所不在的占领。它支持了文学无禁区的趋向。更重要的则是对于文学观念的重新建立和重新审视,这突出表现在传统的文学价值观和功能体系的否定后果。

选择是这里的上帝

我们把这一场悄悄进行的文学革命,称之为文学的"绿色革命"。绿色革命是一种比喻性的借用。这一词汇原先是用来说明农业上的变革运动的。本世纪60年代针对水稻、玉米等农作物倒伏、不耐肥、产量低等问题,利用矮化基因材料育成该类作物的矮杆、耐肥、高产品种。这一科研成果使相当多的缺粮国家实现了粮食自给。这一革命性措施被称为农业上的绿色革命。

借用这一词汇的用意在于暗示,这一场关于中国文学艺术的革命的和平性质。绿色相对于红色而言、是非暴力、非强制性的象征。它是绿色的,但又是革命的。它改变了以往的革命涵意,以往的文学革命运动,除了五四那一次以外,其基本形态都带有使文学离开自身的倾向,使文学更加明确地成为阶级、政治的从属,从而成为特定阶层的利益和意识形态的替身。唯有充分体现它所寄生的主体的价值,寄生体才有价值。绿色革命唤回了文学的自我灵魂,它使文学回到自身,成为自行选择的自然的体现。它可以为别物服务,也可以只表现自身。但艺术规律的制约在这里已成为无可替代、也无所匹敌的力量。文学在自身土壤上吸取阳光、空气和水分,将自由地塑造自己。这是一种绿色的生态环境和绿色的生命状态。

这一革命之所以是绿色的,还在于它不以人为的方式对文学世界进行淘汰和扶持。中国文学在相当一段时间里实行的是一种非此即彼的生存法则。一个新的文学现象的出现,意味其它一种或几种文学现象的人为消失。这种生态环境造成了恶性循环,即它的"单性繁殖"不可能出现新的转机。

当前的文学变革,旨在建立一种新的秩序。这个秩序承认各自的价值,建立一种和平共存的多元并立的环境。以这个革命作为起点,中国文学不再以行政的方式取消什么和建立什么,文学的自在消长状态将促成文学的长期繁荣。中国文学艺术首先在诗歌领域创造了这样的存在。现今的中国诗歌已呈现出世界上最丰富的"诗歌博物馆":从最古老的诗歌形式到最新潮的诗歌形式,从最正统的诗歌观念到最激进的诗歌观念,都在现今这个中国诗歌物馆中共时地展出。其它文学艺术品种也将陆续仿效诗歌。这里存在竞争,并将有淘汰,但竞争和淘汰都将是和平的,它基本上采取了自然调节的方式进行。

在这个生存环境中,将排除暴力和排除强制性。一个竞技场上的失败者,将自行退出竞赛。他要是不甘永远充当被遗弃的角色,他就会以更加急剧的艺术变革重新进行角逐。读者市场是竞技场,而欣赏者和舆论的选择是这里的上帝。

全面展开的试验性

中国文学界流行探索的观念是最近数年的事。诗歌最早实行了探索。"朦胧诗"的出现曾被支持着称之为"崛起",又被反对者称之为"癌症"。共是一物,毁誉交加。但它的名称"朦胧诗",却由明显的否定嘲讽意味无情地成为肯定的名称。这一广泛深刻的探索获得成功,是诗歌以绿色的方式(尽管伴随它生成的曾有过危险的政治干预的意图)进行革命性发展试验的成功。1980年创立的诗歌理论刊物,干脆名之为《诗探索》。随后有上海文艺出版社的《探索诗选》,又有春风文艺出版社的《中国当代实验诗选》都证明了这种试验的大胆而隐秘的存在。

悄悄地探索和实验,在实验的基础上推出一些或众多的诗风和流派,而后引起一番震惊和骚动。这种骚动是由于不能适应和不可容忍。经过一番情绪激动的论辩甚至攻击,直到双方都疲惫不堪,无力再战,于是不再论战。过了一段,那些情绪激烈的,看看它周围竟然有那么些支持者,于是心境变得平和起来,进而以直接的或间接的方式肯定并接受了他原先反对的。

这就是异端的侵入与加入。中国现今的文学有极大的胃的容量,它不断地抗拒这种"异物",继而无可奈何地接受了它。这是一个其大无比的"异端收容所"和"异端改造所"。不断推出的文学和艺术的"异端",又不断地被吸取和消化。这就悄悄地充实并改造了中国的现有文学格局。这是以和平的方式进行的文学艺术的革命。

在现今中国文学艺术界,这种探索和试验正在无所遮拦地全面地展开。不再单单是诗歌一类——诗在中国当前的文艺变革的功绩已被历史所记取。中国新文学的革命史,凡是涉及重要的转折关头,几乎总是由诗作出勇敢的贡献:五四的白话诗的血战;天安门诗歌点燃的火种以及引发的政治爆炸;朦胧诗运动宣告了文学绿色革命的开始——而后是各式各样的文学艺术的加入。

在文学中,除诗以外最引人注意的是小说。小说自王蒙悄悄发难,到张辛欣初步传达现代人的意识,随后有刘索拉,徐星等的大胆实践。他们每一位迈开的陌生的一步,无一例外地都伴随着习惯势力的谴责。到了刘索拉《你别无选择》和徐星的《无主题变奏》,谴责追踪而至。一篇指责《无主题变奏》的文章,抨击了它的荒谬感和多余人的形象。这篇文章最后告诫作家:"历史在召唤各式各样英雄主义的献身精神和崇高情感。愿我们的作家正视自己的道义责任吧。"由这些措词可见一种"不动声色"的、同时又是"语重心长"的谴责之情。

但中国文学显然已作好充分准备,在这样一次又一次的不能适应中进行一次又一次的适应。残雪的出现并没有引起更大的情绪骚动,便说明了中国传统的适应能力已大为加强。这说明这种悄悄的加入并悄悄的包容达到了一个相当宏大的程度。试验和探索已把它的能量扩展到了更为宽泛的领域。

美术界的变革几乎不是以"悄悄"的方式进行的。延续数年的新潮美术的冲击,已吸引了众多人们的注意。明智的人士提醒人们注意它的积极意义,"他们希望用艺术的手段参与社会的变革,推动社会的进步;想创造出一种80年代的有世界意义的绘画来,用他们自己的话来说,想超越现代派,使中国的绘画走向世界,为世界所注目,所承认;想冲破旧框框,打破旧模式建立有活力的美术表现体系。"(邵大箴:《当前美术争论之我见》)在音乐界,青年作曲家以及不断涌现出的流行音乐,正在以不同于传统的方式吸引越来越多的倾心爱好者。程琳曾被排斥,但排斥似乎造成了更大的引力。《让世界充满爱》这样的音乐方式能够得到喜爱和流传,证明音乐的悄悄变革也在并不缓慢地进行之中。电影受到的干预最多,这已是公认的事实。但电影的创新能够冲击那重重有形无形的网并取得进步,足见潜力的坚深。不可低估《黄土地》一类影片所造成的电影新潮的冲击。

可以用全面的试验的展开这样的概念来概括当前的中国文学艺术变革的总形势。几乎一切领域都在鼓动着这种不平静的气氛,也都在一步一步地试探着进行有异于前的新的艺术方式的实验。一种不事声张的悄悄的变革正在大幅度展开。这种"和平的侵入"相当完整地体现了当前正在进行的这一新文学革命的温和性质。试验的实践以渐进的和逐步深入的方式在积极地进行着。这是一个不会因为客观情势的影响而停止的进展,因为它建立在一个不可逆转的全民觉醒的可靠基础上。中国文学艺术利用了这个历史大转折的有利时刻,又得到了政治、经济总趋势的支持,因而有可能把这一文学艺术的新生态有效地进行下去。这个进程将是漫长的,是一个无限延长的过程。这个过程恰恰可以植物的绿色生长作为象征。

巨大规模的反规范运动

我们以上的论证,集中在与五四文学革命那一场内容上的公开决裂,和方式上的公开宣战不同的新时期文学运动的和平性质的分析上。原有传统的承继和修复,新的艺术思想实践的探索性,战略上的建设和策略上的试验性质,使当前这一场中国的新文艺复兴充满了温和的色彩。加上传统的习惯势力的强大,以及不够稳定的人文环境,使艺术新潮始终处于受抑制的地位。在强大压力中的生存和发展,艰难的处境决定了这一场巨大深远变革的"静悄悄"性质。走一步,看一步,慢慢地却是坚定地走,是对于当前局势的通俗的描绘。

上述特性的描述,相信不会影响对于这一场广泛持久的文学运动的革命性质判断。我们曾经论证过中国文学艺术近数十年营造的巨大的统一化工程。这一营造收到两方面的奇效:一个是在幅员如此广大、历史如此悠久、文化如此深厚,而居民的状况又如此复杂的国家,终于造出了一个与统一的消费标准相适应的统一的精神消费市场。而这一文化现象的出现,居然能够在较长的时间中生存并发展,本身同时地构成了奇迹。另一方面的奇效则是,历史公正地对文学的极端化作出了宣判。不再是出于行政的意愿,而是文学自身宣告了发展的极限。这种宣告无疑为文学的合理生态的出现奠基。当前这一场变革,正是以此为基础开始的新的行进。

作为合理的革命运动,它面对着一个必须进行变革的对立性实体。对于当今中国文学来说,这个实体便是大一统造成的文学艺术规范。这个规范曾经体现了与特定时代的和谐而取得划时代的成就。但它同时造出了一个让人震惊的欣赏和批评的大一统。创作实践、理论批评以及其大无比的欣赏习惯,组成一个庞大而全面的文学规范。这一规范形成于中国新文学运动以后三四十年间,从文学观念、文学价值观到文学表现形态,在此期间形成了稳定而僵硬的系统。

这次文学的巨大变革,便是以规范化的大一统的文学现实作为自己的对抗目标。总的目标是结束封闭,走向开放;结束单一,走向多元;反对文学的自我幽闭和自我孤立,以参与意识促成中国文学走向世界。这一文学变革的基本任务则是对于固有文学的现代更新。它格外地关注于以西方现代文学的优长之处来弥补中国文学的空缺。在这个文学的现代更新的过程中,文学的现代化是一个基本的追求。

为了向这个长期形成的僵硬文学规范进行冲击,新进的文学潮流采取了"新、奇、怪"以对抗"假、大、空"的基本战略。文学的"假、大、空"实际上是对于上述文学规范的最低劣、恶俗的品质的一种概括。"假"即文学脱离社会生活和社会理想的虚伪性,不敢触及生活的真实血泪的虚假现实主义,以及歪曲崇高理想和丑化优美情怀的同样流于虚假的浪漫主义。"大"形象、"大"题材、"大"场面、"大"思想、"大"人物对于文学的全面的灾难性覆盖,使文学向着虚夸、自我扩张和神化的歧途滑行,这是"大"弊端的呈现。与社会生活实有状况与人民真实情感相脱离造成了文学的空泛化。上述弊端,是文学反规范抗争的基本目标。

当前进行的反规范革命的意义,仅次于以白话文代替文言文,以新文学代替旧文学的那次文学从内容到形式的革命。两次革命都面对强大的对立物。放在五四新文学运动面前的,是数千年形成的文学规范。这一僵硬的文学存在,当时及以后均有充分的论述。放在新时期这次文学变革面前的文学规范,其形成的时间较之前者要短得多。但后者"质"的硬度并不亚于前者。由于它的高度系统化,受到了高度统一的社会政治的规定,并通过强大的行政力量的鼓励和制约,这一约束文学的力量因为它日益倾斜的左倾教条化,而表现为不断强化的破坏力。

新时期文学变革的新内容和新形式,连同说明和体现他们的新观念和新方法所遇到的困厄和阻挠,大体是由于上述那些破坏力的反抗——当然也包括了在它的特定氛围下形成的欣赏惰性的"自觉的反抗"。新时期文学中由朦胧诗运动体现出来的有意忽略传统和权威的倾向,其实质是对于现有的文学——诗歌规范的不满和反抗。北岛宣告的"我不相信",可以广义理解为对非正常顺序的怀疑。它鲜明体现一种对于秩序的批判精神。离开批判性这个文学蜕变期的内核,我们将无法理解当前文学所产生的烦恼和骚动。

贯穿着批判精神的反规范的文学运动,其任务的艰巨,前途的遥远,遭遇的曲折,都说明这是一场极广泛、极深刻的文学大转折。作为一项新的艺术革命,反规范使它与五四文学革命取得内涵的一致。由于它具有了以上述及的作为新文学传统的继承与展延的性质,以及它处在中国现今极其繁复的环境中的策略的考虑,又决定了它与五四文学革命方式的不一致。作为一场意义深远的新文学革命,它只能选择绿色,而且只能采取不作宣告的悄悄进行的方式。

附录一

文坛就是竞技场
——诗歌评论家谢冕一席谈

《文学报》记者　周　导

记者:刚才你在中国作协理事会议上的发言,充满了激情,大家说你这位评论家更具有诗人气质。

谢:是吗？近来我一直在思考着一个问题,即如何面对纷扬而至的文学现状。现在看来,我们对这场突如其来的文学变革显然缺乏必要的心理准备,我们原先期待的只是对于当代文学传统的修复,没有想到文学一旦穿上了魔鞋,便身不由己地不断旋转,处于头晕目眩之中。

以诗歌为例,作为文学变革先声的朦胧诗论战、关于它的懂与不懂的争论还没有成为过去,"新生代"诗人已告出现。数百种自办的刊物和许多自以为是、自主旗帜的诗歌流派,已经摆好了阵势,这是当前诗坛千真万确的事实,比如《诗歌报》和《深圳青年报》合办的"1986 中国现代诗群体大展"栏目。不仅是诗歌,还有小说、戏剧、电影、美术、文学理论批评等等都面临着严峻的挑战。

记者:许多评论家在描述文学状貌时,普遍认为现在是"无序"代替了"有序",多元代替了单一。但也有些同志为此感到不安,你怎么看呢？

谢:这些同志似乎更愿意看到文学原来的样子,或者寻求以某种理想的原则重新进行规范的可能性。但时过境迁,我们需要理智地面对现实。如果不承认一个由单一层次构成的作家集团已经分离,如果不承认由一个统一的艺术主张构成的文学格局已经破碎,我们就会痛苦,甚至永远痛苦下去。

记者:文学发展的规律和社会、自然界一样,总是新旧交替,无际无涯,新的东西出现,不免也会引起一些惊呼甚至遭到非议。

谢:新对于旧,通常是奇异的刺激,一时的简单模仿或者炫耀新奇的"时装表演",并不值得忧虑。要是没有时装表演,就不会产生时装新潮,也不会产生多姿多彩的服饰。当然我们期待成熟,但成熟有它的过程。文学艺术的形势从来没有这么好过,各式各样的、自行其是的主张和实践都显得理直气壮,每一个文学家都挺直了腰杆,接下来的问题就是作家的责任感、作家的良知和自由的竞争。

今后的文学生态靠竞争来维持,竞争能够淘汰次品,竞争能够进行自我调节和自我更新。中国作家缺少的正是忧患意识和危机感,要是经常想到将被取代的威胁,作家就不会心安理得地保持原来的自己。

文坛是拥挤的,但我们不希望出现你死我活或者我死你活的拼搏,我们都要活得很好,但这儿不是君子国,这里是竞技场。中国的文坛正如天宇,大的星辰,小的星辰,恒星或是流星,有的发出强光,有的发出微光,彼此照耀,快乐地运行,但不期望碰撞,更不希望在碰撞中粉碎。在这样的天体运行中,一种宽容的、博大的精神将显得异常的崇高,我们期待这种克服了卑琐的崇高。

记者:前些天你说你已经完成了对朦胧诗的功绩的肯定。那么,下面你所要做的工作是什么呢?

谢:目前,我考虑的是要对正在出现的"新生代"的诗歌现状进行研究,虽然我的教学任务和社会活动繁重,比如要继续编写《中国新诗萃》,着手编撰《二十世纪诗歌思潮史》,明年还要招博士研究生。我希望我的工作能够推进诗歌的变革,我做的工作不能说很多,但我追寻着中国诗歌发展的轨迹,并力图做出预测。

(原载1986年12月25日《文学报》)

附录二

"统一的太阳已经破碎"
——谢冕教授谈中国新诗的现状与走向

《科技日报》记者　黎玉华

晚秋,八大处饭店,"新诗走向研讨会"在这里召开。他以诗人的语言宣布:"在诗坛,一个统一的太阳已经破碎,这个太阳破碎成无数的碎片,这个碎片就闪闪发光,然后就宣称自己就是太阳!在中国诗歌的天空上,有千万个太阳在闪光……"他语音顿挫,情感激昂,言语中透出的兴奋深深感染着与会的学者、诗人。

他就是谢冕,著名诗歌评论家,北京大学中文系教授,一个充满活力的学者。

记者:1980年,您曾写过《在新的崛起面前》,支持舒婷、北岛等朦胧诗人,现在又有所谓"第三代诗"出现,您怎么看?

谢:我们曾经就新诗的崛起表达过我们的心情,现在又面对一个更加严峻的现实,这就是许多后来的诗人,对先行者发出了挑战,他们视北岛,舒婷为传统,宣告要超越他们。这里面情况很复杂,有的表现为用很浅显的口语来写诗;四川有些诗人用非常复杂化的文化史的知识来构架诗;也有的诗在寻根。总之,现在表现出来的诗歌流派比过去要多得多,你说几百个流派都可以,因为三天两天他就可以提供个流派。

对这种诗潮,我认为应该是欢迎它支持它。这是标志着诗歌从它的变态恢复到它的常态的一个过程。"五四"的新诗运动,造成了一个自由的、创造的,因而是多种多样的新诗时期。但是由于我们民族长久的战乱,我国所处的特殊环境,我们不得不选择艺术上的一些牺牲,也就是说,当时中国的现实,是战神要求驱逐爱神和美神,这在当时是有它的合理性的。可是后来我们把战神当做艺术的规定,肯定下来,特别是全国解放以后,我们通过巨大的行政力量,把它作为一种艺术发展的准则,这就造成了诗歌走向大一统的局面。在内容上是高度政治化,在艺术上是高度规范化,诗歌道路越走越窄。

目前可以说是诗歌恢复了它的常态。诗歌的创作现状到了非常自由的地步,诗人的创作心态也非常自由。从外在世界到内宇宙——内在的、非常丰富的人的内心世界;从大题材到小题材;从表面的行动到内在心理的潜意识、下意识,都在表现。诗人凭着感觉写诗,诗歌全方位地展开对内外世界的占领,这是空前的。过去我们熟悉的一个诗歌表现世界,就是诗歌如何为现实服务;可我们忽视了另一个世界,就是人的生存。而最近几年诗歌的发展,就是沿着对自身的内在宇宙的审视发展,我认为是诗歌发现了新大陆,这是中国新诗的新大陆,这个开拓是有它的历史意义的。因此新诗里表现出的现代人的困惑、现代人的悲哀、现代人的孤独感,等等,都是有它的价值的。了解了这一点,就能认识目前新诗出现的一些东西的合理性。

当然在这种情况下,也表现了一种随意性。有的今天树起来,明天就取消了,或者又另外搞个新的流派了,这反映了一种浮躁、不成熟。也有急于求成、想引人注意的,比如"撒娇派"、"三脚猫",稀奇古怪的名称都有,对此我们不要沉不住气,应该把它看做是文学艺术发展过程中的一种自然表现。

记者:那么怎么理解诗歌接近社会,接近人民?

谢:我们现在讲的接近社会,是说诗歌应反映改革、歌颂改革,这应该提倡。但不能只提倡一种东西,可以提倡许多东西,接近社会是必要的,但不是唯一的,它可以接近人生,接近人心,不能因为这个就忽视那个。文学艺术要为人民服务,我也是人民,他也是人民,人民有各种各样的职业、社会地位,文学应为人民当中各种构成成分的人服务。这样就不会导致、也不应导致文学只有一种样式,一种调子。

记者:你认为现代化社会,现代科技的发展是否影响诗歌创作?

谢:现代诗是现代社会的产物。在现代化社会中,生活节奏加快,人的工作更加科学化,人用于交流和传播的工具更加先进,促使人们思维的革命,这必然表现在文学艺术上。现代朦胧诗当中那种很强烈的现代人气息,就是这种科技革命和社会进步带来的。只要读读上海等一些地区的城市诗,那种城市人的心态,对光、对颜色、对节奏、对速度的把握,几乎都是现代人的感受。这和过去农村民歌,田园风味是不一样的。另外,现代科学的一些进步、变化已经进入了诗歌创作和理论批评中去,一些年轻人自觉地用自然科学的观念和方法进行诗歌批评和文学批评,前几年的"三论热"等都是这方面的反映。

记者:作家写出作品总希望被读者接受,可现在许多新诗看不懂。

谢:读者有各种各样,而不是一种读者,应该是各种各样的读者接受各种各样的诗歌。你读不懂吗?可以不读,我没叫你读啊,你可以读别的嘛,读快板诗、顺口溜、民歌体……找你喜欢的读好了;而大学生、年轻工人喜欢读现代派诗,他就读这种诗好了,为什么要把读者看做仅一种呢?谁规定中国只有一种读者呢?

这还是有一个文化观念上的问题。过去讲为工农兵,就认为所有的文化都要适应那些缺少文化的人,认为文化的接受就体现在缺少文化或没有文化的那些人能够懂,否则就是立场不正确。这是很褊狭的一种观念,带来很多文学艺术上悲剧性的结果。

为什么我们要订一个统一的标准？为什么诗不能有一些人不懂,有一些人很懂；有一些人很喜欢,有一些人不喜欢？

我觉得我们的文学观念应该是宽泛的。一种诗歌存在,就有它的合理性,不能"一刀切"。

记者:您能具体谈谈怎样阅读、理解新诗吗？

谢:最重要的就是你不要去想它讲的是什么,主题是什么,诗不是那么简单的。现代诗不是平面,它是立体的,你只能去感受它;我觉得这首诗,诗人是在讲某种迷惘的很痛苦的追求,他的追求不能得到。你能够感受到这一点,你就算理解这首诗了。我们读古诗也没有去抠这句讲的是什么,那句讲的是什么嘛！我们还要通过一个个画面来体会的嘛。我们只能感受,隐隐约约、朦朦胧胧感受到一种情绪,诗人所传达的情绪,然后自己加以消化。自我加入很重要,每个人的体会都不一样。如果还像过去那样读诗,那是很费劲的,一定要概括出个主题,你就会读不懂它。

当然,新诗作为新的艺术表达方式,确实较难懂,这里有一个时间的问题。舒婷、北岛的诗开始不为人懂,这几年不也被人们接受了吗？时间最宽容,时间最能等待一切,最有耐性。还有一个理论上作介绍的问题,长期以来,我们接受训练的耳朵是理解适应那种规范的诗歌的,乍一听到这样新鲜的声音,看到这样古怪的诗行,自然接受不了,我相信经过一段普及工作,新诗能够吸引更多的读者。

记者:请您对诗坛未来发展谈谈看法。

谢:我认为当前的中国诗坛是一个真正的诗歌博物馆。不管是千种流派,百种流派,我概括为三个诗潮,一个是传统诗潮,一个是新诗潮,一个是后新诗潮(我不用"代"的划分)。这是一个历史的生存空间,一个并存的状态。如同中国社会一样,各种各样生产方式、各种各样的经济形态,各种各样的意识都在我们这个古老的社会里存在,包括最先进的和最落后的。诗歌也是一样。在这里,确定主流是没有意义的。这是一个不承认权威,没有权威,没有诗坛领袖也不承认领袖的诗歌的时代。这个时代每个人都认为自己是王国中的君主,我就是这个星球的主人,我就是中心。这是非常可喜的现象,它必将带动中国的文学艺术走向更深的一步。

我认为,在短的时期里,我们将持续这种无秩序状态,我把它称为"美丽的混乱"。这是我们期待已久的局面,要承认这是合理的秩序。

这个时期可能出现大诗人,但是现在只出现一些比较有成就的诗人,大诗人还在酝酿之中。我认为新诗潮中舒婷、北岛就是大诗人了。很有成就的诗人了。在国内,北岛可能还得不到承认,在国际上是承认的,他的好多诗集被翻译成英文、瑞典文、俄文在国外出版了,国外很多汉学家在研究他的诗。但在我们国内倒表现得相当冷淡,"墙内开花墙外香",这是不正常的。他们可以说是大诗人了,但我们还需要更大的诗人,能够集中整个民族智慧和民族文化水准的诗人,现在我们在期待,现在还没有出现,但是一定要出现。

在后新诗潮诗人中像舒婷、北岛这样名气的人还没有,但情况很复杂,很可能是诗太多,读不过来;也有很多诗读不懂,一时不能接受;还有理论批评的落后。现在的诗歌批评是很薄弱的,中年理论家显得旧了点,青年批评家几乎就是没有。诗歌理论的武器不新,理论所用的概念范畴不能概括现代诗歌的现状。

在中国文学艺术的发展中,诗是最早走向世界的,比小说要早。诗被世界认同的程度比其他艺术品种都要高,翻译过去就能理解,能够很快被接受。外国人理解我们中国现代诗没有国内人那么困难,这也说明现代诗内在的东西,它的现代性或当代性,很能够赢得读者。

(《科技日报》1987年11月20日)